Tara Haigh

Das Herz der sieben Inseln

TINTE & FEDER

Das Buch

Spanien 1492: Die junge Laura soll einen abscheulichen Adeligen heiraten oder für immer das Gewand einer Nonne tragen. In ihrer Verzweiflung flieht sie zu ihrer Familie nach Gran Canaria. Bei ihrer Ankunft auf der Kanareninsel erwartet sie jedoch eine böse Überraschung. Laura findet sich in einer Welt des Sklavenhandels, der Inquisition und der unersättlichen spanischen Eroberer wieder. Dort begegnet sie aber auch einem attraktiven Einheimischen, der ihr Leben für immer verändert.

Jana wird in Kürze ein Luxushotel in Mexiko führen. Für die ambitionierte Touristikkauffrau geht damit ein Traum in Erfüllung. Doch dann erreicht sie die Nachricht, dass ihr ein Unbekannter eine Bananenplantage auf Gran Canaria vererbt hat. Wer war der Mann? Und warum kann Jana sich der Faszination des heruntergekommenen Anwesens so wenig entziehen wie dem mysteriösen Fremden, der ihr hilft, die Inschrift eines rätselhaften Amuletts in einer längst vergessenen Sprache zu deuten?

Wider alle Vernunft begibt sie sich auf eine Spurensuche, die sie zu einem dunklen Geheimnis führt, das untrennbar mit dem Leben von Laura, aber auch Janas eigener Bestimmung verknüpft zu sein scheint ...

Die Autorin

Tara Haigh schreibt seit vielen Jahren große TV-Unterhaltung und als Tessa Hennig Frauenromane mit Herz und Humor, die bereits erfolgreich verfilmt und alle Bestseller wurden. Mit ihrem vierten historischen Roman greift Tara Haigh die spannende Geschichte der Guanchen und der Eroberung Gran Canarias auf, iher Heimat des Herzens und Ort der Inspiration und Ruhe, um an ihren Romanen zu arbeiten oder neue Ideen zu sammeln.

Weitere Informationen unter www.tessa-hennig.de

Tara Haigh

Das *Herz* der sieben Inseln

Roman

TINTE & FEDER

Deutsche Erstveröffentlichung bei
Tinte & Feder, Amazon Media EU S.à r.l.
5 Rue Plaetis, L-2338 Luxembourg
Oktober 2018

Umschlaggestaltung: zero-media.net, München
Umschlagmotiv: © Hoang Pham & EyeEm / Getty; © Jorg Greuel / Getty;
© Irina Alexandrovna / Shutterstock;
© Stas Ponomarencko / Shutterstock; © Anilah / Shutterstock
1. Lektorat: Ute Köhler
2. Lektorat: Cathérine Fischer
Korrektorat: Manuela Tiller/DRSVS
Gedruckt durch:
Amazon Distribution GmbH, Amazonstraße 1, 04347 Leipzig /
Canon Deutschland Business Services GmbH, Ferdinand-Jühlke-Str. 7,
99095 Erfurt /
CPI books GmbH, Birkstraße 10, 25917 Leck

ISBN: 978-2-91980-321-7

www.tinte-feder.de

Prolog

Die Sehnsucht nach seiner Heimat schmerzte ihn so sehr, dass kaum eine Woche verging, in der Aquil nicht mindestens einmal den höchsten Punkt des heiligen Bentayga-Felsens erklomm, um sie zumindest aus der Ferne zu sehen. Der Weg hinauf war tagsüber in der Hitze zu beschwerlich. Er brach daher stets in der Nacht auf, kurz bevor der Mond seine letzten Schatten warf. Dann erreichte Aquil das Hochplateau im Morgengrauen und konnte von dort aus sehen, wie die Sonne ihre ersten Strahlen über das Meer schickte und es in flüssiges Gold tauchte. Sie stanzte den Feuerberg der Schwesterinsel mit zunehmender Kraft aus dem Dunst des Horizonts. Majestätisch erhob der Berg sich dann aus der Weite des Meeres. Die Morgensonne schenkte dem weißen Haupt des Teide eine Krone, die golden schimmerte, doch er hatte schon längst sein Königreich verloren. Aquil musste bei seinem Anblick zwangsläufig an seinen Vater denken, den einst mächtigsten Guanchen-Häuptling, der nun kein Volk mehr hatte. Sein Vater glaubte aber immer noch an die Magie des Berges und an Achamán, die oberste Gottheit, die dort oben über seinem Gipfel wohnte. Als Kind hatte er ihm oft die Geschichte erzählt, in der Achamán die Sonne aus den Tiefen des Teide befreit hätte. Auch sie hielt sein Vater für eine Gottheit. Achamán würde dafür sorgen, dass ihr wärmendes

Licht jeden Tag auf sein Volk schien. Um seine Untertanen, die am Fuße des heiligen Berges und auf den anderen sechs Inseln lebten, scherte sich Achamán anscheinend nicht mehr. Vielleicht hatten die Fremden die Götter vertrieben, überlegte Aquil. Sein Vater war davon überzeugt, dass ein Dämon sie geschickt hatte. Der Dämon war aber eine Frau, die Isabel von Kastilien hieß. Ihre Schergen waren von weit hinter dem Horizont gekommen, einem Land, das mit einfachen Drachenbaumbooten nicht zu erreichen war. Ihre Boote waren größer. Bunte Tücher spannten sie auf ihre Maste, um den Wind darin einzufangen. Sie fingen einfach alles ein, machten sich mit ihren blitzenden Stäben, die sie Schwerter nannten, sein Volk untertan. Was konnten hölzerne Lanzen, Schleudersteine und Keulen schon dagegen ausrichten? Die Fremden brachten Krankheiten und den Tod. Und die Königin im Norden schickte immer mehr Krieger und Schiffe, um Dörfer zu plündern, Frauen und Kinder zu verschleppen. Die Männer legten sie in Ketten und sperrten sie in Käfige, bevor sie sie als Sklaven verkauften. Nein, Achamán war tot. Der Gott der Fremden herrschte nun über die sieben Inseln, doch der Glaube an ihn machte die Fremden zu Mördern. Sogar ihr eigenes Volk verbrannten sie bei lebendigem Leib. Sie lehrten, den Sohn ihres Gottes zu ehren, dabei hatten sie ihn mit Händen und Füßen an ein Kreuz geschlagen. Predigten die Missionare deshalb, seine Feinde zu lieben? Vater tat es nicht. »Bis zum letzten Blutstropfen!«, hatte er allen geschworen. Es waren aber nicht mehr viele Guanchen übrig, die ihn beim Wort nehmen konnten. Er begriff nicht, dass der Kampf schon längst verloren war, aber auch nicht, dass man von den Fremden viel lernen konnte. Hast du mich deshalb verstoßen, weil ich nicht selbst zum Mörder werden will? Weil ich glaube, dass nicht alle Fremden schlecht sind? Du täuschst dich, Vater.

Aquils Verzweiflung wich der Hoffnung, dass der heilige Berg ihn erhören würde, denn in dem Moment schoss ein Falke an der scharfen Felskante hervor. Auf seine Schwingen legte Aquil diese Botschaft, aber noch einen weiteren Gedanken, der seinen Vater trösten sollte. Aquil war sich gewiss, dass den Fremden die Insel niemals ganz gehören würde. Es war zugleich ein Gebet, das an diesem heiligen Ort sicher erhört wurde, denn der Falke schwang sich empor und flog in Richtung des Teide. »Niemals!«, rief er dem Falken so laut nach, dass sein Aufschrei nun kein Gebet mehr war, sondern wie ein Fluch klang, der in den bewaldeten Tälern unter dem heiligen Bentayga Widerhall fand.

Kapitel 1

Ávila, Kastilien im Jahre des Herrn 1492

Es gehörte zu den strengen Regeln des Klosters, bereits im Morgengrauen das Paternoster zu sprechen. Das war eines der ersten Dinge, die Laura hier gelernt hatte. Man tat es aus Überzeugung. Es bedurfte keines wachsamen Auges, um sicherzustellen, dass sich jede Novizin daran hielt. Man hörte es. Es war das heilige Wispern aus zwanzig Kehlen junger Novizinnen, die gemeinsam mit ihr im Schlafsaal untergebracht waren. Es klang wie ein Chor. An manchen Tagen wie ein Kanon und an anderen wie ein leiser Singsang, der kaum wahrnehmbar wie Weihrauch durch die Klostermauern wehte. Laura hielt sich bereits seit zwei Jahren strikt daran. Sie hoffte, dass Schwester Agnes' Prophezeiung in Erfüllung gehen würde und sie irgendwann ohne Anstrengung, sobald sie des Morgens den ersten bewussten Atemzug tat, Gottes Nähe spürte. Als Mutter Oberin hatte Schwester Agnes sicherlich Erfahrung in diesen Dingen. Wenn man das Pater noster sofort nach dem ersten Augenaufschlag betete, begann der Tag gesegnet, also in Begleitung des Allmächtigen. Das hatte man ihnen so beigebracht. Kein anderer Gedanke sollte sich dazwischenschieben, kein noch so intensiver Traum einen in Knechtschaft halten.

Die den Geist verwirrenden Nebel der Nacht verschwanden im Gebet dann ganz von allein.

Laura schaffte es einfach nicht. Soweit sie sich erinnern konnte, war sie noch nie morgens aufgewacht, ohne an irgendetwas anderes zu denken. Und mit jedem Morgen des Versagens verstärkte sich die schmerzliche Einsicht, dass aus ihr nie eine gute Nonne würde.

Die anderen beteten bereits. Es würde auffallen, wenn sie es nicht tat. Solange ihre Augen noch geschlossen waren, erweckte sie kein Misstrauen. Also öffnete sie sie jetzt, setzte sich auf und fing sofort an zu beten, nachdem sie ihre Hände gefaltet hatte.

Vater unser, der Du bist im Himmel,
geheiligt werde Dein Name,
zu uns komme Dein Reich,
Dein Wille geschehe, wie im Himmel
also auch auf Erden!

Laura brachte es nicht fertig, das weitere Gebet aus vollem Herzen von sich zu geben. Zu ihrer Schande musste sie sich eingestehen, dass sie sogar schon die ersten Worte von plagenden Zweifeln begleitet gesprochen hatte. Gott war fern, nicht mehr tief in ihrem Herzen, auch wenn es stimmte, dass er ihnen ihr täglich Brot gab und sie selbst allen Grund dazu hatte, ihn um Vergebung zu bitten. Sein Wirken zu hinterfragen und nicht gleich morgens nach dem ersten Augenaufschlag an ihn zu denken, würde die Mutter Oberin für sündhaft halten. Laura murmelte den Rest daher hörbar vor sich hin, aber die Worte hatten inzwischen gänzlich ihre Bedeutung verloren. Es waren bloße leere Hülsen. Ihre Gedanken waren bei weltlichen Dingen. Wie konnte man Menschen verzeihen, die anderen so übel mitspielten? Wie blutdürstige ausgehungerte Ratten war der Pöbel gestern auf den Marktplatz gerannt, um einen Bauern bei lebendigem Leib brennen zu sehen. Sie waren lüstern darauf, verkohltes Fleisch zu riechen und Schreie grenzenloser Pein zu hören. Nichts war schauderhafter als das Flehen nach Erlösung eines verbrennenden Menschen. Laura hatte dem beiwohnen müssen. Wäre sie doch nur nicht mit der Mutter Oberin in die Stadt gefahren, um beim Schmied die Gäule neu beschlagen zu lassen. Dem armen Mann hatte man vorgeworfen, ein Ketzer zu sein. Niemand wusste, warum. Noch nicht einmal die Mutter Oberin, doch sie war davon überzeugt, dass alles seine Richtigkeit hatte und Gottes Wille geschähe. Laura glaubte, noch immer den Geruch von verbranntem Fleisch in der Nase zu haben und die verzweifelten Schreie des Mannes zu hören. Kein noch so lieblicher Nonnenchor der Welt konnte die Erinnerung daran mildern oder verblassen lassen. Anderen solche Qualen anzutun, konnte unmöglich Gottes Wille sein. Klebte an diesem Ort nicht schon genug Blut? Laura wagte gar nicht, sich vorzustellen, wie viele Menschen im nahen Grenzland von Ávila im Kampf gegen die Mauren schon ihr Leben gelassen hatten. Die blutrünstige und angeblich unfehlbare Inquisition, die sich wahllos an Menschen vergriff, kam ja noch mit hinzu.

Und führe uns nicht in Versuchung,
sondern erlöse uns von dem Übel.

Warum erlöste er uns nicht von denen, die in seinem Namen solche Gräueltaten begangen? Warum erlöste er sie nicht von all diesen Gedanken und machte sie zum Schaf, das blind den Hirten dieser Welt hinterherlief, ohne frevelhaft sogar das Pater noster zu hinterfragen? *Selig sind, die da geistlich arm sind; denn das Himmelreich ist ihr.* Laura hatte das erst vor Kurzem in Matthäus 5 gelesen. Wollte Gott etwa dumme Kreaturen um sich haben, die nur grasten, anstatt zu denken, oder machte ihnen das nur die heilige Inquisition glauben, die Schafe brauchte, um Schlachtvieh zu haben? Schnell gab Laura ein »Amen« von sich, wenngleich aus anderen Gründen als ihre Ordensschwestern.

Warum erlöst du mich nicht, Allmächtiger? Warum führst du mich ausgerechnet an diesem Ort unentwegt in Versuchung? Selbst Lesen war eine Sünde, sofern man nicht die Bibel las oder Glossen dazu, die die lateinische Schrift kommentierten. Es wurde nicht gern gesehen, wenn man zu einem Almanach griff, Gedichte las, und seien es nur Verse über die Wundertaten der Jungfrau Maria, die der Gelehrte Gonzalo de Berceo vor fast zweihundert Jahren geschrieben hatte. Dafür hatte der Deutsche Gutenberg doch die Druckkunst erfunden. War auch er ein Ketzer?

Laura stand auf und folgte im Nachtgewand den anderen. Sie schenkte ihnen aus Gewohnheit ein Lächeln. Ein Morgengruß war nicht erlaubt, weil Sprechen den innigen Kontakt zu Gott stören könnte.

Der Steinboden des angrenzenden Raumes war noch kälter als der des Schlafsaals, weil er auf der Nordwestseite lag. Der immerwährende Wind und die kalte feuchte Luft kühlten just den Raum aus, in dem die kupfernen Waschschüsseln standen. Das Wasser war eiskalt. Es vertrieb die beim Gebet heraufbeschworene Verklärung aus den Mienen der Novizinnen. María, mit der sie gelegentlich zumindest während der Nachmittagsspaziergänge ein paar Worte wechselte, hatte sich heute Morgen auch wieder zu ihr gesellt. Sie zitterte wie Espenlaub. Ihr Körper war so zart und fragil, dass sich ihre Lippen bereits blau verfärbt hatten.

»Wenn ich doch nur schon mein Gelübde ablegen könnte«, sagte María ihr im Flüsterton. Solange keine der Ordensschwestern zugegen war, konnte man sich das in Zeiten des offiziellen Schweigens erlauben. Laura wünschte, dass sie das Gleiche von sich sagen konnte. Sie wusste, dass man dann in den

Genuss einiger Privilegien kam, wie zum Beispiel einem warmen Schlafplatz und etwas mehr Eigenständigkeit. Laura nickte verständnisvoll und schaufelte sich tapfer das eiskalte Wasser ins Gesicht. Königin Isabel hatte es hier als Klosterschülerin sicherlich besser gehabt, auch wenn die Mutter Oberin behauptete, dass sie wie jede andere behandelt worden sei.

María zuckte bei dem Geräusch der sich öffnenden Tür zusammen. Sofort widmete sie sich wieder dem allmorgendlichen Waschritual.

Laura wagte einen Blick zur Seite. Die Mutter Oberin war hereingekommen, und weil sie zielgenau auf sie zuschritt, blieb Laura fast das Herz stehen. Ihre Miene war noch eisiger als sonst, als sie sie erreichte und ihr etwas zuflüsterte: »Es gibt etwas von außerordentlicher Dringlichkeit zu besprechen. Bitte suche mich gleich nach der Morgenmahlzeit in meiner Schreibstube auf«, verlangte sie.

Laura fröstelte nun noch viel mehr.

Erst als die Mutter Oberin hinausgegangen war und die Tür hörbar ins schmiedeeiserne Schloss schnappte, wagten die anderen, einen Blick zu tauschen. Einige sahen Laura fragend an. Es musste etwas Schlimmes passiert sein. Anders konnte Laura sich diese Dringlichkeit nicht erklären.

Bis zum heutigen Tage hatte sich Laura stets darauf gefreut, die Mutter Oberin aufzusuchen, sei es, um gemeinsam zu überlegen, wie viel Obst und Gemüse sie sich von den benachbarten Bauern besorgen mussten – Lauras Aufgabe –, oder um Handwerksleute aus dem Dorf zu beschaffen, falls es im Kloster etwas zu reparieren gab. In ihrer Schreibstube war es in der Regel warm. Sie verfügte als eine der wenigen über einen offenen Kamin, der bis ins Frühjahr befeuert wurde. Sogar ein Teppich lag unter dem Schreibtisch. Schwere Holzmöbel, ein riesiges Regal, gefüllt mit Schriften, die Laura am liebsten alle lesen wollte, und eine Ruhebank mit einem Beistelltisch, auf dem die Mutter Oberin nicht nur Gästen, sondern auch Laura verdünnten Wein servierte, verliehen dem Raum eine gewisse Gemütlichkeit. Über ihrem Schreibtisch hing ein Kreuz mit dem Herrn an der Wand. Jesus blickte stets auf die Mutter Oberin herab, wobei Laura diesmal das Gefühl bekam, er würde sie ansehen.

»Setz dich, Laura.« Schwester Agnes' Tonfall war sanft, ihr Blick hingegen passte nicht so recht dazu.

Sie bedeutete ihr, vor ihrem Schreibtisch Platz zu nehmen. Ein Brief lag vor ihr ausgebreitet. Der musste der Mutter Oberin wohl Anlass gegeben haben, sie zu sich zu bitten.

Schwester Agnes richtete ihren Blick darauf und strich ihn mit ihren Händen glatt. »Dein werter Vater hat mir geschrieben. Ich muss ganz offen gestehen, dass mich sein Anliegen überrascht hat«, fing Schwester Agnes an.

»Vater?« Laura konnte sich nicht erklären, warum er der Mutter Oberin schrieb.

»Er möchte, dass du das Kloster verlässt und dich fortan wieder in weltliche Gefilde begibst«, sagte Schwester Agnes.

Laura versuchte, sich nicht anmerken zu lassen, dass sie dies für eine gute Nachricht hielt. Er war es gewesen, der ihr die bestmögliche Ausbildung angedeihen lassen wollte, und wo sonst konnte man eine solche bekommen, wenn nicht in der Klosterschule Santa Ana von Ávila, die selbst für eine Königin gut genug war. Das Gelübde, der Preis für dieses Privileg, musste sie nun wohl nicht mehr ablegen.

»Kannst du dir denken, warum?«, fragte Schwester Agnes und musterte sie dabei argwöhnisch.

»Nein. Mich trifft diese Nachricht genauso überraschend wie Euch«, erwiderte Laura wahrheitsgemäß.

Schwester Agnes nickte nachdenklich, bevor sie fortfuhr: »Er möchte, dass du heiratest.«

Es hätte gar nicht mehr des von Abscheu gezeichneten Blickes der Mutter Oberin bedurft. Lauras Herz schlug bereits vor Aufregung bis zum Hals.

»Heiraten?« Mit allem hätte Laura gerechnet, nur nicht damit.

»Du weißt gar nichts von den Absichten deines Vaters?«, wollte Schwester Agnes sich vergewissern.

Laura schüttelte den Kopf.

»Er hat dich jemandem aus einer bei Hof angesehenen Familie versprochen.« Dann nahm sie den Brief an sich und suchte darin offenbar nach einer bestimmten Stelle.

»Saverio Morales. Mir ist der Name der Familie nicht geläufig, doch wer weiß schon, wer alles in Königin Isabels Gunst steht. Kennst du ihn?«

Laura hatte das Gefühl, dass eine eisige Hand nach ihrem Herzen griff. Sie kannte Saverio. Er war der Sohn von Carlos, Vaters bestem Freund und Weggefährten. Laura erinnerte sich an einen Abend vor ungefähr drei Jahren. Es war einen Tag nach ihrem fünfzehnten Geburtstag gewesen, den sie im Kreise der Familie begangen hatten. Vater war eigens zu diesem Anlass angereist. Carlos hatte ihn begleitet, ein Scheusal vor dem Herrn, dessen Sohn ihm diesbezüglich das Wasser reichen konnte. Mit schamlosen Blicken hatte er sie beworfen. Seine tief liegenden, böse funkelnden Augen und seine Hakennase hatten sich ihr an jenem Abend so eingeprägt, dass beim bloßen Gedanken an ihn ein Schauer über ihren Rücken fuhr.

»Laura?« Die Mutter Oberin wunderte sich über ihre geistige Abwesenheit.

»Wir sind uns einmal begegnet«, sagte Laura.

»Aber warum wollte dein Vater dann, dass aus dir eine Nonne wird?«, wunderte sich Schwester Agnes nicht zu Unrecht.

Laura wusste es nicht.

»Die Entscheidung deines Vaters ist gewichtig. Du weißt, dass du dich ihr nicht widersetzen kannst, es sei denn, du legst das Gelübde früher ab. Wann du es ablegst … Nun, diese Entscheidung obliegt mir allein und du weißt sicher auch, dass niemand eine Braut Gottes ehelichen kann«, erklärte Schwester Agnes mit entschlossenem Blick.

»Aber ich bin doch noch nicht so weit«, schoss es aus Laura heraus. Sie hoffte, dass dies kein Fehler war, denn wie sie sich auch entschied: Sie würde für den Rest ihres Lebens die Hölle auf Erden haben. Entweder auf Lebenszeit dazu verdammt sein, in diesem Kloster Lippenbekenntnisse zu beten und nichts weiter von der Welt als das nahe liegende Dorf zu sehen, oder an der Seite eines Scheusals leben und ihm Kinder gebären.

»Es ist nicht unüblich, dass Novizinnen innere Zweifel plagen. Einzig und allein dein fester Glaube an den Herrn ist entscheidend. Du hast dich mit Fleiß und Strebsamkeit hervorgetan. Ich könnte den Brief deines Vaters mit gutem Gewissen dementsprechend beantworten«, bot sie ihr an.

Laura blickte hinauf zum Sohn des Allmächtigen, der geschnitzten Gestalt, die am Kreuz hing, in der Hoffnung, von ihm eine Botschaft zu empfangen, sodass sie der Mutter Oberin zustimmen konnte. Nichts dergleichen geschah.

»Du solltest dich bis morgen entscheiden, denn dein Vater bittet um dringliche Erledigung seines Anliegens. Er erwartet von dir, dass du in Bälde nach Madrid abreist. Ich muss ihm schreiben, wann du abfährst, denn er möchte bei deiner Vermählung anwesend sein.«

Laura konnte sich nur noch mit Mühe aufrecht halten. Die Mutter Oberin wusste ihre Körperhaltung richtig zu deuten.

»Ich denke, es ist besser, dich von den heutigen Pflichten zu entbinden. Wenn es um wichtige Entscheidungen geht, pflege ich stets ausgedehnte Spaziergänge an der frischen Luft zu unternehmen. Sie klären den Geist und sorgen dafür, innere Ruhe zu finden. Letztlich ist es der Herr, der dich als Hirte führt, und wenn ich dir den guten Rat geben darf: Bleib hier. Die Welt außerhalb der Klostermauern ist rau und von Unsittlichkeit verdorben. Hier bist du sicher.«

Laura nickte, denn in diesem Punkt hatte die Mutter Oberin zweifelsohne recht.

»Nun geh schon«, forderte Schwester Agnes sie auf.

Laura hegte Zweifel, überhaupt noch die Kraft zu haben, sich zu erheben. Es gelang dann doch, wenngleich mit weichen Knien.

»Du wirst dich richtig entscheiden. Das weiß ich, denn der Herr ist mit dir«, sagte ihr Schwester Agnes noch an der Tür.

Laura zweifelte jedoch daran, ob man in so einem Fall wirklich eine richtige Entscheidung treffen konnte.

Im Nachsinnen darüber, wie sie sich entscheiden sollte, waren bereits zwei Stunden vergangen. Schwester Agnes' Rat, einen Spaziergang auf dem Gelände zu unternehmen, war Laura nachgekommen, dabei jedoch um keine Einsicht reicher geworden. Am allerwenigsten konnte sie sich einen Reim darauf machen, warum ihr Vater auf die Idee gekommen war, sie unter die Haube zu bringen. Warum um alles in der Welt hatte er sie dann auf eine Klosterschule geschickt? Selbst Mutter hatte dies für eine gute Idee befunden, weil sie wusste, wie wissbegierig ihre Tochter schon immer gewesen war. In einer Ehe konnte man diesen Wissensdurst nicht stillen. Dass der Preis dafür so hoch war und sich vermutlich nicht einmal ihre Eltern vorstellen konnten, was es bedeutete, ein Leben lang die Braut des Herrn zu sein, damit hatte Laura nicht gerechnet. Sie hatte es als ein Privileg erachtet, im Gegensatz zu ihrer älteren Schwester nicht in den heiligen Bund der Ehe treten zu müssen. Inés hatte Francisco, einen Basken, geheiratet und auch ein Privileg erhalten, weil es, soviel Laura wusste, eine Liebesheirat gewesen war. Sie hatte sich für Inés gefreut. Was für eine großartige

Hochzeit war das gewesen. Das Fest hatte sich Gästen mit Rang und Namen erfreut. Vater musste seinen Erben bereits bekommen haben. Darüber konnte Laura jedoch nur spekulieren, denn in den ersten beiden Jahren war der Kontakt zur alten Welt, wie es geheißen hat, verboten. Zwei Wochen nach der Hochzeit war Laura nach Ávila abgereist, voller Zuversicht, dass nun beide Schwestern einen glücklichen Weg vor sich hatten. Die eine in der Ehe, die andere mit Zugang zur Welt des Wissens. In beiden Fällen verlor man einen Teil seiner Freiheit. Sollte sie doch hierbleiben? Eines Tages könnte sie ihr Wissen an junge Novizinnen weitergeben oder junge Mädchen von adeligem Stand unterrichten. Hatte sie davon nicht immer geträumt? Wäre es nicht töricht, diesen Traum so schnell aufzugeben, wenn doch anscheinend alles im Leben letztendlich seinen Preis hatte? Das Wohlwollen der Mutter Oberin war ihr sicher, ihre Hilfe und wie sie sich um sie bemühte, gar anrührend.

Laura hatte mittlerweile den Eindruck, bereits ein Dutzend Mal den gleichen Weg entlang der Klostermauern beschritten zu haben. An den Ästen und Blättern des Gartens klebten bereits ihre Gedanken, die aber nichts Neues brachten. Laura beschloss deshalb, den kleinen Kräutergarten aufzusuchen, den sie gemeinsam mit drei weiteren Novizinnen pflegte. Es wunderte sie nicht, María dort vorzufinden. Ihre Erscheinung passte zu den fragilen Pflänzchen, weil sie selbst eines war. Sie wirkte auf Laura wie eine Elfe. Es fehlten ihr nur noch die Flügel.

María ließ sofort vom Beet mit der Schafgarbe ab, als sie Laura bemerkte. Ihr standen Neugier und Sorge zugleich ins Gesicht geschrieben, schließlich hatte sie ja Schwester Agnes' Wunsch, sie zu sprechen, mitbekommen.

»Was hat die Mutter Oberin gesagt? Hoffentlich ist nichts Schlimmes mit deiner Familie.«

Laura überlegte, ob sie sich María anvertrauen konnte. Sie kannte sie von der gemeinsamen Arbeit im Kräutergarten und auch María hatte aus ihrem Leben erzählt. Eine Waise war sie, die die Mutter Oberin aufgenommen hatte. Sie hatte ihr bisher noch keinen Anlass gegeben, ihr nicht zu vertrauen.

»Es kam ein Brief von meinem Vater. Er möchte, dass ich heirate.«

Marías Blick hellte augenblicklich auf. Fast ein wenig schüchtern näherte sie sich ihr und nahm ihre Hand.

»Also nichts Schlimmes. Für manche ist es etwas sehr Schönes, sogar ein Traum«, sagte sie und richtete ihren Blick dabei verklärt in die Ferne. Laura schloss daraus, dass María diesen Traum hatte, doch als Waise konnte sie froh sein, dass sich das Kloster ihrer angenommen hatte.

»Er ist kein guter Mann«, wagte Laura zu sagen.

»Aber wenn dein Vater es so möchte. Kannst du dich dem widersetzen?«

»Die Mutter Oberin rät mir dazu, hierzubleiben. Das Gelübde … es liegt an ihr, wann ich es ablege. Sie trägt für meine Wohlfahrt Sorge«, versuchte sie, María zu erklären.

Laura rechnete damit, dass auch María dies anerkennen würde, schließlich hatte Schwester Agnes auch ihr Wohl im Auge, sonst wäre sie nicht hier. Stattdessen verfinsterte sich Marías Miene. Sie ließ ihre Hand los und biss sich auf die Lippe. Laura konnte ihr ansehen, dass sie mit sich rang.

»Es betrübt mein Herz, darüber zu sprechen, doch …«, fing sie an.

»Sag es mir, María. Was bedrückt dich?«

María blickte sich um, als ob sie sich vergewissern wollte, dass sie unbeobachtet waren. Dann trat sie näher an Laura heran. Doch bevor sie zu sprechen begann, bekreuzigte sie sich. »Ich hoffe, der Herr verzeiht mir, dass ich unsere Mutter Oberin belauscht habe. Ich war in der Kleiderkammer und blieb unbemerkt. Sie hat mit Schwester Dorotea gesprochen.«

»Mit Schwester Dorotea?«, wunderte Laura sich. Sie wusste, dass sie die Schatzmeisterin des Klosters war.

»Unsere ehrwürdigste Mutter hat sie gefragt, wie viel kastilische Mark, also Vellóns, dein Vater monatlich bezahlt. Es ist ein kleines Vermögen. Ich habe nicht jedes Wort mitbekommen, doch ich wurde gewahr, dass er mehr bezahlt als so manch anderer, weil du nicht von blauem Blute bist. Nun, wo du mich eingeweiht hast … Die ehrwürdigste Mutter will, dass du bleibst, weil sie auf das Geld deines Vaters angewiesen ist. Dorotea hat gefragt, ob sie dir das Gelübde bereits angeboten hat … und dann kam noch zur Sprache, dass sie dich mit der Bibliothek ködern könne, falls du es dir anders überlegst. Du hättest doch so gerne Zugang, aber ich fürchte, sie ist nur denjenigen mit hochstehender Abstammung vorbehalten.«

Laura konnte kaum glauben, was María ihr eröffnete. Das würde ja bedeuten, dass die Mutter Oberin sie nicht aus Nächstenliebe vom Weg in die Ehe abbringen wollte, sondern aus purem Eigennutz.

María schien die gleichen Schlüsse zu ziehen. In ihren Augen spiegelte sich Mitgefühl. »Was wirst du jetzt tun?«, wollte María wissen.

Laura zuckte ratlos mit den Schultern.

»Für mich ist es ein Segen, hier zu sein, aber du … mit deinen Talenten … Ich weiß das doch … Du bist belesen und weißt viel mehr als wir anderen … Sie lassen dich niemals das Leben führen, das du möchtest«, sagte María.

Laura hätte sich am liebsten zu Boden sinken lassen. Obgleich an der frischen Luft, schien es ihr, als ob ihr jemand den Atem abschnürte. Saverio Morales heiraten? Das kam nicht infrage. Ebenso wenig aber eine lebenslange Knechtschaft im Gewand einer Braut Gottes.

Laura hoffte inständig, dass die Mutter Oberin sie an diesem Nachmittag nicht mehr behelligen würde. Diese Hoffnung entsprang nicht der Sorge, dass sie versuchen könnte, ihr das Leben im Kloster unter Vorspiegelung falscher Tatsachen schmackhaft zu machen. Laura quälte nun etwas ganz anderes, denn eine Entscheidung zwischen dem einen und dem anderen war nun nicht mehr notwendig. Sie hatte sich bereits entschlossen, und zwar dazu, das Kloster zu verlassen. Daraus erwuchsen aber neue penible Fragen. Vor allem die nach dem Wie, und die beschäftigten Laura, während sie in der Küche zugange war und Schwester Teresa dabei half, Äpfel zu schälen. Sie war die dienstälteste Schwester und im biblischen Alter von fünfundsechzig Jahren noch so rüstig, dass sie sich immer noch als Köchin betätigte. Ihre Liebe zum Herrn hätte sie jung gehalten, pflegte sie zu sagen. Sie unterhielten sich sonst rege, wenn Laura in der Küche war, doch an diesem Nachmittag war Laura ganz in sich gekehrt. Sie hatte Mühe, sich auf das Schälen der Äpfel zu konzentrieren, und das fiel Teresa auf.

»Welche Laus ist dir denn über die Leber gelaufen, mein Kind?«, fragte sie.

Auch wenn Laura in Teresa fast etwas Großmütterliches sah, wagte sie es nicht, sich ihr zu offenbaren.

»Ich bin heute nur etwas müde«, sagte sie, ohne dabei lügen zu müssen, denn zu dem Entschluss zu kommen, das Kloster zu verlassen, hatte sehr viel Kraft gekostet.

Teresa musterte sie misstrauisch. »Dann begib dich heute Abend besonders zeitig zur Ruhe, aber lass von den Äpfeln noch etwas dran.«

Laura war so in Gedanken, dass sie die Früchte in der Tat etwas zu großzügig von ihren Schalen befreit hatte. Um ein Haar hätte sie sich noch geschnitten.

Wie Laura es auch drehte und wendete, von hier schien es kein Entkommen zu geben. Freilich könnte sie auf dem Weg in die Stadt von dannen ziehen, doch das würde nicht unbemerkt bleiben. Selbst wenn sie es schaffte, sich mit einer glaubwürdigen Ausrede aus dem Kloster zu entfernen, beispielsweise um Besorgungen zu machen, wie weit würde sie ohne Kutsche kommen? Die war nur der Mutter Oberin vorbehalten und in den Stallungen würde man ihr die Kutsche nicht geben. Zu Fuß und in Nonnentracht käme sie sicher nicht weit. Eine so gekleidete Frau fiel überall ins Auge. Man würde sie schnell finden und sie müsste sich dann zur Rechenschaft ziehen lassen – am Ende gar vor der heiligen Inquisition.

»Ich vermisse deine leuchtenden Augen und deine Geschichten aus all den Schriften, die du liest«, warf ihr Teresa prompt vor. Sie tat es augenzwinkernd, doch der Vorwurf stand im Raum. Sie selbst konnte ja nicht lesen und wollte es auch nicht mehr lernen.

Laura rang sich ein Lächeln ab. Dieses Leuchten war in der Tat erloschen und auch Teresas aufmunternde Worte konnten es nicht wieder zum Leben erwecken.

Die Äpfel waren geschält. Laura hatte nur noch das Bedürfnis, allein zu sein, um über die Flucht nachzudenken, doch was brachte es, über etwas nachzugrübeln, was sowieso aussichtslos war? Die vielen Pflichten im Kloster ließen ihr keine Zeit dazu. Schon klopfte es an der Tür, die nach draußen führte. Laura erschrak. Zunächst glaubte sie, die Mutter Oberin würde nach ihr sehen, doch dann fiel Laura ein, dass um diese Zeit immer Gustavo mit seinem Burschen kam. Morgens brachte er ihnen frisches Gemüse und gegen Nachmittag Fleisch vom Markt. Nur noch diese wenigen Minuten durchstehen, dachte sie sich und öffnete ihm dann die Tür.

Der alte Gustavo, eine ruppige Erscheinung, aber mit einem großen Herzen, begrüßte sie wie jeden Tag mit einem einnehmenden Lächeln. Er mochte Laura. Das lag vermutlich daran, dass sie bei seinen Lieferungen gelegentlich ein Auge zudrückte, wenn das Gemüse oder das Obst nicht mehr ganz frisch waren – meist nur ein kleiner Teil. Bevor Laura zu dieser Arbeit eingeteilt worden war, hatte er manches davon wieder mitnehmen müssen. Bei Laura nicht. Die Burschen, die die schweren Kisten in das kühle Kellergewölbe schafften, waren Tagelöhner. Es war selten, dass Gustavo mit dem gleichen Gehilfen kam.

»Wie geht es Euch, wertes Fräulein?«, fragte Gustavo, nachdem sie ihm bedeutet hatte einzutreten. Auch das mochte sie an ihm. Er sprach wie ein Edelmann und erinnerte sie an ihr Leben in San Sebastián. Seine Frage ließ sie heute jedoch unbeantwortet.

»Hereinspaziert. Teresa ist schon am Zubereiten der Mahlzeit. Ihr habt Hammelfleisch dabei?«, fragte sie gemäß den ihr übertragenen Aufgaben.

»Natürlich. Und den besten Hammel doch dazu«, erwiderte er und folgte ihr treppab in das Gewölbe, in dem es kühl genug war, um Lebensmittel vor zu schnellem Verderben zu bewahren. Die Kälte, die ihr entgegenschlug, ließ Laura frösteln, viel stärker als sonst. Sie blieb am Ende der Treppen stehen und rieb sich die Hände, doch es half nichts. Mittlerweile zitterte sie am ganzen Körper.

Gustavo bemerkte es erst, nachdem sein Gehilfe die zwei Bottiche aus Metall mit frischem und gepökeltem Fleisch auf seine Anweisung hin in einer Bodensenke abgestellt hatte. Vom Treppeneingang fiel nun Licht auf sein Gesicht. Seine Augen schienen zu leuchten, sein Haupt umspielte ein Lichtkranz. Er sah aus wie eine Engelserscheinung. Gustavo musste gar nichts sagen. Laura konnte in seinen Augen lesen, dass er sich um sie sorgte. Dass sie zitterte wie Espenlaub, war nicht zu übersehen. Der junge Bursche hingegen ging achtlos und ohne ein Wort zu verlieren an ihnen vorbei und wieder nach oben. Gustavo beachtete ihn ebenso wenig, sondern legte sein ganzes Augenmerk auf Laura, die er bisher stets in einer anderen, einer besseren

Verfassung erlebt hatte. Wortlos löste er seinen Umhang von einer Schnalle und legte ihn um ihre Schultern. Laura konnte sich nicht erklären, warum sie diese Geste so berührte. Sein Blick, so sanftmütig, als würde Jesus selbst sie anblicken, genau wie sie ihn sich immer als Kind vorgestellt hatte. Laura konnte ihre Tränen nicht mehr unterdrücken.

»Arme Schwester Laura. Seid Ihr erkrankt?«, fragte er.

Laura schüttelte den Kopf und versuchte, sich ein zuversichtliches Lächeln abzuringen. Es misslang. Warum hörte er nicht auf, sie so eindringlich anzusehen? Seine Augen wurden unendlich traurig. Sie schienen ihr Innerstes zu lesen.

»Was ist mit Euch geschehen?«, fragte er geradeheraus.

Laura konnte sich unmöglich einem Fremden anvertrauen. Noch nicht einmal mit María könnte sie über ihre Pläne sprechen.

»Ich komme seit vielen Jahren hierher. Nur einmal habe ich eine Schwester so unglücklich und weinend gesehen. Sie war so alt wie Ihr.«

»Warum hat sie geweint?«, wollte Laura wissen.

»Das Leben hier … sie war nicht dafür geboren, aber ihr Vater wollte es so. Sie hatte sich in einen jungen Mann verliebt, ein Handwerksgeselle im Dorf, doch sie hatte das Gelübde schon abgelegt und sich dem Herrn verschrieben. Werte Schwester Laura. Ich sollte das nicht sagen, aber dieser Moment, er erinnert mich daran, als sie sich mir offenbart hat.«

»Was ist mit ihr geschehen?«

»Sie hat gesündigt. Die Liebe hat ihr Fleisch schwach gemacht. Sie wurde nicht damit fertig, mit der Scham, der Sünde … Sie entschied sich für einen Aderlass, aber nicht um gesund zu werden, sondern um diese Welt für immer zu verlassen.«

Laura spürte Schwindel in sich aufsteigen und erwartete, jeden Moment in sich zusammenzufallen. Sie suchte Halt an der Wand, doch Gustavo fing sie auf.

»Ich kann nicht hierbleiben«, schluchzte sie.

»Habt Ihr Euch etwa auch in einen …?«

»Nein«, fiel sie ihm ins Wort.

»Verzeiht. Es steht mir nicht zu, Euch das zu fragen. Ihr mögt Eure eigenen Gründe haben.«

Laura konnte nun nicht mehr schweigen, denn sie fürchtete, dass es ihr genauso ergehen könnte wie der anderen, von der bisher niemand im Kloster gesprochen hatte. Solche Dinge kehrte man sicher bewusst unter den Teppich.

»Ich weiß nur nicht, wie ich es anstellen soll«, gestand sie ihm.

Gustavos Blick ging ins Leere. Er schien für einen Moment lang zu überlegen. »Es könnte gelingen«, sagte er dann unvermittelt.

»Ihr meint … Ihr könntet mich von hier wegbringen? Aber ich habe ja noch nicht einmal mehr normale Kleidung.«

»Die kann ich Euch besorgen … vom Hof.« Dann musterte er ihre Statur.

»Die Kleidung einer Magd?«, wollte sie wissen.

»Nein. Ihr müsst Euch heute Nacht die Haare schneiden. Kurz vor dem Morgengrauen komme ich allein, um Euch abzuholen, etwas früher als sonst, wenn Teresa noch nicht in der Küche ist. Niemand hält nach mir Ausschau, bevor ich das Kloster erreiche. Ihr steigt kurz davor zu und Teresa … Sie weiß, dass ich immer einen Burschen dabeihabe, der mir beim Tragen hilft.«

Laura dämmerte, worauf er hinauswollte. »Ihr meint, ich soll mich als junger Bursche ausgeben?«, fragte sie sicherheitshalber nach.

»Niemand wird Euch dann behelligen, doch wohin gedenkt Ihr zu gehen?«

Laura war in ihren Überlegungen noch nicht so weit fortgeschritten, weil sie bis eben eine Flucht für nahezu aussichtslos gehalten hatte. Nun überschlugen sich ihre Gedanken, getragen von der Hoffnung, das Kloster tatsächlich verlassen zu können. Es gab nur einen Ort, an dem sie Zuflucht finden konnte. Sie musste zu ihrer Mutter zurück nach San Sebastián. Weil Vater für seine Geschäfte in der Ferne weilte, würde sie sie allein dort antreffen. Sie könnten sich gemeinsam einen Plan zurechtlegen, wie sie es Vater schonend beibringen konnten, dass sie das Kloster verlassen hatte und sich seinem Willen widersetzte. Mutter würde sicher ihre Arme schützend um sie legen und sie auch vor einer Ehe mit diesem Scheusal bewahren. Sie könnte einen Brief an das Kloster schreiben und vorgeben, dass ihre Tochter sich zu einer Ehe mit einem Basken entschieden hat oder sie kein Geld mehr hätten, um die Schule zu bezahlen. Hauptsache sie war nicht mehr vogelfrei. Mutter würde das sicher für sie tun.

»Es gibt kein Zurück mehr«, sagte sie ihm mit gefestigter Stimme.

»Morgen früh um halb sechs«, bestätigte Gustavo und dann schenkte er ihr ein warmes Lächeln.

Laura holte tief Luft und konnte es nun erwidern.

»Habt keine Angst. Es wird gelingen«, versicherte er ihr. Dann drehte er sich um und ging.

Laura schickte ein Stoßgebet gen Himmel, auf dass seine Worte in Gottes Ohr gelangten.

Kapitel 2

Jana wachte auf und spürte seinen Atem in ihrem Nacken, was ein wohliges Kribbeln verursachte, und auch an ihrem Rücken, weil er sich klammheimlich an sie gelöffelt hatte. Tagsüber den Macho spielen, was ihr an Marcel irgendwo auch gefiel, und nachts so zahm werden wie ein Lamm, um nicht zu sagen, ein Kuscheltier, dessen regelmäßiges Auf und Ab seiner Bauchdecke ihr das Gefühl von Geborgenheit verlieh. Jana wagte es daher nicht, sich zu rekeln oder ihre Position zu ändern. Er könnte davon wach werden und dann wäre der schöne Moment dahin. Jeden Tag könnte sie so aufwachen, aber wollte sie das auch? Jana versteifte sich beim bloßen Gedanken daran.

Die Wärme, die von ihm ausging und sich auf ihren Rücken übertrug, wurde stärker. Sie empfand sie nun fast als unangenehm. Ihr wurde heiß und ein Gefühl der Enge stellte sich ein. Liegen bleiben oder sich bewegen? Jana war unentschlossen und das im Grunde genommen schon seitdem sie sich kennengelernt hatten. Liebe auf den ersten Blick? Marcel sah das offenbar so. Bei ihr war es eher der zweite Blick gewesen. Sie mochte vieles an ihm, vor allem aber sein lockiges Haar und seine Augen. Sie waren braun und hatten doch nichts von diesem treuen Hundeblick, den man von südländischen Typen kannte. Ein Südländer war er allerdings nicht. Wohl eher die zarteste Versuchung, die es seit der Erfindung der Milka gab. Ach ja, sein Schweizer Akzent war auch nicht zu verachten. Egal was er sagte, es klang mit dieser Färbung immer etwas verspielt. Na, dann passt doch alles. Lass die Dinge ihren Lauf nehmen, sagte sie sich, was aber nicht zur erhofften Entspannung führte. Nun wanderte seine Hand von ihrem Bauch eine Etage höher. Er zog sie an sich. Wieder das Gefühl der Enge. Das war nicht normal, wenn doch alles passte. Schon stellte sie sich die Frage, warum sie sich nicht auch sofort in ihn verliebt hatte. Immerhin darauf fand sie eine Antwort. Wer im Hotelmanagement nach einem Touristikstudium Karriere machen wollte und sich auf den Sohn eines Hotelmoguls einließ, dem sagte man nach, dass die Liaison nicht unbedingt tiefen Gefühlen entsprang. Wenigstens passte sie nicht in das Klischee der Blondine, die typischerweise fehlendes Wissen mit ihrem Aussehen wettmachte. Sie war brünett und noch dazu Jahrgangsbeste mit erstklassigen Referenzen aus bereits einjähriger Berufserfahrung in einem Top-Hotel in Barcelona. Vermutlich war Marcel einer jener Klassiker in ihrem Leben, das ihrer Meinung nach schon oft von Schicksalhaftigkeit geprägt worden war. Ihr Chef hatte sie dazu verdonnert, zu einer Touristikmesse in die Schweiz zu fahren, um für seine Hotels in Südamerika die Werbetrommel zu rühren. Das war zwar naheliegend, weil sie Deutsch und Spanisch, noch dazu Baskisch als ihre Muttersprachen bezeichnen konnte, doch zugleich etwas absurd, weil die Schweizer sich ja sowieso zahlreich in ihren Fünfsternebunkern einnisteten. Es hatte also anscheinend so sein sollen, dass sie Marcel kennenlernte.

Marcel rekelte sich. Seine Hände setzten sich prompt wieder in Bewegung. Im Schlaf steuerten sie sicher nicht zufällig auf ihre Brüste zu. Die Knöpfe, die er dabei drückte, funktionierten. Sie stellten weitere Gedanken über die Schicksalhaftigkeit ihres Lebens ab. Schon küsste er ihren Rücken. Wie das prickelte. Bei ihm offenbar auch. Das konnte sie nun spüren.

»Es ist so schön, neben dir aufzuwachen«, säuselte er ihr dann ins Ohr, natürlich mit jenem Alm-Öhi-Akzent, der ihn unwiderstehlich machte.

Sich dem schönen Moment hinzugeben und das gestrige Feuer der Leidenschaft neu zu entfachen, war aber nicht möglich, denn in knapp zwei Stunden hatten sie einen Termin bei seinem Vater und nichts hasste Jana mehr, als morgens gestresst zu einem wichtigen Treffen zu eilen. Außerdem ging es um ihre berufliche Zukunft und um seine.

So wie Marcel nun wohlig stöhnte, erwartete er sicher etwas wie: »Hör nicht auf.«

Der Blick auf den Wecker, dessen Zeiger unbarmherzig nach vorne in Richtung halb acht tickten, machte seine Pläne zunichte.

»Wir müssen raus … Marcel.« Jana brauchte sich gar nicht darum zu bemühen, Wehmut und Bedauern in ihre Stimme zu legen. Sie bedauerte es wirklich. Sich von jemandem zu lösen, der sich nahezu passgenau in sie verkeilt hatte, war schon schwieriger. Ein Ringer konnte einen nicht besser im Griff haben.

»Nur noch ein halbes Stündchen«, bettelte er.

Jana brummelte ein Nein.

»Ein Viertelstündchen?« Er quengelte wie ein kleiner Junge. Humor hatte er. Marcel wusste genau, dass sie seinen Vater nicht warten lassen durften.

»Zapfenstreich also«, grummelte er, ließ von ihr ab und drehte sich auf den Rücken. Marcel gelang es nicht, den Leidenden zu mimen. Das sah Jana daran, dass seine Grübchen sich bewegten. Vermutlich verbiss er es sich, ihre Disziplin, das deutsche Blut in ihren Adern, wie schon so oft auf den Arm zu nehmen.

»Und wenn wir ihn doch ein bisschen warten lassen? Stau? Wecker ging nicht?« Auch das konnte Marcel unmöglich ernst gemeint haben.

»Er bringt uns um und Mexiko können wir dann vergessen«, sagte Jana.

»Man könnte meinen, du wärst seine Tochter«, erwiderte er.

»Deswegen gibt er mir ja auch das Hotel.«

»Ich hab ihm schon auch gut zugeredet«, gestand Marcel.

Also doch Vitamin B. Jana stutzte. Davon war bisher nie die Rede gewesen.

»Nur ein kleines bisschen«, ergänzte Marcel um des lieben Friedens willen.

Das Thema ließ sich nicht weiter ausführen, denn es klingelte an der Tür.

»Wahrscheinlich kommt er uns holen«, witzelte Marcel.

Jana setzte sich abrupt auf und angelte sich ihren Kimono vom Korbstuhl neben dem Bett.

»Quatsch. Post«, gab sie ihm zu verstehen.

»Die können die Briefe doch auch einwerfen.«

»Nicht wenn er zweimal klingelt«, klärte Jana ihn auf, weil Marcel noch nicht oft genug bei ihr genächtigt hatte, um bei den Gepflogenheiten des Postboten mitreden zu können.

»Den Film mag ich … aber dazu müsstest du im Bett bleiben«, sagte er verschmitzt.

Jana warf ihm einen bedeutungsvollen Blick zu und stand auf. »Wenn's was Wichtiges ist oder 'ne Lieferung, dann klingelt er immer zweimal. Das haben wir so vereinbart, weil er seine Tour hier beginnt.« Damit gab sich Marcel zufrieden.

Jana täuschte sich nicht. Mittlerweile wusste sie sogar genau, wann er vor der Tür stand. Er nahm nie den Aufzug, sondern ging über die Treppe. »Morgensport zum Wachwerden«, hatte ihr der junge Landsmann erklärt. Wahrscheinlich lag es aber eher daran, dass gegen halb acht das halbe Haus mit dem Aufzug unterwegs war, sprich zwanzig Parteien und kinderreiche Familien. Die Tür schon zu öffnen, noch bevor er an der Haustür klopfen konnte, gehörte ebenfalls zum Ritual.

»Buenos días, Señora Senger.« Das klang aus Juans Mund wie Musik in ihren Ohren. Ein Stück Heimat, auch wenn er kein Baske war, sondern ein andalusischer Postbote.

Jana erwiderte seinen Gruß und schenkte ihm ein Lächeln. Zugleich überlegte sie, ob sie irgendetwas im Internet bestellt hatte. Ein sinnloses Unterfangen, denn er hielt nur einen Brief in der Hand.

»Ein Einschreiben aus Gran Canaria.« Wenn es förmlich wurde, sprach er Deutsch.

»Gran Canaria?« Jana fiel aus allen Wolken.

Nun besah sich Juan den Brief näher. »Aus Arucas. Das sieht man am Poststempel.«

»Arucas?« Jana überlegte fieberhaft, wo das lag. In ihrer bisherigen Hoteltätigkeit waren bei ihr lediglich Orte wie Playa del Inglés und Maspalomas hängen geblieben. Dahin schaufelten die Reiseveranstalter jährlich Millionen Touristen.

»Liegt im Norden der Insel«, sagte er und hielt ihr ein elektronisches Lesegerät und den Eingabestift zum Signieren hin.

»La parte verde de la isla.« Dass es im Norden der Insel grün war, musste er natürlich wieder auf Spanisch sagen. Eigentlich wollte Jana ihn noch fragen, woher er die Insel kannte, doch der Absender raubte ihr die Sprache. Der Brief war von einem Notariat.

»Danke, Juan.« Den üblichen spanischen Small Talk verkniff sie sich, weil ihr Gehirn anfing zu rattern. Es gab schließlich nicht den geringsten Grund, dass ihr jemand einen Einschreibebrief aus Gran Canaria schickte, schon gar keinen von einem Notariat.

Wer um alles in der Welt war Arris Fuentes? Diese Frage hatte sich förmlich in Janas Kopf eingenistet. Es verstand sich von selbst, dass sie den Briefumschlag in Windeseile geöffnet hatte, weil es schließlich nicht alle Tage vorkam, Post von einem Notar zu bekommen. Das Schreiben war Thema Nummer eins beim Frühstück gewesen und auf der Fahrt durch die Frankfurter Innenstadt redeten sie über nichts anderes.

»Glaub mir. Das ist eine Verwechslung.« Marcel konnte offenbar gar nicht verstehen, dass sie sich so viele Gedanken machte.

»Wie soll das denn gehen? Wie viele Jana Sengers mit meinem Geburtsdatum gibt es denn? Woher hat dieser Fuentes eigentlich diese Daten und vor allem meine Anschrift?« Jana hoffte, dass Marcel nun endlich damit aufhörte, diese Angelegenheit mit der stoischen Gelassenheit, die für die Schweizer typisch war, herunterzuspielen.

»Bauernfängerei. Ich sag's dir doch. Jemand will dich reinlegen.« Marcels erster Gedanke, nachdem sie ihm den Brief ans Bett gereicht hatte, schien im Moment tatsächlich immer noch die einzige logische Erklärung zu sein.

»Du arbeitest in der Touristikbranche, hast ein Profil bei Facebook, bei LinkedIn, bist mit Google zu finden…« Den Gedanken hatte Marcel beim Frühstück entwickelt. Alles möglich und stimmig, doch Jana glaubte, dass er es sich zu einfach machte.

»Das ist wie mit diesen Mails aus Südafrika. Irgendein Anwalt schreibt dich an und eröffnet dir, dass du ein Vermögen geerbt hast. Zur Abwicklung musst du dann ordentlich in die Tasche greifen«, führte Marcel aus.

Jana hatte zwar noch nie eine solche Mail bekommen, doch davon gehört. Auch möglich, aber was nützten einem gute Argumente, wenn so ein Stück Papier einen immer mehr aufwühlte? Jana konnte sich nicht erklären, warum. Irgendein

Irrer aus diesem Arucas hatte sie als Alleinerbin seines Anwesens eingesetzt. Was Marcel bei seinen Überlegungen zudem außer Acht gelassen hatte, war der Umstand, dass dies keine E-Mail war, die man aus dem Spam seines Postfachs herausfischte. Als Marcel unter der Dusche gewesen war, hatte sie sich nämlich bei Google über den Notar schlaugemacht. Alfonso Pérez gab es wirklich. Er hatte seine Kanzlei in Las Palmas und seine Webseite sah nicht nach einem Fake aus. Das machte es noch viel mysteriöser.

»Ruf diesen Notar doch einfach an.« Marcel klang etwas genervt, weil er ja mitbekam, wie zappelig und unruhig sie inzwischen war.

»Da geht doch um die Zeit keiner ran«, gab sie ihm zu verstehen.

»Warum? Ist doch schon kurz vor halb zehn.«

»Hier, aber nicht auf den Kanaren. Die sind eine Stunde zurück.« Jana wusste, dass in keinem spanischen Büro vor neun gearbeitet wurde.

»Leg den Brief doch einfach mal weg. Du machst dich ja noch völlig verrückt«, verlangte Marcel.

Der schien aber mittlerweile an ihren Händen zu kleben.

»Vielleicht kannte dein Vater diesen Mann. Er war doch Baske?«

»Fuentes ist aber kein typisch baskischer Name. Außerdem kannte ich Vaters enge Freunde. Der Name war nie gefallen.«

»Er war Hotelier. In unserer Branche lernt man viele Leute kennen.«

»Aber die vererben einem kein Haus auf einer Kanareninsel!«

»Vielleicht hatte dieser Arris Schulden bei deinem Vater. Am Ende hat er Geld zur Seite geschafft und der Mann war sein Partner. Dein Papa lebt nicht mehr. Es ist doch denkbar, dass du dann etwas erbst«, spekulierte Marcel. Ein Schweizer, der im Land der Schwarzkonten aufgewachsen war, kam natürlich auf solche Gedanken. Von der Hand zu weisen waren sie jedenfalls nicht. Jana sagte trotzdem nichts darauf und starrte auf den vor ihr liegenden Großstadtverkehr, der immer dichter wurde, je näher sie dem Bahnhofsviertel kamen. Auf alle Fälle hatte Marcel dahingehend recht, dass es allerhöchste Zeit war, den Brief wieder wegzulegen, um sich gedanklich auf das bevorstehende Treffen vorzubereiten. Jana hatte Marcels Vater erst vor drei Wochen kennengelernt und bisher zweimal gesehen. Der erste Anlass war rein privater Natur gewesen. Marcel hatte sie seinen Eltern vorgestellt, wohl auch, um ihrer inzwischen fast schon dreimonatigen Beziehung mehr Gewicht zu verleihen. Was hatte Marcel sich verrückt gemacht. Und zu Recht. Seine Eltern gehörten zum Hoteladel und wünschten sich natürlich nur das Beste für ihren Sohn. Die Rolle seines Schmuckstückes hatte sie ihm zuliebe gespielt, einer Perle, die, obwohl nicht aus reichem Elternhaus, mit gutem Aussehen und Intelligenz punkten konnte. Letzteres und noch viel mehr, sprich Ehrgeiz und Engagement, hatte Marcels Vater bei ihrem zweiten Treffen eingefordert, das rein beruflicher Natur gewesen war. Die grauhaarige Schweizer Eminenz verlangte geistige Präsenz, Präzision, Fachkenntnis und Engagement. Genau diese Eigenschaften schienen ihr nun kurzfristig verloren gegangen zu sein. Immerhin reichte die bloße Erinnerung an ihre ersten beiden Begegnungen mit ihm, um den Brief endlich zusammenzufalten und ihn in ihrer Handtasche verschwinden zu lassen. Marcel hatte inzwischen sowieso schon das altehrwürdige Bürogebäude in der Neckarstraße erreicht. Noch einmal tief Luft holen und dann ran an den Speck. Schließlich war ihr Lebenstraum, ein Luxushotel an einem der schönsten Flecken der Erde zu führen, nun zum Greifen nah.

Wenn man mitten ins kalte Wasser geworfen wurde, setzten Überlebensinstinkte ein. Präsent sein im Hier und Jetzt, hieß es. Ebenso Hände von Mitarbeitern und künftigen Kollegen schütteln, die sich im Konferenzraum versammelt hatten – die von Marcels Vater natürlich besonders innig. Rüdiger Findeisen hatte einen Architekten, seine Sekretärin, die etwas von Gundula Gause, der Nachrichtensprecherin des ZDF, an sich hatte, einen solariumgebräunten Juristen, ebenso grau meliert wie Marcels Vater, und eine Marketing-Angestellte, die Jana auf Mitte vierzig schätzte, um ein Modell der Hotelanlage versammelt, das auf dem Konferenztisch stand. Wenn das Teil da unten in Wirklichkeit nur halb so gut aussah, war es sicher kein Kunststück, es ganzjährig zu belegen. Jana hatte sofort eine der riesigen Hotelanlagen aus Dubai vor Augen, nur dass das Hauptgebäude kein Sultanspalast, sondern eine ausladende Hacienda war, die mit einem Infinity-Pool glänzte. Und diese Anlage durfte sie nun bald führen, zumindest hatte Rüdiger sie in dieser Funktion vorgestellt – an der Seite seines Sohnes natürlich. Alles andere hätte sein Personal wohl nicht verstanden, denn eine Fünfundzwanzigjährige, die gerade mal ein Jahr Berufserfahrung vorweisen konnte, führte normalerweise kein Luxushotel. Dass sie der Jurist und die Marketing-Tussi argwöhnisch und mit diesem wissenden Blick gemustert hatten, war alles andere als verwunderlich.

»Wenn Sie bitte ein paar Worte zum Umbau und den Besonderheiten sagen könnten.« Rüdiger Findeisens Aufforderung an den Architekten, ihr alles Wissenswerte über den Umbau von einem verkommenen Schrotthotel zum Luxusbunker zu berichten, öffnete eine schier nicht versiegen wollende Quelle, aus der technisches Blabla sprudelte, dem lediglich Findeisen und Marcel, wie Jana aus den Augenwinkeln sehen konnte, mit Begeisterung folgten. Die Tonlage des Architekten war ermüdend, da er, anscheinend ohne zu atmen, redete und redete. Präsenz war nun nicht mehr erforderlich. Jana starrte auf das vor ihr liegende Modell der Hacienda und fragte sich prompt, wie wohl das Anwesen aussehen würde, das sie auf der Insel des ewigen Frühlings angeblich geerbt haben sollte. Schon war der Brief erneut vor ihrem inneren Auge und auch all die quälenden Fragen, die ebenso wenig versiegen wollten wie der Redefluss ihres Gegenübers, der nun auch noch mit einem Pointer auf dem Modell des Geländes auf- und abfuhr. Das Pendel eines Hypnotiseurs konnte nicht effektiver sein. Wie es wohl im Norden dieser Insel aussah? In den Katalogen, die ihr bisher in die Hände gefallen waren, sah man immer nur Strände und schicke Hotels mit gepflegten Poolanlagen. Ihre Eltern hatten dort vor vielen Jahren Strandurlaube gemacht und ihr ein paar Nullachtfünfzehn-Fotos gezeigt. In der Schule hatte sie im Geografie-Unterricht auch nicht sonderlich viel über die Kanaren gelernt, was auch kein Wunder war, denn an einer baskischen Schule standen das Baskenland und die Geschichte der iberischen Halbinsel an erster Stelle. Im deutschen Schulunterricht, sprich ab der fünften Klasse, nachdem ihre Eltern das Hotel ihrer Großmutter übernommen hatten und nach Frankfurt gezogen waren, spielten die Inseln überhaupt keine Rolle mehr. Sie konnte sich nur noch daran erinnern, dass es eine autonome Region war und Steuervorteile genoss. Ach ja, und die Inselregierungen wechselten sich ab. Mal war Teneriffa dran, mal Gran Canaria. Verrückt, was dann doch alles zutage kam, wenn man nur tief genug in sich grub.

»Jana?«, kam es urplötzlich vom anderen Ende des Konferenztisches, und zwar vom künftigen Chef persönlich. Seine hochgezogenen Augenbrauen untermalten seine Überraschung, sie nicht bei der Sache zu sehen.

»Darüber habe ich schon mit Jana gesprochen. Wir sollten auf jeden Fall noch diese Brücke über dem Pool bauen. An der Nordseite. Und von der Brücke geht ein Steg direkt zur Poolbar. Dort könnten wir noch zusätzliche Barhocker anbringen.

Denken Sie, das wäre machbar?« Gottlob eilte ihr Marcel zu Hilfe.

Jana nickte das ab und lächelte dabei fest entschlossen.

Findeisen musterte sie skeptisch, lauschte dann aber wieder dem Architekten.

Auch Jana versuchte von nun an, dem Mann zu folgen, um sich ja keine weitere Blöße zu geben, doch ihre Gedanken entwickelten ein Eigenleben. Schon hatte sie Bilder eines Internetvideos im Kopf, das sie rein zufällig vor Monaten auf dem Portal eines Reiseveranstalters gesehen hatte. Es war ein Drohnenflug gewesen, der an der Südküste über weitläufigen Dünen begann und sich dann entlang einer schier atemberaubenden Canyon-Landschaft bis hin zu grünen Schluchten fortsetzte. Seinerzeit hatten sie kaum so nachgehallt wie im Moment, als sie sich die Hacienda inmitten grüner Täler vorstellte und sich eine Landschaft ausmalte, die idyllischer nicht sein könnte. Jana glaubte, dahinter das Meer zu sehen. Das vor ihr liegende Modell schien wie das Tor in eine andere Welt zu sein. »Ein Minikontinent mitten im Atlantik«, hatte ihr doch erst vor Kurzem ihre Kollegin gesagt.

Jana merkte, wie ihre Handflächen feucht wurden. Es war noch nie zuvor in ihrem Leben vorgekommen, dass sie sich nicht auf eine Besprechung konzentrieren konnte. Ihr wurde heiß und sie starrte durch das Modell hindurch.

Marcel musste das wohl mitbekommen haben, denn er warf ihr einen beunruhigten Blick zu. Alles in Ordnung mit dir?, konnte sie in seinen Augen lesen.

Jana war nicht einmal mehr dazu in der Lage, ihm ein aufmunterndes Lächeln zu schenken. Das gelang erst wieder, als er sie direkt ansprach.

»Schenkst du mir auch eins ein?«, fragte er und deutete auf die Flasche Mineralwasser, die vor ihr in Reichweite stand.

Janas geistiger Ausflug zu einer Insel, die sie noch gar nicht kannte, endete jäh.

»Also Teak? Das hält sich bei den Temperaturen und sieht gut aus«, resümierte der Architekt. Es war zugleich eine an die Runde gerichtete Frage.

Jana zog blitzschnell die richtigen Schlüsse. Eine Brücke aus Teak-Holz sah bestimmt sehr gut aus. »Dann sollten wir die Bestuhlung am Hauptpool auch damit ausstatten. Es wirkt edler und passt zum Gelb der Liegenbespannung am Pool«, brachte sie sich mit ein – sehr zur Zufriedenheit von Marcels Vater, der ihr nun wieder ein Lächeln schenkte, doch Jana konnte es nicht erwidern. Seinen Traum in Form gegossen vor sich auf dem Tisch liegen zu haben und sich nicht mehr darüber freuen zu können, war alles andere als normal und regelrecht beängstigend.

Janas Anspannung hatte sich offenbar bereits auf Marcel übertragen. Er wippte nervös mit dem Fuß, während sie mit dem Notar in Las Palmas telefonierte. Jana sah es nicht, spürte es aber, weil sein Bein an der Tischkante des Cafés wetzte, in das sie nach der Besprechung gegangen waren. Seine wachsende Nervosität lag sicher auch darin begründet, dass sein Spanisch nicht gut genug war, um all die Fragen zu verstehen, die sie dem Notar gestellt hatte, und er natürlich nicht hören konnte, was Pérez am anderen Ende der Leitung sagte. Eines stand bereits fest: Bei der Erbschaft handelte es sich um ein größeres Anwesen mit riesigem Grundstück, das an der Nordküste lag. Es war kein Fake und auch keine Bauernfängerei.

»Kennen Sie die Hintergründe, warum er ausgerechnet mich zu seiner Erbin eingesetzt hat?« Diese Frage interessierte Jana natürlich am brennendsten.

»Nein. Er hat mir das Testament persönlich überreicht und ich habe die Formalitäten geprüft, so Dinge wie Ihre Anschrift und ob alles seine Ordnung hat«, gab ihr Alfonso Pérez am Telefon zu verstehen.

»Aber ich bin nicht mit ihm verwandt. Ich kenne ihn ja noch nicht einmal«, wandte Jana ein.

»Ich wünschte, ich könnte Ihnen mehr sagen«, erwiderte der Mann am anderen Ende der Leitung.

»Wie alt ist er geworden?«, wollte Jana wissen.

Marcel musste das verstanden haben, weil sein Gewippe für einen Moment nachließ und er aufhorchte.

»Dreiundneunzig«, kam es prompt zurück. Jana wiederholte es, damit Marcel es auch hörte. Der wirkte erstaunt.

»Ein stolzes Alter«, sagte Jana mehr zu sich.

»Das ist hier auf den Kanaren nicht ungewöhnlich. Es muss wohl am gesunden Klima liegen.« Der Tonfall des Notars war nun weniger förmlich, doch nach Small Talk war Jana im Moment nicht zumute.

»Haben Sie sonst irgendwelche Hinweise, die erklären, warum ich die Erbin bin? Hat er denn vor seinem Tod wirklich nichts weiter dazu gesagt?«

»Nein. Ich kenne ihn selbst nicht näher, aber es gibt neben dem Testament noch etwas, was ich Ihnen überreichen soll«, erklärte Pérez.

»Noch etwas? Etwa Schmuck? Bargeld?« Jana rechnete schon mit allem.

»Nein. Es ist ein Schlüssel, den ich Ihnen aushändigen soll. Sie kommen doch …«

Jana stutzte. Darüber hatte sie noch gar nicht ernsthaft nachgedacht, dabei war es doch naheliegend. Man konnte ein Erbe ja schließlich nicht per Klick im Internet antreten.

»Señora Senger?« Pérez wunderte sich bereits über ihre Denkpause.

»Was ist?«, fragte Marcel gleich nach.

Jana legte die Hand für einen Moment auf die Sprechmuschel.

»Er geht davon aus, dass ich komme«, sagte sie im Flüsterton.

»Das geht nicht. Wir fliegen in zwei Tagen nach Mexiko.« Marcels Nervosität übertrug sich erneut auf den Tisch. Am liebsten wäre Jana aufgestanden.

»Ja ... ich werde kommen«, sagte sie dann entschlossen, auch wenn sie sich nicht erklären konnte, woher sie die Sicherheit nahm, dass diese Entscheidung richtig war.

Marcels Augen weiteten sich. Das hieß so viel wie: Wie bitte?

Mit ihm zu reden, war im Moment wohl wichtiger, als das Gespräch mit dem Notar fortzusetzen.

»Ich melde mich bei Ihnen«, sagte sie Pérez zum Abschied, bevor sie das Gespräch beendete.

»Das geht nicht«, platzte Marcel sogleich heraus.

»Ich weiß, dass das nicht geht.«

»Warum sagst du dann zu?«

»Weil es mir wichtig ist«, versuchte Jana ihm begreiflich zu machen.

»Und unser Traum? Das Hotel? Mein Vater flippt aus.«

»Wir können die Reise doch auch um ein paar Tage verschieben. Was macht das schon?«

»Aber das Team ... Die warten auf uns.«

»Rede mit ihm. Zur Not sage ihm, dass ich krank bin.«

»Er mag keine kranken Menschen. Wer krank ist, der kann kein Hotel führen. Ja, so ist er«, erwiderte Marcel. Wenigstens löste sich nun ein Lächeln in seinem Gesicht, doch es fror sehr schnell ein und wich einem nachdenklichen Blick.

»Was überlegst du? Sollen wir ihm etwa die Wahrheit sagen?«

»Nein ... aber ... wenn es wirklich kein Fake ist ... Ein Anwesen auf einer Touristeninsel. Das sagte er doch. Du könntest das Erbe antreten und es verkaufen.« Der Schweizer Geschäftsinstinkt hatte ihn wieder.

»Darüber denke ich später nach … Verdammt noch mal. Wieso ich?«

Marcel zuckte ratlos mit den Schultern und suchte offenbar genau wie Jana nach einer brauchbaren Erklärung. Die hatte er dann überraschenderweise parat.

»Er war ein alter Mann … Könnte es denn nicht sein, dass am Ende deine Großmutter früher mal …?«, deutete er an.

Jana begriff sofort, worauf er hinauswollte. »Meine Abuela?« Kaum ausgesprochen musste Jana sich aber einräumen, dass es keinen Grund dafür gab, diese Möglichkeit nicht in Betracht zu ziehen. Natürlich könnte sie was mit Fuentes gehabt haben.

»Mutter hat mir nie solche Details aus dem Leben meiner Abuela erzählt«, sagte Jana, doch was hieß das schon?

»War deine Großmutter denn mal auf der Insel?«, hakte Marcel nach.

»Soviel ich weiß, nein, zumindest erinnere ich mich nicht daran. Nein. Das hätte ich mitbekommen«, sagte Jana.

»Eine große Liebe, von der niemand etwas wusste?«, stellte Marcel in den Raum.

»Sie war verheiratet und Mutter hatte immer davon geschwärmt, wie toll die Ehe der beiden gewesen war.«

»Früher vielleicht?« Marcel biss sich an diesem Gedanken buchstäblich fest.

»Was heißt schon früher? Da gab's ja noch nicht einmal regelmäßige Flugverbindungen und warum sollte sich eine Deutsche ausgerechnet in einen Canario verlieben?«

Das zügelte die Gäule, die eben mit Marcel durchgegangen waren.

»Meine Eltern kann ich ja jetzt leider nicht mehr fragen«, sagte Jana mehr zu sich.

Marcel nickte gefühlvoll. Er wusste, dass sie nicht mehr am Leben waren.

»Und deine Großmutter? Die lebt doch noch. Hast du mir nicht erzählt, dass du sie regelmäßig besuchst?«

»Dann hab ich sicher ein in diesem Fall wichtiges Detail unterschlagen«, erwiderte Jana.

»Und das wäre?«

»Demenz … Ich bin schon froh, wenn sie mich überhaupt noch erkennt.«

»Ist es nicht so, dass sich alte Leute oft an Dinge von früher sogar besser erinnern können?«

»Möglich«, musste Jana einräumen.

»Frag sie.« Es überraschte Jana, dass es nun Marcel war, der sie dazu drängte, nichts unversucht zu lassen, um die Hintergründe dieser Erbschaft aufzuklären.

»Wir verrennen uns gerade in was. Meine Abuela ist ja noch am Leben, also hätte sie doch auch alles erben können.«

Das war ein überzeugendes Argument. Es bremste Marcels Tatendrang, doch das Rätsel ließ ihn offenkundig auch nicht mehr los.

»Aber es muss doch einen Grund dafür geben, der irgendwie mit der Vergangenheit zusammenhängt. Am Ende hatte deine Mutter was mit Fuentes' Sohn – heimlich … Was weiß ich …«

»Okay. Ich fahr noch heute Nachmittag zu Oma.«

»Soll ich dich begleiten? Ich hab sie ja noch nicht kennengelernt.«

»Besser so«, sagte sie ihm ganz offen, denn hier ging es eindeutig um eine Familienangelegenheit.

Die Autofahrt von Frankfurt in Richtung Taunusgebirge erinnerte Jana stets an ihre Heimat, den Ort, an dem sie aufgewachsen war. In dem Nest im Hinterland San Sebastiáns sah der Wald nämlich ähnlich aus. Man hatte dort das Gefühl, in

Deutschland zu sein. Freunde ihrer Eltern, die sie gelegentlich besucht hatten, hatten sich stets darüber gewundert, dass Spanien dort nicht nach Spanien aussah, also nicht nach Strand und Meer unter glühend heißer Sonne. Lediglich vereinzelt aus dem Grün sprießende Palmen und Blumen, die in Deutschland klimabedingt nicht heimisch waren, erinnerten einen daran, nicht im Taunusgebirge unterwegs zu sein. Und wie bei jeder Fahrt zu ihrer Großmutter, die durch diesen Landstrich führte, empfand sie eine nicht erklärbare Enge, die sie mit ihrer Heimat, dem kleinen Ort mit den verwinkelten Gässchen, in Verbindung brachte. Die hatte sie schon als Kind verspürt. Die Angst vor dem Eingesperrtsein, die sie in vielen Albträumen bis heute heimsuchte, war rational überhaupt nicht zu erklären. Wer im Hinterland von San Sebastián wohnte, hatte es bis zum Meer nicht weit. Da konnte man sich doch nicht eingeengt oder gar eingesperrt fühlen. Ihre Großmutter hingegen hätte allen Grund dazu. Die Altersresidenz kurz vor Königsstein hatte etwas von einem mehrstöckigen Hochsicherheitstrakt, nur dass er von außen begrünt und in eine kleine Parkanlage eingelassen war. Angeblich war das *Rosengarten* aber eines der besten Heime für ältere Menschen. Ihre Großmutter hatte es sich zudem selbst ausgesucht, und zwar nicht nur, weil hier auch Pflegefälle bis ins hohe Alter menschenwürdig versorgt wurden. Angeblich hatte der Ort am Fuß des Berges gute energetische Schwingungen, für die ihre Abuela zugänglich war. Im Mittelalter wäre sie wohl nicht so alt geworden. Man hätte sie als Hexe verbrannt. Heute würde man sie als Vollblutesoterikerin bezeichnen. Ihre spirituelle Ader hatte reziprok zu ihrem geistigen Verfall im Zuge der schnell fortschreitenden Demenz auch noch stark zugenommen. Das eigentlich Beängstigende daran war, dass insbesondere an ihrer Kartenlegerei etwas dran zu sein schien. Jana erinnerte sich noch genau an die Warnung, die ihre Großmutter unmittelbar vor dem letzten Skiurlaub ihrer Eltern ausgesprochen hatte. Sie waren vor fünf Jahren beim Abgang einer Lawine ums Leben gekommen. Im Nachhinein hatte Großmutter ihr sogar gestanden, dass sie den Tod ihrer Tochter gespürt hatte. Das musste stimmen, denn die Residenz hatte am Tag des tragischen Unfalls bei Jana angerufen, weil es ihrer Großmutter so schlecht gegangen war. Der Anruf von der Schweizer Polizei war dann eine halbe Stunde später gekommen. Großmutter schien wahrlich über eine spirituelle Begabung zu verfügen, und es überraschte Jana keinesfalls, sie auf ihrem Zimmer im fünften Stock vor einem Set Tarotkarten vorzufinden.

Die Karten stachen einem sofort ins Auge. Sie waren das einzig Bunte in ihrem ansonsten von zwei Farbtönen dominierten Zimmer. Die Stühle, der Wohnzimmertisch und die Wohnwand waren eierschalenfarben. Die Polster, Kissen, Vorhänge und sogar der Teppich unter dem Tisch in violettrosa schimmernden Tönen gehalten. Das schenkte dem Raum ein warmes Licht.

Großmutters Zustand musste sich erneut verschlechtert haben, denn sie sah noch nicht einmal zu ihr auf, obwohl sie gehört haben musste, dass jemand hereingekommen war. Sie saß seelenruhig auf der Couch und nahm eine weitere Karte vom Stapel, die sie mit ruhiger Hand und fast schon andächtig auf andere bereits auf dem Tisch drapierte Karten legte. Erst als Jana auf einem der Sessel neben der Couch Platz nahm, sah sie zu ihr her, und zwar mit dem gleichen überraschten Blick wie schon bei Janas letzten Besuchen. Sie erkannte sie nicht.

»Guten Tag. Ist das nicht ein wunderschöner Tag heute?«, fragte sie ihre Abuela und blickte dabei zum Fenster, durch das die Sonne hereinschien.

»Ja, ein schöner Tag.« Jana wusste, dass es ein Glücksspiel war, ob sie sie während ihres Besuchs noch erkennen würde. Es half nichts, sie unter Druck zu setzen, doch Jana hatte einen Trick in petto und griff gleich in ihre Handtasche, um

Zauberer zu spielen. Darin befand sich eine Spieldose, die ihr ihre Großmutter vor Jahren zum Geburtstag geschenkt hatte. Sie war schmucklos. Im Prinzip nur eine Holzbox, die in etwa doppelt so groß wie eine Streichholzschachtel war. Eine Kurbel steckte seitlich daran. Jana überlegte, ob sie noch etwas damit warten sollte, die Spieluhr aufzuziehen. Ihre Großmutter war bereits wieder in ihr Kartenset vertieft. Sie sah mit Verzückung darauf. Offenbar las sie darin Gutes. Jana drehte an der Kurbel. Das Geklimper von *Guten Abend, gut' Nacht* setzte ein. Schon legte sich ein Lächeln um Großmutters Mund. Ihr Blick verklärte sich, als ob sie nun durch die Karten vor ihr auf dem Tisch hindurchsehen würde. Sie seufzte und sah dann zu Jana auf.

»Wie schön das ist. Wie schön …«, sagte sie nur.

Wenn etwas Leben in ihre Augen kam und sich die Pupillen bewegten, dann war Großmutter im Hier und Jetzt.

»Ach Kind … Ich hab dich gar nicht reinkommen hören. Wie geht es dir?«, fragte sie.

»Gut. Alles in Ordnung.« Jana hatte ihr schon beim letzten und vorletzten Besuch von ihren Mexiko-Plänen erzählt. Es war sinnlos, noch einmal davon anzufangen. Auch an den Namen Marcel konnte sie sich bestimmt nicht mehr erinnern. Also beließ Jana es dabei. Solange sie ansprechbar war, musste man die wertvolle Zeit nutzen, doch wie um alles in der Welt brachte sie ihre Abuela dazu, über einen eventuellen Flirt mit einem Canario zu sprechen? Jana versuchte es mit einer unverbindlichen Frage: »Ich mach bald Urlaub. Auf Gran Canaria. Warst du schon mal dort?«, fragte sie direkt.

»Nein … leider … aber deine Eltern … Du musst Charlotte und Günter fragen. Die haben doch so schöne Fotos gemacht.« Jana war erstaunt, dass sich ihre Großmutter daran erinnerte, an den Tod ihrer Kinder aber nicht mehr. Aber wenn sie schon einmal gedanklich in dieser Zeit war, konnte Jana auch gleich nachhaken.

»War Mama eigentlich auch mal allein dort gewesen, oder Papa?«

»Du stellst ja komische Fragen. Warum sollten sie denn allein verreisen? Sie fahren doch immer gemeinsam in den Urlaub«, erwiderte ihre Abuela, womit eine der Möglichkeiten, über die sie mit Marcel gesprochen hatte, nun definitiv ausschied.

»Hatte Papa nicht einen Freund auf der Insel?« Janas Erinnerung nach ja nicht, doch wer wusste schon, mit wem Vater vor ihrer Geburt befreundet gewesen war.

Ihre Großmutter lachte auf. »Papa? Dein Papa hat keine spanischen Freunde. Nur baskische. Diese sturen nationalstolzen Basken … Aber ich mag ihn … Er ist zwar nur mein Schwiegersohn, aber er könnte mich ruhig auch einmal besuchen.« Nun war Jana es, die seufzte, denn aus dem Besuch konnte ja nichts mehr werden. Sie nun erneut daran zu erinnern, dass er genau wie ihre Tochter nicht mehr am Leben war, würde ihrer Großmutter nur wehtun. Es hatte auch keinen Sinn, weiter in der Vergangenheit zu bohren. Jana konnte sich zudem nicht mehr vorstellen, dass irgendein Familienmitglied je mit Arris zu tun gehabt hatte.

»Was sagen die Karten? Wird es heute ein guter Tag?«, fragte Jana stattdessen eher unverbindlich.

»Du musst eine ziehen«, forderte ihre Großmutter sie auf.

Jana tat wie geheißen. Das letzte Mal hatte sie eine Herz neun gezogen. Die stand für sozialen Aufstieg und Erfolg in der Arbeitswelt. Das hatte sich ja bewahrheitet. Die Karten, die sie heute vor sich liegen hatte, sahen anders aus. Es waren Figuren darauf. Sie trugen mittelalterliche Kleidung. Großmutter hatte verschiedene Kartensets, und wenn Bilder darauf waren, hatte man gleich eine bessere Vorstellung von deren Bedeutung. Normalerweise machte sich Jana einen Spaß daraus, ihr Schicksal anhand der Motive zu erraten, denn sie glaubte nicht an die Aussagekraft von Karten. An die Intuition ihrer Großmutter jedoch schon.

»Du musst sie mischen«, verlangte diese nun.

Das war auch neu. Jana griff beherzt zum Stapel, schob die bereits auf dem Tisch liegenden Karten zusammen und vermischte sie etwas unbeholfen mit den anderen. Das amüsierte ihre Abuela offenbar, weil sie lachte. Nach gut einer Minute hatte Jana aus dem Wirrwarr der Karten einen sauberen Stapel gemacht.

»Nun zieh eine Karte«, forderte Großmutter sie auf.

Auf der ersten Karte war ein Rad zu sehen. Es sah aus wie das Steuer eines alten Großseglers. Über ihm saß ein gekrönter Engel. Sicher hatte das nichts Schlechtes zu bedeuten.

»Etwas ganz Neues … Begegnungen mit Fremden … aber auch glückliche Zufälle werden in dein Leben treten«, murmelte Großmutter vor sich hin. Das klang nicht schlecht. Weitere Nachfragen lagen Jana nicht auf der Zunge.

Die zweite Karte, die Jana abhob und auf dem Tisch vor ihr drapierte, sah alles andere als harmlos aus. Es war der Sensenmann. Da sich die Miene ihrer Großmutter verspannte, wurde Jana augenblicklich etwas mulmig. Hoffentlich sagte sie ihr nun nicht auch noch den Tod voraus, wie sie es bei ihren Eltern ja indirekt getan hatte. Das Problem war, Großmutter sagte zunächst gar nichts. Sie schien angestrengt nachzudenken und schloss dann auch noch die Augen.

»Um Gottes willen, bedeutet das etwas Schlimmes?«, wollte Jana wissen.

Großmutter hatte wieder jenen transparenten Blick drauf. Man wusste gar nicht, worauf sie sah.

»Loslassen. Du musst loslassen … Das ist jetzt ganz wichtig …«

»Du meinst beruflich … oder privat?« Eines von beidem musste es ja wohl sein.

Ihre Großmutter schüttelte den Kopf. »Es geht viel weiter … viel weiter.« Nun sprach sie auch noch in Rätseln. »Zieh noch eine Karte, mein Kind«, forderte sie ihre Großmutter mit sanfter Stimme auf, ohne sie dabei anzusehen.

Jana bemerkte, dass ihre Handflächen inzwischen feucht waren und sie anfing, leicht zu zittern.

Wenn nach dem Sensenmann nun auf der nächsten Karte eine Figur mit den Füßen nach oben und dem Kopf nach unten an einem Seil hing, musste man ja nicht mehr auf die Interpretation oder Eingebung einer Kartenleserin warten. Das sah ziemlich fies aus.

Großmutters Augen weiteten sich.

Jana spürte einen kalten Schauer über ihren Rücken kriechen.

»Die Erlösung … Alles findet zusammen … Du wirst sehen.«

»Von was, Großmutter? Erlösung von was?«, bedrängte sie sie.

Jana zog die nächste Karte, ohne dass ihre Großmutter sie dazu aufforderte. Sie musste einfach wissen, was die Karten noch in petto hatten. Diesmal war es ein König, der vor einem jungen Paar stand. Das brachte bestimmt Glück, redete sich Jana ein.

Großmutter sah sich die Karten überhaupt nicht an und brabbelte darauf los. »Zu lange hat es schon gedauert … Es muss sich erfüllen … Ich weiß es, Kind. Es ist an der Zeit.«

Was redete ihre Abuela da?

Dann blickte Großmutter ihr plötzlich direkt in die Augen. »Du musst dich auf die Suche begeben …«, sagte sie eindringlich. Großmutters Atem beschleunigte sich. Sie wirkte erregt und griff nach Janas Arm, in den sie sich regelrecht krallte. »Du musst dem Herz folgen … Es muss gefunden werden … Es ist dir bestimmt, Jana. Geh und finde es!«, beschwor sie sie.

Jana konnte sich keinen Reim darauf machen, doch ihr Unbehagen schlug nun in Angst um.

»Es ist so schön … das Herz …«, fuhr Großmutter fort. Sie seufzte und erweckte den Eindruck, vollends in ihre Welt der Träume abzugleiten. Ihre Hand ließ Janas Arm los und glitt schlaff zurück auf ihren Schoß. Ein schier glückseliges Lächeln löste sich aus Großmutters Gesicht.

»Abuela?« Sie reagierte nicht mehr. Auch das kannte Jana bereits von vorherigen Besuchen. Am liebsten hätte Jana ihr noch weitere Fragen gestellt, doch sie wusste, dass dies keinen Sinn mehr hatte. Das Herz suchen und ihm auch noch folgen? Warum hatte sie nur solche Angst davor? Die Erbschaft, fiel ihr siedend heiß ein. Das Herz, es musste mit dieser Erbschaft zu tun haben. Auch wenn Jana in dem Moment begann, an ihrem Verstand zu zweifeln, nahm sie sich vor, es zu suchen.

Kapitel 3

Laura hoffte, dass ihr niemand im Speisesaal beim gemeinsamen Abendessen die wachsende Nervosität anmerkte, vor allem aber die Mutter Oberin nicht. Die hatte sie nach der Danksagung für Speis und Trank keines Blickes gewürdigt. Allem Anschein nach ging sie davon aus, dass ihr Schützling, dem sie viel Geld verdankte, wie Laura nun wusste, das Kloster nicht zugunsten einer Ehe aufgeben würde. Auch Laura suchte keinen Blickkontakt zu ihr. Ihre Befürchtung, angesichts ihres Vorhabens keinen Bissen herunterzukriegen, bewahrheitete sich nicht. Sie sagte sich, dass sie sich für die Nacht, vor allem aber für den morgigen Tag stärken musste. Auf diese Weise schaffte Laura es, sich sogar zwei Teller von Teresas Eintopf mit Hammel einzuverleiben. Auch bei der nächsten Routine im Beisein der anderen, dem Abendgebet in der Kapelle, hatte Laura sich gegeben wie immer. Es wurde nicht gesprochen, auch nicht im Waschraum, und schon gar nicht, als sie sich schlafen legte und die letzte Kerze ausgeblasen war. Laura empfand diesen Umstand zum ersten Mal als Segen, genau wie die Kälte im Schlafsaal. Zwar wärmte die Wolldecke in ausreichendem Maße, um eine gewisse Bettschwere, die Wärme nun einmal begünstigte, zu erlangen, doch genau das musste Laura unter allen Umständen vermeiden. Sie würde verschlafen. Insofern blieb ihr nichts anderes übrig, als sich unentwegt wieder aufzudecken, zu frieren, um sich wachzuhalten – und das über mehrere Stunden. Es entpuppte sich als Tortur. Im Raum war es so still, dass sie den regelmäßigen Atem ihrer Bettnachbarinnen hören konnte. Normalerweise liebte sie das Geräusch der Schlafenden. Es beruhigte und entspannte. Genau das durfte sie aber nicht. Laura vertrieb sich die Zeit damit, sich zu überlegen, als was sie sich auf ihrem Weg nach San Sebastián ausgeben würde. Als Wandergeselle, der ein Handwerk betrieb, war die einzige Möglichkeit. Die Gefahren, sich allein auf den langen Weg nach Norden, von Kastilien in Richtung Navarra, zu begeben, waren nicht zu unterschätzen. Es hieß, dass sich immer noch vereinzelte Mauren in den noch vor Kurzem umkämpften Gebieten versteckten und nicht alle den christlichen Glauben hatten annehmen wollen. Die Angst vor dem, was ihr nun bevorstand, wurde zu ihrem Verbündeten im Kampf gegen die bleierne Müdigkeit. Laura überlegte, ob sie für die Flucht ausreichend vorbereitet war und nichts vergessen hatte. Eine Schere und einen Leinensack hatte sie sich beim Abräumen der Teller, für das sie heute ihre Hilfe angeboten hatte, aus der Küche besorgt. Anderer Kleidung bedurfte es keiner, denn Gustavo hatte versprochen, sie mit der eines Burschen auszustatten. Lediglich ihr Schuhwerk wollte sie mitnehmen. Für einen Moment kam Laura der Gedanke, dass Gustavo nicht kommen würde, doch er war jeden Morgen da gewesen, auch wenn sie das nicht beschwören könnte, weil die Novizinnen sich die Aufgaben in der Küche teilten. Es war ihr zumindest nie zu Ohren gekommen, dass er nicht da gewesen wäre. Auch diese Überlegungen halfen, Stunde um Stunde zu vertreiben. Laura achtete dabei auf das Fenster der Ostseite. Die Sonne fiel erst spät in den Schlafraum, weil sie sich durch den vorgebauten Kreuzgang kämpfen musste, doch man sah die Dämmerung am Horizont, schon lange bevor es hell wurde. Das war der Zeitpunkt, um aufzustehen. Selbst wenn eine der anderen

Novizinnen es mitbekäme, sie würde sich nicht darüber wundern, wenn sie so früh auf den Beinen war. Die Schuhe und den Leinensack, in dem die Schere lag, hatte Laura wohlweislich in den Nachttopf gelegt. Es sah dann so aus, als wollte sie ihn draußen im Aborterker entleeren. Dennoch schlich sich Laura auf leisen Sohlen hinaus.

Einmal auf dem Kreuzgang angelangt, hatte sie keine Entdeckung zu befürchten, weil um die Zeit noch jeder schlief. Flink huschte sie die Steintreppen hinunter, um zur Küche zu gelangen. Die Tür stand auch heute offen. Laura hoffte, dass Teresa nicht früher als üblich auf den Beinen war.

Die Küche war menschenleer und dunkel. Nur der Mond schien durch das kleine Fenster über der Tür, die nach draußen führte. Laura wusste, wo Teresa Kerzen und Zündhölzer aufbewahrte. Sie entzündete eine der größeren und tastete sich in ihrem Schein die Treppe zum Keller hinab. Sie hatte nicht mehr viel Zeit, um sich die Haare zu schneiden. Es gab zwar einige Spiegel im Kloster, aber die zu entwenden, war ein Ding der Unmöglichkeit. Es wäre aufgefallen oder hätte Lärm verursacht. So blieb Laura nur ihr Spiegelbild im Bauch einer Weinflasche, den sie vorher mit dem Ärmel ihres Nachtgewandes polieren konnte.

Noch nie hatte Laura sich die Haare so kurz geschnitten. Strähne für Strähne, bis auf Schulterhöhe. Weil ihr Haar lockig war, fielen Unebenheiten nicht auf, die sie sich am Hinterkopf eingehandelt hatte, weil ihre Hände vor Kälte so zitterten, dass sie die Schere nicht ruhig halten und präzise genug ansetzen konnte. Von ihrem Haar durfte keine Spur verbleiben. Es hätte Rückschlüsse auf ihre Flucht ermöglicht. Sorgsam packte sie daher die auf ihren Schultern und auf dem Boden liegenden Haarsträhnen in den Leinensack. Dann blies sie die Kerze aus und eilte die Treppen nach oben. Teresa würde jeden Moment in die Küche kommen, um ein Feuer zu machen. Bis Gustavo hier war, musste sie sich draußen verstecken. Ein Busch direkt neben der Zuwegung und etwa zehn Meter vom Eingang zur Küche entfernt bot sich dafür an. Laura zog die Tür so leise wie möglich hinter sich zu und hoffte, unentdeckt bis zum Buschwerk zu gelangen. Schon begann sich der Himmel aufzuhellen. Laura spürte vor Aufregung die Kälte nicht mehr. Es musste gelingen.

Der Lärm, der wenig später aus der Küche nach draußen drang, war unmissverständlich. Teresa war bereits zugange. Es dauerte nur ein paar Augenblicke, bis die ihr vertraute Kutsche in Sicht war. Laura trat aus ihrem Versteck hervor und gab sich zu erkennen.

Gustavo hielt vor dem Busch. Er warf ihr ein mit einem Strick umwickeltes Bündel zu. Das musste die Kleidung sein. Laura ging damit hinter das Gestrüpp, entledigte sich der Kluft der Novizin und schlüpfte, so schnell sie nur konnte, in das Beinkleid eines Burschen. Es war etwas zu weit, doch es würde nicht rutschen, wenn sie den Strick darumband. Die Tunika und das Wams passten.

Als sie wieder hervorkam, reichte Gustavo ihr die Hand, um ihr beim Besteigen der Kutsche zu helfen. Er fuhr dann direkt vor die Außentür, wie er es immer tat. Wortlos setzte er ihr eine Kappe aufs Haupt. Sie war groß genug, um ihr Gesicht zu bedecken.

Schon klopfte er an der Tür. Teresa machte ihm auf.

»Guten Morgen, Gustavo. Ich hoffe, Ihr dreht uns nicht wieder Salat von gestern an. Heute ist Euer Beistand ja nicht da … die gute Laura«, sagte Teresa augenzwinkernd.

Laura stockte fast der Atem, als sie mit gesenktem Haupt und einer Gemüsesteige in den Händen an Teresa vorbeihuschte und ein letztes Mal die Stufen zum Keller betrat, das letzte Mal die klamme Luft dieses Klosters atmete, in dem sie zu ersticken drohte.

»Beeil dich, Bursche!«, rief Gustavo ihr nach. Nichts tat Laura lieber als das.

Obgleich Laura nun keine Novizin mehr war, sondern ein etwas schmächtig gebauter Wandergeselle, der das Handwerk des Schneiderns erlernte, dankte sie dem Herrn jeden Tag aufs Neue, dass die Flucht aus dem Kloster geglückt war. Auch am siebten Tag hatte sie ein Handelsreisender mitgenommen, der nach San Sebastián unterwegs war, um dort Gewürze von den aus Indien kommenden Großseglern zu kaufen. Gustavo hatte sie auf die Idee gebracht, weil es schlussendlich doch erforderlich gewesen war, die Länge des Beinkleids zu kürzen. Das Nähen hatte Laura von ihrer Mutter schon von Kindesbeinen an gelernt. Wer sich so geschickt anstellte, konnte sich Gustavos Ansicht nach gut und gern als Schneiderlein ausgeben.

»Versuch, deine Stimme etwas zu senken«, hatte er ihr noch angeraten. Auch das gedachte Laura zu beherzigen.

Gustavo musste sie über die letzten Monate so lieb gewonnen haben, dass er es sich nicht hatte nehmen lassen, der Erste zu sein, der sie mit seiner Kutsche ein Stück des Weges mitnahm. Zu Fuß wäre der lange Weg über schlechte Straßen und mitten durch hohes Gebirge kaum zu bewerkstelligen gewesen. Sogar ein paar kastilische Mark und Lebensmittel hatte er ihr mitgegeben, damit sie unterwegs nicht verhungerte.

Durch die Gebirgsketten Navarras zu fahren, sich der Heiterkeit des blauen Himmels und der des Händlers zu erfreuen, der ihr viel Wissenswertes über Gewürze erzählte, machte die Flucht zu einem nahezu angenehmen Unterfangen. Laura fühlte sich zudem immer wohler in ihrer Haut als Wandergeselle und rückblickend auf die letzten Tage konnte sie ihr Glück kaum fassen, weil sie auf so viel Hilfsbereitschaft gestoßen war. Selbst ein Barbier hatte sich ihrer erbarmt und ihr Haar nachgeschnitten, als sie in Pamplona auf dem Markt herumgelungert war. Vermutlich hatte das aber nur daran gelegen, dass sie Baskisch sprach und bereits nahe der Heimat war. Für einen Moment hatte Laura sich aus diesem Grund überlegt, ihre Muhme, die Schwester ihrer Mutter, in Pamplona zu besuchen, doch was sollte das bringen? Sie würde sie sicher verstecken, doch auch bei ihr würde man nach der entlaufenen Novizin oder Braut, je nachdem, wie man es sah, suchen.

Laura freute sich auf die Heimat, auf die geliebte Concha, die Bucht in Form einer Muschel, an der sie als Kind so viele Tage mit ihren Eltern und Großeltern bei gemeinsamen Sonntagsspaziergängen verbracht hatte. Am meisten freute sie sich jedoch auf ihre Mutter. Laura war sich sicher, dass sie sie mit offenen Armen aufnehmen und ihre Beweggründe verstehen würde.

Vom Hafen bis zum Elternhaus waren es nur wenige Minuten zu Fuß. Laura hoffte, dass der innige Wunsch des Händlers in Erfüllung ging. »Viel Glück auf der Walz«, hatte er ihr zum Abschied gewünscht. Es schien ihr hold zu sein, denn auf dem Weg zum elterlichen Haus war Laura niemandem begegnet, der ihr Gesicht wiedererkennen könnte. Am Ende erkannte sie ihre eigene Mutter mit den kurzen Haaren nicht, geschweige denn ihre Großeltern, um die sich Mutter kümmerte. Vater war deshalb seit Jahren die meiste Zeit allein auf der kanarischen Insel. Einen Umzug würden ihre Großeltern gesundheitlich nicht überstehen, außerdem verpflanzte man alte Bäume nicht.

Ihr zweistöckiges Haus am Fuße des Berges Igueldo war schon von Weitem zu sehen, weil die weiße Fassade aus dem ihm umgebenden dunklen Fels und dem Grün der dahinter wachsenden Bäume herausstach. Kurz bevor sie nach Ávila gegangen war, hatte ein Feuer einen großen Teil San Sebastiáns in Schutt und Asche gelegt, weil die Häuser überwiegend aus Holz gebaut waren. Ihr Haus aus Stein hatte das Feuer damals überlebt und um den Ruß zu überdecken, eine schneeweiß gekalkte Fassade bekommen. Der Anblick beschwor sofort Erinnerungen aus ihrer Kindheit herauf. Wie gern hatte sie als Kind mit Mutter auf diesem Holzbalkon gesessen und von dort aus auf die Bucht geschaut. Sie hatte ihr Fabeln und Gedichte erzählt oder Seemannsgarn, das man am Hafen aufschnappte.

Als sie das Haus erreicht hatte, fiel Laura auf, dass Mutters Rosenstöcke vertrocknet waren. Warum goss sie sie nicht? Auch die Fenster waren geschlossen. Um die Mittagszeit war sie doch meist zu Hause. Laura ersparte es sich, gegen die Tür zu klopfen. Am Ende wurden noch Nachbarn auf sie aufmerksam, die sie erkennen könnten. Gerade als sie beschloss, sich ein schattiges Plätzchen am Hafen zu suchen, von dem aus sie das Elternhaus beobachten konnte, passierte genau das, was sie hatte vermeiden wollen.

»Was treibst du hier, Bursche?«, kam es aus Richtung des Gartens.

Laura erkannte die Stimme sofort. Sie gehörte Mikel. Er wohnte in der Nachbarschaft. Er trug stets ein Wams aus bestem Tuch und gab den Edelmann. Er hatte immer nach dem Rechten gesehen, wenn sie für ein paar Tage nach Pamplona gefahren waren, um Mutters Schwester zu besuchen, die nach Aragon eingeheiratet hatte.

Laura fiel vor Schreck nichts weiter ein, als ihre Rolle als Schneidergeselle weiterzuspielen. »Ich suche Arbeit. Man hat mir am Hafen gesagt, dass Eleonore Jiménez einen Schneider braucht«, erklärte sie sich keck.

»Wer erzählt denn so einen Unsinn? Sie ist doch gar nicht da«, bekam Laura zu hören.

»Wann kommt sie denn wieder?«, fragte Laura so unbefangen wie möglich.

»Das weiß nur der Himmel. Sie ist bei ihrem Mann auf Gran Canaria.«

Laura stockte der Atem.

»Aber sie kümmert sich doch um ihre Eltern«, rutschte es Laura unbedacht heraus. Der Umstand, dass Mutter nicht mehr hier war, ließ sich nur damit erklären, dass ihre Großeltern nicht mehr lebten, denn bis zu deren Tode sollte sie hierbleiben. Das hatten ihre Eltern so vereinbart.

»Sie sind kurz hintereinander verstorben, wie das oft ist, wenn einer von beiden zuerst geht«, sagte Mikel.

Laura hatte Mühe, sich nicht anmerken zu lassen, wie sehr ihr Herz blutete.

»Kennst du sie? Warst du schon einmal hier?« Mikel beäugte sie misstrauisch.

Sofort senkte Laura ihren Blick. Die Kappe hatte sie sowieso schon tief ins Gesicht gezogen.

»Letztes Jahr ... Ich habe für sie ein Gewand gekürzt und geflickt«, sagte Laura in der Hoffnung, dass er ihr das abnahm.

Mikel nickte. Die Erleichterung darüber verblasste aber gegen die Schwere der Erkenntnis, dass ihr nun nichts weiter übrig blieb, als irgendwie nach Gran Canaria zu gelangen, auch wenn sie dort auf Vater treffen würde, vor dem sie sich verantworten musste. Und das würde nicht einfach werden, vor allem, nachdem sie nun wusste, wie viel Geld er dafür bezahlt hatte, um ihren Wissensdurst zu stillen. Sie würde ihn maßlos enttäuschen. Dies war auch der Grund dafür gewesen, ihm nicht zu schreiben. Ohne Mutters vorherige Fürsprache wäre ein solches Unterfangen undenkbar. Doch sie war nicht mehr hier und ohne ihren Schutz blieb Laura vogelfrei. Noch nicht einmal in ihrer Heimat konnte sie noch bleiben. Wo sonst würden Saverio und die Mutter Oberin über kurz oder lang nach ihr suchen lassen? Laura hatte keine Ahnung, was man mit Novizinnen anstellte, die aus einem Kloster geflohen waren. Sofort hatte sie die brennenden Scheiterhaufen vor ihrem geistigen Auge, auf denen Menschen aus geringeren Anlässen ihr Leben hatten lassen müssen. Sie musste weg von hier, so schnell wie möglich.

Laura wusste, dass es vom hiesigen Hafen aus auch heute noch Handels- und Frachtschiffe gab, die zu den Kanarischen Inseln segelten, obwohl Bilbao San Sebastián den Rang als wichtigste Hafenstadt längst abgelaufen hatte, allerdings stachen sie von hier aus nicht mehr so häufig mit diesem Ziel in See. Soviel sie aus Vaters Reiseberichten wusste, würde eine Überfahrt bei gutem Wind und je nachdem, ob der Segler unterwegs stoppte, bis zu zehn Tage in Anspruch nehmen. Sie wusste auch, dass man vor allem auf den Handelsschiffen gerne Passagiere mitnahm, die für eine Überfahrt bezahlten. Dass morgen früh ein Schiff Kurs auf die Kanarischen Inseln nehmen würde, wie sie dem Anschlag des Hafenbüros entnommen hatte, könnte besser nicht sein, doch das nützte nichts, wenn man kein Geld mehr in der Tasche hatte. Sich als blinder Passagier an Bord zu schmuggeln, kam nicht infrage. Vater hatte erzählt, dass man sie über Bord und den Haien zum Fraß vorwarf. Ob Seemannsgarn oder nicht, Laura würde es nicht wagen, zumal die Seeleute des Dreimastseglers, die sie nun schon seit gut einer halben Stunde lang beim Beladen des Schiffes mit Säcken und Kisten beobachtete, ihr ordentlich Respekt einflößten. So hatte sie sich immer Piraten vorgestellt. Kräftige Burschen mit von Sonne und Wind gegerbten Gesichtern. Sie würde als junge Frau allein unter Männern reisen – ein schier unvorstellbarer Gedanke, auch wenn sie sich ja als Mann ausgab. Die Not verdrängte nicht nur jegliche Empfindsamkeit, sie machte gar erfinderisch. Laura hatte sich klargemacht, dass sie wohl kaum als Schneider an Bord eines Seglers anheuern konnte, als Maat wohl auch nicht. Dafür war ihre Statur viel zu schmächtig und sie war nicht kräftig genug. Eine Kiste mit Gepökeltem und weitere Behältnisse, die mit Früchten und Gemüse beladen waren, brachte sie jedoch auf den Gedanken, ihr Glück als Küchenjunge zu versuchen. Zwar kannte sich Laura mit den Rängen an Bord von Schiffen nicht aus, vermutete jedoch, dass einer der Männer, der neben der Ladeluke stand, jemand von höherem Rang als die Arbeiter sein musste, weil er mit Griffel in der Hand auf einer Liste alles, was verladen wurde, abhakte. Die Angst, in San Sebastián entdeckt zu werden, war auf einmal größer, als einen Versuch zu wagen, ihn anzusprechen. Beherzt ging Laura zu ihm, doch als sie ihn erreichte, stand sie wie angewurzelt da und brachte zunächst kein Wort heraus, als er ihr Beachtung schenkte.

»Was stehst du hier so rum?«, fragte er in schroffem Tonfall, der Laura fast den Schneid abkaufte.

»Ist der werte Herr der Maat dieses Schiffes?«, fragte Laura.

»Ja, was willst du?«

»Ich bin Küchenjunge und suche Arbeit«, erklärte Laura.

»Wir brauchen keinen. Unser Koch kommt gut alleine zurecht«, gab er zurück und widmete sich wieder der Verladung, indem er mit Leinentüchern abgedeckte Kisten inspizierte und sich Notizen machte.

Laura überlegte, ob sie vor ihm auf die Knie fallen und ihn anflehen sollte, ihm sagen, dass sie auch unentgeltlich arbeiten würde, weil sie sonst nicht wüsste, wohin sie gehen sollte. Sie könnte ihm auch glaubhaft machen, dass ihre Eltern auf Gran Canaria waren und sie kein Geld für eine Passage hatte. Vielleicht half ein Appell an seine Nächstenliebe und Barmherzigkeit. Mit einer Geste machte er ihr aber unmissverständlich klar, dass sie von dannen ziehen sollte.

Laura blieb nichts anderes übrig, als auf dem Absatz kehrtzumachen. Da fiel ihr ein weiterer mit Lebensmitteln beladener Wagen ins Auge, der gerade am Landesteg ankam. Ein Mann, den sie auf Mitte vierzig schätzte und der über seinem beachtlichen Ranzen weiße Kleidung trug, stieg ab und begann gemeinsam mit einem der Matrosen Kisten, aus denen Gemüse und gepökelter Fisch lugten, von der Ladefläche auf den Boden abzustellen. Das musste zweifelsohne der Koch sein. Ob sie ihn fragen sollte? Laura fiel auf, dass er auf Portugiesisch mit dem Matrosen sprach. Der antwortete aber auf Spanisch. Die Sprachen waren ähnlich. Sie beherrschte beide. Auf einer Klosterschule wie der Santa Ana wurde man selbstverständlich auch in Portugiesisch unterwiesen. Aufgrund der Ähnlichkeit der Sprachen hatte man sie schnell gelernt, vor allem, wenn man viel las. Dann bemerkte Laura, dass der portugiesische Koch anscheinend Schwierigkeiten hatte, dem Matrosen etwas begreiflich zu machen. Er sollte nicht vergessen, die Kutsche zurück zum Laden zu bringen, der ihnen den gepökelten Fisch verkauft hatte. »Laden« und »vergessen« konnte der Matrose freilich nicht verstehen, denn dies waren einige der wenigen Wörter, die auf Spanisch nicht im Entferntesten ähnlich klangen. »Laden« hieß »tienda« auf Spanisch, aber »loja« auf Portugiesisch, »vergessen« war »olvidar« auf Spanisch, aber »esquecer« auf Portugiesisch. Laura amüsierte sich darüber, wie der Koch versuchte, es dem Matrosen gestenreich verständlich zu machen. Zwar sah der Matrose zur Häuserzeile mit den Läden, auf die der Koch deutete, zuckte aber trotzdem mit den Schultern. Laura erlaubte sich, zu Hilfe zu eilen.

»Ihr solltet nicht vergessen die Kutsche zum Laden zurückzubringen«, erklärte sie dem Matrosen und wandte sich dann auf Portugiesisch an den Koch.

»Ich habe es ihm übersetzt«, erklärte sie ihm.

»Bist du Portugiese?«, wollte der Koch sogleich wissen.

»Nein, aber ich beherrsche die Sprache«, erwiderte Laura wahrheitsgemäß.

»Gehörst du zur Besatzung?«, fragte der Koch noch nach. Er musste das vermuten, weil sie sich an der Ladeluke herumgetrieben hatte.

»Nein, aber ich wäre es gern. Ich bin Küchenjunge, aber es gibt keine Arbeit für mich auf dem Schiff«, sagte Laura.

»Was? Keine Arbeit? Wer sagt das?«, echauffierte sich der Koch.

Laura blickte bedeutungsvoll hinüber zum Maat.

Sofort stellte der Koch die Kiste ab und ging zu ihm.

Laura verstand auf die Distanz und in der Geräuschkulisse der Anlegestelle aus vielen Stimmen und den Wellen, die gegen den mächtigen Holzrumpf des Seglers klatschten, kein Wort dessen, was er mit ihm besprach. Dass er dabei auf sie deutete, machte ihr aber klar, worum es nun ging. Laura schlenderte unbedarft hinüber zum Steg und tat so, als wollte sie aufs Meer hinaussehen. Von dort aus erhoffte sie den Inhalt des Gesprächs mitzubekommen. Der starke Wind und die Wellen machten es ihr aber schwer.

Der Maat schüttelte erneut den Kopf, doch Laura hatte den Eindruck, dass der portugiesische Koch nicht so schnell aufgab. Seine Verhandlungsposition schien nicht die schlechteste zu sein, denn soviel Laura nun aus Wortfetzen verstand, versuchte er den Maat davon zu überzeugen, dass er mit etwas Hilfe besseres Essen zubereiten könnte.

Die störrische Miene des Maats hellte sich auf. Der Koch musste es ihr gar nicht mehr sagen. Sie konnte es an seinem Lächeln ablesen, als er zu ihr kam.

»Du darfst mitfahren. Ich heiße Rui und du, Bursche? Wie ist dein Name?«, wollte er wissen.

Um ein Haar wäre ihr »Laura« herausgerutscht. Der erstbeste Name, der ihr einfiel, war der ihres Retters: »Gustavo.«

»Nun, Gustavo, freut mich sehr. Hast du schon einmal auf einem Schiff gearbeitet?«

Laura sagte nichts darauf.

»Verstehe. Ist ja auch egal. Hauptsache, ich habe jemanden, mit dem ich mich unterhalten kann«, sagte er augenzwinkernd.

Der Glücksmoment, an der Reling des auslaufenden Seglers zu stehen und mit anzusehen, wie San Sebastián immer kleiner wurde, dabei die Kraft des Windes zu spüren, der die Segel aufblähte und für schnelle Fahrt sorgte, war schon bald verflogen, auch die Erleichterung darüber, dass ihr dank Rui die Flucht geglückt war.

»An die Arbeit, Bursche!«

Es hatte sich nämlich schon kurz nachdem die Concha nicht mehr mit bloßem Auge auszumachen war herausgestellt, dass Rui nicht nur jemanden brauchte, mit dem er sich in seiner Landessprache unterhalten konnte. Gottlob hatte sie bei Teresa oft genug in der Küche geholfen, sodass sie Rui zuarbeiten konnte, um vier Dutzend ausgehungerte Matrosen mit nahrhaften Mahlzeiten zu versorgen, jedenfalls solange die Vorräte an frischen Lebensmitteln reichten. An Bord eines Seglers fehlte ein vergleichbar kühler Ort wie der Keller im Kloster. So gab es frisches Gemüse und Obst gerade mal, bis sie Galizien erreicht hatten und der Segler Kurs auf portugiesische Gewässer nahm. Spätestens seit sie an Porto vorbeigefahren waren, verlor ihre Küche an Vielfalt. Statt Obst gab es täglich Linsen. Die relativ kurze Passage zu den Kanaren ersparte den Matrosen getrocknetes Brot in Form von Schiffszwieback, wie er auf Fahrten entlang der afrikanischen Küste üblich war, und Schlimmeres, denn Brot fing in der Feuchtigkeit an zu schimmeln und wurde von Maden befallen.

Ruis Palette an Geschichten, die er auf Reisen erlebt hatte, schien unerschöpflich zu sein. Auf langen Passagen war es angeblich keine Seltenheit, dass sich die Seefahrer gar mit hartem Käse, einer Knoblauchzehe und einer eingelegten Sardine begnügen mussten. Der Nachteil einer kürzeren Passage wie der ihren war aus Sicht eines Küchenjungen offenkundig: Es gab noch genug Nahrungsmittel, um damit kochen zu können. Die Arbeit für Laura und Rui riss daher nicht ab. Bis zur Mittagszeit war am meisten zu tun. Die Feuerbüchse am Vorderdeck, die auf Sand stand, um den Ausbruch eines Feuers zu verhindern, musste beheizt werden. In großen Pfannen briet Laura dort täglich gepökeltes Fleisch mit Linsen und Bohnen in Olivenöl. Schon Stunden vorher wurden die Mahlzeiten vorbereitet, Teller und Schüsseln aus Holz gewaschen, aufgeräumt und wieder gedeckt. Das Kochen selbst nahm letztlich die wenigste Zeit in Anspruch. Die Stunden an Bord schienen dabei wie Wimpernschläge zu vergehen. Laura befand sich mehr unter Deck als darauf, was ihr aber recht war, denn je weniger Männer sie zu Gesicht bekamen, desto geringer war die Gefahr, als junge Frau erkannt zu werden. Ein Leinentuch, straff über ihre Brüste gewickelt, verbarg das Hauptmerkmal einer Frau, das sie unter einem weiten Wams gut zu verbergen wusste. Weil es an Bord auch einen etwas schmaler gebauten Seemann gab, fiel auch ihr schmächtiges Äußeres weniger auf als befürchtet, doch ihr Verhalten entsprach so ganz und gar nicht dem der Seeleute. Laura war es nicht gewohnt, ohne Löffel und Gabel, sondern nur mit einem Messer zu essen, um das Fleisch damit von den Knochen zu schaben und alles andere mit den Händen aus Holzschüsseln zu sich zu nehmen. Einer der Matrosen hatte ihr am Vortag ein Glas mit Rum hingestellt, zum Dank für die gute Mahlzeit. Laura hatte nur einen Schluck davon genommen und wäre daran fast erstickt, was zur Belustigung im Mannschaftsraum unter Deck geführt hatte. Sobald die Männer das hochprozentige Gesöff im Blut hatten, erzählten sie sich ihre Geschichten aus den Hurenhäusern von Häfen, die sie kannten. Der mangelnden Erfahrung, auf die man wegen ihrer Schweigsamkeit schließen konnte, gedachte einer der Seeleute abzuhelfen, und hatte sogar angeboten, sie am nächsten Hafen zu begleiten, damit der junge Bursche seine Schüchternheit verlöre. Laura hoffte inständig, dass sie sich dem erfolgreich entziehen konnte. Eine Sache ließ sich jedoch nicht vermeiden. Der

Körper verlangte, den natürlichen Bedürfnissen nachzugehen, und es gab an Bord keinen Raum, an dem sie sich heimlich mit einer Schüssel hätte zurückziehen können. Vorderdecks gab es lediglich drei Abortschächte, die bis unter die Wasserlinie des Schiffes reichten. Da sie sich beim Zubereiten der Mahlzeiten lange am ebenfalls dort befindlichen Ofen aufhielt, war es ihr bisher meist geglückt, einen günstigen Moment abzuwarten, wenn dort niemand war, oder sie unterdrückte den Drang, ihre Blase zu entleeren, so lange, bis alle aßen, aber auch das half nicht immer. Die Öffnungen der Donnerbalken, wie Rui sie nannte, waren nicht mit einer Schamwand voneinander getrennt. Die Männer scherten sich nicht darum. Sie stellten sich gar nebeneinander und unterhielten sich, während sie Wasser ließen. Da sie mehrere Male im Sitzen dabei erwischt worden war, blieb ihr nichts anderes übrig, als das Gerücht zu streuen, dass sie unter latenter Seekrankheit litt und daher häufiger den Drang nach Stuhl verspürte. Nur einer hatte sich über sie lustig gemacht und im Mannschaftsraum den Verdacht geäußert, sie würde an der Ruhr leiden. Doch die Tunika war stets weit genug, um ihre Scham zu bedecken, und so lange zu warten, bis niemand mehr anwesend war, erregte meist kein großes Aufsehen. Ein anderes Problem erwies sich als weitaus schwieriger. Es war der Fluch, mit dem der Allmächtige die Frau bestrafte, weil sie Adam im Paradies verführt hatte. Die Worte der Mutter Oberin hatte Laura noch im Ohr.

Das Blut kam ohne Vorwarnung ausgerechnet im Beisein von Rui. Jana spürte ein warmes Rinnsal, das an ihrem Oberschenkel nach unten lief. Sie konnte nun unmöglich den Raum mit den Abortschächten aufsuchen oder in den Waschraum gehen, weil man auch dort nie gewiss sein konnte, ungestört zu sein. Außerdem musste das Gemüse geschnitten werden.

Rui stand neben ihr und schnitt das gepökelte Fleisch in kleine Portionen.

Es hörte einfach nicht auf zu bluten. Laura überkam entsetzliche Furcht, dass das Blut auf die Planken rinnen und er es sehen konnte. Sie wusste, dass Rui in der kleinen Kammer gleich neben der Kombüse leere Leinensäcke aufbewahrte. Er war mit dem Fleisch beschäftigt, und wenn sie sich in den toten Winkel der Kammer stellte, konnte sie vielleicht ein Stück von diesen Säcken reißen und sich den Fetzen in das Beinkleid stopfen. Er würde den Riss hören. Laura überlegte, laut zu husten, damit er keinen Verdacht schöpfte. Einen Versuch war es wert, doch es war bereits zu spät. Laura bemerkte die warme Flüssigkeit, die aus ihrem Unterleib gedrungen war, bereits am Fußknöchel entlanglaufen. Ihre Sandalen würden das Blut nicht mehr aufhalten. Ein feines Rinnsal floss ungehindert auf die Planken. Schweiß stand mittlerweile auf ihrer Stirn. Die Angst, nun als Frau entlarvt zu werden, fraß sie fast auf. Schon fingen ihre Hände an zu zittern. Sie war nicht mehr in der Lage, das Gemüse sauber und flott zu schneiden, was Rui keineswegs entging, weil er in seiner fürsorglichen Art stets ein Auge auf sie hatte und ihr immer Arbeit oder Lasten abnahm, wenn er das Gefühl bekam, dass sie dem körperlich nicht gewachsen war.

»Was ist los, Gustavo? Fühlst du dich nicht wohl?«, fragte er nach.

»Es ist nur die Hitze«, sagte sie, weil ihr nichts Besseres einfiel, dabei war es nicht wärmer als sonst.

»Du wirst doch kein Fieber bekommen haben«, sagte Rui und trat an sie heran. Dann legte er seine Hand auf ihre Stirn. »Sie ist ganz heiß«, stellte er mit sorgenvoller Stimme fest.

»Es geht schon«, versuchte Laura ihn zu beruhigen.

»Setz dich. Ich mache dir einen Kräutersud. Dann geht es dir bald wieder besser«, schlug er vor.

»Nein. Es geht wirklich«, wimmerte Laura aus purer Angst, sich auch nur einen Schritt von der Stelle bewegen zu müssen. Er würde das Blut sehen.

»In meiner Küche wird getan, was ich sage«, gab er ihr unmissverständlich, wenngleich milde lächelnd zu verstehen. Dann packte er Laura auch schon am Arm, um sie zu einem der beiden Holzstühle am Ende der Kajüte zu führen.

Laura ließ es geschehen. Vielleicht übersah er es oder hielt es im schummrigen Licht der Öllampe für Schmutz. Er tat es nicht. Nachdem er sich umgedreht hatte, um zum Schrank mit den Kräutern zu gehen, blieb er wie angewurzelt stehen. Dann drehte er sich zu ihr um und sah ihr direkt in die Augen, ohne ein weiteres Wort zu sagen.

Laura wandte schuldbewusst ihren Blick ab, bereit, seinen Ärger oder gar Zorn über sich ergehen zu lassen. Nichts dergleichen geschah. Er ging schweigend in den Nebenraum, kramte darin und kam wenige Atemzüge später mit einer Schüssel und sauberen Baumwolltüchern zurück, die er ihr reichte.

Laura wagte es nun, wieder aufzusehen. In seinen Augen war kein Zorn, auch keine Verstimmung zu lesen. Sie waren sanftmütig wie eh und je.

»Glaubtest du wirklich, ich würde nicht wissen, dass du eine Frau bist?«, fragte er.

Laura konnte kaum glauben, was sie da hörte.

Rui schnappte sich einen der Holzhocker und setzte sich neben sie.

»Ich hatte eine Tochter etwa in deinem Alter. Sie ist vor zwei Jahren verstorben. Das Fieber.«

»Das tut mir sehr leid … Das Fieber … es hat viele junge Menschen geholt.«

Rui nickte nachdenklich.

»Was hat mich verraten?«, wollte Laura wissen, nachdem sie das Gefühl hatte, Ruis stille Trauer nicht mehr zu stören.

»Erst wenn du mir sagst, wie dein richtiger Name ist«, verlangte er.

»Laura.«

»Ein schöner Name ... Laura ... Nun, es waren deine Hände und die Art, wie du sprichst. Für einen jungen Burschen, der noch keine so tiefe Stimme hat, warst du schon zu erwachsen, zu gescheit ... Und wenn man das einmal vermutet und dich beobachtet ...«

»Wissen die anderen ...?«

»Nein. Und sie sollten es auch nicht erfahren. Einige würden wie ausgehungerte Wölfe über dich herfallen. Was bringt dich an Bord? Hast du etwas ausgefressen?«, wollte er wissen.

Laura sah keinen Grund mehr, ihm nicht die Wahrheit zu sagen.

»Ich erzähle es dir. Aber erst wenn ich mich gewaschen habe«, erwiderte sie augenzwinkernd.

Obwohl die See in den letzten zwei Tagen anhaltend rauer geworden war und die Arbeit als Küchenjunge daher anstrengender, hatte Laura sich an Bord so wohlgefühlt, dass sich der Gedanke anbot, für immer an Ruis Seite durch die Welt zu segeln. Laura überlegte, dass sie sich damit aller Probleme, die sie im Moment belasteten, auf einen Schlag entledigen konnte. Dieser Gedanke war auch auf dem Boden einer Freundschaft entstanden. Seit Rui ihr erklärt hatte, dass ihm schon von Beginn an klar war, eine junge Frau vor sich zu haben, war sie auf fruchtbarem Boden gediehen. Die Sehnsucht nach ihrer Mutter, die Neugier auf ihre Schwester, ihrem Mann und letztlich auch die Liebe, die sie ihrem Vater entgegenbrachte, waren jedoch zu stark, um dieser Idee mit Ernsthaftigkeit nachzugehen. Hinzu kam die Neugier auf die Insel, die sie noch nicht kannte. Man sagte den Kanaren nach, dass sie die Inseln der Glückseligen seien. Laura hoffte nicht auf Glückseligkeit. Sie wäre schon damit zufrieden, wenn ihr Vater sie verstehen und sie für ihre Entscheidung, den Sohn seines besten Freundes zu verschmähen, nicht verdammen würde.

Lauras Herz schlug schneller, als sie an der Reling stand und gemeinsam mit Rui beobachtete, wie sich die Insel langsam aus dem Morgengrauen schälte und Kontur annahm. Der Wind trug sie schnell näher und je deutlicher sich das Land vor ihr abzeichnete, desto weniger verstand sie, warum man hier Glückseligkeit finden sollte. Die Küste der Insel, auf die der Segler zusteuerte, wirkte karg. Nur wenige Sträucher sprießten aus den braungrauen Felsen. Es war kaum zu glauben, dass auf diesem Boden etwas angebaut werden konnte, wie Vater das seit vielen Jahren tat.

»Die Römer müssen blind gewesen sein«, sagte Laura, weil Rui ihr davon erzählt hatte, dass sie es gewesen waren, die den Kanaren das Attribut der Glückseligkeit zugeschrieben hatten.

»Angeblich soll die Insel im Norden grün sein und fruchtbaren Boden tragen«, erklärte ihr Rui.

»Das muss wohl so sein, andernfalls würde mein Vater hier keine Plantage bewirtschaften. Er war der Erste, der daran glaubte, hier Zuckerrohr anbauen zu können.«

Rui zeigte sich beeindruckt. »Wir Portugiesen haben sie den Spaniern überlassen und die Perlen für uns behalten. Madeira ist ein einziger Garten«, sagte Rui augenzwinkernd.

»Überlassen?«, hakte Laura nach.

»Die Kastilianer sehen das natürlich anders. Königin Isabel und ihr Gemahl Ferdinand von Aragón glauben, sie uns im Streit um die Erbfolgen der Königreiche abgerungen zu haben. Isabel hat, wie du sicher weißt, einen kastilischen Vater und eine portugiesische Mutter. Das machte es schwierig. Dabei haben wir Portugiesen nachgegeben. Uns gehören ja schon die Azoren, Kapverden und Madeira, aber Isabel wurde untersagt, ihr Reich südlich der Kanaren auszudehnen«, legte Rui dar.

»Damit Portugal weiterhin die stärkste Seemacht bleibt?«, schlussfolgerte Laura.

Rui nickte anerkennend.

Laura war sich in dem Moment sicher, dass sie ihn auch wegen seines Wissens um weltliche Dinge vermissen würde. Er wusste ungewöhnlich viel für einen Koch, was daran lag, dass sein Bruder ein Diener in hohem Rang im portugiesischen Königshaus war, der ihm regelmäßig schrieb oder sich mit ihm traf, wann immer er in Lisboa an Land ging. Doch noch hatten sie einen gemeinsamen Tag. Dass er seinen Landgang opfern würde, um sie zur Plantage ihres Vaters zu begleiten, hatte Laura überrascht. Um eine Kutschfahrt an Bord zu rechtfertigen, war ihm eingefallen, dass er sich im Norden mit frischem Proviant für die Weiterfahrt eindecken konnte, was allemal besser war, als angeblich frische Waren vom Markt zu kaufen, weil die just aus dem Norden kamen und daher gar nicht mehr frisch sein könnten. Diese Erklärung hatte nur Laura durchschaut, denn so viel sie von Vater wusste, wurden im Norden überwiegend Gerste, Weizen und Hülsenfrüchte angebaut, wovon sich nur Letzteres als sofort zu verwertender Proviant für eine Schiffsreise eignen würde.

»Wir sollten auch niemandem sagen, dass du nicht wieder zurückkehren wirst. Der Maat würde dich nicht gehen lassen. Er hat dich ja angeheuert«, sagte Rui.

Auch aus diesem Grund war es klug, das Schiff unter dem Vorwand, Lebensmittel einzukaufen, zu verlassen.

Laura hoffte, dass sie überhaupt eine Kutsche mieten konnten, denn einen richtigen Hafen, wie sie ihn von der Heimat kannte, konnte man die wenigen Bootsstege und Holzhütten, die nach Ankerwurf in der Bucht von Gando auf sie warteten, nicht nennen. Doch da täuschte sie sich. Auch hier ließ sich mit kastilischer Mark schneller als gedacht eine Kutsche besorgen, jedoch machte sie keinen besonders vertrauenserweckenden Eindruck.

Rui merkte zu Recht an, dass sie dafür beten mussten, heil im Norden der Insel anzukommen. Die Achsen knarrten, die Pferde sahen so aus, als würden sie bald das Gnadenbrot bekommen, und die Wege wirkten auf den ersten Blick nur schwierig befahrbar. Das änderte sich aber schnell, als sie über unwegsames Gelände eine Anhöhe erreicht hatten. Dort verlief ein breiterer Weg inmitten dieser kargen Steinlandschaft, aus der hier und da ein Strauch oder ein Palmenhain herausragte. Er verlief nahezu parallel zum Meer, das der starke Wind in hohen Wellen gegen die steinige Küste peitschte. Für Laura war es immer noch schwer zu fassen, auf einer Insel mitten im Atlantik zu sein und noch dazu auf Höhe von Afrika. Sie fragte sich, ob die Menschen hier auch Mohren waren. Rui hatte viel von der Welt gesehen und war bereits zweimal auf Teneriffa an Land gegangen. Vielleicht wusste er es.

»Vater hat mir nur davon berichtet, dass es hier einheimische Stämme gibt, aber mir nie etwas Näheres über sie erzählt. Wie sehen sie aus? Wie Wilde in Afrika?«

Rui lachte auf. »Du hast sie doch schon gesehen«, sagte er.

»Wo soll ich sie denn gesehen haben? Uns ist doch bisher noch niemand auf unserem Weg begegnet«, erwiderte sie.

»Und am Hafen? Sie haben die Ladung vom Schiff getragen.«

»Aber das waren doch hellhäutige Menschen wie wir«, wandte Laura ein, wobei ihr in diesem Moment einfiel, auch einen dunkelhäutigeren Hafenarbeiter gesehen zu haben.

»Man sagt, dass alle Canarios, die hier leben, von den Guanchen abstammen. Das sind die Einwohner Teneriffas. Und die stammen, soviel ich gehört habe, wiederum von den Berbern ab. Niemand weiß es so genau, denn sie fahren nicht zur See. Mit ihren Drachenbooten gelangt man bei gutem

Wetter gerade mal zu einer der Nachbarinseln oder an die nordafrikanische Küste«, erklärte er.

»Berber?« Laura hatte noch nie von diesem Volk gehört.

»Ein Nomadenvolk aus Afrika. Es sind Araber, aber nicht zu verwechseln mit den Mauren, die Königin Isabel aus Andalusien vertrieben hat«, erklärte Rui.

Seiner Theorie zum Trotz bekam Laura nun doch weitere Mohren zu Gesicht, allerdings beschäftigte sie nicht mehr, woher sie kamen, sondern warum sie in Eisen lagen. Laura traute ihren Augen nicht, nachdem Rui von der Straße in einen Seitenweg abgebogen war, um zu einer Tränke zu gelangen. Zwei Lastkutschen mit gut zwei Dutzend kräftigen Männern, die teilweise nur Tücher um ihre Lenden gebunden hatten, waren darauf in Käfigen wie die Tiere eingepfercht. Auch hellhäutigere waren darunter. Ihre Blicke waren starr auf die Tränke gerichtet, in die frisches Wasser von einem Zulauf plätscherte. Laura bemerkte, dass sie von einer Art Aquädukt aus den Bergen mit frischem Wasser gespeist wurde. Die Kutschen standen in der prallen Sonne, obwohl zwei Schatten spendende große Palmen, die eine Holzhütte säumten, nur wenige Meter davon entfernt waren. Wie konnte man diesen Männern das nur antun?

»Ich habe davon gehört, aber auf hoher See bekommt man ja keine zu Gesicht«, sagte Rui mehr zu sich.

»Was hast du noch nicht gesehen?«, fragte Laura nach.

»Sklaven. Die Kastilianer haben die Insel nach erbitterten Kämpfen erobert und das Volk unterworfen. Die Guanchen hatten keine Chance, sich gegen sie zu wehren. Sie haben sicher nur primitive Waffen und keine Soldaten … Die Männer sind kräftig und bringen gutes Geld«, erklärte er, während er die Kutsche auf die andere Seite der Tränke lenkte, sodass die Pferde aus einem der beiden Tröge trinken konnten.

»Und die Mohren?«

»Sklavenhändler holen sie aus Afrika. Sie werden von hier aus nach Kastilien, Katalonien, Andalusien, nach Aragón und auch in meine Heimat gebracht, sogar bis nach Italien. Einige von ihnen haben das Glück, hier auf den Ländereien der Siedler zu dienen, und ersparen sich die Überfahrt. Viele überleben sie nicht.«

»Jemand handelt mit Menschen?« Laura war fassungslos.

Rui nickte stumm.

Laura konnte ihren Blick nicht mehr von den Männern in den Käfigen abwenden. In ihren Gesichtern stand die pure Verzweiflung. Einer von ihnen saß in sich zusammengefallen bereits am Boden. Seine Arme hingen wie bei Marionetten an den Ketten, die man in Hüfthöhe an einem quer verlaufenden Balken angebracht hatte.

Laura blutete das Herz. Wieso war niemand zugegen, um ihnen Wasser zu reichen? Man konnte doch sehen, dass ihre Lippen bereits gesprungen waren. Sie mussten am Verdursten sein. Schon hörte sie deren Flehen nach Wasser aus ausgetrockneten Kehlen. Laura hielt es nicht mehr auf der Kutsche. Sie stieg entschlossen ab und ging schnellen Schrittes zum zweiten Trog, neben dem hölzerne Kellen und Eimer lagen.

»Tu das nicht«, rief Rui ihr zu, der wohl ahnte, was sie vorhatte.

Man konnte diese Menschen doch nicht verdursten lassen. Laura ignorierte ihn und befüllte einen der Holzeimer. Sie griff nach der Kelle und ging damit beherzt zu den Männern, die schon ihre Hände aus den Käfigen streckten.

»Agua«, kam es von allen Seiten.

Laura schöpfte Wasser aus dem Eimer und reichte die Kelle nach oben. Die Männer rissen sich darum. Der Erste trank gierig davon, aber gab sie weiter. Ein Teil des Wassers schwappte dabei über und versickerte im Boden. Es roch nach Fäkalien. Laura ignorierte es tapfer. Eine Kelle reichte offenbar nur für drei Mann. Schon hatte sie sie wieder in der Hand. Laura kam gerade noch dazu, damit frisches Wasser aus dem Eimer zu schöpfen, als eine scharfe Stimme, die aus Richtung der Holzhütte kam, sie zusammenfahren ließ.

»Was tust du da! Bist du von Sinnen?«

Laura drehte sich um und sah einen in feines Tuch gekleideten Mann, der auf sie zueilte.

Schnell warf sie einen Hilfe suchenden Blick zu Rui, der sie vorwurfsvoll ansah, dann aber doch zu ihr ging.

»Ihr könnt die Männer doch nicht verdursten lassen«, fuhr Laura den Mann an.

»Sie gehören mir. Ich kann mit ihnen tun und lassen, was mir beliebt. Es sind nichts weiter als Sklaven«, erklärte er mit Abscheu in der Stimme.

»Und doch sind es Menschen«, wandte sie mit dem Mut der Verzweiflung ein. Hilfsbereitschaft war eines der ersten Dinge, die man ihr im Elternhaus beigebracht hatte.

Ein zweiter Mann, der etwas jünger war, trat aus der Holzhütte hervor. »Esteban. Du hast doch gehört, was der junge Bursche gesagt hat. Es sind Menschen«, spottete er. Dann brachen beide in Gelächter aus.

»Gustavo. Komm. Wir müssen weiter«, riet Rui ihr, der sich nun schützend zwischen sie und die beiden Männer stellte. Auch Laura hatte gesehen, dass sie Säbel trugen.

»Ich bitte Euch im Namen des Herrn ...« Lauras Appell führte zu nichts. Die beiden Männer lachten nur noch verächtlicher.

»Der Herr ... Wer's glaubt, wird selig. Und nun verschwindet, bevor ich meine guten Manieren vergesse«, sagte Esteban.

Rui forderte sie ebenfalls mit Blicken dazu auf.

Laura hatte keine andere Wahl, als nachzugeben. Schweren Herzens legte sie die Kelle zurück in den Wassereimer.

»Ihr seid ein Scheusal«, gab sie ihm dennoch unmissverständlich zu verstehen.

»Und wenn schon«, kam es leichtherzig zurück.

Schon packte Rui sie am Arm und bugsierte sie zurück zur Kutsche. »Du solltest dich nicht mit solchen Leuten anlegen. Mallorquinische Sklavenhändler ... Ich habe von ihnen gehört. Ein Menschenleben ist denen nicht viel wert«, gab er ihr auf dem Weg zurück zur Kutsche im Flüsterton zu verstehen.

Laura bemerkte erst jetzt, dass sie vor Aufregung wie Espenlaub zitterte.

Rui reichte ihr eine Kelle mit frischem Wasser aus der Quelle.

»Trink! Wir haben noch einen weiten Weg vor uns«, forderte er sie auf.

Laura kehrte aus Scham, dieses Privileg zu haben, den Männern in den Käfigen den Rücken zu. Ihre Kehle war heiser und ausgetrocknet, doch sie konnte erst etwas trinken, als Rui ihr einen strengen Blick zuwarf. Laura tat es schweren Herzens. Sie fragte sich, wie ihre Eltern auf so einer Insel leben konnten, und hoffte inständig, dass ihr Vater nicht auch Sklaven beschäftigte, auch wenn das im Moment ihre geringste Sorge war.

Kapitel 4

Erstaunlicherweise war es Marcel gelungen, seinen Vater zu überreden, den anstehenden Termin um zwei Tage zu verschieben. Die Wahrheit war in diesem Fall sogar besser als eine Ausrede, weil ein Geschäftsmann natürlich Verständnis dafür aufbrachte, wenn jemand ein Erbe antreten wollte. Die Flüge waren schnell auf einem der gängigen Billigflugportale gebucht. Ab diesem Moment war ein Großteil der Anspannung von Jana gefallen. Die Nacht hatte sie dennoch schlecht geschlafen und das lag nicht nur daran, dass sie einen Flug hatten nehmen müssen, der schon um halb sieben Uhr morgens Frankfurt verließ. Neben dem selbst auferlegten Zwang, unbedingt einschlafen zu müssen, um wenigstens ein paar Stunden Schlaf zu bekommen, hatte sich gestern Nacht ein Gedankenkarussell in Bewegung gesetzt, das sich nonstop um dieses ominöse Herz drehte. Da hatte es auch nichts mehr geholfen, sich daran zu erinnern, dass Großmutter dement und geistig verwirrt war und man ihrem Gerede keinen so großen Stellenwert einräumen durfte. Jana hatte ihre Worte bislang nie so ernst genommen – in diesem Fall leider schon und mit dem Ergebnis, genau wie die meisten anderen Touristen im viel zu eng bestuhlten Billigflieger eingepfercht und völlig groggy zu sein. Marcel hatte sich gerade noch bis nach dem warmen Menü aufrecht gehalten. Nun lag sein

Kopf bestimmt schon seit über einer Stunde auf ihrer Schulter. Janas Versuch, es ihm gleichzutun, war gescheitert, denn es gab keine Schulter zu ihrer linken, an die sie sich hätte anlehnen können, sondern nur die harte Kunststoffverschalung der Kabine. Also wach bleiben und den Durchsagen des äußerst redseligen indischen Kapitäns, die auf gebrochenem Englisch kamen, sowie den Gesprächen der anderen Passagiere lauschen, wobei *lauschen* nicht das richtige Wort war, denn sie waren nicht zu überhören – auch nicht das zwar süße, aber lautstark trotzende Mädchen zwei Reihen vor ihnen. Janas Einschätzung nach war der Flieger passagiertechnisch gesehen dreigeteilt. Die Überwinterer, Ü 50, stellten die größte Gruppe dar. Sie kehrten der deutschen Heimat von Oktober bis zum Frühjahr den Rücken. Die Zugvögel machten sich Sorgen, ob ihr Haus noch in Ordnung war, und frohlockten, dem Regenwetter zu entkommen. Da sie außerhalb der Schulferien reisten, hatten sich junge Paare mit ihren Kindern dazugesellt. Die dritte Gruppe waren Männerpärchen jeder Altersgruppe, was Marcel schon beim Einchecken als Erster zu spüren bekommen hatte, denn eines dieser Sahneschnittchen, von denen die Frauenwelt nie kosten durfte, in G-Star-Uniform mit Cappy und Umhängetäschchen, hatte ihn mit Blicken fast ausgezogen. Eine kuriose Mischung, diese Insel, der Jana mit gleich noch größerer Skepsis entgegensah, nachdem der Flieger die parallel zur marokkanischen Küste verlaufende Flugroute verlassen hatte und nach einem Rechtsschwenk gen Westen Fuerteventura, eine der sieben Kanareninseln, überflog.

»Ziemlich karg.« Marcels Einschätzung traf es auf den Punkt, doch merkwürdigerweise empfand Jana die fast eintönige rötliche Färbung der Insel, die wie ein länglicher Keil aus dem Atlantik herausragte, mittlerweile als recht interessant, um nicht zu sagen schön. Im Nordosten mussten kilometerlange

Sanddünen sein. Sie verpassten dem rotbraunen Keil einen hellen Rahmen. Das Farbspiel hatte was.

Es dauerte dann auch nicht mehr lange, bis die Rückenlehnen gerade zu stellen waren. Und dann war das Ziel der Urlauber, Sahneschnittchen und Zugvögel in Sicht. Wie eine Perle erhob sie sich aus dem Atlantik. Eine Dünenzunge, deren Sand im Licht der Mittagssonne hell leuchtete, ragte aus dem Süden hervor. Kaum setzte die Maschine nach einer Rechtskurve zum Landeanflug parallel zur Küste an, war das Hinterland zu sehen, sprich, ein Gebirge, über dem sich ein wolkenloser blauer Himmel spannte. Jana wunderte sich darüber, warum sie sich auf einmal so sehr darauf freute, diese Insel zu erkunden, und jetzt schon bedauerte, dass sie nur für zwei Tage hier sein würden. Wie schön musste es sein, im Gebirge zu wandern. Tiefe Canyons und Schluchten verliefen sternförmig hinunter zum Meer. Jana stellte sich vor, wie es sich anfühlen musste, auf diesen Bergen zu stehen und hinaus aufs Meer zu blicken. Sie konnte es nahezu bildlich vor sich sehen.

Marcels Augen sahen anscheinend etwas anderes. Die Autobahn unter ihnen, Häusersiedlungen, die wie Klötze in die Landschaft gebaut waren, ein Industriegebiet zwischen steiniger Einöde.

»Na, besonders einladend ist das ja nicht gerade«, kommentierte er.

Er hatte recht, doch Jana sah nur das Schöne, was sie an sich selbst als ungewöhnlich entlarvte, wenn es um Urlaubsinseln ging. Wie schade, dass das Flugzeug schon das Räderwerk ausfuhr. Jana hätte noch ewig auf die höchsten Felsen am Horizont blicken können. Es fühlte sich an, als würden sie ihr zurufen, dass sie endlich da sei, angekommen. Wenn man sich einredete, dass Felsen mit einem sprachen, war das an sich mehr als nur beunruhigend, doch merkwürdigerweise lag genau darin ein beruhigender Effekt, den Jana sich absolut nicht erklären konnte.

»Gar nicht mal so schlecht«, erdreistete sich dieser Schnösel doch glatt zu sagen, nachdem sie nach nur etwa halbstündiger Fahrt mit dem Leihwagen in einem der besten Hotels der Insel im touristischen Süden eingecheckt hatten. Jana hatte noch nie zuvor ein Hotel gesehen, dessen Rezeption und Empfangshalle von außen aussahen wie eine Kirche. Angeblich hatte das Gotteshaus in Ingenio, einem Ort im Osten der Insel, den Paten für den Architekten gespielt, zumindest hatte ihnen das die Rezeptionistin auf Marcels Nachfrage erklärt. Diese Ecke hier schien die exquisitere touristische Seite der Insel zu sein. Auf der Fahrt in den Süden hatte Jana auch die andere, die des preisgünstigeren Massentourismus gesehen. Schon von Weitem sprangen einem in Playa del Inglés, einer Hochburg der Deutschen und nicht der Engländer, wie man aufgrund des Namens glauben konnte, Hotels und Bungalowanlagen aus den Siebzigern ins Auge. Rambazamba mit vielen Bars und Ausgehmeilen, aber auch Renovierungsbedarf. Hier in Meloneras, wie sich die neuere Touristenmeile des Südens nannte, war alles viel edler, auch die Boutiquen und Restaurants, die Marcel gleich zu erkunden gedachte. Jana wäre gerne noch für eine Weile auf dem Balkon ihres Zimmers geblieben. Der Blick aufs Meer war traumhaft, auch der auf die Anlage, die einem spanischen Dorf nachempfunden war.

»Jetzt machen wir erst einmal Urlaub«, beschloss Marcel, der sein Hemd gegen ein bunt bedrucktes T-Shirt getauscht hatte und darin sowieso schon wie ein Urlauber aussah. Jana hatte sich ebenfalls ein luftiges Sommerkleid aus dem Koffer geangelt. Sie hatten noch den ganzen Nachmittag und Abend, denn der Notartermin, den sie noch vor Abflug telefonisch vereinbart hatten, war für morgen Vormittag angesetzt.

Und schon nach den ersten Metern entlang der Strandpromenade kam bei Jana tatsächlich so etwas wie Urlaubsstimmung auf. Wenn einem gut gelaunte Menschen entgegenkamen, zur Linken verführerische Restaurants den Mund wässrig machten und zur Rechten der tiefblaue Atlantik zum Baden einlud, war dies auch kein Wunder. Marcels Strahlelächeln und seine kleinen Zärtlichkeiten taten ihr Übriges. Die würzige Luft vom Meer und der kühlende Wind, der hochsommerliche Temperaturen als angenehm erschienen ließ, bliesen die Strapazen der Anreise allmählich fort.

»Vielleicht sollten wir hier mal Urlaub machen und nicht zu Notaren rennen«, sagte Marcel, legte seinen Arm um sie und zog sie zu sich heran.

»Ja, das sollten wir«, gab Jana knapp zurück, denn seine Bemerkung erinnerte sie an den Grund, weshalb sie hierhergekommen waren. Jana versuchte, den Gedanken zur Seite zu schieben, doch schon lagen ihr erneut die Worte der Großmutter im Ohr: das Herz. Sie würde es sicher nicht hier auf der Touristenmeile finden. Jana verplemperte ihre Zeit. Sie waren doch nur zwei Tage hier. Eine innere Unruhe keimte urplötzlich in ihr auf, die mit Rastlosigkeit und dem Gefühl, hier deplatziert zu sein, einherging.

Marcel hingegen genoss die Aussicht aufs Meer und ließ seinen Blick über die Cafés und Boutiquen schweifen.

Genieß es! Der Termin ist doch erst morgen. Es wollte nicht gelingen. Auf unerklärbare Weise schien sich auf einmal alles um sie herum zu verändern. Die an ihnen vorbeischlendernden Menschen wurden zu bunten Schemen, die Brandung des Meeres zu einer fast hypnotischen Melodie. Um ein Haar hätte Jana den Leuchtturm am Ende einer Dünenlandschaft gar nicht bemerkt und der war nun wirklich nicht zu übersehen. Er fiel ihr aber erst auf, nachdem Marcel sie darauf angesprochen hatte.

»Eigentlich sollten sie es Vista Faro nennen«, merkte er mit Fingerzeig auf das *Café de Paris* an, das sich genau am Leuchtturm befand.

Jana sah sich um. Die letzten fünfzig Meter der Strandpromenade hatte sie gar nicht bewusst wahrgenommen.

»Ich hätte Lust auf einen Cappuccino ... oder was trinkt man hierzulande noch gleich?«, fragte er.

»Cortado, oder Cortado largo, quasi mit Milch gestreckt«, erläuterte Jana, doch ihr war nicht nach Reden, was mit einem Besuch in einem Café jedoch einherging. »Ich möchte lieber noch etwas spazieren gehen«, gab sie ihm zu verstehen.

Marcel seufzte, aber nickte dann doch. Er war es auch, der sich als Erstes die Schuhe auszog, um dann barfuß quer durch den Sand und vorbei an den ersten Liegestuhlreihen, die mit Touristen gespickt waren, zum Meer zu gehen.

Jana tat es ihm gleich und die Entscheidung erwies sich als richtig, denn dort waren der Wind und die Brandung heute so laut, dass man sich sowieso hätte anschreien müssen, um sich zu verständigen. Einfach nur bei jedem Schritt im schweren nassen Sand zu versinken, kleinen Steinen auszuweichen, die das Meer an den Strand gespült hatte, und immer wieder von einer ausrollenden Welle die Füße erfrischt zu bekommen, war genau das, wonach Jana nun war. Der Spaziergang erinnerte sie an ihre Kindheit, als sie an Sonntagen mit ihren Eltern an der Concha, der muschelförmigen Bucht von San Sebastián, entlanggeschlendert war. Was für ein schönes Gefühl, den Sand unter den Fußsohlen zu spüren, und erst das auf der Haut, die der kräftige Wind regelrecht massierte. Fast wie in ihrer Kindheit im Baskenland.

Die Entspannung hielt an, bis sie die Zone mit den Liegestühlen hinter sich gelassen hatten und Dünenkämme erklommen, von denen aus man bis zum Horizont in das Gebirge blicken konnte. Zwei Felsen stachen Jana in der Ferne ins Auge.

Sie hatte sie schon vom Flugzeug aus bei der Landung bemerkt. Erneut blitzten Fragmente aus ihrer Kindheit vor ihr auf. Das Hinterland von San Sebastián. Bis hinauf nach Pamplona war sie dort häufig mit ihren Eltern zum Wandern gewesen. Erneut stellte sich eine gewisse Vertrautheit mit der hiesigen Gebirgslandschaft ein, die rein rational aber nicht erklärbar war, denn das Hinterland von San Sebastián war definitiv grüner und das Gestein viel heller. Und dennoch fühlte es sich paradoxerweise so an, als ob sie hier mit ihren Eltern gewandert wäre. Nein, nicht mit ihren Eltern. Wie kam sie nur auf diesen verrückten Gedanken? Mit wem denn sonst? Wie konnte etwas vertraut und zugleich anders sein? Jana führte die Kaskaden ihrer Erinnerung auf die Übermüdung zurück. Außerdem war der Spaziergang anstrengender und vor allem länger als gedacht. Erst als sie die Inselspitze mit besonders hohen Dünen umrundet hatten und auf Playa del Inglés zuliefen, glätteten sich die Wogen der Kapriolen, die ihr Erinnerungsvermögen schlug. Hier war sie noch nie unterwegs gewesen, so viel stand ja wohl fest. Nun war ihr selbst nach einem Cortado. Marcel würde ihren Wunsch, sich an der Touristenmeile, die nur noch wenige Gehminuten von ihnen entfernt lag, einen zu genehmigen, sicher nicht abschlagen.

Einmal dort abgetaucht, nach dem Cortado an einer der nächsten Strandbars noch mit einem Glas Sangria abgefüllt, machte einen schnell zum gewöhnlichen Pauschaltouristen. Zurück im Hotel kamen noch zwei weitere Gläser Wein zum opulenten Buffet mit hinzu. Und schon war es halb elf. Der anstrengende Tag forderte seinen Tribut, sogar bei Marcel, der vor der Mousse au Chocolat noch angedeutet hatte, auf einen ganz anderen Nachtisch Lust zu haben. Der Wein hatte die Wirkung der Sonne auf seinen Hormonhaushalt wohl heruntergespült.

Jana fiel ebenso bleischwer neben ihm ins Bett und hoffte, dass sie bis morgen zum Notartermin wieder fit waren.

Am nächsten Morgen war Zahltag, aber nicht nur wegen des schweren Weines, dessen Wirkung sich auch nach einer kalten Dusche nicht gänzlich verloren hatte. Jana saß todmüde und wie gerädert auf dem Beifahrersitz neben Marcel und starrte aus dem geöffneten Fenster auf vorbeiziehende traumhaft schöne Hotel- und Bungalowanlagen, die direkt am Meer lagen. Das wäre normalerweise ein Wachmacher ganz nach ihrem Geschmack. Die belebende Wirkung der Postkartenmotive blieb jedoch aus. Wie konnte man an einem so schönen Urlaubsort derart wirre Träume haben und in einem Himmelbett nur so schlecht schlafen? Der einzige Traum, den sie noch präsent hatte, war ein adlergleicher Flug über die Dünenlandschaft bis hinauf zu einem dieser Felsen, den sie umkreiste und sich dabei so frei und leicht fühlte wie noch nie zuvor in ihrem Leben. Umso schwerer fühlte sich Jana jetzt – und das nach zwei extrastarken Kaffeedröhnungen. Es brachte ja nichts, beim Notar einzuschlafen. Der Schwere ihrer Augenlider nach zu urteilen, würde das sicher bald passieren.

»Wir sind bald am Stadtrand von Las Palmas«, sagte Marcel unvermittelt und eindringlich, was Jana klarmachte, dass er sie wohl eben aus dem Schlaf gerissen hatte. Sie musste, kurz nachdem sie die Touristenmeilen hinter sich gelassen hatten, eingenickt sein. Das war vor zwanzig Minuten gewesen, wie sie mit Blick auf die digitale Uhr des Leihwagens erfasste.

»Hab mir heute Morgen mal die Zahlen vom Büro geben lassen. Über eine Million Deutsche kommen jedes Jahr, noch etwas mehr Engländer und dann noch mal 'ne Million Skandinavier, immer mehr Italiener und Franzosen. Das ist der boomende Markt schlechthin«, schwärmte er.

Nun wusste Jana, mit wem er so lange telefoniert hatte, als sie im Badezimmer gewesen war.

»Dass die Kanaren sehr beliebt sind, ist doch nichts Neues«, erwiderte sie.

»Schon, aber die Preise steigen. Der Standard steigt. Die Regierung investiert viel. Mit EU-Mitteln. Luxus ist angesagt, nicht mehr nur dieser Billig-Tourismus.«

»Du meinst, du willst deinen Vater dazu kriegen, hier zu investieren?« Der Gedanke war ja naheliegend.

»Wird schwierig ... Die besten Bauplätze haben sich die großen Hotelketten schon gesichert. Dann gibt es neuerdings Umweltschutzauflagen. Alles nicht so einfach, sag ich dir.«

»Eine Herausforderung. Das brauchst du doch.« An seinem Siegerlächeln konnte Jana ablesen, dass sie ins Schwarze getroffen hatte.

»Ist doch paradiesisch hier«, rechtfertigte er sich, obwohl sie ja faktisch noch gar nichts von der Insel gesehen hatten.

Alles andere als »paradiesisch« sah es allerdings kurz vor Las Palmas aus. Auf dem Meer schwammen drei Ölplattformen, Tanker schipperten um sie herum und die ersten Häuser am Stadtrand wirkten wie Schachteln aus Beton, die zwar bunt angestrichen waren, aber aufgrund des sehr rauen Klimas den Putz verloren. Das eher desolate Stadtbild änderte sich jedoch mit einem Mal, als sie sich dem Zentrum näherten. Alfonso Pérez' Kanzlei lag in der Vegueta, der Altstadt von Las Palmas. Gottlob führte die entsprechende Ausfahrt direkt zu einem Großparkplatz, der hinter einer alten Busstation lag. Flink hatte Marcel einen Stadtplan aus dem Seitenfach der Tür zur Hand, auf dem er die Adresse des Notars farbig markiert hatte.

Jana nahm den Plan an sich und versuchte, sich zu orientieren.

»Sein Notariat muss ganz in der Nähe der Kathedrale liegen«, sagte Marcel, nachdem er den Wagen eingeparkt hatte.

Jana stieg aus und überlegte anhand der Markierung, wie sie am schnellsten zu diesem Notariat kamen. Letztlich führten alle vor ihnen liegenden Wege irgendwie zum Ziel, der Kathedrale Santa Ana, also faltete sie den Plan gleich wieder zusammen und steckte ihn in ihre Tasche.

Der Weg durch die Gassen der Altstadt war gepflastert mit Tapas-Bars. Jana stellte fest, dass hier sehr viele junge Leute unterwegs waren und nur wenige Touristen. Vermutlich lag das auch daran, dass es in Las Palmas etwas kühler war als im Süden und die meisten Besucher ja auf die Insel kamen, um sich am Strand zu rösten. Sie verpassten etwas. Jana liebte Häuser im Kolonialstil mit ihren für Spanien typischen reich dekorierten, dunklen Holzbalkonen, die kontrastreich ihre hellen Fassaden zierten. Einige stammten sogar aus dem 17. Jahrhundert und davor, was sich aus Gravuren am massiven Mauerwerk der wuchtigen Gebäude ablesen ließ. Dem Innenleben der Läden und Restaurantbetriebe im Erdgeschoss einiger Häuser, die auf dem Weg zur Kathedrale lagen, hatte man einen neuen Stil verpasst. Kunst und avantgardistisch anmutende Deko in den Bars und Restaurants verliehen diesem Viertel einen ganz besonderen Reiz. Die schmuck- und fensterlosen Fassaden einiger Gebäude, die zur Straße hin nur über eine Eingangstür verfügten, erinnerten Jana an ihre Heimat. Das eigentliche Leben spielte sich im Haus ab, meist in einem Innenhof, den ein Atrium umspannte.

Schon ragte einer der Türme der Kathedrale hinter einer Häuserzeile hervor. Ein meterhoher Gummibaum, der uralt sein musste, stand neben dem Seitenschiff. Jana verlangsamte ihre Schritte, denn der Platz, auf den sie zuschritten, löste das gleiche merkwürdige Gefühl der Vertrautheit aus, wie sie es bereits bei ihrem gestrigen Spaziergang an der Strandpromenade erlebt hatte. Sie glaubte, diesen Platz zu kennen.

Ein gemauerter Springbrunnen lag unmittelbar vor ihnen. Jana überlegte fieberhaft, wo sie einen ähnlichen Brunnen bereits gesehen haben konnte. Es fiel ihr nicht ein. Ein Haus mit gelber Fassade, aus der wuchtige braune Balkone ragten, hatte eine noch viel intensivere Wirkung. Das imposante olivgrün gestrichene Eingangsportal – auch das kam ihr bekannt vor, oder waren es nur seine verspielten Verzierungen, die wie an ihm rankende Pflanzen aussahen? Vielleicht die beiden Statuen, die auf Pfeilern links und rechts an den Flanken des Portals angebracht waren? Jana wusste nur, dass sie all das kannte.

»Können wir uns später noch anschauen. Laut Reiseführer ist das das Columbus-Haus«, erklärte Marcel, während er genau wie Jana die Fassade bewunderte, deren Gelb im Morgenlicht regelrecht leuchtete.

Noch etwas irritierte Jana. Sie wurde sich zunehmend sicherer, dass irgendetwas an diesem Ort nicht stimmte. Was für ein verrückter Gedanke und doch nagte er an ihr.

»Wir haben nur noch zehn Minuten«, drängte Marcel.

Jana sah sich um. Hier stimmte definitiv etwas nicht. Das ungute Gefühl bezog sich auf diesen Platz. »Bist du dir sicher, dass Columbus hier gewohnt hat?«, fragte sie Marcel. Rührte dieses Gefühl der Unstimmigkeit etwa daher?

Der zog sein Handy aus der Hosentasche, wischte darauf herum und überflog die Informationen seines digitalen Reiseführers. Er nickte. »Es würde sonst wohl kaum Columbus-Haus heißen«, gab er lapidar zurück.

Und trotzdem stimmte hier etwas nicht. Etwas gehörte nicht hierher. Jana legte sich die Erklärung zurecht, dass sie schon einmal an einem ähnlichen Platz gewesen sein musste, und weil dieser hier in einem Detail abwich, befielen sie diese Gefühle der Irritation. Nur wo? Ließ ihr Gedächtnis etwa auch schon nach wie bei ihrer Großmutter? Der Platz fühlte sich zu klein an, richtig beengend.

»Jana, alles in Ordnung?«, fragte Marcel.

Jana nickte, obwohl im Moment gar nichts in Ordnung war und sie mit aufsteigendem Schwindel zu kämpfen hatte. Das Herz – die Worte ihrer Großmutter. All das, was gerade in ihr vorging, hatte sicher etwas mit diesem Herz zu tun. Immerhin diese Gewissheit hatte sie, auch wenn sie sie nicht begründen konnte.

Notare hatten in Janas Vorstellung etwas Ehrwürdiges und Erhabenes an sich, jedenfalls war sie in geschäftlichen Belangen stets besonnenen älteren Herrn in feinen Anzügen und mit grau melierten Schläfen begegnet. Alfonso Pérez wirkte eher wie ein Scheidungsanwalt aus einer US-amerikanischen Soap: ein Mittvierziger mit zerzaustem Haar, zerknittertem Anzug und einem Dreitagebart. Nur seine grau melierten Schläfen passten in ihr Bild. Er wirkte wie ein Fremdkörper in dieser mit schweren antik anmutenden Holzmöbeln eingerichteten Kanzlei. Sein Schreibtisch aus Holz war wuchtig und ausladend. Auf ihm fanden nur noch ein Laptop und eine Messinglampe Platz. Der Rest der gefühlt eislaufstadiongroßen Tischplatte war gepflastert mit gestapelten Mappen und Dokumenten. Eines davon fischte er heraus, nachdem er sie eher förmlich per Handschlag begrüßt und ihnen zwei nicht minder wuchtige Stühle vor seinem Schreibtisch zugewiesen hatte. Der Mann schien sehr beschäftigt zu sein, denn als sie seine Sekretärin hereingebeten hatte, war ihr ein Stakkato aus Anweisungen, wer sie alles in der nächsten halben Stunde nicht telefonisch stören durfte, um die Ohren geflogen.

Pérez schien zur Ruhe zu kommen, nachdem er selbst auch Platz genommen hatte. Nun setzte er sich ein Lächeln auf und wirkte geistig anwesend.

»Ich danke Ihnen, dass Sie so schnell anreisen konnten. Bei unserem ersten Telefonat hatte ich schon die Befürchtung, dass

Sie gar nicht kommen würden. Mich würde eine Erbschaft von einer Person, die ich nicht kenne, auch skeptisch stimmen«, sagte er.

»Offen gestanden hatte ich bis vor unserem Telefonat auch Bedenken«, gab Jana unverhohlen zu.

»Wenn Sie mir bitte Ihren Ausweis geben könnten. Ich muss eine Kopie davon machen«, forderte er sie auf.

Jana fischte den Geldbeutel aus ihrer Tasche, friemelte ihren Personalausweis heraus und reichte ihn ihm.

»Gibt es irgendwelche Schulden, die auf diesem Anwesen lasten?«, fragte Marcel, denn dieser Gedanke war ihnen beim Frühstück gekommen.

»Nein. Aus den Grundbuchauszügen lässt sich ersehen, dass nie eine Grundschuld auf dem Anwesen lastete«, versicherte Pérez.

Jana war nun zumindest in dieser Hinsicht erleichtert.

»Da Sie mit Arris Fuentes aber nicht verwandt sind, müssten Sie Erbschaftssteuer bezahlen, natürlich nur, wenn Sie das Erbe annehmen«, fuhr er fort.

»Die ist horrend, habe ich recht?« Jana hatte davon gehört, dass viele Erben die Häuser ihrer Eltern auf Mallorca verkaufen mussten, weil sie sich die Erbschaftssteuer nicht leisten konnten. Da war sogar noch ein Verwandtschaftsverhältnis gegeben. Wie musste es sie dann erst treffen, wenn sie gar nicht mit Arris verwandt war?

»Wenn Sie in Deutschland steuerpflichtig sind, dann müssen sie dort ebenso Erbschaftssteuer beziehungsweise in Ihrem Fall Schenkungssteuer bezahlen, um die dreißig Prozent. Sie wird aber in der Regel mit der hiesigen verrechnet. Ich rate Ihnen an, sich einen Gutachter von hier zu nehmen, der den Wert ermittelt, denn soviel ich weiß, verlangt das deutsche Finanzamt einen solchen Nachweis«, erklärte er mit ernster Miene.

Jana schluckte, weil sich ihre Befürchtungen eben bestätigt hatten. »Wie hoch schätzen Sie den Wert der Immobilie?«, wollte sie gleich wissen.

»Den Wert habe ich aus verschiedenen Vergleichstabellen ermittelt. Es dürfte ungefähr eine Million Euro sein, vielleicht etwas weniger. Das Grundstück ist sehr groß und wird in Teilen noch bewirtschaftet. Die Gegend wird touristisch nicht genutzt. Wenn Sie das Gleiche im Süden geerbt hätten, lägen wir sicher beim Zehnfachen«, erklärte er.

»Also dreißig Prozent Schenkungssteuer. Das sind dann um die dreihunderttausend Euro«, überlegte Jana nach grober Berechnung laut.

Marcel zeigte sich nun ebenfalls beeindruckt.

»Die Summe könnte ich niemals aufbringen«, gab Jana dem Notar zu verstehen.

»Also ist damit zu rechnen, dass Sie das Erbe ablehnen«, mutmaßte Pérez.

Jana zuckte ratlos mit den Schultern. Die Summe lag ihr natürlich im Magen. Im Moment beschäftigte sie aber etwas anderes viel mehr.

»Wie kommt dieser Arris Fuentes nur dazu anzunehmen, dass ich ein Erbe unter diesen Umständen annehme? Ich frage mich sowieso schon die ganze Zeit, wie er mich überhaupt ausfindig gemacht hat. Mal ganz abgesehen davon, dass ich mir nach wie vor keinen Grund für die Erbschaft denken kann«, sagte Jana. In ihr rumorte es. Was um alles in der Welt hatte dieser Fuentes mit ihr oder ihrer Familie zu tun?

»Die gleiche Frage habe ich mir auch gestellt. Nicht jeder kann so eine Summe aufbringen. Ich habe ihn sogar hier in der Kanzlei darauf angesprochen«, erwiderte Pérez.

»Und, was hat er gesagt?« Marcel brannte es auch auf den Nägeln, dies herauszufinden.

»Er meinte, dass Ihnen das Anwesen das wert sei.« Pérez schien nun selbst darüber nachzugrübeln, warum sich der Erblasser da so sicher sein konnte.

»Das ist unmöglich. Ich bin zwar im Internet auffindbar, aber niemand bekommt dort Auskunft über mein Vermögen oder wie viel ich verdiene. Wie konnte er das dann annehmen?«, fragte sie erneut, weil das alles schier unfassbar war.

»Wie ich Ihnen schon sagte, hielt er sich über seine Beweggründe bedeckt.«

»Hat er es vielleicht selbst geerbt, von irgendjemandem, der nicht aus seiner Familie war?«, fragte Jana. Vielleicht ergab sich ja daraus eine Querverbindung.

»Nein. Ich habe die letzten Vorurkunden durchgesehen. Familienbesitz über Generationen«, erläuterte der Notar.

»Der muss einen an der Klatsche gehabt haben«, sagte Marcel mehr zu sich.

Der Notar überhörte es trotzdem nicht. »Arris machte auf mich zwar einen klaren Eindruck, aber …« Pérez wurde nachdenklich.

»Was meinen Sie damit?«, hakte Jana sogleich nach.

»Wie soll ich sagen … Wenn ich es recht in Erinnerung habe, glaubte er an eine gewisse Schicksalhaftigkeit. Angeblich würden Sie wissen, dass es Ihnen zusteht.«

Jana tauschte Blicke mit Marcel, der nun genau wie Pérez nachdenklich vor sich hin starrte.

»Kann ich es mir ansehen?«, wollte Jana wissen.

»Selbstverständlich. Ich kann Ihnen die genaue Position auf einer Karte einzeichnen. Soviel ich weiß, ist die Adresse nicht in allen Navigationssystemen eingespeist. Auf meinem war es jedenfalls so«, sagte Pérez.

»Kommt man da so einfach rein? Braucht man da nicht einen Schlüssel?«, fragte Marcel.

»Für das Haus ja. Den kann ich Ihnen zu treuen Händen geben, aber auf das Grundstück kommen Sie auch ohne Schlüssel. Das Tor ist verrostet und schließt nicht mehr. Wenn Sie Glück haben, ist einer seiner Arbeiter dort. Er heißt Jacinto und bewirtschaftet noch einen Teil der Felder«, erklärte Pérez und zog dann eine Karte der Insel aus seiner Schublade, die er auf seinem Schreibtisch vor ihnen ausbreitete.

»Hier, schauen Sie. Einfach die Autobahn in Richtung Arucas fahren, dann weiter in den Westen nach Agaete. Sie nehmen die Ausfahrt Bañaderos und fahren dann die Landstraße weiter. Etwa einhundert Meter nach einer Bushaltestelle geht ein Schotterweg ab. Der führt direkt zu Arris' Haus«, erläuterte er.

»Das finden wir locker«, meinte Marcel.

»Wann möchten Sie es sich ansehen?«, fragte Pérez.

»Am besten heute noch. Wir sind nur zwei Tage hier«, erwiderte Jana.

Pérez zeigte sich überrascht.

»Solche Dinge sollte man nicht übers Knie brechen, aber … warum eigentlich nicht?« Pérez öffnete dann eine weitere Schublade und zog einen Umschlag daraus hervor. »Darin ist der Schlüssel zum Haus und noch ein zweiter. Arris hat mich angewiesen, Ihnen auch diesen zweiten Schlüssel zu überreichen. Da er testamentarisch nicht erwähnt ist, bin ich berechtigt, ihn Ihnen jetzt schon auszuhändigen«, erklärte er.

»Wozu ist der gut? Für einen Schrank vielleicht?«, fragte Jana, nachdem sie in den Umschlag gelugt hatte. Einer der beiden Schlüssel sah wie ein heute handelsüblicher aus. Das musste der Hausschlüssel sein. Der zweite hingegen war wesentlich größer und schon arg verrostet.

»Ich kann es Ihnen nicht sagen. Angeblich wüssten Sie das dann schon«, sagte er schulterzuckend.

Jana nahm den Schlüssel verwundert an sich. War er der Schlüssel zu diesem ominösen Herz, das sie suchen sollte? Um das herauszufinden, blieb ihnen der ganze Nachmittag.

Jana amüsierte sich immer wieder über Marcels großspurige Sprüche, denn er war ja der *Macher*. Was hatte er beim Notar gesagt? Das finden wir locker? Unter locker verstand Jana aber etwas anderes. Zugegebenermaßen war der Verkehr im Norden der Insel etwas fordernd. Las Palmas erweckte den Anschein, aus einem schier unendlichen Geflecht aus Einbahnstraßen zu bestehen. Wendemöglichkeiten, um auf der Parallelstraße zurückzufahren, waren eine Seltenheit. Bei ihrem ersten Versuch, die Autobahn zu erreichen, hatten sie glatt eine Stadtrundfahrt gemacht, bis hin zum Las Canteras. Dass er laut Marcels Reiseführer nach der Copacabana von Rio der zweitgrößte Stadtstrand sein sollte, glaubte Jana nun, weil sie erst nach gut zwanzig Minuten im Stadtverkehr am anderen Ende, das eine Konzerthalle in moderner Architektur begrenzte, wieder herausgekommen waren. Der Playa de las Canteras war tatsächlich auch einer der schönsten Stadtstrände, die sie bisher gesehen hatte. Eine weitere halbe Stunde verging damit, endlich den Stau hinter sich zu lassen und im nervenaufreibenden Zickzackkurs eine Autobahnauffahrt zu finden, auf deren Beschilderung die Ortsnamen »Agaete« und »Arucas« standen.

Die Autobahn verlief direkt am Meer entlang. Nach nur wenigen Fahrminuten erreichten sie eine Aneinanderreihung von kleinen Restaurants an einer Bucht, die mit besonders hohen Wellen gesegnet war. Schwarze Punkte auf Surfbrettern tänzelten über die Wellenkämme. Das musste ein Paradies für Surfer sein. Das für Landwirte lag auf der anderen Straßenseite. Hier im Norden war die Insel grüner. Die ersten Bananenplantagen reichten bis hinunter zur Autobahn. Einige schmiegten sich auf gemauerten Terrassen direkt an die Hügel des Hinterlands. Der

Verkehr dünnte sich deutlich aus und die Wahrscheinlichkeit, dass sie erneut in ein Einbahnstraßenlabyrinth gelangten, belief sich in dieser Ecke der Insel auf nahezu null. Hier zeigte sie sich von einer ganz anderen Seite. Keine Touristen, keine Hotelburgen, dafür sporadisch aus den Hügeln wachsende einfache Häuser der Einheimischen. Ein Teil davon wirkte verlassen. Graffitis zierten ihre Wände. Prächtige Villen suchte man hier vergebens. Die standen nördlich von Las Palmas in Tafira, wie sie nun wusste, weil sie sich dort zunächst auf der Suche nach der richtigen Abfahrt verfranzt hatten.

Die Ausfahrt stimmte und sogar die Bushaltestelle war nach kurzer Fahrt auf einer Landstraße ins Landesinnere auffindbar. Es wunderte Jana schon gar nicht mehr, dass sie dieser Küstenabschnitt erneut an ihre Heimat erinnerte und sie vergeblich versuchte, das entsprechende Pendant zu finden. Dass ihr Erinnerungsvermögen in übernächtigtem Zustand weder auf Namen noch Orte kam, war naheliegend. Jana gab es auf, darüber weiter nachzugrübeln, denn der schroffe Norden mit seinen Steilküsten, an denen sich die Wellen mit meterhoher, wuchtiger Gischt brachen, nahm sie in Beschlag. Sie liebte diese Gegend schon jetzt und genoss den unbeschwerten Ausblick, den man als Beifahrer hatte. So weit das Auge reichte, folgte eine Steilküste aus dunkelbraunem Lavagestein auf die andere. An ihren Ausläufern lagen Buchten, in die Landzungen bis ins Meer reichten. Dort standen bunte Häuserburgen, die eng ineinander verschachtelt waren. Im Landesinneren zu ihrer Linken säumten vereinzelte Ruinen ihren Weg.

»Schade, dass man die so verkommen lässt«, bemerkte Marcel zu Recht.

Das Gleiche dachte Jana über die brachliegenden Felder der vor ihr liegenden Ebene. Nur einige der terrassenförmig angelegten Felder wurden bewirtschaftet. Von Weitem sah es so aus, als würden dort Bananen angebaut. Hatte der Notar nicht von einer Teilbewirtschaftung gesprochen? Fuentes' Anwesen musste also ganz in der Nähe sein. Die nächste Kurve gab den Blick auf das Ende der Straße frei. Jana musste gar nicht mehr auf die Karte sehen, um zu wissen, dass ihr Ziel, ein Haus inmitten einer Plantage, die von einer Steinmauer umgeben war, unmittelbar vor ihnen lag.

»Das da vorn. Das ist es«, sagte sie.

»Kann nicht sein. Sieht der Karte nach jedenfalls nicht danach aus. Wir haben noch gut zwei Kilometer vor uns«, sagte Marcel.

»Nein. Ich bin mir sicher.«

Marcel hielt mit dem Wagen kurzerhand am Straßenrand, schnappte sich die Karte und sah sie sich genauer an.

»Hab den Maßstab falsch gelesen. Du hast recht, aber woher wusstest du das?«

Jana zuckte mit den Schultern, weil sie gerade selbst darüber nachdachte und es sich nicht erklären konnte. Für einen Moment stellte sie sich vor, wie es wohl ausgesehen haben musste, als alle Terrassen bis hinauf zu einer Anhöhe, dem Ausläufer des Gebirges, bewirtschaftet worden waren. Schon hatte sie das entsprechende Bild vor sich. Grüne Flächen bis zu dem Felsgiganten, der diese Bucht begrenzte und an dem sich meterhohe Wellen brachen. Es war in ihrer Vorstellung jedoch ein anderes Grün, viel dunkler als das der Bananenstauden, an denen sie vorbeigefahren waren. Das irritierte sie.

Marcel hielt den Wagen direkt vor dem angerosteten Gatter, das schon etwas schief in der Abmauerung hing – genau wie beschrieben. Von hier aus konnte man bereits das Haus sehen. Es musste in früheren Jahren eine prächtige Hacienda gewesen sein. Das Hauptgebäude war zweistöckig und verfügte über zwei Nebengebäude, von denen eines noch bewohnt aussah. Davor standen Stühle und ein Tisch unter einer einsamen Palme. Mauerreste vor dem Haus, aus deren Beete wildwüchsige Pflanzen sprossen, ließen erahnen, dass dort einst ein Garten geblüht hatte. Was musste das mal für ein prächtiges Anwesen gewesen sein? Heute waren die meisten Fenster des Hauptgebäudes herausgebrochen. Das Meer lag keine zweihundert Meter entfernt. Feuchtigkeit und salzhaltige Luft griffen das Mauerwerk an. Jana konnte es trotzdem kaum erwarten, sich das Gebäude näher anzusehen. Vielleicht standen darin noch Möbel aus der damaligen Zeit. Wie schön musste es früher gewesen sein, von einer der Terrassen aufs Meer hinauszublicken, über einen Palmengarten hinweg das immerwährende Blau vor Augen zu haben und die würzige Luft des Atlantiks zu inhalieren, nachts die Brandung zu hören, die einen in den Schlaf wiegte.

»Kommst du mit, oder willst du es dir vom Auto aus ansehen?« Marcels Frage riss Jana aus ihren Träumereien, die sich so real anfühlten, als ob sie all das schon selbst erlebt hätte.

Dieser Eindruck verstärkte sich, nachdem sie hineingegangen waren. Lilafarbene Bougainvilleen rankten an den Resten eines Säulengangs empor und vereinigten sich in der Mitte. Auf diese Weise entstand ein natürlich überdachter Gang, der zum Eingang des Hauses führte.

»Sie sind noch zu früh dran«, tönte eine kauzige Männerstimme aus Richtung des Bananenfeldes. Jana sah einen alten Mann, der bestimmt schon um die siebzig war, auf sich zukommen. »Die Bananen sind noch nicht reif«, rief er ihnen zu.

Das musste Jacinto sein und offenbar hielt er sie für Touristen, die sich hierher der Bananen wegen verirrt hatten. Wer sonst würde sich eine De-facto-Ruine anschauen?

»Wir sind nicht wegen der Bananen hier, auch wenn ich liebend gerne eine von hier probieren würde. Sie sind bestimmt süß«, sagte Jana, als er sie erreicht hatte.

»Die süßesten Bananen auf Gottes Erden«, schwärmte der Alte mit Schalk im Nacken.

Jana stellte zunächst sich, dann Marcel vor und reichte ihm die Hand.

»Weshalb sind Sie hier?«, wollte Jacinto dann doch wissen.

»Es geht um eine Erbschaft.«

Jacinto sah sie überrascht an. »Also doch … Er hat Sie tatsächlich ausfindig gemacht«, sagte er kopfschüttelnd.

»Arris hat Ihnen von der Suche nach einer Erbin erzählt?«, fragte Jana.

»Er war besessen davon, aber ich habe das nicht ernst genommen. Er war alt und schon etwas verwirrt«, erklärte Jacinto.

»Verwirrt?«

»Das kann man so sagen.« Jacinto schüttelte erneut den Kopf. Er konnte es anscheinend immer noch nicht glauben, dass Jana, die Erbin, leibhaftig vor ihm stand.

»Jetzt fällt das Grundstück wenigstens nicht mehr an die Gemeinde … Die würde es sicher abreißen lassen. Und was haben Sie damit vor?«, fragte Jacinto besorgt nach.

»Noch habe ich die Erbschaft nicht angenommen, aber ich glaube, dass sich das Haus wiederherrichten ließe«, erwiderte Jana.

»Ich lebe seit Wochen in der Angst, bald keine Bleibe mehr zu haben … Und das Bananenfeld … Es wird genauso verrotten wie die Zuckerrohrfelder«, sagte Jacinto in Gedanken.

»Zuckerrohr?«, hakte Jana nach. Ihr fiel ein, dass sie auf einer Promotiontour in der Karibik einmal Zuckerrohrfelder gesehen hatte. Das Grün dieser Pflanzen unterschied sich von dem der Bananenbaumblätter und entsprach in etwa dem, an das sie sich auf der Herfahrt zu erinnern geglaubt hatte.

»Ja … Hier war einmal die erste Zuckerrohrplantage der Insel. Arris hat das herausgefunden. Er war stolz auf das Anwesen, bevor … na ja … Es ist so traurig …«

»Was ist passiert?«, wollte Jana in Erfahrung bringen.

»Trinken Sie einen Tee mit mir? Ich hab auch Rum. Den von hier. Ron Miel. Er ölt meine Stimme«, sagte er augenzwinkernd und deutete in einer einladenden Geste auf eine mobile Außenküche in einer Nische des Nebengebäudes, vielmehr auf einen Gasherd und einen runden Plastiktisch, an dem vier Campingstühle standen, die ebenfalls nicht mehr ganz neu aussahen. Die Einladung nahm Jana trotzdem gerne an.

Kapitel 5

Laura hatte nach weiteren zwei Stunden Kutschfahrt in Richtung Norden den Eindruck, auf einmal in einem anderen Land zu sein. Die verdorrten Sträucher, mit denen der Süden übersät war, hatten ihre Farbe gewechselt. Grüne Farbtupfer ragten nun aus dem felsigen Grund. Immer mehr Dattelpalmen gesellten sich hinzu. Einige von Gottes Hand in die Landschaft gestreute Kakteen trugen bunte Blüten. Das hügelige Hinterland schimmerte mittlerweile je nach Distanz in verschiedenen Grünnuancen. Rui hatte ihr erzählt, dass es dort oben Lorbeer- und Eukalyptuswälder gab. Die Berge seien mit Kiefer- und Pinienwäldern gesegnet. Dementsprechend kühler wurde es auch, als sie einen steil ansteigenden Weg eingeschlagen hatten, der vom Meer fortführte und durch einen Schatten spendenden Lorbeerwald verlief. Die würzige Luft des Meeresklimas erhielt eine wohlriechende Note. Laura schätzte die Höhe einiger Bäume auf gut und gern dreißig Meter. Sie hatte noch nie zuvor einen Baum gesehen, dessen Stamm so aussah, als würde er gänzlich aus Wurzeln bestehen. Sie waren auch nicht rund, wie Laura das von normalen Bäumen gewohnt war, sondern flach und wirkten wie sich nach oben verjüngende Fächer. Laura beeindruckte Ruis Wissen um die hiesige Botanik. Natürlich kannte er als Koch auch viele Gerichte, die man mit Lorbeer abrunden konnte, jedoch nur mit Gewürzlorbeer. Das waren die weniger hohen Lorbeerbäume und auch die ließen sie bald hinter sich. Der Wald lichtete sich und gab den Blick auf eine fruchtbare Ebene frei. Die ersten kleinen Siedlungen direkt am Meer fielen ihr ins Auge. Irgendwo da unten musste die Plantage ihres Vaters sein. Im Nu war die Sorge, wie sie ihren Eltern am besten beibrachte, aus dem Kloster geflohen zu sein, wieder präsent. Ruis Geschichten aus seiner Heimat, Pflanzenkunde und ausschweifende Rezepturen für wohlschmeckende Gerichte, aber auch die intensiven ersten Eindrücke eines paradiesischen Minikontinents, auf dem mit Sklaven gehandelt wurde, hatte sie auf ihrem Weg hierher verdrängt.

»Vielleicht sollte ich doch nicht direkt zum Haus meiner Eltern gehen«, überlegte sie laut.

»Willst du ihnen etwa einen Brief schreiben? Nur Mut«, erwiderte Rui.

»Mutter hat früher täglich auf dem Markt eingekauft. Ich könnte herausfinden, wo sich hier ein Markt befindet, und auf sie warten.«

Rui lachte lauthals drauflos. »Laura. Hier gibt es sicher keine Wochenmärkte und auch keine Marktplätze … vielleicht in Las Palmas ein paar Stände, doch dahin fährt deine Mutter bestimmt nicht, um Einkäufe zu erledigen. Wie lange willst du warten? Willst du etwa die ganze Zeit auf irgendeinem Platz hocken und Maulaffen feilhalten?«, amüsierte er sich.

Laura sah ein, dass sich ihre Idee, auf einen günstigen Moment zu warten, wohl kaum umsetzen ließ.

»Was kann schon Schlimmes passieren?«, wollte er wissen.

Laura hatte keine genaue Vorstellung davon. Das war es ja, was ihr Angst machte.

»Hat dein Vater dich jemals geschlagen oder dir Leid zugefügt? War er ungeduldig mit dir?«, fragte Rui.

Laura musste nicht lange überlegen, um diese Frage zu verneinen.

»Wovor hast du dann Angst?«

Laura wusste es nicht, doch diese Angst war mittlerweile am ganzen Körper spürbar. Sie versteifte sich auf dem Kutschbock und begann zu frösteln, was nicht dem kühleren Klima des Nordens geschuldet war.

Rui musterte sie und seufzte. »Du willst also zunächst wirklich nur mit deiner Mutter sprechen?«, wollte er sich vergewissern.

Laura nickte, denn nichts wäre ihr im Moment lieber.

»Vielleicht lässt sich das einrichten.« Rui lächelte geheimnisvoll.

»Was hast du im Sinne?«, fragte Laura, die sein Schmunzeln dahingehend interpretierte, dass ihm ein guter Einfall gekommen war.

»Ich bin Koch …«, sagte er.

»Das weiß ich.«

»Vielleicht bin ich ein dummer Koch, der nicht weiß, dass niemand hier in der Gegend einen Koch für eine Plantage sucht«, gab er dann doch preis.

»Das würdest du für mich tun?«

»Du lässt mir ja keine andere Wahl. Wenn ich mir dich so ansehe, erwächst in mir die Sorge, du brichst beim nächsten Straßenwall entzwei«, meinte er.

»Und was willst du ihr sagen?«

»Die Wahrheit und wo sie dich treffen kann«, erwiderte er.

Laura fiel augenblicklich ein Stein vom Herzen. Die Aussicht, ihre Mutter zu sehen und vielleicht auch Inés, zwei sichere Verbündete, falls Vater sich gegen sie stellen würde, gab ihr Kraft. Auf einmal sah die unter ihnen liegende fruchtbare Ebene noch viel schöner aus. Richtig malerisch. Direkt am Abhang lagen begrünte Terrassen. Das mussten die

Zuckerrohrfelder sein, von denen Vater ihr erzählt hatte. Sie reichten bis zu einer steilen Felswand am Ende der Bucht. Am anderen Ende entdeckte Laura eine kleine Siedlung aus einfachen Holzhütten. In dieser Richtung blieb das Land flach und erst in der Ferne traf es auf die Ausläufer des Gebirges, das die Ebene begrenzte. Genauso hatte Vater ihr den Ort beschrieben.

»Wo Häuser sind, gibt es meist eine Schenke. Ich kann dort auf dich warten«, schlug sie vor.

Rui nickte und trieb die Pferde an. In zwei Stunden würde die Sonne untergehen und ein Koch, der sich nachts um eine Stelle bewarb, war mehr als nur zweifelhaft.

Auf den Instinkt eines erfahrenen Seemanns war Verlass. Die Schenke lag direkt am Ende der Siedlung. Anhand ihrer sporadischen Einrichtung bekam Laura zu spüren, mitten auf einer Insel zu sein. An grob gezimmerten Holztischen saßen vier Soldaten, die die kastilische Uniform trugen. Sie tranken Bier und musterten sie argwöhnisch. Anscheinend war es ungewöhnlich, Fremde, noch dazu einen jungen Burschen, hier einkehren zu sehen. Am Tresen stand ein älterer Mann, dessen Gesicht von der Seefahrt gezeichnet war. Warum er nun diese Schenke betrieb, wurde Laura klar, als er ihr aus einem Fass Bier, das hinter dem Tresen stand, einschenkte. Er hatte ein Bein verloren und lief auf einem Holzstumpen, der bei jedem Schritt gegen die Dielen klopfte. Etwas anderes als Bier oder Rum ließ sich nicht bestellen. Dafür gab es zu Lauras Erstaunen etwas Warmes zu essen. Gofio nannte er das Gericht, eine Art Brei aus Gerstenmehl, der mit Bohnen und Fleisch angereichert war. Laura ließ es sich auf dem Tisch draußen servieren, angeblich, weil sie an der frischen Luft sein wollte. Der Grund war aber ein anderer. Unter ihrem Tisch musste ein Küchenschabennest sein. Eines der Tiere, die etwa doppelt so groß waren wie ihre Artverwandten auf dem Festland, war über ihre Sandalen gehuscht. Laura hatte ihren Aufschrei erstickt. Ein junger Bursche tat so etwas ja nicht. Laura gedachte auch nicht, das Bier zu trinken. Soviel sie wusste, benebelte es die Sinne. Das war das Letzte, was sie nun gebrauchen konnte.

Der Einbeinige hatte gottlob auch einen Krug mit Wasser auf den Tisch gestellt. Laura nahm sich vor, das Bier klammheimlich wegzuschütten. Der Geruch von Fäkalien aus der neben dem Haus befindlichen Sickergrube war so stark, dass man das verschüttete Bier sicher nicht riechen konnte. Laura hoffte, dass man sie in Ruhe ließ. Von hier draußen hatte sie zudem die Straße im Blick, die Rui in Richtung ihres Elternhauses entlanggefahren war. Wenn er doch nur bald zurückkäme. Während sie den wohlschmeckenden Brei verzehrte, stellte Laura sich vor, dass alsbald ihre Mutter neben Rui auf dem Kutschbock sitzen würde und sie ihr dann endlich in die Arme fallen konnte.

Das warme Licht der tief stehenden Abendsonne benetzte die Palmkronen mit goldenem Schein und lud zum Träumen ein. Im Nu waren ihr Erinnerungen aus ihrer Kindheit präsent. Das Leben war so unbeschwert, wenn man ein Kind war. Vaters kleine Prinzessin war sie gewesen, obschon er noch eine Prinzessin hatte, ihre acht Jahre ältere Schwester Inés. Laura musste unwillkürlich darüber schmunzeln, wie oft sie sich in den Haaren gelegen hatten, meist wegen Kleinigkeiten und fast immer waren es Eifersüchteleien gewesen, Streit darüber, wer das schönere Kleid hatte, die größere Schleife im Haar oder wer auf Großmutters Schoß sitzen durfte. Vater hatte stets für sie, die Kleinere, Partei ergriffen und sie zweifelsohne bevorzugt. Das musste Laura einräumen. Dennoch hatte er auch Inés' Wohl im Auge gehabt. Es sprach für ihn, Inés nicht aufgebürdet zu haben, jemanden zu heiraten, den sie nicht liebte. Die vielen Erinnerungen an glückliche Tage verschwanden mit den letzten Sonnenstrahlen. Lauras Gedanken waren wieder bei Rui. Ob ihre Familie ihn überhaupt empfangen hatte? Wie Laura ihre

Mutter einschätzte, würde sie ihn anhören, doch würde sie ihr Vater mit einem Fremden auf dessen Kutsche in die nahe gelegene Siedlung ziehen lassen? Laura wusste darauf keine Antwort und dementsprechend wuchs die innere Unruhe. Ihr Blick war mittlerweile starr auf die Straße gerichtet. Niemand hatte sie in der letzten Stunde befahren. Sie war mittlerweile allein hier. Die Soldaten hatten schon vor einer halben Stunde die Schenke verlassen. Nur der Schankwirt war noch einmal kurz nach draußen gekommen, um das Geschirr abzuräumen und um nachzufragen, ob sie noch etwas Bier haben wollte. Doch dann erspähte sie von Weitem eine Staubwolke. Die Hufe von Pferden erzeugten sie auf trockener Erde. Das musste Rui sein. Mit einsetzender Dämmerung konnte sie aus der Distanz zunächst nicht sehen, ob Mutter mit auf dem Kutschbock saß. Sie tat es nicht. Nur Rui lenkte das Gefährt. Laura sank augenblicklich in sich zusammen. War alles umsonst gewesen? Wollte Mutter sie am Ende gar nicht sehen, weil sie das Kloster verlassen hatte? Doch dann wäre Rui doch sicher in Begleitung ihres Vaters zurückgekommen. Laura spürte, dass irgendetwas Schlimmes passiert sein musste, und das konnte sie auch an Ruis Miene ablesen, als er wortlos vom Kutschbock stieg und zu ihr kam.

»Was ist passiert? Konntest du sie sprechen?«, wollte Laura sofort wissen.

Rui schüttelte den Kopf und holte tief Luft. Seine Augen wirkten leer und sendeten eine ansteckende Traurigkeit aus. »Laura … Deine Mutter … Sie ist vor zwei Monaten gestorben«, sagte er und setzte sich zu ihr.

Laura hatte das Gefühl, eine unsichtbare Faust würde nach ihrem Herzen greifen und es zusammendrücken.

»Ich habe es von einem der Arbeiter erfahren. Ich hielt es für besser, niemanden sonst zu behelligen«, fuhr Rui fort.

Laura nickte und dann lösten sich die Tränen.

Rui griff nach ihrer Hand und hielt sie fest. »Was wirst du jetzt tun? Möchtest du nicht vielleicht doch mit mir kommen?«, wollte er wissen.

Für einen Moment erschien Laura dies als der einzig gangbare Weg, doch noch war nicht alles verloren. Sie hatte ja noch ihre Schwester und auch Vater würde sie bestimmt nicht wegschicken. Es kam aber noch etwas mit hinzu, weshalb sie gedachte, Ruis Vorschlag abzulehnen.

»Ein Leben lang als junger Bursche an Bord eines Schiffes?«, fragte sie ihn.

Rui verstand. Er nickte stumm und griff dann in seinen Lederbeutel, aus dem er einige Münzen herauskramte und vor ihr auf den Tisch legte.

»Das wirst du brauchen.«

Laura wusste, wie gering sein Sold war, und wollte es daher nicht annehmen.

»Nimm es … Ich muss zurück auf das Schiff. Soll ich dich nach Las Palmas bringen? Ist nur ein kleiner Umweg. Dort gibt es sicher Herbergen.«

Laura schüttelte den Kopf. Die Frage nach einer Schlafmöglichkeit erschien ihr im Moment als völlig bedeutungslos. Sie wollte nur hier sitzen, allein mit sich und der Trauer, die sie regelrecht lähmte. Der bevorstehende Abschied beschwerte ihr Gemüt zusätzlich. Sie hatte den Portugiesen lieb gewonnen.

Er drückte fest ihre Hand zum Abschied, warf ihr einen aufmunternden Blick zu und stand dann auf. »Leb wohl und sei der Herr mit dir«, sagte Rui, bevor er auf die Kutsche stieg und den Weg zurückfuhr, auf dem sie gekommen waren.

Laura hatte sich noch nie zuvor in ihrem Leben derart allein gelassen gefühlt, allein mit einem Schmerz, der ihr die Luft zum Atmen nahm.

Die nahezu schmerzhaft spürbare Leere, die sich in Laura eingenistet hatte, wollte einfach nicht vergehen. Sicher schloss die Schenke bald. Ewig konnte sie hier nicht mehr in der Dunkelheit sitzen bleiben. Sollte sie es wirklich riskieren, sich ihrem Vater zu offenbaren? Wollte sie denn überhaupt hierbleiben, auf einer von Wilden bevölkerten Insel, die spanische Soldaten erobert hatten und auf der Sklavenhandel betrieben wurde? Es fühlte sich im Moment noch schlimmer an als ein Leben in den Klostermauern. Zurück nach Kastilien? Unmöglich! In ein anderes Land, dessen Sprache sie beherrschte, um sich ein Leben lang als eine andere auszugeben? Fortan in Portugal leben und als Vogelfreie letztlich in einem Frauenhaus zu enden, um nicht zu verhungern? Eine Fahrt zurück zum Festland scheiterte ja schon allein daran, dass sie kein Geld für eine Schiffspassage hatte. Es half nichts, in Selbstmitleid zu zerfließen, auch wenn Mutter tot war. Genau dieser Gedanke trieb sie nun aber an. Warum hatte Vater sie nicht darüber in Kenntnis gesetzt? Schwester Agnes hätte ihr diese Nachricht sicher überbracht, auch wenn weltlicher Kontakt an sich verboten war. Hatte er ihr vielleicht den Schmerz ersparen wollen? Woran war sie gestorben? Laura musste all das herausfinden. Hinzu gesellte sich die Hoffnung, Rückhalt bei ihrer Familie, vor allem aber bei ihrer Schwester zu finden. Die Leere würde verschwinden. Wenn sie sie doch nur wenigstens einmal sehen könnte. Laura beschloss daher, zum Haus ihrer Eltern zu gehen. Wenigstens einen Blick darauf zu erhaschen, würde ihre Lebensgeister beflügeln. Zumindest hoffte Laura das.

Es schien, als ob ihr innigster Wunsch nach einer guten halben Stunde zu Fuß in Erfüllung gehen würde, denn im obersten Stockwerk des Anwesens brannte Licht. Vater oder Inés mussten also noch wach sein. Laura überblickte von einer der Terrassen, auf der Zuckerrohr angebaut wurde, das gesamte Gelände. Wie schön es hier war. Die Hacienda war groß und sah herrschaftlich aus. Sie lag inmitten eines prächtigen Gartens und war palmengesäumt. Zum Haupthaus führte eine Arkade, die von hier wohl ansässigen violett blühenden Pflanzen gesäumt war. Ein Stück weiter hinter dem Haus lag das Meer. Mutter musste hier eine glückliche Zeit verbracht haben. Und Inés? Laura wusste nur, dass sie gemeinsam mit Francesco hier lebte. Ein guter Mann, soweit Laura das beurteilen konnte. Sie hatte ihn nur ein paar Mal gesehen, zuletzt auf Inés' Hochzeit, wo dann auch der Entschluss gefallen war, nach Gran Canaria zu ziehen, um Vater beim Zuckerrohranbau und seinen großen Plänen zur Seite zu stehen.

Täuschte sie sich oder sah sie die Silhouette einer Frau am Fenster? Es konnte nur Inés sein. Laura wagte sich ein paar Schritte aus ihrer Deckung, um das Fenster besser in Augenschein nehmen können. Plötzlich spürte sie eine Hand an ihrer Schulter, die sie brutal herumriss. Eine kräftig gebaute Gestalt warf sich auf sie und drückte sie zu Boden.

»Was hast du hier zu suchen?«, fuhr der Mann sie an.

Laura brauchte einen Moment, um sich von dem Schreck zu erholen. Erst als das Mondlicht auf sein Gesicht schien, weil er näher kam, um den vermeintlichen Voyeur in Beschau zu nehmen, konnte sie erkennen, wer auf ihr saß und wessen Hände ihre Arme am Boden regelrecht fixierten. Er war hellhäutig und hatte langes Haar. Seine Augen leuchteten blau. Sie waren auf ihre gerichtet. Laura konnte diesem Blick nicht ausweichen, auch wenn er den Griff um ihre Arme löste.

»Du bist nicht von hier«, stellte er treffend fest.

Laura schüttelte den Kopf. Sie wunderte sich, warum er Spanisch sprach, denn er sah aus wie einige der Männer, die sie in den Käfigen des Sklavenhändlers gesehen hatte.

»Und reden kannst du auch nicht?«, fragte er, bevor er sie gänzlich losließ und sie neugierig musterte. Er saß immer noch auf ihr, sodass an eine Flucht nicht zu denken war. Laura spürte zudem, dass er ihr nichts Böses wollte.

»Ich habe mich verlaufen.«

Der junge Mann fing an zu lachen. Sie konnte es ihm nicht übel nehmen. »Das ist die dümmste Ausrede, die mir je zu Ohren gekommen ist.«

Laura lächelte verunsichert, denn eine weitere Ausrede fiel ihr nicht ein.

»Woher kommst du?«

»Aus Euskadi. Ich kam mit dem Schiff«, sagte Laura.

»Ein Baske also… Die Plantage gehört einem Basken. Bist du deshalb hier?«, fragte er.

Laura warf sich vor, dass sie sich von ihm hatte überrumpeln lassen und ihm unbedacht von ihrer Herkunft erzählte. Andererseits könnte ihr das nun zu ihrem Vorteil gereichen.

»Ich war Kombüsenjunge, aber die See ist nichts für mich. Ich suche Arbeit«, sagte Laura.

»Deine Augen sind ehrlich«, stellte er fest und erhob sich. Dann reichte er ihr die Hand, um ihr aufzuhelfen.

Auch sie sah in seine Augen und dachte über ihn das Gleiche, doch da war mehr. Sie konnte ihren Blick nicht mehr von ihm abwenden und stand vor ihm wie das Kaninchen vor der Schlange, die es in seinen Bann zog, oder war es nur die Faszination für einen Mann, der dunkles Haar und so intensiv blaue Augen wie die Farbe des Meeres hatte? Sie studierte seine Gesichtszüge. Sie waren eben, sein Kinn markant und wenn er lächelte, wie im Moment, zeigten sich strahlend weiße Zähne.

»Was gaffst du so? Hast du noch nie einen Guanchen gesehen?«, fragte er.

»Nein«, gestand Laura ein.

»Wie heißt du überhaupt?«

»Gustavo.«

»Ich bin Aquil. Wenn du Arbeit suchst, dann musst du mit mir sprechen«, erklärte er.

»Du arbeitest auf der Plantage?«, fragte Laura.

Er nickte, dann musterte er sie von Kopf bis Fuß. Aquil legte seine Hände zunächst auf ihre Schultern und griff dann nach ihren Oberarmen.

»Besonders kräftig bist du ja nicht und für die Küche brauchen wir niemanden. Bei der Ernte und auf den Feldern wirst du dich nicht nützlich machen können«, stellte er fest.

Laura konnte dem nichts entgegnen. Ihre Idee, auf diese Weise auf die Plantage zu kommen, um in einem günstigen Moment mit ihrer Schwester zu sprechen, löste sich in Luft auf. Die Enttäuschung darüber war ihr ins Gesicht geschrieben.

»Nun ja. Vielleicht reichen deine Kräfte ja, um das Zuckerrohr zu bündeln und uns beim Ausmisten der Ställe zur Hand zu gehen«, lenkte er ein.

Laura fiel ein Stein vom Herzen. Ihre Faszination für ihn war ungebrochen. Er musste glauben, sie konnte aus purer Dankbarkeit ihren Blick nicht von ihm abwenden. Dass ihr seine Berührung einen Schauer über den Rücken hatte laufen lassen, war zudem eine gänzlich neue Erfahrung, die sie verwirrte.

»Jetzt komm, oder möchtest du hier im Freien übernachten?«, fragte er und deutete auf einen Weg, der hinunter zum Anwesen führte.

Laura musste nicht zweimal überlegen und schloss sich ihm an.

»Vielleicht kannst du dich ja doch als Koch nützlich machen. Wir bekommen jeden Tag das Gleiche. Gerstenbrei mit allem, was die feine Herrschaft nicht verzehrt. Manchmal sogar mit Fleisch«, sagte Aquil, der vor ihr herlief.

»Gofio? Ich finde, es schmeckt gut.«

»Erstaunlich, dass du es kennst, aber rede dich nicht um Kopf und Kragen, Junge. Du willst doch, dass ich dich hier einstelle«, sagte Aquil augenzwinkernd.

Auch wenn Aquil den Pfad nach rechts einschlug, der zu einem einfachen Steinhaus mit angrenzender Scheune führte, lag ihr Blick voller Sehnsucht auf dem Haupthaus. Ihre Schritte verlangsamten sich, was ihm nicht entging.

Er blieb ebenfalls stehen und sah hinüber. »Die Jiménez sind gute Leute. Sie haben keine Sklaven und bezahlen anständig. Auch einige Andalusier arbeiten hier.«

Laura war erleichtert, dies zu hören. Weil die Sprache auf sie gefallen war, packte Laura die Gelegenheit beim Schopf. »Und sie sind wirklich wie ich aus Euskadi?«

»Ja, aus San Sebastián, soviel ich weiß.«

»Die Basken sind Sturköpfe. Bestimmt hast du es nicht einfach«, sagte Laura, um Aquil noch mehr zu entlocken.

»Ja, ein Sturkopf, das ist er, aber … Abel kann einem leidtun.«

»Warum?«, hakte Laura nach.

»Er hat seine Frau verloren. Vor zwei Monaten. Seither ist er kaum noch ansprechbar. Er leidet wie ein Hund.«

Laura trafen seine Worte mitten ins Herz, denn dieses Leid konnte sie nur allzu gut nachvollziehen.

»Das ist furchtbar … Woran ist sie denn gestorben, die Arme?« Laura musste sich zu dieser Frage förmlich zwingen und sich bemühen, ihre Stimme gefestigt zu halten.

»Das Fieber … Je mehr Fremde hier ankommen, desto mehr Krankheiten schleppen sie ein. Keiner wusste, was es war … Ich mochte sie. Eine gute Frau, die dafür gesorgt hat, dass es den Arbeitern an nichts mangelt … Es ist schon tragisch. Erst vor einem halben Jahr hat er seinen Eidam verloren«, erklärte er.

Laura stockte fast der Atem.

»Auch das Fieber?«, fragte sie immer noch fassungslos.

»Er ist gefallen. Auf Teneriffa … Die Guanchen leisteten erbitterten Widerstand gegen die Eroberer«, erklärte er.

Vom Krieg auf der Nachbarinsel wusste Laura, weil Vater selbst an der Seite der kastilischen Soldaten gekämpft hatte.

»Sie haben unser Volk nahezu ausgerottet«, fuhr Aquil fort.

So schrecklich die Vorstellung eines Krieges auch war, Laura beschäftigte im Moment viel mehr, wie grausam das Schicksal zu Inés gewesen war. Die Mutter und den Ehemann zu verlieren, war eine schwere Bürde. Die Plantage schien unter keinem guten Stern zu stehen. Von all dem hatte sie im Kloster nichts erfahren. Sie hätte Vater zur Seite stehen können, auch Inés, den Schmerz mit ihnen teilen. Vielleicht sollte alles so kommen und zur rechten Zeit, denn jetzt war sie hier, bei ihrer Familie, zumindest schon einmal in der Nähe.

Das Haus, zu dem Aquil sie führte, lag am anderen Ende des Anwesens, doch allein schon, dass sie hinüberblicken konnte, erfüllte Lauras Herz mit Wärme und Zuversicht.

»Unsere Unterkünfte sind nicht so prächtig«, sagte Aquil, der sicher bemerkt hatte, dass sie immer wieder hinüber zum prächtigen Gebäude gegenüber blickte.

Doch noch etwas sprang ihr nun ins Auge, genau am anderen Ende des Grundstücks, dort, wo es auf die schroffe steile Felswand traf. Unmittelbar davor stand ein kleines Häuschen, auf dessen Dach ein Kreuz angebracht war.

»Ist das ein Gotteshaus? Etwa eine Kapelle?«, fragte sie, weil sie die Größe auf die Entfernung nicht so recht einschätzen konnte.

»Nein. Abel hat sie dort begraben. Auf dem Friedhof in Guía werden alle beerdigt, auch die Sklaven. Er wollte das nicht und hat es in Windeseile für sie bauen lassen, um ihr nah zu sein«, erläuterte Aquil.

Laura konnte den Blick vom Grab ihrer Mutter nicht abwenden. Am liebsten wäre sie sofort hingegangen, um dort ein stilles Gebet für sie zu sprechen, doch das ging nicht, denn Aquil öffnete bereits die Tür zu dem Trakt, in dem allem Anschein nach die Arbeiter untergebracht waren.

»Es ist schon spät. Besser, du schläfst heute Nacht bei mir. Mein Nachtlager ist groß genug. Morgen früh rede ich mit Abel. Er hört auf mein Wort. Du bekommst freie Kost und wenn du dich gut anstellst, einen ordentlichen Lohn obendrein. Ab morgen hast du dann ein eigenes Bett.«

Laura nickte und folgte ihm in das Haus. Vom Flur aus zweigten drei Türen ab.

»Hier links schlafen die Arbeiter. Die Tür in der Mitte führt zum Waschraum und dort ist auch ein Abort. Und hier ist mein Zimmer«, erklärte er und deutete nach rechts.

Laura machte sich klar, dass er eine besondere Stellung einnahm, warum sonst hatte er wohl ein Quartier für sich? Sein Nachtlager war ein einfaches Bett, das vermutlich mit Stroh gefüllt war, zumindest erfüllte der Geruch dumpf den Raum. Mittlerweile hatte sie sich daran gewöhnt, mit Männern in einem Raum zu schlafen, auch wenn es zuletzt im Rumpf eines Schiffes gewesen war. Sie hatten nebeneinander auf Stroh gelegen und waren dabei bekleidet geblieben. Aquil hingegen streifte Wams und Unterkleid vom Körper und entledigte sich dann seiner Stiefel. Nur seinen Beinling behielt er an. Laura hatte sich vorgenommen, sich abzuwenden, doch das konnte sie nicht. Es war das erste Mal, dass ein Mann so vor ihr stand. Das Spiel seiner Muskeln an Brust und Armen legten Zeugnis davon ab, wie kräftig er sein musste. Ohne ein weiteres Wort zu verlieren, begab er sich auf das Nachtlager.

»Willst du dich nicht auch deiner Kleidung entledigen? Es wird um die Jahreszeit nicht kühler in der Nacht«, sagte er.

Laura tat so, als würde es sie frösteln, und schüttelte den Kopf. Lediglich ihre Schuhe gedachte sie auszuziehen.

»Schlaf jetzt. Du musst morgen ausgeruht sein, denn es geht an die Arbeit«, sagte er dann und drehte sich auf die Seite.

Laura legte sich von ihm abgewandt hin und hoffte, dass sie Schlaf finden würde.

Laura hatte sich im Kloster angewöhnt, zeitig aufzustehen. Auch an Bord des Seglers war ihr diese Gewohnheit geblieben. Dementsprechend früh war sie heute aufgewacht. Sie war froh darum, denn sie hatte vor, im Waschraum allein zu sein und dann zur Grabstätte ihrer Mutter zu gehen – unbeobachtet.

Aquil schlief noch tief und fest. Die Morgendämmerung deutete sich gerade einmal an, als sie durch das Fenster sah. Für einen Moment verharrte Laura im Bett, um Aquil, der sich im Schlaf zu ihrer Seite gedreht hatte, unbemerkt genauer zu betrachten. Seine Gesichtszüge waren entspannt. Eine Haarsträhne lag über seiner Stirn. Laura war schon versucht, sie ihm aus dem Gesicht zu streichen, doch das hätte ihn geweckt. So muskulöse Arme, so starke und doch so schöne Hände. Laura hatte noch nie zuvor in ihrem Leben den Wunsch verspürt, einen Mann zu berühren, geschweige denn, ihn zu küssen. Doch nun luden seine vollen Lippen dazu ein. Es waren sündige Gedanken, die versuchten, von ihr Besitz zu ergreifen. Es schickte sich nicht, sie zuzulassen. Laura riss sich zusammen und stand auf. Das Stroh dämpfte ihre Bewegung. Aquil bemerkte sicher nicht, dass sie aufstand, weil das Bett nicht nachgab. Schnell griff sie nach ihren Schuhen und schloss die Tür so leise sie konnte hinter sich. Dass im Waschraum so früh am Morgen noch niemand zugegen war und sie Aborte mit verriegelbaren Türen entdeckte, wertete sie als gutes Zeichen, die einen schönen Tag versprachen. Dennoch wusch sie sich, so schnell sie nur konnte, und schlich auf leisen Sohlen aus dem Gebäude.

Draußen dämmerte es bereits. Das Licht kam vom Meer, riss es aus dem Grau der Nacht und schenkte ihm allmählich seine blaue Farbe wieder. Laura machte einen möglichst großen Bogen um das Haus und lief in der Deckung der angrenzenden Zuckerrohrpflanzen bis ans Ende der Bucht, um sich dann dem Grabhäuschen von hinten über den steinbedeckten Strand zu nähern. Niemand durfte sie entdecken. Wenn sie doch nur Blumen dabeihätte, doch selbst wenn, dürfte sie die ja nicht einmal auf das Grab legen, weil sich sonst jeder fragen würde, woher sie kamen. Am Strand angekommen fiel ihr ein besonders schöner Stein ins Auge. Das Meer hatte ihn glatt geschliffen. Er war schwarz, doch von weißen Adern durchzogen. Auch wenn es nicht üblich war, wollte Laura ihrer Mutter zumindest dieses Geschenk machen, als Zeichen ihrer Liebe.

Die Inschrift mit dem Namen ihrer Mutter an der steinernen Fassade des Grabhäuschens zu lesen und ihren Todestag, machte das Ereignis nun endlich greifbar, wenngleich umso schmerzhafter. Eleonore Jiménez weilte nicht mehr unter ihnen und sie teilte sich das Schicksal sowie ihre letzte Ruhestätte mit Francisco, Inés' verstorbenem Mann.

Laura sprach ein stilles Gebet, doch auch darin fand sie keinen rechten Trost. Sie konnte förmlich die Umarmung ihrer Mutter spüren, als sie sich zum letzten Mal gesehen hatten. Das war der Tag ihrer Abreise nach Ávila gewesen. »Du wirst dein Glück finden«, hatte sie ihr zum Abschied gesagt. Laura spürte Tränen in sich aufsteigen. Sie kniete vor dem Häuschen nieder und legte ihre Hand darauf. Hoffentlich schickte sie Vater nicht fort. Hier konnte sie ihrer Mutter nahe sein.

Die Mauer fühlte sich feucht an. Die Flut würde das Häuschen sicher nicht erreichen, doch wenn der Wind kräftig aus Nordwest blies, trug er feinste Wasserpartikel vom Meer an Land, die sich wie Sprühregen auf Lauras Haut anfühlten. Auch ein Teil der mächtigen Gischt, die sich am Steilfelsen meterhoch und mit Getöse brach, erreichte bei starken Winden den Ort, der in seiner Trostlosigkeit dennoch Hoffnung in sich barg. Denn das Meer war ewig, genau wie eine Seele in Gottes Reich nie verging. Laura ließ ihren Blick wieder auf die Inschrift schweifen und erschrak, als sie Schritte hinter sich bemerkte. Ein Mann in Anzug und mit Barret auf dem Haupt stand vor ihr. Seine Augen fixierten sie. Es war zweifelsohne ihr Vater.

»Was tust du hier, Junge?«, wollte er wissen.

Laura war nicht in der Lage, ihm zu antworten. Sie konnte noch nicht einmal ihren Blick von ihm abwenden und das war ein Fehler, denn ihre Augen waren die ihrer Mutter und auch ihre Gesichtszüge ähnelten sich. Darüber konnte auch ein Kurzhaarschnitt nicht mehr hinwegtäuschen.

Ihr Vater suchte Halt am Mauerwerk. Seine Augen waren geweitet. Laura war sich nun sicher, dass er sie erkannt hatte.

»Ich bin es, Vater«, gab sie sich tapfer.

»Laura …«, stammelte er.

Laura nickte und überlegte, wo sie am besten anfing zu erzählen.

»Das kann nicht sein. Meine Tochter trägt das Gewand einer Nonne«, sagte er fassungslos.

»Vater. Ich habe es gegen die Freiheit eingetauscht.«

»Freiheit?« Vaters Stirn legte sich in Falten.

Laura überlegte, ob es nicht eine Torheit war, sich ihm vollends zu offenbaren. Sie könnte immer noch behaupten, nie von seinen Plänen, sie zu verheiraten, erfahren zu haben. Laura entschied sich dagegen.

»Ich kann Saverio nicht heiraten. Mein Herz wurde zu Stein, als ich es aus Eurem Brief erfuhr. Bitte tut mir das nicht an«, sagte sie.

»Was redest du da? Er ist Carlos' Sohn. Ich habe dich ihm versprochen«, sagte er mit strenger Stimme.

»Hat Mutter das auch gewollt?«, wollte Laura wissen.

Abel wandte seinen Blick ab und suchte die Weite des Meeres.

»Mutter hat mir versichert, dass ich nie jemanden heiraten muss, den ich nicht liebe, und die Ehe für mich auch nur dann in Betracht gezogen wird, falls Inés außerstande sein sollte, einem Mann ihr Herz zu schenken. Als Inés aus Liebe geheiratet hat, hattet Ihr eine Eurer Töchter unter der Haube. Die Erbfolge gesichert. Ihr wolltet immer nur mein Bestes und habt meinen Herzenswunsch erfüllt. Ich sollte das Wissen der Welt erwerben, weil Ihr wusstet, dass mich das glücklich macht ...«

»Und wenn es dich glücklich macht, warum bist du dann hier?«

»Es ist wie ein Gefängnis und ich kann Euch versichern, dass ich als Novizin ohne höhere Abstammung nie in den Genuss des Wissens gekommen wäre. Sie wollten nur Euer Geld«, versuchte sie, ihm begreiflich zu machen.

»Und dann diese Maskerade ...«, entrüstete er sich und meinte damit ihr kurzes Haar.

»Es gab keine andere Möglichkeit, hierherzukommen«, rechtfertigte sie sich.

Abel brauchte mehrere Atemzüge, um die Situation zu erfassen.

Laura glaubte, in seinen Augen einmal Zorn und dann wieder den Wunsch zu lesen, sein Kind einfach in die Arme zu schließen. Er wurde trotzdem eins mit dem Stein, an den er sich lehnte.

»Du kannst nicht hierbleiben«, sagte er dann unvermittelt.

Lauras schlimmste Befürchtung schien sich zu bewahrheiten.

»Warum nicht? Ich flehe Euch an. Schickt mich nicht weg«, bat sie ihn eindringlich.

»Wie soll ich es Carlos beibringen? Er darf dich nicht sehen und schon gar nicht in diesem Aufzug«, sagte er.

Laura konnte ihn unmöglich darum bitten, dass er sich gegen seinen Freund stellte, der zudem ein einflussreicher Offizier im Dienst der kastilischen Krone war.

»Darf ich wenigstens Inés sehen? Könnt Ihr mir diese Bitte erfüllen?«

»Er wirbt um sie und geht bei uns ein und aus. Sie würde sich verplappern oder er sieht euch beide bei irgendeiner Gelegenheit«, erklärte Vater.

»Inés und Carlos?«, fragte Laura ungläubig nach.

Vater nickte nur.

»Ich werde gehen, wenn Ihr das wünscht, aber bitte tut es nicht kund, dass Ihr mich gesehen habt«, sagte Laura.

Sie konnte ihrem Vater ansehen, wie sehr er mit sich kämpfte. Laura stellte sich bereits darauf ein, sich für den Rest ihres Lebens verstecken zu müssen, doch wenn sie schon gehen musste, dann wollte sie zumindest von ihm wissen, was ihn dazu bewogen hatte, von ihr zu verlangen, ihr Leben als Nonne gegen das von Saverios Weib einzutauschen.

»Ihr habt vor meiner Abreise kundgetan, dass Inés es sein wird, die Euch einen Erben schenken wird. Warum sollte ich dann Saverios Weib werden?«, wagte sie noch zu fragen.

Abels Miene verfinsterte sich. Er brauchte eine Weile, um ihr zu antworten. »Inés hat ihr Kind bei der Geburt verloren. Sie kann keine mehr bekommen«, rang er sich ab, sichtlich bewegt, aber um Fassung bemüht.

Laura stach diese Kunde wie ein Messer mitten ins Herz. Was musste Inés in letzter Zeit durchgemacht haben? Den Verlust ihrer Mutter, ihres Mannes und ihres Kindes. Laura wurde nun vollumfänglich klar, wie sehr sie ihren Vater enttäuscht hatte. Seine Beweggründe waren nachvollziehbar und nun konnte sie ihm auch keinen Erben schenken.

Unvermittelt schlug er mit der flachen Hand gegen den Stein des Grabhäuschens. Laura sah, dass seine Augen feucht wurden. Die Wut der Verzweiflung sprach aus seiner Gebärde, doch nach wenigen tiefen Atemzügen schien er sich zu fangen und sah ihr nun wieder direkt in die Augen.

»Ich werde dich nicht fortschicken, Laura. Ich habe doch nur noch dich und Inés, aber du kannst nicht hier im Haus bleiben. Bitte versteh das«, sagte er.

»Wohin soll ich gehen?«

»Es gibt einen Ort, an dem du sicher bist«, gab er zurück. Dann reichte er ihr die Hand. Laura griff danach und spürte, dass er an ihrer Halt suchte. Warum konnte er sie nicht in den Arm nehmen? Laura wünschte sich nichts sehnlicher. Mutter hätte es sicher so gewollt. Sie blickte auf die Inschrift mit ihrem Namen, und als ob Vater dies verstanden hätte, kam er näher und fuhr ihr in einer väterlichen Geste durchs Haar.

Kapitel 6

Jana hatte den Eindruck, dass Jacinto für sein Alter nicht nur rüstig und gerade im Vergleich zu ihrer kranken Großmutter einen äußerst klaren Kopf hatte, er war auch noch ein spannender Geschichtenerzähler und Kämpfer. Jacinto arbeitete schon seit frühester Jugend hier auf der Plantage und liebte es, vom Anbau zu erzählen, wie man die Felder pflegte, vom ausgeklügelten Bewässerungssystem der Terrassen und wie schwierig es geworden war, auf dem heutigen Binnenmarkt mit Agrarprodukten zu bestehen. Dies machte es umso verständlicher, dass ihn die Sorge plagte, eines Tages von hier weggehen zu müssen. Dieser Ort war sein Zuhause. Mehr als diese kleine Außenküche und ein Zimmer im Nebengebäude, in dem ein Bett, ein Tisch und ein Schrank standen, hatte er nicht. Was Jana an ihm noch mehr bewunderte, war, dass er von sich sagte, nicht mehr zu brauchen. Hauptsache, er konnte hier leben, an diesem schier magischen Ort, und sein Bananenfeld hegen und pflegen. Der Mann war in ihren Augen mittlerweile ein Held. Er hatte Franco erlebt, dann die ersten Touristen bis hin zur heutigen Schwemme, von der er aber im Norden weitgehend verschont geblieben war. Der Insel täte das nicht gut und Korruption ginge damit einher. Die reichen Hoteliers seien zu den neuen Patriarchen geworden. Dagegen habe sich auch Arris mit aller Macht gestemmt.

»An vielen Fronten haben wir gekämpft, aber mit dem Beitritt der Kanarischen Inseln in die EU hat sich der Anbau von Bananen in großem Umfang nicht mehr gelohnt. Wir haben gerade so viel eingenommen, um davon zu leben«, sagte Jacinto.

Jana hatte den Eindruck, dass auch Marcel ihm Respekt zollte.

»Sie sagten, dass Arris sich verändert hätte«, erinnerte Jana ihn, um sich wieder dem Thema um die mysteriöse Erbschaft zu nähern, auch wenn sie dankbar dafür war, dass Jacinto bis in seine Kindheit ausgeholt hatte. Auf diese Weise kam ihr das Inselleben näher und sie konnte sich mit der Plantage vertrauter machen. Arris Fuentes war bei seinen Erzählungen bisher nur in seiner Funktion als Bananenbauer vorgekommen. Letztlich wusste sie an Privatem von ihm nur, dass er kinderlos geblieben war, weil er nie geheiratet hatte.

Jacinto lehnte sich zurück und blickte für einen Moment hinaus auf sein Feld, bevor er anfing, von Arris zu erzählen. »Arris war sehr heimatverbunden. Er liebte dieses Stück Land und irgendwann fing er an, sich mit der Geschichte der Insel zu beschäftigen. Er wollte alles über die ursprünglichen Bewohner erfahren. Vielleicht wollte das Schicksal es so ... Eine junge Frau aus Las Palmas hatte vor Jahren eine Autopanne ganz in der Nähe. Sie kam vom Norden und wir haben ihren Wagen wieder flottgemacht. Sie arbeitete für das Columbus-Museum in der Altstadt von Las Palmas. Da hat sie uns aus Dank eingeladen. Wir waren noch nie dort gewesen, dachten, es sei nur etwas für Touristen, doch es war interessant. Wir haben Stunden darin verbracht. Arris hat sich jede Wandtafel durchgelesen und dann fing es an ...«, sagte Jacinto in Gedanken versunken.

»Was fing an?«, hakte Jana nach.

»Er hat sich immer mehr mit der Vergangenheit beschäftigt und sich in alte Dokumente vergraben. Arris hat sich sogar Kopien aus Archiven in Madrid schicken lassen. Dann musste ich ihn auf Exkursionen begleiten. Höhlenwohnungen in Guaydeque, in Tejeda, Begräbnisstätten … Es gibt hier unendlich viel zu erkunden, und einiges ist noch gar nicht ausgegraben oder nur teilweise erforscht. Man weiß bis heute ja noch nicht einmal sicher, woher die Canarios kommen. Berber? Gestrandete Portugiesen? Gestrandete Phönizier? Völkerwanderung? Es hat ihn fasziniert. Mich auch, aber bei Arris wurde es zur Obsession. Er hat sich kaum noch um die Arbeit gekümmert. Und das wurde immer schlimmer, als er sich zwei Vereinen anschloss, die sich für den Erhalt der kanarischen Wurzeln einsetzen und unser kulturelles Erbe hochhalten. Aus einem ganz normalen Bauern wurde ein Aktivist«, sagte Jacinto kopfschüttelnd. Er hielt für einen Moment inne und schenkte ihnen noch Tee aus seiner Thermoskanne nach.

»Sie glauben, dass die Erbschaft etwas damit zu tun hat?«, fragte Marcel.

Jacinto zuckte die Schultern. »Er war jedenfalls nicht mehr derselbe, wurde verschlossen und erzählte wirres Zeug. Das Land, es gehöre ihm nicht … und so viel Unrecht sei geschehen. Ich habe das in den letzten Monaten seines Lebens gar nicht mehr ernst genommen und ihn auch nicht mehr auf Exkursionen begleitet, weil sich ja jemand um die Plantage kümmern musste. Wir konnten ja nicht verhungern. Und als er dann noch mit einem Fluch daherkam, der hier auf allem liegen soll, da wurde mir klar, dass es das Alter sein muss. Ich habe nicht mehr weiter nachgefragt und ihn gewähren lassen«, erzählte Jacinto.

Jana fühlte sich nun auch nicht schlauer als zuvor. Im Gegenteil, es wurde immer rätselhafter. Glaubte er vielleicht, ein Unrecht wiedergutmachen zu können, indem er ausgerechnet ihr diesen Grund vermachte? Das wäre ja absurd. Weil es bald dunkel wurde, beschloss Jana, ihm noch den Schlüssel, den der Notar ihr ausgehändigt hatte, zu zeigen. Sie hoffte, dass er wusste, wozu er gut war. Leider täuschte sie sich.

»Der Keller und Speicher ist voll mit altem Zeugs. Wenn Sie mich fragen, sieht das wie ein Schlüssel zu einer alten Truhe oder einem Schrank aus. Wir können gerne nachsehen«, bot er an.

Marcel blickte bereits ungeduldig auf seine Armbanduhr, doch es half alles nichts. Bis die Sonne unterging, hatten sie nur noch eine Stunde und Jana zweifelte daran, dass es in diesem Haus noch eine funktionierende Beleuchtung gab.

Jacintos Aussage, dass Arris gänzlich in die Vergangenheit abgetaucht sein musste, sah Jana im Kellergewölbe des Gebäudes bestätigt. Warum ihr auf Anhieb einleuchtete, dass es nach links zu einem großen Lagerraum ging und rechts sogar noch eine alte Zisterne zu besichtigen war, in der früher Süßwasser gespeichert wurde, gab Jana erneut das merkwürdige dumpfe Gefühl, Dinge zu wissen, die sie eigentlich gar nicht wissen konnte. Die Suche nach dem zum Schlüssel passenden Objekt erschien ihr aber im Moment wichtiger, sodass sie den Gedanken zur Seite schob und sich einredete, dass sie letztlich nur eine logische Schlussfolgerung gezogen hatte, weil es rechts zur kühleren Meerseite ging und die Wasserspeicherung vielleicht damit zu tun hatte.

»Gibt's hier Erdbeben?«, fragte Marcel unvermittelt.

»Gelegentlich, aber die sind so schwach, dass man sie nicht einmal spürt«, erklärte Jacinto.

»Wie kommst du denn darauf?«, wollte Jana wissen.

Marcel deutete auf die Holzbalken an der Decke und im oberen Teil der Wände.

»Anderes Holz. Das muss mal eingestürzt sein. Erdbeben, Feuer … Was weiß ich«, sagte er.

»Also so lange bin ich noch nicht hier«, sagte Jacinto.

Jana sah es nun auch. Die Holzstruktur der Balken auf der zum Meer zugewandten Seite, dort, wo die Zisterne war, wirkte anders als auf der anderen Seite. Das Holz selbst schien einen Tick robuster und weniger anfällig für natürlichen Verfall zu sein. Wollte Marcel ihr nun etwa das Haus madig machen? Anscheinend nicht, weil er nicht weiter darauf einging und Jacinto in den angrenzenden Raum folgte.

Kaum hatte Jacinto die knarrende Holztür zum Kellergewölbe geöffnet, glaubte Jana, sich in einem Museum wiederzufinden. Es roch modrig und war so kühl, dass es sie fröstelte. In diesem Raum gab es gleich ein paar Kommoden, zwei Schränke und sogar Truhen, allerdings waren die so verbaut, dass sie einiges erst einmal zur Seite räumen mussten, um überhaupt dorthin zu gelangen. Kein einfaches Unterfangen.

»Ist Arris zur Jagd gegangen?«, fragte Marcel unvermittelt und deutete auf Felle.

Jacinto lachte. »Nein, das ist ein altes Kleidungsstück. Zumindest hat Arris das behauptet. Er hat es jemandem aus der Gegend von Artenara abgekauft. Eigentlich gehört so etwas ja ins Museum«, sagte er.

Es wimmelte in diesem Raum nur so von Körben, die zerbrochene Krüge, Schalen und Gefäße beinhalteten. Arris schien ein Faible für antike Funde gehabt zu haben. Besonders gut erhaltene Stücke standen in einem Regal.

»Hat er denn nie daran gedacht, diese Fundstücke auszustellen oder zu verkaufen? Ich meine, wenn das alles echt ist, dann muss es doch viel wert sein, oder?«, fragte Marcel.

»Nein. Er meinte, dass sie ihm sowieso nicht glauben würden.«

»Wer?«, fragte Marcel nach.

»Na, die Archäologen. In Wirklichkeit hing er aber so sehr daran, dass er es mit niemandem teilen wollte«, erklärte Jacinto.

»Mit mir merkwürdigerweise schon«, warf Jana ein. Ihr Blick fiel auf ein Stück Stoff, der aus grobem Material gewoben war. Auf ihm waren Schriftzeichen angebracht.

»Coole Muster und Farben«, kommentierte Marcel.

»Es sind Schriftzeichen. Die Sprache der Alt-Canarios. Das Tifinagh. Arris hat sich damit beschäftigt, aber es wohl nie gelernt«, führte Jacinto aus.

Jana fragte sich, wieso Marcel darauf gekommen war, dass es sich um ein Muster handelte. Natürlich waren es Schriftzeichen, zumindest glaubte sie, Ähnliches bereits in Museen gesehen zu haben.

»Fass mal mit an.« Marcel riss sie aus ihren Gedanken. Ein großer Korb musste zur Seite geschafft werden, um an den ersten Schrank zu kommen. In einer einladenden Geste forderte Marcel sie auf zu versuchen, die Tür mit ihrem Schlüssel aufzusperren. Es funktionierte nicht. Der Schlüssel war zu groß. Noch fiel genug Licht durch zwei der Kellerfenster herein. Sie mussten sich sputen und auch Jacinto fasste mit an, jedoch folgten drei weitere Fehlschläge. Es konnte eigentlich nur noch die Truhe in der hintersten Ecke sein.

Jana hoffte inständig, dass der Schlüssel passte, denn auf dem Speicher schien auch noch einiges herumzustehen, jedoch Jacintos Ansicht nach keine größeren Möbel, die man aufsperren musste. Mittlerweile stand nichts mehr an seinem ursprünglichen Platz. Ihr Kleid war mindestens so eingedreckt wie das Hemd und die Hose von Marcel.

Jana versuchte erneut ihr Glück und der Schlüssel passte. Die Truhe klemmte, doch Jacinto und Marcel bekamen sie dann doch mit vereinten Kräften auf. Darin lagen Karten, jede Menge Bücher, teilweise in Leder gebunden, und ganze

Mappen voll mit Dokumenten. Es würde Tage dauern, um das alles zu sichten.

»Vielleicht steht da irgendetwas drin, was dir klarmachen soll, warum du das Haus erbst«, mutmaßte Marcel.

Jana teilte seine Meinung, doch dann fiel ihr Blick auf eine Schatulle, deren Holz mit bunten Einsätzen verziert war. Sie sah wertvoll aus. Daher holte sie sie als Erstes heraus und stellte sie auf eine Kommode, direkt unter eine der Baustellenleuchten, die Jacinto in diesem Raum an Deckenhaken befestigt hatte. Die Schatulle war nicht verschlossen. Fast andächtig öffnete Jana sie.

Auch Marcel war an ihre Seite getreten. Vermutlich erwartete er genau wie sie, ein Schmuckstück darin vorzufinden.

Diese Annahme bestätigte sich, jedoch hing an einer Lederschnur kein in Gold gefasster Diamant, sondern lediglich ein Stein. Jana besah ihn sich näher und erkannte die Art der Schriftzeichen, die ihnen schon vorhin untergekommen waren.

»Das muss sehr wertvoll für ihn gewesen sein«, sagte sie.

»Wie kommst du denn darauf? Das ist doch nur ein Stein«, kommentierte Marcel abfällig.

»Hätte er ihn sonst auf Samt gebettet, als ob da ein Diamant drin wäre?«, gab sie zurück.

Marcel zuckte eher gelangweilt die Schultern. Ihm reichte es jetzt vermutlich. »Wir sollten jetzt wirklich langsam aufbrechen«, drängte er.

»Glauben Sie, es gibt eine Art Lexikon, in dem man die Bedeutung dieser Zeichen nachlesen kann?«, fragte Jana an Jacinto gewandt.

»Gut möglich, aber selbst Arris hatte keines. Er hat mir erzählt, dass einige Berber die Sprache heute noch sprechen. In einem der Vereine hat er jemanden von hier kennengelernt. Der hat das Tifinagh in Marokko studiert. Mit ihm ist er zuletzt auf Exkursion gegangen.«

»Wissen Sie, wo ich ihn finden kann, oder haben Sie vielleicht seine Telefonnummer oder die vom Verein?«, fragte Jana.

Marcel warf ihr daraufhin einen eindeutigen fragenden Blick zu.

»Ja, aber er ist schwer zu erreichen. Immer unterwegs … Sie finden ihn aber am Strand von Tasarte. Er heißt Eloy.«

»Am Strand? Lebt der da oder was?«, hakte Marcel nach.

»Nein. Er ist Guía, ein Guide für Touristen. Er macht mit ihnen Ausflüge, zeigt ihnen Kulturstätten der Guanchen, wandert mit ihnen, aber die meisten fährt er mit seinem Boot zu einem benachbarten Strand, der sehr beliebt ist«, erklärte Jacinto.

»Ist das weit von hier?«, wollte Jana wissen.

»Tasarte liegt im Südwesten. Da sind Sie mit dem Auto bestimmt eineinhalb Stunden unterwegs.«

»Können wir vergessen. Das schaffen wir zeitlich gar nicht mehr«, warf Marcel ein.

»Darf ich es behalten?«, fragte Jana, was Marcel erneut mit einem fassungslosen Blick kommentierte, schließlich hielt sie nur einen etwa zigarettenschachtelgroßen Stein in der Hand, der an einer bereits stark abgenutzten brüchigen Lederschnur hing.

»Natürlich. Arris wollte doch sowieso, dass Sie das alles bekommen«, sagte Jacinto.

»Noch habe ich das Erbe nicht angenommen«, stellte Jana klar.

»Und wenn schon. Es ist ein Stein. Wir sollten fahren. Es wird ja bald dunkel. Außerdem habe ich Hunger. Bis wir zurück im Hotel sind, das dauert eh 'ne Stunde«, sagte Marcel.

»Ich habe Brot und Ziegenkäse. Wenn Sie möchten … Es gibt aber auch ein Restaurant direkt am Meer ganz in der Nähe. Der Ort heißt El Roque. Das sind nur maximal fünf bis zehn Minuten von hier. Ich schreib Ihnen die Adresse auf«, sagte er.

Marcels Miene hellte sich augenblicklich auf.

»Auf was warten wir?«, fragte Jana, die sich das Amulett gleich umhängte. Das Merkwürdige daran war, dass von ihm nun Wärme auszugehen schien, die sie in ihrer Hand noch nicht gespürt hatte.

»Steht dir«, meine Marcel, doch dieses Kompliment prallte an Jana ab, weil sie darüber nachdachte, warum ihr dieser Schmuck das Gefühl gab, als würde er schon immer zu ihr gehören.

Jacintos Restauranttipp hatte sich als goldrichtig erwiesen, auch wenn Jana bei der Anfahrt Zweifel hegte, ob es Marcel dort gefallen würde. Für ihn war ja gerade mal das Beste gut genug. Danach sah es nicht aus, wenn man auf einer Schotterstraße an nicht gerade einladenden Häuserfronten vorbeifuhr, die das Meeresklima bereits böse in Mitleidenschaft gezogen hatte. Einen offiziellen Parkplatz hatte das Restaurant nicht. Jacintos Anweisungen zufolge sollten sie den Wagen einfach mitten auf einem unbebauten Platz vor einer verschachtelten Häuserburg abstellen und sich durch das Gewirr der engen Gassen in Richtung Meer treiben lassen. Die Landzunge, die weit vom Steinstrand bis hinaus in den Atlantik reichte, schien bis auf den letzten Quadratzentimeter bebaut zu sein. Alle Häuser hatten hellblaue Außenwände, was für ganz eigenwilliges kühles Licht sorgte. Tatsächlich führte der Zickzackkurs durch das Labyrinth zu einer Art Rondell, das wie der Bug eines Ozeanliners hinaus aufs Meer wuchs und von Wellen umspült wurde. Das Ambiente war zauberhaft. An der Hauswand stand ein weißes Piano. Einige vornehm gekleidete Einheimische hatten sich an die runden und stilvoll gedeckten Tische gesetzt, die von Kerzenlicht beleuchtet wurden. Der Fisch auf den Tellern sah so köstlich aus, dass Jana sofort das Wasser im Mund zusammenlief. Kein Wunder, dass Marcels Laune sich besserte.

Er liebte solche *special places* und hatte natürlich sofort einen Blick ins Innenleben geworfen. Top modern, loungig und gut besucht.

»Hier kann man sogar übernachten. Oben ist 'ne Pension und schau dir mal an, wie modern die das ausgestattet haben. Schlafen direkt am Meer«, sagte er, nachdem sie sich an einen der freien Tische gesetzt hatten. Die Broschüre des Restaurant- und Hotelbetriebs hielt er ihr gleich unter die Nase.

Weil auch noch die Bedienung bei Annahme ihrer Getränkebestellung sehr freundlich und die Speisekarte ganz nach seinem Gusto war, da sie Köstlichkeiten aus dem Meer anbot, konnte er sogar wieder strahlen.

»Was für ein herrlicher Abend«, gab er rundum zufrieden von sich, entspannte sich und blickte hinaus aufs Meer. Seine Hand wanderte auf ihre. Marcel war also wieder der Alte, doch Janas Gedanken kreisten um den heutigen Tag und all das, was sie von Jacinto erfahren hatten.

»Du solltest das Erbe annehmen«, schoss es unvermittelt aus ihm heraus. Damit hatte Jana beim besten Willen nicht gerechnet.

»Du weißt, dass ich eine so hohe Summe für die Steuer nicht aufbringen kann«, sagte sie.

»Arris' Anwesen ist 'ne Goldgrube. Überleg doch mal. Ab vom Schuss und doch so nah am Meer. Feeling wie auf dem Land und dann dieser Felsen am Ende der Bucht, das raue Hinterland, alles so urtümlich, und dann sieh dich mal hier um. Wie geil ist das denn? Sogar ein Naturschwimmbad soll's hier ganz in der Nähe geben«, schwärmte er.

»Du willst hier also investieren, oder vielmehr dein Vater?«

»Wenn du mit dabei bist. Wir wären Partner. Stell dir das Anwesen mal umgebaut vor. Das Mauerwerk sanieren, noch was anbauen, einen beheizten Pool – mit Solarenergie betrieben. Nur neueste Technik und dann dieser ländliche

Charme. Das ist ideal für Leute, die etwas anderes suchen als die Hotelburgen im Süden.« Seine Begeisterung stieg mit jedem Wort. Normalerweise hätte sich Jana davon infizieren lassen, denn auch sie hatte einen Riecher für Hotels und Orte, die touristisches Potenzial in sich bargen, doch seine Überlegung entfachte trotzdem kein Feuer in ihr. So kannte sie sich selbst nicht. Das Einzige, was sie im Moment interessierte, war herauszufinden, warum sie dieses Haus erben sollte. Und noch viel brennender, warum ihr dieses Amulett so vertraut war und so viel bedeutete, obwohl es nichts weiter als ein Stein mit eingekerbten Schriftzeichen war, wie man es in ähnlicher Form auf jedem alternativen Trödelmarkt kaufen konnte. Ganz instinktiv griff sie danach und entzog sich somit seiner Hand. Das irritierte ihn sichtlich.

»Du kannst ja noch eine Nacht darüber schlafen, aber es wäre ein Fehler, das Erbe auszuschlagen«, sagte er mit Nachdruck.

Jana nickte in Gedanken, die ganz woanders waren.

»Ich kann ja verstehen, dass dich das alles beschäftigt, aber du hast doch gehört, was Jacinto gesagt hat. Dieser Arris war in seinen letzten Tagen verwirrt. Du wirst wahrscheinlich nie herausfinden, warum er ausgerechnet dich …«

»Aber ich möchte es zumindest versuchen«, fiel ihm Jana ins Wort.

»Wir wollten doch morgen Abend abreisen. Die Abwicklung dauert eh seine Zeit. Für die ganzen Formalitäten fliegen wir halt noch mal her.« Wenn es nach Marcel ginge, war die Sache also schon abgehakt. Dass er sich über ihre Wünsche hinwegsetzte, weil er sie letztlich nicht ernst genug nahm, stieß ihr übel auf.

»Ich kann mich nicht so schnell entscheiden«, versuchte sie ihm klarzumachen.

»Du willst zu diesem Strand. Hab ich recht?« Immerhin reichte Marcels Einfühlungsvermögen noch aus, um dies zu erkennen, denn zu nichts anderem hatte sie sich eben entschlossen.

»Das wird zu knapp. Unser Flug geht am frühen Nachmittag.« Marcel musste sie nicht daran erinnern.

»Wir können doch umbuchen«, wandte sie ein.

»Wie umbuchen? Eine spätere Maschine? Ich glaube, die letzten zurück nach Deutschland gehen gegen fünf oder sechs.«

»Und wenn wir einen Tag länger bleiben?«, fragte Jana. Es war eigentlich schon beschlossene Sache.

»Und wie soll ich das meinem Vater erklären?«

»Dass es sich noch hinzieht mit dem Erbe«, schlug sie ihm naheliegenderweise vor.

»Die warten in Mexiko auf uns. Wenn dort erst einmal alles am Laufen ist, dann kannst du ja immer noch hierherfliegen, um weiter in der Vergangenheit zu graben. Das scheint dich ja mehr zu interessieren als alles andere«, warf er ihr für Janas Geschmack etwas zu angriffslustig vor. Am Ende war er eifersüchtig auf einen Stein, den sie seiner Hand vorgezogen hatte. Jana nahm sich daher vor zu versuchen, ihm ihre tieferen Beweggründe nahezubringen.

»Seitdem ich hier bin ... Ich habe einfach das Gefühl, schon so vieles zu kennen, obwohl ich es gar nicht kennen dürfte.«

»Déjà-vu? Das kenn ich. Das ist normal, wenn man viel verreist. Viele Orte ähneln sich.«

»Aber keiner ist so wie dieser ... Und es fühlt sich auch anders an, viel intensiver, und als ich das Amulett in der Hand hielt ... ich weiß, das klingt völlig absurd, aber ich dachte, dass es mir gehört. Mir waren auch die Räume so vertraut. Das Haus und der ganze Landstrich«, gab sie unverhohlen zu.

Marcel musterte sie mit Argwohn. Vermutlich fragte er sich gerade, ob die Insel ihr einige Schrauben im Kopf gelockert hatte. »Aber du willst mir jetzt nicht sagen, dass du glaubst, hier schon einmal gelebt zu haben?«, fragte er süffisant lächelnd.

»Ich weiß es einfach nicht, aber mich beschäftigt das.«

Marcel musterte sie und hatte mit sich zu kämpfen.

Jana wusste, dass er durch und durch Kopfmensch war, der mit allem, was sich nicht ausrechnen ließ, grundsätzlich wenig anfangen konnte.

»Na gut, dann lass uns in Gottes Namen dorthin fahren, aber mehr als einen Tag kann ich bei Vater nicht herausschinden. Das weißt du«, lenkte Marcel dann doch ein.

Jana ertappte sich bei dem Gedanken, dass es ihr in diesem Moment herzlich egal war, was sein Vater dachte oder tat, und dies war angesichts ihrer Karrierepläne äußerst beängstigend.

»Ich mach drei Kreuze, wenn wir das hinter uns haben«, brach es aus Marcel urplötzlich hervor, dem natürlich aufgefallen war, dass Jana sich nach jedem seiner Kommentare über Traumimmobilien im Süden sehr wortkarg gezeigt hatte und verträumt in die Landschaft starrte. Was sollte man schon großartig darauf antworten, wenn jemand unentwegt geschäftsorientierte Kommentare zu schönen Häusern vom Stapel ließ, die ihnen auf ihrem Weg von Mogán auf der Landstraße in Richtung Aldea entgegengekommen waren?

Er war schon seit dem Vorabend leicht angefressen, obwohl es doch ein Leichtes gewesen war, seinen Vater um den Finger zu wickeln. Thema: Investmentmöglichkeiten. Vielleicht war er so mies drauf, weil sie ihn nicht als Helden gefeiert hatte, der es ihr ermöglichte, einen Tag länger zu bleiben. Janas Laune war allerdings unabhängig davon auch nicht die beste. Träume, die ganze Nacht und somit eine kurze. In einem davon hatte sie das Amulett getragen, jedoch nicht in Arris' Haus, sondern in einem anderen, in dem viele Bücher, die in Leder gebunden waren, in einer Regalwand standen. Das Merkwürdige dabei war, dass sie glaubte, das Amulett von jemandem erhalten zu haben, der es ihr eigentlich gar nicht hatte schenken wollen, sondern es ihr nur im Auftrag eines Dritten übergab. Wie sollte man daraus schlau werden?

Jana hatte daher beschlossen, statt weiterer Traumdeuterei lieber die Landschaft zu genießen. Sie war abwechslungsreicher geworden, seit sie von der Küste ins Landesinnere abgebogen waren. Eine Mühle hier, eine Finca mit ausladenden Feldern da. Marcel kam bei dieser Tour voll auf seine Kosten. Wie schon in Mogán tauchten auch hier in höheren Lagen traumhaft schöne kleine Villen auf, die in bunt blühende Gärten gebettet waren. Hatte man einmal eine Anhöhe erreicht, belohnte einen die Insel mit einem traumhaften Ausblick auf eine ihrer Vulkanadern, die sich hier Barrancos nannten. Palmenhaine sprießten in ihnen und wo Wasser war, schossen blühende Büsche aus dem Boden. Sie gesellten sich zu Kakteen und Sukkulenten, die das helle Beige des felsigen Barrancos grün tupften. Riesige Bougainvilleen, die am Straßenrand wuchsen, waren ihre ständigen Begleiter. Schon kurz nach Mogán dünnten sich die Häuser und Fincas aus. Die Landschaft wurde wilder, die Felsen schroffer. Doch auch hier fanden sich grüne Oasen mit prächtigen Anwesen.

»Wer Kohle hat, der verschanzt sich in den Bergen.« Marcel hatte sicher recht, doch das interessierte Jana weniger als die immer steiler werdenden Felswände, an denen sie entlangfuhren. Riesige Gesteinsbrocken lagen hier kreuz und quer in der Landschaft verstreut, einige am Straßenrand. Sie erweckten den Eindruck, dass sie jeden Moment den Abhang hinunter und mitten auf die Fahrbahn rollen könnten. Zu dem Beige der Felsen gesellte sich wenig später rotes Vulkangestein, das intensiv leuchtete. Aus dem schälten sich wie mit Grünspan überzogene Felswände, die man hierzulande Azulejos, also Fliesen, nannte, wie auf einem der Straßenschilder zu lesen war. Weil es an dieser Stelle ein kleines Restaurant mit Obststand gab, musste dies wohl eine touristische Attraktion des Südwestens sein. Jana stellte fest, dass die Landschaft Ruhe ausstrahlte und zugleich Freiheit, was sicherlich daran lag, dass man ab und an über die weitläufigen Täler bis hinab zum Meer blicken konnte. Am liebsten hätte sie das letzte vor ihnen liegende Tal, in das sie von der Hauptstraße in Richtung Tasarte abgebogen waren, durchwandert. Das Gefühl der Vertrautheit riss auch hier nicht ab und war umso erstaunlicher, weil sie sich noch nie zuvor für Landschaften, die eher karg waren, interessiert hatte. Hier verloren sich auch noch die letzten Kleinwagen mit Aufklebern von Autoverleihfirmen. Ein Traktor tuckerte gemächlich vor ihnen und bog erst ab, als sie das kleine verträumte Dorf namens Tasarte bergab durchquert hatten. Große Plantagen, die mit Schutzbespannungen gegen Wind und Sonne überzogen waren, stanzten rechteckige Muster in das Tal. Hier lebten Menschen von der Landwirtschaft und nicht von Bettenburgen. Dementsprechend erhöhte sich die Anzahl der Schlaglöcher, bis der Teer schließlich gänzlich verschwand und einer Schotterpiste Platz machte, die gerade noch mit einem Leihwagen befahrbar war. Dafür war die Aussicht umso spektakulärer, denn sie fuhren direkt auf das Meer zu.

»Ganz schön verlassen, die Ecke«, kommentierte Marcel, der natürlich mitten in der Pampa zwei leer stehende Fincas mit einem *se vende*-Schild entdeckt hatte. »Aber hier kriegste niemanden hin. Zu weit ab vom Schuss«, kommentierte er, als sie das Meer erreicht hatten und direkt an Wellenbrechern entlang auf alte Steinhäuser und ein Restaurant am Ende des Weges zufuhren. Dort parkten bereits drei Fahrzeuge, also stellte Marcel ihren Wagen daneben. Das kleine Fischrestaurant war hier wohl noch das einzig belebte Gebäude. Die daneben wirkten verlassen und auch das Restaurant selbst hatte nichts von dem Schick, der ihnen im touristischen Süden begegnet war. Einfache Plastiktische und Stühle unter Sonnenschirmen luden trotzdem zum Verweilen ein. Einheimische, zwei Frauen und zwei Männer, hatten es sich dort bequem gemacht und lauschten einem Gitarrenspieler, dessen penetrante Stimme die gegen die Felsen rauschende Brandung um mehrere Dezibel übertönte. Marcel verdrehte die Augen, weil der Mann in jeder Castingshow sicherlich durchgefallen wäre. Sein Gesang klang nach mexikanischer Folklore. Er schrie seine Gefühle förmlich aus sich heraus und besang einen Felsen und seine Täler.

Jana bekam Gänsehaut. *Sombra del Nublo* hieß der Song, was so viel wie *Schatten des Wolkenfelsens* bedeutete. Das war das Erste, was sie die Bedienung, eine rassige schlanke Frau mit tätowierten Armen, gefragt hatte, nachdem sie mit zwei laminierten und sehr überschaubaren Karten zu ihrem Tisch gekommen war und gleich die Getränkebestellung aufnahm.

»Ist ja ziemlich urig hier«, merkte Marcel wohlwollend an, als er aus seinen Sandaletten schlüpfte und seine Füße auf die Metallstäbe der Balustrade legte, um aufs Meer und die darin tänzelnden Fischerboote zu sehen, die dort vor Anker lagen. »Hoffentlich holen wir uns keine Lebensmittelvergiftung.«

»Die am Nachbartisch leben noch«, gab Jana zurück. Deren Teller waren wie leer geleckt.

Schon probierte er von der Alioli, einer in einen kleinen cremedosengroßen Pott gefüllten Mayonnaise, die eigentlich nur nach Knoblauch schmeckte. Das Weißbrot ergänzte sie perfekt. Es musste eine typische Vorspeise sein, die jeder automatisch auf den Tisch gestellt bekam. Die junge Bedienung hatte sie ihnen ungefragt serviert.

Jana beschloss, schon allein aus Höflichkeit, erst die Bestellung aufzugeben und dann nach diesem Schriftexperten zu fragen. Die Tomatensalate und den panierten Fisch, den auch Marcel zu verzehren gedachte, standen nun auf dem Block der Bedienung. Hoffentlich kannte sie den Typen überhaupt.

»Uns wurde gesagt, dass man hier Schiffstouren zum Nachbarstrand buchen kann«, fing Jana an.

»Nach Gui Gui. Das sollten Sie. Die nächste Tour ist in einer Stunde. Sie können Sie hier buchen. Sie haben auch noch Glück, denn heute ist kaum Wellengang«, erklärte die Kellnerin, offenbar eine Canaria, der Geschwindigkeit ihres Spanischs nach zu urteilen, das wie eine Gewehrsalve auf einen einprasselte und jedes Wort gleich betonte.

»Ein Eloy macht die Tour?«, fragte Jana nach.

»Er ist mit zwei Engländerinnen gerade drüben und müsste in einer Stunde wieder da sein«, erklärte die junge Frau.

»Drüben?«, hakte Marcel nach.

»Um den Felsen herum und noch ein Stück weiter«, sagte sie und deutete auf die Felswand am Ende eines kleinen Steinstrandes, der neben dem Restaurant lag.

»Ist es denn gefährlich? Falls der Wellengang stärker werden sollte?«, hakte Marcel nach.

»Wenn sich ein Wetterumschwung abzeichnet, fährt er nicht. Bei Wind können die Wellen im Nordosten sehr hoch sein«, erläuterte sie.

Jana amüsierte Marcels Nachfrage, wusste sie doch, dass er kein begeisterter Seefahrer war und es ihm sogar auf einem Ausflugsschiff auf dem Tegernsee schlecht werden konnte.

Zehn Minuten später stand ihre Bestellung auf dem Tisch. Jana ertappte sich dabei, schneller als normalerweise üblich zu essen, dabei hatten sie doch noch gut eine halbe Stunde Zeit. Sie konnte es kaum erwarten, diesem Eloy zu begegnen. Von jemandem, der hier Touristen an der Küste entlangschipperte und Jacintos Aussage zufolge einen auf Alternativtourismus machte, sprich Touris zu Begräbnisstätten der Einheimischen schleppte, hatte Jana eine ganz bestimmte Vorstellung. Angeblich war er Ende zwanzig, also ungefähr in ihrem Alter. Wahrscheinlich ein Aussteigertyp, der hier hängen geblieben war, überlegte Jana, während sie mit Hingabe ihren mit Zwiebeln und Knoblauch gespickten Tomatensalat genoss. Von wegen Lebensmittelvergiftung. Auch der panierte Fisch mit Papas arrugadas, den kleinen Pellkartoffeln, die hierzulande mit roter pikanter Soße serviert wurden, könnte in keinem Michelin-Restaurant besser sein. Oft unterschätzte man die vermeintlich einfachen Dinge.

»In so was setz ich mich nicht«, unkte Marcel urplötzlich.

Jana folgte seinem Blick und konnte ihm nicht widersprechen. Eloys Boot erwies sich als blau angepinselte Nussschale mit Außenbordmotor. Obwohl der Wellengang hier eher moderat war, schaukelte es die Engländer, die den Ausflug gebucht hatten, ordentlich hin und her, nicht jedoch den Bootsmann. Der steuerte das Boot in Richtung des Steinstrandes, sprang dann ins Wasser und zog es ein Stück an Land, um seinen Ausflüglern die Hand zu reichen, damit sie leichter aussteigen konnten. Aus gut zwanzig Metern Entfernung entsprach der Typ genau dem Bild, das sich Jana von ihm gemacht hatte. Braun gebrannt, langes Haar, Stirnband, Schlabber-T-Shirt auf ausgewaschener Jeans, ein Dreitagebart und ein athletisch gebauter Körper. In einem anderen Outfit hätte der Typ sicher für Lagerfeld modeln können. Die Engländerinnen fraßen ihm jedenfalls aus der Hand, kicherten sich einen ab und wollten sich unbedingt noch mit ihm fotografieren lassen. Wahrscheinlich war das seine Masche. Typus Animateur, die ja bekanntlich gerne flirteten, was das Zeug hielt. Dann gab's Trinkgeld. Kaum vorstellbar, dass so jemand Ahnung von altkanarischer Kultur haben sollte.

Die Bedienung rief ihm zu, dass bereits Passagiere auf ihn warteten.

Jana hatte doch noch gar nicht gebucht. Anscheinend waren sie nun gerade dazu verdonnert worden mitzufahren, sofern diese englischen Fräulein sich jemals von ihm losrissen.

»Wie gesagt. Ich steig da nicht ein«, wiederholte Marcel glatt. Das änderte sich jedoch schlagartig, nachdem Eloy zu ihrem Tisch gekommen und sie beide charmant begrüßt hatte.

»Hi, ich bin Eloy … ihr wollt rüber zum Gui Gui?«, wollte er wissen. Sein Blick blieb an ihr kleben. Wow! Der hatte aber schöne blaue Augen. Am Ende trug er Kontaktlinsen. So blau konnten Augen doch gar nicht sein. Ihre nullachtfünfzehn braunen Hasenaugen waren im Vergleich dazu nichts Besonderes und dennoch schienen seine nun auch an ihren zu kleben. Klar, dass Marcel sich da zu Wort meldete.

»Was kostet's denn?«

»Fünfzig. Ist für drei Stunden, können auch vier sein, wenn Sie wollen«, sagte er knapp.

»Eigentlich sind wir gar nicht deswegen hier«, eröffnete Jana ihm.

»Sondern?«, fragte Eloy überrascht nach.

»Wir kommen von Jacinto.«

Eloy erweckte den Eindruck, als ob er mit dem Namen nichts anfangen konnte.

»Er arbeitet auf der Plantage, die Arris gehört hat.«

»Ja, ich erinnere mich … Ja, Jacinto heißt der Alte«, sagte er dann.

Jana sah in ihm den lebenden Beweis, dass Haschisch das Gedächtnis beeinträchtigte. Das rauchte er bestimmt.

»Sie können Tifinagh?«, fragte Jana geradeheraus.

»Warum? Recherchieren Sie was? Journalistin?«, fragte er etwas argwöhnisch.

»Nein. Ich bin Arris' Erbin.«

Nun war sein Interesse geweckt. »Sind Sie … seine Enkelin? Er hat mir nie davon erzählt, dass er eine hat.«

»Ich wünschte, ich wäre es. Das würde einiges erleichtern.«

Eloy nickte, obwohl er gar nicht vollumfänglich wissen konnte, was Jana mit *einiges* meinte. Es ging ihn ja auch nichts an. Dass er nicht nachhakte, wertete sie als angenehmen Charakterzug.

Jana streifte sich das Amulett vom Kopf und reichte es ihm. »Können Sie das übersetzen?«

Eloy betrachtete die rätselhaften Zeichen:

ⵜⴰⵙⴰ ⴰⴽⵉⵎⵉⵔ

»Klar … Leider ist die Schrift nicht mehr vollständig. Sehen Sie, hier stand mal noch etwas, aber …« Die Beiläufigkeit, mit der er das Amulett zunächst angesehen hatte, wich ernsthaftem Interesse. Er setzte sich und das noch bis vorhin aufgesetzte Mr-Cool-Lächeln verschwand. »Es ist wunderschön. Woher haben Sie das?«

»Aus meinem Erbbestand«, sagte Jana.

Er legte es vor sich auf den Tisch, sodass die Sonne die Schrift beschien. Anscheinend erhoffte er sich, dann auch die nicht mehr deutlich lesbaren Zeichen anhand der Gravur zu erkennen, um auf den ganzen Text schließen zu können.

Jana sah nun auch darauf.

»Es ist ungewöhnlich. Normalerweise sind es Inschriften, die etwas über Stellungen von Personen aussagen oder eine Geschichte erzählen … vom damaligen Alltag. Das hier … erstaunlich.« Eloy war ganz vertieft in die Schriftzeichen.

»Ja, was heißt es denn jetzt?«, warf Marcel, inzwischen ungeduldig geworden, ein.

»Tasa und Akimir. Mehr kann ich leider nicht entziffern.«

»Und auf Spanisch?«, fragte Jana, die mittlerweile genauso hibbelig war.

»Für immer und Herz, aber mit Herz ist nicht das Organ gemeint, sondern im poetischen Sinn. Es steht für Gefühl und

Liebe«, sagte Eloy nachdenklich. Das Amulett schien ihn mittlerweile in den gleichen Bann gezogen zu haben.

Jana raubte es fast den Atem. Hatte sie es etwa schon gefunden? Das Herz, wonach sie suchen sollte? Das alles konnte kein Zufall mehr sein.

»Wenn Sie mich fragen, klingt das nach einer Liebeserklärung, aber damals … das gab es damals nicht … jedenfalls nicht in dieser Form, weder auf Amuletten noch auf Inschriften an Wänden. Es ist … ungewöhnlich.«

»Vielleicht ist das Amulett gar nicht so alt und jemand hat es erst vor Jahren da eingeritzt«, spekulierte Marcel.

»Warum ist dann ein Teil davon nicht mehr lesbar? Außerdem glaube ich nicht, dass es noch so viele Menschen gibt, die das Tifinagh der Einheimischen beherrschen«, gab Eloy zu bedenken.

Jana bekam die Spekulationen der beiden nur noch am Rande mit. Sie wusste, dass es echt war. Es gehörte ihr, aber sie hatte nicht die geringste Ahnung, warum das so war.

Kapitel 7

Auch wenn Vater es sicher nur gut meinte, fühlte es sich für Laura so an, als würde er sie erneut wegschicken. Dabei versteckte er sie nur vor Carlos, der aufgrund der Dauer des Postweges vom Festland zu den Inseln sicherlich noch nichts davon wusste, dass aus Lauras Vermählung mit seinem Sohn nichts wurde. In einem günstigen Moment wolle ihr Vater es ihm beibringen, und die Insel war zu klein, um sich hier auf Dauer zu verstecken. Jeder kannte jeden. Bei nur rund dreihundert aus ihrer Heimat eingewanderten Siedlerfamilien, die sich zudem immer wieder in Las Palmas begegneten, und in Anbetracht der kastilischen Soldaten, die überall auf der Insel präsent waren, erschien es Laura als klug, den Rat ihres Vaters zu befolgen. Sie hatte schon mit dem Schlimmsten gerechnet, einem Einsiedlerdasein irgendwo auf dem Land, doch Vaters Pläne waren andere. Er war seit Jahren mit einem hier lebenden Missionar befreundet. Er hieß Calvino und hatte im Dienste des Königreichs und des Papstes die undankbare Aufgabe, die hier lebenden Canarios zum christlichen Glauben zu bekehren. Wer sich taufen ließ, dem drohte kein Sklavendasein und wurde nicht mehr als der Feind angesehen.

»Dort findet dich niemand. Calvino lebt zurückgezogen mit einer Haushaltshilfe und einem Waisenkind«, hatte ihr Vater vor ihrem raschen Aufbruch noch im Morgengrauen eröffnet. Laura hatte noch nicht einmal mehr die Gelegenheit gehabt, sich bei Aquil zu bedanken oder sich von ihm zu verabschieden. Vielleicht war das auch besser so, denn Vater musste nicht unbedingt wissen, dass sie das Nachtlager mit seinem Vorarbeiter geteilt hatte, wenngleich als junger Bursche. Und das war Vaters Hauptanliegen. »Du lässt dir jetzt erst einmal wieder die Haare wachsen, damit aus dir eine Frau wird«, hatte er ihr dringlich nahegelegt, nachdem sie ihm auf der einstündigen Kutschfahrt ins hügelige Hinterland die Geschichte ihrer Flucht und die Zeit als Kombüsenjunge auf dem Segler erzählt hatte.

»Den Mut hat nur eine Jiménez.« Vater zeigte sich sichtlich beeindruckt und Laura hatte das Gefühl, dass er trotz der Scherereien, die sich aus ihrer Flucht zwangsläufig ergaben, stolz auf seine Tochter war. Das konnte aber nicht darüber hinwegtäuschen, wie sehr er unter der Situation litt, weniger wegen Carlos, dessen Zorn er fürchtete, sondern ihretwegen.

»Unsere Blutlinie wird nach unserem Ableben nicht mehr fortgeführt, es sei denn, du heiratest doch noch.« Die Bitterkeit, mit der er zu sprechen begann, wich einem hoffnungsfrohen Lächeln.

Laura gedachte, seine gegenwärtige Redseligkeit zu nutzen.

»Warum ausgerechnet Saverio? Ich hatte nie daran gezweifelt, dass Euch und Mutter nichts so sehr am Herzen lag als das Glück Eurer Kinder. Ihr wusstet doch, was für ein Zeitgenosse Carlos' Sohn ist.«

Laura glaubte, in Vaters Gesicht zu lesen, dass es ihm aufrichtig leidtat.

»Er wird eines Tages großen Einfluss in Kastilien haben«, versuchte er, sich zu rechtfertigen. Weil Laura darauf nichts erwiderte, holte er weiter aus. »Auf Knien hat er um deine Hand angehalten und mir versichert, dass er dir jeden Wunsch von den Augen ablesen wird. Zugang zu Druckschriften solltest du haben. Ich hatte keinen Grund, dies in Zweifel zu ziehen, und du darfst nicht vergessen, dass wir nicht gleichen Standes sind. Mir lag dein Wohlergehen am Herzen, Laura, das musst du mir glauben.«

Laura glaubte ihm. Er hatte ihr bisher nie Anlass gegeben, an seinem Wohlwollen in irgendeiner Weise zu zweifeln. Das bestätigte sich umso mehr, als sie die Missionarsstation erreichten. Sie lag im Nordwesten der Insel in der Nähe eines Ortes, der sich Galdar nannte. Vater hatte ihr auf der Fahrt erzählt, dass sich dort bis vor wenigen Jahren die Hauptstadt des nördlichen Inselkönigreiches befunden hatte, was die Wahl des Ortes für die Missionarsstation erklärte. Sie lag nicht weit von den Dörfern der Canarios entfernt, aber weit genug von den Quartieren der Offiziere und der Siedler, um Vertrauen zu den Einheimischen aufbauen zu können. Hinzu kam, dass der Seitenarm dieses Tals sehr einladend aussah. Lorbeerbäume, Gräser und hohe Farngewächse gesellten sich zu Obstbäumen, die die Missionare in der Nähe von Calvinos Haus gepflanzt hatten. Der Orangenbaum gleich neben der Missionarsstation trug prächtige Früchte, die wie Farbkleckse herausstachen. Das Haus selbst war aus Stein, jedoch in einer eigenartigen Bauweise. Die Steine waren nicht gleichförmig, sondern wirkten passgenau ineinander verkeilt. Das sei die hiesige Bauweise, hatte Vater ihr schon auf der Herfahrt erklärt, als sie an zwei ähnlichen Bauernhäusern vorbeigefahren waren. Eine große Veranda und ein schräg abfallendes Dach aus Holz hatte sie bei den anderen Behausungen aber nicht gesehen.

Dass Vater ein guter Freund des Missionars war, sah man bereits daran, dass er vor Freude strahlte, als er ihre Kutsche bemerkt hatte. Er ließ sofort von der Arbeit ab, schlug die Axt in einen der Scheite, die er bis eben noch damit gespalten hatte. Der Mann in der Kluft eines Mönches, wie Laura sie von San Sebastián kannte, eilte sofort zu ihnen.

»Abel. Was führt dich hierher?«, wollte Calvino wissen.

»Ich habe etwas mit dir zu besprechen«, gab Vater ihm zu verstehen. Dass Calvino den jungen Burschen auf dem Kutschbock ignorierte, wunderte Laura nicht. Anscheinend hielt er sie für einen Arbeiter, der mit Abel unterwegs war, und Vater stellte sie aus gutem Grund nicht vor, weil er sicher nicht mit der Tür ins Haus fallen wollte.

»María. Stell uns etwas zu trinken hin und bereite Gebäck vor. Abel ist hier«, rief Calvino ins Haus, woraufhin eine bildhübsche Frau, die um die dreißig Jahre alt sein durfte, an der Tür erschien. Sie winkte ihnen zu. Das musste Calvinos Haushälterin sein.

»Komm, lass uns ein paar Schritte gehen«, forderte Vater Calvino mit ernstem Tonfall auf. »Warte hier auf mich«, wies ihr Vater sie an, jedoch nicht in der Art, wie man mit einem Arbeiter sprach.

Calvino musterte sie daraufhin und warf Vater dann einen fragenden Blick zu. Wenn sie sich nicht täuschte, hatte er erfasst, dass es um seinen Begleiter, den jungen Burschen, ging.

Die beiden spazierten den Weg zu einer Anhöhe hinauf. Vater fing an zu erzählen. Was er Calvino berichten würde, war Laura klar. Schon auf dem Weg hierher hatte Vater angedeutet, dass er Calvino nicht die volle Wahrheit sagen würde, auch wenn er ihm vertraute. Er wollte ihm lediglich mitteilen, dass das Kloster mit falschen Karten gespielt und gegen Abmachungen verstoßen habe. Dies entsprach letztlich ja auch der Wahrheit, denn wie Laura nun wusste, hätte sie nie uneingeschränkten Zugang zum Wissen dieser Welt erhalten. Laura beobachtete, dass Calvino für einen Moment stehen blieb und zu ihr hersah. Was Vater ihm erzählte, musste ihn berühren, denn sein Blick war voller Mitgefühl. Das ließ sich sogar auf Distanz erkennen.

»Willst du mit mir spielen?«, hörte Laura eine Kinderstimme rufen. Sie kam vom Haus. Ein kleiner Junge stand da, den sie auf fünf oder sechs Jahre schätzte.

»Ich habe Murmeln und einen Reifen. Kannst du Stelzenlaufen?« Der Kleine hatte wache Augen und sein Lächeln war so herzerfrischend, dass Laura beinahe zugestimmt hätte.

»Jacob ... Komm rein und lass den Burschen in Ruhe«, ging dann María dazwischen. Jacob musste Vaters Erzählungen nach eine Vollwaise sein. Anscheinend hatte er ein liebevolles Zuhause gefunden. Weitere Gedanken dazu konnte sie sich nicht mehr machen, denn Vater kam mit Calvino zurück. Laura versuchte, in Calvinos Gesicht zu lesen. Es war entspannt und als ihre Augen sich begegneten, schenkte er ihr ein Lächeln. Laura fiel ein Stein vom Herzen, dass sie vorübergehend eine Bleibe auf der Insel gefunden hatte.

Laura wusste, dass ihr der kleine Jacob schnell ans Herz wachsen würde. Natürlich hatte es keine Stunde gedauert, bis er sie dazu gebracht hatte, mit seinen Murmeln zu spielen. Es verstand sich von selbst, dass sie ihn hatte gewinnen lassen, was er voller Stolz beim gemeinsamen Abendessen, das María servierte, verkündete.

»Darf Laura denn jetzt für immer bei uns bleiben?«, wollte er wissen. Für ihn war es anscheinend die normalste Sache der Welt, dass eine Frau kurze Haare trug und in der Kleidung eines Mannes bei ihnen aufgetaucht war. Vielleicht lag das aber auch daran, dass weder María noch Calvino großes Aufsehen davon machten und sie mit keinen weiteren Fragen behelligten. Vater hatte ihnen Geld dagelassen, damit ihr Unterhalt gesichert war und María für sie Kleidung in Las Palmas kaufen konnte. In der Zwischenzeit trug sie Marías Sachen, die nur ein klein wenig zu groß waren.

»So lange sie möchte.« Calvino beantwortete die Frage seines Ziehkindes. Jacob strahlte daraufhin über beide Ohren und aß den Eintopf aus Gemüse und Fleisch weiter mit Hingabe.

Sich im Haushalt eines Missionars zu integrieren, fiel Laura nicht schwer. Das Tischgebet war sie gewohnt, auch, dass man beim Essen nicht sprach. Lediglich Jacob genoss das Privileg, was sicherlich seinem Alter geschuldet war, aber auch, dass María ihn behandelte wie den eigenen Sohn, und der folgte aufs Wort, als es hieß, in die Federn zu gehen. Die Schüssel und das Besteck trug er artig zu einem Trog, in dem María den Abwasch machte. Laura war sich sicher, dass sie sich hier wohlfühlen würde, auch wenn keine Stunde verging, in der sie nicht an Inés und ihren Vater dachte und sich zudem fragte, wann sie Aquil wohl wiedersehen würde.

»Ich möchte mich gerne hier nützlich machen«, teilte sie Calvino mit, nachdem sie unter vier Augen waren.

»Das musst du nicht«, gab er zurück.

»Ich bin es nicht gewohnt, einfach nur herumzulungern«, sagte Laura.

»Du bist belesen?«, wollte er wissen, nachdem er für einen Moment in nachdenkliches Schweigen verfallen war. Es war naheliegend, das von einer Novizin anzunehmen.

»Warum fragt Ihr das?«

»Ich unterrichte Kinder der Einheimischen. Sie sind so wissbegierig, und je mehr sie wissen, desto eher finden sie den Weg zu Gott«, erläuterte er.

»In dem Gebäude neben dem Haus?«, fragte Laura. Sie hatte es entdeckt, nachdem sie sich von ihrem Vater verabschiedet und Calvino sie mit der Missionarsstation vertraut gemacht hatte.

»Ich lehre dort die Heilige Schrift, aber mittlerweile ist es eine Schule geworden. Lesen, Rechnen und Schreiben. Du könntest mir dabei behilflich sein«, schlug er vor.

»Nichts wäre mir lieber als das«, sagte Laura aus vollem Herzen. Die Wege des Herrn waren in der Tat unergründlich, denn zu unterrichten war schon immer ihr innigster Wunsch gewesen. Dass er sich ausgerechnet mitten auf einer Insel im Atlantik erfüllen würde, grenzte an ein Wunder.

»Es ist nicht einfach, die Herzen der hier Lebenden zu öffnen. Kinder sehen die Welt aber mit anderen Augen. Sie leben im Hier und Jetzt und nicht in der Vergangenheit«, erläuterte er.

Laura konnte sich denken, worauf er hinauswollte, denn soviel sie mitbekommen hatte, hatten die Eroberer den Canarios bisher keinen Grund gegeben, sie zu lieben oder ihnen gar zu vertrauen. Calvino schien Verständnis für seine neue Mitbewohnerin aufzubringen und ihr wohlgesonnen zu sein, daher wagte Laura es, anzusprechen, was sie in Glaubensfragen beschäftigte.

»In meiner Kindheit haben mich meine Eltern Nächstenliebe gelehrt. Auf der Klosterschule war das nicht anders, aber wie kann man den christlichen Glauben leben und zugleich ein Volk im Namen des Herrn unterjochen und Menschenhandel betreiben?«, fragte sie.

Calvino nickte wissend. »Es sind Ungläubige in ihren Augen. Das macht sie zu Wilden. Und die Art, wie sie leben, mit primitiven Werkzeugen wie vor Hunderten von Jahren … das bestärkt die Kastilianer in ihrer Annahme. Es sind aber keine Wilden. Ihre Kultur ist nur gänzlich anders«, sagte Calvino, der damit offenkundig seine Sympathien für die Einheimischen zum Ausdruck brachte. »Man kann Menschen mit Waffengewalt unterjochen, ihnen alles nehmen, sie ausplündern, aber sie nicht ihrer Seelen berauben. Viele sind voller Hass gegen die Eroberer und doch scheren sie uns nicht alle über einen Kamm«, fuhr Calvino fort.

Laura machte sich in diesem Moment klar, wie schwierig seine Aufgabe sein musste. Wie wollte man verloren gegangenes Vertrauen gewinnen, nach all dem, was man den Menschen hier angetan hatte?

»Und trotz alledem schicken sie ihre Kinder hierher in die Schule«, überlegte Laura laut.

»Es hat mich Jahre gekostet, um die Stammesoberhäupter davon zu überzeugen, dass sie damit etwas Gutes tun. Einige haben eingesehen, dass die alte Zeit für immer verloren ist. Sie arrangieren sich und begreifen, dass sie ihre Kinder für die Zukunft rüsten müssen.«

»Ich kann mir keine schönere Aufgabe vorstellen«, sagte Laura.

»Sie ist zudem mit meinem Gewissen vereinbar. Wir können dem Königshaus getreu dienen und zugleich helfen, verschlossene Herzen wieder zu öffnen, sie zurückzugewinnen«, sagte Calvino nachdenklich und Laura konnte ihm ansehen, dass er als Vertreter der Kirche, die letztlich Königin Isabel repräsentierte, unter den Gegebenheiten litt.

»Wir sollten zeitig schlafen gehen, denn der Unterricht beginnt kurz nach Sonnenaufgang«, sagte er und erhob sich.

Laura nahm sich vor, sich auf ihrem Zimmer im ersten Stock des Hauses bereits Gedanken zu machen, was sie den Kindern beibringen konnte und vor allem wie. Sie brannte darauf zu erfahren, auf welchem Wissenstand sie waren. Sprachen sie überhaupt Kastilisch? Und dann nahm sie sich noch vor, vor dem Schlafengehen ein Gebet zu sprechen, denn sie konnte sich nicht daran erinnern, wann sie zuletzt so viel Tatendrang und Glück auf einmal verspürt hatte. Das war eine Danksagung an den Herrn wert.

Auch wenn es geheißen hatte, dass auf Laura keine Aufgaben im Haus warteten, verstand es sich wohl von selbst, María das

Frühstück nicht allein zubereiten zu lassen. Auf diese Weise konnte sie gleich Einblicke in die hiesige Küche bekommen, wobei die sich zu ihrer großen Überraschung nicht wesentlich von der in der Heimat unterschied. Den Tag begann man auch hier mit einer Suppe oder einem Brei. Dazu gab es Ziegenmilch, was gewöhnungsbedürftig war, weil sie sehr streng schmeckte. Jacob trank trotzdem seine Schüssel leer und aß seinen Getreidebrei ohne Murren auf.

»Ich mache immer ein bisschen mehr, denn die Kinder kommen meist mit leerem Magen«, verriet ihr María, was erklärte, warum sie so viele Schüsseln und Holzlöffel aus dem Schrank geholt hatte. Und nichts tat Laura lieber, als das Tablett in die provisorische Schule zu bringen. Von der Terrasse aus konnte sie sehen, dass sich unter dem Blätterdach bereits die ersten Kinder eingefunden hatten. Weil sie unterschiedlichen Alters waren, stellte dies bestimmt besondere Herausforderungen an den Unterricht. Eine leere Kutsche sah Laura gerade noch auf dem Weg, der in die Berge führte, hinter den Lorbeerbäumen verschwinden.

»In fünf Stunden werden sie wieder abgeholt. Die Kinder sind alle aus einem Dorf«, erklärte ihr Calvino, der zu ihr trat.

Schon hatten die Kinder sie bemerkt und stürmten auf sie zu, was Laura nicht verwunderte, denn sie hatte das Tablett mit dem Essen in der Hand. Sie stellte es auf einem Holztisch hinter der letzten Reihe der Schulbänke ab und beobachtete, wie die Kinder sich darüber hermachten.

»Langsam. Jeder bekommt etwas«, ermahnte Calvino sie.

Laura registrierte, dass von ihm eine natürliche Autorität ausging. Er musste seine Stimme nicht einmal erheben, um die Kinder dazu zu bringen, sich mit Bedacht und Geduld mit den Schüsseln zu versorgen. Das Klassenzimmer wurde nun erst einmal zum Speisesaal.

»Bist du unsere neue Lehrerin?«, wollte ein kleiner Junge mit lockigem Haar wissen. Er trug aus Bast geflochtene Kleidung und einen Umhang aus Ziegenfell.

»Zumindest für die nächste Zeit, damit Pater Calvino sich auch einmal ausruhen kann«, erklärte sie ihm.

Damit gab sich der Junge zufrieden. »Kannst du gut Geschichten erzählen? Calvino liest uns immer nur aus einem Buch vor«, fragte er weiter.

Laura konnte sich denken, welches Buch das war.

»Es ist das wichtigste Buch von allen«, mischte sich Calvino gleich mit ein.

»Unsere Geschichten, die uns unsere Großväter erzählen, sind aber besser. Da passiert viel mehr und es gibt auch viel mehr Götter«, wandte der Kleine ein.

Laura rechnete damit, dass Calvino ihn zurechtwies, doch stattdessen schmunzelte er nur.

»Wie heißt du?«, wollte Laura wissen.

»Yerai«, sagte er.

»Wenn du heute schön mitmachst, dann werde ich sehen, ob ich auch andere Schriften in Calvinos Haus finde, oder ich denke mir eine Geschichte aus«, versprach sie.

Der Junge strahlte und trollte sich zu den anderen, um sein Frühstück zu verzehren.

»Er spricht sehr gut Kastilisch«, merkte Laura an.

»Yerai ist mein allererster Schüler. Er kann auch schon schreiben. Die anderen leider noch nicht … Wir werden heute daher wieder einfache Schreibübungen machen. Und in jeder Stunde bringe ich ihnen neue Wörter bei. Traust du dir das zu?«

Laura nickte und konnte es kaum erwarten, bis die Kleinen ihre Schüsseln leer gegessen hatten.

Obwohl die Kinder im Alter zwischen sechs und elf einem gänzlich anderen Kulturkreis entsprangen und mit Sicherheit in den letzten Jahren Schlimmes erlebt oder mit angesehen haben mussten, zeigten sie sich fröhlich und wissbegierig. Vor allem in Letzterem fand Laura sich in ihnen wieder und hatte für zwei Stunden die Wörter der letzten Stunde wiederholt und die neuen gelehrt. Was zu tun war, stand in einem ledernen Band. Calvino hatte sich darin Notizen gemacht und hielt den Fortschritt der Schüler fest. Die meisten konnten sich bereits gut in Kastilisch ausdrücken, wenngleich sie in der Grammatik noch Schwierigkeiten hatten. Schreiben stand auf einem anderen Blatt, denn ihre Schrift bestand aus Symbolen, die nicht miteinander im Fluss verknüpft waren. Für die Kleinen musste es sich anfühlen wie eine Malstunde. Sie schrieben die Wörter jedenfalls mit Fleiß auf ihre Schiefertafeln, die Calvino vom Festland mitgebracht hatte, und Laura sparte nicht mit Lob. Wer es besonders gut konnte, durfte sogar auf Papier oder Pergament schreiben. Auf diese Weise hatte jeder Schüler eine eigene Blättersammlung, aus der man den Wissensstand ablesen konnte. Laura hatte es auch nicht versäumt, den Kindern schon zu Beginn der Übungen klarzumachen, welches Privileg sie genossen. Selbst in Kastilien konnten die meisten weder lesen noch schreiben, noch nicht einmal alle Adeligen, sprich die Stammesoberhäupter ihrer alten Heimat, um den Kleinen zu verdeutlichen, was Adel war. Bauern und Handwerker, aber auch die meisten Ritter waren des Schreibens und Lesens unkundig, nur den Mönchen und Gelehrten in Klöstern kam Bildung zuteil. Sie schrieben monatelang die Bibel ab, bis die Menschen gelernt hatten, Bücher zu drucken.

»Was ist das, drucken?«, wollte der aufgeweckte Yerai natürlich gleich wissen.

Wie das vonstattenging, ließ sich einfach veranschaulichen. Laura ritzte in eine aufgeschnittene Kaktusblüte einen Buchstaben mit einem Stück Holz, tunkte sie in das Tintenfass und presste sie dann auf ein Stück Papier. Die Kinder taten es ihr gleich und hatten auf diese Weise gleich das Prinzip des Buchdrucks gelernt – jedenfalls im Groben.

»Du bist eine begnadete Lehrerin.« Calvino hatte der gesamten Unterrichtsstunde beigewohnt und sein Kompliment kam von Herzen.

Es war Zeit für eine Pause. María brachte Mandelmilch und Wasser sowie etwas Zwieback. Besser konnten es Kinder selbst an einer Klosterschule wie Santa Ana auch nicht haben. Yerai war der Einzige, der sich wieder an seinen Platz setzte und nicht mit den anderen Kindern im Garten des Hauses herumtollte. Laura hatte das Gefühl, dass er sie besonders ins Herz geschlossen hatte. Als sich ihre Blicke begegneten, strahlte er sie förmlich an. Das erinnerte Laura an ihr Versprechen, das sie ihm gegeben hatte, doch woher sollte sie so schnell an eine Druckschrift mit brauchbaren Geschichten kommen, die für Kinder geeignet waren? Calvino hatte einige Bücher in einem Regal stehen und lederne Mappen, die Schriften enthielten. Er hatte ihr erklärt, dass er gerne Texte aus dem Lateinischen übersetzte, überwiegend Kommentare zur Bibel.

»Bei den Büchern im Haus, ist da eines dabei, aus dem ich den Kindern vorlesen könnte?«, wagte sie ihn zu fragen.

»Sieh doch einfach nach. Dein Vater hat mir erzählt, dass du gerne liest. Nimm dir, was du haben möchtest oder dir als geeignet erscheint. Ich habe vor ein paar Monaten einen arabischen Text übersetzt. Darunter waren sogar ein oder zwei Fabeln, wenn ich mich recht erinnere«, sagte er. Laura beeindruckte Calvino immer mehr.

»Und der Unterricht?«

»Wir haben letzte Woche damit angefangen zu rechnen. Ich habe mir noch nichts notiert. Besser, ich fahre damit fort. Du kannst dich ausruhen«, sagte er.

Die Enttäuschung, dass sie ging, war Yerai ins Gesicht geschrieben. »Kommst du wieder?«, rief er ihr hinterher.

»Ich suche eine Geschichte für euch«, erwiderte sie, was den Jungen zufrieden stimmte.

Calvino hatte sich wahrlich eine kleine wertvolle Bibliothek zusammengestellt. Er musste die Bücher aus Madrid mitgebracht haben. Es waren gedruckte, in kostbarem Leder gebundene Werke, doch schon nachdem sie einige der Bücher überflogen hatte, wurde ihr klar, dass sie die Kinder damit überfordern würde, weil es Abhandlungen von Geistlichen oder Kommentare zur Bibel waren. Laura widmete sich daher den Texten in den Mappen, die er ebenfalls im Regal aufbewahrte. Dabei fand sie Schriften in Latein – ebenfalls unbrauchbar für Kinderohren, die der Sprache natürlich nicht mächtig waren. Laura stöberte weiter in den Mappen auf seinem Schreibtisch und stieß auf die arabischen Schriften, die er erwähnt hatte. Calvino musste ebenso eine hervorragende Ausbildung in einem der Klöster genossen haben, anders ließ sich sein Schatz an Bildung nicht erklären. Ein Teil der arabischen Texte hatte er tatsächlich ins Kastilische übersetzt. In einem war von einer Katze und einer Maus die Rede. Ein Perser hatte ihn verfasst. Sagte man den Persern nicht nach, dass sie gute Geschichtenerzähler waren? Dieser Text stammte von einem Zeitgenossen mit dem augenfällig persischen Namen Obeid Zakani. Laura hatte noch nie von ihm gehört, doch die Schrift schien sich bestens für Kinder zu eignen. Laura hatte noch gut eine Stunde, bis der Unterricht beendet war. Die Zeit nutzte sie, um auch andere Schriften durchzusehen. Sogar ein Text auf Hebräisch war mit dabei. Es war sehr ungewöhnlich, dass ein Kastilianer des Hebräischen mächtig war, doch wer die Bibel studierte, hatte vielleicht auch das gelernt. In dem Moment fragte sich Laura, warum er wohl hier war. Ein Mann seiner Bildung könnte es selbst in Rom weit bringen. Seine Begeisterung für die Mission mochte eine Erklärung dafür sein. Auf alle Fälle konnte sie jetzt bei Yerai ihr Versprechen einlösen.

»Einen Drachen von Katze trieben die Lust und ihr Magen
dahin zur Taverne, dort Mäuse zu jagen.
Ein Weinkrug verdeckt sie, dort harrt sie der Beute,
wie ein Räuber der Wüste und ähnliche Leute.
Aus der Spalte der Mauer sprang munter hervor
ein Mäuslein, klettert am Krug flugs empor.
Es schlürft voll Behagen vom köstlichen Wein,
beschwipst wie ein Löwe begann es zu schrein:
›Wo ist die Katz? Ich schneid ab ihr den Kopf,
ihren Pelz, ihren Balg voll Gras ich dann stopf.‹«

Laura konnte keine Zeile lesen, ohne dass die Kinder dabei nicht juchzten, raunten oder andere Laute der regen Anteilnahme von sich gaben. An ihrer Mimik ließ sich ablesen, dass sie die Geschichte in Beschlag nahm. Als sie erneut aufsah, um die Kinder mit Blicken zur Ruhe zu bringen, sodass sie weiterlesen konnte, fror sie förmlich ein. Es hatte sich nämlich klammheimlich noch ein Schüler zu ihnen gesellt. Er hatte blaue Augen, langes Haar und starrte sie an, als ob sie ein Geist wäre. Was um alles in der Welt machte Aquil hier? Hatte er etwa nach ihr gesucht? Hatte Vater ihn geschickt, um nach ihr zu sehen oder gar um sie abzuholen? Lauras Gedanken überschlugen sich. Sie konnte nicht mehr weiterlesen, auch wenn sie mitbekam, dass ein gutes Dutzend Augenpaare gespannt auf sie gerichtet waren. Sie hatte aber nur noch ihn im Blick und er sie. Laura musste sich regelrecht dazu zwingen, sich nicht den Erinnerungen an die unfreiwillige Nähe in seinem Nachtlager hinzugeben.

»Lies doch weiter«, forderte sie Yerai auf.

Nur allzu gerne hätte sie seinem Wunsch entsprochen, doch ihr Herz pochte so heftig, dass sie vor Aufregung feuchte Hände bekam. Warum war er hier?

»Morgen erzähle ich euch, wie es mit der Geschichte weitergeht«, sagte sie notgedrungen und erntete prompt den Protest der Kinder.

Auch Calvino sah sie fragend an. Er hatte den Neuankömmling bemerkt, weil er ihrem Blick gefolgt war.

»Und ihr überlegt euch bis morgen, wie ihr die Geschichte weitererzählen würdet.« Laura hoffte, sich mit dieser Idee ohne weitere Proteste davonstehlen zu können.

Calvino schmunzelte anerkennend. Die Enttäuschung der Kinder legte sich. Offenbar freundeten sie sich mit ihrem Vorschlag an.

»Schluss für heute.« Calvino erklärte den Unterricht für beendet. Bald würde die Kutsche aus den Bergen kommen, um die Kinder abzuholen.

Laura hielt es nicht mehr auf der Bank in der vordersten Reihe. Zweifelsohne hatte Aquil sie erkannt. Dass sie nun Frauenkleidung trug, erklärte, warum er sie fassungslos angestarrt hatte. Sie war ihm nicht nur eine Erklärung schuldig, sondern musste auch sicherstellen, dass er das Geheimnis, welches sie ihm nun zwangsläufig anvertrauen musste, für sich behielt.

Beherzt ging sie zu ihm und schenkte ihm ein Lächeln. Er hatte sichtliche Mühe, es zu erwidern. Stattdessen musterte er sie von Kopf bis Fuß, vermutlich, um sicherzustellen, dass er sich nicht täuschte.

»Ich bin es«, sagte sie tapfer.

Aquil schüttelte ungläubig den Kopf.

»Wie ich sehe, kennt Ihr euch bereits«, sagte Calvino, der sich zu ihnen gesellte.

Aquil ging nicht darauf ein. »Ich bringe Wein und Einkäufe«, sagte er nur knapp.

Laura machte sich nun klar, dass Vater ihn nicht geschickt haben konnte, um nach ihr zu sehen.

»Ich helfe beim Reintragen«, sagte Laura und blickte hinüber zur Kutsche, die vor dem Haus stand. Calvino würde sich nichts dabei denken, weil er davon ausgehen musste, dass sie Aquil auf der väterlichen Plantage kennengelernt hatte. Erwartungsgemäß nickte er und wandte sich wieder den Kindern zu. Er klatschte in die Hände. Das war das Aufbruchssignal, um die Blätter in die Ledermappen zu packen und sich für die Abholung bereit zu machen.

Es verwunderte Laura keineswegs, dass Aquil zunächst schweigend neben ihr herging. Auch sie sagte kein Wort, weil sie nicht wusste, womit sie anfangen sollte.

Kaum hatten sie die Kutsche erreicht, suchte Aquil Blickkontakt und dann löste sich ein Lächeln. »*Einen Drachen von Katze trieben die Lust und ihr Magen dahin zur Taverne, dort Mäuse zu jagen.* Zuerst dachte ich, du seist eine solche Maus … wohl eher ein Mäuserich«, sagte er schmunzelnd.

Laura nickte schuldbewusst.

»Hier bist du sicher besser aufgehoben als auf einem Zuckerrohrfeld. Am liebsten würde ich morgen wiederkommen, um mir das Ende der Geschichte anzuhören«, fuhr er fort. Dann musterte er sie erneut. Er fragte sich sicher, warum sie sang- und klanglos verschwunden war, nachdem er sich ihrer erbarmt und ihr nicht nur ein Dach über dem Kopf, sondern auch noch Arbeit verschafft hatte.

»Ich hatte keine Zeit, mich zu verabschieden … Ich …«, fing sie an.

Laura konnte in seinen Augen lesen, dass er dies bedauerte.

»Wer bist du wirklich?«, wollte er wissen.

Laura überlegte für einen Moment, ob sie ihm die Wahrheit anvertrauen konnte, doch sie spürte, dass keine Gefahr von ihm ausging, ganz im Gegenteil. Besser, er wusste Bescheid, dann würde er die Dringlichkeit seiner Verschwiegenheit umso besser verstehen.

»Ich bin Laura, Abels Tochter«, gestand sie ihm offen.

Aquil sah sie entgeistert an. Wahrscheinlich hatte er mit allem gerechnet, nur nicht damit.

»Aber warum hast du dich nicht zu erkennen gegeben?«, wollte er wissen, nachdem er sich gefangen hatte.

»Ich wusste nicht, ob er mich willkommen heißt«, versuchte sie ihm zu erklären.

»Aber er ist doch dein Vater«, hakte er nach.

»Ich war eine ungehorsame Tochter.«

»Was hast du getan?«, fragte er einfühlsam nach.

Laura spürte keine Hintergedanken. Seine Frage war so herzerfrischend ehrlich, als ob Yerai oder ein anderes Kind sie gestellt hätte. »Ich habe einen Mann verschmäht, den Abel für mich bestimmt hat.«

»Du bist geflohen? Deine Haare … dein Aufzug …?«, fragte er nach.

»Mir blieb keine andere Wahl. Ich musste mich zwischen einem Leben im Kloster und einer Vermählung entscheiden«, erwiderte Laura.

»Eure Gepflogenheiten sind merkwürdig«, sagte er nachdenklich.

»Bei deinem Volk gibt es das nicht, dass Frauen einem Mann versprochen werden?«

»Unsere Frauen werden nicht gezwungen, jemanden zu nehmen, den sie nicht wollen«, erklärte er.

Laura fragte sich in diesem Moment, wer die Primitiven waren, die Kastilianer oder die hier lebenden Einheimischen.

»Mit deinem Vater. Ist wieder alles gut?«, wollte er sich vergewissern.

Laura nickte.

»Da hast du mehr Glück als ich«, sagte er, nachdem er eines der beiden Fässer von der Ladefläche geholt und auf dem Boden abgestellt hatte.

»Du hast Streit mit deinem Vater? Was ist passiert?«, wollte Laura wissen.

»Ich musste hierher auf die Insel fliehen, genau wie du.« Seine Offenheit führte Laura darauf zurück, dass sie sich ihm gegenüber auch geöffnet hatte. Ab diesem Moment wusste sie, dass sie ihm uneingeschränkt vertrauen konnte.

»Du bist nicht von hier?«, hakte Laura erstaunt nach.

»Ich gehörte zu einem Stamm der Guanchen und bin auf der Nachbarinsel geboren, Teneriffa. Mein Vater war einst ein mächtiger Stammeshäuptling. Er will immer noch Krieg gegen euch führen. Er versteht nicht, dass die Zeiten sich ändern und wir auch von euch lernen können. Er hat mich verstoßen …«

»Ich fürchte, du überschätzt den Reichtum unserer Kultur«, gab ihm Laura zu verstehen. Da musste sie ja nur an die Ausuferungen der Inquisition denken.

»Die Seefahrt, die Navigation, Bücher«, setzte er an.

»Woher hast du unsere Sprache gelernt und ich nehme an, du kannst lesen?«, fragte Laura.

»Ich hatte das Privileg, eine Schule zu besuchen«, antwortete er.

»Hier gibt es richtige Schulen? Auch für Erwachsene?«

»Es war nicht hier«, erwiderte er. Dann reichte er ihr eine Kiste.

»So ein kräftiger Bursche wie du kann das tragen. Gepökeltes Fleisch«, fuhr er fort. Laura hatte das Gefühl, dass er sich bezüglich seiner Ausbildung bedeckt halten wollte, also hakte sie nicht weiter nach.

»Was heißt Fleisch in deiner Sprache?«, fragte sie stattdessen.

Aquil antwortete erst, nachdem er sich von seiner Überraschung erholt hatte. Anscheinend war ihm außer Calvino noch kein Mensch aus Kastilien begegnet, der sich für die Sprache seiner Väter interessierte.

»Agsum«, sagte er.

Laura wiederholte es, woraufhin sich ein Lächeln in Aquils Gesicht löste. Dann musterte er sie mit einer gewissen Faszination, die Laura deutlich spürte. Er schien in ihren Augen lesen zu wollen, wer sie war und was sie dazu brachte, sich für seine Welt zu interessieren.

Laura war es nicht unangenehm, seinem Blick standzuhalten, ganz im Gegenteil. Es ging Wärme und Zuneigung von ihm aus. Sie spürte, dass er sie genauso gerne ansah wie sie ihn. Um wie viel doch so ein einziger gefühlvoller Blick wirkungsvoller war, als wenn ein Landsmann sich um eine Dame bemühte, in endlosen Floskeln schwelgte und sie mit Komplimenten überschüttete und umgarnte. Aquil schaffte all das mit nur einem Augenaufschlag und einem Lächeln, das nun fast ein wenig verlegen war, denn zweifelsohne konnte er auch in ihren Augen ihre Faszination und Zuneigung für ihn lesen.

Kapitel 8

Während sie mit der Nussschale Kurs auf das offene Meer nahmen, um der Wucht der Brandung zu entkommen, überlegte Jana, warum sie letztlich wirklich darauf gedrängt hatte, sich zu diesem Strand bringen zu lassen. War es eine Trotzreaktion, weil Marcel am liebsten sofort wieder zurück nach Maspalomas hatte fahren wollen? Für ihn war die Angelegenheit abgehakt. In Stein geritztes Liebesgedöns von früher hatte für ihn keinerlei Bedeutung. »Du weißt ja jetzt, was darauf steht«, hatte er ihr gesagt. Das reichte Jana aber nicht. Ihn für seine Ungeduld und unsensible Haltung bluten zu lassen, weil sie wusste, dass der große Macho Schiss hatte, sich mit einem gemessen am Wellengang etwas kleinen Boot fahren zu lassen, stellte natürlich einen verlockenden Anreiz dar, aber auch das war nur ein Teilaspekt, nicht der Hauptgrund gewesen. Er ging von diesem abgefahrenen Hippie aus und das noch nicht einmal, weil er ihnen den Strand als traumhaft und die bevorstehenden Stunden als unvergessliches Erlebnis angepriesen hatte. Entgegen der eigenen Vernunft zog sie dieser Strand, von dem Eloy ihnen nur eine in Folie verschweißte Broschüre mit Fotos gezeigt hatte, magisch an, wobei sie mittlerweile Marcels Zweifel, lebend dort anzukommen, teilte. Zwar war die See außerhalb des Bereiches, in dem sich die Wellen auftürmten, weniger rau, doch wie aus dem Nichts schwappte ihnen immer wieder eine größere Welle entgegen, die das Boot arg ins Wanken brachte. Marcel sah bereits aus wie ein lebender Schraubstock, so verkrampft hielt er sich an Tauen fest, die links und rechts an der Reling angebracht waren, um Rettungswesten zu verankern. Dass sie die Dinger bereits vor der Abfahrt hatten anlegen müssen, verstand sich angesichts des nun doch stärkeren Wellengangs ja von selbst.

»Ab hier ist die See immer etwas rauer und ein paar Buchten weiter ist sie nur selten passierbar, aber so weit fahren wir ja nicht«, rief ihnen Eloy gegen den starken Wind mit der Absicht zu, sie zu beruhigen. Erklärt hatte er es ihnen schon vor Besteigen des Bootes. Dies sei auch der Grund, warum es keine offiziellen Ausflugsboote nach Gui Gui gab und schon gar keine, die die Insel komplett umrundeten. Im Nordwesten in Richtung Aldea bis Agaete und zur Nordwestspitze der Insel würden sich an manchen Tagen meterhohe Wellen brechen. Die blieben ihnen gottlob bis jetzt erspart, und dass sich die kleine adrenalinanregende etwa halbstündige Fahrt entlang der Steilküste mit ihren schroffen dunklen Felsen lohnte, bewies der Blick auf einen der schönsten Sandstrände, die Jana jemals gesehen hatte. Ein breiter Streifen feinen Sandes spannte sich weitläufig vor steil herabfallenden dunklen Felswänden. Das Türkis des Wassers und der dunkle Fels ließen die Bucht wie ein abstraktes, nahezu surreales Gemälde erscheinen. Mutter Natur betrieb Reduktion auf zwei vorherrschende Farbtöne, die nur vom hellen Beige des Sandes mit einer Linie gebrochen wurde und dabei gänzlich auf Palmen, Sträucher oder bunt getupfte Badetücher von Touristen verzichtete. Ein kleines Paradies, das auch Marcel beeindruckte, als Eloy das Boot geschickt durch die Brandung direkt an den Strand manövrierte.

»Traumhaft.« Marcel sprach aus, was Jana dachte.

Eloy sprang aus dem Boot und reichte Jana die Hand. Einen Landungssteg gab es nicht. Sie hatte sich daher bereits die Schuhe ausgezogen. Marcel tat es ihr gleich, krempelte die Hosenbeine seiner Jeans hoch und begab sich ebenfalls ins kniehohe Wasser.

»Aus dem könnte man etwas machen. Wieso ist hier noch nichts?«, sagte er mehr zu sich, als seine Füße Sand berührten und er sich umgesehen hatte.

Eloy griff seine Bemerkung auf. »Privatbesitz, und das ist gut so. Chinesen wollten den Strand kaufen, aber daraus ist Gott sei Dank nichts geworden«, kommentierte er.

»Ist ja auch schwer zugänglich«, sagte Jana, um Marcels blühenden Geschäftssinn etwas zu dämpfen.

»Man kommt auch auf dem Landweg hierher, oder?«, hakte Marcel an Eloy gerichtet nach und deutete auf eine Stelle, an der Steine den Sand ablösten und sich blühender Ginster an den Fels geschmiegt hatte. Dort sah Jana nun auch die enge Schneise im Fels, die den Weg hinauf in den Ausläufer eines grünen Tals öffnete, aus dem Palmen und Sträucher ragten.

»Das dauert Stunden und geht nur zu Fuß«, versuchte Eloy, ihn zu ernüchtern.

Marcel war anzusehen, dass es ihm schwerfiel, sich von dem Gedanken zu verabschieden, hier eine traumhafte Anlage aus dem Boden zu stampfen.

»Sie sind im Tourismus tätig?«, fragte Eloy, während er das Boot ein Stück weiter an den Strand zog und es an einem daraus ragenden Pfeiler antaute.

Marcel nickte, ohne weiter darauf einzugehen.

»Sie etwa auch?«, wollte Eloy von Jana wissen.

Erstaunlicherweise nickte sie fast ein wenig verlegen, denn Eloys Einstellung zum Tourismus erahnte sie.

»Es reicht schon, wenn die Südküste verbaut ist. Puerto Rico war mal ein schönes Dorf, und jetzt? Kein Hang, an dem nicht weiße Schuhschachteln hängen«, entrüstete Eloy sich.

»Die Insel lebt vom Tourismus und die Einnahmen kommen jedem zugute«, konterte Marcel angriffslustig.

»Jedem ist relativ. Das meiste kassiert der Veranstalter, ein Teil die Airline und was dann noch übrig bleibt, streichen die großen Hotelgruppen ein. Sie investieren, renovieren. Da bleibt nicht viel für die Steuer, und möchten Sie vielleicht für ein paar Hundert Euro monatlich arbeiten? Mehr kriegen die Angestellten nicht. Wenn sie Glück haben, um die Tausend, und davon geht die Hälfte für die Miete weg. Ist wirklich toll, wie jeder davon profitiert«, stutzte Eloy ihn zurecht.

Jana konnte dem nicht widersprechen. Auch aus anderen Ländern unter Palmen war ihr diese Problematik vertraut, doch im Gegensatz zu vielen ihrer Kollegen gedachte sie, dies in ihrem künftigen Hotel anders zu gestalten.

»Besser, als arbeitslos zu sein. Sonst hat die Insel doch nix, keine Industrie, ein bisschen Landwirtschaft …«, setzte Marcel nach.

»Sie haben recht. Man kann aber auch von wenig gut leben«, rechtfertigte Eloy sich, was ihm einen bezeichnenden Blick von Marcel einhandelte. Dass Eloy sicher wusste, wovon er sprach, bewies seine bisher dargelegte Art und Weise, wie er sich gab. Er schien in sich zu ruhen und strahlte nach außen aus, dass er zufrieden war und bestimmt glücklicher als Marcel, der rastlos wie ein Wiesel durch sein Leben lief und stets an den Profit dachte.

»Also wahrscheinlich so wie Sie?«, fragte Marcel mit schier unerträglicher Ironie.

Eloy schenkte ihm nur ein mitleidiges Lächeln.

Jana trieb Marcels Verhalten dennoch auf die Palme. »Was macht dich so sicher, dass wir glücklicher sind? Mehr Geld? Ein schickes Penthouse?« Jana rieb ihm Letzteres besonders gerne unter die Nase, denn mit dem prahlte er ja immer als Statussymbol, obwohl es mitten in einer Betonwüste lag.

Hauptsache, man konnte die Skyline des Bankenviertels sehen und jeden zweiten Tag Sonnenuntergänge zwischen den Wolkenkratzern auf Facebook posten. Dass sie das nervte, hatte sie bisher stets geschluckt. Nun war das Ventil auf.

Dementsprechend verdutzt sah Marcel sie an. »Dir gefällt es etwa nicht? Und die vielen Reisen, sich alles leisten können … Was macht dich denn glücklich?«, fragte er provokativ.

Jana hatte nicht die Absicht, sich vor Eloy zu streiten, noch dazu an einem Traumstrand, der eher zum Entspannen einlud. Sie sagte nichts darauf, aber auch, weil sie Marcels Frage aufwühlte, die sie sich im Endeffekt noch nicht einmal selbst beantworten konnte, auch wenn ihr »Reisen und die Welt sehen« auf der Zunge gelegen hatte. Das allein war es aber nicht. So viel wusste sie.

»Glück ist etwas Relatives und abhängig vom Auge des Betrachters«, mischte Eloy sich mit ein.

»Und Ihr Glück?«, wollte Marcel wissen.

Eloy hatte zu Janas Erstaunen eine Antwort parat. »Dankbarkeit ist der Schlüssel zum Glück. Man findet es dann auch im Kleinen, und wenn man sich über jedes Geschenk des Lebens freuen kann, und sei es jetzt dieser Moment an diesem Strand, dann hat man es gefunden«, sagte er äußerst überzeugend.

Es war Marcel anzusehen, dass er ihn für einen Spinner hielt. Wie armselig, denn was Eloy über das Glück dachte, hatte Jana tief berührt. Das musste sie ihm gar nicht sagen, denn ihr Blick hatte sich in dem Moment gekreuzt. Er schien die beängstigende Fähigkeit zu haben, in ihren Augen lesen zu können. Sein Lächeln, das er ihr schenkte, schien dieses Gefühl zu unterstreichen. Sie erwiderte es, was Marcel nicht entging. Hoffentlich bildete er sich jetzt nicht ein, dass sie auf Flirtkurs mit diesem Mann war, obwohl er sicher mehr als einen Flirt wert war. Doch es lag noch mehr an Eloys Präsenz. Großmutter würde es seine

Aura nennen. Laura hatte den Eindruck, dass eben irgendetwas passiert war, was sie sich nicht erklären konnte. Es fühlte sich so an, als ob Eloy etwas an ihr entdeckt hatte, was ihn in Beschlag nahm. Ihr erging es nicht anders, und auch wenn sie sich keinen Reim darauf machen konnte, hatte sie auf einmal das Gefühl, dass sie beide hierhergehörten, an diesen Strand.

Den Strandspaziergang hatte Marcel sicher nicht vorgeschlagen, weil er Gui Gui für so schön befand oder der Meinung war, dass Eloy für die Kohle, die sie für den Ausflug berappt hatten, das im Preis enthaltene Picknick auch allein vorbereiten konnte. Schon nach wenigen Schritten, die es ihnen erlaubten, außer Hörweite zu sein, legte er los.

»Was wollen wir denn überhaupt noch hier?«, fragte er schroff.

»Ich genieße es gerade«, gab Jana zurück.

»Ach so. Stimmt. Jeden Moment. Und sicher bist du jetzt in Ekstase vor Glück, weil du hier an diesem B-Strand spazieren gehen kannst.«

»Vorhin war's noch ein A-Strand und ja ... er hat nicht unrecht mit dem, was er sagt«, erwiderte Jana.

»Verstehe.« Marcel schmollte wie ein kleiner Junge.

Jana bemühte sich, seine schlechte Laune zu ignorieren, und ging schweigend neben ihm her. Dass sie dabei die salzhaltige Luft tief inhalierte, es genoss, wie der Wind in ihr Gesicht blies, und fasziniert auf die sie umgebenen Felsen blickte, empfand er offenbar als Provokation.

»Sag doch gleich, dass du auf den stehst«, platzte es urplötzlich aus ihm heraus.

»Was?« Marcel hatte es endgültig geschafft, sie aus ihrem Glücksgefühl zu reißen.

»Ihr habt euch doch vorhin fast ausgezogen mit euren Blicken«, meinte er.

»Das bildest du dir ein.«

»Ich war dabei«, insistierte er.

Jana hatte keine Lust darauf, mit Marcel zu streiten, also versuchte sie es mit der Wahrheit. »Ich kann es mir selbst nicht erklären, aber irgendwie hatte ich vorhin das Gefühl, dass er zu diesem Strand gehört und dass ich diesen Ort kenne.«

Marcel schlug die Hände vor dem Gesicht zusammen. »Jetzt hör doch mal damit auf! Wo du gehst und stehst, glaubst du, das alles schon zu kennen. Du solltest eine Rückführung machen. Vielleicht sind deine Vorfahren keine Basken, sondern Canarios«, sagte er genervt.

Unter diesen Voraussetzungen hatte er jede Chance verspielt, dass sie ihr Gefühlsleben vor ihm weiter ausbreitete. Natürlich war ihr sein Gedanke bereits gekommen, doch sie hatte ihn für absurd gehalten. Es war auch absurd. Am besten, sie verlor kein weiteres Wort mehr über ihre Empfindungen. Gut, dass sie ihm noch nichts von Großmutters Gerede erzählt hatte. Wahrscheinlich würde er sie vollends für verrückt erklären, wenn sie ihm auch noch mit der Suche nach dem Herz kam.

»Sorry … Bin einfach genervt … Das alles hier ist doch Wahnsinn. Wir könnten an der Strandpromenade in Maspalomas gemütlich einen Drink nehmen, noch mal in Ruhe über diese Erbschaft sprechen und stattdessen stapfen wir hier durch den Sand.« Marcel gab sich versöhnlich, jedoch alles andere als einsichtig oder gar einfühlsam.

Eloy rief nach ihnen. Anscheinend hatte er alles für das Picknick vorbereitet, doch da täuschte sie sich, denn als sie auf dem Absatz kehrtmachten und zu ihm zurückgingen, kämpfte er mit der Decke, die der Wind immer wieder zusammenklappte oder wegblies. Es wurde Zeit, dass sie sich daraufsetzten. Offenbar hatte es Eloy bereits aufgegeben, die Ecken gerade zu ziehen. Er setzte sich in die Mitte und hatte sofort die Decke im Gesicht. Warum er ausgerechnet jetzt sein Handy aus der Hosentasche kramte, leuchtete Jana nicht ein. Den Grund dafür erfuhren sie, als sie ihn erreichten.

»Ich fürchte, wir kommen heute nicht mehr mit dem Boot zurück. Zu starker Wind. Die Wellen sind zu hoch. Ich hab eben mit den Leuten in Tasarte telefoniert«, eröffnete er ihnen.

Marcel verdrehte die Augen und gab einen leidenden Laut von sich, nur half ihnen das auch nicht weiter. Nun saßen sie also an einem Traumstrand fest. Es gab Schlimmeres.

»Und zu Fuß zurück? Wie lange dauert es, bis wir den nächsten Ort erreichen?«, wollte Marcel sogleich wissen.

»Ein paar Stunden, es sei denn, Sie treffen auf jemanden, der Sie von der Hauptstraße nach Aldea aufgabelt und mitnimmt. Busse fahren nachts keine mehr und ein Taxi zurück in den Süden finden Sie, falls Sie in Aldea ankommen, auch keines mehr«, erklärte Eloy.

»Wollen Sie etwa damit sagen, dass wir hierbleiben sollen? Hier am Strand? Sollen wir im Sand schlafen, oder was?«, entrüstete sich Marcel.

»Ich hab dort drüben in der Höhle Zelte deponiert, für alle Fälle«, sagte Eloy.

»Ach, dann kommt das wohl öfter vor, dass Sie Touristen hierherschleppen und dann festsitzen«, pampte Marcel.

»Nein. Manche Leute wollen einmal in ihrem Leben an so einem Strand übernachten. Es ist herrlich. Kein Licht stört die Sicht auf einen der schönsten Sternenhimmel, den man sich denken kann. Wir haben hier die reinste Luft auf den Kanaren …«

»Die reinste Luft«, amüsierte Marcel sich.

»Das ist kein Witz. Menschen mit Lungenerkrankungen kommen her, weil es ihnen hier besser geht. Auch Astronomen wissen unsere Insel zu schätzen. Unsere Sternwarte ist eine der größten in Europa und man kann von hier aus viel weiter ins All sehen, weil die Luft so wenig verschmutzt ist«, erläuterte Eloy.

»Also ich finde das großartig«, sagte Jana aus vollem Herzen, auch wenn sie wusste, dass sie Marcel damit in den Rücken fiel.

»Ja, ich weiß schon. Das Glück des Augenblicks genießen«, musste Marcel natürlich noch loswerden und damit hatte er recht.

Es wunderte Jana keineswegs, dass Marcel aus dem Gähnen gar nicht mehr herauskam. Mit vollem Ranzen herumzuunken, machte bestimmt furchtbar müde. Erst ordentlich beim Essen zulangen und sich dann herablassend über das Gericht auslassen, nachdem Eloy ihm den spanischen Namen der Mahlzeit auf Nachfrage offenbart hatte. Das passte zu Marcel.

»Alte Kleider? Seltsamer Name für ein Gericht. Aber frisch war das Zeug jetzt aber schon?« Letzteres grenzte in Anbetracht des hervorragenden Geschmacks sogar an eine Beleidigung.

»Wir nennen es so, weil das Gericht früher aus Essensresten zubereitet wurde.« Ob nun Eloys Erklärung, der Wein oder einfach nur der anstrengende Tag dafür gesorgt hatten, dass Ruhe und Frieden an diesem Strand einkehrten, sprich Marcel sich auf einen Schlafsack fläzte und endlich seine Klappe hielt, spielte keine Rolle. Jana war froh darüber, dass er Eloys Angebot, sich nach dem Essen noch etwas zu bewegen, um sich den Ausläufer des Tals anzusehen, solange die Sonne noch schien, abgelehnt hatte und seine Äuglein keine Minute später zugefallen waren.

»Es scheint ihm geschmeckt zu haben«, sagte Eloy, der sich noch einmal nach Marcel umdrehte, als sie die Schneise zum Hinterland erreicht hatten.

»Selbst gekocht?«

»Hat mir meine Mutter beigebracht.«

»Ist das eigentlich typisch kanarisch, diese Ropa vieja?«, wollte Jana wissen.

»So wie wir sie zubereiten, ja. Ist auch ganz einfach. Erst das Fleisch anbraten, dann die Kichererbsen dazugeben, ein paar Zwiebeln, Paprika, natürlich Knoblauch und Tomaten. Mit etwas Pfeffer und Nelken würzen. Ein Schuss Wein zum Abrunden. Thymian und ein Lorbeerblatt geben dem Ganzen den einzigartigen Geschmack. Wer mag, kann noch gewürfelte Kartoffeln hinzufügen. Meine Mutter hat immer alles einzeln angebraten, aber die Zeit habe ich meist nicht«, erklärte er.

»Leben Ihre Eltern noch hier?«

»Körperlich nicht mehr, aber manchmal spüre ich, dass sie noch da sind«, erwiderte er.

»Das tut mir leid«, sagte Jana aus vollem Herzen.

»Ich bedauere, dass ich in den letzten Jahren weg war. Die Zeit geht so schnell vorbei.«

»Sie waren im Ausland?«, fragte Jana.

»Hab Geschichte in Madrid studiert. Zwei Jahre in Argentinien gelebt, aber dann zog es mich doch zurück in die Heimat. Ich bin hier aufgewachsen«, sagte Eloy.

»Lässt sich hier mit Ihrem Abschluss etwas anfangen?«

»Leider nein. Da hätte ich in Madrid bleiben müssen ... Ist schon merkwürdig. Da steckt man so viel Energie in die Forschung. Nichts hat mich mehr interessiert als die frühe Geschichte Argentiniens, und auf einmal ...«

»Keine Lust mehr zu forschen?«, mutmaßte Jana, die jeden Meter ihres Spaziergangs durch das Tal genoss und das nicht nur, weil die tief stehende Sonne es in goldenes Licht tauchte und dort lange Schatten der Palmen und Sträucher tänzelten, mit denen der Wind spielte. Es interessierte sie einfach, mehr über ihn zu erfahren, und sie schätzte seine Offenheit.

»Ganz im Gegenteil. Ich fing an, mich für die kanarische Geschichte zu interessieren, die der Guanchen, und um das intensiver zu betreiben, musste ich Tifinagh lernen. Das wiederum wird nur noch in Marokko gelehrt. Einige Berber beherrschen es noch in Wort und Schrift, also ging ich für zwei Jahre nach Marrakesch. War 'ne aufregende Zeit, aber ... mein Vater verstarb. Herzinfarkt. Ging schnell. Ich war nicht da. Zwei Jahre zuvor ist meine Mutter gestorben. Blutvergiftung ... Sie war in London ... Deren Gesundheitssystem ist chronisch pleite und Hygienestandards ... vergiss es. Die haben dort keine so guten Krankenhäuser wie hier ...«

»Da können wir uns die Hand reichen. Lawine im Skiurlaub. Beide auf einen Schlag«, erzählte Jana, auch wenn sie wusste, dass dies wenig tröstlich für ihn war, aber sagte man nicht immer, geteiltes Leid sei halbes Leid? Es musste so sein, denn er rang sich ein warmes Lächeln ab.

»Ich hoffe, Sie haben Ihr Handy dabei«, sagte er unvermittelt, als sie eine kleine Anhöhe erreicht hatten.

Jana folgte seinem Blick. Die Aussicht war atemberaubend. Über ihnen war der Himmel noch blau, doch gen Westen verfärbte er sich, blich aus und wich einem pastellfarbenen Türkis, das sich am Horizont in der Weite des Meeres an kräftige Orangetöne verlor. Dazwischen lag die Nachbarinsel Teneriffa. Sie wurde allmählich zu einer grau schattierten Silhouette. Nur der Gipfel des Teide, der aus den Wolken herausragte, leuchtete, bis sich auch vor ihn Wolken schoben. Dort schien der Himmel nun zu glühen. Die Sonne wanderte anscheinend in einem Bogen um den Gipfel des Teide und hatte wohl vor, neben der Insel im Meer zu versinken. Doch bevor dies geschah, rissen ihre Strahlen noch einmal die Wolken auf. Sie schienen regelrecht in ihrem Licht zu schmelzen. Sternförmig schoss das grelle Licht dahinter hervor. Ein rot glühender Ball küsste wenig später den Horizont und färbte ihn purpurfarben. Kaum hatte das Meer die Sonne verschlungen, verlor sich das Leuchten hinter den Wolken. Es machte einem rosa Schimmer Platz, der den Himmel in Pastelltönen färbte und die Nachbarinsel mit ihrem Vulkan wie einen Scherenschnitt aus dem Lichtspiel stanzte.

Was für ein atemberaubendes Schauspiel, das sie mit Eloy hatte teilen dürfen.

»Wir sollten wieder zurück zum Strand gehen. Wenn es dunkel wird, ist das Gelände tückisch. Man sieht nicht mehr, wohin man tritt«, sagte Eloy.

Dem Problem war Jana schon beim Weg nach oben begegnet. Auf Schritt und Tritt hatten sich kleine Felsstücke gelöst, sodass man ausrutschte. Hinunter war das sicherlich noch gefährlicher. Wohin den Fuß setzen? Schon ging Eloy zwei Schritte voraus und reichte ihr die Hand, und das mit gutem Grund, wie sich bereits an der nächsten kritischen Stelle zeigte.

»Wenn wir in dem Tempo weiterlaufen, ist es sicher dunkel, bis wir unten sind. Die Leute müssen früher hier ja ewig unterwegs gewesen sein«, mutmaßte Jana.

»Zu Fuß und auf flachem Gelände schon, aber hier im Gebirge ging das schneller«, sagte er zu Janas Überraschung.

»Sind sie etwa geflogen?«

»So ähnlich. Wollen Sie es mal ausprobieren, zu fliegen?«, gab er schmunzelnd zurück.

Jana blieb stehen und musterte ihn. Wollte er sie jetzt auf den Arm nehmen oder meinte er es ernst?

»Ein Teil meiner Tour, wer es denn bucht«, erklärte er sich.

»Fliegen? Etwa Drachenfliegen? Paragliding?« Jana entlarvte ihre Fragen sofort als sinnlos, denn dazu müssten sie viel weiter nach oben aufgestiegen sein.

»Nein, mit dem Hirtensprung. Ich zeig es Ihnen«, erwiderte Eloy, lief ein paar Meter abwärts und schlug dann flink wie ein Hase einen Haken, der anscheinend zu einem Versteck führte, weil er kurz hinter dichtem Buschwerk verschwand. Von dort zog er zwei riesige Stäbe hervor, die Jana sofort an das Rüstzeug eines Stabhochspringers erinnerten. Einen davon nahm er an sich, kletterte mühelos einige Felsen hinauf, die sich seitlich des Weges erhoben, und benutzte den Stab dann, um sich wie

Tarzan von einem Stein zum viel tiefer gelegenen auf die andere Seite zu schwingen, nur dass er dafür keine Liane benutzte, sondern einen Stab aus Holz, der sich sogar etwas biegen ließ. Das Prinzip wurde Jana sofort klar. Der Stab verfügte über eine Spitze aus Metall und musste um die drei Meter lang sein. Eloy stach ein Ende in den festen tiefer liegenden Boden und ließ sich mit Schwung davontragen oder er nutzte ihn, um daran herunterzurutschen. Faszinierend, aber er kam doch nicht etwa auf den Gedanken, dass sie das auch versuchen sollte? Doch, denn schon holte er den zweiten Stab und reichte ihn ihr.

»Das ist nicht Ihr Ernst. Ich breche mir das Genick.« Diese Schnapsidee gedachte Jana gleich im Keim zu ersticken. Das nützte nichts, denn diesen Blick kannte sie von ihrem Sportlehrer, der sie im Schulturnen die Stangen nach oben klettern sehen wollte. Dort musste man sich dann wie ein Äffchen festklammern und wehe, man rutschte ab oder machte frühzeitig schlapp, dann zückte der Tscheche eine Stecknadel und drohte damit, sie einem in den Po zu piksen. Mit einer Nadel drohte Eloy ihr nicht. Jana ließ sich dennoch dazu hinreißen, den Stab an sich zu nehmen. Er lag gut in der Hand. Man fand Halt daran.

»Na los. Nur diesen halben Meter«, ermutigte Eloy sie.

Jana stach die Spitze der Stange in den Boden und ließ sich daran heruntergleiten. Das machte richtig Spaß.

Eloy musste sie nicht noch einmal dazu auffordern, ihm zu folgen. Schon der zweite Sprung, bei dem sie gut einen Meter von Fels zu Fels überwand, gab ihr überraschend große Sicherheit. Ihn dabei zu beobachten, wie er in Windeseile eine Distanz von fünfzig Metern mit nur wenigen Sprüngen überwand, war elektrisierend. Jana ließ sich davon anstecken und traute sich immer mehr zu, zumal sie sich sagte, dass diese Art der Fortbewegung vermutlich ungefährlicher war, als mit den Turnschuhen auf dem felsig-sandigen Boden herumzurutschen, um sich einen

Knöchel zu verstauchen. Jana traute sich nun sogar zu, sich mit Schwung durch die Lüfte tragen zu lassen. Die Spannung des Stabes trug sie auf den Fels auf der anderen Seite des Weges. Was für ein skurriles Unterfangen, in einer Landschaft umherzufliegen, die rosa glimmte, vor einer Leinwand aus Himmel und Meer, die violett leuchtete und schon die ersten Sterne tanzen ließ. Der Stab verlieh einem Flügel. Jana juchzte so laut, dass man es bestimmt bis nach Teneriffa hören konnte.

Erneut hatte sie mühelos eine weitere steile Passage überwunden. Auch wenn das Gelände bis zur Schneise, die zurück zum Strand führte, nun flach genug war, um gemütlich hinunterzuspazieren, konnte Jana einfach nicht damit aufhören. Hätte Marcel schon früher an der Steinschneise, die zum Strand führte, nach ihr Ausschau gehalten, wäre sie wohl nicht auf den Gedanken gekommen, wie ein Affe auf Droge vor seinen Augen herumzuturnen. Anscheinend hatte ihn ihr Tarzan-Gejohle aus dem Schlummer gerissen.

Ein entsprechender Kommentar ließ nicht lange auf sich warten, als sie ihn erreichten. »Leibesertüchtigung im Freien. Respekt. Bereitet ihr euch auf die nächste Olympiade vor?«

Eloy konnte darüber lachen.

Jana nicht, weil ihr sein vorwurfsvoller Blick nicht entgangen war.

»Ist das jetzt hier in? Ich Tarzan, du Jane?«, fragte Marcel spitz nach.

»Die damaligen Hirten haben sich auf diese Weise schnell durch das Gebirge bewegt. Heute ist es nur noch eine Sportart, um die Traditionen zu pflegen«, klärte Eloy ihn auf.

Marcel nickte wenig beeindruckt. »Ich hab schon mal die Zelte aufgebaut. Ist ja schon fast dunkel«, kam dann prompt. Damit versuchte er offenbar, ihr ein schlechtes Gewissen zu machen, und er konnte den Märtyrer spielen, der ihnen die Arbeit abgenommen hatte, während sie sich vergnügten.

»Ich mach uns ein Lagerfeuer«, sagte Eloy, nachdem er die beiden Stäbe an den Fels gelehnt hatte.

»Gute Idee. Es wird auch langsam etwas frisch«, merkte Marcel an.

Wieder hier unten bei ihm zu sein, fühlte sich merkwürdig an. Er war doch der Gleiche wie gestern und auf einmal schien er ihr wie ein Fremder gegenüberzustehen. Lag es an seiner schlechten Laune, die er schon seit ihrer Bootsfahrt an den Tag gelegt hatte, oder an seinen sarkastischen Bemerkungen? Die kannte sie aber von ihm. Sie hatten sie nie sonderlich gestört. Jana hatte sie früher sogar für witzig befunden. Das konnte es also nicht allein sein.

»Lass uns wenigstens den Abend gemütlich angehen. Hat ja was«, sagte er und blickte hinauf zu den ersten Sternen, deren Licht immer intensiver wurde, je stärker die inzwischen dunkelblaue Tinte am Himmel ins Schwarze verlief.

Jana rang sich ein zuversichtliches Lächeln ab, obwohl ihr gerade die Einsicht gekommen war, dass sich auf unerklärbare Weise Eloys Nähe auf einmal vertrauter anfühlte und sie sich sicherer an seiner Seite fühlte, als sie es je bei Marcel erlebt hatte. Sie war stets die Stärkere gewesen, das Schmuckstück für ihn, und genau aus dem Grund lenkte er schlussendlich meistens ein, genau wie jetzt, als er etwas unbeholfen seinen Arm um sie legte und wohl versuchte, einen auf Romantik zu machen. Jana war nicht danach.

»Wir sollten Eloy helfen«, sagte sie.

Marcel zeigte sich einsichtig. Dass sie seinen Arm nun nicht mehr an ihrer Seite spürte, empfand sie momentan als Erleichterung.

Was konnte romantischer sein, als an einem einsamen Strand gemütlich am Lagerfeuer zu sitzen, der Brandung zu lauschen und einen leuchtenden Sternenteppich bis zum Horizont über sich zu haben, den lediglich die Silhouette des Teide brach? Sogar der Wind hatte sich verzogen. Jana wusste jetzt schon, dass sie diese Nacht nie vergessen würde. Marcel ging es bestimmt ähnlich, jedoch aus ganz anderen Gründen. Hier hatte man nämlich keinen Handyempfang. Er konnte also nicht wie sonst üblich am Abend in sein Aktienportfolio schauen, keine E-Mails lesen und natürlich auch nicht mit seinem Vater telefonieren, um ihm Bescheid zu geben, dass sie havariert waren, wie er es genannt hatte. Alles andere würde er als Ausrede ja nicht gelten lassen. Marcels schlechte Laune brachte Jana zu der Erkenntnis, dass er nicht mehr in den schönen Rahmen dieses Abends passte. Noch nie zuvor in ihrer Beziehung hatte er sie auch nur annähernd so genervt. Und das, obwohl Marcel sich handzahm zeigte und mit Wonne die aufgewärmten Essensreste ihrer verspäteten Mittagsmahlzeit verschlungen hatte – ohne zu nörgeln. Ging Liebe nicht durch den Magen? *Liebe* wäre allerdings zu viel gesagt, doch zumindest war ihm während des Essens in den Sinn gekommen, sich zur Abwechslung auch mal mit Eloy sinnstiftend zu unterhalten, sprich über sein Studium und seine Forschung.

»Und Sie, haben Sie Touristik studiert?«, mutmaßte Eloy naheliegenderweise.

Marcel nickte und sagte nichts weiter dazu. Dass er sein Studium nicht beendet und seinen Erfolg letztlich nur seinem Vater zu verdanken hatte, ließ er natürlich unter den Tisch fallen. Fehlende Karten in der Hand machte Marcel Janas Erfahrung nach jedoch stets mit Eloquenz und Kombinationsvermögen wett. Bisher hatte sie diese Fähigkeit immer an ihm bewundert, nun war es eine Wonne, ihn rudern zu sehen, um seinen latenten Minderwertigkeitskomplex diesbezüglich zu kompensieren.

»Lassen Sie mich raten. Die Insel heißt so, weil es früher hier so viele Hunde gab«, stellte Marcel in den Raum, nachdem Eloy davon angefangen hatte, von der Geschichte Gran

Canarias zu erzählen, und dass ihn seine Heimat faszinierte. Kaum zu glauben, dass man sie in der Antike sogar für den versunkenen Kontinent Atlantis gehalten hatte. Karthager, Phönizier, Römer ... die Insel hatte einiges an Besuchern und Besatzern vorzuweisen, bevor die Spanier überhaupt wussten, dass sie existierte. Beim Stichwort Römer hatte Marcel wohl beschlossen, seine Lateinkenntnisse aus der Schule auszugraben, um Eloy zu beeindrucken. Der amüsierte sich jedoch nur.

»Ja, stimmt schon. Cane ist der Hund und Las Palmas ist voll mit Hundestatuen. Selbst vor unserer Kathedrale stehen welche. Es gibt auch Hunde auf unserem Wappen, aber der Name der Inselgruppe stammt aus der Sprache der Berber. Ein berberischer Volksstamm im Nordosten Afrikas nennt sich Canarii.«

»Die Canarios sind also Abkömmlinge von Berbern?«, schlussfolgerte Jana.

»Tatsächlich?«, kommentierte Marcel scheinbar interessiert.

»Man geht heute jedenfalls davon aus. Genetische Untersuchungen haben das ergeben. Aber es gibt noch weitere Beweise. Die Ureinwohner heißen Guanchen. Auch das leitet sich von der Sprache der Berber ab. Guan ist der Mensch, Chinet ist die Bezeichnung für die Nachbarinsel, also für Teneriffa. Einige Orte im Norden Gran Canarias haben immer noch berberische Namen. Tamaraceite zum Beispiel. Die wenigsten wissen das«, führte Eloy aus.

»Die Kanaren sind in der Geschichte ja auch nicht sonderlich in Erscheinung getreten«, merkte Marcel zu Recht an, denn selbst im spanischen Schulunterricht beschäftigte man sich mit den Kanarischen Inseln erst ab deren Eroberung im fünfzehnten Jahrhundert.

»Das ist auch kein Wunder. Die Canarios waren keine Seefahrernation. Es gibt auf den Inseln keine Erzvorkommen. Sie lebten also zwangsweise wie in der Steinzeit.«

»Also leichtes Spiel für die Spanier«, schlussfolgerte Jana.

»Ja, könnte man so sagen, aber sie haben erbitterten Widerstand geleistet. Fünf Jahre lang. 1483 erklärten die Spanier die Kämpfe offiziell für beendet. Überlebende wurden als Sklaven verschleppt oder zum Christentum bekehrt.«

»Also sind die Guanchen mehr oder weniger ausgestorben?«, wollte Jana wissen.

»Nein. Es muss Überlebende gegeben haben. Genetische Tests belegten, dass über fünfzig Prozent der hier lebenden Canarios von den Guanchen abstammen.«

»Und Sie?«, wollte Jana wissen.

»Vermutlich auch. Meine Augenfarbe deutet darauf hin«, erwiderte er.

Jana konnte Marcel ansehen, dass er mit aufsteigender Müdigkeit kämpfte und Mühe hatte, dem Gespräch zu folgen. Auch Eloy registrierte es.

»Wir sollten schlafen, damit wir morgen früh zeitig aufbrechen können«, schlug er vor.

Marcel nickte und stand auf. »Ich bin noch mal auf dem Naturklo. Falls ich in zehn Minuten nicht zurück bin, hat mich sicher eine Schlange gebissen.«

»Gibt's hier nicht«, erwiderte Eloy trocken.

Marcel nickte und stapfte in Richtung der Felsschneise.

»Ich könnte noch ewig hier sitzen«, sagte Jana leise.

»Geht mir genauso. Wenn ich allein hier bin, schaue ich den Sternen zu, oft stundenlang …«, gestand Eloy.

Jana hatte den Eindruck, dass er noch dazu ansetzte, sie etwas zu fragen, aber es dann doch sein ließ.

»Fragen Sie ruhig«, gab sie ihm zu verstehen.

Eloy lächelte und sprach dann weiter. »Ich weiß, es geht mich überhaupt nichts an, aber ich habe mich gefragt, warum Arris Ihnen das Anwesen vererbt hat. Das sagten Sie doch.«

»Das frage ich mich auch. Deswegen sind wir ja hier. Warum wundert Sie das?«, wollte Jana wissen.

»Er hatte nicht besonders viel für Festlandspanier übrig«, erklärte Eloy.

Das überraschte Jana allerdings. »Jacinto hat erzählt, dass Sie viel Zeit mit ihm verbracht haben«, sagte Jana.

»Er hat nie etwas in diese Richtung erwähnt ..., dass er einen Erben sucht. Woher kommen Sie? Sie sind doch Spanierin?«, wollte er wissen.

»Baskin. Aus San Sebastián, um genau zu sein.«

»Ich liebe deren Pintxos. Die beste Küche der Welt«, schwärmte er.

»Sie waren schon einmal dort?«

Eloy nickte und es schien, als würde er sich gerade an etwas erinnern. »Es war schon merkwürdig. Als ich dort mit der Fähre ankam ... Ich hatte das Gefühl, etwas zu suchen. Mir kam alles so vertraut vor. Das hat man wohl gelegentlich auf Reisen.«

»Fragen Sie mich mal. Seitdem ich auf der Insel bin ... Und wenn das so weitergeht, schwöre ich auf die Bibel, dass ich hier schon einmal gelebt habe«, gestand sie ihm in aller Offenheit.

»Déjà-vu?«, sagte er.

»Vielleicht ... Was haben Sie in San Sebastián gesucht?«, wollte sie wissen.

»Keine Ahnung. Vermutlich mich selbst. Das haben Alleinreisende wohl so an sich. Jeder Ort hat seine ganz eigene Magie, erzählt eine Geschichte oder vermittelt eine Stimmung. Hier zum Beispiel, an diesem Strand ... Ich fühle mich beschützt, aber irgendetwas kommt mir zugleich bedrohlich vor. Schon verrückt, was man sich alles einbilden kann«, sagte er dann mehr zu sich.

Seine Worte wirkten nach und von der Magie, die diese Insel auf sie ausübte, konnte sie ein Lied singen. Wie schön, dass sie an Eloys Seite ein offenes Ohr gefunden hatte. Wenn

Marcel ihr Gespräch mit angehört hätte, wäre ihm vielleicht etwas wie »Zwei Spinner unter sich« über die Lippen gekommen. Gedacht hätte er es sich ganz sicher.

Und diese Gemeinsamkeit schien auch Eloy tief zu berühren, denn er konnte seinen Blick nicht von ihr abwenden. Diesmal war es im Gegensatz zu heute Morgen jedoch mehr als nur eine gewisse Faszination. Wenn ein Mann einem so in die Augen sah, empfand er mehr als das. Weil sie ihn durchschaute und er das ganz sicher spürte, lächelte er verlegen und stand auf. Jana hoffte, dass Marcel sich Zeit ließ, denn wahrscheinlich würde sie so viele Sterne wie in dieser Nacht nie wieder in ihrem Leben zu Gesicht bekommen.

Kapitel 9

Laura konnte kaum glauben, dass sie nach nur drei Tagen bereits in einem neuen Leben angekommen war. Und es fühlte sich so an, als hätte sie ihr Glück gefunden, auch wenn es sich völlig anders ausgestaltete, als sie es sich immer erträumt hatte. Wer brauchte schon den Zugang zu einer klösterlichen Bibliothek, wenn die eines einfachen Missionars so viele Bücher bereitstellte, dass man Jahre brauchte, um sie alle zu lesen? Und was den Unterricht betraf, so konnte sie sich nichts Schöneres wünschen, als mit Kindern zu arbeiten, die jedes Wort in sich aufsogen wie ein Schwamm. Zugleich gab ihr die Arbeit das gute Gefühl, etwas für die Guanchen zu tun, aber auch für ihre Heimat, genau wie Calvino es empfand. Der einzige Wermutstropfen war, dass sie wohl noch lange warten musste, bis sie ihre Schwester sehen konnte. Immerhin kam Aquil jeden zweiten Tag, um sie mit Lebensmitteln zu versorgen. Es reichte Laura schon, von ihm zu hören, dass es ihrer Familie gut ging und Vater auch nach ihr fragte. Diesen Morgen war jedoch alles anders. Die gerade für sich entdeckte Routine, die darin bestand, morgens gemeinsam mit Calvino, María und Jacob zu frühstücken und dann für drei Stunden zu unterrichten, hielt nur bis nach dem Frühstück an, denn es war nur ein Schüler da und der hockte, gar jämmerlich anzusehen, in sich gekehrt auf der Bank und wartete geduldig, bis Laura und Calvino kamen.

»Yerai. Was machst du denn ganz allein hier? Wo sind denn die anderen?«, fragte sie ihn überrascht.

Erst jetzt konnte Laura erkennen, dass der Junge völlig entkräftet war und zitterte wie Espenlaub.

»Darf ich hierbleiben? Bitte.« Yerai sprach die pure Verzweiflung aus den Augen.

Laura setzte sich sofort zu ihm und nahm den Jungen in den Arm.

»Sie sind mit der Dämmerung gekommen ... Es waren viele ... Männer mit Helmen, Schwertern und Lanzen ... Ich bin davongelaufen ... Ich wollte nicht mit den anderen in die Berge.«

»Was haben die Männer gemacht?«, fragte Laura so einfühlsam sie nur konnte.

»Sie haben meine Brüder und Schwestern mitgenommen. Unsere Ältesten haben gesagt, dass sie nun Sklaven sein werden«, sagte Yerai.

»Wo sind deine Eltern?«

Yerai schwieg. Er starrte nur vor sich hin. Tränen liefen über sein Gesicht.

Laura drückte ihn an ihr Herz. Der Junge schluchzte an ihrer Brust.

Calvino war schreckensbleich.

»Alles umsonst«, wisperte er, doch Laura konnte es hören.

»Natürlich darfst du hierbleiben«, versicherte Laura ihm. Dazu musste sie Calvino gar nicht erst fragen.

»Bist du den ganzen langen Weg etwa allein unterwegs gewesen?«

Yerai nickte.

»Komm erst einmal mit ins Haus. María macht dir eine Tasse heiße Mandelmilch und dann musst du dich ausruhen«, schlug Laura vor.

Yerai wischte sich tapfer die Tränen aus dem Gesicht.

Laura wunderte es keineswegs, dass der Junge keine fünf Minuten, nachdem María ihm Mandelmilch mit stärkendem Honig verabreicht hatte, eingeschlafen war. Calvino hingegen war die Unruhe selbst und lief wie ein eingesperrtes Raubtier in einem Käfig in der Stube auf und ab.

»Sie wollen ein Exempel statuieren.«

»Aber herrscht denn nicht schon längst Frieden? Ich dachte, es gibt keinen Grund mehr …«

Calvino war so echauffiert, dass er sie entgegen seiner sonst bedächtigen Art nicht ausreden ließ. »Einzelne Vorfälle beweisen das Gegenteil. Es herrscht immer noch Misstrauen gegenüber den Einheimischen und umgekehrt. Diese verdammten Menschenhändler. Sie schüren es. Für sie ist es ein Vorwand, um Geschäfte zu machen.« Calvino war so aufgebracht, dass seine Hand zitterte, als er nach einem Glas Wasser griff.

»Ich habe sie gesehen. Die Sklaven. Sie halten sie wie die Tiere. Das kann doch nicht der Wille Gottes sein«, sagte Laura.

»Natürlich nicht, doch der Mammon ist stärker als der Glaube. Der Teufel hat ihn in die Welt gebracht und nichts ist so zerstörerisch wie die Habgier. Ganz Kastilien ist ihr anheimgefallen«, stellte Calvino fest.

»Aber es sind doch nicht alle schlecht. Das seht Ihr an Euch oder an meinem Vater. Ihr dürft hier unterrichten. Das sollte Euch Hoffnung geben«, gab Laura ihm zu bedenken.

Calvino trank das Glas leer und ließ sich kraftlos auf den Stuhl vor dem Bücherregal fallen. »Ich fürchte schon seit Langem, dass wir nicht nur den mallorquinischen Sklavenhändlern ein Dorn im Auge sind. Die Kinder … alle, die hier leben … Sie sollen dumm bleiben. Ein Sklave, der ihre Sprache beherrscht oder Gott behüte auch noch rechnen und lesen kann, ist nicht viel wert.«

»Aber dann ist unsere Arbeit doch umso wichtiger«, versuchte Laura ihm nahezulegen.

»Das ist sie, mein Kind. Das ist sie ... doch die Quertreiber verfehlen nicht ihr Ziel. Du hast es heute Morgen am eigenen Leib erfahren«, ernüchterte er sie.

Laura wusste genau, was er damit meinte. Yerai hatte ihnen noch zugetragen, dass die anderen Kinder nicht mehr zur Schule gehen durften, weil ihre Eltern Angst um sie hatten. Der Häuptling des anderen Stammes, der bisher die meisten Kinder entsandt hatte, glaubte gar, dass sie die Sprache des Feindes nicht mehr lernen sollten, weil die Fremden von einem Dämon besessen seien, der ihre Seelen vergifte. Der jüngste Vorfall gab allen recht, die nichts mehr mit den Fremden zu tun haben wollten.

»Wir können sie vom Gegenteil überzeugen. Zumindest sollten wir es versuchen«, versuchte Laura ihn zu ermutigen.

»Und wie willst du das anstellen?«, fragte er.

»Mit ihnen reden. Ihr habt doch die Kinder gesehen, wie groß ihre Begeisterung und ihr Wissensdurst sind.«

»Ach Laura ... Mit ihnen zu reden, ist nicht so einfach. Die Ältesten sprechen kein Kastilisch und meine Kenntnisse der hiesigen Sprache sind eher begrenzt«, wandte Calvino niedergeschlagen ein.

Daran hatte Laura noch gar nicht gedacht, doch sie kannte jemanden, der ihre Sprache beherrschte, weil er einer von ihnen war.

»Aquil könnte mich begleiten«, schlug sie aus dem Bauch heraus vor.

Calvino schien über diese Möglichkeit ernsthaft nachzudenken. »Man kann ihm vertrauen, aber würde er das tun?«, überlegte er laut.

Laura konnte sich nicht erklären, warum sie so resolut nickte. Sie war sich einfach sicher, dass er ihr helfen würde.

»Dann versuch dein Glück. Heute Mittag müsste er wieder hier sein«, sagte Calvino.

Laura hoffte, dass sie sich in Aquil nicht täuschte. Wenn ihnen jemand helfen konnte, dann nur er.

Laura wurde in ihrem Vertrauen, das sie faktisch in einen Fremden investierte, nicht enttäuscht. Aquils Bereitschaft, ihr zu helfen, war jedoch nicht nur Calvinos reger Schilderung der heutigen Vorfälle geschuldet. Aquil hatte just von ihrem Vater davon gehört, dass die Sklavenhändler wieder unterwegs seien und sich neues menschliches Kapital besorgt hätten – mit Unterstützung einiger Soldaten, was Vater als skandalös befand. Seine Bewunderung dafür zu ernten, dass sie es wagte, persönlich bei einem der Stammesältesten vorsprechen zu wollen, hatte Laura jedoch überrascht.

»Meine Tochter ist sehr mutig«, hatte er Aquil wörtlich zu verstehen gegeben. Laura hoffte, dass es nicht blanke Torheit war, die sie dazu antrieb, für den Erhalt der Schule zu kämpfen. An Aquils Seite fühlte sie sich jedoch sicher. Auf dem Rücken des Pferdes, das Calvino ihr nahegelegt hatte, weil es ein »guter Gaul« sei, weniger. Zwar war Laura während ihrer Kindheit bereits geritten, doch meist nur durch flaches Gelände und wenn sie ihre Verwandten in Pamplona besucht hatten, die dort eine Pferdezucht betrieben. Hier war das Gelände anspruchsvoller, weil es kontinuierlich bergauf ging und aus dem einigermaßen vertrauenserweckenden Weg plötzlich ein Trampelpfad wurde.

»Dann sind wir schneller dort«, hatte ihr Aquil erklärt, um die mühsamen Schleichwege zu rechtfertigen. Viel lieber hätte Laura aber den etwas längeren Weg gewählt, den die Kinder bisher immer mit der Kutsche genommen hatten. Beide führten durch einen Barranco, wie Aquil ihr unterwegs erklärt hatte. Die Insel hätte viele davon, Adern des Lebens, die sich bei Regen füllten und das Umland mit Wasser versorgten. Hier im Norden kam noch erschwerend mit hinzu, dass der Wald zunehmend dichter wurde. Riesige Farngewächse gesellten sich zum dichten Geäst der Lorbeerbäume, die hier teilweise meterdicke Stämme hatten. Lianen hingen ihr entgegen. Stellenweise verlor sich der Weg, weil er von meterhohen Gräsern bedeckt war. Sie wucherten ihn schnell zu, weil es hier Wasser gab. Mit Erreichen des Bachbettes hatte Laura weniger Mühe, sich auf dem Pferd zu halten. Sie musste keinen Ästen mehr ausweichen und der Pfad wurde breiter. Er mündete anscheinend dort, wo man normalerweise mit der Kutsche herauskam.

Bis zum Dorf war es nicht mehr weit. Laura fragte sich, wie sie sich zu verhalten hatte. Im Umgang mit den ansässigen Stämmen hatte sie weiß Gott keine Erfahrung.

»Du musst mich noch unterweisen. Wer wird mir ein Ohr schenken? Ein Statthalter oder so etwas in der Art? Ein König?«, wollte sie wissen.

»Wenn wir Glück haben, dann werden wir mit dem Guaire sprechen. Er ist der Häuptling. Viele Stämme, die zusammengehören, haben einen König. Er war in Galdar, aber sein Königreich gibt es nicht mehr«, erklärte er.

»Wird der Guaire meinen Argumenten zugänglich sein? Wie spricht man mit einem Volk, das nicht lesen und schreiben kann und das vermutlich an alle möglichen Götter glaubt?«

Aquil lachte. »Wir haben eine eigene Sprache und, auch wenn die Kastilianer das glauben, mein Volk ist nicht dumm, wenn du das meinst, und nur weil wir nicht zur See fahren und nicht über andere herfallen und ihre Ländereien plündern, sind wir nicht weniger wert.«

»Das wollte ich nicht damit gesagt haben«, stellte Laura sogleich klar. Sie schämte sich, ihren Gedanken überhaupt ausgesprochen zu haben, aber das war es doch, was man über die Hiesigen sagte.

»Wir haben genau wie ihr Richter, Priester, die uns in einem Ritual verheiraten, Gerber, Tischler, Handwerker, die sich auf Steine verstehen, Bauern, Schlächter, Hirten, Töpfer, Medizinmänner … Uns fehlte es an nichts«, gab er zurück.

Das überraschte Laura. Da fiel ihr ein, was er über die Hochzeit gesagt hatte, dass niemand gegen seinen Willen verheiratet wurde. Zumindest in dieser Hinsicht war die Kultur der Guanchen wohl der kastilischen überlegen. Dass sie eine völlig falsche Vorstellung von den sogenannten Wilden hatte, wurde Laura jedoch vollends klar, als sie die Hochebene erreicht hatten. Hüfthohe Mauern umspannten Terrassen, die sich an einen sanften Abhang schmiegten. Laura erkannte Gersten und Weizen, die dort angebaut wurden. An ihnen verliefen Bewässerungsgräben, die die Felder vermutlich mit Wasser aus den Bergen versorgten.

Das Dorf selbst schien direkt an einen Fels gebaut zu sein, doch als sie näher kamen, stellte Laura fest, dass sie sich täuschte. Nur ein Teil der strohbedachten Steinhäuser stand halbkreisförmig davor. Sie mussten Behausungen in Höhlen haben. Schon auf Distanz ließ sich erkennen, dass sich Gänge darin verästelten.

»Die Höhlen bieten sicher Schutz vor Wind und Wetter, aber ist es da drinnen nicht sehr kalt?«, mutmaßte Laura, weil sie bereits einmal in einer Höhle ganz in der Nähe ihres Heimatorts gewesen war.

»Nein. Im Sommer ist es kühl und im Winter speichern die Höhlen die Wärme. Manche Gänge verlaufen tief in den Berg hinunter. Wo Wasseradern sind, ist es kühl. Wir bewahren dort unsere Nahrung auf«, erklärte er.

Genauso wurde es im Kloster gehandhabt, erinnerte Laura sich. Auch die Viehzucht sah nicht anders aus. Laura erkannte Ziegen, Schafe, Hühner und Schweine, die in gemauerten Gehegen gehalten wurden, teilweise aber auch frei herumliefen.

»Ich glaube, bald wissen alle, dass wir hier sind«, sagte Aquil unvermittelt. Er musste die Augen eines Adlers haben, doch dann sah Laura auch, dass zwei Kinder auf sie zuliefen. Sie riefen ihren Namen. Frauen traten aus ihren Häusern.

Dann ertönten seltsame Pfiffe. Laura konnte sich keinen Reim darauf machen.

»Damit können wir uns über große Distanz verständigen. Es ist eine Sprache«, sagte er.

Und die Pfeiflaute hatten offenbar dem halben Dorf mitgeteilt, dass Fremde im Anmarsch waren und anscheinend auch, dass von ihnen keine unmittelbare Gefahr ausging, denn aus der Höhle quollen immer mehr Menschen. Frauen ließen von ihren Tontöpfen ab und blickten neugierig zu ihnen. Ein Steinkreis unmittelbar vor der Höhle schien eine Art Versammlungsort zu sein. Er füllte sich mit Menschen, die gegerbte Tierfelle trugen. Einer der Männer hatte wohl nur sicherheitshalber einen Wurfspeer in der Hand. Zwei andere kamen ihnen entgegen, um sie näher in Beschau zu nehmen, doch Laura verspürte keine Angst, denn ihre Blicke waren nicht feindselig. Spätestens als fünf Kinder ihrer Klasse sie erreicht hatten und sie freudig begrüßten, wusste sie, dass sie nichts zu befürchten hatte.

Aquil stieg vom Pferd und fing an, auf einen der beiden Männer einzureden. Vermutlich erklärte er ihm, dass sie mit dem Guaire sprechen wollten.

Im Nu waren sie von gut drei Dutzend Dorfbewohnern umgeben.

»Dürfen wir wieder zu dir kommen?«, fragte eines der Kinder, das Laura unterrichtete, nachdem auch sie von ihrem Pferd gestiegen war.

»Ich hoffe es«, erwiderte Laura, doch schon war die Mutter des Jungen zur Stelle und zog ihn von ihr weg. Das musste Aquil nicht übersetzen und dennoch lag keine Wut oder Abneigung im Blick der Frau. Sie schien lediglich verunsichert zu sein, weil sie von der Entscheidung des Guaire wusste.

Zwei in geflochtenen Binsen gekleidete Frauen mit schulterlangem Haar, die Laura in etwa auf ihr Alter schätzte, brachten einen Krug und eine Schüssel, in der Laura einen Brei vermutete. Ihre einladenden Gesten sprachen für sich. Sie sollten sich zum Platz am Steinkreis begeben.

»Wir dürfen mit dem Guaire sprechen«, erklärte Aquil, während er die Zügel ihrer Pferde an den Ast eines Lorbeerbaumes band.

Dass der Guaire eine besondere Stellung innehatte, erschloss sich nicht nur aus seinem Äußeren. Er war der Einzige, der eine verzierte Kopfbedeckung trug, die wie eine Kapuze aussah. Seine Brust war mit Schmuck behangen. Laura glaubte zu erkennen, dass er aus Knochen und Muscheln gefertigt war. Vor ihm wichen die Dorfbewohner Ehrfurcht bekundend zurück. Seine Gesichtszüge waren versteinert, doch in einer einladenden Geste gebot er ihnen, sich in den Steinkreis zu setzen. Der Stellenwert einer Frau schien in dieser Gesellschaft nicht höher zu sein als in ihrer Heimat, denn er hatte sie nur kurz angesehen und richtete seinen Blick nun auf Aquil, der anfing zu erklären, weshalb sie hier waren. Laura hoffte, dass er sich all das hatte merken können, was Calvino und sie ihm aufgetragen hatten. Im Wesentlichen war es auch Aquils innere Überzeugung, dass es nur Frieden und Gleichberechtigung beider Völker geben konnte, wenn sie sich eines Tages auf Augenhöhe gegenüberstanden. Voneinander zu lernen, ging auch nur vonstatten, wenn man die Kultur und die Sprache des anderen kannte. Laura verstand kein Wort von dem, was Aquil sagte, doch sie hatte den Eindruck, dass er sehr besonnen sprach. Der Guaire hörte ihm dementsprechend aufmerksam zu, jedoch ohne dabei eine Miene zu verziehen. Laura konnte nicht einschätzen, wofür er sich entscheiden würde. Und dann fing das Stammesoberhaupt an zu reden. Aus der Besonnenheit erwuchs hörbare Erregung. Einige der Männer, die um sie herumstanden, brummelten etwas, das nach Zustimmung klang. Es konnte bezüglich ihres Anliegens nichts Gutes sein, denn schon entdeckte Laura gesenkte Häupter zweier Kinder, Lauras Schüler. Ihre Mütter zogen sie trostspendend an sich heran und machten ebenfalls einen eher betrübten Eindruck. Anscheinend hatte der Guaire doch ein paar Wörter ihrer Sprache aufgeschnappt, denn als er wieder zu ihr hersah, war sein »Nein« unmissverständlich.

»Er möchte nicht, dass seine Kinder sich verschmutzen, und glaubt, dass sie das Wissen der Kastilianer nicht brauchen«, übersetzte Aquil.

»Aber es hat ihnen doch so viel Freude bereitet. Er muss doch auch an die Zukunft seiner Kinder denken«, sagte Laura.

»Es hat keinen Sinn, Laura. Er lässt sich nicht umstimmen.«

Laura bemerkte aus den Augenwinkeln, dass ein Kind anfing zu weinen und sich an das Binsenkleid der Mutter klammerte. Auch der Guaire registrierte es. Laura hatte den Eindruck, dass er Mühe hatte, seine steinerne Miene aufrechtzuerhalten, zumindest glaubte sie, eine Regung in seinen Augen zu erkennen.

Völlig unvermittelt schritt eine ältere Frau beherzt nach vorne. Sie tauschte Blicke mit den Frauen, die ihre enttäuschten Kinder trösteten, und richtete ihre Worte dann an den Guaire. Es mussten deutliche Worte sein, denn ihre Stimme war energisch.

»Was sagt sie?«, flüsterte sie Aquil zu.

»Sie ist seine Frau und sie glaubt, dass sein Herz voller Zorn sei, aber dass dieser Zorn verfliegt, und wenn er eines Tages nicht mehr da ist, werden die Kinder über ihn sagen, dass er feige war.«

Laura beeindruckte der Mut dieser Frau, sich so offen gegen ihren Mann zu stellen.

Der Guaire erhob seine Stimme. Den Vorwurf, feige zu sein, ließ sich ein Häuptling sicher nicht gefallen, doch seine Frau hielt dagegen.

»Sie glaubt, er soll sie in den Kampf schicken, aber nicht mit Waffen, sondern mit dem, was sie lernen, damit sie den Kastilianern die Stirn bieten können. Man wird eines Tages die Kinder rühmen, weil sie diesen Kampf gewonnen haben, und ihn für alle Zeiten lobpreisen, wenn er sich nicht vom Zorn, sondern der Weisheit eines großen Guaire leiten lässt«, flüsterte er ihr zu.

Der Guaire gab seiner Frau in einer herrischen Bewegung zu verstehen, dass sie schweigen sollte. Sein Blick wanderte über die Stammesmitglieder. Sie alle hielten seinem Blick stand und dann rief einer ihrer Schüler etwas aus: »Ich möchte kämpfen«, erst auf Kastilisch und dann in seiner Sprache. Dass er dabei seine Faust gegen den Himmel streckte, verlieh seinem Ruf und Kampfgeist noch mehr Gewicht.

Die Männer nickten anerkennend.

Laura hatte das Gefühl, dass Leben in den Guaire kam.

Noch ein Junge trat hervor und einer der Männer legte seinen Speer demonstrativ auf den Boden. Ein anderer sein Steinmesser. Sie sahen den Guaire dabei eindringlich an. Er senkte sein Haupt und nickte. Noch einmal richtete er seinen Blick auf Laura. Diesmal war es nicht nur ein eher beiläufiges Mustern. Dann sagte er etwas zu ihr, und zwar so eindringlich, dass sie Gänsehaut bekam, obwohl sie es nicht verstand.

Hilfesuchend blickte sie zu Aquil und der musste nun nicht mehr flüstern.

»Er will, dass du ihre Waffe wirst, schärfer als jeder Speer und jedes Messer. Du sollst es ihm schwören.«

Laura war sich der Bedeutung seiner Worte und der Schwere der Verantwortung, die sie fortan zu tragen hatte, bewusst.

»Ich schwöre es«, sagte sie aus vollem Herzen.

Laura konnte sich nicht daran erinnern, wann und ob sie überhaupt jemals in ihrem Leben so zufrieden und glücklich eingeschlafen war. Das Gefühl, etwas aus eigener Kraft und weil man aus tiefstem Herzen daran glaubte, in Bewegung setzen zu können, war neu und erquickender als ein morgendlicher Spaziergang in einem Duftgarten. Sie fühlte sich an diesem Morgen so leicht wie ein Schmetterling, der von Blüte zu Blüte flog. Die Schwermut insbesondere der letzten beiden Jahre schien über Nacht von ihr abgefallen zu sein, als ob sie sich von eisernen Ketten befreit hätte. In einer fremden Welt wurde man vielleicht zu einem anderen Menschen, entdeckte neue Seiten an sich und weckte Lebensgeister, die bisher im Schlummer der Klostermauern oder im Gewand einer braven Tochter nie zum Vorschein gekommen waren. Während sie sich wusch und dabei im Spiegel von Calvinos Waschraum in ihr Antlitz sah, erblickte sie nicht mehr den jungen Burschen, aber auch nicht mehr die Novizin, sondern ungeachtet der kurzen Haare eine Frau, deren Augen strahlten und vor Frohmut nur so strotzten. Ob es wohl vermessen war, sich dieser Leichtigkeit hinzugeben? Aquil lebte sie ihr vor. Ein einfacher Vorarbeiter, der in zwei Welten zu Hause war, glaubte an das Gute und hatte sich ebenfalls von den Fesseln seiner Herkunft und alter Stammessitten gelöst, weil er nach vorne blickte. Wer sagte, dass sie sich nicht auch von Althergebrachtem lösen konnte? Aquil hatte am Abend nach ihrer Rückkehr zur Missionarsstation keinen Hehl daraus gemacht, dass er noch nie zuvor einer Frau begegnet war, in deren Brust das Herz einer Löwin schlug. Was für ein beflügelndes Kompliment. Calvinos Respektbekundungen und auch seine Anerkenntnis ihres Mutes taten ihr Übriges. Nun war also eine Löwin aus ihr geworden. Laura musste unwillkürlich schmunzeln. Das Sinnbild schien zu passen, denn Löwinnen hatten kein langes Haupthaar. Löwen hatten eine dichte Mähne, wie Aquil sie sein Eigen nennen durfte. Noch war es aber nützlich, als Bursche durchzugehen. Sie mussten nach Las Palmas fahren, um Kleidung für sie einzukaufen. Calvino hatte ihr von einem portugiesischen Kleidermacher erzählt, der sich auf sein Handwerk verstünde. Da der Unterricht erst wieder ab morgen stattfinden würde, war dies die ideale Gelegenheit, um sich neu einzukleiden. Außerdem bedurfte es einiger Einkäufe für den Hausstand. María hatte eine entsprechende Liste vorbereitet. Bereits am Vortag hatte Calvino sich mit Aquil dahingehend verständigt, dass er mit Laura in die Stadt fahren sollte, natürlich in ihrer Rolle als junger Bursche, der auf der Plantage der Jiménez arbeitete. Die Leute redeten viel und jeder kannte jeden. Vorsicht war also geboten. Allerdings bedurfte es der Zustimmung ihres Vaters. Aquil arbeitete ja schließlich für ihn und nicht für Calvino, andererseits hatte Vater seine volle Unterstützung zugesagt, und zwar in allen Belangen, die seine Tochter angingen. Laura wartete trotzdem voller Ungeduld vor dem Haus auf ihn, nachdem sie das Frühstück mit Calvino, María, Jacob und Yerai, ihrem neuen Waisenkind, eingenommen hatte. Auch er brauchte Kleidung. Vermutlich würden sie den ganzen Tag in Las Palmas verbringen müssen, um alle Besorgungen zu erledigen. Am meisten freute Laura sich aber auf Aquil. Und sie musste sich eingestehen, dass dies nicht nur daran lag, in ihm eine gewisse Seelenverwandtschaft entdeckt zu haben. Seine Nähe war es, seine Stimme, sein Blick, die innere Ruhe, die sich auf sie übertrug. Dazu kamen Momente, in denen sie sich sündhaften Gedanken hingab. Allein die Vorstellung, dass er sie berührte oder sie ihn, lösten wohlige Schauer aus. Die Nacht, die sie mit ihm als Bursche verbracht hatte, hallte immer noch ungeahnt stark nach. Wie es wohl wäre, wenn er sie küsste und sie den Körper, der sich ihr in jener Nacht gezeigt hatte, ganz nah an sich spüren würde? Laura musste sich förmlich aus ihren Träumereien reißen, weil sie eine Kutsche vernahm. Es musste Aquils sein.

Sein Lächeln, das er ihr zur Begrüßung schenkte, und die Freude darüber, sie zu sehen, beflügelten ihren Wunsch, ihm nahe zu sein.

»In deiner anderen Kluft gefällst du mir besser, Bursche«, sagte er augenzwinkernd, als er ihr die Hand reichte, um ihr auf die Kutsche zu helfen.

»Vater ist also damit einverstanden, dass du mich begleitest?«, wollte Laura sich rückversichern.

»Er hat mir Geld mitgegeben und möchte, dass es dir an nichts fehlt«, erwiderte Aquil.

Obwohl sie sich darüber freute, dämpfte seine Bemerkung die Euphorie des Morgens, denn je mehr sich ihr Vater um das Wohl seiner jüngsten Tochter sorgte, desto stärker vermisste sie ihn und Inés. Die Realität hatte sie zudem wieder eingeholt, weil sie erneut die Rolle des jungen Burschen spielen musste. Dazu gehörte auch, sich ein bisschen gröber zu bewegen, die Stimme zu senken und wenn möglich, die Kappe weit ins Gesicht zu ziehen, dabei den Blick zu senken, damit niemand auch nur erahnen konnte, dass sie eine Frau war.

Aquil hatte ihr bereits während der gut einstündigen Kutschfahrt erzählt, dass Las Palmas das bisherige Zentrum der Macht, Galdar, inzwischen abgelöst hatte. In den letzten fünfzehn Jahren seien Häuser wie die Pilze aus dem Boden geschossen. Den eigentlichen Kern, wie Laura bei Ankunft am Rand der Schlucht von Guiniguanda zu sehen bekam, umschloss immer noch die gleiche unsichere, sprich niedrige weiße Stadtmauer, die eine ehemalige Militärsiedlung umgab. Lediglich ein hoher Wachturm deutete darauf hin, dass hier Soldaten präsent waren. Aquil hatte ihr erklärt, warum die Mauer so niedrig war. Die kastilischen Eroberer hatten hier keine Angriffe von Feinden zu befürchten, und mussten die Stadt daher nicht stärker befestigen. Auch der Gouverneur würde hier residieren, im Herzen der Altstadt.

Die Siedlung befand Laura, gemessen an Orten auf der heimatlichen Halbinsel, jedoch bereits als Dorf. Es war eine Ansammlung von weißen Häusern, die wild verstreut ein Gewirr aus Gassen bildeten. Lediglich vor einer Kirche konnte Laura einen größeren Platz erkennen, an dem hohe Palmen in den Himmel ragten. In dieser Richtung lag auch das zum Meer gewandte Stadttor, durch das sie fuhren, um zu den wenigen Geschäften und Handwerksgesellen zu gelangen.

Laura fiel auf, dass sich sehr viele Seeleute vor den Spelunken herumtrieben. Man sah ihnen an, dass sie zur See fuhren, weil ihre Gesichter von Wind, Sonne und der salzhaltigen Meeresluft gegerbt waren.

»Ich habe im Hafen nur ein Schiff gesehen. Wo kommen denn die ganzen Seeleute her?«, wollte Laura wissen.

»Ihre Schiffe liegen weiter südöstlich vor Anker, in der Bucht von Gando«, erklärte Aquil.

»Ist das ein Handelsposten?«, fragte Laura nach, weil sie sich daran erinnerte, an einem Hafen im Osten angekommen zu sein.

»Nein. Dort liegt im Moment die Flotte von Cristóbal Colón vor Anker. Ich habe gehört, dass eines seiner Schiffe repariert werden muss.«

»Colón?« Laura hatte noch nie von ihm gehört.

»Er ist Italiener und man sagt, dass er gute Kontakte zum kastilischen Königshaus pflegt. Es hat sich herumgesprochen, dass er einen neuen Seeweg nach Indien finden will, indem er ans Ende der Welt segelt, also nach Westen. Colón will wohl auch beweisen, dass die Erde rund ist und man sich künftig den Landweg ersparen kann, um nach Indien zu gelangen. Die meisten halten ihn für verrückt.«

»Und du? Glaubst du, dass die Erde tatsächlich rund ist? Aber wie kann sie rund sein? Sie ist doch flach, wohin man auch auf ferne Horizonte blickt«, wandte Laura ein.

»Das ist sie nicht«, erwiderte Aquil, als ob es das Selbstverständlichste der Welt wäre.

»Woher willst du das wissen?«, hakte Laura nach.

»Ich habe es gesehen. An freien Tagen gehe ich hinauf zum heiligen Berg, zum Bentayga. Von seinem Gipfel aus kann ich meine Heimat sehen und weit hinauf aufs Meer blicken. Der Horizont ist dort viel weiter, als man ihn von Land aus im Blick hat. Wenn ein Segelschiff in der Ferne erscheint, sieht man immer erst seinen Mast und die Segel. Du musst dir einen Apfel vorstellen, den du in der Hand hältst. Wenn du mit dem Finger von der dir abgewandten Seite daran entlangfährst, dann siehst du zuerst deine Fingerspitze. Colón vertraut darauf. Er wird einen neuen Seeweg nach Indien finden«, sagte Aquil voller Zuversicht.

Laura blickte den Seeleuten noch einmal in Gedanken hinterher, bevor sie mit der Kutsche den großen Platz erreichten, von dem aus es sicher nicht mehr weit zu den Geschäften war. Vielleicht betranken sie sich, weil sie Angst hatten, bis ans Ende der Welt zu segeln. So ganz überzeugten sie Aquils Beobachtungen nicht, denn schließlich war die Erde ja kein Apfel. Um ein Haar hätte sie sich gleich einen an einem Gemüse- und Obststand gekauft, nur um sich Aquils Rede noch einmal zu vergegenwärtigen. Gleich neben diesem Lebensmittelladen, den sie zuletzt aufsuchen wollten, damit das frische Gemüse nicht allzu lange der Sonne ausgesetzt war, reihte sich ein Laden an den anderen.

Aquil stellte die Kutsche ab. Die Gasse vor ihnen war zu schmal, um dort hineinzufahren, und zudem sehr belebt. Laura glaubte, sich für einen Moment auf einem Markt ihrer Heimat wiederzufinden, nur dass das Angebot an Nahrung auf den ersten Blick nicht so vielfältig war. Lediglich der Laden des Schlachters unterschied sich nicht von dem in der Heimat. Hühner in Käfigen warteten darauf, in einen Suppentopf zu wandern. Getrocknetes und gepökeltes Fleisch hing an Haken. Fliegen vollzogen darauf ihren Tanz. Die Besucher des Marktes unterschieden sich jedoch von denen in San Sebastián. Die Kleidung der Frauen war einfacher und den klimatischen Verhältnissen angepasst. Sah man auf dem heimatlichen Markt Bedienstete, so waren es hier sicher die Frauen der Siedler. Dazu gesellten sich nur wenige Männer. Sogar ein Soldat im Harnisch kam ihnen entgegen. Den Helm trug er in der Hand. Vermutlich wäre die Hitze sonst am Kopf nicht zu ertragen.

Laura erhaschte nur ein paar Blicke in die Gesichter der Menschen, die ihnen entgegenkamen, weil sie ihr Haupt, wenn der holprige Weg es erlaubte, gesenkt hielt.

Im Geschäft des Kleidermachers kam ein weiteres Problem auf sie zu. Normalerweise nahm ein Schneider das Körpermaß, um Bekleidung passgenau anzufertigen. In ihrem Fall war das unmöglich. Er würde ihren weiblichen Körper spätestens dann bemerken, wenn er das Brustmaß nahm. Laura hoffte, dass er nicht darauf bestand. Eine Ausrede hatten sie sich bereits zurechtgelegt, die darauf beruhte, dass Laura ungefähr die gleiche Statur wie ihre Schwester hatte und er bereits Kleider für sie geschneidert hatte.

»Inés ist unpässlich und hat Fieber, aber Ihr kennt ja ihr Körpermaß. Ein bisschen enger darf es an der Taille sein. Sie hat etwas abgenommen«, versuchte Aquil dem Schneider, einem schmächtigen Mann, der genauso gut auch eine Frau sein konnte, klarzumachen. Er passte in das Bild, das man von Schneidern gemeinhin hatte. Wer nicht kräftig genug für ein Handwerk oder den Dienst an einer Waffe für die königliche Armee war, der wurde Schneider. Leichte Arbeit, für die es jedoch geschickte Hände brauchte. Die hatte er zweifelsohne, denn die Kleider, die bei ihm ausgestellt waren, könnte man auch in San Sebastián tragen.

»Ich will sehen, was sich machen lässt«, sagte er und nickte zuversichtlich. Laura fiel ein Stein vom Herzen.

Laura ließ ihren Blick über die Ausstellungsstücke und die Stoffballen in den Regalen schweifen. Schnell wurde ihr klar, welche Farbe ihr gefiel. Das Blau musste es sein. Feinste Seide hatte ihre Hand in einer eher beiläufigen Geste ertastet, denn ein echter Bursche interessierte sich nicht für Stoffe. Auch ein einfaches sandfarbenes Gewand stach ihr ins Auge. Sie deutete diskret darauf, sodass nur Aquil es sehen konnte.

Aquil nickte. Er hatte verstanden, was ihr vorschwebte.

»Das da vorne wird Inés sicher gefallen, für den Alltag, und vielleicht noch eine feinere Robe für besondere Anlässe. Nehmt den blauen Stoff dafür her«, gab Aquil sogleich in Auftrag.

»Und dann benötigen wir noch eine Robe für einen siebenjährigen Knaben. Robuste Beinlinge, zwei Wämser und ein Nachtgewand«, fügte Aquil hinzu.

»In drei Tagen, früher ist es mir unmöglich«, sagte er, dann musterte er Aquil und machte sich Notizen in sein Auftragsbuch.

»Man sagt, dass Abel die Schule unterstützt«, merkte der Kleidermacher um Beiläufigkeit bemüht an.

Laura durchschaute es genau wie Aquil als Frage.

»Und selbst wenn er es täte. Was geht uns das an?«, erwiderte Aquil schroff.

»Es macht das Wort die Runde, dass dort nun auch eine Frau sei, vom Festland, die aus Sklaven frei denkende Canarios machen möchte. Angeblich trägt sie kurzes Haar. Einige sagen, sie sei eine Hexe, die sich dort eingeschlichen hat.«

Laura fror förmlich ein.

»Die Leute reden viel dummes Zeug. Ich weiß nichts von einer Frau vom Festland und an Hexerei glaube ich nicht«, erwiderte er.

»Wer erzählt denn so einen Unsinn?«, fragte Laura.

»Esteban ... der Sklavenhändler. Er weiß es von einem der Männer aus einem Dorf der Aufständischen, die ihre Kinder dort unterrichten lassen.«

Laura und Aquil tauschten Blicke.

»Seit wann erzählen Sklaven solche Märchengeschichten?«, fragte Aquil.

»Esteban hat sie belauscht und es dann aus ihnen herausgeprügelt«, plauderte der Kleidermacher aus.

Laura wollte nur noch aus diesem Laden heraus, weil sie sich sonst noch vergaß. Die Lüsternheit, mit der der Alte die Geschichte erzählte, widerte sie an.

»Ich hole die Kleidung wie üblich ab. Einen schönen Tag noch«, sagte Aquil, dem Laura ansah, dass er sich diese höfliche Floskel abringen musste.

Nun wusste also jeder über sie Bescheid. Spätestens nachdem sie das Geschäft verlassen hatten, war nichts mehr von ihrer morgendlichen Euphorie übrig geblieben. Aus dem Schmetterling wurde wieder eine Frau auf der Flucht, die Angst vor den unsichtbaren Ketten hatte, die drohten, ihre Schritte bleischwer zu machen. Das änderte aber nichts an ihrem Entschluss, ihren Unterricht fortzusetzen.

Laura war froh, dass die weiteren Einkäufe von Marías Liste problemlos vonstattengingen. Auch im Kramerladen war Aquil bekannt. Insofern zog es Laura vor, nichts zu sagen. Es wurde auch hierzulande nicht als ungewöhnlich empfunden, wenn

Gehilfen schwiegen und einfach nur ihre Arbeit verrichteten. Lauras Aufgabe war es, das Gemüse in eine Steige zu packen und es vom Händler abwiegen zu lassen, sodass Aquil es bezahlen konnte. Obwohl Laura von der Kutschfahrt und der Hitze, die sich in Las Palmas zu stauen schien, durstig war, wagte sie Aquil erst darauf anzusprechen, als sie den Laden verließen.

»Gibt es hier einen Brunnen mit frischem Wasser?«, fragte sie ihn.

»Am anderen Ende der Straße, aber ums Eck sind Schenken«, sagte Aquil wohl etwas vorschnell, weil er sie dann musterte und ihm dabei einfiel, dass sie sich dort besser nicht zeigte.

»Wie wäre es mit Saft aus Orangen? Manchmal hat er auch Kokosnüsse«, schlug er vor und deutete auf einen Stand, der nur ein paar Schritte entfernt lag. »Ich bringe die Steige zur Kutsche und komme nach. Bestell einen Saft für mich mit«, sagte er.

Laura eilte hinüber und reihte sich in die Schlange der vor dem Stand Wartenden ein. Die Säfte waren anscheinend sehr gefragt und dementsprechend flink presste der alte Bauer am Stand den Saft aus den Früchten. Laura befürchtete schon, dass Aquil nicht schnell genug zurückkam, um zu bezahlen. Der für sie bestimmte Saft floss bereits in das erste Glas.

Zu Lauras Erleichterung war Aquil doch noch rechtzeitig zur Stelle und kramte Münzen aus einem Lederbeutel heraus, den er am Hüftgürtel trug.

»Aquil. Bestell mir doch auch gleich einen«, rief eine Stimme, die Laura im ersten Moment nicht einordnen konnte, obwohl sie ihr bekannt vorkam. Das Stimmengewirr in dieser Gasse war einfach zu laut, doch als sie sich nach der Stimme umdrehte, stockte ihr der Atem. Am Ende der Schlange stand Inés, die gut gelaunt auf Aquil zutänzelte und ihm ein derart vertrautes Lächeln schenkte, als wären sie vermählt. Laura hoffte zunächst, dass sie sich vielleicht täuschte, doch Inés' rotes Haar, ihre hohen Wangenknochen und ihre stets exquisite Kleidung, die hier auf dem staubigen Boden alles andere als angemessen war, machten eine Verwechslung unmöglich. Laura wandte sofort ihren Blick auf den Boden und bekam nur noch mit, dass Aquil ebenfalls versteifte. Blitzschnell drückte er Laura Münzen in die Hand. Offensichtlich wollte er vermeiden, dass Inés mitbekam, für wen er bezahlte, und dass sie zusammengehörten.

»Ich wusste gar nicht, dass du heute hier bist. Du hättest mich fahren können«, hielt Inés ihm vor.

»Es hat sich so ergeben«, versuchte Aquil sich herauszureden.

»Und gestern? Den ganzen Tag warst du verschwunden. Ich hab nach dir suchen lassen.«

»Um Euren Garten werde ich mich morgen kümmern. Die Feldarbeit geht vor«, erklärte er ihr.

»Unser Aquil. Immer so pflichtbewusst«, sagte Inés im Tonfall einer Herrin, die sich herablassend zeigte. Laura hatte das Gefühl, dass sie es genoss, diese Rolle zu spielen.

Nun reichte der Bauer Aquil das Glas und der ihm die Münzen.

»Ist schon bezahlt. Der Bursche«, erklärte der Bauer.

Laura wäre am liebsten im Erdboden versunken. Daran hatte sie vor Aufregung nicht gedacht. Sie kannte die Preise nicht und hatte dem Mann die Münzen in die Hand gedrückt, die Aquil ihr gegeben hatte.

Inés' Nachfrage kam prompt: »Bezahlt? Seit wann lässt du dir etwas von jungen Burschen bezahlen? Arbeitet er etwa für uns?«

»Noch einen Saft«, verlangte Aquil, der offenbar versuchte, Inés' Fragerei damit abzuwürgen, doch Laura ahnte, dass dies nicht gelingen würde.

»Ihr trinkt doch Orange, oder wäre Euch Kokos lieber gewesen?«, fragte er Inés.

Laura kannte Inés nur allzu gut, um zu wissen, dass sie Aquils Verhalten nun erst recht neugierig machen würde. Warum nur hatte er die Frage ihrer Schwester nicht einfach bejaht und sie unter einem Vorwand zum Wagen geschickt, um irgendetwas zu holen?

»Ich habe dich noch nicht bei uns gesehen. Was machst du? Arbeitest du auf den Feldern?« Inés war nun direkt an sie herangetreten.

Laura schwieg und hoffte, dass der Mann endlich das Glas befüllte und sie es bekam. Was vorhin so schnell vonstattengegangen war, zog sich nun in die Länge, weil der Alte erst neue Orangen aus der unteren in die obere Kiste packte, damit er sie für die Presse griffbereit hatte.

»Du sprichst wohl nicht mit jedem, Bursche«, warf Inés ihr vor.

»Darf ich Euch das Glas reichen?«, fragte Aquil, doch Inés reagierte überhaupt nicht darauf.

»Schau mich an, wenn ich mit dir rede«, herrschte sie Laura an.

Wenn sie weiterhin schwieg und sich nicht zu erkennen gab, würde sie Aquil noch in Bedrängnis bringen. Am Ende würde er noch lügen und Inés' Zorn auf sich ziehen. Laura entschied sich dafür, sich zu erkennen zu geben. Dazu genügte es, ihrer Schwester direkt in die Augen zu sehen. Auch ihr kurzes Haar und die Kleidung eines Burschen würden Inés nicht blenden.

Inés schreckte zurück und suchte augenblicklich Halt an Aquils Arm. »Das ist unmöglich«, stotterte sie.

»Sei gewiss, Schwesterherz. Ich bin es«, offenbarte Laura sich, damit die Qual ein Ende hatte.

»Du … hier und … Was geht hier vor?« Inés' Frage war an beide gerichtet.

»Ich wollte dich sehen, aber es gibt Umstände, die mir dies vorerst unmöglich machten«, versuchte Laura ihrer Schwester zu erklären, doch die starrte sie nur fassungslos an.

»Weiß Vater, dass du hier bist?«, fragte Inés im allzu bekannten schneidenden Ton der großen Schwester, die die Jüngere zurechtwies.

Laura nickte.

»Ich hoffe, es gibt eine einleuchtende Erklärung. Denn an sich sollte man glauben, dass eine frisch vermählte Braut sich nicht mit einem Vorarbeiter auf dem Markt herumtreibt«, sagte sie spitz.

Aquil litt sichtlich und damit machte er den nächsten Fehler, denn auch das bekam Inés mit. Wenn sich Inés' Augen zu schmalen Schlitzen verengten, ließ das nichts Gutes erahnen.

Kapitel 10

Laura wünschte, Aquil hätte sie begleiten können. Mit ihrer Schwester in deren Kutsche allein zu sein und auch noch auf dem Weg in das Haus ihres Vaters, machte ihr Angst, gerade weil sie sie nicht ergründen konnte. Auf der einen Seite freute sie sich, ihre Schwester wiederzusehen, und Inés schien es genauso zu ergehen, nachdem sie sich von der überraschenden Begegnung auf dem Markt erholt hatte, doch ihre Schwester war nicht mehr dieselbe. Laura konnte sich das nur damit erklären, dass sie schwere Schicksalsschläge hatte hinnehmen müssen. Ihre Gesichtszüge hatten sich wahrscheinlich vor allem deshalb so verhärmt. Dass die Mutter das Fieber verzehrt hatte, war ja schon schlimm genug. Inés' Schilderungen der Umstände ihrer schlimmen Erkrankung waren Laura zu Herzen gegangen. Die Trauer um die Mutter verband aber auch. Ein kurzer Moment der Nähe, der entstanden war, als sie ihre Hand auf die ihrer Schwester gelegt hatte, nährte Lauras Hoffnung, dass sie Inés mit ihrer Anwesenheit Trost spenden konnte.

Inés' Erzählungen von dem, was sich in den letzten Monaten zugetragen hatte, gingen Laura nicht minder nahe. Dagegen nahm sich ihr eigenes Schicksal aus wie eine Unpässlichkeit im Vergleich zu einer Krankheit, für die es keinerlei Heilung gab. Dass ein Einheimischer Francisco auf dem Gewissen hatte, erklärte Inés' Abneigung gegen die Canarios und ihren Wunsch, dass diese gottlosen Kreaturen, wie sie sie nannte, alle in die Hölle fahren sollten. Francisco musste wohl an der Seite der kastilischen Armee gegen Widerstandskämpfer angetreten und dabei in einen Hinterhalt geraten sein. Angeblich hatten sie ihn in einer einsamen Bergschlucht verbluten lassen. Als man ihn gefunden hatte, war von ihm nicht mehr viel übrig gewesen. Ameisen hätten sich an ihm zu schaffen gemacht. Laura konnte sich das Ausmaß des Grauens, das ihre Schwester durchgemacht haben musste, kaum vorstellen. Dementsprechend kurz war ihre Schilderung der Flucht aus Ávila verlaufen. Die schwierigen Umstände im Detail zu schildern, würde Inés in ihrem gegenwärtigen Zustand nur noch mehr aufwühlen. Sie wusste nun, warum ihre kleine Schwester mit kurzen Haaren durch die Welt lief und dass Vater sie bei Calvino versteckt hatte. Die Motive ihrer Flucht hingegen interessierten Inés wesentlich mehr und genau davor hatte Laura am meisten Angst, denn Inés hatte vor, Vater zu überreden, dass sie bei ihnen blieb.

»Das Kloster wird Vater von deiner Flucht unterrichten. Ein entsprechendes Schreiben wird wohl nicht mehr lange auf sich warten lassen«, sagte Inés.

»Vater könnte antworten, dass ich heiraten werde«, schlug Laura vor, weil sie wusste, dass sie dann nicht mehr vogelfrei war und ihr niemand vorwerfen könnte, die Klosterschule verlassen zu haben.

»Was spielt das noch für eine Rolle? Du bist hier, auf einer Insel mitten im Atlantik, bei deiner Familie. Außerdem würde das nur Verwirrung stiften. Stell dir vor, das Kloster unterrichtet Carlos, dass du einen anderen heiratest. Das wäre viel schlimmer ... Doch Saverio wird Carlos über kurz oder lang mitteilen, dass du nicht in Madrid erschienen bist. Letzten Endes muss Vater es ihm in Bälde gestehen«, sagte Inés.

»Aber sie sind doch Freunde.« Laura hoffte, dass ihr Vater einem Freund Verständnis für die Nichteheschließung abringen konnte.

»Offen gestanden bin ich mir da nicht so sicher. Carlos ist sehr einflussreich. Vater hat es ihm zu verdanken, hier eine Plantage sein Eigen zu nennen. Er genießt den Schutz der Soldaten und erhält bevorzugte Seerechte, um die Ernte zu transportieren«, klärte Inés sie auf.

»Vater hat angedeutet, dass er um dich wirbt. Vielleicht hört er auf dich. Es ist doch eine Angelegenheit des Herzens, die mich dazu bewog, Saverio nicht zu ehelichen«, sagte Laura. Sie rechnete damit, dass Inés diesen Gedanken sofort beiseiteschieben würde, doch ihre Reaktion ließ auf das Gegenteil schließen.

»Carlos ist ein Scheusal vor dem Herrn, aber glaub mir, ein Mann, der sein Herz an eine Frau verloren hat, verliert dabei auch immer seinen Verstand, und wenn ihn die Wollust plagt, dann ist es nicht weit her mit dem Ehrgefühl eines Mannsbildes«, sagte Inés und gab einen abfälligen Laut von sich, als ob sie ihre Worte damit untermauern wollte.

Ihre Sicht auf Carlos überraschte Laura. »Warum lässt du dann zu, dass er um dich wirbt?«, wagte Laura geradeheraus zu fragen.

»Man genießt Annehmlichkeiten und wer will einer Witwe schon verübeln, sich nicht gleich erneut zu vermählen?«

»Wirst du es ihm dann beibringen?«, wollte Laura wissen.

»Dazu besteht vorerst kein Grund. Du musst dich ja nicht zeigen, wenn er auf Besuch ist. Außerdem ist der Postweg lang. Länger als deine Schiffspassage. Saverio weiß, dass du verschwunden bist. Nur von seinem Schreiben droht Gefahr.«

»Vater war dagegen, dass ich im Haus wohne, aber ich wünsche mir nichts sehnlicher, als dass wir wieder eine Familie sind, wie früher«, sagte Laura aus vollem Herzen.

»Er wird zustimmen. Schließlich haben wir nur uns«, stellte Inés fest, als die Kutsche die Zufahrt zum Haus ihres Vaters erreichte. Laura hoffte inständig, dass sie recht behalten würde.

Das Wiedersehen mit ihrem Vater hatte sich Laura anders vorgestellt. Wie konnte man sich auf etwas freuen und zugleich Magenkrämpfe haben? Für jemanden, der stets folgsam gewesen war und der, wenn man die Nichteheschließung mit Saverio mit einrechnete, nun schon zum zweiten Mal den Willen des Vaters missachtete, war ein verstimmter Magen nur allzu verständlich. Er wollte seine Tochter um sich haben, aber mit langem Haar, also war er davon ausgegangen, dass sie nicht so schnell vor seiner Tür stehen würde.

Inés hingegen, die sie ohne Umschweife gleich zu ihm bringen wollte, wirkte abgeklärt und ruhig. Vor seiner Tür angekommen holte Inés trotzdem erst einmal tief Luft, bevor sie resolut anklopfte. Wie tat das gut, seine Stimme von drinnen zu hören, als er sie hereinbat. Sein Lächeln, das er Inés zunächst geschenkt hatte, weil sie vorangegangen war, fror jedoch ein, als Laura sich nun ebenfalls in die Wohnstube gewagt hatte.

Vater fing sich aber schneller als gedacht. Er nickte wissend. »Ich hätte es mir denken können, dass dir nichts entgeht«, sagte er an Inés gewandt.

Inés fasste es anscheinend als Kompliment auf, weil sie geschmeichelt lächelte. »Ihr hättet mich einweihen können, Vater«, warf sie ihm vor.

Er ignorierte es, stand auf und ging zu seinen beiden Töchtern.

»Wir sind uns auf dem Markt begegnet. Ich konnte die Rolle nicht mehr weiterspielen«, gestand Laura ein.

»Nun denn. Jetzt bist du hier.« Vater wirkte für einen Moment ratlos.

»Ich möchte, dass Laura bei mir bleibt. Hier im Haus«, sagte Inés.

»Du weißt, dass das unmöglich ist. Ich möchte nicht, dass Carlos sie hier bemerkt«, wandte Vater ein.

»Er wird von der Flucht erfahren und könnte Nachforschungen anstellen. Über kurz oder lang müsst Ihr es ihm sagen. Außerdem kann Laura mir hier zur Hand gehen«, wandte Inés ein.

»Wir haben Personal.«

»Vater, so versteht doch. Laura ist meine Schwester.«

»Sie ist auch meine Tochter. Und ich möchte nicht, dass ihr etwas zustößt«, herrschte er sie an.

Laura erstaunte, wie gelassen Inés das hinnahm. Sie verzog keine Miene.

»Es ist nicht nur die Arbeit, Vater, die ich übernommen habe, seitdem unsere Mutter nicht mehr hier ist. Und das sind weiß Gott viele Aufgaben, die ich tagtäglich bewältige. Ich führe das Haus, kümmere mich um Einkäufe und das Personal. Ich gehe Euch zur Hand, wann immer es vonnöten ist. Als Mutter noch lebte, konnte ich mit ihr sprechen, über Dinge, über die man nicht mit einem Mann bespricht, und wenn es der eigene Vater ist … Wollt Ihr mir das in Abrede stellen und meine Bitte, dass Laura hierbleibt, etwa von der Hand weisen?«, fragte sie.

Laura konnte im Gesicht ihres Vaters lesen, dass ihn Inés' Worte trafen. Was sollte er auch darauf sagen?

»Und was wird aus der Schule?«, wollte er an Laura gewandt wissen.

»Der Weg ist doch nicht so weit. Ich scheue mich nicht davor, früh aufzustehen«, versicherte Laura ihm.

»Vielleicht ist es besser, wenn du künftig nicht mehr bei Calvino gesehen wirst. Man redet bereits in der Stadt über eine junge Frau, die dort unterrichtet …«, sagte er in Gedanken.

»Niemand wird Calvino etwas anhaben. Er ist Missionar im Dienste der königlichen Flagge. Dort droht mir keine Gefahr«, glaubte Laura zu wissen.

Auch das schien sich Vater durch den Kopf gehen zu lassen.

»Ich finde, Vater hat recht. Du solltest dich dort nicht mehr sehen lassen.« Laura glaubte, Inés' Absichten dahinter zu durchschauen. Sie hatte es ja selbst vorhin gesagt, dass sie Hilfe brauchte und sich nach einer Vertrauten sehnte, doch obwohl sie Inés diesen Wunsch nicht abschlagen konnte, so lagen ihr das Wohl der Kinder und die Aufgabe, die sie gefunden hatte, gleichermaßen am Herzen.

»Es ist doch beides möglich«, widersprach Laura.

»Und wie stellst du dir das vor? Was, wenn dich unterwegs jemand sieht? Es sollte niemand erfahren, dass die Frau, über die man redet, eine Jiménez ist«, erwiderte Inés.

Vater nickte und mit gutem Grund, denn Laura musste auch an das Wohl ihrer Familie denken.

»Aquil fährt doch alle paar Tage zur Schule. Wenn ich weiterhin den Burschen gebe, so stellt niemand Fragen.«

Dass Vater auch in diesem Fall nickte, wenngleich etwas zögerlicher, wertete Laura als gutes Zeichen.

»Calvinos Arbeit ist wichtig. Du weißt, dass ich gegen die Sklaverei bin, und ich bin überzeugt davon, dass wir alle davon profitieren, wenn hier auf der Insel Frieden herrscht. Calvino leistet einen wertvollen Beitrag für die Krone, aber auch für uns«, versuchte er, Inés zu überzeugen. Laura hätte es nicht besser sagen können.

»Hoffentlich begeht Ihr nicht den Fehler, von wenigen Wissbegierigen auf alle Wilden zu schließen«, entgegnete Inés.

»Es sind keine Wilden. Wir haben sie zu dem gemacht«, korrigierte Abel sie.

Laura konnte Inés ansehen, dass sie Mühe hatte, Haltung zu bewahren. In Anbetracht dessen, was Laura nun über die schrecklichen Umstände von Franciscos Tod wusste, war dies alles andere als verwunderlich.

»Es war Krieg, Inés. Und wir haben ihn angefangen«, stellte Vater klar, auch wenn es ihm sichtlich schwerfiel, seine Tochter daran zu erinnern.

»Wenn Carlos Euch so reden hören würde …«, fing Inés an, wagte es jedoch nicht, den Satz zu Ende zu bringen.

»Carlos tut seine Pflicht, genau wie Francisco seine Pflicht getan hat. Damit müssen wir uns alle abfinden, so hart und schmerzhaft es auch sein mag«, sagte er ihr mit dem strengen Blick eines Vaters, der etwas nur einmal von sich geben musste, um gehört zu werden.

Inés nickte, auch wenn es ihr augenscheinlich schwerfiel.

»Sag dem Dienstmädchen, dass sie ein Zimmer herrichten soll«, wies er Inés an.

»Und wie soll ich ihr das begründen?«, wollte Inés wissen.

»Er ist mein Laufbursche und wird mir mit Schreibarbeiten und anderen Diensten zur Hand gehen«, sagte Vater.

Laura musterte ihren Vater und ihre Schwester. Sie standen sich wie Fremde gegenüber. Mutters Tod musste sie noch stärker getroffen haben, als Laura vermutet hatte. Vielleicht war es sogar gut, wenn sie hierblieb, und wenn es nur dem Zweck diente, eine Lücke zu füllen, die der Tod ihrer Mutter hinterlassen hatte.

Am liebsten hätte Laura Aquil davon erzählt, wie sehr Inés unter ihrem Leben litt, doch während der Kutschfahrt in die Schule, wo sie Calvino über die jüngsten Entwicklungen und ihren Umzug ins Elternhaus informieren wollte, hatte Laura sich überlegt, dass sie dies auf ihren eigenen Schultern zu tragen hatte. Viel lieber schmiedete sie mit ihm Pläne, wie sie es wohl am geschicktesten anstellten, dass sie ihn stets auf seinen

Versorgungsfahrten begleiten konnte. Laura war nun offiziell Jiménez' rechte Hand. Es verstand sich von selbst, dass die Arbeiter ihr daher Respekt zollten. Niemand würde weitere Fragen stellen, hatte ihr Aquil versichert.

Obwohl Laura sich vorgenommen hatte, kein weiteres Wort über Inés zu verlieren, war er es, der das Thema aufgriff.

»Deine Schwester. Sie ist sicher sehr froh, dich wiederzuhaben«, sagte er unvermittelt.

»Wir sind eine Familie«, sagte Laura. Letztlich war es doch das, was zählte.

»Immer wenn ich sie in einem unbeobachteten Moment sehe, wirkt sie tief betrübt, aber wenn wir aufeinandertreffen, versucht sie, es mit heiterer Art zu überspielen«, sagte Aquil.

»Seid ihr euch so oft begegnet?«, hakte Laura nach, weil sie vermutete, dass die Feldarbeit eher Vaters Sache war.

»Sie stellt die Vorräte zusammen, die ich zu Calvino bringe, und ab und an benötigen dein Vater und Inés meine Dienste als Kutscher«, erwiderte er.

Warum nur war Aquil ihre Frage unangenehm gewesen? Seine Unbefangenheit hatte er eben für einen Moment verloren. Vielleicht bildete sie sich das aber auch nur ein. Er schien sie jedenfalls gut zu kennen. Vielleicht konnte sie daraus Rückschlüsse ziehen, warum sie das Gefühl hatte, dass Inés nicht mehr dieselbe war. Konnten einen zwei Todesfälle derart verhärmen und vernarben, dass all die Vertrautheit, die sie noch vor zwei Jahren miteinander verbunden hatte, verloren ging?

»Vor Mutters Tod … Sie war sicher noch vollen Mutes und lebensfroh«, mutmaßte sie.

»Genauso war es. Große Pläne hat Abel mit ihr geschmiedet. Gemeinsam mit Francisco wollten sie noch weiteren Grund erwerben und eines Tages die größte Zuckerrohrplantage des Königreichs haben«, erzählte er.

»Sie war also glücklich.« Laura beruhigte dieser Gedanke. Wenigstens waren ihrer Schwester ein paar unbeschwerte Monate vom Leben beschieden worden.

»Als du sie gesehen hast … hat sie mit dir über den Tod unserer Mutter gesprochen?«, wollte Laura wissen.

»Sicher. Es hat uns alle sehr getroffen.«

»Und nach Franciscos Tod?«

Aquil musterte Laura, als wüsste er nicht, worauf sie hinauswollte. Er erweckte den Eindruck, angestrengt darüber nachzudenken. »Ich kann mich nicht daran erinnern, dass sie darüber gesprochen hat. Ich erfuhr es von Abel … und ab diesem Moment … Sie hat sich zurückgezogen.«

»Nach der Hochzeit. Sie war so glücklich. Es war eine Liebesheirat, musst du wissen. Das gibt es sogar bei uns«, erinnerte Laura sich.

Täuschte Laura sich oder schien Aquil nun in nachdenkliches Schweigen zu verfallen. Warum hatte er so überrascht reagiert?

»Sie war doch glücklich mit Francisco?«, hakte sie daher nach.

»Ich vermag das nicht zu sagen. Die beiden … ich habe sie nicht oft zusammen erlebt«, sagte Aquil.

Laura wurde das dumpfe Gefühl nicht los, dass er etwas vor ihr verbarg. Vielleicht war es ihm aber auch nur unangenehm, über private Dinge seiner Herrschaft zu sprechen. Das würde ihn umso mehr auszeichnen und ihn um eine Qualität seines Charakters reicher machen. Zu weiteren Überlegungen kam es nicht, denn eine umgestürzte Palme versperrte ihnen kurz vor dem Ziel den Weg.

»Geh schon vor. Ich komme nach«, schlug Aquil vor.

Laura stieg von der Kutsche und blickte hinauf zu der Böschung, deren Weg direkt zur Schule führte. Weil Calvino die herannahende Kutsche nicht hören konnte, würden die

Überraschung und die Freude darüber, dass sie weiterhin hier unterrichten konnte, mit Sicherheit doppelt so groß sein.

Obwohl Laura wusste, dass heute kein Unterricht stattfinden würde, ging sie zunächst zur Schule, weil sie aus Erfahrung wusste, dass Calvino dort immer etwas zu tun hatte, und wenn es nur Arbeiten am Mauerwerk oder an der Schilfüberdachung waren. Eines Tages sollte daraus ein richtiges Schulzimmer werden, doch die Mauer war gerade einmal kniehoch. Heute war er dort nicht anzutreffen. Er musste also im Haus sein. Laura kannte den Weg und wusste, dass die Tür tagsüber nicht verschlossen war. Schon vernahm sie seine und die Stimme von María. Sie mussten in der Küche sein. Vielleicht waren sie beim Essen. Laura überlegte schon, ob sie sich bemerkbar machen sollte, denn der Steinboden des Hauses schluckte ihre Schritte. Sie beschloss, an der halb offen stehenden Tür zu klopfen, doch dann stutzte sie auf halbem Weg. Warum unterhielten sie sich auf Hebräisch? Dass er dieser Sprache mächtig war, wusste Laura, doch auch María redete in der Sprache der Juden auf ihn ein. Laura hatte nicht die Absicht, sie zu belauschen, zumal sie sowieso nur geringe hebräische Sprachkenntnisse hatte. Sie schnappte nur wenige Wörter auf. Nur einen Satz verstand sie. Calvino versicherte seiner Angestellten, dass Gott sie schützen würde. Eine dritte Stimme fing nun an, auf Hebräisch zu sprechen. Sie gehörte Jacob, dem Waisenkind, und zweifelsohne sprach er Calvino mit »Abba« an. Warum um alles in der Welt bezeichnete er ihn als seinen Vater? Entgegen aller guten Vorsätze schlich sich Laura nun näher, um einen Blick in das Innere des Raumes zu erhaschen. Sie saßen wie vermutet gemeinsam beim Essen. María räumte gerade die Teller ab.

Laura traute ihren Augen nicht, dass Calvino seine Haushaltshilfe vertraut am Arm packte und sie zu sich zog, um sie vor den Augen des Kindes zu küssen. Was ging hier vor?

War die Frau etwa seine Geliebte und der Junge tatsächlich sein Sohn? Es wäre sündhaft, weil er ein Gelübde abgelegt haben musste. Und warum sprachen sie nach wie vor auf Hebräisch? Laura überlegte, ob sie sich leisen Schrittes aus dem Haus stehlen sollte, doch sie musste ihn heute noch sprechen. Sie entschied sich daher, etwas zu warten, zurück zum Eingang zu gehen, um dann nach ihm zu rufen. Auf diese Weise musste er davon ausgehen, dass sie von alldem nichts mitbekommen hatte.

Laura ging zurück zur Haustür und ließ sie diesmal mit Schwung ins Schloss fallen, sodass sie es hören mussten. Weil sie sie von innen öffnete, fiel ihr auf, dass ein Windstoß durch das Haus fuhr und die Küchentür leicht bewegte. Sie mussten in der Küche das Fenster geöffnet haben.

Laura rief nun nach ihm. Normalerweise würde er sofort antworten. Stattdessen vernahm sie Gemurmel von hinter der Küchentür.

Calvino trat heraus. Sein warmes Lächeln konnte nicht darüber hinwegtäuschen, dass er sichtlich verunsichert war und sie betretenen Blickes musterte.

»Ich bin hier, um Euch gute Neuigkeiten zu überbringen. Ich bin Inés auf dem Markt begegnet und werde fortan im Haus meines Vaters wohnen. Er hat mir gestattet, dass ich den Unterricht fortführen darf«, sagte Laura in der Hoffnung, dass sich die spürbare Anspannung, die im Raum lag, angesichts der frohen Kunde gleich verflüchtigte. Auch Laura war nicht sie selbst. Sie stand ihm stocksteif gegenüber, einem Missionar, der sich sündhaft eine Geliebte hielt. Wie konnte er nur reinen Gewissens die Lehre des Herrn verkünden, wenn er selbst ein Sünder war?

Calvino musterte sie eindringlich und ließ sich kraftlos auf den Stuhl neben seinem Bücherregal nieder. Er wirkte niedergeschlagen und vermied es, ihr in die Augen zu sehen. Dass er nicht auf die guten Neuigkeiten einging, sprach Bände.

»Du bist schon länger da, habe ich recht?«

»Nein, ich bin gerade erst gekommen.« Laura versuchte, sich mit einer Notlüge aus dieser misslichen Lage zu retten, auch um seinetwillen versuchte sie, ihm das aufzutischen.

Calvino schwieg und starrte nachdenklich vor sich hin.

»Ist alles in Ordnung mit Euch?«, fragte sie und schämte sich zugleich für ihre Scheinheiligkeit.

»María glaubt, dass sich die Tür vorhin bewegt hat. Das tut sie immer, wenn ein Windstoß durch das Haus zieht«, sagte er mit brüchiger Stimme.

Seine Vermutung traf Laura wie eine Ohrfeige.

»Setz dich«, forderte er sie auf.

Laura nahm ihm gegenüber auf der Ruhebank Platz. Nun saßen sich zwei Sünder gegenüber. Angeblich würde Gott einem eine Lüge verzeihen, wenn man den anderen vor Schaden bewahrte. Auch wenn sie sich an eines ihrer Gespräche darüber mit Schwester Teresa erinnerte, Halt fand sie daran gerade nicht. Es war schäbig, sich ausgerechnet bei Calvino so verstellen zu müssen.

»María. Sie ist meine Frau und Jacob mein Sohn«, fing er von sich aus mit der Beichte an.

»Aber wie ist das möglich?«, wagte Laura dann doch zu fragen.

»Ich bin Jude«, erwiderte er knapp. Das Geständnis hatte ihn sicherlich Überwindung gekostet. Umso erleichterter wirkte er nun. Eine Last war von ihm gefallen, doch das Ausmaß dieser Lüge nahm immer größere Schwere an. Er gab sich auch noch als katholischer Missionar aus, obwohl er einem anderen Glauben angehörte.

»Du weißt, was sie mit Juden in Kastilien anstellen? Man macht Jagd auf uns, und nach dem Fall Córdobas wurde es noch viel schlimmer, als ob wir etwas mit den Mauren zu schaffen hätten. Ich habe das kommen sehen. Vor Kurzem ereilte mich ein Schreiben von Abraham. Er ist mein Freund und war so einfältig, gegen meinen Rat zu bleiben, weil er ein angesehener Bürger Madrids war. Isabel hat jüngst ein Gesetz gegen Juden erlassen. Sie nennen es das Alhambra-Edikt. Alle Juden in ihrem Herrschaftsgebiet müssen das Land verlassen oder zum Christentum konvertieren. Wir sind dann Conversos. Wer weder das eine noch das andere tut, fällt in die Hände der Inquisition«, erläuterte Calvino.

Laura hatte von der Abneigung gegen Juden gehört und nie verstanden, warum so viele Leute schlecht über sie redeten.

»Was hätte ich tun sollen? Es gibt ja kaum noch einen Ort, an dem Juden erwünscht sind. Ich kenne den christlichen Glauben und habe ihn studiert. María hatte die Idee, dass wir auf diesen Inseln Zuflucht suchen können. Ich musste mich nur als Missionar ausgeben. Von den Geistlichen reißt sich niemand darum, sein Dasein auf einer Insel vor der Küste Afrikas zu fristen, um ungläubige Wilde zum Glauben an Jesus Christus zu bringen. Sie haben nicht einmal überprüft, woher wir kommen. Es war so einfach und jetzt … Hier beginnt die gleiche Jagd auf uns … Es darf nicht herauskommen, dass wir Juden sind, hörst du? Bitte, sofern du es mit deinem Gewissen vereinbaren kannst, schwör mir, dass du es niemandem sagst. Sie würden uns, ohne uns anzuhören, töten«, sagte Calvino.

Laura zögerte keinen Moment, um es ihm zuzusichern. »Ich schwöre es«, sagte sie und blickte ihm dabei direkt in die Augen. Wer war sie, um über ihn zu richten? Selbst Gott würde es nicht tun, weil er Menschen nicht nur an Worten maß, sondern an ihren Werken.

Calvino atmete auf.

María und Jacob erschienen an der Tür. María wirkte ängstlich und suchte Blickkontakt zu ihrem Mann. Er nickte ihr zu und signalisierte mit einem befreiten Lächeln, dass sie von Laura nichts zu befürchten hatten.

Laura hatte das Gefühl, von einer misslichen Lage in die nächste zu geraten. Wenn man von einer Lüge wusste oder mit einer leben musste, wurde das Leben komplizierter und es fiel schwer, sich natürlich zu geben. Das hatte ja schon auf der Rückfahrt angefangen. Aquil hatte auf sie vor dem Haus gewartet und ihr sofort angemerkt, dass sie etwas belastete. Die nächste Lüge war in diesem Moment geboren gewesen. Gottlob beruhte zumindest ein Teil dessen, was sie Aquil berichtet hatte, auf der Wahrheit, denn Yerai wohnte nicht mehr bei Calvino. Sein Onkel hatte sich vor dem Mallorquiner in Sicherheit bringen können und den Jungen zu sich geholt. Er lebte nun gemeinsam mit ihm bei einem anderen Stamm, den die Sklavenhändler bislang noch nicht behelligt hatten. Es war denkbar, dass sie das aufwühlte, und nachdem ihr Calvino, kurz bevor sie gegangen war, davon erzählt hatte, gab sich Aquil mit dieser Erklärung zufrieden. Leider waren seine Gedanken hierzu alles andere als aufmunternd.

»Die meisten verstecken sich in den Bergen. Dort können sie sich besser verteidigen. Das Gelände ist unwegsam. Sie werden die Dörfer im Flachland zuerst überfallen«, sagte er.

»Du meinst, Yerai ist bei seinem Onkel nicht sicher?«

»Niemand ist das und heute habe ich am Hafen einen Segler aus Westafrika gesehen. Es waren unzählige Mohren an Bord. Sie waren angekettet und wurden wie Vieh zu einem Trog geführt, um sich dort notdürftig zu waschen. Der Menschenhandel wird erst aufhören, wenn ein Wunder geschieht«, sagte Aquil verbittert.

»Und das alles im Namen des Herrn«, empörte Laura sich und machte sich in dem Moment bewusst, dass sie sich immer weiter von ihrem Glauben entfernte. Und doch schien Calvino fest an Gott zu glauben und sein Wort mit Hingabe zu lehren. Ausgerechnet ein Jude hatte sich zum Diener des Herrn gemacht, doch tat er den hier lebenden Stämmen damit wirklich etwas Gutes? Laura schwirrte der Kopf und Aquil setzte noch nach.

»Euer Gott muss grausam sein und doch glaubt ihr an ihn«, stellte Aquil fest.

»Wenn man nicht mehr an Gott glaubt, an was kann man dann überhaupt noch glauben?«, sagte Laura mehr zu sich.

Aquil war um eine Antwort nicht verlegen. »An das, was uns umgibt. An die Sonne, das Meer, den Himmel mit seinen Winden, an den heiligen Berg, der uns beschützt. Sie schenken uns das Leben.«

»Du glaubst also daran, an eure Götter?«, wollte Laura wissen.

»Ich kann sie spüren. Jeden Tag. Alles kommt von ihnen und ist in ihnen. Unsere Gelehrten wissen das, und wenn man in sich hineinhorcht, weiß man, dass es stimmt.«

Laura wusste nichts mehr darauf zu sagen. Seine Worte hallten stärker nach, als sie es zuerst für möglich gehalten hatte. Das Leben als Geschenk der Götter anzusehen und ohne dem Beschenkten etwas aufzuerlegen, sei es ein Gewand einer Nonne, sei es die Bürde, in einen Krieg zu ziehen oder anderen die Freiheit oder gar das Leben zu nehmen, hatte etwas Verführerisches an sich. Schon ertappte sich Laura bei dem Gedanken, dass sie zur Heidin wurde und das Paradies aufgrund dieser Ketzerei im Geiste nie sehen würde.

In dem Moment erreichte Aquils Kutsche das Ende des bewaldeten Weges, der zum Haus ihres Vaters führte. Vor ihr lag das Meer, das die Sonne in ein einzigartiges Farbspiel tauchte. Es schien golden zu glimmen. Dort in dieser fruchtbaren Ebene lag ihr neues Zuhause. Die Insel hatte ihr alles geschenkt, was sie brauchte. Aquil hatte sicher recht, denn schließlich war die Insel ein Paradies, wenngleich ausgerechnet die Schergen des Herrn anscheinend alles daransetzten, es zur Hölle zu machen.

Laura war es unangenehm, dass Inés ihre Ankunft auf der Plantage vom Balkon des Hauses aus mitbekommen hatte. Hätte sie Inés schon bemerkt, bevor sie von der Kutsche gestiegen war, wäre die Verabschiedung von Aquil sicher kürzer ausgefallen. Er hatte ihr die Hand gereicht, um ihr vom Kutschbock zu helfen, fast wie ein Ehrenmann in der feinen Gesellschaft, und ihr versichert, dass er ihr jederzeit behilflich sein würde, egal in welcher Angelegenheit. Es sind oft Blicke, die so viel mehr sagen als Worte, und aus seinem schloss Laura, dass er sie gerne um sich hatte und es ihm schwerfiel, sie wahrscheinlich erst wieder in zwei Tagen zu sehen, um mit ihr zu Calvino zu fahren. Laura erging es ähnlich. Sie vermisste sein Lächeln und die Ruhe, die er ausstrahlte, schon jetzt. Auch wenn Inés all das aus Distanz nicht hatte sehen können, schien sie zu ahnen, dass Laura mittlerweile nicht nur gemeinsam Erlebtes mit Aquil verband, sondern auch eine Vertrautheit, die Laura sich selbst nicht erklären konnte. Denn sonst hätte Inés ihre kleine Schwester wohl kaum gleich auf Aquil angesprochen, als sie im Garten vor dem Haus aufeinandergetroffen waren und beschlossen hatten, dort einen Spaziergang zu unternehmen.

»Für einen Einheimischen ein sehr hübscher Mann, findest du nicht?«, stellte sie fest und sah Aquil so lange nach, bis er die Kutsche vor die Quartiere der Arbeiterschaft gefahren hatte.

Laura sah keinen Grund dafür, dies zu kommentieren.

»Er kann gut mit Leuten … Aber du solltest dich vor ihm in Acht nehmen. Er ist ein Canario. Man kann ihnen nicht vertrauen«, fuhr Inés fort.

»Bis jetzt hat er mir keinen Anlass gegeben, dies nicht zu tun«, stellte Laura klar.

»Ich kenne ihn schon länger«, erwiderte Inés.

»Dann müsstest du wissen, dass er etwas Besonderes ist. Das ergibt sich schon allein aus dem Umstand, dass er offenbar eine gute Schulbildung genoss. Sein Stamm hat ihn verstoßen, weil er an ein friedliches Miteinander unserer beiden Völker glaubt. Er ist alles, nur nicht das, was du unter einem Canario verstehst«, gab sie ihrer Schwester kontra, weil sie sicherlich nach dem Tod ihres Mannes in allen Einheimischen potenzielle Mörder sah.

»Du scheinst ihn ja doch schon recht gut zu kennen«, sagte Inés mit ketzerischem Unterton.

Laura fühlte sich augenblicklich an ihre früheren Streitereien erinnert, an die ständigen Wettbewerbe und das Buhlen um die Gunst ihres Vaters oder ihrer Mutter. Inés meinte es nie böse. Die kleinen Sticheleien von früher zu erleben, gab Laura das Gefühl, als ob die Zeit stehen geblieben war und sie den Faden vielleicht doch dort wieder aufgreifen konnten, wo sie ihn vor Inés' Hochzeit verloren hatten.

»Wieso spricht er eigentlich so gut Kastilisch? Gab es hier früher schon eine Schule? Oder auf Teneriffa? War er in einer Missionarsschule?« Laura brannte darauf, mehr von ihm zu erfahren, und ihre Schwester schien über ihn ja anscheinend gut Bescheid zu wissen.

»Niemand weiß es und er hält sich bedeckt«, sagte Inés nachdenklich.

»Er hat nie darüber gesprochen?«, wunderte Laura sich.

»Nein. Ich habe aber auch nie danach gefragt ... Ach, was reden wir über Aquil. Wir sollten Mutter einen Besuch abstatten. Ich bin mir sicher, sie freut sich, dass wir wieder zusammen sind«, sagte Inés und blickte zum Ende des Grundstücks, auf dem die kleine gemauerte Kapelle stand. Laura empfand diesen Moment abermals so befremdlich wie bei ihrer ersten Begegnung auf dem Markt. Eine Fremde ging neben ihr, weil sie es ohne jegliche Gefühlsregung von sich gegeben hatte und es wie einen Akt purer Höflichkeit, wie man sie auf Begräbnissen darlegte, hatte klingen lassen.

»Ja, sie sieht uns vom Himmel aus sicher zu«, sagte Laura und hoffte, dass es so war.

Inés wirkte abwesend, als sie den Steinstrand erreicht hatten, der zum Grab ihrer Mutter führte. Erneut versuchte Laura, sich Inés' Verhalten damit schönzureden, dass sie in kurzer Zeit sehr viel mitgemacht hatte. Konnte sie die Anwesenheit ihrer kleinen Schwester denn nicht darüber hinwegtrösten und ihr wenigstens ein bisschen Halt geben? Die Stimmungswechsel schienen bei Inés auch ganz abrupt vonstattenzugehen. Als sie vorhin über Aquil gesprochen hatte, war sie die Alte gewesen, nun gab sie sich verschlossen.

»Manchmal frage ich mich, warum ich überhaupt noch hier bin und nicht bei ihr«, sagte Inés unvermittelt, und weil ihre Stimme so monoton, regelrecht leblos, und nicht wenigstens traurig oder wehmütig klang, was schon schlimm genug wäre, machte Laura sich gleich noch größere Sorgen um sie.

»Was redest du da für einen Unsinn?«, wandte Laura ein.

»Unsinn? Es lässt sich doch wohl nicht leugnen, dass sich ein Fluch auf mein Leben gelegt hat. Es ist die Insel. Sie hasst mich schon vom ersten Tage an«, sagte Inés.

Laura wusste zunächst nicht, was sie darauf sagen sollte. Wenn jemand einem Stück Land Gefühle oder gar schlechte Absichten unterstellte, hatte man normalerweise Grund zur Annahme, dass derjenige nicht mehr ganz bei Trost war. Das Dämmerlicht zwischen Tag und Nacht tat sein Übriges, um Lauras Eindruck noch zu verstärken. Inés' Gesicht wirkte fahl und wie eine Maske.

»Und welcher Fluch soll das sein?«, fragte Laura nach, obwohl ihr auf der Zunge gelegen hatte, ihr zu entgegnen, dass sie nicht an Flüche glaubte und Inés sich diesen Humbug nur einredete.

»Ich verliere alles, was ich liebe«, stellte Inés fest.

Dem konnte Laura nicht widersprechen, weil sie ihre Mutter, ihren Mann und ihr Kind verloren hatte. Viel schlimmer konnte es jemanden ja kaum noch treffen, doch Laura ließ es dennoch nicht gelten. »Vater ist noch am Leben und ich bin an deiner Seite. Du hast nicht alles verloren«, entgegnete Laura.

»Du hast recht, Schwester, und dennoch ist es etwas anderes, den Ehegatten zu verlieren«, sagte Inés, kurz bevor sie das Grab erreicht hatten. »Er war stattlich … In seiner Gegenwart fühlte ich mich so leicht … und wenn er mich berührte … Es gab keinen glückseligeren Moment.« Inés' Hand fuhr in einer zärtlichen Geste über den Stein, auf dem sein Name eingraviert war.

»Francisco … Wie ein Feuer … seine Liebe … und jetzt … nur noch dieser Stein ist mir geblieben und Träume … diese quälenden Träume. Sie stillen die Sehnsucht nicht. Sie stillen sie nicht.«

Laura hatte den Eindruck, dass Inés mit sich selbst sprach, daher hielt sie es für besser, sich in Schweigen zu hüllen. Hatte Inés nicht vorgehabt, dass sie gemeinsam ihrer verstorbenen Mutter gedachten? Sie jetzt daran zu erinnern und ein gemeinsames Gebet zu sprechen, würde Inés sicher noch mehr aufwühlen. Sie war sowieso schon in einem besorgniserregenden Zustand der Verwirrung. Laura sprach daher ein stilles Gebet für ihre Mutter, aber auch eines für ihre Schwester.

Kapitel 11

So unterschiedlich konnten Wahrnehmungen sein. Jana hätte sich vorstellen können, noch länger an diesem traumhaften Strand zu bleiben und die Gegend zu erkunden – unter Berücksichtigung der Terminlage natürlich ein Ding der Unmöglichkeit. Marcel hingegen hatte Hummeln im Hintern. Er wirkte getrieben und wollte möglichst schnell von dort wegkommen. Der notorische Langschläfer war daher über Nacht zu einem Frühaufsteher mutiert, der gar nicht schnell genug zurück ins Hotel nach Maspalomas kommen konnte. Dank einer ruhigen See war ihm das nach nur einstündiger Fahrt erst in der Nussschale und dann im Leihwagen, und zwar jedes Tempolimit auf der Landstraße missachtend, auch gelungen. War sie es normalerweise, die ewig das Bad belagerte, so hatte sich heute Morgen auch dieser Spieß umgedreht. Marcel war davon überzeugt, dass er den feinen Sand selbst nach ihrer Rückkehr nach Frankfurt noch wochenlang aus allen möglichen Körperöffnungen rieseln sehen würde. Nach einer geschlagenen Dreiviertelstunde kam er endlich mit Handtuch um die Hüften aus dem Bad und sah wieder aus wie der Alte. Sogar sein morgendlich laszives Grinsen hatte er im Gesicht. Er wusste, dass er einen schönen Körper hatte und sie morgens normalerweise damit locken konnte. Heute jedoch nicht, weil seine schlechte

Laune vom Vorabend und sein Genöle nachhallten, vor allem aber seine Investitionspläne und Versuche, sie bezüglich der Erbschaft in etwas hineinzureden. Weil er merkte, dass er heute kein Sahneschnittchen geben konnte, Janas Augen ihm nicht das Handtuch von der Hüfte rissen, trottete er zum geöffneten Koffer, um sich frische Sachen zu holen. Ihn de facto zurückgewiesen zu haben, musste schwer an seinem Ego kratzen. Warum sonst fing er nun erneut von Eloy an?

»Wozu brauchst du ihn denn eigentlich noch?«, fragte er, weil sie Eloy noch vor ihrer Abfahrt darum gebeten hatte, sie zu Arris' Hacienda zu begleiten. Er kannte das Anwesen besser als sie und vor allem hatte er Arris gekannt. Außerdem war Eloy der Einzige, der mit Arris' gesammelten Dokumenten etwas anfangen konnte.

»Ich muss noch mal in dieses Haus und dazu brauch ich ihn, okay?«, gab Jana ihm zu verstehen und verschwand daraufhin im Bad. Marcels Logik war schier unerträglich: Wenn du mich verschmähst, musst du ja zwangsläufig einen anderen im Kopf haben.

»Und unser gemeinsames Projekt, das Hotel in Mexiko? Ist dir das nicht mehr wichtig? Manchmal kommt's mir so vor«, hörte sie Marcel sagen, als sie sich gerade unter die Dusche begeben wollte. Kurzerhand schnappte Jana sich ein Badetuch, wickelte es sich um den Körper und verließ das Badezimmer wieder. Diese Frage konnte sie nicht unbeantwortet im Raum stehen lassen.

»Was soll das? Diese Sticheleien. Du weißt, dass es mir wichtig ist«, sagte sie.

»Wichtig …«, gab er abfällig zurück, während er auf dem Bett saß, um sich die Socken anzuziehen.

Jana versuchte, es ihm und zugleich sich selbst zu erklären. »Ich kann nichts Neues anfangen, solange ich hier noch in der Luft hänge.«

Marcel schien es ihr abzukaufen. »Dann bringen wir es halt hinter uns«, gab er zurück.

Von »hinter sich bringen« konnte aber nicht die Rede sein. Sie freute sich darauf, das Haus wiederzusehen, und auch auf Eloy, doch das sagte sie Marcel besser nicht.

Wie großmütig doch der gottgleiche Rüdiger Findeisen sein konnte. Angeblich hatte Marcel sich weit für sie aus dem Fenster gelehnt und ihn, während sie sich geduscht hatte, mit Engelszungen dazu gebracht, dass sie noch einen Tag länger bleiben konnten. Normalerweise bedankte man sich für so viel Einsatz. Jana war es jedoch nicht über die Lippen gekommen, weil sie es als eine Selbstverständlichkeit erachtete. Während ihrer Fahrt in den Norden kam es ihr sowieso so vor, als würde Marcel sich in der Rolle des wohlwollenden Gönners gefallen. Wahrscheinlich würde er ihr eines Tages auch noch vorhalten, dass sie als Frau trotz ihrer Qualifikationen niemals ohne sein Fürsprechen die Führung eines Hotels anvertraut bekommen hätte. Sei's drum. Es gab jetzt wichtigere Dinge zu klären, und der Schlüssel dazu war Eloy. Er wartete bereits am Eingang zu Arris' Anwesen auf sie.

»Wer weiß. Vielleicht macht er ja alles richtig«, sagte Marcel, während er den Wagen auf dem Seitenstreifen der Landstraße vor dem aus den Angeln hängenden Gatter parkte.

»Wie meinst du das?«, frage Jana.

»Kein Stress. Ab und zu ein paar Touristen durch die Gegend schippern …«

»Du brauchst den ganzen Hoteltrubel doch«, gab Jana zurück.

»Du etwa nicht?«

Jana ließ seine Frage unbeantwortet und stieg als Erste aus.

»Jacinto hat mir den Schlüssel gegeben. Er besucht einen Freund in Las Palmas«, sagte Eloy, nachdem er sie mit einem lässigen »Hi« begrüßt hatte.

»Was suchen wir eigentlich?«, wollte Marcel wissen.

»Ich möchte mich noch mal umsehen. In Ruhe, und dann machen wir uns an die Dokumente«, schlug sie vor.

»Klingt nach einem guten Plan«, erwiderte Eloy.

»Womit fangen wir an?«, fragte Marcel ungeduldig.

Die Frage ließ sich nicht so leicht beantworten. Jana sah sich um und beschloss, den Teil des Grundstücks näher unter die Lupe zu nehmen, den sie bei ihrem ersten Besuch aus Zeitgründen außer Acht gelassen hatten.

»Sie kennen sich doch hier aus. Wo hört das Grundstück denn auf?«, fragte sie Eloy.

»Dort, wo die Felder an den Ausläufer des Berges grenzen. Da gibt es aber nicht viel zu sehen. Hinter dem Bananenfeld sind ein paar Mauerreste. Ansonsten gehörte Arris alles von hier bis kurz vor dem Felsen am Meer«, erklärte Eloy.

»Mein Gott. Man könnte hier sogar einen Wasserpark anlegen«, sagte Marcel mit Blick auf die mit Steinen begrenzten Terrassen.

Jana kommentierte dies mit einem vorwurfsvollen Blick.

»Schon gut. Ich sag ja schon gar nichts mehr.«

»Ich möchte trotzdem das Feld sehen«, sagte Jana. Kaum ausgesprochen, fragte sie sich, warum. Jana konnte sich diese Neugier nur damit erklären, dass sie erneut das Gefühl bekam, irgendetwas würde hier nicht stimmen.

Marcel trottete ihnen wortlos hinterher. Aus den Augenwinkeln bekam Jana dennoch mit, dass er sich in Gedanken bereits auf ein Gespräch mit einem Architekten vorbereitete. Sein prüfender Blick sprach Bände. Man sah ihm an, wenn es in seinen Gehirnwindungen ratterte.

Eloy führte sie direkt zu der Ruine, die am hinteren Rand des Feldes stand. Früher musste hier ein lang gestrecktes Haus aus Stein gestanden haben. Die Reste des Mauerwerks, die zwischen Grashalmen hervorragten, ließen darauf schließen.

»Vermutlich war das mal ein Lagerhaus«, spekulierte Marcel.

Jana blickte hinüber zu Eloy. Er schien das ebenso wenig zu glauben wie sie selbst, weil er nachdenklich darauf starrte.

»Es war ein Haus für die damaligen Arbeiter, hab ich recht?«, fragte sie an Eloy gerichtet.

Marcel verdrehte die Augen. Sie konnte es ihm angesichts ihrer Déjà-vus nicht verübeln.

»Arris. Er hat nie darüber gesprochen«, sagte Eloy mehr zu sich und sah Jana fragend an. Was versuchte er, in ihren Augen zu erkunden?

»Wenn hier sonst nichts ist, können wir ja weitergehen«, drängte Marcel.

Eloy schritt an den Mauern entlang und blieb vor deren Ende stehen. Dort verliefen sie noch ein Stück weiter nach hinten. Die Abgrenzung ließ darauf schließen, dass hier ein etwas größerer Raum gewesen sein musste. Eloy betrat seine Überreste an der Stelle, an der die Tür gewesen sein musste. Es war ihm anzusehen, dass ihn dieser Ort berührte. Erneut warf er ihr einen fast hilflosen Blick zu.

»Also ich hab jetzt nicht vor, hier festzuwachsen«, sagte Marcel.

Wie konnte jemand nur so unsensibel sein? Marcel sollte trotzdem seinen Willen bekommen.

Von diesem Moment an wurde kein Wort mehr gesprochen. Jana war in Gedanken bei dieser Ruine und wusste nun, was daran nicht stimmte. Sie sah sie vor ihrem geistigen Auge auf einem weiten unbebauten Feld und nicht eingekesselt von Bananenstauden.

War es das Rauschen des Meeres, das sich mit dem Geräusch der vom Wind bewegten Blätter zu einem fast hypnotischen Singsang vereinigte, oder einfach nur die Hitze? Jana nahm die Umgebung nur noch als ein Gemälde wahr, zu dessen Teil sie wurde, und je näher sie dem schroffen Felsen am Rande des Grundstücks kamen, desto skurriler wurde dieser Eindruck. Dazu gesellte sich ein Gefühl der Beklemmung und es wurde stärker, je näher sie weiteren Mauerresten kamen, die nur ein Stück von der Brandung entfernt lagen. Wie konnte man nur Schmerz und ein Gefühl von Traurigkeit an so einem schönen Ort empfinden? Jana spürte, wie ihr Atem schwer wurde, als sie die Überreste eines kleinen Häuschens erreichten. Der Wind zerrte an ihren Haaren. Die Brandung war so kräftig, dass mit jedem Windstoß ein Sprühregen über sie niederging.

»Reichlich ungemütlich hier. Lass uns umkehren«, schlug Marcel vor.

Janas Bluse lag bereits wie ein feuchtes Tuch auf ihrem Körper, doch an eine Umkehr war nicht zu denken. Hier war etwas, das sie tief berührte. Die Steine vor ihr schienen ihr etwas zuzuflüstern. Jana versuchte, sich zusammenzureißen und es sich damit zu erklären, dass der Wind durch die Ritzen des verwitterten kleinen Gebäudes pfiff, doch erneut schien es ihr, als ob eine Stimme ihr sagen wollte, dass sie zu Hause sei. Diese Worte hatte sie nicht so vernommen, doch es aus dem Säuseln des Windes herausgehört. Zugleich stellte sich die Gewissheit ein, hierherzugehören. Jana spürte den Drang, ihre Hand auf einen noch intakten Teil der gemauerten Wand zu legen, der früher die Mitte des Gebäudes gewesen sein musste.

Eloy kam zu ihr, ging ebenfalls in die Hocke und fuhr mit seiner Hand darüber.

»Hier war mal eine Inschrift«, stellte er fest.

Jana versuchte, etwas darauf zu entziffern, doch es waren nur noch Spuren, die man mit der Hand erfühlte, aber kaum noch erkennen konnte. Jana bekam aus den Augenwinkeln mit, dass Eloy aufstand und ein paar Schritte zurückging.

»Es war ein Grab«, sagte er unvermittelt.

»Gab's früher keine Friedhöfe?«, fragte Marcel.

»Soviel ich weiß, gab es in der Zeit, in der das hier gebaut wurde, nur einen, aber für alle Stände, für die Spanier, für die Guanchen, aber auch für Sklaven. Es war damals daher nicht unüblich, kleine Grabhäuschen für die Verstorbenen zu bauen, um ihnen Massengräber zu ersparen«, erklärte Eloy.

Jana konnte sich nicht erklären, warum ihr das so nahe-ging. Im Nu hatte sie Bilder von der Beerdigung ihrer Eltern vor ihrem geistigen Auge. Das gleiche beklemmende Gefühl der Trauer überfiel sie.

»Jana. Wir sind schon klatschnass«, beschwerte sich Marcel.

Und wie egal ihr das war.

Nur Eloy schien mitzubekommen, dass es ihr im Moment alles andere als gut ging. Er sah sie mit sorgenvoller Miene an und machte auf Jana den Eindruck, nur auf ein Zeichen von ihr zu warten, ob er ihr vielleicht aufhelfen sollte. Jana rang sich ein zuversichtliches Lächeln ab und stand auf.

Wer waren die Leute, die hier beerdigt wurden? Jana nahm sich vor, das herauszufinden.

Dass sich Marcel fehl am Platz fühlte, war Jana klar geworden, als sie sich ins Haus begeben hatten, um sich die Dokumentenstapel vorzuknöpfen, die Arris ihr hinterlassen hatte. Sein Spanisch war nicht gut genug, um sich stundenlang mit spanischen Texten zu beschäftigen, also war sein gedämpftes Interesse daran mehr als nur verständlich. Ein Gutes hatte Marcels Langeweile aber gehabt: Er war in den nächsten Ort gefahren, um sie mit Pizza zu versorgen, sodass niemand mehr herumnörgelte und sie beim Sichten der Dokumente stören konnte.

Jacinto, der am frühen Abend aus Las Palmas zurückgekehrt war, half dabei, die Stapel nach oben zu tragen und zu sortieren. Zwei Leuchten, wie man sie auf Baustellen verwendete, erhellten nun den einzigen Raum, dessen Fenster noch nicht völlig herausgebrochen waren. Der Strom kam über ein Verlängerungskabel aus Jacintos Behausung. Er hatte auch mit Pappe eine Bruchstelle am Fenster abgeklebt, damit die klamme, kühle Luft, die abends normalerweise vom Meer ins Innere des Hauses kroch, diesem Raum fernblieb.

»Also, wenn ich jemandem, den ich nicht kenne, etwas vererben würde, dann erklär ich's ihm doch«, sagte Marcel zwischen zwei Bissen von den Pizzaresten vom Nachmittag.

»Er wollte das nicht.« Jana erinnerte sich an das Gespräch beim Notar.

»Und, bist du schon zu dem Schluss gekommen, dass du es haben möchtest? Das wollte dieser Arris doch. Ist dir ein Licht aufgegangen?« Marcels Ungeduld war verständlich, weil sie sich bereits seit Stunden durch einen Wust von altem Papier wühlten. Es waren überwiegend Zeitungsartikel, die Arris gesammelt hatte. Sie beschäftigten sich mit der Geschichte der Guanchen. Für Eloy eine wahre Fundgrube, doch sie beantworteten nicht die Frage, warum Arris wollte, dass sie sein Anwesen erbte.

Jana legte einen Stapel beiseite und nahm sich den nächsten vor. Der schien aber auch nicht sonderlich vielversprechend zu sein. Sie überflog die ersten Schriftstücke, überwiegend Kopien aus alten Archiven, die auch noch handschriftlich verfasst worden waren. Es machte große Mühe, überhaupt zu erfassen, warum Arris die Dokumente so und nicht anders gestapelt hatte. Aus diesen Papieren ließ sich aber anhand eines immer wiederkehrenden Datums erkennen, dass er sich mit dem Jahr 1492 wohl intensiver auseinandergesetzt hatte.

Auch Eloy, der sich bisher lediglich mit Kopien alter Schriften auf Tifinagh beschäftigt hatte, stellte fest, dass sie die im Moment nicht weiterbrachten, und warf nun einen Blick in Mappen, die sich Jana aus ihrer Kiste geangelt hatte.

»Alles aus dem Jahr 1492. Schiffsregister, Beschreibungen von Ladungen, wo sie abgelegt haben, wohin sie fuhren, wie viel Mann Besatzung«, zählte er auf.

»Bei mir sind es Kopien aus Geschichtsbüchern und Kommentaren aus dem gleichen Jahr«, sagte Jana.

»In dem Jahr hat Columbus doch Amerika entdeckt, oder nicht?«, warf Marcel nun ein.

»Nicht nur das. 1492 war der Beginn der Neuzeit und das Ende des Mittelalters«, erklärte Eloy.

»Er wird halt ein Faible dafür gehabt haben«, sagte Marcel und griff wohl aus Langeweile nach einem weiteren Stück der inzwischen schlabbrigen Pizza.

»Columbus war in dem Jahr hier. Auf der Insel. Sein Schiff brach von hier aus in die Neue Welt auf«, sagte Eloy nachdenklich.

»Schön und gut, aber das hilft uns nicht weiter, oder?«, meinte Marcel, der damit nicht unrecht hatte. Was das Erbe mit der Entdeckung Amerikas zu tun haben sollte, erschloss sich Jana ebenso wenig.

Die nächste Kiste war an der Reihe und somit der vermeintlich nächste Fehlgriff. Es waren stapelweise Auszüge aus Registern hier lebender Familien. Die Einträge reichten zurück bis ins fünfzehnte Jahrhundert.

»Das bringt doch alles nichts. Der hatte 'ne Macke und dir kann es doch nur recht sein«, ereiferte sich Marcel.

»Wir können auch morgen weitersuchen«, schlug Eloy vor, der es aufgrund der fortgeschrittenen Stunde sicher gut meinte.

Jacinto war sowieso schon im Sitzen eingeschlafen. Es war kurz nach eins.

»Das wird nichts bringen. Wir wollen morgen wieder zurückfliegen«, erinnerte Marcel sie.

»Jetzt wartet doch mal«, sagte Jana in die Runde, weil ihr auffiel, dass sich in dem Stapel eine dickere Mappe befand, die

Arris mit dem Namen Jiménez beschriftet hatte. Sie war dicker als alle anderen Dokumente.

»Es sind Ahnenurkunden und Stammbäume«, teilte sie den anderen mit, nachdem sie die ersten Blätter überflogen hatte.

Eloy war sofort zur Stelle.

Marcel stöhnte genervt.

Jana musste sich gar nicht im Detail mit den Einträgen beschäftigen, denn die Reihe der Dokumente wurde immer besser leserlich, je neueren Datums sie waren. Entscheidend war aber, dass am Schluss dieser Reihe Schriftstücke auftauchten, die aus ihrem Leben stammten.

»Mein Schuljahrgang … Er hat gewusst, wo ich zur Schule gegangen bin«, sagte sie entgeistert.

Auch Marcel hielt es nun nicht mehr auf seinem Stuhl.

Schon tauchte eine Fotografie von ihr in jungen Jahren auf. Jana konnte sich an die dazugehörige Abschlussfeier an der Uni erinnern. Die Fotos hatte jemand auf Facebook eingestellt.

»Wahnsinn! Der Typ hat echt nach dir gesucht«, kommentierte Marcel.

Jana brauchte einen Augenblick, um den Fund zu verdauen. Dann blätterte sie von hinten durch die Urkunden.

»Ahnentafeln … So wie es aussieht, bist du ein Nachfahre der Familie Jiménez«, stellte Eloy fest.

»Na wunderbar. Dann ist ja jetzt alles klar.« Die Bemerkung zeigte, dass es Marcel schlussendlich egal war, warum sie das Anwesen erben sollte.

»Nichts ist klar.« Jana blätterte in Windeseile durch die Dokumente und suchte nach Arris' Namen, jedoch ohne Ergebnis.

»Aber so wie es aussieht, bist du doch in der Erbfolge, oder nicht?«, fragte Marcel.

»Arris taucht darin nicht auf. Er ist kein Jiménez«, stellte Jana klar.

Das brachte dann auch Marcel dazu, überrascht dreinzuschauen, denn so, wie es im Moment aussah, hatte Arris Fuentes rein gar nichts mit der Familie Jiménez zu tun, was dieses Erbe noch rätselhafter machte.

Jana glaubte immer noch, vor dem Grab an der Küste zu stehen, obwohl sie den roten quadratischen Rahmen an der Wand ihres Hotelzimmers, in dessen Mitte ein Spiegel eingelassen war, vor Augen hatte. Der Schauder, der sie aus dem Schlaf gerissen hatte, war auch jetzt noch an ihrem ganzen Körper spürbar. Jana versuchte sich zu erinnern, warum sie plötzlich solche Angst bekommen hatte, und wusste nur noch, dass sie nicht allein dort gewesen war. Sie hatte Nähe gespürt und Wärme, doch die war plötzlich umgeschlagen. Eine schwarze Wolke hatte sich vor die Sonne geschoben. Mit ihr war ein starker Wind aufgekommen. Doch das war es nicht, was ihr diese Angst eingeflößt hatte. Ein Feuer! Hinter ihr hatte sie Feuer gespürt, und ungeachtet dessen hatte sie es nicht gewagt, sich umzudrehen, denn hinter ihr stand etwas Böses, das ihr etwas antun wollte und sie abgrundtief hasste. Es schien ihr dennoch so vertraut zu sein. Erst jetzt bemerkte Jana, dass sie klatschnass geschwitzt war, und das trotz der laufenden Klimaanlage. Ein Blick auf den Wecker ergab, dass es erst sieben war. Noch einmal hinlegen und schlafen? Das war nun sowieso nicht mehr möglich und das lag nicht nur am Albtraum, dessen Nachhall sie dabei war, abzustreifen. Wieder im Hier und Jetzt fiel ihr ein, dass Marcel sie gestern vor dem Einschlafen daran erinnert hatte, dass sie nach Hause fliegen mussten. Schließlich ließe sich heutzutage auch alles mit Vollmachten regeln. Das Erbe anzunehmen, konnte sie sich ohnehin nicht leisten, andererseits wollte sie es. Wo hatte sie ihren Verstand gelassen? Nicht ausreichendes Eigenkapital zur Verfügung zu haben, sprach dagegen, das Erbe anzutreten. Es als Projekt zu verkaufen oder es Marcels Vater schmackhaft zu machen, sprach wieder dafür. Genau das wollte sie aber nicht. Es fühlte sich falsch an, dort alles niederzuwalzen, um eine dieser schicken Hotelanlagen hinzubauen, und bevor sie nicht wusste, warum sie es überhaupt geerbt hatte, konnte sie die Erbschaft unmöglich annehmen. Es gab einfach noch so viel zu klären und da sollte sie heute abreisen und sich auf ein völlig neues Abenteuer einlassen, das so stressig würde, dass sie gar keine Zeit mehr hätte, sich mit der Hacienda auf Gran Canaria zu beschäftigen? Sie konnte unmöglich heute abreisen. Das Problem dabei war Marcel und der rekelte sich gerade neben ihr und blickte ihr schlaftrunken in die Augen.

»Du bist ja schon wach … und siehst auch noch wach aus«, sagte er verwundert. Normalerweise lag sie morgens wie ein zerknittertes Handtuch neben ihm und an das versuchte er nun, sich zu schmiegen.

Jana versteifte augenblicklich, was ihm nicht entging.

»Schlecht geschlafen?«, wollte er wissen.

Jana nickte.

»Ach. Du machst dir viel zu viele Gedanken. Das Erbe, hab ich recht?«

Jana nickte schulterzuckend.

»Wir fahren zum Notar. Du nimmst es an und fertig.«

»Und die Finanzierung?«

»Ich hab gestern schon mit meinem Vater telefoniert. Alles kein Thema. Die Bank finanziert's.«

»Wie kein Thema?« Das wollte Laura aber jetzt genau wissen.

»Wir machen was draus. Du und ich. Freie Planungsgestaltung. Vater vertraut uns.«

Jana ärgerte es, dass er bereits über ihren Kopf hinweg entschieden hatte. »Ich möchte das nicht. Das wäre nicht gut …«, stellte Jana klar.

»Was heißt hier nicht gut? Es wäre wunderbar.«

Marcel schien nicht einmal ansatzweise zu verstehen, dass es ihr hier in diesem Fall nicht um irgendein lukratives Geschäft ging.

»Ich kann das Erbe erst annehmen, wenn ich Klarheit habe«, versuchte sie, ihm erneut nahezubringen.

Marcel setzte sich im Bett auf und sah sie irritiert an. »Noch mehr Klarheit? Was erwartest du? Mehr, als dass einem etwas gehört, geht nicht.«

»Ich weiß nicht, ob es mir wirklich gehört«, sagte Jana.

»Ja, wem denn sonst?« Marcel war fassungslos und verfiel augenblicklich in die gleiche genervte Stimmung wie am Vorabend.

Jana hatte es satt, unentwegt bedrängt zu werden. Sie beschloss, den Spieß umzudrehen und nun ihn vor vollendete Tatsachen zu stellen.

»Ich kann hier noch nicht weg«, sagte sie ihm unverblümt.

»Spinnst du jetzt total, oder was? Die warten da unten auf uns.«

In dem Ton brauchte Marcel ihr nicht zu kommen.

»Ich kann selbst entscheiden, was ich mit meinem Leben mache«, gab sie für ihn sicher ungewohnt schroff zurück.

»Verstehe«, sagte Marcel in einem Tonfall, der abfälliger kaum sein konnte.

»Du verstehst gar nichts«, sagte Jana.

»Was will man da auch noch verstehen? Seitdem du hier bist … ich weiß gar nicht, wie ich das sagen soll … Du steigerst dich da in etwas rein, das es nicht wert ist, und dann diese ganzen Déjà-vus. Mein Gott, wie oft hatte ich das und mach mich deswegen ja auch nicht völlig verrückt«, echauffierte er sich.

»Das ist es nicht. Ich weiß einfach, dass ich noch hierbleiben muss.«

Marcel musterte sie eindringlich. Warum er dabei süffisant lächelte, begann Jana zu ahnen.

»Vielleicht gibt es ja noch einen anderen Grund?«, fragte er provokant.

»Und der wäre?« Jana wusste, dass sie sich diese Frage angesichts seiner latenten Eifersucht eigentlich auch hätte sparen können.

»Ich hab doch gesehen, wie er und du … Wie sagt man so schön? Ihr habt euch einen Tick zu lange in die Augen geschaut. Und seitdem wir hier sind … Es ist anders zwischen uns.«

»Du meinst, weil wir nicht miteinander geschlafen haben?«

»Unter anderem.«

Nun war Jana es, die lächelte, wobei es ein bitteres Lächeln war. Nun einzuräumen, dass sie eine gewisse Nähe und Verbundenheit in Eloys Gegenwart verspürte, hätte keinen Sinn. Er würde sie sowieso missinterpretieren.

»Akzeptier es einfach.«

»Wir können nicht länger bleiben. Akzeptier du das doch einfach.«

»Ich kann ja nachkommen«, schlug sie vor.

»Wenn du jetzt nicht mitkommst … Vater …«

»Was dann?«, unterbrach sie ihn.

»Willst du wirklich alles aufgeben, wofür du so hart gearbeitet hast?«

»Wenn du mir keine andere Wahl lässt … Ich meinte natürlich, wenn dein Vater …« Jana vollendete diesen Satz nicht. Er würde es auch so verstehen.

»Mensch, Jana … Wenn du erst einmal wieder in Frankfurt bist, weg von hier, verstehst du, dann sieht die Welt ganz anders aus.«

Anscheinend hatte er jetzt kapiert, dass es ihr ernst war. Wenn seine Stimme weich wie Seide wurde, dann wollte er etwas von ihr, zumeist Zärtlichkeit. Nach der war ihr aber jetzt nicht. Keine Streicheleinheiten mehr. Die Zuckerbrot-und-Peitsche-Nummer konnte er vergessen.

»Ich bleibe. Okay?«

»Ich bitte dich. Komm wieder zu dir.«

Offenbar ging ihm der Arsch auf Grundeis. Wie schlimm, wenn er sein Schmuckstück nicht mit nach Hause bringen konnte. Was würde wohl sein Vater von ihm denken?

»Ist das dein letztes Wort?«, fragte er, weil sie nichts darauf erwidert hatte.

Jana nickte.

»Na gut. Ich reise ab. Mach, was du willst.« Damit stand er auf und verschwand mit knallender Tür im Badezimmer.

Jana wunderte sich darüber, mit welcher Gelassenheit sie seine Reaktion ertrug. Ihr war klar, dass sie dabei war, ihren Lebenstraum in die Tonne zu werfen. Dass sie dieser Gedanke nicht aufwühlte oder in Panik versetzte, wertete sie als Zeichen dafür, dass sie sich richtig entschieden hatte.

Kapitel 12

Lauras Herz könnte es nicht mehr erfreuen, Vater wieder glücklich zu sehen. Er schien sich in den letzten beiden Wochen nicht nur daran gewöhnt zu haben, dass sie bei ihnen war, sondern zu dem Menschen zu werden, den sie in Erinnerung hatte, als sie noch zusammen unter einem Dach in San Sebastián gelebt hatten. Er konnte lächeln, sich an kleinen Dingen erheitern, sich unbeschwerter geben und er strahlte wie früher Wärme aus, vor allem abends, wenn er das Tagewerk hinter sich gebracht hatte. Das gemeinsame Abendessen war zu einem Ritual geworden, das Vater dem Personal damit erklärt hatte, dass er mit seinem Gehilfen gerne während der gereichten Speisen über Geschäftliches sprach und er es sich aufgrund seines Fleißes redlich verdient hatte. Laura freute sich jeden Tag aufs Neue darauf. Ein Stuhl blieb freilich frei und es verging kein Tischgebet, ohne dass er für einen Moment betrübt auf diesen leeren Stuhl blickte. Er musste gar nichts sagen. Mutter hatte immer zu seiner Linken gesessen. An dieser Tradition wurde nicht gerüttelt. Auf diese Weise hielt er sie fortwährend in Erinnerung. Mit einem unsichtbaren Familienmitglied zu speisen, war allerdings etwas, woran Laura sich erst hatte gewöhnen müssen. Das Gleiche galt für das Zusammenleben unter einem Dach mit Inés. Ihr Wankelmut ließ sich noch nicht einmal an bestimmte Gegebenheiten knüpfen. Aus heiterem Himmel gab sie sich mal so, mal so. Und das zog sich durch alle Angelegenheiten des Lebens. Vor drei Tagen hatte ihr die Hammelkeule noch geschmeckt, heute verschmähte sie sie sehr zum Ärger ihres Vaters, dem Laura mittlerweile vom Gesicht ablesen konnte, dass er es mit Inés nicht leicht hatte. Wie sehr ihn Inés' Verhalten belastete, hatte sich noch nie so deutlich gezeigt wie am heutigen Abend. Inés war urplötzlich in Schweigen verfallen, was an sich zu Tisch nicht ungewöhnlich wäre, wenn man in einem Kloster speiste und nicht im familiären Kreis. Zudem war der Abend bisher sehr gesprächig verlaufen. Vater hatte von der Arbeit auf den Feldern erzählt und dass sie morgen Holz für die Zuckerrohrmühle besorgen mussten. Inés von Einkäufen, die demnächst anstanden, und von den Aktivitäten ihres gemeinsamen Nachmittags, sprich einem gemeinsamen Bad mit Laura in einer der Buchten, die ganz in der Nähe waren. Sie hatte sich sogar darüber lustig gemacht, dass ihre kleine Schwester bald wieder eine Frau sein würde, weil aus schier unerklärlichen Gründen Haare und Nägel in diesem Klima schneller wuchsen als in der alten Heimat. Und nun saß sie starr da. Vaters Sorgenfalten wurden zu Furchen und zum ersten Mal konnte Laura ihm ansehen, wie verzweifelt er war. Laura wusste mittlerweile, dass man Inés in solchen Momenten nicht aufmuntern konnte. Sie reagierte jedoch meist, wenn man sie konkret auf Dinge ansprach, die etwas mit der Plantage, also mit Pflichterfüllung zu tun hatten.

Laura versuchte ihr Glück: »Du fährst doch morgen mit. Ich war noch nie so weit oben in den Wäldern. Hier soll es Fichten geben, deren Duft einen betört«, sagte sie an Inés gerichtet.

Sie nickte, ohne eine Miene zu verziehen.

»Soll ich nach etwas anderem in der Küche fragen?« Vater versuchte es auf diesem Weg, weil sie das Lamm heute offenkundig nicht essen wollte und stattdessen eine Mahlzeit aus Erbsen und Möhren zu sich genommen hatte. Jede einzelne Erbse hatte sie mit der Gabel aufgespießt, als ob es ein Spiel wäre. Schon zu diesem Zeitpunkt hatte Laura mit ihrem Vater Blicke getauscht.

»Ja … Mutter hat es dort oben sehr gefallen. Es hat sie an die Heimat erinnert. Die Luft ist so frisch und ich kenne eine Stelle, an der wilder Thymian wächst. Man kann dort viel tiefer durchatmen. Es ist wunderschön«, schwärmte Inés unvermittelt.

Obwohl Inés wieder aufgetaut war, konnte sich Laura nicht so recht darüber freuen. Sie rang sich trotzdem ein Lächeln ab.

»Die Stelle musst du mir unbedingt zeigen«, sagte sie.

»Vielleicht sollte ich doch noch ein Stück von dem Hammel essen«, überlegte Inés laut.

Weder Vater noch Laura wagten es, etwas zu erwidern. Das Beängstigende und Anstrengende in Inés' Gegenwart war, dass man nie wusste, ob man etwas Falsches sagte oder wie sie reagieren würde.

»Ich werde mich wohl doch besser hinlegen«, entschied Inés sich um und erhob sich. »Seht mir meine Müdigkeit bitte nach«, entschuldigte sie sich.

Vater nickte stumm und auch er rang sich ein wohlwollendes Lächeln ab.

Die Anspannung, die auf ihm lastete, fiel mit einem Mal von ihm ab, als Inés den Raum verlassen hatte. Vater atmete auf, schob seinen Teller von sich und sackte in sich zusammen. »Was soll ich bloß tun? Mal so, mal so …«, sagte er.

»Ist sie so, seitdem Mutter von uns gegangen ist?«, wagte Laura an diesem Abend zum ersten Mal offen zu fragen.

»Nein … nicht so schlimm. Erst als Francisco … So tragisch … Aber ich kann es ihr nicht verübeln«, gab er ihr zu verstehen.

»Das kann man auch nicht in Anbetracht dessen, was sie durchlitten hat«, erwiderte Laura.

Vater verfiel nun auch in nachdenkliches Schweigen, das er erst brach, als Laura ihn fragend ansah. »Vielleicht war es ein Fehler …«, sagte er mehr zu sich.

»Wovon sprecht Ihr?«, hakte Laura nach.

»Ich hätte auf Mutter hören sollen. Sie hat nie gesagt, warum, aber sie glaubte, dass du uns einen Enkel schenken solltest … aber du warst so wissbegierig und Inés … erinnerst du dich noch, wie sehr sie kokettiert hat? Auf dem Markt, wenn wir Mannsvolk im Hause hatten … Ich dachte, jedem das Seine.«

Laura überlegte, worauf Vater hinauswollte. Es war ihr bisher nie in den Sinn gekommen, über Inés' Verhalten tiefer nachzudenken.

»Sie hat uns angefleht, Francisco nicht abzuweisen«, erinnerte Vater sich.

»Aber er war doch ein guter Mann. Mutter hat das immer gesagt und auf der Hochzeit … Ihr habt einen so glücklichen Eindruck auf mich gemacht«, lenkte Laura ein.

»Francisco war jemand, der mit Frauen konnte. Ein Lebemann, aus gutem Haus, aber ein Lebemann. Sie war vernarrt in ihn. Ich konnte gar nicht anders, als dieser Ehe zuzustimmen. Die Umstände zwangen mich dazu«, sagte er.

Laura sah ihm an, dass er etwas vor ihr verbarg.

»Welche Umstände meint Ihr?«, wagte sie zu fragen.

Vater wand sich und schien zu überlegen, ob er ihr dies preisgeben sollte. Er tat es dann doch. »Er hat sie schon vor der Ehe genommen. Mutter hatte es mir gesagt … Und nicht nur einmal«, sagte er bedrückt.

Laura fiel es schwer zu glauben, was sie da hörte. Ausgerechnet Inés hatte sich der Lust so hemmungslos hingegeben wie eine Dirne. Dabei stand ihre Gottesfurcht nie in Zweifel.

»Nun denn … Er hat sie ja geheiratet«, sagte Vater, der erleichtert darüber wirkte, dass er dieses Geheimnis nicht mehr allein auf seinen Schultern zu tragen hatte. »Und nun wirbt Carlos um sie«, sagte er nachdenklich.

»Er ist dein Freund und vielleicht tut es ihr gut, wenn sie wieder einen Mann ehelicht, an dem sie Halt findet«, sagte Laura.

»Sie pudert ihr Gesicht, macht sich hübsch und entzündet in ihm Begehren, um sich daran zu ergötzen. Das lockert der Seele die Zügel für Begierden. Carlos ist ihr verfallen. Mir wurde gewahr, dass sie mit ihm je nach Belieben spielt«, offenbarte ihr Vater. Er atmete schwer. Wie musste das auf seiner Seele lasten?

»Wird sie ihn denn heiraten?«, fragte Laura.

Vater zuckte nur mit den Schultern. Er wirkte ratlos und diese Ratlosigkeit übertrug sich auf Laura. Sie war überrascht, wie wenig sie Inés kannte, obwohl sie bis zu ihrer Hochzeit unter einem Dach gelebt hatten. Laura hoffte jedenfalls inständig, dass ihre Schwester wieder glücklich wurde. Ob dies an der Seite eines Mannes wie Carlos gelingen würde, stellte sie jedoch in Zweifel.

Laura befand, dass das wechselhafte Wetter sehr gut zu Inés' Stimmungsschwankungen passte. Dass ihre Schwester am Ende wetterfühlig sein konnte, schloss Laura allerdings aus, denn Inés hatte sich am Morgen während des gemeinsamen Frühstücks mindestens so wortkarg wie am Vorabend gegeben und das, obwohl die Sonne die Ostseite der Wohnstube, in der sie ihre

Mahlzeiten zu sich nahmen, jeden Morgen flutete. Die Wolken, die kurz nach ihrer Abfahrt in Richtung Hinterland aufgezogen waren, hatten im Nu das letzte Blau vertrieben und verdichteten sich zu einem grauen Tuch, das Regen versprach. Das konnte einem die Laune verderben, nicht aber bei Inés.

»Endlich kommt Regen. Die Insel braucht ihn so dringend. Regen ist Leben«, juchzte sie unvermittelt, was Vater dazu brachte, Laura einen bezeichnenden Blick zuzuwerfen. Er kommentierte Inés' Bemerkung dennoch.

»Da hast du recht, Tochter. Es regnet in letzter Zeit viel zu selten.«

Inés' Blick verharrte am Himmel. »Seht ihr? Die Wolke sieht aus wie ein Walfisch, der sich aus dem Wasser erhoben hat«, schwärmte Inés.

Laura erinnerte sich daran, dass sie in ihrer Heimat in Kindertagen oft stundenlang am wolkenverhangenen baskischen Himmel nach Tieren, Göttern aus der griechischen Mythologie oder nach Dingen aus dem Alltag gesucht hatten. Wenn es denn half, Inés bei Laune zu halten, ging sie besser darauf ein, bejahte ihre Frage und begann genau wie früher damit, nach Figuren am Himmel zu suchen. Damit ließ sich die Zeit vertreiben, bis sie ein Hochplateau erreicht hatten und die Sonne hier oben Löcher in die Wolkendecke gebrannt hatte. Inés' gute Laune hielt jedoch an. In diesen Momenten waren ihre Gesichtszüge weniger maskenhaft. Ihre Mimik verriet, dass sie sich mit Interesse die Landschaft besah, obwohl sie weit weniger abwechslungsreich geworden war als auf ihrem Weg hierher, weil sie auf einem Schotterweg durch einen Fichtenwald fuhren, der ihnen die Weitsicht nahm. Nur einmal erkannte Laura den Grund für Inés' interessierte Blicke. Ein Falke kreiste über ihnen und stürzte sich abrupt in die Tiefe, um Beute zu schlagen. Der Schrei des erlegten Tieres war auch gegen das Knarren der Kutsche und dem Knirschen der Räder im Schotter vernehmbar. Es dauerte nicht mehr lange, bis ihnen eine Kutsche mit großer Ladefläche entgegenkam. Laura kannte zwei der Arbeiter vom Sehen. Sie hatten gefällte Bäume geladen. Vater ließ sie roden, weil er das Holz für das Auskochen des Zuckerrohrbreis benötigte. Riesige Mengen an Holz wurden verbrannt, um einen Kessel im Lagerhaus hinter den Quartieren der Arbeiter damit zu befeuern.

Nach einer Kurve lichtete sich der Wald. Baumstümpfe, aus denen erstes Grün spross, wiesen ihnen den Weg. Keine fünf Minuten später sah Laura die ersten Arbeiter mit Äxten zugange. Sie machten sich an einem gefällten Stamm zu schaffen.

»Dieses dreckige Gesindel«, stieß Inés urplötzlich aus.

Vater gab den Pferden die Peitsche und griff nach seinem Säbel, der in einem ledernen Halfter seitlich an der Kutsche angebracht war.

Die beiden Männer erkannte Laura erst jetzt anhand ihrer Kleidung als Einheimische. Offenkundig wollten sie einen der Stämme stehlen.

»Verschwindet«, brüllte Vater sie an.

Die beiden erschraken und ließen sofort von dem Baumstamm ab.

Laura rechnete damit, dass sie die Flucht ergreifen würden, da Vater bewaffnet war, doch da täuschte sie sich.

Ein dritter Mann gesellte sich wie aus dem Nichts zu den anderen beiden. Aus der Überraschung, auf frischer Tat ertappt worden zu sein, wurde eine Drohgebärde. Die drei bauten sich vor ihnen auf. Ein vierter gesellte sich zu ihnen und er war genau wie Vater bewaffnet, jedoch mit einem Speer, und schon ließ er seinen Arm angespannt nach hinten sinken und zielte auf sie.

»Runter mit euch. Duckt euch«, rief Abel seinen Töchtern zu.

Inés packte Laura blitzschnell am Arm und zog sie mit sich hinunter zur Ladefläche, wo sie sich schützend auf sie warf.

Laura hoffte inständig, dass der Guanche den Speer nicht werfen würde, und wenn, dann Vater verfehlte. Sie richtete sich etwas auf, um über den Rand der Lastkutsche zu sehen. Erleichtert stellte sie fest, dass er den Speer noch in der Hand hielt, als sie fast auf gleicher Höhe waren. Erneut hörte sie die Peitsche knallen. Vater tat das einzig Richtige. Er ergriff die Flucht.

Lauras Hände zitterten noch immer, als ihr Ama, die Kräuterhexe – als solche hatte sie Inés bezeichnet – etwas aromatischen Sud aus einem Tonkrug nachschenkte.

Vater und Inés hatten sich ebenfalls auf gefällten Baumstämmen inmitten des Rodungsgebietes gesetzt und ließen sich von Ama etwas von der noch dampfenden und äußerst wohlschmeckenden Flüssigkeit in Tonschalen eingießen. Wie Vater wusste, verdiente sich Ama auf diese Weise ihren Lebensunterhalt. Sie kümmerte sich um die Arbeiter, versorgte sie mit Obst, manchmal selbst gebackenem Fladenbrot und mit ihren Aufgüssen aus hiesigen Kräutern, was ihr den Ruf der Kräuterhexe eingebracht hatte. Laura schätzte sie auf ein biblisches Alter. Ein Kauz in Lumpen und mit faltigem Gesicht.

»Ich kann noch welchen brauen«, sagte sie und sah zuerst Vater, dann Inés fragend an.

»Lass gut sein, Ama«, sagte Abel.

»Der Sud wird Euch stärken und beruhigen«, sagte sie.

Laura hatte den Eindruck, dass er bei ihr langsam wirkte, oder war es die würzige Luft, die nach Harz und wildem Thymian roch, der die Sinne wiederbelebte? Bei Inés wirkte er offenbar nicht.

»Beruhigen? … Neuerdings kann man sich nicht einmal mehr ohne Eskorte in die eigenen Ländereien wagen«, echauffierte sie sich.

»Sie haben keine Sägen und ihre Äxte sind nicht scharf genug, um Bäume zu fällen«, versuchte Alma, die Diebe zu rechtfertigen.

»Wie könnt Ihr es wagen, für sie Partei zu ergreifen?«, fuhr Inés sie an.

»Sie hätten Euch nichts angetan. Sie begegnen mir immer wieder, wenn ich hierherfahre. Sie hatten mehr Angst vor Euch als Ihr vor ihnen«, versuchte die alte Frau ihr klarzumachen.

»Vermutlich hat sie recht«, warf Vater ein.

»Es sind Diebe und zu was sie noch fähig sind, hat Francisco am eigenen Leib erfahren. Barbaren sind sie. Wilde ... Ich wünsche ihnen Tod und Teufel an den Hals. Verflucht sollen sie sein!«

»Hör auf zu fluchen. Das bringt Unglück«, wies Abel seine Tochter zurecht.

Die hielt es nicht mehr an ihrem Platz, so aufgebracht war sie.

»Euer Vater hat recht. Euer Fluch würde eh nichts bewirken«, sagte die Alte.

Inés war schon drauf und dran gewesen zu gehen, doch das schien sie nun zu interessieren. »Warum nicht?«, wollte sie von Ama sogleich wissen.

»Flüche wirken nur, wenn man Geschehnisse damit verknüpft und ein Opfer bringt, und je größer das Opfer, desto wirkungsvoller ist der Fluch«, klärte die Alte sie auf.

»So ein Unsinn«, ging Vater dazwischen.

»Ich glaube auch nicht an Flüche«, sagte Laura. Was für ein Aberglaube.

»Ihr scheint im Fluchen ja recht bewandert zu sein. Woher bezieht Ihr Euer Wissen?«, wollte Inés zu Lauras Erstaunen nun doch genauer in Erfahrung bringen.

»Wir Zigeuner sind damit aufgewachsen. Wir haben es im Blut. Mein Vater hat es mich gelehrt und vor ihm sein Vater.

Wir reichen es weiter von Generation zu Generation«, erklärte die Alte recht überzeugend.

Dass sie eine Zigeunerin war, passte zu ihrem Aussehen. Auch Vater schien das nicht gewusst zu haben, denn er hörte ihr aufmerksam zu.

»Aber wie will man wissen, ob etwas geschieht? Ihr spracht doch von Geschehnissen. Das Leben ist voller Unwegsamkeit«, hakte Inés nach.

»Ihr müsst etwas wählen, das denkbarerweise eintreffen kann, um die Schicksalhaftigkeit des Lebens zu würdigen, aber es gibt eine Möglichkeit, die den Fluch trotzdem unüberwindbar macht«, sagte die Alte.

»Verratet Ihr es mir?«, bedrängte Inés sie.

Die Alte zögerte, doch Inés wusste, wie man sie zum Reden brachte. Schon hatte sie eine Münze aus ihrem Beutel gekramt und hielt sie Ama hin.

»Es muss etwas sein, von dem nur Ihr wisst, dass es unmöglich passieren kann«, klärte sie Inés auf und schnappte sich sogleich die Münze.

Vater schüttelte ungläubig den Kopf und erhob sich nun auch.

Als sie zu Ende gesprochen hatte, erhob er sich mit den Worten: »Es wird Zeit, nach den Arbeitern zu sehen und das Holz zu verladen.«

Laura trank aus und reichte der Alten die Schale. Für einen Moment überlegte sie, ob sie nun nachfragen sollte, wie man Flüche abwehren konnte, doch nachdem sie ohnehin nicht daran glaubte, verwarf Laura den Gedanken sogleich wieder.

»Untersteh dich!« Vaters Anweisung war deutlich. Dabei hatte Laura es doch nur gut gemeint und wollte den Arbeitern helfen. Natürlich war sie auf den Gedanken gekommen, mit Hand anzulegen, als die Männer versuchten, mit vereinten Kräften die gefällten Baumstämme auf die Ladefläche der Kutsche zu hieven. Lauras Kräfte hätten dazu allerdings wahrscheinlich sowieso nicht ausgereicht. Andererseits mutete es seltsam an, dass ein junger Bursche tatenlos neben dem Brotgeber stand und Löcher in die Luft starrte. Sie hätte ja wenigstens auf die Kutsche steigen und dafür sorgen können, dass die Stämme nicht wegrollten. Letzteres hatte sie ihrem Vater vorgeschlagen, war dabei aber auf taube Ohren gestoßen. Was mussten die Arbeiter nur von ihr denken?

Inés hatte es als ausgewiesene Frau da schon leichter. Sie war vernarrt in Thymian, pflückte die zarten Blätter und steckte sie in einen Lederbeutel, der bereits gut gefüllt war. Auch wenn der Thymian hier fast überall aus der Erde schoss, zog sie es vor, in der Nähe der Arbeiter zu verweilen und in Anbetracht dessen, was Vater über sie angedeutet hatte, bestimmt nicht, weil sie sich in deren Gegenwart sicherer fühlte. Die Männer waren jung, kräftig und wohlgeformt. Die wenigsten trugen noch ihre Tunika, weil die Sonne hoch am Himmel stand und man schon im Schatten vom Nichtstun anfing zu schwitzen. Im Moment hätte sie gerne mit ihr getauscht – nicht der Nähe zu den Arbeitern wegen, sondern wegen eines Mannes, der beritten hinter einer Anhöhe zum Vorschein kam und sich Inés' ausladendem Gruß natürlich nicht entziehen konnte. Mit ihm konnte sie sich im Gegensatz zu den anderen Arbeitern auf der Plantage in ihrer Muttersprache unterhalten. Das tat sie dann auch.

»Es ist ein Segen, dass Aquil unsere Sprache spricht«, sagte Laura an ihren Vater gerichtet. Sie hoffte, dass er den Faden aufgreifen würde, denn sie brannte darauf, mehr über ihn zu erfahren.

Doch Abel nickte nur und bedeutete einer Gruppe von Arbeitern, nichts mehr zu verladen. Die Kutsche würde das

Gewicht weiterer Ladungen zwar aushalten, aber die Pferde konnten sie sicher nicht mehr ziehen.

»War er hier in einer Schule?«, setzte Laura neugierig nach.

»Warum interessiert dich das?«, fragte Vater überraschend harsch.

»Es ist ungewöhnlich, dass einer von hier ein gewisses Maß an Bildung genießt«, versuchte Laura sich zu rechtfertigen.

»Irgendeine Schule wird er schon besucht haben«, gab ihr Vater zurück und setzte ein desinteressiertes Gesicht auf. Laura wurde nicht schlau daraus, warum er sich diesbezüglich nicht weiter äußern wollte.

»Beherrschte er schon unsere Sprache, als Ihr ihn eingestellt habt?«, hakte Laura nach.

»Kind. Ich muss mich um die Arbeiter kümmern. Sie begreifen nicht, dass wir keine weitere Ladung mehr aufnehmen können«, sagte er und entzog sich damit erfolgreich weiteren Nachfragen.

Laura überlegte, ob sie in einem ruhigen Moment nicht doch noch einmal mit Aquil selbst darüber sprechen sollte. Er genoss Privilegien, die Vater ihm eingeräumt hatte. Beide hielten sich bedeckt. Es gab für alles schließlich einen Grund, und warum Inés wieder lächeln konnte und regelrecht kokettierte, hatte auch einen. Das war offensichtlich. Laura beschloss, zu den beiden zu gehen, aber unbemerkt. Vielleicht bekam sie mit, über was sie sprachen. Inés war sonst doch auch nicht so redselig.

Laura näherte sich den beiden von der Seite im Schutz der noch nicht abgeholzten Bäume.

Inés redete und redete und dann griff sie auch noch in den Beutel und hielt ihm den Thymian hin. Offenbar sollte er daran riechen. Aquil tat es, doch Laura konnte ihm ansehen, dass es aus purer Höflichkeit geschah. Merkte sie etwa nicht, dass sie ihm lästig fiel? Laura beschloss, ihn zu erlösen, und gab sich zu erkennen.

»Da steckst du also, Schwesterherz. Man muss nur dem Geruch des Thymians folgen, um dich zu finden«, gab Laura keck vor.

Inés warf ihr einen bezeichnenden Blick zu, denn sie wusste genau, dass sie gar nicht nach ihr gesucht haben konnte, weil sie sie ja bereits von der Kutsche aus im Blick gehabt hatte.

»Laura.« Die Art, wie Aquil es sagte, klang in der Tat nach einer Erlösung.

Auch das missfiel Inés sichtlich.

Aquil musste genau wie Laura die für eine Frau unziemlichen Blicke bemerkt haben, die Inés ihm zugeworfen hatte, und das auch noch ungeniert. Keine Dame würde das so offen tun, wenn sie sich für einen Mann interessierte. Vermutlich sah sie in ihm ja auch nur einen Leibeigenen, der für ihren Vater arbeitete und somit keine Etikette erforderte.

»Vater verlangt nach dir«, gab sie Aquil zu verstehen.

Das musste für Inés glaubwürdig klingen, und dementsprechend gefasst reagierte sie, als sie sich von ihr abwendeten, um zurück zur Kutsche zu gehen. Irgendwo da hinten musste Vater sein, doch wo genau, kümmerte Laura in dem Moment wenig. Aquil anscheinend auch nicht, weil er nicht nach ihm fragte oder wissen wollte, was Vater von ihm wollte.

»Ein Kleid steht dir besser«, flüsterte Aquil ihr zu.

»Meinst du damit etwa, dass ich mich so zurechtmachen muss wie meine Schwester, um Begehrlichkeiten beim Mannsvolk zu wecken?«

Aquil lachte. »Du hast ein eigentümliches Bild von Männern.«

»Dafür hast du dich aber sehr lange mit ihr unterhalten«, hielt sie ihm sogleich vor.

»Sie hat sich mit mir unterhalten«, stellte er klar.

»Was hat sie dir erzählt?«

»Nichts von Bedeutung. Was sie alles mit dem Thymian machen will. Einen Sud, in Kissen einnähen, damit sie wohl riechen …«

»Es schien dich aber interessiert zu haben.«

»Das gebot die Höflichkeit, und wenn ich mich darauf einlasse, lässt sie mich in Ruhe«, gab er zurück.

Laura wunderte sich, warum sein Lächeln verschwand. Sie hatte den Eindruck, dass er die Bemerkung bereute.

»Lässt sie dich sonst etwa nicht in Ruhe? Was meinst du damit?«, fragte sie sogleich nach.

Aquil schwieg. Die Frage schien ihm unangenehm zu sein, und Laura ahnte, was er ihr nicht preisgeben wollte. Sie wollte es dennoch wissen.

»Sag es mir, Aquil. Es wird für immer unser Geheimnis bleiben«, versprach sie ihm.

Aquil brauchte einen Moment, um abzuwägen, ob er sich ihr offenbaren durfte, tat es dann aber doch. »Es ist die Art, wie sie mich ansieht …«, fing er an.

»Das ist offensichtlich«, sagte Laura.

»Einer der Arbeiter hat sie bei den Trögen hinter den Quartieren gesehen, wo wir uns baden und waschen. Sie hat sich hinter den Büschen versteckt und mich gesehen, so wie du mich gesehen hast, aber wir trugen keine Beinlinge. Sie hat sich dabei am ganzen Körper berührt. Ich vermeide es seither, ihr auf dem Gelände zu begegnen oder sie unter vier Augen zu treffen. Sie kommt mir nahe. Einmal sollte ich ihr im Keller helfen, eine Kiste hochzutragen. Es war sehr eng auf der Treppe. Sie hat es beabsichtigt, dass ihr Körper gegen meinen streift«, gestand Aquil ihr dann doch.

Laura blieb abrupt stehen und schüttelte ungläubig den Kopf.

»Die Männer halten sie für mannstoll«, fügte Aquil noch hinzu.

Laura konnte ihm ansehen, wie schwer es ihm fiel, das zu sagen. Anscheinend litt er unter dieser Situation mehr, als Laura angenommen hatte. Zugleich musste Laura sich einräumen, dass sie sich bei Aquils Anblick ebenfalls sündhaften Gedanken hingegeben hatte, auch wenn sie diese, so gut es ging, im Zaum hielt.

»Es ist gut, wenn du das weißt«, sagte er dann unvermittelt und sah ihr dabei direkt in die Augen. Es bedurfte nun keines weiteren Wortes mehr, um den tieferen Beweggrund seiner Offenbarung zu verstehen. So wie sie ihn einschätzte, lag es Aquil am Herzen, sie wissen zu lassen, dass er nichts für ihre Schwester empfand, doch Laura wagte es nicht, so weit zu gehen zu glauben, dass er ihr Zuneigung entgegenbrachte. Sein verlegenes Lächeln deutete jedoch darauf hin. Hegte sie ihm gegenüber Gefühle, die über Freundschaft und Vertrauen hinausgingen? Laura musste es sich in diesem Moment eingestehen, auch dass sie sich genau wie ihre Schwester danach sehnte, ihn noch einmal zu berühren, nicht wie es der Zufall in seinem Nachtlager ermöglicht hatte, sondern wie eine Frau und ein Mann sich berührten.

Laura war froh, dass ihr Vater nun nach ihnen rief und sie aus den Träumereien riss. Am Ende verdrehte er ihr auch noch den Kopf.

Warum nur musste man aus angenehmen Träumen genau dann erwachen, wenn es am schönsten wurde? Laura spürte ihn immer noch auf sich liegen, in seinem Nachtquartier, in dem sie sich entgegen der Realität entkleidet hatte und unter seine Bettdecke gekrochen war. Seine Hand war auf ihrem Körper entlanggefahren und hatte Stellen berührt, die sie selbst nicht zu berühren wagte, um sich nicht wie eine wollüstige Sünderin zu fühlen. Sie tat es jetzt, weil ihre Brüste sich noch so anfühlten wie im Traum. Ihre Knospen waren immer noch hart und so empfindlich, dass Laura sich überlegte, ein weites Gewand anzuziehen. Nur einmal seine Lippen auf den ihren spüren. Wie sich das wohl anfühlte? Stimmte es, dass sich Engelszungen ineinander vereinigten, wenn man sich innig küsste? Wie es wohl war, wenn seine starken Hände sie packten, festhielten, seine Muskeln sich um sie spannten? Schon dachte Laura an den Moment, den sie im Traum nicht mehr hatte erleben dürfen. Sie hatte sein Gemächt zwischen ihren Beinen gespürt, wie glühendes Eisen und doch so geschmeidig. Er hatte ihr dabei in die Augen gesehen und sie sich in seinen verloren. Nichts als Wollust und Sünde, sagte sie sich und doch verzehrte sie sich im Dämmerzustand zwischen Traum und dem neuen Tag danach. In dem Moment fiel Laura ein, dass Inés es vermutlich genauso empfand. Es musste in ihrem Blute sein. Doch dann machte sie sich klar, dass sie im Gegensatz zu Inés ihr Leben bisher nicht danach ausgerichtet hatte. Am Ende hatte sie Inés infiziert, wie bei einer ansteckenden Krankheit. Laura entlarvte diesen Gedanken als bloßen Unsinn, als sie sich streckte und langsam wieder zu sich fand. Es war ein Traum gewesen. Nichts weiter als ein schöner Traum.

Der Widerspruch, sich von der eigenen Schwester entfremdet zu haben und sie zugleich in dieser Fremdheit besser zu verstehen, was wiederum für eine gewisse Nähe sorgte, verwirrte Laura zusehends, wobei es fraglich war, ob es Schwestern miteinander verband, wenn sie ein Auge auf den gleichen Mann geworfen hatten. Laura fiel es trotz dieser belastenden Gedanken nicht schwer, sich an diesem Morgen gutlaunig am Frühstückstisch zu geben. Das lag zum einen daran, dass Vater sich zufrieden über das gestrige Tagewerk seiner Arbeiter gezeigt hatte, aber auch an Inés, die mit Appetit aß und sich rege an Vaters

Plänen beteiligte, die Plantage eines Tages zu einer der größten Kastiliens zu machen. Ihr Schlussakkord der Lobeshymne auf ihre steigenden Erträge stimmte auch Laura optimistisch.

»Es wird Euch gelingen, Vater.« Inés' Zuversicht war ansteckend.

»Mit zwei so liebenswerten Töchtern an meiner Seite ...«, sagte Abel und wirkte rundum zufrieden.

Obwohl ein Morgen kaum besser beginnen konnte und an Inés' Konversationslaune ausnahmsweise nichts auszusetzen war, irritierte Laura schon die ganze Zeit, dass Inés unentwegt an ihrem Kleid herumzupfte, als hätte sie Flöhe. Warum sie an einem wolkenlosen Tag, der versprach, wieder sehr heiß zu werden, ausgerechnet noch ein Tuch um ihren Hals trug, das zudem einen Teil des Rückens bedeckte, wollte Laura ebenso wenig einleuchten. Sie stand bereits kurz davor, Inés darauf anzusprechen, doch dazu kam es nicht mehr, weil Inés es auf einmal eilig hatte, das Geschirr abzuräumen. Hatte sie etwa die irritierten Blicke ihrer jüngeren Schwester bemerkt und daher beschlossen, sich schnell zurückzuziehen?

»Lass das doch später das Personal machen«, sagte Vater, der sich ebenso überrascht zeigte.

»Nalda ist im Keller zugange. Ich habe es ihr aufgetragen«, erklärte Inés und begann damit, die Teller auf das Tablett zu räumen, allerdings etwas hastig, was auch Vater aufgefallen war.

»Hast du noch etwas vor, was so eine Eile erfordert?«, fragte er nach.

»Nein«, gab Inés zurück. Dass sie dabei zusehend nervöser wurde, war unverkennbar.

Am Ende plagte sie ein natürliches Bedürfnis. Laura beschloss daher, ihr das Geschirr zu reichen. Das entpuppte sich als keine gute Idee, denn Inés schien damit überfordert zu sein, zwei gestapelte Tassen, Lauras und die von Vater, in die Hand zu nehmen. Eine der Tassen fiel zu Boden.

»Wie ungeschickt von mir«, sagte Inés und bückte sich, um die zerbrochenen Keramikteile vom Boden aufzuklauben.

»Inés. Was ist das?«, rief Abel unvermittelt aus.

Laura folgte seinem Blick und dann sah sie es auch. Weil Inés in die Hocke gegangen war, um die Scherben aufzuheben, hatten sich ihr Gewand und das Tuch etwas nach unten geschoben und legten ihren Rücken ein Stück frei.

Inés erschrak und zog beides wieder in Form.

»Antworte«, verlangte Vater in strengem Ton.

»Nichts … Es ist beim Ausritt passiert. Äste … Ich war nicht achtsam«, stammelte Inés und wurde noch nervöser. Ein Teil der Scherben fiel ihr erneut aus der Hand.

»Steh auf«, befahl Vater ihr.

Laura konnte seine Strenge nachvollziehen. Sie war aus Sorge geboren, denn was Inés auf dem Rücken hatte, sah nach einem heftigen Striemen aus. Das Geäst musste sie auf üble Art und Weise zugerichtet haben.

Inés leistete ihrem Vater keine Folge. Sie versuchte hinauszueilen, doch Abel packte sie am Arm und hielt sie fest. Inés versuchte, sich aus seinem firmen Griff zu winden, jedoch ohne Erfolg.

Abel griff nach dem Rand des Gewands und zog es in einem Ruck nach unten, um Inés' Rücken zu entblößen.

Laura erstarrte vor Schreck, als sie die Striemen sah. So sah ein Rücken aus, wenn er Bekanntschaft mit der Peitsche der Inquisition gemacht hatte. Laura erinnerte sich, solche Wunden an einem Dieb gesehen zu haben, den man auf dem Marktplatz in Ávila bestraft hatte.

Vater kamen fast die Tränen, als er das sah.

»Wer hat dir das angetan?«, wollte er wissen.

Inés schwieg und fing an, am ganzen Körper zu zittern. Die restlichen Stücke der Keramik fielen ihr aus der Hand.

»Ein Reitunfall … Ich bin in die Sträucher gefallen. Die Bougainvillea … Sie hat so viele Dornen«, versuchte Inés sich zu erklären, doch das überzeugte weder Laura noch ihren Vater, denn es waren keine Kratzer an ihrem Rücken, sondern Striemen, wie sie nur eine Peitsche hinterlassen konnte.

»Wer hat dir das angetan?«, fragte Abel erneut.

Inés wand sich.

»Warum sagst du es nicht?«, beschwor Laura sie.

»Es war ein Unfall … Im Stall … Er wollte das nicht … Mein Pferd. Es hat gescheut … Da kam er mir zu Hilfe, aber er traf mich.«

»War es der Junge im Reitstall? War er es?« Vater bestand darauf, dass sie ihm antwortete. Sein Griff um ihren Arm hielt Inés fest.

Inés schien der Verzweiflung nah. Tränen lösten sich aus ihren Augen. Dann schüttelte sie den Kopf.

»Warum nimmst du diesen Kerl in Schutz?«, wollte Laura wissen.

»Es war doch nur ein Unfall. Er kann doch nichts dafür«, schluchzte Inés.

Warum um alles in der Welt nahm sie einen der Arbeiter in Schutz, der ihr das angetan hatte?

»Sag mir die Wahrheit. Was ist passiert?« Vater war so in Rage, dass er Inés förmlich durchschüttelte.

Inés gab keinen weiteren Ton mehr von sich, was Abels Zorn befeuerte.

»Ich weiß seinen Namen nicht«, sagte Inés.

Laura bemerkte, dass sie nicht mehr zitterte. Ihr Körper versteifte. Ihr Blick war wieder der, den Laura kannte, wenn Inés in ihrer eigenen Welt war.

»War es der Stalljunge?«

»Nein«, gab Inés emotionslos zurück.

»Jemand von hier? Einer der Arbeiter?«

Inés hüllte sich erneut in Schweigen.

»In einer Stunde treten sie alle auf dem Platz vor dem Haus an und du wirst ihn mir zeigen«, verlangte er.

Inés wirkte wie leblos. Erst jetzt lockerte Vater den Griff um ihren Arm. Sie blieb stehen, als ob sie zu Stein geworden wäre.

Laura hatte sich vorgenommen, um die Mittagszeit auf ihrem Zimmer zu bleiben, weil Vater ihr in Aquils Gegenwart während einer Unterredung in seiner Schreibstube deutlich zu verstehen gegeben hatte, dass er den Mann, der seine Tochter geschlagen hatte, zur Rechenschaft ziehen würde. Aug um Aug und mit den gleichen Mitteln.

»Ich lege die Hand für die Männer ins Feuer.« Aquils Versuch, ihren Vater davon zu überzeugen, dass es niemand von der Plantage gewesen sein konnte, weil keiner der Arbeiter Inés etwas antun würde, hatte seine Wirkung verfehlt.

»Wer soll es denn sonst gewesen sein?« Diese Frage hatte Aquil jeglicher weiteren Argumente beraubt.

Laura sah es letztlich genauso. Es gab keine andere Erklärung dafür. Schlussendlich obsiegte die Neugier. Laura wollte wissen, von wem und vor allem warum Inés die Peitsche zu spüren bekommen hatte. Insgeheim war sie schon auf den Gedanken gekommen, dass sie einen der Männer bedrängt hatte, doch so weit würde Inés nicht gehen, dessen war Laura sich sicher.

Eine halbe Stunde nachdem Aquil von ihrem Vater instruiert worden war, seine Arbeiter zusammenzutrommeln und sich in Reih und Glied auf dem großen Hof vor der Hacienda zu versammeln, hielt es Laura doch nicht mehr im Haus aus. Sie hoffte, dass sie in den Gesichtern der Männer, die sich nacheinander im Hof einfanden, ablesen konnte, wer sich an Inés vergangen hatte. Was immer auch vorgefallen war, nichts auf der

Welt rechtfertigte, ihrer Schwester Leid dieser Art zuzufügen. Dass man mit einer Peitsche derart danebenschlagen konnte, hatte Vater Inés sowieso nicht abgenommen, auch wenn es denkbar war, doch welchen Grund sollte ein Arbeiter haben, ein Pferd zu schlagen? Dies wäre nicht minder verwerflich. Ihre Pferde waren so fromm wie Lämmer und reagierten schon auf den Knall einer Peitsche in der Luft, wenn Vater sie während einer Kutschfahrt dazu bewegen wollte, schneller zu laufen.

Als Aquil sie aus dem Haus kommen sah, ging er sofort zu ihr.

»Ich schwöre dir, dass es keiner von ihnen war«, bekräftigte er erneut.

»Du hast sie mit dem Vorwurf konfrontiert?«

Aquil nickte. Er wirkte angespannt und alles andere als glücklich darüber, die Anweisungen ihres Vaters befolgt zu haben.

»Ich nehme an, dass niemand es zugegeben hat«, mutmaßte Laura.

»Die meisten waren nicht einmal in der Nähe der Stallungen. Laura, du musst versuchen, deinen Vater umzustimmen«, sagte er ihr leise, sodass keiner der Männer es hören konnte.

»Inés hat gelogen. Das ist mir klar, aber bestimmt nur, um einen dieser Männer in Schutz zu nehmen«, vermutete Laura.

»Das glaubst du wirklich, nach all dem, was du von ihr weißt?«, fragte er.

Tief im Herzen glaubte Laura es nicht mehr, doch Inés würde nicht so weit gehen zu lügen. »Zumindest soll sie uns sagen, wer es war.«

»Und warum will Inés ihm dann nicht unter die Augen treten und versteckt sich hinter Vorhängen?«, sagte er mit Blick hinauf zum ersten Stock ihres Hauses.

Auch das hatte sich Laura bereits gefragt, doch welche Frau würde freiwillig ihrem Peiniger Aug in Aug gegenübertreten wollen?

»Sie ist dem vermutlich nicht gewachsen«, erklärte sie ihm.

Aquil holte tief Luft. »Und wenn ich dir schwöre, dass niemand in den Stallungen war?« Aquil flehte sie regelrecht an.

»Wir würden meinen Vater nicht davon abbringen können«, versuchte Laura ihm zu vermitteln.

Aquil nickte nachdenklich und sah dann hinüber zu den Männern.

Laura tat es ihm gleich. Ein Dutzend Arbeiter warf ihr vorwurfsvolle Blicke zu. In ihren Augen war sie die rechte Hand des Brotgebers. Laura versuchte, zu erfühlen, wer es gewesen sein könnte, doch in keinem der Gesichter stand Schuld. Niemand zeigte sich nervös oder wandte seinen Blick von ihr ab.

Laura hielt es nicht mehr aus, von so vielen Augenpaaren angeklagt zu werden, sich zum Gehilfen von Unrecht zu machen. Vermutlich würde ein Unschuldiger die Peitsche zu spüren bekommen. Sie versuchte, diesen Gedanken mit aller Macht ihres Verstandes zur Seite zu schieben. Eine Peitsche schwang sich nun mal nicht von allein. Daran klammerte sie sich, als sie auf dem Absatz kehrtmachte und zurück zum Haus ging.

Oben in Inés' Zimmer angekommen, wagte Laura noch einen letzten Versuch, ihren Vater umzustimmen, auch wenn sie sich damit ganz offen gegen ihre Schwester stellte.

»Aquil hat mit ihnen gesprochen. Es kann niemand von ihnen gewesen sein«, legte sie ihm nahe.

Inés reagierte nicht. Sie stand apathisch am Fenster und gab keinen Mucks von sich.

»Das werden wir sehen. Sind alle vollzählig?«, wollte Vater wissen und schob den Vorhang zur Seite, um besser hinaussehen zu können.

»Nun denn. Inés, wer von denen war es?«

Laura ging nun ebenfalls zum Fenster, doch sie sah nicht hinaus, sondern musterte Inés.

Ihre Schwester sagte kein Wort. Sie schien gar nicht nach unten, sondern auf den Horizont zu blicken.

»Wer war es?« Vater beharrte darauf, es zu erfahren.

Warum nur machte sie ihren Mund nicht auf?

»War es der Kräftige? Der Dritte, oder vielleicht der Vierte von links?«, fragte Vater.

Inés schloss die Augen und hob drei Finger ihrer Hand.

»Der Dritte also?«

Ihre Schwester reagierte nicht. Sie hielt Vater nur die drei gespreizten Finger entgegen, doch Laura konnte ihr ansehen, dass sie es widerwillig tat.

Abel nickte wissend und eilte aus dem Zimmer.

Inés verharrte in ihrer Pose, bis Vater unten vor dem Haus mit einer Peitsche in der Hand zu sehen war. Er stürmte auf den dritten Mann von links, einen Hünen und kräftigen Arbeiter, zu und packte ihn wutentbrannt am Kragen. Der Mann ließ es mit sich geschehen.

Aquil hatte Mühe, die anderen Männer im Zaum zu halten. Einer der jüngeren ging gar auf Vater los. Aquil packte ihn am Kragen und stieß ihn zurück zu den anderen.

Der Hüne selbst rief den anderen Männern etwas in seiner Sprache zu. Sie schienen sich zu beruhigen.

Dann geschah etwas, was Laura nicht für möglich gehalten hätte. Der Hüne zog sein leinenes Obergewand aus, faltete es sorgsam und reichte es einem der jüngeren Arbeiter. Dann drehte er ihrem Vater freiwillig den Rücken zu.

Inés verfolgte das Ganze mit regungsloser Miene. Ihre Hand krallte sich in den Vorhang. Ihre Augen waren starr nach unten gerichtet.

Der Hüne sprach mit Aquil und der wandte sich an ihren Vater.

Aquil schüttelte den Kopf und erweckte den Anschein, Vater erneut zu beschwören, dass dieser Mann unschuldig war.

Dann blickte er hinauf zum Fenster. Laura konnte Aquils anklagendem Blick kaum standhalten.

Vater ließ sich nicht umstimmen. Zehn Hiebe hatte er angekündigt, und als der erste Schlag auf den Rücken des Mannes niederging, wandte sich Laura ab.

»Hat er dich auch so geschlagen?«, fragte Laura.

Inés begann, am ganzen Körper zu beben. Bei jedem hörbaren Schlag der Peitsche zuckte sie zusammen.

Laura sah in ihrer Reaktion den Beweis dafür, dass sie nicht gelogen hatte.

Kapitel 13

Am Nachmittag hatte sich eine befremdliche Stille über das ganze Anwesen gelegt. Normalerweise hörte man das Geräusch von sich nähernden Kutschen, Stimmen von Arbeitern oder den Lärm von Gerätschaften, weil immer etwas zu tun war. Die Windstille passte dazu. Das Einzige, was sich beim Blick aus Lauras Fenster bewegte, war eine Rauchwolke, die wie üblich vom Kessel hinter den Behausungen der Arbeiter gen Himmel stieg. Und daran hatte sich in den letzten Stunden nichts geändert. Dem Schattenwurf der Palmen in ihrem Garten nach konnte man nämlich die Uhr stellen. Laura kam zu dem Schluss, dass sie mindestens für drei Stunden geschlafen haben musste. Sie hatte sich gleich nach der Bestrafungsaktion auf ihr Zimmer zurückgezogen und versucht, das Erlebte zu verarbeiten, während Vater mit Inés weiter nach Las Palmas gefahren war – gegen ihren Willen, doch die Verletzungen mussten verarztet werden. Vater hatte zurecht darauf bestanden. Laura war aus purer Erschöpfung in ihrem ledergepolsterten Lehnstuhl eingeschlafen und kam sich nun vor wie gerädert. Normalerweise vertrieb der Schlaf quälende Gedanken. In diesem Fall nicht. Laura konnte einfach nicht aufhören zu überlegen, was wirklich in der Scheune vorgefallen war. Der Arbeiter hatte sich wie ein Lamm zur Opferstätte führen und schlagen lassen. War das ein Eingeständnis seiner Schuld gewesen? Das schien naheliegend zu sein und doch wurde sie das Gefühl nicht los, dass er unschuldig war. Niemand, der sich an einer Frau verging, würde sich erhobenen Hauptes auspeitschen lassen. Andererseits, wer wusste schon, was in den Köpfen der von den Guanchen abstammenden Canarios vorging? Sie kannte ja schließlich nur Aquil näher und der war weder Canario noch Kastilianer. Er trug es ihr bestimmt nach, dass sie es nicht geschafft hatte, ihren Vater aufzuhalten. Auch das lag Laura im Magen. Es schien fast so, als hätte sich ein Fluch auf das Haus gelegt, der es zur Leblosigkeit verdammte, weil hier einem Menschen Unrecht widerfahren war. Was für ein verrückter Gedanke, doch Laura kam kaum noch gegen ihn an. Der Widerstreit zwischen ihrem Verstand und dieser unguten Vorahnung ließ sich nicht mehr bändigen und drohte gar, in einer Lähmung zu enden. Laura saß immer noch wie angewachsen auf ihrem Lehnstuhl, um auf das leblose Bild und die paffenden Wölkchen zu starren. Das konnte so nicht weitergehen. Sie musste mit Inés darüber sprechen, um endlich Klarheit zu haben, was vorgefallen war, und zwar ohne Rücksicht auf ihren Wankelmut oder ihre derzeitige Stimmung zu nehmen. Sie musste ja bereits zurück sein. Laura stand entschlossen auf, doch kaum auf ihren Beinen hielt sie erneut inne. Inés hatte es abgelehnt, dass sie sie zum Arzt begleitete, weil sie einem Gespräch aus dem Weg gehen wollte. Würde es Inés nicht als Vertrauensbruch ansehen, wenn sie sie erneut nach den Geschehnissen in der Scheune fragte? War es nicht pietätlos, wenn man in einer seelischen Wunde herumstocherte? Was wollte sie von ihr hören? Etwa, dass sie diesen Mann mit ihren Reizen provoziert hatte und er sich dann ihrer mit der Peitsche erwehren musste? Das war ein höchst absurder Gedanke, der Laura dazu brachte, doch wieder einen Schritt nach dem anderen in Richtung Inés' Zimmer zu tun. Wahrscheinlich würde ihre Schwester sie auch jetzt nicht sehen wollen und diese Vermutung bestätigte sich. Inés reagierte nicht auf ihr Klopfen, auch nicht, nachdem sie mehrfach nach ihr gerufen hatte.

»Erspar es dir«, kam dann von unten aus dem Treppenhaus. Lauras Vermutung, dass sie bereits wieder zurückgekehrt waren, bestätigte sich. Sie eilte die Treppe hinunter und sah einen gebrochenen Mann vor sich. Mit hängenden Schultern stand Vater vor ihr.

»Sie hat Baldrian und Bilsenkraut zur Beruhigung bekommen. Inés war völlig entkräftet. Lass sie schlafen«, riet ihr Vater an, als sie ihn erreichte.

»Was hat der Arzt gesagt?«, wollte Laura wissen.

Abel blickte nach oben in Richtung Inés' Zimmer und gebot ihr dann mit ernster Miene, ihm in die gute Stube zu folgen, wo er sich entkräftet auf seinen Lehnstuhl sinken ließ. Er schien um Jahre gealtert zu sein. Sein Gesicht war eingefallen und wirkte fahl.

»Ich habe mit dem Arzt gesprochen … Sie wollte sich nicht untersuchen lassen. Er sollte ihr nur eine Salbe mischen …«, fing Vater an.

»Und warum nicht?«

Vater holte tief Luft. Es fiel ihm sichtlich schwer, weiterzusprechen.

»Gonzáles ist Wundarzt beim Militär. Inés war es unangenehm, sich vor ihm zu entblößen.«

»Aber in so einem Fall … Sie hat sich doch auch in San Sebastián untersuchen lassen, als sie am ganzen Körper einen Ausschlag hatte«, erinnerte Laura sich.

»Das habe ich mir auch gedacht … Er hat es ihr dann als unabdingbar erklärt und sich geweigert, ihr eine Heilsalbe zu mischen, wenn er sich die Verletzungen nicht ansehen könne.«

»Sie hat sich dann also doch untersuchen lassen?«

Abel nickte.

»Worauf wollt Ihr hinaus?«, fragte Laura ungeduldig.

»Du weißt, dass ein Arzt der Schweigepflicht unterliegt, doch in diesem Fall … Als ich ihn bezahlte … Du musst wissen, dass Gonzáles und ich gemeinsam gedient haben. Er hat nur das Allerbeste für unsere Familie im Sinn …« Abel benötigte einen weiteren tiefen Atemzug, um fortfahren zu können. »Es gab auch ältere Narben«, sagte er dann.

Laura schüttelte fassungslos den Kopf.

»Ich hätte eure Mutter und Inés niemals mit hierhernehmen dürfen. Die Insel … das Leben hier. Es ist unberechenbar. Wer weiß, was Inés alles durchgemacht hat, während ich gekämpft habe? Sie war allein im Haus, hilflos«, warf Abel sich vor.

»Aber warum hat sie nie mit dir darüber gesprochen?«

»Sie ist wie deine Mutter … eine tapfere Frau mit einer rauen Schale. Eine Baskin, durch und durch, doch irgendwann zerbricht die Schale. Meine arme Inés. Verstehst du jetzt, warum sie so durcheinander ist? Ich habe Angst, dass sie den Verstand verliert.« Vater schluckte, um sich aufsteigende Tränen niederzuringen.

Laura konnte Vaters Verzweiflung mehr als nur nachvollziehen und dennoch versuchte sie ihm Mut zuzusprechen. »Ihr dürft nicht so schwarzsehen. Inés ist bestimmt noch bei klarem Verstand«, versuchte sie, ihm und zugleich sich selbst einzureden.

Ein bitteres Lächeln löste sich in Abels Gesicht. »Der weitere Verlauf des Nachmittags hat mich eines Besseren belehrt«, sagte er niedergeschlagen.

»Was ist passiert?«

»Es hat mich nicht überrascht, dass Inés den Wunsch geäußert hat, ein stilles Gebet zu sprechen. Du weißt, dass sie Halt im Glauben findet. Seit Mutters Tod ist sie zweimal pro Woche nach Las Palmas gefahren, um dort im Gebet Kraft zu suchen.«

Laura konnte sich keinen Reim darauf machen, was daran so schlimm gewesen sein soll. Nichts war nachvollziehbarer.

»Ich weiß nicht, ob ich heute Schuld auf mich geladen habe ... Es war der Zorn, der die Peitsche geführt hat. Am Ende hat sie einen Unschuldigen getroffen. Das Gewissen plagte mich und ich erhoffte mir, in einem Gebet Klarheit zu finden, etwas zu spüren, was meine inneren Zweifel an Inés' Worten bestärkt oder gänzlich vertreibt. Ich bin ihr gefolgt ... Ich hatte Inés kniend auf den Bänken erwartet, wie sie es immer tut, wenn wir in der Kirche sind, doch ich konnte sie nirgends sehen, bis sie dann aus einem der Beichtstühle trat ...« Laura wunderte sich, warum Vater fassungslos den Kopf schüttelte, doch sie ahnte, was er mutmaßte.

»Ihr meint, dass sie ihr Gewissen erleichtern wollte, weil sie einen Falschen beschuldigte?«, fragte Laura geradeheraus.

»Das habe ich mir auch gedacht, doch der Grund meiner tiefen Besorgnis liegt woanders. Inés hat mich sicher nicht bemerkt. Ich saß ganz vorne auf den Bänken. Neben mir saßen zwei ältere Frauen, die den Rosenkranz beteten. Ich richtete meine Worte an Gott, doch nicht mehr aus vollem Herzen, weil meine Gedanken bei Inés' Beichte waren. Das Gebet war sinnlos geworden. So machte ich mich auf zu gehen, und dann wurde mir gewahr, dass Inés den Verstand verloren haben muss«, sagte Vater.

»Was hat sie denn getan?«

»Die Beichtstühle ... Sie waren leer«, erklärte Vater und sah Laura voller Verzweiflung an.

Laura griff nach seinem Arm, in der Hoffnung, dass er daran Halt finden würde.

»Die Insel hat ihr kein Glück gebracht«, sagte er mehr zu sich, wandte sich von Laura ab und blickte gedankenverloren ins Leere.

Laura konnte dem nicht widersprechen und hoffte, dass es die Insel besser mit ihr meinte als mit ihrer Schwester.

Laura hatte das Bedürfnis verspürt, zum Grab ihrer Mutter zu gehen, in der Hoffnung, an diesem Ort, der zu einer anderen Welt zu gehören schien, Ruhe zu finden. Es war das Konzert der Natur und die tägliche Darbietung ihrer Macht im Spiel der Wellen, das alles, was einen belastete, als nichtig erscheinen ließ. Die laute Brandung des Meeres war ohrenbetäubend und wurde vom Wind begleitet, der durch die Ritzen des Grabhäuschens pfiff. Laura war klar, dass ihre Mutter ihr keine Antworten auf die vielen Fragen geben konnte, die ihre Schwester betrafen. Es tat trotzdem gut, an ihrem Grab zu stehen, und wenn es nur die Erinnerung an glücklichere Tage weckte, in denen Inés einfach nur ihre große Schwester gewesen war, ein Mensch, zu dem Laura aufsehen konnte. Der Wind wurde abrupt stärker und kräftige Böen trugen das Wasser mit solcher Geschwindigkeit an Land, dass Laura es vorzog, das Weite zu suchen, um dem Atem des Meeres zu entgehen. Der Garten vor dem Haus schien im Moment die bessere Wahl zu sein, selbst auf die Gefahr hin, dass einige der Arbeiter sie sahen und sich wunderten, was Abels Gehilfe darin zu suchen hatte.

Aquil wartete an deren Ende der Arkade vor dem Haus auf sie. Er musste sie schon von Weitem gesehen haben.

»Wie geht es dem Arbeiter?«, wollte sie als Erstes wissen. Laura hoffte inständig, dass er keine Narben fürs Leben davontrug. Dafür, dass sie nicht einmal seinen Namen kannte, schämte sie sich, auch dafür, dass Vater ihn von seiner Plantage verbannt hatte.

»Hayyan wird es überleben. Seine Söhne sorgen gut für ihn. Sie legen ihre Arbeit nieder. Wir verlieren drei Mann«, sagte Aquil.

»Seine Söhne?«

»Was glaubst du, warum er die Schuld auf sich genommen hat? Sein Jüngster versorgt die Pferde. Er war sich sicher, dass Inés ihn bezichtigen wird.«

»Dann glaubst du also nach wie vor, dass meine Schwester gelogen hat?«

»Er war es nicht. Hayyan war nicht einmal in der Nähe der Stallungen, sondern bis in die Abendstunden auf den Feldern.«

»Wir sollten es meinem Vater sagen.« Laura schämte sich für ihre Schwester und für ihren Vater, der vorschnell gehandelt hatte.

»Es würde nichts nützen. Hayyan möchte mit den Jiménez nichts mehr zu schaffen haben«, sagte Aquil.

»Es tut mir so leid … Ich weiß nicht, was in Inés gefahren ist. Ich weiß langsam gar nicht mehr, was ich glauben soll … Inés ist …«

»Verrückt?« Aquil sprach aus, was sich Laura mittlerweile auch dachte.

»Sie ist trotzdem meine Schwester und sie hat viel durchgemacht.« Laura sagte es halbherzig, denn ob Schwester oder nicht, niemand hatte das Recht, sein eigenes Leid zum Anlass zu nehmen, andere leiden zu lassen.

Aquil nickte. Sein Verständnis beruhte sicher darauf, dass er den Tod ihrer Mutter, den von Francisco und den Verlust ihres Kindes mitbekommen hatte.

»Hast du mit ihr noch einmal gesprochen?«

Laura schüttelte den Kopf.

»Ich hoffe, dass es ihr bald wieder besser geht«, sagte er mit überraschend viel Mitgefühl.

Das Gefühl der Ratlosigkeit war erdrückend. Laura wusste, dass sie Aquil vertrauen konnte und er keinen Grund hatte, Hayyan in Schutz zu nehmen, und dennoch umwob ihn ein Geheimnis. Was hatte ihn zum Mann zwischen zwei Welten gemacht? Woher nahm er diese Güte, diese Weisheit und die

Kraft, seinen Weg zu gehen? Laura kam nicht mehr dazu, diesen Faden weiterzuspinnen, denn eine Kutsche näherte sich dem Haus. Dem ratternden Geräusch und dem schnellen Schlag der Hufe auf den harten Boden nach zu urteilen, musste es jemand sehr eilig haben. Laura und Aquil tauschten Blicke. Auch er konnte sich anscheinend keinen Reim darauf machen.

Als Laura und Aquil die Zufahrt zum Haus erreicht hatten, erkannte sie Calvinos Kutsche, doch nicht er lenkte sie, sondern María, seine Frau. Dass sie Jacob mit dabeihatte und von Calvino keine Spur zu sehen war, deutete Laura als kein gutes Zeichen. Vielleicht kam sie aber auch nur, um nachzufragen, warum Laura heute nicht zum Unterricht erschienen war. Ihre Beweggründe würde Calvino angesichts des heute Vormittag Vorgefallenen aber sicher verstehen.

»Wir brauchen Eure Hilfe … Sie waren da … und haben ihn geschlagen … Calvino ist verletzt«, eröffnete María ihnen, noch bevor sie von der Kutsche gestiegen war.

»Was ist passiert?«, fragte Aquil, um Fassung bemüht.

»Mitten im Unterricht … Der Mallorquiner und seine Leute. Es waren Soldaten mit dabei … Sie haben die Kinder verschleppt. Calvino hat sich ihnen entgegengestellt«, schilderte sie aufgeregt.

Laura wurde augenblicklich flau im Magen.

»Calvino hat Jacob und mich im Keller versteckt, als die Männer kamen. Niemand weiß von diesem Raum unter der Küche … Wir konnten Schreie hören … Es hat nicht aufgehört … Wir haben gewartet, bis es wieder still war. Und dann habe ich ihn gefunden …«

»María«, hörte Laura Calvino mit schwacher Stimme rufen. Er musste verletzt auf der Ladefläche liegen.

Laura eilte sofort zu ihm und war schockiert zu sehen, dass sein Hemd blutüberströmt war.

»Der Weg in die Stadt ist zu weit und dort sind Soldaten«, erklärte María. Dass sie unter diesen Umständen Hilfe bei ihnen suchte, war klar. An wen sonst könnte sie sich wenden?

Es wunderte Laura nicht, dass ihr Vater ebenso auf die Kutsche aufmerksam geworden war. Er eilte in Windeseile zu ihnen.

»Die Sklavenhändler haben die Mission überfallen«, setzte Aquil ihn ins Bild.

Abel besah sich Calvino und wandte sich an Aquil. »Hol den Wundarzt. Koste es, was es wolle«, wies er ihn an.

Aquil zögerte keine Sekunde und lief hinüber zu den Stallungen.

»Wir müssen ihn ins Haus bringen«, sagte Vater.

»Er hat es gerade noch bis zur Kutsche geschafft, dann ist er zusammengebrochen«, erklärte María.

Abel stieg auf die Ladefläche der Kutsche.

»Fass mit an«, sagte er an Laura gerichtet.

»Es wird schmerzen, aber du kannst nicht hier liegen bleiben«, gab er Calvino zu verstehen, der daraufhin tapfer nickte.

María drückte den Jungen an sich. Er zitterte am ganzen Leib.

Laura packte Calvino an den Beinen, hob sie an, während Abel vorsichtig schob. Er selbst hatte seine Arme unter Calvinos Achseln gelegt.

Calvino stöhnte vor Schmerz auf und biss sich auf die Lippen. Die Stelle seines Hemdes, an der ein rostbrauner Fleck von eingetrocknetem Blut zeugte, färbte sich wieder rot.

Laura hielt Calvinos erschlafften Körper an seinen Kniekehlen und stützte seine Beine mit ihren Hüften, um ihn so sanft wie möglich nach vorn ziehen zu können. Ihr drohten die Arme zu versagen, als ihr Vater abstieg und nun das gesamte Gewicht des regungslosen Körpers in ihren Armen lag.

»Lauf zum Haus«, wies María ihren Sohn an. Sie packte dann mit an, legte ihre Arme stützend um seine Hüften, um Calvino die wenigen Meter bis zum Haus hineinzutragen. Laura hoffte inständig, dass Aquil den Arzt dazu brachte, sofort herzukommen. Auch wenn sich Calvino ein dankbares Lächeln abrang, als sie ihn auf dem weichen Teppich der Stube betteten und Laura ein Kissen unter sein Haupt schob, fürchtete sie, dass er diese Verletzungen nicht überlebte.

Laura war froh darüber, dass sie sich in der Einschätzung von Calvinos Zustand getäuscht hatte. Er war aufgrund des Blutverlustes geschwächt, doch der Arzt hatte sie damit beruhigen können, dass bei den Messerstichen keine lebenswichtigen Organe getroffen worden seien. Ruhe bräuchte er und Pflege, und dass er die bekam, dafür sorgten nicht nur seine Frau und Laura. Inés hatte den Tumult im Haus mitbekommen. Nie im Leben hätte Laura damit gerechnet, dass sie ihnen beistehen würde. Eine helfende Hand mehr zu haben, wusste Laura jedoch zu schätzen, denn María war völlig entkräftet und musste sich um Jacob kümmern. Auch Vater hatte darüber nicht schlecht gestaunt. Inés schien urplötzlich wieder eine ganz normale Frau zu sein, ihre Schwester, und prompt durfte Laura sich anhören, dass es auch sie hätte treffen können. Damit hatte Inés recht, denn Laura hatte ja ursprünglich geplant, noch in dieser Woche den Unterricht wieder aufzunehmen, und Inés' Warnung, wie gefährlich es sei, weiterhin bei Calvino zu unterrichten, hatte Laura noch gut im Ohr. Weitere Sticheleien blieben aus. Inés hatte alle Hände voll zu tun, damit Calvino auf die Beine kam. Laura überlegte, ob sie sich vielleicht deshalb so einsetzte, um etwas gutzumachen oder sich bei Vater zu rehabilitieren. Inés hatte sogar das Personal instruiert, das Gästezimmer herzurichten und ein Huhn zu schlachten. Sie sollten so schnell wie möglich eine Hühnersuppe kochen, damit sich Calvino damit stärken konnte. Inés war zweifelsohne um Vaters Freund bemüht und empörte sich genau wie Lara und ihr Vater darüber, dass Soldaten mit den Sklavenhändlern gemeinsame Sache machten – auch das sorgte für den Wiedereinzug einer gewissen Normalität im Haus und im Umgang miteinander. Wenn es etwas gab, was zu tun war, wenn sie mit anpacken konnte, schien ihre Schwester aus der Dämmerung ihres Leids, das sie in sich hineinfraß, zu erwachen. Für einen Moment hatte Laura sich sogar überlegt, die Gunst der Stunde zu nutzen, um Inés doch noch auf die mittlerweile als erwiesen erachtete Unschuld Hayyans anzusprechen, doch das Risiko, dass Inés' Stimmung aufs Neue kippte, war einfach zu groß. Sie waren zudem auf jede helfende Hand angewiesen, und wenn jemand seine Hilfe anbot, nahm man sie an.

»Ich werde mit Carlos darüber sprechen«, hatte Inés ihnen überdies angeboten, weil sie glaubte, dass er herausfinden könnte, wer mit den Sklavenhändlern gemeinsame Sache machte.

Dass Vater darin keinen Sinn sah, sagte er Laura erst, als Inés in der Küche nach dem Rechten sah und sie die Möglichkeit hatten, unter vier Augen offen zu sprechen.

»Sie glaubt, Carlos zu kennen … Er weiß, dass einige seiner Leute Geld annehmen. Sie sind bestechlich, was mich bei dem geringen Sold nicht wundert«, eröffnete Vater ihr auf ihrem gemeinsamen Spaziergang an der frischen Luft, um wieder Kräfte zu sammeln.

»Dann ist sein Dulden genauso verwerflich«, stellte Laura klar.

»Was will er machen? Wenn Carlos Soldaten Kastiliens bestraft, weil sie Sklavenhandel begünstigen, wird man ihm das übel nehmen. Nicht nur sein Ansehen, sondern auch seine Stellung wären gefährdet«, erklärte Abel.

»Aber er wird auf Euch hören. Es sind doch noch Kinder. Er könnte unter einem Vorwand dafür sorgen, dass sie freigelassen werden. Sie kamen in den Genuss einer Schulbildung. Ein Teil von ihnen spricht unsere Sprache. Wer will denn solche Sklaven haben?«

»Ich fürchte, du täuschst dich. Esteban wird einen guten Preis für sie erzielen, weil sie noch formbar sind und gefügig«, sagte Vater, der augenscheinlich genauso darunter litt wie Laura.

»Was wird mit ihnen geschehen?«

»Carlos hat mir gesagt, dass sie sie in ein Lager am Hafen im Osten bringen. Und wenn sie genug haben, dann legen sie ab … meist nach Andalucía, doch wer weiß schon, was Estebans Leute vorhaben«, sagte Vater.

Laura spürte, wie sehr ihn das beschäftigte. Schließlich unterstützte er Calvino und das sicher nicht, weil er seine Arbeit nicht schätzte. Er hatte ein Herz für diese Kinder.

»Bisher hat noch niemand versucht, Sklaven zu befreien. Niemand würde sich mit Esteban anlegen«, überlegte Abel laut.

»Was willst du damit sagen?«

»Esteban fühlt sich sicher. Er lässt sie, wenn überhaupt, nur von einem Mann bewachen. Aus den Käfigen kommt ja niemand heraus«, überlegte er laut.

Laura schob die Vorstellung von ihren Schülern in Käfigen von sich, um nicht zu verzweifeln. Nun musste sie einen klaren Kopf bewahren.

»Deutet Ihr damit an, dass wir …« Laura wagte es nicht, den Satz zu vollenden.

»Ich bin dazu zu alt, doch vielleicht wäre Aquil dazu bereit, es mit ein paar Männern aus dem Dorf der Verschleppten zu versuchen«, schlug Vater allen Ernstes vor. »Ich habe lange genug weggesehen. Das spanische Königshaus steht dem Sklavenhandel ebenso skeptisch gegenüber, doch ich hätte mir klarmachen müssen, dass es noch Jahre dauern wird, bis es keine Sklaven mehr unter Isabels Herrschaft gibt«, sagte Abel mehr zu sich.

»Ich werde Aquil fragen, doch würde ich es als Akt der Feigheit erachten, wenn ich ihn nicht begleite«, sagte Laura.

»Das kommt nicht infrage.« Abels Worte klangen bestimmt.

Laura nahm sie zur Kenntnis und nickte, auch wenn sie es ihm nicht versprechen konnte. »Die Kinder zu befreien, ist eine Sache, aber wie kommen sie unbeschadet zurück in ihre Dörfer?«, fragte Laura.

»Über Land wird die Flucht nicht gelingen. Sie haben Pferde. Aquil ist auf eine Kutsche angewiesen«, sagte Abel nachdenklich.

Die Aussichten, dass sie die Kinder befreien konnten, waren nicht die schlechtesten, aber die Flucht erschien Laura nahezu unmöglich.

»Wenn es gelänge, Estebans Männer zu überwältigen, sie zu fesseln, zu knebeln, sodass niemand die Flucht allzu rasch bemerkt … doch es wäre immer noch ein Glücksspiel, es sei denn … sie würden den falschen Spuren einer Kutsche folgen.« Abels Miene hellte sich auf.

Laura konnte ihm nicht ganz folgen.

»Binsenboote, das müsste doch gehen. Sie fliehen auf dem Seeweg. Eine zweite Kutsche wartet an einer der nächsten Buchten im Norden auf sie. Und die andere Kutsche …«

Laura dämmerte, worauf Abel hinauswollte. »Ein Köder? Die falsche Spur?«, wollte Laura sich rückversichern.

Abel lächelte anerkennend.

Das genügte, um zu wissen, dass sie seinen Plan erfasst hatte. Nun wurde Laura auch vollends klar, warum er von Königin Isabel höchstpersönlich einen Orden für Tapferkeit im Kampf um Granada bekommen hatte. Ein Sklavenhändler war Vaters Kriegslist sicher nicht gewachsen, zumindest hoffte sie das.

Es überraschte Laura keineswegs, dass Aquil sich dazu bereit erklärt hatte, die Kinder zu befreien, noch bevor Vater am späten Nachmittag dazu gekommen war, ihm von seinem durchdachten Plan zu erzählen und anhand einer Landkarte der Insel genau zu schildern, welche Bucht sie mit den Binsenbooten ansteuern mussten, um von dort mit einer zweiten Kutsche unbehelligt in die Berge zu gelangen. Die Zeit drängte. Vater wusste nicht, wann das Schiff auslaufen würde, doch Aquil war davon überzeugt gewesen, dass dies schon morgen der Fall sein konnte, weil Esteban sich bereits seit geraumer Zeit hier aufhielt und nie länger als zwei Wochen blieb. Vater hatte einräumen müssen, dass Aquil damit recht haben könnte. Sie durften keinen weiteren Tag verlieren.

Aquils Mission bestand darin, noch vor Einbruch der Dämmerung den Stamm im Hinterland von Galdar in ihren Plan einzuweihen und zwei Männer dazu zu bekommen, ihn zu begleiten. Es musste jemand sein, der mit Binsenbooten umgehen konnte. So viel Aquil wusste, konnten das die wenigsten der Guanchen, die in den Bergen lebten. Er schloss deshalb nicht aus, dass sie es lediglich behaupten würden, nur um ihre Kinder zu retten. Es stand zudem zu befürchten, dass sich die wenigen Krieger, die den Kampf gegen die Eroberer überlebt hatten, aufmachten, um sie auf eigene Faust aus den Fängen Estebans zu befreien. Es wäre ein aussichtsloses Unterfangen, weil sie nach wie vor keine ebenbürtigen Waffen besaßen, um Estebans Schergen spätestens auf der Flucht zu überwinden. Sie würden noch nicht einmal geeignetes Werkzeug haben, um ein Schloss damit aufzubrechen. An all das hatte Vater gedacht und Aquil dahingehend instruiert. Aquil durfte keine blinde Wut entfesseln und sollte ihnen den genauen Aufenthaltsort der Kinder am besten gar nicht sagen, jedenfalls so lange nicht, bevor er sich sicher sein konnte, dass sie seinen Anweisungen folgten.

Laura blieb bis in die Abendstunden nichts weiter übrig, als auf Aquils Rückkehr zu warten, allerdings nicht gemeinsam mit Vater in der Wohnstube, sondern auf ihrem Zimmer. Andernfalls hätte Inés nachgefragt, warum sie nicht wie sonst üblich zeitig schlafen ging. Calvino, María und ihr Sohn schliefen bereits. Vater wollte in seinem Zimmer auf Aquil warten. Nachdem Laura keinen Lichtschein mehr aus Inés' Fenster sah, wagte sie es, sich auf leisen Sohlen nach unten zu begeben. Vater würde sich nicht wundern, warum sie noch wach war. Dass sie vorhatte, Aquil zu begleiten, würde er daraus nicht schließen. Die Aufregung des Tages rechtfertigte es, nicht einschlafen zu können.

Vater saß mit einem Glas Wein in seinem Lehnstuhl und starrte Löcher in die Luft.

»Kannst du nicht schlafen?«, fragte er erwartungsgemäß.

Laura nickte und setzte sich ihm gegenüber auf die Ruhebank.

»Er müsste doch schon längst wieder hier sein«, sagte er mehr zu sich, dann blickte er zu ihr. »Inés schläft?«

Laura nickte. »Meint Ihr, sie würde uns verraten?«, wollte Laura von ihrem Vater wissen.

»Sicherlich nicht, aber es ist manchmal besser, nicht alles zu wissen.« Vaters Einschätzung verstand Laura angesichts Inés' Wankelmut nur allzu gut. Sie traf allerdings auch auf ihn zu und das war auch der Grund, weshalb sie ihm vom starken Roten nachschenkte. Er sollte müde werden und sich hinlegen. Laura hatte zunächst mit dem Gedanken gespielt, ihm die Wahrheit über ihr Vorhaben zu gestehen, doch er hätte auch nach erneuter Nachfrage niemals zugestimmt, dass sie Aquil begleitete. Letzteres war aber erforderlich, weil es jemandes bedurfte, der die falsche Fährte legte, also die Flucht mit der Kutsche mimte, damit die anderen mit den Booten unbemerkt entkommen konnten. Außerdem wollte Laura mit dabei sein. Es waren ihre Schüler, die Esteban verschleppt hatte. Niemand würde sie behelligen, weil es nicht ungewöhnlich war, dass nachts eine Kutsche vom Hafen aus unterwegs war. Einen so jungen Burschen würde man sowieso nicht für voll nehmen und es war allemal besser, als wenn ein Einheimischer die Kutsche steuerte. Er würde sofort Verdacht erregen. Genau so hatte Laura es heimlich mit Aquil vor seiner Abfahrt an den Stallungen besprochen.

»Ich werde mich auch hinlegen und versuchen, etwas Schlaf zu finden. Es gibt eh nichts, was wir tun können«, sagte Laura.

Vaters Augenlider flimmerten schon die ganze Zeit und keine fünf Minuten später fielen sie endlich zu. Laura deckte ihn zu und schlich sich aus dem Zimmer, um auf Aquil an der Weggabelung, die zu ihrem Haus führte, wie abgesprochen in der Deckung eines großen Lorbeerbaums zu warten. Laura hoffte, dass er nicht zu spät kam, denn sie waren auf den Schutz der Dunkelheit angewiesen und darauf, dass Vater sich nicht täuschte, denn drei Guanchen und ein Bursche könnten es sicher nicht mit Estebans Leuten aufnehmen, falls Vaters Plan fehlschlug.

Man sollte den Tag ja nie vor dem Abend loben. In ihrem Fall war es wohl umgekehrt, denn es ging um die Nacht, in der ihnen das Glück hold sein musste. Dazu gehörte auch, dass die Pferde das hohe Tempo durchhielten, das Aquil ihnen abverlangte. Laura schätzte, dass sie nur noch eine gute Stunde Zeit hatten, um vor Einsetzen der Dämmerung den Hafen im Osten der Insel zu erreichen.

Zwei Binsenboote aufzutreiben, die groß genug waren, um der See zu trotzen, und klein genug, um sie auf ihrer größten Kutsche zu befördern, hatte Aquil gute zwei Stunden und somit länger als geplant gekostet.

Den entschlossenen Mienen der beiden Canarios nach zu urteilen, die hinten zwischen den Booten auf der Ladefläche der Kutsche saßen, würden sie Esteban mitsamt seinen Männern wohl am liebsten umbringen. Aquil hatte ihnen das ausgeredet.

Laura hatte sich zunächst darüber gewundert, warum die Männer, mit denen Aquil angekommen war, kaum größer und kräftiger gebaut waren als sie selbst.

»Die Binsenboote sind nur für drei bis höchstens fünf ausgewachsene Männer gedacht. Ein gutes Dutzend Kinder muss darin Platz finden und jemand muss die Boote ja steuern.«

Aquils Erklärung hatte ihr eingeleuchtet und war Teil eines durchdachten Plans, in dem jeder seine Rolle zugewiesen bekommen hatte. Dazu waren zwei Kutschen nötig . Die erste, die Aquil lenkte und die Boote nebst zwei Männern geladen hatte, musste zunächst zur Bucht gebracht werden, von der aus die Flucht an Land fortgesetzt werden konnte. Die beiden Guanchen würden dann mit den Booten zur anderen Bucht fahren, hinter deren Anhöhe Estebans Versteck in der Nähe des Hafens lag. Lauras Aufgabe bestand darin, die falsche Spur zu legen, indem sie mit ihrer Kutsche die Straße zum Hafen nahm, um dann nach geglückter Befreiung der Kinder mit einer leeren Kutsche gen Norden zu fahren. Aquil sollte zusammen mit den Kindern und den beiden Männern den Seeweg nehmen, weil er nach hoffentlich gelungener Flucht nicht mit ihr zurückfahren konnte. Ein Guanche auf einer Kutsche, die vom Hafen wegfuhr, erregte Verdacht und aus der falschen Fährte würde dann schnell die richtige werden.

Lauras Angst vor der eigenen Zivilcourage stieg im Minutentakt, und auf Aquils ruhige Art und Besonnenheit, die sie in seiner Nähe stets empfand, musste sie nun verzichten, weil seine Kutsche vor ihr fuhr. Immerhin hatte er sich auf geraden Strecken ab und an nach ihr umgedreht und ihr ein aufmunterndes Lächeln geschenkt. Ihr Vorhaben musste einfach gelingen, schon allein deshalb, weil ihr Vater nicht erfahren durfte, dass sie sich daran beteiligte.

Es kam ihnen in dieser Nacht zugute, dass der Mond nur noch eine schmale Sichel war. Bei Vollmond wären selbst kleine Binsenboote auf dem Meer deutlich zu sehen, weil sie sich gegen den auf den Wellen tänzelnden Schimmer des Mondlichts abhoben. Außerdem könnten die beiden Kutschen von Siedlern, deren Häuser entlang ihres Weges lagen, bemerkt werden. Jeder, der so spät nachts zufällig auf die Straße sah, würde sich wundern, was dort zwei Kutschen mit geladenen Binsenbooten zu suchen hatten. Fischfang wurde woanders betrieben.

Einmal am Hang im Schutz eines hohen Buschwerks angekommen, war es ein Leichtes, die Binsenboote unbeobachtet nach unten ans Ufer zu bringen. Die zweite Kutsche hatte Aquil hinter einen riesigen Ginsterstrauch gefahren, sodass sie niemand von der Straße aus sehen konnte.

Die beiden Guanchen bestiegen die Boote und legten ab.

Aquil reichte Laura wortlos die Hand und half ihr, wieder auf ihre Kutsche zu steigen. Nun galt es, zurück zur Anhöhe und von dort entlang der befestigten Straße zwei Buchten weiter zu fahren, um auf die Ankunft der Männer in ihren Booten zu warten. Der Seeweg war schneller. Laura ging daher davon aus, dass die Boote bereits vor ihnen ihr Ziel erreicht haben würden. Von dort führte ein Trampelpfad zum Hafen, in dessen Nähe Esteban seine Gefangenen festhielt.

Zurück auf der Straße war es nur eine kurze Fahrt bis zum Hafen. Selbst wenn ihnen nun jemand entgegenkommen würde, so waren es sicher nicht Estebans Männer. Auch nachts waren hier ab und an Kutschen unterwegs, weil dies die einzige Verbindung zwischen dem Norden und dem Ostteil der Insel war. Es kam ihnen gottlob niemand entgegen. An der Abzweigung zur Hafenbucht angekommen, war es nun sogar von Vorteil, wenn die Kutsche vom Hafen aus bemerkt würde.

Aquil stellte sie so an der Zufahrt ab, dass man auf sie aufmerksam wurde. Die falsche Fährte war gelegt. Falls die Flucht gelang und sie jemand fragte, warum sie da oben gestanden hatte, konnte Laura sich mit einem Strauch, der sich in den Rädern verfangen hatte, herausreden. Auch daran hatten sie gedacht.

»Sie werden es schaffen!« Aquils Einschätzung deckte sich mit ihrer, weil der Abhang vom Hügel, der die beiden Buchten voneinander trennte, nicht sonderlich steil war. Ob die Befreiung der Kinder gelang, stand allerdings in den Sternen, denn der schwierigste Teil ihrer Mission lag ja noch vor ihnen.

Der Schein von Öllampen fiel aus den Fenstern der Hafengebäude und auch von Deck dreier Segelschiffe. Da unten waren Seeleute zugange, ob an den Schiffen oder in den Spelunken. Die Wahrscheinlichkeit, dass jemand die Kutsche sah, war demnach groß.

Von hier oben war der Schuppen im Blick, in dem Esteban Vaters Ansicht nach seine lebende Fracht gefangen hielt, bis sein Schiff auslief.

Aquil stieg von der Kutsche und nahm sich die Axt von der Ladefläche, mit der er die Schlösser aufbrechen konnte, die sicherlich an der Tür des Schuppens angebracht waren. Es gab Laura ein Gefühl der Zuversicht, dass Aquil sich in keinster Weise ängstlich zeigte.

Sobald die beiden Bootsführer die Anhöhe auf der linken Seite der Bucht erklommen hatten, war es Zeit, die Kinder zu befreien. Gespannt blickten Laura und Aquil hinüber zum Hügel an der linken Seite der Hafenbucht. Dort standen so viele Büsche, dass sich die beiden Guanchen dem Blickfeld, das man vom Hafen aus hatte, entziehen konnten. Auch die Öllampe, die einer von beiden entzünden musste, um ihnen zu signalisieren, dass sie bereit waren, die Kinder in Empfang zu nehmen, würde nur jemand von hier oben bemerken können. Das Licht war nun deutlich zu erkennen.

Aquil deutete auf eine weniger als zehn Meter von der Kutsche entfernte Anhöhe, von der aus der Schuppen und das ihn umgebende Gelände besser zu sehen sein durfte.

»Von da oben hast du uns im Blick. Sobald du siehst, dass wir mit den Kindern zur Meerseite laufen, fährst du los«, wies er sie an.

Laura nickte und schenkte ihm ein aufmunterndes Lächeln, das er erwiderte.

Dann trennten sich ihre Wege.

Laura wendete die Kutsche, damit sie später schneller von hier wegkam, und ging hinauf zur Anhöhe, auf der sie sich hinter Buschwerk verstecken konnte. Wenn Vater recht hatte, würde alles sehr schnell vonstattengehen.

Aquil und die beiden Männer eilten auf getrennten Wegen nach unten, um sich dem Gebäude von zwei Seiten zu nähern. Es schien auf den ersten Blick unbewacht zu sein. Esteban musste seiner selbst und seiner schmutzigen Geschäfte sehr sicher sein. Vater hatte sich aber getäuscht, denn Laura bemerkte nun ein kleines Öllicht, das sich vor dem Schuppen bewegte. Der Wind würde eine Laterne hin- und herbewegen, sie aber nicht in eine Richtung tragen. Und dann sah Laura einen Mann, der sie in Händen hielt und das Gebäude umrundete. Sie hoffte, dass sich Esteban mit nur einem Wächter begnügte und darauf baute, dass die Guanchen es nicht wagen würden, sich mit ihm anzulegen. Schon so manches Dorf hatte für einen Angriff gebrannt, wie Laura von ihrem Vater wusste.

Von Aquil und den beiden Männern war noch nichts zu sehen. Es konnte aber nicht mehr lange dauern, bis sie den Schuppen erreichten. Laura versuchte erneut, die drei auf dem letzten Stück des Abhangs ausfindig zu machen, jedoch ohne Erfolg. Wahrscheinlich bewegten sie sich in der Deckung der Büsche.

Dann ging auf einmal alles ganz schnell. Das Licht der Lampe erstarb. Die Dunkelheit, die sich bei der Flucht bisher als nützlich erwiesen hatte, wurde zum Fluch. Laura deutete das erloschene Licht dahingehend, dass Aquil oder einer seiner Begleiter Estebans Mann überwältigt haben mussten. Dann bewegte sich gar nichts mehr. Lauras Herz schlug bis zum Hals. Hoffentlich gelang es ihnen, ohne großen Lärm zu verursachen, in das Innere des Schuppens zu gelangen. Am Ende waren darin weitere Wärter und ihr Plan scheiterte bereits daran, den Schuppen zu betreten, doch dass dem nicht so war, zeigte sich keine Minute später. Laura konnte sehen, dass sich etwas an der zum Hang gerichteten Tür tat. Ohne jeden Zweifel war es Aquil gelungen, die Kinder zu befreien. Was Laura daran irritierte, war, dass der Strom an Menschen nicht abreißen wollte und die dunklen Schemen, die aus dem Inneren des Schuppens quollen, größer waren als die von Kindern. Laura schloss daraus, dass Aquil auch andere Sklaven befreit hatte, die Esteban dort gefangen hielt. Darüber hatten sie nicht gesprochen, doch Laura hätte das Gleiche getan. Im Schutz der Dunkelheit gelang es ihnen vielleicht, sich in den Bergen in Sicherheit zu bringen. Lauras Hauptaugenmerk galt im Moment aber den Kindern. Es waren mehr, als sie gedacht hatten, so viel stand fest. Sie hatten aber nur zwei Boote.

Noch war es ruhig um die Scheune. Die Flucht schien noch niemand bemerkt zu haben. Das Ende der Anhöhe zur angrenzenden Bucht war jedoch kahl. Von dort an konnten sich die Kinder nicht mehr hinter Buschwerk verstecken. Wie Ameisen erklommen sie flink den Hügel, um hinter ihm zu verschwinden. Die Nachhut bildeten zwei größere Gestalten. Es sollten aber drei sein, die beiden Guanchen und Aquil. Warum blieb einer der beiden Männer zurück? Laura konnte auf die Entfernung nicht sehen, wer es war, doch sie machte sich klar, dass Aquil aus irgendeinem Grund von ihrem ursprünglichen Plan abgewichen sein musste. Sie konnte es sich nur damit erklären, dass nicht alle Kinder in die Boote passten oder das Gewicht für die Binsenboote zu groß war, um sie durch die raue See zu tragen, wenn alle drei Männer damit zurückfuhren. Zwei Erwachsene brauchte es aber, um die Binsenboote zurück zur Bucht zu steuern, wo die andere Kutsche auf sie wartete. Sollte sie losfahren wie besprochen? Laura kannte Aquil mittlerweile gut genug, um zu ahnen, dass er, um das Leben der Kinder zu retten, sein eigenes aufs Spiel setzen würde. Sicherlich könnte er sich den anderen befreiten Sklaven auf der Flucht anschließen, doch die Angst, dass er dabei aufgegriffen wurde, zwang Laura dazu zu warten.

Weitere Lichter tauchten am Schuppen auf. Es bedurfte keinerlei hellseherischen Fähigkeiten, um zu wissen, dass die Flucht nicht unentdeckt blieb. Es waren einfach zu viele gewesen, die sie befreit hatten. Es reichte ja schon, wenn einige von ihnen zum Hafen gelaufen waren in der Hoffnung, eines der Handelsschiffe als blinder Passagier zu erklimmen.

Laura ging zurück zur Kutsche und stieg auf. Sie wusste, dass sie nun losfahren musste, um sich nicht selbst auch noch zu gefährden, doch sie konnte es nicht.

Auf der Anhöhe, die zur benachbarten Bucht führte, stand niemand mehr. Laura hoffte inständig, dass Aquil sich zu ihr durchschlagen würde.

Das Gebüsch vor ihr bewegte sich. Zweifelsohne versuchte jemand, die Straße zu erreichen, doch es war nicht Aquil, sondern ein Farbiger, der die Kutsche sofort bemerkte. Er sprang in Windeseile auf den Kutschbock und rief ihr etwas in seiner Sprache zu. Laura verstand kein Wort, doch aus seinen Gesten wurde klar, dass er von ihr verlangte, sofort loszufahren. Das konnte sie aber nicht. Am Ende würde Aquil einer fahrenden Kutsche hinterhersehen müssen.

Schon versuchte der Farbige, ihr die Zügel aus der Hand zu reißen.

Laura klammerte sich daran fest. Aus den Augenwinkeln konnte sie erkennen, dass unten immer mehr Lichtpunkte auftauchten. Es konnte keinen Zweifel mehr daran geben, dass sie nach ihnen suchten und den Köder, den sie ausgeworfen hatten, nämlich die Kutsche, sicher bald in Augenschein nehmen würden.

Wie aus dem Nichts schoss noch eine Gestalt aus dem Dickicht der Büsche. Es war Aquil. Er riss den Farbigen vom Kutschbock und stieß ihn zu Boden, wo er benommen liegen blieb. Dann schwang Aquil sich selbst auf den Kutschbock.

»Es waren zu viele. Ich konnte sie nicht ihrem Schicksal überlassen«, sagte er außer Atem.

Laura ließ die Zügel auf die Rücken der Pferde knallen. Sobald sie auf die große Straße eingebogen waren, würden sie es vielleicht noch schaffen zu entkommen, doch da täuschte Laura sich. Sie musste die Verfolger gar nicht sehen. Man hörte es, wenn Pferde schnell herangaloppierten. In Aquils Begleitung würde ihr niemand mehr die Ausrede abnehmen, dass sie auf dem Weg zum Hafen gewesen sei oder aus dem Süden kam, es sei denn, sie wurden nicht zu schnell aufgegriffen, sodass sie Aquil ein Stück weiter absteigen lassen konnte, um ihn dann wieder aufzulesen, wenn die Reiter weg waren.

»Wenn sie mich hier sehen, werden sie dir nicht glauben«, sagte Aquil und sprang von der fahrenden Kutsche, um sich zu Fuß durchzuschlagen, doch es war zu spät, denn keine zehn Meter vor ihnen schossen Reiter aus dem Dickicht und schnitten ihr den Weg ab. Auch hinter ihr tauchten Reiter auf. Einer trieb Aquil vor sich her. Er stürzte und ging zu Boden. Dabei stieß sein Kopf gegen einen Stein. Aquil versuchte vergeblich, wieder auf die Beine zu kommen, und blieb schließlich reglos liegen. Zwei der Reiter stiegen von ihren Pferden und griffen ihn auf. Es war alles verloren. Hoffentlich schafften es wenigstens die Kinder in die Freiheit.

Kapitel 14

Schlimmer hatte es kaum kommen können. Die Sklaven waren frei und nun saß Laura selbst in dem Schuppen, angekettet wie eine Sklavin. Aquil hatte man auch in Ketten gelegt, obwohl er noch immer nicht bei Bewusstsein war. Sein Haar war blutverkrustet. Wenigstens hatte die Stelle aufgehört zu bluten. Was würde der neue Tag, der sich durch ein kleines Fenster der Scheune ankündigte, wohl bringen? Laura erachtete es als Wunder, dass sie überhaupt noch am Leben waren. Es musste bestimmt schon eine Stunde vergangen sein, seit sie in die Scheune gesperrt wurden. Wenn sie wenigstens wüsste, was mit ihnen geschehen würde. Was war von einem skrupellosen Mann wie Esteban schon zu erwarten? Ein Leben in der Sklaverei? Laura hielt das für unwahrscheinlich, weil sie eine Baskin war. Und Aquil? Er war nur ein Guanche. Für ihn also die Sklaverei und für sie der Galgen?

Jemand machte sich an der Tür zu schaffen. Gerade weil die Situation ausweglos schien, versuchte Laura, sich zusammenzureißen und die Lethargie der vermeintlichen Ausweglosigkeit abzustreifen. Dabei half die Wut auf den Mann, der in Begleitung von zwei seiner Schergen den Schuppen betrat. Es war der König der Käfige, nur dass diese nun leer waren.

Dementsprechend finster war seine Miene. Er trat vor und musterte sie.

»Dich kenne ich doch, Bursche«, fuhr er sie an.

Laura antwortete nicht, doch versuchte sie, sich aufzurichten, auch wenn die Ketten, mit der ihre Hände an einen Pfosten gefesselt waren, dies nur sehr schwer ermöglichten.

»Wer hat dich geschickt?«, wollte er wissen.

»Niemand«, gab Laura zurück.

Esteban verwunderte die freche Antwort. Er tauschte Blicke mit seinen Begleitern und fing schallend an zu lachen.

»Ein mutiger Bursche also, der sein Leben riskiert, um Sklaven zu befreien. Ein Samariter, der sich um sie sorgt, damit sie auch genug zu trinken haben.« Esteban erinnerte sich also genauestens an ihre Begegnung am Tag ihrer Ankunft. Seine Miene wurde unvermittelt wieder ernst.

»Wer hat dich geschickt?«, wiederholte er.

Laura schwieg.

Esteban trat vor und verpasste ihr eine heftige Ohrfeige. Lauras Kopf schlug gegen den Pfosten. Der Schmerz war stechend und verursachte Schwindel.

»Jetzt sprich!«, verlangte Esteban.

Laura versuchte den Schmerz zu ignorieren und ihm eine glaubhafte Geschichte aufzutischen. »Ich kam aus dem Süden und Eure Männer haben mich aufgehalten«, sagte sie.

»Und der hier?« Esteban deutete auf den reglosen Aquil.

Laura überlegte, was ihr nun weiterhelfen könnte. Zu behaupten, ihn nicht zu kennen, könnte sein Leben gefährden, wenn Esteban ihr das überhaupt abnahm. Es war ja denkbar, dass seine Männer ihn noch auf ihrer Kutsche gesehen hatten.

»Wir arbeiten beide auf einer Plantage im Norden«, sagte sie.

»Auf welcher?«, fragte er mit schneidender Stimme.

»Auf der von Abel Jiménez«, erwiderte Laura, weil ihr klar geworden war, dass nur noch ihre Herkunft sie retten könnte. Sich den Zorn ihres Vaters einzuhandeln, war allemal besser, als am nächsten Baum aufgeknüpft zu werden.

»Jiménez … Man sagt, dass er gegen die Sklaverei ist. Hat er dich also geschickt?«, schlussfolgerte Esteban.

»Abel Jiménez ist ein ehrenwerter Mann und Kastilien treu ergeben«, erklärte Laura.

»Sieh an … anscheinend beschäftigt der ehrenwerte Mann Aufständische«, sagte Esteban mit Blick auf den am Boden liegenden Aquil.

»Ich weiß nicht, wie Ihr darauf kommt.«

»Warum ist er dann geflohen, als meine Männer deine Kutsche erreichten?«

»Er kann seine Notdurft nicht in der Kutsche verrichten und ist deshalb abgestiegen.« Laura hoffte, dass er nicht die Details kannte, nämlich dass ihre Kutsche in voller Fahrt gewesen war, als man sie gestoppt hatte. »Er ist der Vorarbeiter auf der Plantage und Jiménez' wichtigster Mann«, setzte Laura nach.

»Was schert mich das?«

»Das sollte es aber«, sagte Laura, weil sie instinktiv spürte, dass dies die einzige Möglichkeit war, Esteban zu verunsichern. Dass er sie fragend ansah, bewies, dass sie richtiglag.

»Jiménez genießt den Schutz der Krone, des Gouverneurs und ist Carlos Morales' engster Freund. Ihr profitiert doch auch von Carlos' Gunst.«

Esteban musterte sie misstrauisch.

Laura konnte ihm ansehen, dass es in ihm arbeitete. Aus seiner Reaktion schloss Laura, dass seine ganze Macht letzten Endes nur darauf beruhte, sich Carlos' Rückhalt sicher zu sein.

»Zieht Erkundigungen über uns ein. Ich heiße Gustavo und bin der Sekretär von Abel Jiménez und der da drüben ist

Aquil. Jiménez braucht ihn, weil er die Sprache der Hiesigen und unsere beherrscht. Ihr solltet uns nicht länger hier festhalten«, forderte sie ihn auf.

Das kaufte ihm den Schneid ab. Jemand wie er würde nicht riskieren, sich wegen eines verlustig gegangenen Geschäfts alle weiteren zu verderben.

»Wir werden sehen«, sagte er und wandte sich von ihr ab, um zu gehen.

Laura hoffte, dass ihre Worte in ihm Widerhall fanden. Vielleicht schickte er einen Boten zu Vater oder erkundigte sich im Hafen nach den Jiménez und ihren Verbindungen.

In dem Moment kam Aquil zu sich und schlug die Augen auf.

»Gebt ihm Wasser und bindet mich los, damit ich ihn versorgen kann«, verlangte Laura.

Esteban blieb abrupt stehen und bedeutete einem seiner Männer, ihrem Wunsch nachzukommen, bevor er den Schuppen verließ.

Der Gehilfe löste die Ketten von ihrem Handgelenk und deutete in Richtung eines Wassereimers, der auf einem Tisch am anderen Ende des Schuppens stand. Dann ging auch er aus dem Schuppen. Laura hörte, dass der Raum von außen wieder verschlossen wurde.

Aquil sah sie benommen an. Es fiel ihm schwer, die Augen offen zu halten.

Laura holte den Wassereimer und hielt ihm eine Kelle hin. Aquil trank davon und rang sich ein Lächeln ab.

»Er wird uns nichts tun«, sagte sie ihm und hoffte, dass sie sich in Esteban nicht täuschte.

Laura wertete zwei Dinge als gutes Zeichen: Aquil war wieder auf den Beinen, vielmehr saß er aufrecht neben ihr auf der Kutsche. Seine Hände lagen auch nicht mehr in Ketten.

Estebans Männer hatten sie ihm auf den Rücken gebunden. Außerdem ging die Kutschfahrt in Richtung Norden. Wohin genau sie gebracht werden sollten, ließ sich allerdings nicht in Erfahrung bringen, weil weder der Kutscher noch der zweite Mann, der sie begleitete, den Mund aufmachte. Ihnen hatte man ebenfalls Redeverbot erteilt.

»Sie bringen uns sicher zurück zur Plantage«, war das Letzte, was Laura zu sagen imstande gewesen war, bevor ihr einer der Männer unmissverständlich zu verstehen gegeben hatte, dass sie nicht mehr weitersprechen durften. Es reichte, wenn ein Schurke seine Hand an den Gürtel legte, an dem sein Dolch steckte, und diesen in einer Drohgebärde ein Stück herauszog. Spekulationen über ihr weiteres Schicksal waren somit nicht mehr möglich und auch keine weitere Nachfrage bei Aquil, warum er der Meinung war, dass dies nicht sicher sei – das Einzige, was er als Antwort auf ihre Vermutung hatte von sich geben können.

Aquil sollte recht behalten, denn die Kutsche nahm nicht den Weg gen Norden, der direkt zu ihrer Plantage führte, sondern folgte der Straße, auf der man nach Las Palmas kam. Was um alles in der Welt hatte Esteban vor? Auch nachdem sie eine gute halbe Stunde später vor einem Haus ganz in der Nähe der Stadtmauer angekommen waren, konnte sich Laura keinen Reim darauf machen.

»Absteigen und hier rein!«, hieß es.

Das Haus, in das man sie brachte, war eines der schmucklosen weiß gekalkten Häuser in der Nähe der niedrigen Hafenmauern, die schon mit Gründung der Stadt erbaut worden waren. Der Fassade hatten Wind und das feuchte Meeresklima bereits zugesetzt. Daran konnte man ermessen, wie alt es war. Erst das Innere des Hauses gab Aufschluss darüber, wem es gehörte. Die kastilische Flagge wehte über einem Schreibpult. Es gab ansonsten nur wenig Mobiliar. Auf zwei der Stühle mussten sie sich setzen. Hatte Esteban etwa vor, sie dem Militär zu übergeben? Lauras Gedanken überschlugen sich. Sie selbst hatte Esteban ja mit Vaters Freundschaft zu Carlos herausgefordert. Was lag also näher, sie ihm zu übergeben, um festzustellen, ob sie die Wahrheit sagte? Doch auch das war reine Spekulation. Ein Blick in Aquils Augen bestätigte, dass auch er mit nichts Gutem rechnete. Wenn sie doch nur miteinander sprechen könnten, doch Laura hatte keine Lust, nähere Bekanntschaft mit dem Dolch zu machen, der im Gürtel ihres Bewachers steckte.

Gut eine Stunde später näherten sich Schritte von draußen. Dann flog die Tür auf und Laura fiel augenblicklich ein Stein vom Herzen. Esteban war in Begleitung ihres Vaters, doch dessen Miene gab wahrlich und aus verständlichem Grund keinen Anlass zur Freude.

»Sind sie das?«, wollte Esteban wissen.

Abel nickte.

»Ich habe ihm gesagt, dass wir im Süden waren, um neue Felder zu erschließen«, sagte Laura, um Esteban erst gar nicht auf den Gedanken kommen zu lassen, ihren Vater zu fragen, warum sie sich nachts und ausgerechnet zur Zeit des Vorfalls in der Nähe des Hafens herumgetrieben hatten.

Esteban lachte und legte seine Hand auf ihre Schulter. »Einen feinen Burschen habt Ihr da als Sekretär. Macht gemeinsame Sache mit dem Widerstand.«

»Das halte ich für ausgeschlossen«, erwiderte Abel. Ihm blieb auch gar nichts anderes übrig, denn schließlich wusste er davon.

»Man hat Aquil gesehen ... Er hat den Sklaven zur Flucht verholfen«, sagte Esteban.

»Eure Männer haben ihn gesehen? Aber das ist unmöglich«, gab Laura zurück. Sie wusste, dass die Flucht erst später bemerkt worden war.

»Es gibt Mittel und Wege, Sklaven zum Reden zu bringen«, sagte Esteban, während er sich Aquil zuwandte. Dann richtete Esteban sich an Abel. »Ihr solltet nicht so vertrauensselig sein.«

Abel schwieg. Laura wusste, warum. Für Esteban musste es so aussehen, als ob er den Beweis, einen Rebellen bei sich zu beschäftigen, zu verdauen hatte.

»Man sagt, dass Ihr die Missionsstation unterstützt«, fuhr Esteban fort.

»Ich sehe es als meine Pflicht als treuer Diener unserer Krone an«, erwiderte Abel.

»Ihr wisst, dass dort eine Schule ist? Dort wird versucht, aus Wilden zivilisierte Menschen zu machen.«

»Was Eurem Geschäft nicht zuträglich ist«, mutmaßte Vater, dem der Sklavenhandel ebenso ein Dorn im Auge war wie Laura.

Esteban wandte sich von Laura und Aquil ab und schlug unvermittelt mit der flachen Hand auf den Holztisch. Laura erschrak darüber genauso wie ihr Vater und auch Aquil zuckte zusammen.

»Diese Ammenmärchen. Zuckerrohr im Süden. Dass ich nicht lache. Dort könnt Ihr Dattelbäume pflanzen, aber kein Zuckerrohr.«

Abel schwieg. Laura wusste, dass niemand dagegen argumentieren konnte, ohne sich dabei der Lächerlichkeit preiszugeben.

»Carlos hatte keine Ahnung, dass Ihr Rebellen beschäftigt, Ihr solltet seinen Rat beherzigen und Euch mäßigen, denn nur ihm habt Ihr es zu verdanken, dass Euer Sekretär und der Vorarbeiter noch am Leben sind«, sagte Esteban in scharfem Tonfall.

Laura konnte ihrem Vater ansehen, dass Estebans Worte ihre Wirkung nicht verfehlt hatten. Dementsprechend zufrieden musterte er alle drei und stieß einen höhnischen Laut aus.

Esteban wandte sich zum Gehen, doch unvermittelt packte er Aquil an seinen Haaren, und zwar dort, wo er die Wunde hatte. »Misch dich nie wieder in meine Geschäfte ein, hörst du?«

Dann ließ er ihn los, bedeutete seinem Begleiter, ihm zu folgen, und verließ den Raum.

Laura atmete augenblicklich auf.

Nur Vater schien alles andere als erleichtert zu sein. »Wie konntest du nur so töricht sein?«, fragte er sie, nachdem die Tür von außen ins Schloss gefallen war. »Und du? Du hättest nicht zustimmen dürfen, dass sie dir hilft«, warf er Aquil vor.

»Ich musste den Kindern beistehen«, versuchte Laura sich zu rechtfertigen.

Abel ließ sich kraftlos auf einen der Stühle neben dem von Laura sinken und nickte zögerlich. Laura war sich sicher, dass er sie verstand und ihren Ungehorsam verzeihen würde.

»Ich bitte Euch inständig, uns nach Hause zu bringen«, sagte Laura, stand auf und löste Aquils Fesseln.

Er rieb sich die Handgelenke, in die sich tiefe Furchen gegraben hatten.

»Das geht nicht. Warum, denkst du, sind wir wohl hier?«, sagte Vater.

Laura sah ihn fragend an.

»Carlos will mich sprechen und die Aufständischen sehen«, sagte Vater mit sorgenvoller Miene.

»Aber ich kann dann doch unmöglich hierbleiben. Was, wenn er mich erkennt?«

»Es wird sowieso nicht mehr lange dauern, bis er von seinem Sohn erfährt, dass aus der Vermählung nichts geworden ist«, gab Vater ihr zu verstehen.

»Ihr wollt es ihm also hier an Ort und Stelle sagen, dass ich Eure Tochter bin? Aber wenn er mich in diesem Aufzug sieht, wird er dann nicht Esteban glauben und eine Verschwörung vermuten?«

»Esteban … Er ermöglicht ihm die Geschäfte. Das ist alles. Außerdem weiß Carlos genauso gut wie ich, dass am Königshaus der Sklavenhandel bereits infrage gestellt wird. Carlos zu hintergehen, wäre verhängnisvoller … aber du hast recht … Er würde sich ungute Fragen stellen.«

Laura sah ihm an, dass er nach einer Lösung suchte.

»Ihr könntet den Sekretär entlassen. Carlos hat uns bisher nicht besucht. Er hat mich noch nicht als Bursche gesehen«, schlug Laura vor.

»Die Arbeiter haben sie auch nie anders gesehen«, warf Aquil ein.

In Vater arbeitete es. »Also gut«, sagte er, stand auf und ging zum Fenster. Er blickte hinaus, um auszukundschaften, ob sie von hier wegkonnten, ohne dabei Carlos in die Arme zu laufen.

»Beeilt euch. Nehmt meine Kutsche und verlasst den Ort gegen Norden. Ich werde hier auf Carlos warten und ihm erklären, dass du mit Aquil einen Arzt aufgesucht hast, weil sich seine Wunde entzündet hat. Du bist dann einfach verschwunden, wie vom Erdboden verschluckt.«

»Und Aquil?«, wollte Laura wissen.

»Er kennt ihn seit vielen Jahren. Ihm wird nichts geschehen.«

Laura suchte Blickkontakt zu Aquil. Als auch er nickte, war Laura sich sicher, dass dies der beste Weg war.

»Du machst dich zurecht. Dein Haar ist noch nicht lang genug. Such eine von Mutters Spitzhauben mit den seitlichen Schleiern. Sie bedecken dein Haupt und das gesamte Haar. Ich werde Carlos heute Abend zum Essen einladen und du wirst anwesend sein. Das wird ihn zwar überraschen, aber Inés' Gegenwart wird ihn milde stimmen«, sagte Vater, als sie schon den Türgriff in der Hand hatte.

Laura hoffte, dass Vaters Plan aufgehen würde, denn auf Inés konnte man sich im Moment nicht verlassen.

Gustavo hatte sich also aus dem Staub gemacht und entzog sich somit jeglicher Spekulation über seine Beteiligung an der Befreiung der Sklaven. Wenn das Thema noch einmal aufkommen würde oder jemand behauptete, ihn am Ort des Geschehens beobachtet zu haben, könnte Vater seine Hände in Unschuld waschen und sich in die Opferrolle begeben. Schließlich konnte man nicht ins Innerste eines Menschen schauen. Diese Variante hatten sie sich jedenfalls zurechtgelegt, falls es Carlos einfallen würde, nachzufragen. Vaters Plan schien erfolgversprechend, hatte aber einen Haken. Das Personal im Haus, Nalda, das Dienstmädchen, und die Köchin hatten Gustavo oft genug gesehen, um sich das Gesicht einprägen zu können. Ihnen den Bären aufbinden zu wollen, dass Gustavo ein Verwandter war, was die Ähnlichkeit mit Laura plausibel erklären könnte, würde nur Raum für weitere Spekulation schaffen. Dann war es besser, gleich von einer zufälligen Ähnlichkeit zu sprechen, sofern überhaupt darüber geredet wurde. Dass sie an der Stimme erkannt wurde, hielt Laura für unwahrscheinlich, da sie es sich als Gustavo zu eigen gemacht hatte, die Stimme etwas zu senken. Zudem kam, dass sie sich so gut wie nie mit dem Personal unterhalten hatte. Die Wahrheit kundzutun, kam jedenfalls nicht infrage. Nur Calvino, seine Frau und Jacob wussten Bescheid, doch ihnen konnte Laura uneingeschränkt vertrauen, zumal sie immer noch ihre Gastfreundschaft in Anspruch nahmen, bis Calvino einigermaßen genesen war.

Vater hatte sich dafür entschieden, Laura unbemerkt ins Haus zu schleusen, damit sie sich als junge Frau zurechtmachen konnte, natürlich mit einer burgundischen Haube, die jegliches Haar – ob kurz oder lang – vollständig verbarg. Er hatte versprochen, so bald wie möglich bei einem bekannten Händler nach einer Perücke zu fragen, die ihrer natürlichen Haarfarbe entsprach, doch so schnell ging das nicht.

Laura war froh, in der Garderobe ihrer Mutter fündig zu werden. Als ein wahrer Segen hatte sich eine Puderdose erwiesen. Ihr Gesicht hatte im Laufe der letzten Wochen Farbe angenommen, die sich damit verdecken ließ. Sich unbeobachtet aus dem Haus zu begeben, um sich dann von Vater, der auf der Zufahrt zu seinem Anwesen auf sie wartete, offiziell nach Hause fahren zu lassen, war ein einfaches Unterfangen. Damit die Ankunft auch vom Personal bemerkt wurde, hatte Vater Inés darum gebeten, sie offiziell zu empfangen.

Lauras Ängste, dass man sich auf Inés nicht mehr verlassen konnte, hatten sich als unbegründet erwiesen. Sie wusste, dass Vater die Schule unterstützte, und auch wenn sie Guanchen wie die Pest hasste, so war sie dennoch keine Befürworterin der Sklaverei und würde sich nicht gegen ihn stellen. Anscheinend gefiel ihr auch der Gedanke, künftig nicht mehr mit Gustavo speisen zu müssen. Inés wusste zudem selbst, warum die Identität ihrer Schwester nicht mehr viel länger verschleiert werden konnte. Letztlich war es auch in Inés' eigenem Interesse mitzuspielen, denn wenn Vater die Plantage verlor, weil herauskam, dass er sich gegen Esteban gestellt hatte, würde auch Inés ihre Existenz gefährden. Diese Einsicht beruhigte Laura am allermeisten.

»Eine mutige kleine Schwester habe ich also«, hatte sie ihr unmittelbar nach Vaters Ausführungen über die Geschehnisse gesagt. Dass sie in Carlos keine Gefahr sah, hatte Laura dann aber doch verwundert. Sie wertete es jedoch als ein gutes Zeichen.

Nun offiziell auf der Hacienda ihrer Familie anzukommen, war etwas Schönes und glich die Angst vor der leider unvermeidlichen Begegnung mit Carlos aus.

»Meine Tochter Laura«, stellte Vater sie vor.

Nalda begrüßte sie mit einem Knicks, als wenn königlicher Besuch vor ihr stünde.

Inés fiel ihr um den Hals, wie es sich für eine Schwester gehörte, die sich freute, nach jahrelanger Abwesenheit die Familie wieder vereint zu sehen.

Laura beruhigte, dass ihre Maskerade noch nicht einmal für die Spur einer Irritation sorgte. Die zweite Tochter des Hauses wohnte von nun an hier. Vaters Erklärungen gaben keinen Anlass zur Spekulation. Angeblich sei sie mit einem Schiff auf Teneriffa angekommen und habe mit einem kleinen Versorgungssegler übergesetzt – auch das war durchdacht, denn in den letzten Tagen war kein Segler aus Kastilien angekommen, wohl aber zwei auf der Nachbarinsel.

Vater hatte schon vor ihrer Ankunft die Anweisung gegeben, Gustavos Zimmer für Laura zurechtzumachen. Was doch ein paar frische Blumen und Bettwäsche mit verspieltem Muster aus Blumen und Beeren ausmachten. Dasselbe Zimmer hatte einen ganz anderen Charakter. Vaters Schlachtplan hatte funktioniert, ob Carlos ihnen das alles abkaufen würde, stand in den Sternen. Inés war der Ansicht gewesen, dass er erzürnen würde, wenn er erfuhr, dass ihre Schwester seinen Sohn verschmähte, doch sie hatte eine Idee, wie sie ihn beschwichtigen konnten. Sie war aus Inés' Sicht naheliegend, und dass ausgerechnet sie diesen Vorschlag gemacht hatte, zeugte davon, dass Inés schlussendlich auf ihrer Seite stand und sich wieder gefangen hatte. Letzteres mochte auch daran liegen, dass Laura, aber auch Abel es geflissentlich vermieden hatten, Inés noch einmal darauf anzusprechen, was wirklich in der Scheune vorgefallen war, denn sie konnten es sich nicht leisten, Inés zu verstimmen oder derart unter Druck zu setzen, dass sie in Carlos' Anwesenheit Kuriositäten an den Tag legte, um es gelinde zu formulieren. Es reichte ja schon, dass er mit Lauras Anwesenheit konfrontiert wurde. Inés hatte ebenfalls keine Anstalten unternommen, über den Vorfall zu sprechen. Es war fast so, als hätte er nie stattgefunden. So wie es aussah, konnte man also zumindest am heutigen Abend auf Inés bauen. Laura hoffte es zumindest, denn der hohe Besuch war für sieben angekündigt. Ihr blieb also noch gut eine Viertelstunde, um sich im Wandspiegel zu begutachten. Aus einer Nonne war ein junger Bursche geworden, der nun zur Frau aufgeblüht war. Als Letztes setzte sich Laura wieder die Haube auf, die sie zum Pudern abgenommen hatte. Carlos würde es nicht als ungewöhnlich empfinden, dass sie eine trug, schließlich drückte man mit solchem Kopfschmuck auch die Wertschätzung dem Gast gegenüber aus. Inés gedachte, sich ebenfalls eine aufzusetzen, zumal sie im Freien aßen und die immerwährende kühle Brise vom Meer es rechtfertigte, mit den seitlichen Schleiern auch die Schultern zu schützen.

Vater hatte sie instruiert, so lange auf ihrem Zimmer zu warten, bis er mit Carlos gesprochen hatte.

Das Geräusch einer sich nähernden Kutsche beschleunigte Lauras Puls. Sie schob den Vorhang an ihrem Fenster zur Seite und lugte hinaus.

Carlos sah noch viel verwahrloster aus, als Laura ihn in Erinnerung hatte. Sein Haar war zottelig, seine Gesichtszüge noch verhärmter, die gedrungene Stirn und die tief liegenden Augen genau wie früher angsteinflößend. Er passte nicht zu dieser edlen Kutsche, wie sie ein reicher Kaufmann oder ein Adeliger fahren würde. Das galt auch für seine Kleidung. Sein Wams konnte den Bauch kaum bändigen. Die Ärmel seiner Tunika waren verschmutzt und warfen Falten wie bei einer verwelkten Blume. Wie konnte sich Vater mit so einem Scheusal nur eine jahrelange Freundschaft erhalten?

Die Begrüßung der beiden war erwartungsgemäß herzlich. Sie klopften sich auf die Schultern und Vater führte ihn ins Haus, um ihm in der Wohnstube schonend beizubringen, was Inés ausgeheckt hatte. Genau diese Formulierung war Inés über die Lippen gekommen.

Laura hielt es nicht mehr auf ihrem Zimmer. Die Wohnstube hatte zwei Zugänge. Sie musste einfach in Erfahrung bringen, wie Carlos reagierte. Weil die Ruhebank sich im hinteren Teil des Raumes befand und sie dort sicher Platz nehmen würden, entschied sich Laura, sie von der dortigen Tür aus zu belauschen.

Sie ließ sich geräuschlos öffnen. Ein Spalt breit würde genügen, um in Erfahrung zu bringen, ob sie sich von nun an hier sicher fühlen konnte oder besser darüber nachdachte, die Flucht zu ergreifen.

»Nun, von welch überraschender Kunde sprichst du? Deinem Antlitz nach zu urteilen wohl von etwas wenig Erfreulichem. Sag bloß, dein vertrauter Schreiberling ist wieder aufgetaucht?«, hörte sie Carlos fragen. Die Nachricht vom Verschwinden Gustavos hatte ihn also bereits erreicht.

»Nein, gottlob nicht. Offen gestanden würde ich nun nicht mehr die Hand für ihn ins Feuer legen«, sagte Vater.

Laura lugte in die Wohnstube und konnte sehen, dass Vater sich mit einem Glas Wein neben Carlos setzte.

»Eine ernste Angelegenheit. Esteban ist erheblicher Schaden entstanden«, sagte Carlos.

»Gewiss. Doch bedenke, dass es unter Umständen von Vorteil sein könnte, sich von Esteban zu distanzieren. Das Königshaus spricht nicht mehr gut über Menschenhandel.«

»Du hast ein viel zu gutes Herz, werter Freund, und glaub mir, Isabels Arm ist nicht lang genug, um die Inseln zu erreichen«, gab Carlos zurück.

Vater erwiderte darauf nichts. Sich nun auf einen Diskurs über politische Angelegenheiten einzulassen, die zugleich moralische waren, könnte Carlos verstimmen und wäre unklug.

»Es geht um meine Tochter … um Laura«, fing Vater dann an.

Laura spürte, dass ihre Handflächen vor Aufregung feucht wurden und sie anfing zu zittern.

»Gibt es Neuigkeiten? Sag bloß, die beiden haben sich schon vermählt? Und ausgerechnet ich erfahre wieder als Letzter davon«, sagte Carlos.

Vater schwieg.

Laura fragte sich, woher er die Kraft nahm, Carlos die dreiste Lüge, Inés' Idee, aufzutischen.

»Ich will es kurz machen. Die Hochzeit hat nicht stattgefunden. Laura ist hier«, gestand Vater ein.

»Willst du mich auf den Arm nehmen?« Carlos' Tonfall war bereits ein anderer geworden.

»Es ist die Wahrheit.«

»Was ist passiert? Ich hoffe, etwas Gewichtiges, denn was kann es schon Wichtigeres geben, als den Bund der heiligen Ehe zu schließen?«

»Du weißt, dass Inés keine Kinder gebären kann. Nun, es fällt mir schwer, das zu sagen, denn es trifft mich hart ... Laura würde das gleiche Schicksal ereilen. Ich wollte es Saverio und dir ersparen, dass ihr den gleichen Schmerz erleiden müsst. Ein Leben ohne Nachfahr wäre dir beschieden. Ich hoffe, ich habe in deinem Interesse gehandelt.« Nun war Inés' listige Idee auf dem Tisch.

Laura öffnete die Tür einen Spalt weiter.

Carlos war weiß wie die Wand. »Ist das der Grund, weshalb du mich hier sprechen wolltest?«, fragte er, nachdem er sich gefangen hatte.

»Solche Dinge eignen sich nicht für ein Gespräch zwischen Tür und Angel«, erklärte Vater.

Carlos schwieg erneut.

Laura wertete es nicht als gutes Zeichen.

»Sie kann nicht hierbleiben«, sagte Carlos dann.

»Laura braucht die Familie nun mehr denn je«, wandte Vater ein.

»Und wie steht Saverio dann da? Die Leute werden reden und sagen, dass sie ihn verschmäht hat. Du musst auch an deinen Ruf denken. Es ist für alle das Beste, wenn sie zurück ins Kloster geht«, schlug Carlos allen Ernstes vor.

»Ich fürchte, werter Carlos, dem kann ich nicht zustimmen.«

Laura musste sich am Pfosten der Tür abstützen. Der Gedanke, wieder zurück nach Ávila zu müssen, war kaum auszuhalten.

»Überdenke es. Niemand wird mitbekommen, dass sie hier ist …«, sagte Abel.

»Jeder wird es mitbekommen. Mach dir nichts vor«, meinte Carlos.

»Dann sag du es ihr ins Gesicht«, schlug Vater vor.

»Wenn du es nicht fertigbringst … Nichts eignet sich besser dazu als eine gesellige Runde. Auch Inés wird es verstehen. Es darf keine Schande auf unsere Familien fallen.«

Laura hatte Mühe, sich aufrecht zu halten. Und mit diesem Scheusal sollte sie nun speisen?

Laura und Inés hatten mit Vater vereinbart, dass sie ab acht Uhr zu ihnen stoßen sollten. Während Laura bereits an der anderen Tür, die vom Flur aus in die gute Stube führte, wartete und Mühe hatte, sich zur Ruhe zu zwingen, schien es für Inés ein Besuch zu sein, der sie nicht sonderlich in Aufregung versetzte. Inés kam erst kurz vor acht die Treppe herunter. Sie trug ein rotes Kleid aus feinem Stoff, das weit ausgeschnitten und dessen Schmuckärmel mit goldfarbenen Fäden bestickt war. Eine Halskette mit bronzenem Anhänger durfte nicht fehlen. Auch sie trug eine kunstvoll bestickte Haube.

»Er will, dass ich wieder zurück ins Kloster gehe«, eröffnete sie ihrer Schwester im Flüsterton.

Diese verzog nur eine Augenbraue.

Laura musterte Inés geflissentlich und kam zu dem Schluss, dass sie ausgeglichen und in guter Stimmung war. Sie hatte sich herausgeputzt wie eine Konkubine, was die nächste neue Facette war, die sie an Inés kennenlernte. Was sie damit beabsichtigte, konnte Laura sich denken. Jeder Mann würde dieser Frau verfallen. Am Ende reichte das, um Carlos derart zu betören, dass er von seinen Plänen abließ.

»Hoffentlich gehen wir bald hinaus auf die Terrasse. Meine Wangen sind jetzt schon so heiß, als hätte ich Fieber«, merkte Inés an und rückte ihre Kopfbedeckung dabei zurecht. Dann klopfte sie an der Tür, setzte ein Lächeln auf und trat ein.

Laura folgte ihr mit gesenktem Haupt. Sie spürte Carlos' Blick für einen Moment auf ihr lasten, doch Inés ließ ihm überhaupt keine Möglichkeit, auf Lauras Anwesenheit zu reagieren.

»Carlos. Es fühlt sich an wie eine halbe Ewigkeit ...«, umgarnte sie ihn und stürmte freudestrahlend auf ihn zu.

Laura verblüffte die Wirkung, die Inés bei ihm erzielte. Sie machte aus einem hässlichen Wesen etwas ganz und gar Passables. Seine verhärteten Gesichtszüge schienen wie Wachs dahinzuschmelzen, als er Inés' Hand nahm und einen unterwürfigen Handkuss andeutete.

»Ich hoffe, Ihr könnt Euch noch an Laura erinnern«, fuhr Inés fort.

Fast widerwillig lenkte er den Blick auf den Anlass seines Besuchs, die abtrünnige Söhnerin.

»Gewiss ...«, sagte er nun wieder mit der Maske des Feldherrn. Seine Augen verengten sich zu schmalen Schlitzen.

Laura wagte es nicht, näher zu treten, doch Inés winkte sie zu sich.

»Nun, habt Ihr mir nichts zu sagen?«, sagte Carlos an Laura gerichtet.

Laura vermied es, ihm direkt in die Augen zu sehen. Sie bebte vor Angst. Er musste es als Reue und Scham interpretieren, was ihr im Moment zum Vorteil gereichen würde.

»Ehrenwerter Carlos. Unzählige Nächte habe ich mich damit gequält und mit mir gerungen, das Privileg, mit Eurem Sohn den heiligen Bund der Ehe einzugehen, und seine offenkundige Zuneigung auszuschlagen. Als ein gottesfürchtiger Mensch, aber auch aus tiefstem Herzen konnte ich es ihm nicht antun, auf einen sicherlich erhofften Erben zu verzichten, weil der unselige Körper seines künftigen Weibs nicht imstande ist, ihm diesen und sicherlich auch Euren innigsten Wunsch zu erfüllen«, sagte Laura auf wie Verse eines Gedichts, das ihr Inés fast wörtlich so eingebläut hatte. Laura hoffte, dass die Worte ihre Wirkung nicht verfehlten, denn Carlos hatte seine Frau bei der Geburt seines Sohnes verloren. Laura wagte es nun, in seine Augen zu sehen, und stellte fest, dass sie weder Mitgefühl noch Verständnis darin lesen konnte.

»Euer Vater hat mir davon berichtet. Wisset, dass ich Euren Mut und die weise Voraussicht um die Gefühle meines Sohnes sehr wohl zu schätzen weiß, doch es gilt auch, den Ruf unserer beiden Familien zu achten. Um Euer eigen Wohl ist es das Beste für alle, wenn Ihr Euch wieder dem Schutz der Klostermauern anvertraut.«

Inés hatte sie instruiert, so weit wie möglich schweigsam zu sein. Laura musste ihre Schwester gar nicht mit Blicken anflehen, ihr nun zu Hilfe zu eilen, denn Vater kam ihr zuvor.

»Es ist weiß Gott keine Schande, wenn eine Frau mit einem Makel zur Welt gekommen ist. Ich habe genau wie du meine Frau verloren und brauche beide Töchter hier, auch um meines Herzens willen«, sagte Abel.

»Die Namen Jiménez und Morales dürfen keinen Schaden nehmen.« Carlos beharrte entschlossen darauf.

»Würdet Ihr diese Entscheidung wohlwollend daraufhin überprüfen, ob Ihr sie revidieren könnt, und das Opfer bringen, dass Unwürdige, die nicht Eures hohen Standes sind, sich den Mund zerreißen, wenn ich Euch versicherte, dass mein Lebensglück nicht nur aus der Hoffnung einer Eheschließung mit Euch erwächst? Sondern auch um der Liebe willen, die den fruchtbaren Boden einer Familie bedarf und der Nähe meiner Schwester, die den Verlust unserer Mutter und die beißende Wunde, die er geschlagen hat, in mir heilen kann?«, sagte Inés mit Hingabe.

Zu Lauras Angst, wieder ins Kloster zu müssen, gesellte sich nun noch die Angst vor dem Fegefeuer, denn was sie Carlos auftischten, war gelogen. Was Inés betraf, so war sich Laura aber nicht sicher. Ihre Gefühle für Carlos schienen echt zu sein, ob um des Standes willen oder weil er irgendetwas an sich hatte, vielleicht auch nur, weil es rar war, einen Mann zu finden, der um die Hand einer Witwe warb.

Es wirkte, auch wenn sich Carlos allem Anschein nach dazu überwinden musste.

Inés setzte gleich nach. Sie bearbeitete ihn mit all ihrem Charme und zweifelsohne auch mit den Waffen einer attraktiven Frau, die ihm ihre an diesem Abend auch noch hervorgehobenen Reize zu präsentieren wusste.

»Eure Großmut ist grenzenlos und ich werte sie als Beweis Eurer Zuneigung zu einer Frau, die Ihr glücklich zu machen wisst«, gab sie ihm zu verstehen.

Vater rang sich ein Lächeln ab. Inés' anbiedernder Blick verharrte fast maskenhaft auf Carlos, den sie in einen Schraubstock aus Gefühlsduselei gespannt hatte. Daraus gab es anscheinend kein Entrinnen. Inés hätte unter die Gaukler gehen sollen. Das Talent hatte sie zweifelsohne.

»Nun denn … Ihr wisst, dass ich Euch keinen Wunsch ausschlagen kann, aber was Esteban betrifft …« Carlos wandte sich nun an Vater. »Esteban erwartet von mir, dass ich bei deinem abtrünnigen Vorarbeiter ein Zeichen setze«, fuhr Carlos fort.

»Wofür? Dass er am falschen Ort zur falschen Zeit war?«, hielt Vater ihm vor.

»Es war ungeschickt von mir, dieses Thema noch vor dem Essen anzuschneiden«, sagte Carlos mit Blick auf Laura und ihre Schwester.

Inés ließ sich das Heft aber nicht aus der Hand nehmen.

»Ein unglücklicher Umstand. Ohne Aquil sind wir nicht in der Lage, die Plantage zu führen. Wir sind der Sprache unserer überwiegend einheimischen Arbeiter nicht mächtig und bedenkt bitte den Schaden, den Ihr nehmen könntet, wenn ein Mann von so niederem Stand wie Esteban und noch niederem Ansinnen einen so einflussreichen Mann wie Euch etwas abverlangte, was nur purer Rachsucht entspränge«, gab Inés ihm zu bedenken.

»Inés hat recht. Wenn ich die Zeichen richtig deute, wird er im kastilischen Reich bald keine Geschäfte mehr machen. Eine gewisse Zurückhaltung in diesen Angelegenheiten könnte dir eines Tages zugutegehalten werden«, sagte Vater.

Auch das ließ sich Carlos allem Anschein nach durch den Kopf gehen.

»Ich selbst habe ihm aufgetragen zu prüfen, ob der Erwerb eines Barrancos, in dem viele Palmen wachsen, sich nicht für unseren Anbau eignen könnte«, fuhr Vater fort.

»Man hat ihn gesehen«, entgegnete Carlos.

»Weil man einen Sündenbock braucht. Ihr dürft nicht an Vaters Wort zweifeln. Ich hätte Angst, dass meine Gefühle für Euch stets vom Schatten dieser Zweifel geprägt wären«, sagte Inés ihm und griff dann Halt suchend nach seiner Hand.

Wie konnte ein Mann wie Carlos ihr nur so hörig sein? Zum ersten Mal kamen Laura Zweifel, ob Inés diesem Mann überhaupt irgendein Gefühl entgegenbrachte. Sie schien die Fähigkeit zu haben, ihn zu verhexen. Das konnte einem mehr Angst einflößen, als einem hässlichen und machthungrigen Feldherrn gegenüberzustehen, der offensichtlich einen Sklavenhändler begünstigte, um sich ein paar Scheiben von dem Brot abzuschneiden, das sich der Mallorquiner mit Menschenhandel verdiente.

»Wir sollten zu Tisch gehen und unsere Muße auf angenehmere Dinge lenken«, schlug Vater versöhnlich vor.

Weil Inés Carlos den Arm anbot, an dem er sich einhängen konnte, um sie hinaus zur Terrasse zu geleiten, kam kein Widerspruch von seiner Seite.

Laura atmete auf, doch am meisten freute sie sich darüber, dass nicht nur die Kinder, sondern auch sie selbst und Aquil nun in Sicherheit waren.

Kapitel 15

Marcel war weg! Es war nicht so, dass Jana sich darüber freute, ganz im Gegenteil, doch er hatte sie in die Enge getrieben, sie gedrängt und, was Jana beim Frühstück klar geworden war, vor allem nicht ernst genommen. Was immer hier mit ihr vorging, Jana musste herausfinden, was es war. Marcel wäre nicht Marcel, wenn er ihr nicht eine Stunde später noch eine WhatsApp vom Flughafen aus geschickt hätte. Er gab einfach nicht auf.

»Kannst ja nachkommen. Ich regle das schon mit dem Alten.« Auf einmal also alles kein Problem, jedenfalls für ihn, denn als sie nach dem Frühstück zurück auf ihrem Zimmer war und sich auf den Balkon setzte, kam es Jana im Rückblick auf die letzten Tage so vor, als stünde ihre Beziehung auf dem Prüfstand. Dabei prüfte sie sich auch selbst, und zwar kritisch. Es war völlig irre, eine Erbschaft annehmen zu wollen, die man sich gar nicht leisten konnte, ohne sich dafür vermutlich lebenslang zu verschulden. Der Blick auf das kleine Hoteldorf der traumhaft schönen Anlage tat sein Übriges. Die in Mexiko war noch größer. Jana sah eine uniformierte und perfekt gestylte Hotelmanagerin über den großen Innenhof bei den Restaurants schlendern. Sie begrüßte die Gäste. Das könnte sie sein. Das wolltest du doch immer! Es half nichts. Sie konnte nicht weg. Basta. Jana riss sich aus ihren Träumereien und überlegte, wen sie zuerst anrufen sollte: die Bank oder den Notar. Jana entschied sich für den Notar.

Pérez ging davon aus, dass sie ihm Bescheid geben wollte, die Erbschaft anzunehmen, doch obwohl sie das im Grunde genommen wollte, hielt sie ihr Verstand zurück.

»Bitte geben Sie mir noch eine Woche. Ich muss erst alles Finanzielle klären«, bat sie.

Pérez zeigte sich einverstanden. Immerhin, er hetzte sie nicht, ganz im Gegensatz zu Marcel. Jana verfluchte den Messenger auf ihrem Smartphone und vor allem die Airline, die neuerdings WLAN an Bord hatte. Marcel nutzte das aus. Wahrscheinlich war ihm auf dem vierstündigen Flug langweilig oder er hatte nun doch Gewissensbisse, vielleicht aber auch Verlustängste. Waren die begründet? In ihrer jetzigen Stimmung schon, vor allem wenn er so weitermachte. »Lass dich bitte nicht abzocken. Eloy hat keine Kohle, weiß von der Erbschaft … einfach nicht in irgendwas hineindrängen lassen«, schrieb ausgerechnet er.

Jana legte das Handy zur Seite und sah sich in ihrem Hotelzimmer um. Was wollte sie noch hier? Noch war Zeit, um auszuchecken. Aber wohin? Am besten in die Nähe von Arris' Haus. Im Norden musste es Hotels geben. Eine Pension würde es auch tun.

Jana packte ihre Sachen. Die nächste WhatsApp-Nachricht von Marcel ersparte sie sich, zumindest so lange, bis sie an der Rezeption Bescheid gab. Die Kosten für die Übernachtung wurden sowieso von seiner Kreditkarte abgebucht, um den Rabatt seines Vaters auszunutzen. Schlüssel abgeben. Fertig. Dummerweise bekam Marcel auf diese Weise jede Abbuchung mit. Er ließ sich jede per SMS auf sein Handy schicken. Und wenn schon. Es gab ja keinen Grund, dies geheim zu halten.

Einmal im Leihwagen, kam auch schon die Nachfrage, ob sie ausgecheckt hatte. Jana machte es kurz und bündig. »Ja.«

Den Inhalt der nächsten Nachricht konnte sie sich denken. Wohin sie fahren würde und was sie vorhatte, wollte er sicherlich wissen. Sie wusste es selbst noch nicht, daher verzichtete sie darauf, ihm zu antworten.

Es war völlig irrational, sich als dem Luxus und einem schicken Zuhause nicht abgeneigter Mensch zu einer Ruine inmitten von vertrockneten Feldern nebst einer Bananenplantage hingezogen zu fühlen. Jana hielt ihren Wagen vor dem angerosteten Tor, stieg aus und schüttelte über sich selbst den Kopf. Es gab sicherlich schönere Plätze auf der Welt und dennoch zog sie das Haus erneut magisch an.

»Ich wusste, dass Sie wiederkommen.« Jacintos Begrüßung war herzlich.

»Der Notar gibt mir noch Zeit. Ich möchte nichts übereilen«, erklärte sie sich.

Jacinto saß auf seinem Campingstuhl und schälte Kartoffeln. Ein mit Wasser befüllter Topf auf einer mobilen Herdplatte, die auf seinem Klapptisch stand, wartete darauf, vor sich hin zu köcheln. »Ich bin gespannt, ob Sie das Erbe annehmen werden«, sagte Jacinto.

»Ich offen gestanden auch, aber ich weiß, dass es Ihnen lieber wäre, wenn ich es annähme. Hab ich recht?«

Jacinto wirkte unentschlossen, was Jana überraschte.

»Ich frage mich schon seit seinem Tod, was mich hier noch hält. Ich könnte als Lagerarbeiter mehr Geld verdienen oder in der Tourismusbranche im Süden. Selbst als Kellner könnte ich mich besser durchschlagen«, gestand Jacinto ein.

»Sie sind aber immer noch hier«, stellte Jana fest.

»Vermutlich mag ich frische Bananen«, sagte er und lachte.

Die Bananen waren es in ihrem Fall nicht und das wussten beide.

»Ihr Partner will hier ein Hotel hochziehen. Die Leute wollen doch alle in den Süden. Da ist es sonniger. Hier hat noch nie jemand ein großes Hotel gebaut, außer am Stadtstrand in Las Palmas, aber selbst von dort flüchten alle in den Süden, wenn hier wieder mal der Himmel dicht ist, vor allem im Winter«, sagte er.

»Offen gestanden habe ich mir darüber noch gar keine konkreten Gedanken gemacht. Ich möchte einfach herausfinden, warum mich dieser Ort so fasziniert.«

»Sie sind jederzeit willkommen«, sagte Jacinto.

»Ich werde mir ein Hotel in der Nähe suchen«, sagte Jana.

»Warum bleiben Sie nicht hier? Sie wollen doch herausfinden, was es ist, oder?«

»Aber hier gibt es doch kein ... Ich meine ... einen Schlafsack habe ich nicht dabei«, erwiderte Jana.

»Kann man besorgen. Eines der Zimmer hat noch Fenster. Im Keller stehen alte Möbel ... Strom für die Nacht kann ich Ihnen hochlegen.«

»Gibt es hier Wasser?«, fragte Jana sicherheitshalber, denn auf das Allernötigste wollte sie nicht verzichten.

»Die Toiletten funktionieren und waschen können Sie sich oben. Es gibt frisches Quellwasser in einem der Staubecken da oben.« Jacinto deutete auf die nicht mehr bewirtschafteten terrassenförmig angelegten Felder.

Nach einer idealen Unterkunft klang das jetzt nicht gerade, doch Jana konnte sich im Moment nichts Schöneres vorstellen.

Plötzlich hielt Jacinto mitten in der Bewegung inne und blickte irritiert auf sein Bananenfeld. Dann stand er auf.

»Wahrscheinlich wieder Diebe«, sagte er und stapfte auch schon los. Auf halbem Weg blieb er stehen, denn der Dieb trat heraus und gab sich zu erkennen. Er rief sogar nach ihr, nachdem er sie bemerkt hatte. Was um alles in der Welt machte Eloy hier? So ganz direkt wollte sie ihn das nicht fragen, als er sie in Jacintos Begleitung erreicht hatte.

»Jetzt sagen Sie mir nicht, Sie sind wegen Jacintos Bananen hier.« Jana war gespannt, wie er darauf reagierte.

»Nein.« Eloy blickte sich um. »Wegen eines Traums.«

Jana sah ihn nun so überrascht an, wie es Marcel tun würde, wenn sie ihm mit solchen Dingen kam.

»Ein Traum?«

»Eigentlich mehrere …«, erwiderte Eloy.

»Also ich kümmere mich jetzt um meine Kartoffeln. Es gibt Estofado. Sie sind beide herzlich eingeladen«, sagte er und ging hinüber zu seiner Open-Air-Küche.

»Dieses Haus … Ich meine, diese Mauerreste dort drüben am Feld … Ich hab noch nie so etwas Merkwürdiges geträumt. Ich war in dem Haus und stand am Fenster … Und ich habe das Haus hier beobachtet. Es ist nichts passiert, aber ich konnte meinen Blick nicht von diesem Haus lösen. Es war wie einer dieser Albträume, in denen man rennt und rennt, aber keinen Zentimeter vorankommt. Ich weiß nicht mal, warum ich die ganze Zeit dort hinübergesehen habe, aber ich sehnte mich danach«, erklärte er.

Nun waren sie anscheinend schon zwei, die sich von diesem Haus angezogen fühlten. Gut, dass Marcel nicht da war. Er würde sie spätestens jetzt beide einweisen lassen.

»Und nun? … Haben Sie eine Antwort gefunden?«, wollte Jana wissen.

»Nichts … Schon verrückt«, sagte er kopfschüttelnd.

»Mir geht es ähnlich. Genau aus dem Grund werde ich hierbleiben«, erklärte Jana.

»Wie hier? Wo?« Eloys Überraschung war verständlich.

»Ein paar alte Möbel in das Zimmer da oben stellen … Wird schon gehen.«

»Und wenn es hier spukt?«, sagte Eloy augenzwinkernd.

»Jacinto ist ja da. Er kann auf mich aufpassen«, gab Jana frech zurück, auch wenn ihr der Gedanke daran im Moment Unbehagen bereitete. Ihr Blick schweifte hinüber zur Felswand, wo sie auf das Grab gestoßen waren. Ein bisschen mulmig war ihr schon, doch das würde sie auch nicht von ihrem Vorhaben abbringen.

»Na ja, was red ich. Ich lebe in einer Höhle«, sagte er schmunzelnd.

»So eine richtige Höhle?«

»Sie ist möbliert und sehr komfortabel ... aber sicher, gegen so eine Hacienda hätte ich auch nichts einzuwenden. Hier ein bisschen mauern, neue Fenster«, sagte er, während er sich die Fassade besah.

Hätte Marcel ihr nur nicht diesen Floh ins Ohr gesetzt. Das Haus faszinierte ihn zweifelsohne. Malte er sich am Ende tatsächlich aus, in irgendeiner Weise von ihrer Bekanntschaft zu profitieren? Jana hatte das oft genug im Hotelwesen erlebt. Unsinn! Oder doch? Jana entschied sich für den Unsinn, aber wenn schon mal ein kräftiger junger Mann da war, dann konnte er ihr auch beim Möbelschleppen helfen.

»Ein möbliertes Zimmer hätte ich auch gerne«, deutete sie an.

»Also ab in den Keller!«, sagte er.

Jacintos Optimismus in allen Ehren. Der Keller hatte weitaus weniger brauchbare Fundstücke hergegeben als vermutet. Lediglich eine alte Kommode war noch so intakt, dass sie nicht auseinanderfiel, wenn man sie bewegte. Letzteres war ihr mit einem Nachttisch passiert. Ein Sessel war noch so weit gepolstert, dass man nicht komplett in ihm versank. In einem anderen war Eloy eingebrochen. Es hatte so ausgesehen, als ob er in eine Kloschüssel gefallen wäre. Ohne ihre Hilfe hätte er sich vermutlich nicht mehr aus dieser misslichen Lage befreien können. Ein

Sessel und eine Kommode waren aber schon einmal besser als nichts. Nur das Bett fehlte. Es wunderte Jana keineswegs, dass er jemanden in der Stadt kannte, der gebrauchte ältere Möbel verkaufte, denn sich etwas Modernes in das Zimmer zu stellen, kam für Jana nicht infrage. Die Planung des Tages ergab sich daher von ganz allein. Auf nach Las Palmas!

Der Laden lag in der Vegueta, also mitten in der Altstadt, und war daher nicht mit einem Parkplatz gesegnet. In zweiter Reihe hielten auch andere Fahrzeuge, aber nur kurz und mit Warnblinklicht.

»Jetzt schauen wir erst einmal nach einer Parkmöglichkeit in der Nähe.« Mit diesen Worten hatten sie sich vom Laden gleich wieder verabschiedet. Der Blick vom Wagen aus in das Schaufenster hätte ruhig etwas länger ausfallen können, doch der Verkehr gab es nicht her, mitten auf der Straße stehen zu bleiben, ohne ein Hupinferno zu riskieren.

Etwa einen Kilometer weiter befand sich ein Großparkplatz, den Jana bereits kannte. Von hier aus war sie mit Marcel zum Notar gestapft und der führte wieder durch die Tapasmeile und über den großen Platz, an dem das Columbus-Haus stand. Eloy beachtete es nicht, doch Jana konnte sich der Faszination dieses Platzes auch diesmal nicht entziehen. Ihre Überlegungen, ob man alte Betten überhaupt wie heutige zerlegen konnte und die Teile in einen Leihwagen hineinbrachte, waren auf einmal wie vom Winde verweht.

»Das Columbus-Haus. Er war mal hier«, kommentierte er trocken, nachdem er bemerkt hatte, dass sie ihre Schritte verlangsamt hatte und schließlich ganz stehen geblieben war.

Jana hatte erneut den Eindruck, dass etwas nicht stimmte. Auch wenn sie es sich nicht erklären konnte, fühlte sie sich beengt. Sie ging bis zu den Mauern der Kathedrale. In größtmöglichem Abstand zum Columbus-Haus sah der Platz schon etwas vertrauter aus. Da meldete sich ihr Handy mit einem verräterischen Ton, der auf eine Chatnachricht schließen ließ. Jana wollte nur sicherheitshalber nachsehen, ob er es war. Bingo! Das konnte sie aber auch noch später lesen.

»Versuchen Sie es erst gar nicht. Sie kriegen das Haus von hier nicht ganz drauf.« Eloy dachte offenbar, dass sie darauf aus war, das Columbus-Haus zu fotografieren.

»Ich weiß, es klingt verrückt, aber der Platz hier … War der hier mal größer?«, fragte sie ihn in der vagen Hoffnung, dass er sich nicht nur mit argentinischer, sondern auch kanarischer Geschichte beschäftigt hatte.

»Ja«, kam es wie aus der Pistole geschossen.

»Was war denn anders?«, wollte Jana wissen.

Eloy deutete auf die Kathedrale. »Las Palmas war früher eine Militärsiedlung und ist dann im 15. Jahrhundert schnell gewachsen. Das war zur Zeit der spanischen Eroberer. Das Columbus-Haus gab's zu dieser Zeit schon. Es war früher aber das Haus des Gouverneurs. Die Kathedrale wurde erst Ende des 15. Jahrhunderts gebaut. Ich glaube, es war 1497, kurz nachdem kastilische Truppen die Insel erobert hatten. Für Königin Isabel und ihren Mann Ferdinand von Aragón war sie ein Symbol des Sieges, ein Symbol des Christentums«, erklärte Eloy.

»Columbus war 1492 hier, nicht wahr?« So weit reichten ihre Geschichtskenntnisse.

»Ja, warum fragen Sie?«

Jana stellte sich den Platz nun ohne die Kathedrale vor. Wie mag es damals hier ausgesehen haben? Schon sah sie alte Häuser und enge Gassen vor ihrem geistigen Auge.

»Wie lang hat der Laden denn offen?«, fragte sie.

»Sie haben erst aufgemacht. Siesta … Mindestens bis um acht.«

»Ich möchte da rein«, beschloss Jana in der Hoffnung, diesen Bildern in ihrem Kopf irgendeine Bedeutung abzuringen, und deutete auf das Columbus-Haus.

»Da gibts aber nichts Aufregendes. Schöner Innenhof, ein paar alte Bilder, wobei ... die Nachbildung eines Seglers finde ich ganz interessant und die Modelle von Las Palmas«, sagte er auf ihrem Weg hinüber zum Eingang.

Eloy hatte noch weitere Fakten über die Bauweise des Hauses parat, doch Jana bekam die Hälfte davon gar nicht mehr mit. Wo kamen auf einmal die ganzen Stimmen her? Es stand doch nur ein Touristenpärchen hinter ihnen am Ticketschalter. Jana zückte wie in Trance ihre Kreditkarte und blickte fasziniert zum Innenhof. Sie kannte den Ort, dessen war sie sich schon jetzt sicher. Auch an ihm schien etwas gänzlich anders zu sein.

Jana nahm die Tickets entgegen, reichte eines Eloy und ging hinein.

Die römisch anmutenden Steinsäulen, die das Atrium stützten, wirkten wie Fremdkörper. Jana stand mitten im Innenhof. Die Stimmen wollten nicht abreißen und es waren nicht die von den Touristen, die sich vor einem in der Mitte bis in den ersten Stock des Atriums ragenden Baumes ablichten ließen, auch nicht die eines Guides, der mit seiner Truppe gerade aus einem der Nebenräume kam. Es hörte sich so an, als ob sie auf einem Empfang wäre. Jana ließ ihren Blick über die Wände schweifen. Sie waren mit Aufschriften und Bildern bemalt. Die Geschichte von Columbus war darauf festgehalten, doch die Buchstaben schienen an Kontur zu verlieren. Nur ein Name stach hervor. Es war der Name einer Frau: Doña Beatriz de Bobadilla. Columbus hatte sie hier gesehen, hieß es im Text an der Wand. Jana fuhr mit der Hand über die aufgemalte Textpassage.

»Suchen Sie nach etwas Bestimmtem?« Eloy sah sie irritiert an.

»Wer war diese Beatriz?«, fragte sie ihn.

»Soviel ich weiß, die Gouverneurin einer der Inseln, nachdem ihr Mann verstorben war. Ja, ich erinnere mich. Sie hat La Gomera regiert. Wieso interessiert Sie das?«

»Ich weiß es nicht«, gab sie unverhohlen zu. Warum nur war es hier drinnen so heiß? Jana merkte eine innere Unruhe in sich aufsteigen. Eine absonderliche Mischung aus Freude und Anspannung, als ob sie auf etwas wartete, nur wusste sie nicht, worauf. Jana erinnerte das Gefühl an die Ängste vor ihren letzten mündlichen Prüfungen an der Uni. Als ob etwas am Ende nicht klappen könnte, und doch wartete keine Prüfung auf sie.

Im Museum wurde es gefühlt immer heißer. Die Luft in einem Nebenraum schien gar zu stehen. Eine Schiffskabine der *Niña* hatten sie dort nachgebaut. Jana hatte plötzlich den Geruch von Schweiß in der Nase. Die Luft war so stickig und der Boden schien so zu wanken, als wären sie auf hoher See. Jana spürte Übelkeit in sich aufsteigen und suchte Halt an der holzgetäfelten Wand.

»Ist Ihnen nicht gut?«, fragte Eloy sofort besorgt nach.

»Keine Ahnung… Mir ist nur so heiß und …« Jana wurde schwindlig.

Eloy reichte ihr die Hand. Sie fühlte sich vertraut an. Sie fand Halt daran. Seine Augen. Sie kannte diese Augen.

»Ich muss hier raus«, sagte sie ihm knapp, riss sich von ihm los und eilte hinaus ins Freie, um frische Luft zu schnappen.

»Geht es besser?«, fragte Eloy nach, als er sie erreicht hatte.

»Ich weiß nicht, was vorhin mit mir los war … Und fragen Sie mich nicht, warum ich glaube, dass ich diese Treppe runtergehen muss«, gestand sie ihm offen.

»Hier drin sind die Modelle der Stadt und der Gemälde. Die Räume sind klimatisiert. Vielleicht gehen wir erst da rein?«, schlug er vor.

Es erwies sich als gute Idee, denn Jana ging es augenblicklich besser. Der kühle Luftzug der über den Türen angebrachten Klimaanlage tat gut. Gemälde aus allen möglichen Epochen hingen an der Wand, Modelle der Columbus-Flotte waren in der Mitte aufgebaut. Jana war froh, dass sie sich wieder fühlte wie eine normale Museumsbesucherin und dass sie nur die Stimmen der englischen Touristen neben sich vernahm, die die Modelle bewunderten. Am Ende des Rundganges waren besonders hübsch gearbeitete Miniaturen von Häusern aufgebaut. Das Ganze hatte etwas von einer Modelleisenbahn, nur dass es damals noch keine Eisenbahn gab. Es waren Miniaturnachbildungen von Las Palmas, wie die Stadt früher einmal ausgesehen hatte, auch die kleine Militärsiedlung aus den Gründertagen hatte man nachgebildet.

»Schnuckelige Häuser waren das«, merkte sie an.

Eloy reagierte gar nicht. Er schien in Gedanken versunken zu sein. Sein Blick war starr auf das Modell vom einstigen Las Palmas gerichtet. »Ich war schon zweimal hier. Als Schüler und später mit Freunden … Es ist mir noch nie aufgefallen, aber das Haus dort … hinter dem Gouverneurshaus … das dritte in der Gasse mit dem weißen Flachdach«, fing er an.

Jana folgte seinem Blick und hatte plötzlich den Eindruck, dass das Modell dieses Hauses viel zu klein war. Und beim Haus gegenüber fehlten Treppen. Jana erschrak über ihre Gedanken, doch diesmal befiel sie kein Unwohlsein, sondern ein Gefühl des Glücks.

Eloys Hand fuhr wortlos an der Trennscheibe des Glases entlang, als ob er sie streicheln würde. »Ich denke an Kleidung … Ich weiß nicht, warum. Es ist warm unter dem Dach … Ich warte …« Eloy schüttelte ungläubig den Kopf und musste sich förmlich von diesem Modell losreißen. »Hoffentlich kein Virus. Ich glaube, ich habe mich bei Ihnen angesteckt«, sagte er schmunzelnd.

»Und die Symptome?«, fragte sie nach.

Eloy griff behutsam nach ihrer Hand und legte sie an seine Brust, wo sein Herz lag.

Jana erschrak regelrecht, denn es raste.

Wie bei ihrer ersten Begegnung sah er ihr in die Augen. Sie konnte sich seinem Blick nicht entziehen, doch es war nicht so, wie Marcel ihr unterstellt hatte. Kein Flirt mit einem Mann, der ihr gefiel. Es war noch viel schlimmer, denn sie bildete sich ein, dass sie diesen Herzschlag kannte, sie konnte ihn an sich spüren, an ihrer Brust, als ob ihr Körper sich an seinen geschmiegt hätte.

»Wollen Sie hier festwachsen? Ich möchte gerne ein Foto machen«, kläffte sie ein Deutscher mit gezücktem Handy an.

Eloy ließ Janas Hand los und trat einen Schritt zur Seite. Alle Empfindungen schienen auf einmal wie ein Kartenhaus in sich zusammenzufallen.

»Noch in den Keller?«, fragte Eloy im Gehen nach.

Jana schüttelte den Kopf. Nur noch raus hier und wieder zurück in die Normalität, zumindest hoffte Jana das.

Ein kühles Plätzchen in einem Café mitten in der Veguetta, dem ein riesiger Ficus Schatten spendete und das sehr gut besucht war, bot die ideale Gelegenheit, um sich zu fangen. Die Architektur, eine weiß gestrichene Fassade auf dunkelgrauem Stein, die kontrastreich von dunkelroten Fensterläden gebrochen und mit gläsernen Erkern glänzte, belebte die Sinne, genau wie der kühle Smoothie und die gut gelaunten jungen Leute, die sich hier einfanden. Das Getränk, obwohl nicht alkoholisch, eignete sich auch bestens dazu, auf das »Du« anzustoßen. Die Nähe, die sie vorhin an seiner Seite empfunden hatte, ließ es auch gar nicht mehr zu, sich weiterhin zu siezen. Es fühlte sich einfach besser an und trug dazu bei, dass Jana sich entspannte. Der im Museum erlebte Anflug von Bildern und Stimmen und die Hitzewallungen waren hier nun jedenfalls weg. Janas Interesse an diesem Haus blieb jedoch und der Leitfaden des Columbus-Hauses, den sie am Ausgang gekauft hatte, klärte ein weiteres Rätsel.

»Die Säulen und Rundbögen sind aus grauem Stein. Sie stammen aus dem Santa-Domingo-Kloster. Es wurde Ende des 16. Jahrhunderts bei einem Piratenangriff auf Gran Canaria zerstört«, trug sie Eloy vor, der sich gerade einen zweiten Smoothie reinpfiff.

»Was ist daran so ungewöhnlich?«, wollte er wissen.

»Ich hatte das Gefühl, dass sie nicht reinpassten, genau der gleiche Eindruck wie auf dem Platz vor dem Columbus-Haus«, erklärte sie.

»Also glaubst du, das Haus aus der Zeit vor 1497 zu kennen«, stellte er fest.

»Scheint so, und wenn du mich fragst, ist das alles ziemlich gaga«, erwiderte Jana.

»Warum? Soll's doch geben? Die Inder glauben an Reinkarnation. Man kann Rückführungen in frühere Leben machen. Das erklärt doch auch, warum du dich auf der Plantage so wohlfühlst«, sagte er.

»Es erklärt aber nicht, was vorhin im Museum mit mir los war.«

Eloy nickte nachdenklich. Auch ihn hatte dort dieses Modellhaus tief berührt.

»Und du? Was hast du gefühlt? Da war doch was«, hakte sie nach.

Eloy gab sich unentschlossen und trank von seinem Smoothie.

»Sag bloß, du denkst nun auch, dass du schon einmal hier warst, in dieser Zeit?«

»Keine Ahnung … Ich hab an der Uni mal so ein Seminar belegt. Gruppendynamische Prozesse, Aufstellungen und allen möglichen Psychokram. Gut möglich, dass du mich wirklich angesteckt hast. Das sind vielleicht Schwingungen, die sich übertragen und zu allen möglichen Gedanken führen, Gefühle auslösen … Ich hatte das vorher jedenfalls noch nie«, stellte er fest, dann rief er nach der Rechnung.

Jana konnte sich des Eindrucks nicht erwehren, dass es ihm unangenehm war, in sich hineinzufühlen. Es beschäftigte ihn zweifelsohne, doch anscheinend wollte er es nicht weiter ergründen. Sie war froh, dass nun der Möbelkauf auf dem Programm stand. Ende mit dem Psychokram, wie er es genannt hatte. Jana klappte ihren Leitfaden zu und ließ ihn in ihrer Handtasche verschwinden. Shopping hatte sie bisher immer abgelenkt. Etwas Besseres konnten sie gar nicht tun.

Obwohl Jana sich in nahezu jedes zweite Prinzessinnenbett verliebt und sich bereits vorgestellt hatte, darin zu liegen, um nachts bei geöffnetem Fenster von der Brandung sanft in den Schlaf gewogen zu werden, hatte zu guter Letzt doch nur ein einziges Bettgestell zur Auswahl gestanden, das sich zerlegen und somit in ihrem Leihwagen transportieren ließ. Es blieb also bei einem einfachen Holzmodell, das eine gängige Größe hatte und daher mit einer preisgünstigen neuen Matratze zu bestücken war, die sie in einem Laden schräg gegenüber gleich hatten miterwerben können. Das Einladen der Sachen inmitten des infernalen Feierabendverkehrs und in zweiter Reihe geparkt war weniger schlimm gewesen als die Rückfahrt selbst. Wenn man seinen Wagen so vollstopfte, dass man nichts mehr durch den Rückspiegel sah, erwiesen sich Spurwechsel als schwierig. Jana war froh, heil auf der Schnellstraße Richtung Norden angekommen zu sein, und folgte dort im Schneckentempo einem dahintuckernden Lieferwagen bis zur richtigen Ausfahrt, weil jedes Überholmanöver ein Himmelfahrtskommando gewesen wäre. Letzteres traf auch für den Versuch zu, die schwere sperrige Matratze zu zweit über das enge Treppenhaus in den ersten Stock zu hieven, ohne dabei auf den schmalen Stufen auszurutschen und sich das Genick zu brechen. Zu dritt, mit Jacintos Hilfe, war es jedoch machbar.

»Kannst du dich noch daran erinnern, welche Bolzen vorne und welche seitlich drin waren?« Eloys Frage führte zu der bitteren Erkenntnis, dass die IKEA-Variante nicht die schlechteste gewesen wäre. Natürlich konnte sie sich nicht mehr daran erinnern. Jacinto hingegen schien einen Blick dafür zu haben, wo welches Teil hingehörte. Ohne sein Werkzeug hätte Jana wohl die Nacht trotzdem auf dem Fußboden nächtigen müssen, weil sich der Bettkasten störrisch wie ein Esel zeigte und kein Loch mehr zu den Bolzen passte. Immerhin hatten sie Licht. Ein Stromkabel aus einer Kabeltrommel hatte Jacinto bereits wie versprochen verlegt. An ihm klemmte eine uralte angerostete Stehlampe aus dem Kellerbestand und eine, die auf Baustellen im Einsatz war, weil das Licht der anderen nicht ausreichte, um den gesamten Raum damit auszuleuchten.

»Ich hab das Estofado aufgehoben. Es ist noch reichlich da«, bot Jacinto ihnen an, nachdem das Bett endlich aufgebaut war und die gefühlt tonnenschwere Matratze ohne weitere verdächtige Knarrgeräusche trug. Ein Spannbetttuch, eine dünne Decke und entsprechende Bettwäsche hatten sie ebenfalls im Matratzenladen erworben. Das Blumenmuster passte zum alten Haus. Jana war bereits so müde, dass sie sich am liebsten gleich hingelegt hätte, jedoch knurrte der Magen und gegen ein typisches kanarisches Gericht, sprich einer Art Gulasch mit Rind- und Schweinefleisch, Kartoffeln und Gemüse, das mit Brot gegessen wurde, hatte sie nichts einzuwenden.

Es schmeckte vorzüglich und Jacinto schien ihre Gegenwart zu genießen, weil er die meiste Zeit hier allein verbrachte, mit sich und einem uralten Radio mit einem Korpus aus Holz, bei dem Jana sich wunderte, dass es überhaupt noch ging. Die Folklore einer lokalen Radiostation passte perfekt zum Rotwein. Allein vor einer Mehr-oder-weniger-Ruine unter sternenklarem

Himmel zu sitzen, hatte was. Zwei Fackeln steckten an einer Halterung in der Hausmauer und sorgten für eine verwunschene Stimmung. Aus diesem Anwesen könnte man auch touristisch einiges machen, keinen Massenbetrieb, aber Hacienda-Urlaub. Mal etwas ganz anderes.

»An was denkst du?«, wollte Eloy wissen, der ihren verträumten Blick auf das Feuer der Fackeln wohl bemerkt hatte.

»Ach, nichts ...« Jana wollte gar nicht darauf eingehen. Er hielt sie dann vermutlich erneut für eine Hoteltussi, die letztlich nur Geschäfte im Sinn hatte. Allein schon, dass sie überhaupt daran dachte, während Jacinto von seiner Zeit als junger Mann und seinen Anfängen auf der Plantage erzählte, war etwas, wofür Jana sich fast ein wenig schämte. Derartige Gedankengänge würde Marcel haben. Anscheinend konnte man seine alte Haut doch nicht so ganz abstreifen. Jacintos Geschichten nahmen sie dann aber doch wieder in Beschlag, vor allem, als er auf Arris zu sprechen kam.

»War 'ne schöne Zeit hier mit ihm und seiner Lebensgefährtin«, sagte er wohl mehr zu sich.

»Sie ist vor ihm gegangen?«, überlegte Jana laut.

Jacinto nickte. »Vielleicht hat er sich deshalb so sehr in all diese Dokumente eingegraben. Er war zuletzt sehr einsam«, sagte er.

»Ich verstehe das trotzdem nicht. Was treibt einen Menschen dazu, die Blutlinie einer fremden Familie zu verfolgen, um dann dem vorerst letzten Glied in der Kette sein Anwesen zu vererben?«, fragte Jana in die Runde.

»Er muss geglaubt haben, dass es dir zusteht, aus irgendeinem Grund«, sagte Eloy.

»Aber das Anwesen gehörte ihm. Notariell rechtmäßig verbrieft«, sagte Jana.

»Dann muss es irgendjemand aus deiner Familie seiner irgendwann verkauft haben ... Aber über so einen langen

Zeitraum … Gut möglich, dass es noch öfter die Eigentümer gewechselt hat.« Eloy geriet nun auch ins Grübeln.

»Wie ich euch schon sagte: Er war verwirrt. Mal sprach er von einem Fluch, mal von Unrecht, das jemandem widerfahren sei«, sagte Jacinto.

»Auch wenn Arris den typischen Akzent sprach, war er denn von hier? Ein Canario?«, wollte Eloy wissen.

»Nein, seine Familie scheint von der Halbinsel zu stammen, zumindest hat er mir das mal bei der Feldarbeit erzählt. Sie müssen sehr reich gewesen sein und hier viel Land besessen haben. Er hat etwas von Piraten erzählt, die die Ländereien seiner Ahnen überfallen haben. Sie hätten sie ermordet, ihr Hab und Gut geplündert und ihre Häuser in Brand gesteckt. Das muss im 16. Jahrhundert gewesen sein. Nur diese Plantage hätten sie wie durch ein Wunder nicht angetastet, vermutlich weil sie zu klein und unbedeutend war«, erinnerte Jacinto sich.

»Das hilft uns auch nicht weiter«, entgegnete Jana, denn das Schicksal seiner Familie hatte ja nichts mit ihrer zu tun, zumindest konnte sich Jana beim besten Willen keine wie auch immer geartete Verbindung denken.

»Die Frage ist also, warum er geglaubt hat, dass es dir zusteht. Der Grund dafür muss irgendetwas mit seiner Recherche zu tun haben, nur haben wir den entscheidenden Hinweis noch nicht gefunden oder wir haben falsch gesucht«, stellte Eloy fest.

»Hat Arris denn sonst mit niemandem darüber gesprochen? Über seine Recherche, die alten Schriften oder seine Familie?«, fragte Jana.

Jacinto schien in sich zu gehen und überlegte angestrengt.

»Außer mit Eloy hatte er, soviel ich weiß, nur noch häufigeren Kontakt zu einem Nicolás Cortés. Wenn ich mich recht erinnere, gehört er zum Clan der Marquesa de Arucas. Er lebt hier auf der Insel und verwaltet das Anwesen.«

»Haben die hier ein Schloss? Marquesa klingt nach Adel«, spekulierte Jana.

»Nein. Eher ein Herrenhaus. Wir nennen es ein *Palacete*. Ist aus dem 19. Jahrhundert und hat einen riesigen botanischen Garten. Er ist für die Öffentlichkeit zugänglich. Gelegentlich finden dort Feste statt, bevorzugt Hochzeiten für die Reichen von Las Palmas, aber auch Events«, erklärte Eloy.

»Und was genau er von ihm wollte … hat er nie darüber gesprochen?«, hakte Jana nach.

»Ich weiß nur, dass er Nicolás in einem Verein zum Erhalt der kanarischen Kultur kennengelernt hat. Die machen Seminare, Veranstaltungen. Gut möglich, dass Nicolás irgendetwas wusste, was Arris suchte. Auf jeden Fall scheinen sie sich über gemeinsame Interessen angefreundet zu haben, denn er war auf Arris' Beerdigung«, sagte Jacinto.

»Ich müsste ihn dann vom Sehen kennen. Wir sollten ihm einen Besuch abstatten.«

Eloy sprach aus, was Jana bereits auf der Zunge lag. Sein Interesse daran, die Hintergründe dieser Erbschaft aufzudecken, war unverkennbar. Hatte er am Ende tatsächlich eigene Interessen? Marcel war ja davon überzeugt. Jana verwarf diesen Gedanken aber sofort wieder, denn sie würde sich an seiner Stelle nach all dem gemeinsam Erlebten auch dafür interessieren. Marcels zweite Theorie, dass er scharf auf sie war, verwarf sie ebenfalls. Flirts sahen anders aus. Und genau das beschäftigte Jana, denn während des Essens hatten sich ihre Blicke immer wieder gekreuzt, und der Wunsch, ihm nahe zu sein, weil sie sich in seiner Gegenwart wohlfühlte, war gerade an diesem Abend besonders deutlich spürbar.

»Noch etwas Wein?«, fragte Jacinto in die Runde.

»Also für mich nicht mehr. Ich muss ja noch fahren«, sagte Eloy.

Schon lag Jana auf der Zunge, dass er doch auch hier übernachten könne, denn mindestens zwei Gläser hatte er ja bereits intus. Sie wusste zwar nicht genau, wo er wohnte, aber nahm an, dass seine Höhle, wie er es genannt hatte, sicher nicht um die Ecke lag. Sie verbiss es sich, das Angebot auszusprechen, weil sie nicht den Mut dazu hatte und fürchtete, dass er es falsch verstehen könnte. Nur, wäre es denn falsch? Der Wunsch, dass er im Haus sein würde, greifbar und einfach nur da, kam tief aus ihrem Herzen. Doch wie würde ein Mann das interpretieren? Als Aufforderung einer Frau, die sich mehr von ihm erhoffte als eine Freundschaft. Jana quälte sich nicht weiter mit diesen Überlegungen, weil sie sowieso zu nichts führten. Es gab hier kein Gästezimmer. Sollte sie ihn etwa dazu einladen, auf dem Fußboden zu nächtigen, gebettet auf alten Stoffresten, die im Keller herumlagen? Abgehakt! Jana ließ es sich dennoch nicht nehmen, ihn noch bis zu seinem Motorrad, einer schweren Geländemaschine, die unter den Arkaden stand, zu begleiten.

»War ein schöner Abend«, sagte er.

Jana erinnerte das sofort an frühere Dates, an den Moment, in dem es um die Frage »bei mir oder bei dir« beziehungsweise nach einem Kaffee, den man noch anbot oder auch nicht, ging. Jana empfand in diesem Moment die gleiche Verlegenheit und eine gewisse Anspannung, die der Abschied am heutigen Abend mit sich brachte.

»Ja, ein schöner Abend ... und Jacinto hat sich so viel Mühe gegeben. Ich glaube, ich könnte mich an seine Küche gewöhnen«, erwiderte sie. Das stimmte zwar, war aber eigentlich nicht das, was ihr Herz hätte sagen wollen. Bleib doch hier. Ich fühl mich einfach wohl und sicher in deiner Nähe, war ihr nicht über die Lippen gekommen, doch anscheinend kommunizierte man so einen Wunsch auch nonverbal, denn Eloy verlangsamte seine Schritte. Jana rechnete damit, dass er sein Herz sprechen lassen würde, doch stattdessen horchte Eloy in die Nacht hinein. Ihre Verlegenheit schien jedoch nicht der Grund dafür zu sein, denn Eloys Miene vereiste. Er blieb stehen und rührte sich nicht. Dann sah er hinauf zum Balkon eines der leer stehenden Zimmer.

Jana folgte seinem Blick, was sie augenblicklich bereute, denn gleich darauf fing es schon wieder an, genau wie im Museum. Emotionen, die nichts mit den dämlichen Abschiedsfloskeln zu tun hatten, kamen ohne ersichtlichen Grund aus dem Nichts. Warum hatte sie plötzlich solche Angst? Vor was denn? Dann überfiel sie die Erinnerung an einen Moment des Glücks. Die Angst, es zu verlieren, überwog. Dass in ihm auch etwas vorging, das er sich nicht erklären konnte, konnte sie ihm ansehen. Und diesmal war er es gewesen, der sich an irgendetwas erinnert hatte. Von Schwingungen, die sich von ihr auf ihn übertrugen, konnte keine Rede sein. Sollte sie ihn darauf ansprechen? Jana wagte es nicht. Sollte er doch den Mund aufmachen, doch stattdessen sah er sie nur irritiert an. Dieser Moment war noch viel schlimmer als die Unentschlossenheit und Verlegenheit kurz vor der Kaffeefrage.

»Es ist verrückt … Ich …«, fing er an. Dann trat er an sie heran und griff nach ihrer Hand.

Augenblicklich spürte Laura erneut dieses unbestimmte Gefühl der Angst, doch sie wich mit jeder Berührung seines Daumens, der zärtlich über ihre Hand fuhr.

Normalerweise waren kleine zärtliche Gesten dieser Art Grund genug, um einem Mann zu signalisieren, dass er sie küssen sollte, doch Jana konnte es nicht. Warum tat er es nicht?

Erneut blickte er hinauf zu diesem Balkon. Dann ließ er ihre Hand abrupt los. Seine Stirn legte sich in Falten.

»Es fühlt sich nicht richtig an … auch wenn …«

»Was?«, fragte sie.

»Dich in den Arm zu nehmen«, erwiderte er.

Sowohl die Angst als auch der Anflug von berauschendem Glück verloren sich augenblicklich. Jana spürte eine Leere in sich aufsteigen. Sie war ernüchternd und erleichternd zugleich.

»Mir ging es genauso«, gab sie unverhohlen zu.

»Vielleicht sollte ich dich ja doch in den Arm nehmen und küssen.« Auch von ihm schien die Anspannung gefallen zu sein.

»Um herauszufinden, was es vorhin war …?«

»Nein. Ob du dich auch in mich verliebt hast«, sagte er in umwerfender Offenheit und sah ihr dabei direkt in die Augen.

An der Frage hatte Jana zu knabbern. Nein, oder etwa doch? In einen Aussteigertypen, dem sie nie im Leben auch nur für einen Moment Beachtung geschenkt hätte, auch wenn er noch so gut aussah.

»Vorhin war es mehr als das«, gestand Jana wahrheitsgemäß.

»Ich fürchte, dass dieser Ort uns verhext.« Eloys Einschätzung war nicht von der Hand zu weisen, auch wenn er es kopfschüttelnd von sich gegeben hatte.

»Du hast dich also in mich …?«, setzte Jana an zu fragen.

»Vorhin schon«, gab er schmunzelnd zurück. Warum sollte es ihm anders gehen? Eine Retourkutsche war das allemal, oder einfach nur eine ehrliche Antwort?

»Aber nicht nur vorhin oder im Museum«, kam dann doch, was Jana überraschte.

Eloy suchte nach Worten, bevor er fortfuhr: »Ich weiß nur noch nicht, ob es richtig ist.«

Seine offene Art und die Ernsthaftigkeit bedeuteten Jana in diesem Moment mehr als ein Kuss oder eine weitere zärtliche Geste, weil er ihr das Gefühl vermittelte, dass sie ihm vertrauen konnte und er nicht der Typ war, der sich auf schnelle Abenteuer einließ.

»Tja, dann werd ich mal …« Auch diesen Satz hatte Jana noch gut in Erinnerung. Das Ergebnis war in ihrer Jugend immer das gleiche gewesen. Sie war mit den Typen meist nicht mehr ausgegangen.

Sie begleitete ihn noch die wenigen Schritte bis zu seinem Motorrad. Er machte dennoch keine Anstalten, sich den Helm aufzusetzen. Der Blick, den er ihr zum Abschied schenkte, hatte nichts mit jenem tragischen Satz zu tun. Er sah sie verliebt an.

»Begleitest du mich morgen … nach Arucas?«, fragte sie ihn.

»Morgen um zehn?«, kam es wie aus der Pistole geschossen.

Das sah dann ja doch nach einem weiteren Date aus. Das Flattern von Schmetterlingen im Bauch blieb dennoch aus. Während sie ihn davonfahren sah, fragte sie sich, ob sie über diese Phase nicht schon längst hinaus war. Warum sonst befiel sie nun das Gefühl, alleingelassen zu sein und als ob plötzlich etwas fehlte, das zu ihr gehörte?

Nach dem üppigen Essen, dem starken Wein und einem anstrengenden Tag wie erschlagen und nun, zwei Stunden nachdem Eloy weggefahren war, immer noch wach. Dabei hatte Jana sich darauf gefreut, ihr neues Bett einzuweihen, sich darin einzukuscheln und über seine Worte nachzudenken. Das Bett war seither noch faltenfrei, denn Jana hatte sich umentschieden und sich vorgenommen, dies im Sessel zu tun, allerdings nicht in der Ecke neben der Stehlampe, sondern bei geöffnetem Fenster und dem Blick hinaus aufs Meer, um all die Gedanken, die durch ihren Kopf schwirrten, dem Horizont zu übergeben. Sie drehten sich im Kreis, um Eloy und diese Erbschaft, die immer verworrener wurde, sie zugleich aber immer brennender interessierte. Die Lektüre einiger WhatsApp-Nachrichten von Marcel tat ihr Übriges. Dass er sie vermisste, damit hatte sie gerechnet. Dass er unentwegt an sie dachte und sich vorwarf, abgereist zu sein, war jedoch überraschend. Weil sie sich den ganzen Tag nicht bei ihm gemeldet hatte, musste er schier durchgedreht sein, denn so gefühlsduselig war er noch nie gewesen. Aktuelle Bilder der traumhaften Hotelanlage folgten, sprich der Köder, und damit verfing sich Jana in der nächsten Gedankenschleife. Noch war es ja nicht zu spät. Sie musste nur ihren Koffer packen und einen Flug zurück nach Frankfurt buchen. Der neue Job hatte seinen Reiz in keinster Weise verloren, doch ein anderer, nämlich hierzubleiben, war viel stärker geworden. Die Gründe hierfür waren zweifelsohne ganz schön verrückt. Kein vernünftiger Mensch zog in Betracht, ein Erbe anzunehmen, das er sich de facto nicht leisten konnte, noch dazu eine Ruine auf einer Insel mitten im Atlantik. Außerdem tat ihr der Aufenthalt hier nicht gut. Jana konnte sich nicht daran erinnern, jemals so von der Rolle gewesen zu sein wie im Columbus-Haus. Ein Balkon, der einem Angst und Glücksgefühle zugleich einjagte, gehörte auch nicht gerade in das Repertoire eines geistig gesunden Menschen. Ein dumpfes Unbehagen stieg in ihr auf, als sie sich diese starken Empfindungen in Erinnerung rief. Für einen Moment überlegte Jana, sich die Baustellenlampe zu schnappen und in das Zimmer am Ende des Ganges zu gehen, das zu diesem Balkon führte, allein schon, um sich diesem Gefühl zu stellen. Das Kabel der Leuchte war sicherlich lang genug. Der Sessel ließ sie aber nicht los. Bilder von zig Horrorfilmen schossen ihr durch den Kopf. Allein in einem Geisterhaus. Wer wusste schon, was hinter der Tür zu diesem Zimmer auf sie wartete. Sofort kroch Gänsehaut von ihrem Rücken bis hinauf zum Nacken. Hatte man vor etwas Unbekanntem nicht immer mehr Angst, wenn man sich einer Gefahr nicht stellte und ihr ins Auge sah? Doch aufstehen und rübergehen? Jana beschloss, ihr Vorhaben auf den nächsten Tag zu verschieben – bei Tageslicht, doch dazu musste sie sich jetzt endlich von diesem Sessel erheben. Er schien bereits eins mit ihrem Körper geworden zu sein, und statt auf das Meer hatte sie die meiste Zeit hinüber zur Ruine im Bananenfeld gesehen, als ob sie das Rascheln der

Bananenblätter, die sich dort im Wind wiegten, in Hypnose versetzt hätte. Wieso hatte sie das Gefühl, auf etwas zu warten? Woher kam diese Sehnsucht nach irgendetwas, das mit dieser Ruine zu tun hatte? Zu viele Fragen! Jana gab sich einen Ruck und erhob sich aus dem Sessel. Sie blickte noch ein letztes Mal aus dem Fenster und diesmal wirklich hinaus aufs Meer. Die erhoffte beruhigende Wirkung wollte sich auch diesmal nicht einstellen. Die See war rauer geworden. Hohe Wellen brachen sich am Fels, der die Bucht gen Norden begrenzte. Was für ein atemberaubendes Naturschauspiel, wenn Wellen im Mondlicht tanzten und ihre Gischt weiß wie Schnee war. Bis hinauf zu einem kleinen Plateau reichten sie. Erneut stellten sich ihre Nackenhaare auf. Ein kalter Lufthauch schien an ihrem Rücken vorbeizuziehen. Jetzt nur nicht einreden, dass es hier spukte und irgendeine Geisterscheinung hinter ihr stand. Das konnte schon allein deshalb nicht sein, weil es dieser Fels war, der auf einmal bedrohlich wirkte.

Jana wandte sich ab und griff zu ihrem Handy. Wenn einen etwas wieder zurück in die Realität holen konnte, dann waren es WhatsApp-Nachrichten von Marcel. In dieser Hinsicht war auf ihn Verlass, wie Jana feststellte, als sie sich ins Bett legte. Darauf zu warten, bis sich bei langsamer mobiler Internetverbindung all die Fotos luden, die er geschickt hatte, war besser, als Schafe zu zählen. Aus dem verschwommenen Farbbrei schälte sich ein paradiesisches Bild nach dem anderen. Jana hoffte, dass sie davon träumte, auch wenn es nicht mehr ihr Traum war.

Kapitel 16

Laura war mit den ersten Sonnenstrahlen, die in ihr Fenster fielen, aufgewacht, und freute sich auf einen Tag, den sie unbelastet von allen Sorgen beginnen konnte. Die Kinder waren frei. Calvino schien so weit genesen zu sein, dass er eine Kutschfahrt schadlos überstehen konnte. Natürlich hatte sie ihm noch gestern Nacht von Carlos' Besuch erzählt. Calvinos Entscheidung, den Unterricht in der Missionarsstation einzustellen, wagte Laura nicht infrage zu stellen. Es war einfach zu gefährlich, zumal der Mallorquiner nun wahrscheinlich auch noch nach Rache dürsten und vor einem erneuten Überfall nicht zurückschrecken würde. Die Kinder wären dort nicht mehr sicher. Vater hatte Calvino angeboten, hierzubleiben, jedenfalls für die nächsten Tage, bis Esteban wieder auf hoher See war. Die Arbeiterquartiere waren nicht voll belegt und groß genug für Calvino und seine Familie. Weil er Vaters Vorschlag abgelehnt hatte und zurück zur Missionarsstation wollte, ließ Laura es sich nicht nehmen, ihn dorthin zu begleiten. Gemeinsam mit Aquils Hilfe sollte es gelingen, die Spuren des Überfalls schnell zu beseitigen. Vater hatte dies für eine gute Idee befunden, nur Inés nicht, denn Aquil wurde auf der Plantage angeblich dringend benötigt. Dass Inés beim gemeinsamen Frühstück auf der Terrasse erneut davon anfing, irritierte Laura zunehmend.

»Aquil müsste Einkäufe erledigen. Wir brauchen neue Glasbehälter für den Zuckerrohrsaft«, sagte Inés.

»Kann das nicht auch bis morgen warten?«, fragte Laura, weil Calvino Hilfe dringend gebrauchen konnte und das wusste Inés nur allzu gut.

»Wann bist du wieder zurück?«, wollte ihre Schwester wissen.

»Sobald wir fertig sind«, erwiderte Laura knapp.

Inés zeigte sich alles andere als begeistert und als ihr Blick dann auf Aquil fiel, der aus seinem Quartier kam, um die Pferde vor die Kutsche zu spannen, dämmerte Laura, warum es ihrer Schwester nicht recht war und warum sie sich am Vorabend bei Carlos so für Aquil starkgemacht hatte. Sie wollte ihn nach wie vor um sich haben. Das deckte sich mit dem, was Aquil ihr erzählt hatte.

»Zugegebenermaßen hatte ich mir erhofft, dass wir mehr Zeit miteinander verbringen könnten«, sagte Inés, nachdem sie ihren Blick von Aquil losgerissen hatte.

»Wir haben doch noch alle Zeit der Welt«, versicherte Laura ihr, was Inés ein aufgesetztes Lächeln entlockte.

»Wirst du Carlos wirklich heiraten?«, fragte Laura um Beiläufigkeit bemüht. Laura hielt es in diesem Moment für angemessen, ihre Schwester daran zu erinnern, denn auch die am Vortag bekundete Absicht passte nicht zu Inés' Interesse an Mannsbildern wie Aquil. Eine Frau, die einem Mann das Jawort geben wollte, sah andere nicht mehr so an, wie sie es bei Aquil tat.

Inés lachte auf. »Natürlich nicht. Er ist abscheulich und stinkt wie eine Horde Schweine«, sagte sie und schüttelte sich.

»Aber warum …«, setzte Laura an zu fragen.

»Wir sind auf ihn angewiesen, auf seinen Schutz. Du weißt doch, wem Vater es zu verdanken hat, dass er hier Zuckerrohr anbauen darf. Außerdem kann Carlos so manche Tür öffnen.

Ab und zu ein Fest, ein Empfang beim Gouverneur. An seiner Seite hat eine Witwe die Gelegenheit, sich in der Gesellschaft zu bewegen, ohne dass man über sie redet«, erklärte sie.

»Wird er denn nicht irgendwann deine Hand einfordern?«, wollte Laura wissen.

»Er kann froh sein, wenn er sie ab und an küssen darf und in den Genuss meiner Gesellschaft kommt. Ein wollüstiger Bock ist er. Wenn ich ihn nur kurz berühre oder dafür sorge, dass er mir zufällig nahekommt oder mein Parfum riecht, schwillt die Schlange in seinem Unterkleid so sehr, dass sein Wams es nicht mehr verbergen kann.«

Laura konnte ihrer Schwester in diesem Moment ansehen, wie sehr sie es genoss, mit Carlos zu spielen, ihm mit ihren Reizen die Sinne zu rauben.

»Man muss Männer wie ihn an der kurzen Leine halten, dann begehren sie dich nur noch mehr«, fuhr Inés fort.

Auf der einen Seite bewunderte Laura die Stärke ihrer Schwester. Auf der anderen Seite wuchs ihre Sorge um sie, weil Inés alles andere als zufrieden schien und, ihren Wankelmut hinzugerechnet, letztlich weit davon entfernt war, ihr Glück zu finden. Sie war berechnend und dennoch unberechenbar. Ihre Reaktion, als Calvino mit María und Jacob das Haus verließ, war jedoch zu erwarten. Sie rümpfte die Nase und stieß einen Seufzer aus, weil sie wusste, dass ihr ein Tag bevorstand, den sie wie üblich allein mit Vater verbringen musste.

Der Überfall auf die Missionarsstation hatte weniger Schäden angerichtet, als Laura befürchtet hatte. Lediglich ein paar Stühle, zwei Schüsseln und ein Krug waren zu Bruch gegangen. Es sah ganz danach aus, als hätten Estebans Männer versucht, das Dach der Schule einzureißen, was nicht gänzlich gelungen war. Eine Seite hing zu Boden. Hier war Aquils Hilfe gefragt.

Calvino hatte Aquil nicht darum gebeten, es zu reparieren, weil er wusste, dass hier kein Unterricht mehr stattfinden würde, doch Aquil hatte sich nicht damit abfinden wollen.

»Wenn es repariert wird, dann wartet es auf die Kinder. Und sie werden eines Tages wiederkommen und hier sicher sein«, hatte er ihm versucht klarzumachen.

»Deine Worte in Gottes Ohr.« Calvino schien nicht so recht an die Magie eines Aufbaurituals zu glauben, doch Aquils Worte munterten ihn auf. Genau das war vermutlich Aquils Absicht.

Im Haus selbst hatten Estebans Männer wohl in blinder Wut alles Greifbare auf den Boden geschmissen. Keramik- und Tonscherben waren aber schnell zusammengekehrt. Weitere Hilfe hatte Laura nicht leisten können, denn schließlich wusste nur María, wohin sie die Sachen räumen wollte, sodass Laura beschloss, Aquil draußen zur Hand zu gehen, doch der war schon fast mit der Reparatur des Daches fertig. Jacob reichte ihm den letzten Nagel, um die Dachkante an einem der Holzpfeiler zu befestigen.

»Jetzt können die Kinder zurückkehren«, sagte Jacob, dem Aquil vermutlich auch erzählt hatte, was für Gottes Ohren bestimmt war. Calvino hatte seinem Sohn sicher nicht mitgeteilt, dass dies wohl nicht mehr möglich sei. Laura brachte es auch nicht übers Herz, dem Jungen reinen Wein einzuschenken.

»Bestimmt, aber ich fürchte, wir müssen uns noch ein bisschen gedulden«, versuchte Laura ihm klarzumachen.

»Zeit zum Mittagessen«, rief María ihnen vom Haus aus zu.

Jacob ließ sich das nicht zweimal sagen und lief artig zu seiner Mutter.

»Vielleicht sollten wir nach dem Essen zurückfahren. Ich glaube, Inés möchte mit dir einen Ausflug in die Stadt machen, um Glasbehälter einkaufen«, sagte Laura.

Aquil sah sie verwundert an. »Die haben wir doch erst vor zwei Wochen eingekauft«, sagte er.

Laura sah ihre Vermutung, dass Inés nur nach einem Vorwand suchte, um Aquil in ihrer Nähe zu haben, bestätigt. »Vielleicht habe ich etwas durcheinandergebracht«, räumte Laura ein, auch wenn ihre Schwester es war, die etwas durcheinanderbrachte.

»Ich hatte gehofft, dass du mich noch begleitest«, sagte Aquil geheimnisvoll lächelnd.

Laura konnte sich beim besten Willen nicht denken, wohin sie ihn begleiten sollte. Das schien ihn zu amüsieren. Sein Lächeln wurde breiter.

»Möchtest du nicht wissen, wo deine Schüler jetzt leben?«, fragte er.

Die Antwort musste Laura ihm nicht geben.

»Ich wollte dich zu ihrem Dorf bringen. In den Bergen. Damit du siehst, dass sie in Sicherheit sind.«

»Heute noch? Gleich nach dem Essen?« Laura konnte es kaum erwarten.

»Am besten, wir brechen gleich auf, damit wir vor Einbruch der Dunkelheit zurück sind«, schlug er vor. Das war unabdinglich. Vater würde sich sonst Sorgen machen, wobei Laura diesen Gedanken gleich von sich schob, denn er wusste, dass sie nicht allein, sondern in Aquils Begleitung unterwegs war.

»Was ist mit euch? Wollt ihr nicht mit uns essen?«, rief María ihnen zu.

»Wir müssen los«, erwiderte Aquil, womit sich María zufriedengab und dann ins Haus ging.

»Bis wir dort sind, bin ich verhungert«, sagte Laura augenzwinkernd.

»Es ist besser, wenn dein Magen leer ist.« Erneut lächelte er wissend. Was verheimlichte er ihr?

»Wir werden dort speisen?«, spekulierte Laura.

»Wir Guanchen sind sehr gastfreundlich, doch für sie bist du eine Heldin, die ihre Kinder vor einem Leben in Sklaverei bewahrt hat.«

»Eine Heldin?« Laura nahm es nicht ernst.

»Du glaubst mir nicht? Dann lass dich überraschen. Du bist die Erste deines Volkes, die den Ort betreten darf«, sagte er und reichte ihr die Hand.

Aquils Geste empfand Laura auch als eine Einladung, ihm in seine Welt zu folgen. Wenn er sie so ansah, würde sie ihm sowieso alles glauben und ihn überallhin begleiten. In seinem Blick lag so viel Wärme und Zuneigung, aber auch Faszination. Sie forderte ihn im Gegenzug in einer einladenden Geste auf, sich bei ihr einzuhängen, um sich von ihm zur Kutsche geleiten zu lassen, doch er regte sich nicht. Stattdessen tastete er nach ihrer Hand. Genoss er die Berührung genauso, wie sie es tat? In einer kaum wahrnehmbaren Bewegung fuhr sein Daumen über ihren Handrücken. Es fühlte sich an, als würde er über ihren ganzen Körper fahren. Sein Lächeln war sanft und Laura konnte ihm ansehen, wie glücklich er war, mit ihr die nächsten Stunden verbringen zu dürfen.

Laura ging es nicht anders und sie erwiderte sein Lächeln. Er würde es richtig deuten, dessen war Laura sich sicher.

Aquil bereitete es offenbar großes Vergnügen, sich bezüglich ihres bevorstehenden Besuchs des neuen Zuhauses ihrer Schüler bedeckt zu halten. Er musste bereits am Vortag in diesem Dorf gewesen sein, während sie sich mit Carlos getroffen hatten. Wie sonst hätte er Pläne für den Besuch schmieden können? Laura freute sich darauf, denn es war mit Sicherheit etwas Schönes, das auf sie wartete. Bei der Fahrt über eine steile und selbst mit einer kleinen Kutsche nur schwer befahrbaren Serpentine mitten durch die Lorbeerwälder wurde ihr klar, warum die Kinder dort in Sicherheit waren. Eine Kutsche, die groß genug war, um viele Menschen darauf zu transportieren, würde diesen Weg nicht bewältigen. Zu holprig und steinig war er, zu eng und so engmaschig von Sträuchern und schnell nachwachsendem Gestrüpp umwoben, dass es schier unmöglich war, ihn auf Dauer zu verbreitern. Laura war sich sicher, dass die Insel auf viele Jahre hier unberührt bleiben würde. Auch Aquil sah es so.

»Sie werden sich im Norden und an den Küsten niederlassen und sich dort ausbreiten wie ihre Krankheiten. Sie werden unsere Wälder abholzen und ihre Pflanzen ansiedeln, aber hier oben, da gibt es kaum etwas, was sie begehren. Der Weg ist zu beschwerlich und was wollen sie schon mit Gestein und Kakteen anfangen? Hier werden sie niemals leben, egal, was die Zukunft bringt«, sagte er ihr, als sich der Lorbeerwald ausdünnte und den Blick auf eine riesige Felswand freigab. Laura bemerkte schon von Weitem, dass darin dunkle Öffnungen klafften. Das mussten Höhlen sein, in denen sie wohnten. Laura fragte sich jedoch, wie es möglich war, sie zu erklimmen. Auch als sie näher kamen, sah sie weder Seile noch eine Stelle, an der man Halt finden konnte. Die Wände waren steil und schienen aalglatt zu sein. Als sie eine kleine Anhöhe erreicht hatten, offenbarten sich noch weitere Höhlen. Eine war besonders groß und schien sich nach innen in einem Labyrinth zu verzweigen. Im Gegensatz zu dem Dorf, das sie bereits kannte, standen hier nur einige kleinere Steinhäuser auf einer Terrasse am Ausläufer des Felsens. Zu ihr hinauf führten Stufen, die an einem kleinen Vorplatz mündeten.

»Niemand wird dieses Dorf jemals einnehmen. Sie können sich mit Steinen verteidigen und den Zugang auf diese Weise sichern. Ein Bach fließt hier vorbei. Sie haben ihn umgeleitet und somit immer frisches Wasser«, erklärte Aquil.

Das Dorf glich einer uneinnehmbaren Festung, und erst als sie die Stufen erreichten, die nach oben führten, wurden Laura ihre gigantischen Ausmaße klar.

»Laura«, hallte es aus einer der Höhlen im Fels. Sie blickte hinauf und erkannte Yerai. Er winkte ihr zu und im Nu tauchten neugierige Gesichter aus anderen Felsöffnungen auf.

Aquil stieg aus der Kutsche und half ihr dann herunter.

Nach den ersten Stufen vernahm Laura das Licht von Fackeln.

Der Vorplatz vor der Höhle füllte sich schnell mit den Bewohnern. Immer mehr strömten aus den seitlichen Gängen und Räumen, die direkt an der großen Höhle angrenzten. Wie eine riesige Kuppel kam Laura das Gewölbe vor.

Auch die beiden Männer, die sie bei der Befreiung der Kinder begleitet hatten, erschienen nun am Ende der Stufen.

»Warten die etwa alle auf mich?«, wollte Laura sich rückversichern.

»Ja. Du hast ihre und die Kinder eines anderen Stammes gerettet.«

Und die drängten sich durch die lebende Mauer aus neugierigen Dorfbewohnern und strahlten über beide Ohren. In den Gesichtern der Erwachsenen las Laura Dankbarkeit.

Der Guaire trat hervor, wie unschwer an seinem Federschmuck zu erkennen war. Er war etwas jünger als der Häuptling des anderen Stammes, den Laura bereits aufgesucht hatte, und begrüßte sie mit einem warmen Lächeln. Eines der Kinder griff nach seiner Hand. Der Junge musste wohl sein Enkel sein, weil der Guaire ihm in einer zärtlichen Geste durch das Haar fuhr. Dann richtete er sich an sein Volk. Laura hörte aus der Ansprache nur ihren Namen heraus. Dass er sie den anderen vorstellte und ihre Taten rühmte, bestätigte Aquil, der ihr seine Worte übersetzte.

»Er bedankt sich bei dir und versichert dir, dass er und jeder aus seinem Stamm zeit ihres Lebens in deiner Schuld stehen.«

Zwei der jüngeren Frauen traten vor. Sie hielten Halsketten in den Händen, die mit Schmuck aus Steinen und Muscheln bestückt waren. Zweifelsohne waren sie für Laura gedacht.

»Sie sollen dir Glück bringen«, erklärte Aquil.

Laura senkte ihr Haupt, sodass die beiden Frauen ihr den Schmuck umhängen konnten.

»Du gehörst von heute an zu diesem Stamm«, erklärte Aquil feierlich.

Laura nickte als Zeichen des Danks. Auch ohne Worte brachte sie ihre Freude damit zum Ausdruck, dass sie den Schmuck bewunderte. Das Zeichen der Wertschätzung wurde verstanden.

Der Guaire sprach weiter und erntete allem Anschein nach die Zustimmung der anwesenden Frauen.

»Er möchte, dass du die Kinder weiter unterrichtest«, übersetzte Aquil.

»Aber das geht doch nicht. Zu ihrer eigenen Sicherheit«, wandte Laura ein.

»Hier sind sie sicher und wenn es deine Zeit erlaubt, bringe ich dich her«, sagte Aquil.

Ein schöneres Geschenk hätten sie Laura nicht machen können. Schon lief Yerai zu ihr und schnappte sich ihre Hand.

»Komm mit. Ich zeige dir die neue Schule«, sagte er.

Laura folgte ihm ins Innere des Gewölbes, in dem es schlagartig kühler wurde. Der Duft von gebratenem Fleisch kam ihr vom anderen Ende der Höhle entgegen. Rauch quoll dort aus einem Lehmofen. Schalen und Schüsseln aus Ton standen davor. Sie waren gefüllt mit Obst, eine mit Gofio, das Laura bereits kannte.

»Wir feiern ein Fest. Nur für dich«, erklärte ihr Yerai auf ihrem Weg ins Innere des Felsens, der in ein hohes Nebengewölbe führte. Der Raum war geräumig. Stühle und Bänke gab es darin nicht. Der Boden war mit Schilf und Bast ausgelegt und verfügte über eine Öffnung nach draußen, durch die genug Licht fiel, um das Innere zu erhellen. Laura malte sich bereits aus, hier zu unterrichten, doch dann ertönte ein zunächst monotoner, dann melodiöser Singsang aus den Gängen. Er erinnerte sie an den Gesang der Ordensschwestern, auch wenn es kein sakraler Gesang war, in dem stets Wehklagen und Ehrfurcht mitschwang.

»Das klingt schön. Kannst du auch singen?«, fragte Laura.

»Aber das kann doch jeder«, erwiderte er und lachte. »Liest du uns nachher noch eine Geschichte vor?«, wollte Yerai dann noch wissen.

»Vielleicht finde ich noch welche bei Calvino«, versprach sie ihm, während sie aus der Öffnung blickte, die nach draußen führte. Unter ihr lag ein bewaldeter Barranco. Irgendwo dahinter musste das Meer sein. Ohne darüber nachzudenken, fasste sie sich an die Ketten, die um ihren Hals lagen. Jetzt war sie also eine von ihnen. Eine Wilde, eine Primitive, wie man sie gemeinhin nannte. Was für eine Ironie. Laura konnte sich nicht daran erinnern, jemals zuvor in ihrem Leben so viele lächelnde und allem Anschein nach glückliche Menschen gesehen zu haben. Und gerade weil es das Schicksal in den letzten Jahren nicht gut mit ihnen gemeint hatte, war dieses Lächeln umso erstaunlicher. Was maßten sich die Eroberer an, den hier Lebenden ihre Werte aufzwingen zu wollen? Wie jämmerlich war ein Leben in einer Stadt wie Madrid im Vergleich. In den Städten stank es nach Fäkalien oder Abfällen. Es war meist kalt und feucht in den Häusern. Um wie viel schöner war das Leben der Menschen hier, denen der Herr oder ihre Götter ewigen Frühling geschenkt hatten. Man konnte in ihren Gesichtern ablesen, dass sie nicht nur mit sich im Reinen waren, sondern Lebensfreude empfanden und das trotz der Eroberung durch eine fremde Macht. Die Römer nannten sie die Glückseligen. Laura verstand nun, warum.

Laura machte sich auf der nächtlichen Fahrt zurück zur Plantage klar, dass sie spätestens in dieser Nacht ihr Herz an die Insel und ihr Volk verloren hatte, das wusste, wie man Feste feierte. Aquil hatte sie darüber aufgeklärt, dass es die normalerweise nur anlässlich der Ernte gab. Ein *Beñesmen* war das wichtigste und größte gesellschaftliche Ereignis für einen Stamm. Tanz und Gesang schienen bei den Guanchen sehr beliebt zu sein, um ihre ungebrochene Lebensfreude zum Ausdruck zu bringen. Männer und Frauen tanzten gemeinsam und Aquil hatte Laura dazu animiert, die kurzen und schnellen Schrittfolgen selbst einmal zu probieren. Tanz galt in der Welt, aus der sie kam, als Teufelswerk. Vermutlich taten ihr die Fußsohlen deshalb immer noch weh. Das Festessen, das sie *Guatatiboa* nannten, würde in ihrer Welt Völlerei genannt werden und somit ebenfalls sündhaft sein. Das am Feuer geröstete Schwein mit Gemüse und Gofio lag Laura allerdings nicht im Magen, sondern der Umstand, dass sie sich von den Feierlichkeiten hatte davontragen lassen. Vor Mitternacht würden sie nicht zurück auf der Plantage sein. Sich loszureißen, wenn es so viel Neues zu sehen gab, war jedoch ein Ding der Unmöglichkeit gewesen. Die Höhle hatte sich in eine Art Amphitheater verwandelt, in der Wettkämpfe stattfanden. Auch Aquil hatte sich im Steinheben, beim Fechten mit Stöcken und bei den Ringkämpfen versucht. Die Männer packten sich an ihren Binsenhosen oder Schurzen und versuchten, sich umzuwerfen. Besonders kräftig gebaute Männer waren dabei freilich im Vorteil. Aquil hatte sich dennoch nur zwei stiernackigen Muskelbergen geschlagen geben müssen. Für ihre sündigen Gedanken beim Anblick seiner tanzenden Muskeln sollte sie eigentlich zur Beichte gehen. Laura musste unwillkürlich darüber schmunzeln, was sie gleich als noch viel sündhafter empfand. Sicherheitshalber bekreuzigte sie sich, allerdings von Aquil abgewandt. Ihm war es trotzdem nicht entgangen.

»Warum macht ihr das? Ich habe es schon ein paar Mal bei deinen Landsleuten gesehen«, wollte er wissen.

Laura überlegte für einen Moment, ob sie ihm die Wahrheit sagen konnte, verwarf den Gedanken aber sofort wieder, denn dazu gehörte ja auch, dass sie sich nach seinen Berührungen sehnte.

»Es ist das Zeichen unseres Gottes«, versuchte sie ihm zu erklären.

»Ein Zeichen der Freude?«, fragte er nach.

»Eher der Bitte um Vergebung«, sagte Laura, in der Hoffnung, dass er sie nicht mit weiteren Nachfragen bedrängen würde.

»Was soll dir dein Gott denn vergeben?«, kam dann prompt.

Laura hatte genug Anlässe an diesem Abend gefunden, um sich zu bekreuzigen, daher konnte sie ihm gegenüber guten Gewissens die Sündhaftigkeit ihres immer schwächer werdenden Fleisches aussparen. »Sich so unbeschwert den Lüsten und Freuden des Lebens hinzugeben, ist in meinem Glauben eine Sünde«, offenbarte sie ihm.

»Was ist eine Sünde?«, wollte er wissen.

»Etwas Verbotenes zu tun.«

»Wie kann Freude denn sündhaft sein?« Seine Frage war mehr als berechtigt.

»Weil es der Teufel ist, der uns in Versuchung führt«, erwiderte sie, obwohl sie selbst nicht mehr so recht daran glaubte. Es war ihre Erziehung, die ihr diese Antwort auferlegte, nicht ihr Herz.

»Unsere Dämonen bringen Zerstörung und vergiften die Herzen. Unsere Götter bringen uns Freude. Wie können die

Kastilianer dann überhaupt noch glücklich sein, wenn Freude eine Sünde ist?« Aquils Logik war unbestechlich.

»Vermutlich, weil die Demut und die Angst vor dem Fegefeuer die Menschen gefügiger macht«, sagte sie.

»Fegefeuer?«

»Wer sündigt, kommt in die Hölle und muss sich ewigen Feuerqualen unterziehen.«

Aquil lachte unwillkürlich auf. »Und die Menschen in deinem Land glauben das?«

Laura nickte und wunderte sich darüber, wie absurd ihr das mittlerweile selbst vorkam.

»Und trotzdem hast du dich bekreuzigt«, stellte er fest.

Laura nickte erneut.

»Der Abend kann keine Sünde gewesen sein, weil wir hier nicht an euren Gott glauben, und dann kann es hier auch keinen Teufel geben«, fuhr er fort.

Darüber musste Laura schmunzeln.

»Darfst du das überhaupt? Lächeln?«, neckte er sie.

Die Angst vor dem Fegefeuer hatte Laura verloren. Sie lachte daher befreit auf und er schloss sich ihr an. Laura stellte fest, dass dies einer der Gründe war, warum sie ihn immer stärker in ihr Herz schloss. Aquil gab ihr ein Gefühl der Freiheit, der Ungezwungenheit. Wie gerne würde sie ihm noch näher sein. Die Einsicht, dass dies wohl nur ein Traum bleiben würde, ließ ihr Lächeln verschwinden. Die Plantage vor sich zu sehen, als sie das Ende des Weges durch den Wald erreicht hatten, tat sein Übriges. Wie würde sie ihrem Vater nur erklären, warum sie so spät nach Hause kam? Darüber konnte sie noch die halbe Nacht nachdenken, denn es brannte kein Licht mehr im Haus.

Aquil fuhr die Kutsche direkt vor die Arkaden.

Laura wünschte sich in diesem Moment, der Abend würde nie zu Ende gehen. Sie hätte noch ewig mit ihm durch diese milde Nacht fahren können, allein schon, weil sie sich in seiner

Nähe wohlfühlte, geborgen und mit jedem Atemzug stärker zu ihm hingezogen. Konnte er ihr diese Sehnsucht etwa ansehen? Seine Augen suchten jedenfalls Kontakt mit ihren. Im Mondlicht schien ihr Blau kühler zu leuchten und doch strahlten sie noch viel mehr Wärme aus also sonst. Es war unmöglich, sich von ihm loszureißen, nicht in diesem Moment.

»Du bist so schön«, flüsterte er.

Seine Worte schienen sie am ganzen Körper zu liebkosen. Sie spürte ihn, auch wenn sie eine Armlänge voneinander trennte. Doch dann wagte er es, sich ihr zu nähern und ihr Haupt zu berühren. Laura schloss die Augen, um sich diesem Moment hinzugeben und sich auszumalen, dass er nicht aufhören würde, sie zu streicheln.

Seine Hand strich ihr das Haar aus dem Gesicht und fuhr sanft über ihre Stirn.

Laura verzehrte sich danach, seine Lippen auf den ihren zu spüren. Sah er ihr auch das an? Ihr Herz schlug bis zum Hals. Es war nicht die Angst, etwas Verbotenes zu tun, die sie dazu brachte, am ganzen Körper zu beben, denn es gab keinen Teufel auf dieser Insel. Nichts, was ihr Freude machte, konnte eine Sünde sein. Auch Laura wagte es nun, ihn zu streicheln. Sie konnte seinen Atem auf ihrer Haut spüren und zitterte mittlerweile so stark, dass er glauben musste, sie würde frösteln.

Sein Arm schmiegte sich an ihren Rücken und dann zog er sie so nah an sich heran, dass sich ihre Lippen berührten. Sie fühlten sich erst etwas rau an, doch je länger ihre darauf lagen, desto weicher schienen sie zu werden. Ihn zu schmecken, versetzte ihre Sinne in Raserei. Ihr ganzer Körper schien zu verglühen. Ihre Hände legten sich dann an seinen Rücken, erspürten seine Kraft. Jede seiner Gesten und Zärtlichkeiten schürte ihr Begehren, doch ein lauter Knall sorgte dafür, dass der Rausch der Sinne ein jähes Ende fand. Auch Aquil hatte sich so erschrocken, dass er abrupt von ihr abließ. Das Geräusch war umso bedrohlicher, weil sie damit vertraut war. So klangen die Flügeltüren des Balkons im ersten Stock, wenn der Wind sie gegen die Halterung schmiss. Das Zimmer gehörte Inés, und Laura war sich sicher, dass die Türen geschlossen gewesen waren, als sie sich dem Haus mit der Kutsche genähert hatten. Laura spürte den Blick ihrer Schwester auf sich lasten. Es war so, als ob eine eisige Hand sie am Nacken packte.

Aquil starrte nach oben und Laura folgte seinem Blick. Die eisige Hand hatte sie sich nicht eingebildet. Inés stand im Nachtgewand auf dem Balkon und wirkte im fahlen Licht des Mondes wie ein Geist. Nur ihr Gewand bewegte sich im Wind und ihr Blick war starr auf ihre Schwester und Aquil gerichtet.

Laura hatte sich gestern Nacht beim Einschlafen vor Scham gewünscht, am besten nicht mehr aufzuwachen. Wie konnte sie sich nur zu etwas hinreißen lassen, das nur einem vermähltem Paar vorbehalten war? Gerade, weil sie spürte, dass alle Konventionen, die man ihr anerzogen hatte, dabei waren von ihr abzufallen, war das Loch, in das sie gefallen war, umso tiefer. Das Merkwürdige an diesem Morgen war, dass ihre Verzweiflung wie ein schlechter Traum, der einen benebelte, mit den ersten Sonnenstrahlen zu verblassen schien. Laura versuchte, sich einzureden, dass der Tag wie jeder andere beginnen würde, jedoch ohne Erfolg. Was musste ihre Schwester nur von ihr denken? Zweifelsohne hatte Inés den Kuss gesehen. Sie war bestimmt die ganze Nacht aus Sorge um ihre kleine Schwester wach geblieben, um dann zu erleben, dass es überhaupt keinen Grund dazu gegeben hatte. Es musste ihr einen Stich versetzt haben, zu eindeutig war Inés' Interesse an Aquil. Schon verspürte Laura das wohlige Kribbeln in ihrem Unterleib, die Wärme, die ihr sein Kuss eingehaucht hatte. Die Erinnerung an dieses schöne Gefühl ließ Laura ihre nächtliche Verzweiflung gar als absurd erscheinen. War sie dem Teufel, seiner allgegenwärtigen

Versuchung verfallen? Warum war alles Schöne auf dieser Welt verdammenswert und nur Leid und Enthaltsamkeit etwas, wonach ein Mensch streben sollte? Genauso hatte man versucht, es ihr in der Klosterschule beizubringen. All das galt hier nicht in der für sie neuen Welt. Diese Erkenntnis gab Laura die Kraft, sich zumindest schon einmal im Bett aufzurichten. Die wärmende Sonne schien ihr ins Gesicht und heiterte ihr Gemüt noch ein wenig mehr auf. Es verblieb gleichwohl die Angst vor Inés' Unberechenbarkeit. Dazu gesellte sich noch eine Erkenntnis, die bitter war. Sie hatte sich von einem Mann küssen lassen, mit dem es keine Zukunft geben konnte. Gab es die wirklich nicht? Laura war sich dessen nicht sicher, zumindest wenn sie auf ihr Herz hörte, doch welches Gewicht hatte schon die Stimme des Herzens in einer Welt, die von Herzlosigkeit regiert wurde? Und dies war hier auf der Insel nicht anders als in ihrer Heimat. Ungeachtet der Einsicht, dass eine Liaison mit Aquil keine Zukunft hatte, ertappte sie sich dabei, gleich nach dem Aufstehen durch ihr Fenster hinüber zu den Gebäuden der Arbeiter zu sehen, von der Hoffnung getragen, ihn zu erspähen und sich dabei vorzustellen, ihn erneut zu küssen. Zugleich stellte sich die Gewissheit ein, dass dies wahrscheinlich nie wieder passieren würde. Die Umstände würden es nicht erlauben, mal ganz abgesehen von Vater, der hoffentlich nie davon erfuhr. Was für ein süßes Leid. Es belebte die Seele, führte sie in Versuchung, sich gegen alles aufzulehnen, nur um ihn noch einmal zu spüren. Vielleicht war es besser, nur noch davon zu träumen und den Abend mit ihm zeit ihres Lebens im Herzen zu bewahren. Doch würde ihr Herz stark genug sein, um sich diesem Dämmerzustand zu stellen? Laura seufzte, goss sich aus einem Krug frisches Wasser in die Keramikschüssel auf ihrem Spind und begann, sich das Gesicht zu waschen. Beim Blick in den Spiegel sah sie eine hübsche junge Frau vor sich. Noch nie zuvor hatte sie sich so angesehen. Laura konnte gar nicht anders, als mit dem Finger über ihre Lippen und am Dekolleté entlang bis zu ihren Brüsten zu streichen. Sie schloss die Augen und stellte sich vor, dass es seine Hände waren, die sie dort berührten. Sünde, schrie ihre innere Stimme auf. Was du tust, ist nicht richtig. Dieser Mann führt dich in Versuchung. Waren das nicht auch Inés' Worte gewesen? War sie am Ende genau wie ihre Schwester und dabei, mannstoll zu werden? Sofort ließ Laura von sich ab. Ihr Spiegelbild verriet auch, dass sie sich verändert hatte. Laura hatte den Eindruck, eine andere geworden zu sein, und diese Fremdheit machte sie neugierig. Sich selbst unbeschwert lächeln zu sehen, wieder jenen Durst nach Freiheit und den Hunger nach Neuem im Leben zu verspüren und dies nicht mehr als befremdlich zu erachten, war ebenfalls etwas gänzlich Ungewohntes.

Laura riss sich von ihrem Spiegelbild los. Es war Zeit für das Frühstück. Vater würde sicher schon auf den Beinen sein und auf sie warten. Inés leider auch. Wo war nur das bis eben verspürte Gefühl der Zuversicht abgeblieben? So schnell konnte man keine andere werden, sagte sie sich, als sie sich ankleidete. Sie wurde wieder zu Laura, der Tochter von Abel Jiménez und der kleinen Schwester von Inés, die aus einem von Hoffnung genährten Traum erwachte. Als sie die Tür öffnete, um hinunterzugehen, schien ein Luftzug all ihre ermutigenden Gedanken und Vorsätze mit sich zu reißen. Hoffentlich behielt Inés für sich, was sie gesehen hatte.

Die Normalität am Frühstückstisch war Laura unheimlich. Vaters ausgesprochen gute Laune deutete darauf hin, dass Inés ihm nichts von ihrer gestrigen Beobachtung erzählt hatte.

»Was für ein herrlicher Tag heute. Frischer Wind von Nordwest«, tönte er gleich nach dem Morgengruß.

Inés nippte genüsslich an ihrer Tasse Mandelmilch und schenkte ihr ein erfrischendes Lächeln, wobei sich Laura nicht ganz sicher war, ob sie es sich wieder einmal aufgesetzt hatte.

Laura nahm Platz und schenkte sich ebenfalls Mandelmilch aus einem Krug in ihre Tasse. Das Fladenbrot ließ sie stehen. Sie würde im Moment sowieso nichts herunterbringen.

»Wie ich hörte, ist es gestern bei dir spät geworden«, sagte Vater nahezu beiläufig, während er weiteraß. Inés musste es ihm also doch gesteckt haben. Prompt warf sie Laura einen bezeichnenden Blick zu. Dass sie die Tasse immer noch in der Hand hielt und weiter daran nippte, als würde sie einen köstlichen Wein zu sich nehmen, war ungewöhnlich. Wenn Inés irgendetwas tat, was Laura noch nicht an ihr kannte, versetzte sie das in Alarmbereitschaft.

»Es hat länger gedauert, als wir dachten«, versuchte Laura sich auf Vaters Frage hin zu erklären.

»Bis in die Nacht?«, hakte er interessiert nach.

»Aquil hat mich noch zu den Kindern gebracht, in das Höhlendorf.« Laura sah keinen Grund, ihrem Vater dies zu verschweigen.

»Geht es ihnen gut?«, fragte er.

»Ja … Ich darf sie dort weiter unterrichten«, sagte Laura.

»Ich nehme an, Aquil wird dich künftig dort hinbringen«, warf Inés mit spitzem Unterton ein.

Vater sah sie nur fragend an.

»Natürlich nur, wenn Ihr das gestattet«, sagte Laura an ihren Vater gerichtet.

»Du weißt, dass mir dein Glück am Herzen liegt«, sagte er.

Inés stellte die Tasse endlich ab. Die Art, wie sie es tat, irritierte Laura. Sie tat es mit überzogenem Bedacht und rückte sie auf dem Tisch so lange zurecht, bis sie in einer Linie mit dem Krug, dem Korb mit dem Fladenbrot und der Zuckerdose stand. Auch diese Eigenart war ihr bisher nie an ihrer Schwester aufgefallen.

»Ich bin mir sicher, Aquil passt gut auf meine kleine Schwester auf, nicht wahr?« Ein kurzer Seitenblick machte deutlich, dass Inés ihr heute Morgen aus verständlichem Grund nicht wohlgesonnen war. Auch Vater registrierte es, hakte aber nicht weiter nach.

»Ob er wohl heute Zeit für die Arbeit auf der Plantage haben wird?«, fragte sie angriffslustig.

Laura sagte nichts, doch Vater wurde nun doch hellhörig.

»Ich habe ihm erlaubt, Laura zu begleiten«, stellte er klar und warf Inés einen missbilligenden Blick zu.

»Man darf dem Personal nicht zu viel Freiräume geben«, deutete Inés an.

Laura bemerkte, dass ihre Angst langsam in Wut umschlug. Warum sagte Inés ihm nicht gleich, was sie gestern Abend vom Balkon aus beobachtet hatte?

»Es bleiben Dinge unerledigt«, kritisierte Inés.

»Du meinst wie die gemeinsame Fahrt mit dir in die Stadt, um Glasbehältnisse zu kaufen?«, gab Laura zurück.

»Aber wir haben doch erst welche gekauft«, hakte Vater nach.

Dass Inés innerlich kochte, konnte sie vor Laura nicht mehr verheimlichen. Ihre Bewegungen wurden noch steifer. Sie saß mittlerweile da wie ein Brett und ihre Fingernägel fuhren über den Holztisch wie die Krallen eines Tieres. Das schabende Geräusch war schier unerträglich.

»Sieh an. Hat er dich auch noch aufgestachelt. Ich sagte dir ja bereits, dass der Umgang mit Aquil …«

»Was ist mit Aquil?« Vater riss der Geduldsfaden. Die Körpersprache seiner älteren Tochter wusste auch er zu deuten.

»Fragt seinen jungen Kameraden, Gustavo … und warum sie so viel Zeit miteinander verbringen.«

Dass Vater sie nun irritiert ansah, verwunderte Laura keineswegs.

Sollte sie sich offenbaren? Wenn sie es nicht tat, würde es Inés tun, und das war noch viel schlimmer.

»Ich mache keinen Hehl daraus, dass mir Aquil ans Herz gewachsen ist«, gab Laura daher zu.

»Ans Herz gewachsen?« Inés lachte spitz auf.

Laura rechnete damit, dass Vaters Laune sich schlagartig verschlechtern würde, doch erstaunlicherweise blieb das aus.

»Er ist ein anständiger Kerl«, fing er an, musterte seine beiden Töchter und schien erst jetzt zu begreifen, was Laura ihm damit wirklich sagen wollte.

»Dein Herz schlägt für Aquil?« Vater wollte es genau wissen.

Laura nickte und war froh, dass sie in diesem Moment nicht die geringste Scham empfand.

Vaters Stirn legte sich in Falten.

»Seid ihr denn schon ein Paar? Muss Vater das Aufgebot mit einem Guanchen bestellen?«, warf Inés ein.

»Was redest du da?«, sagte Vater sichtlich irritiert.

Inés warf Laura einen bezeichnenden Blick zu, der so viel hieß wie: Sag's ihm, oder soll ich es ihm sagen?

Das konnten sie sich aber ersparen, denn Vater las es anscheinend in ihren Augen.

»Laura, ich fürchte, es ist besser, wenn du nicht … Er ist keiner von uns.«

Laura hatte mit einem Vorwurf gerechnet. Sein gut gemeinter Rat klang wohlwollend. Nichts hielt Laura nun davon ab, ihm die volle Wahrheit zu sagen.

»Mein Verstand sagt mir das Gleiche, aber mein Herz spricht eine andere Sprache«, erklärte Laura.

»Du wirst Schande über unsere Familie bringen. Vater, macht Laura das klar. Auf mich wird sie nicht hören«, beschwor Inés ihn.

»Ich fürchte, Inés hat recht. Der Stimme des Herzens zu folgen, hat schon so manchem Verderbnis gebracht. Meinen Segen kann ich dir daher nicht geben.«

Inés hatte sich bestimmt eine harschere Reaktion erhofft. Laura hatte das Gefühl, dass Vaters milde Reaktion sie nicht zufriedenstellte.

»Wäre es nicht klug, wenn ihr euch nicht mehr sehen würdet? Ich bin mir sicher, dass sich auch jemand anderes findet, um dich in dieses Dorf zu kutschieren«, sagte Inés.

»Damit du ihn für dich hast?«, platzte es aus Laura heraus. Das Spiel ihrer Schwester hatte sie nun satt.

»Ich? Aquil?« Inés lachte auf, bevor sie fortfuhr. »Was willst du mir hier in Vaters Anwesenheit unterstellen?«

Vater musterte Inés eindringlich und tauschte dann Blicke mit Laura. Er wusste mit Sicherheit, wovon Laura sprach, und das versetzte Inés offenbar so in Rage, dass sie sich abrupt erhob.

»Ihr entschuldigt mich. Es wird Zeit, dass ich mich um wichtigere Dinge kümmere«, sagte sie mit eiserner Miene.

»Tu das«, sagte Vater in einer Art und Weise, die Inés' Verhalten missbilligte. Dementsprechend wütend verließ sie den Raum.

Vater schüttelte besorgt den Kopf, als sie die Tür hinter sich geschlossen hatte. Dann sah er Laura direkt in die Augen. »Und Aquil … denkst du, dass er dir ebenso Gefühle dieser Art entgegenbringt?«

Laura nickte.

»Glaub mir, Laura … diese Verbindung würde dir hier kein Glück bringen.«

»Aber Ihr schätzt ihn doch auch? Wie einen eigenen Sohn behandelt Ihr ihn …«

»Es ist genug gesagt«, unterbrach er. »Du wirst nicht mehr mit ihm in das Dorf fahren. Ich will nur das Beste für uns alle«, verlangte er.

»Aber Vater … ich …«

»Ich werde mich nun besser auch dem Tagewerk widmen«, sagte Vater, bevor er sich erhob, sich wortlos von ihr abwandte und ebenfalls den Raum verließ.

Das Verhalten ihres Vaters konnte Laura beim besten Willen nicht mehr einordnen, was Aquil betraf, vor allem trotz der offenkundigen Zuneigung, die auch er ihm entgegenbrachte. Sie reichte anscheinend nicht aus, um ihm seine Tochter auch weiterhin anzuvertrauen.

Inés hatte also ihr Ziel erreicht. Laura durfte Aquil nicht mehr sehen.

Kapitel 17

Da war man auf einer Urlaubsinsel und hatte Termine – und das auch noch nach eindeutig zu wenig Schlaf. Warum nur hatte sie sich mit Eloy für zehn Uhr verabredet? Daraus ergab sich nun gerade eine Stunde, um hinauf zur Naturbadewanne, also dem Wasserspeicher, zu joggen, sich dort zu waschen, umzuziehen und vielleicht noch einen Schluck vom Kaffee zu sich zu nehmen, den Jacinto ihr versprochen hatte.

Wenn Eloy pünktlich war, hatte sie noch fünf Minuten, um den Cortado zu genießen.

Die Sonne schien auf blauem Himmel. Der Schlaf war kurz, aber nichtsdestoweniger erholsam gewesen. Jana war froh, ihre gestrigen Gedanken nicht mit in den Schlaf genommen zu haben, um von wilden Albträumen geplagt zu werden. Weder der Fels am Ende der Bucht noch der Balkon lösten mittlerweile irgendeine unangenehme Emotion in ihr aus. Ein Gefühl der ganz anderen Art hingegen blieb nicht aus. Es stellte sich ein, als sie das Röhren seines Motorrads hörte, noch bevor sie es sah. Eloy fuhr auch diesmal direkt zum Haus, wo sie ihn in Empfang nahm.

Er wirkte frisch und sein Lächeln warmherzig. So wie ihres.

»Magst du auch noch einen Kaffee?«, fragte sie, nachdem sie sich begrüßt hatten.

»Hab schon … Danke«, erwiderte Eloy und musterte sie kritisch, was Jana irritierte.

»Du siehst gut aus. Keine bleibenden Schäden von gestern Nacht?«, fragte er augenzwinkernd.

»Sie war kurz.«

»Dito.«

»Auto oder Motorrad? Ich hab einen zweiten Helm und der Fahrtwind ist besser als jede Klimaanlage.«

»Das ist jetzt nicht dein Ernst.« Jana hatte zum letzten Mal in ihrer Abi-Zeit auf so einem Ding gesessen und war froh, den Trip mit ihrer damaligen Flamme überlebt zu haben.

»Ist ja nicht weit«, versuchte Eloy sie zu ermutigen.

»Was hast du gegen den Leihwagen?«

»Langweilig.« Der Abenteurer in ihm kam wieder zum Vorschein. Dann reichte er ihr den Helm. »Komm schon.«

»Aber fahr nicht zu schnell!«

Das Hauptargument, weshalb sie sich doch dafür entschieden hatte, war natürlich nicht der Fahrtwind und auch nicht, dass das Auto langweilig war. Es war die Vorstellung, sich ganz eng an ihn zu schmiegen. Vermutlich auch bei ihm. Und wie er strahlte. Helm auf, und ab ging die Post. Jana fühlte sich wie ein Klammeräffchen, denn das Gelände war fordernd. Warum fuhr er nicht zurück auf die Autobahn? Eloy bevorzugte die Serpentinenstrecke. Hardcore-Biker liebten es ja, sich in Kurven zu legen. Sie mit ihm, denn sie war zu einem lebenden Rucksack geworden, der an ihm klebte. Das Prickeln, als ihre Hände seine feste Bauchmuskulatur zu fassen bekamen und sie sich an seinen breiten Rücken schmiegte, erhöhte ein ordentlicher Schuss Adrenalin, denn kaum hatten sie den Schotterweg hinter sich gelassen und waren auf die Landstraße Richtung Süden gebogen, schoss die Maschine pfeilschnell dahin. Was für ein Hochgefühl, den kräftigen Fahrtwind zu spüren. Einfach an nichts mehr zu denken, nichts mehr zu planen, nicht mehr zu grübeln, nur noch diesen Moment zu genießen.

Die Straße führte zunächst ein kurzes Stück am Meer entlang, doch dann querfeldein in Richtung der Berge, wo enge Serpentinen auf sie warteten. Sie erforderten vollen Körpereinsatz. Von nun an gab es nur noch wenige Momente, in denen Jana die Straße horizontal vor sich sah. Dennoch empfand sie keine Angst. Sie konnte sich sicher sein, dass Eloy die Maschine beherrschte. Ein Motorrad untertourig zu fahren, verursachte einen Höllenlärm. Für Eloy musste es wohl eher ein Konzert sein. Er juchzte, wenn er die Maschine auf einem geraden Stück wieder voll beschleunigen konnte. Die Partitur für den Motor erstellten die Straßen und Kurven. Die Vibration des Motors übertrug sich auf ihren Körper und versetzte ihn in Schwingung – einfach beflügelnd. So fühlte sich ein Spaßurlaub an und ihr Ziel, angeblich einer der schönsten Gärten der Insel, passte perfekt in ihre Ferienstimmung.

Der botanische Garten der Marquesa lag direkt an einer Landstraße, die sich durch landwirtschaftlich genutzte Felder zog. Hier war die Insel grün. Links und rechts am Wegrand reichten umzäunte und teilweise mit Steinmauern begrenzte Bananenplantagen bis hinauf ins hügelige Hinterland. Ein Teil der Felder war unter hellen Bespannungen großflächig verdeckt, vermutlich um die Pflanzen vor allzu starker Sonneneinstrahlung und dem Wind zu schützen. Zunächst dachte Jana, dass sie direkt vor einem wuchtigen Eisentor halten würden, weil sich dahinter ein großes Anwesen abzeichnete, das nach spanischem Hochadel roch. Der Eingang zum botanischen Garten, also für Besucher, lag aber am Ende eines kleinen Schotterweges, der entlang des Anwesens zu einem großen Parkplatz führte, auf dem bereits einige Fahrzeuge standen. Schade, dass die Fahrt auf dem Motorrad nun vorbei war.

»Und? Besser als der Leihwagen, oder?«, fragte Eloy frech, nachdem er sich den Helm abgesetzt hatte.

Was blieb Jana anderes übrig, als seine Frage zu bejahen? Obwohl ihr durchaus präsent war, weshalb sie hier waren, hielt die Urlaubsstimmung angesichts der vor ihr liegenden Farbenpracht an. Hohe Bougainvillea-Stauden wuchsen über Treppen, die zum Eingang führten. Das Areal musste riesig sein. Ganze Palmenwälder ragten in den Himmel.

Sie waren nicht die einzigen Besucher, jedoch wunderte sich Jana darüber, dass sich eine junge Familie mit zwei Kindern, die gerade aus ihrem Wagen stieg, so schick angezogen hatte. Der Grund dafür erschloss sich auch nicht aus dem Umstand, dass die Kasse nicht besetzt war. Ein Pärchen vor ihnen, ebenfalls kleidungstechnisch aufgemotzt, scherte sich nicht darum. Die beiden durchschritten den Kassenbereich und folgten dem Hauptweg, an dessen Ende sich bereits eine kleine Hochzeitsgesellschaft eingefunden hatte, was nun unschwer an der Frau mit weißem Schleier zu erkennen war. Sie posierte gemeinsam mit ihrem Künftigen vor einem Springbrunnen.

Auch wenn Jana und Eloy in unfestlicher Freizeitkleidung daherkamen, nahm keiner der beiden Gärtner, die ihnen auf der Allee aus Dattelpalmen begegneten, von ihnen Notiz. Für einen Augenblick ließ sich Jana vom Zauber dieser Hochzeit davontragen. Konnte es einen idyllischeren Ort für so einen Anlass geben? Eingebettet in so vielen Farben und inmitten einer grünen Oase? Jana konnte nicht widerstehen und zückte ihr Smartphone, um diesen Moment festzuhalten. Ein strahlendes Paar vor einem Springbrunnen, im Hintergrund ein riesiges Beet blühender Kakteen und umrahmt von Pflanzenbeeten, aus denen lilafarbene und weiße kugelförmige Blüten sprießten. Jana machte gleich noch ein Foto von der Seite. Die Fächer zweier Riesenstrelitzien umrahmten ein eben entstandenes digitales Gemälde. Die weißen Riesenblüten eines Magnolienbaums und die roten Blüten von Granatapfelbäumen tupften auf den Hintergrund Farbe. Ein Traum. Monet wäre hier vermutlich festgewachsen.

»Hübsches Paar. Bringt es nicht Glück, wenn man eine Braut sieht?«, kommentierte Eloy.

Jana bejahte die Frage, doch noch hatten sie anscheinend keines. Aus einem verglasten weißen Stahlgebäude schoss ein Kellner, der sie eindeutig als nicht zugehörig identifizierte und dementsprechend grimmig aus der Wäsche sah.

»Wir suchen Nicolás Cortés«, nahm Jana ihm gleich den Wind aus den Segeln.

Er nickte, überlegte und zuckte dann die Schultern. »Er muss irgendwo auf dem Gelände sein. Versuchen Sie es im Haupthaus. Vorne links, Treppe hoch.« Dann rief einer seiner Kollegen nach ihm. So wie es aussah, benötigte eine riesige Hochzeitstorte ein zweites Paar Hände, um sie auf einen runden Tortenhalter zu drapieren, ohne dass sie auseinanderfiel.

Von Jacinto wussten sie, dass Nicolás ungefähr Mitte fünfzig war, graues Haar hatte und unentwegt am Handy hing. So jemand musste auffindbar sein, zumal ihm Eloy ja bereits auf Arris' Beerdigung begegnet war.

»Vorne links« führte an einem Seerosenteich vorbei, in dem sich giftgrüne Laubfrösche tummelten. Eine Treppe führte nach oben zum Hauptgebäude, vor dem ein gleich noch viel größerer Seerosenteich auf sie wartete. In ihn hinein ragte ein Steg, der zu einem kleinen Pavillon führte. Auch dort ließen sich Gäste der Hochzeitsgesellschaft ablichten. Gleich gegenüber stand das Herrenhaus. Es erinnerte Jana an die Bauwerke, die sie in der Altstadt von Las Palmas gesehen hatte. Dunkles Mauerwerk mit weißer Fassade ergab einen schönen Kontrast, weil das Fundament, die Ecken der Hausmauern und die Fensterrahmen nicht gestrichen waren. Ein gepflegter Rasen lag davor, ein Swimmingpool dahinter.

»Ich hätte ja nie gedacht, dass es hier solche Häuser gibt«, sagte Jana, während sie das zweistöckige Gebäude ausgiebig musterte.

»Das wissen die wenigsten. Wer hier zwei Wochen Urlaub macht, kennt nur den Weg vom Hotel zum Strand. Ein paar Leute machen noch Ausflüge in die Berge oder fahren zum Shoppen nach Las Palmas. Hier gibt es überall prächtige Haciendas, Villen, riesige Anwesen, aber sie sind gut versteckt. Die Leute prahlen nicht so gerne und halten sich lieber bedeckt«, erklärte er.

»Genau wie deine Höhle«, sagte sie augenzwinkernd.

»Höhlenwohnungen sind in. Viele bauen an, mit allem Komfort. Höhle heißt nicht Steinzeit ... Ich sehe schon ... ich muss dir noch einiges von der Insel zeigen«, sagte er und seufzte.

Nicolás Cortés konnten sie zwar nicht sehen, dafür aber hören. Die hektische Stimme kam aus dem Inneren des Gebäudes, das über mehrere Terrassentüren verfügte. Eine stand offen. Jana machte sich bemerkbar und erntete von einem Grauhaarigen im Anzug eine beschwichtigende Geste, die so viel hieß wie: Einen Moment.

Cortés lief an einem Konferenztisch auf und ab und gab Anweisungen an einen Lieferservice. Vermutlich war heute Abend ein riesiger Empfang geplant, sogar der Bürgermeister von Arucas würde sein Stelldichein geben. Jana zeigte sich beeindruckt.

»Heute haben wir eine geschlossene Veranstaltung. Es tut mir leid, aber ...«, fing er an, nachdem er sein Telefonat beendet hatte.

»Jacinto schickt uns«, sagte Jana.

Cortés stutzte. »Jacinto ... Jacinto ...«, überlegte er angestrengt.

»Von der Arris-Plantage«, sagte Jana.

Cortés zeigte sich überrascht. »Was kann ich für Sie tun?«, fragte er geradeheraus.

Aufgrund seiner Unruhe beschloss Jana, es kurz zu machen. »Arris hat mich als seine Erbin eingesetzt. Ich kenne ihn nicht und wir sind auch nicht verwandt. Es scheint jedoch so zu sein, dass ich die letzte noch lebende Nachfahrin der Familie Jiménez bin, der die Plantage irgendwann einmal gehört hat, vermutlich um die Zeit, als Columbus hier war.«

Kaum ausgesprochen verfiel das bis eben noch hektische Wiesel namens Cortés in eine Starre. Sein Mund stand halb offen, bis er sich fing und ihnen bedeutete, sich an den Konferenztisch zu setzen. Er wirkte wie ausgewechselt und nahm nun selbst auch Platz.

»Arris …«, sagte er mehr zu sich.

»Sie waren mit ihm befreundet?«, fragte Jana nach.

Cortés nickte in Gedanken. Er schien ihre Geschichte in Kurzform immer noch zu verdauen. »Wir kannten uns ein paar Jahre. Er hat sich sehr für die Historie der Insel interessiert und wollte die Sprache der Ureinwohner lernen. Ich mochte ihn …«, sagte er dann. Sein Blick fiel auf Eloy. Es erweckte den Eindruck, als versuchte er, ihn einzuordnen. »Waren Sie nicht auch auf seiner Beerdigung?«, fragte er nach.

Eloy nickte. »Ich hab ihm gelegentlich alte Schriften übersetzt«, erklärte er sich.

»Sie können Tifinagh?«

»In Marokko studiert.«

Cortés gab sich beeindruckt. »Soviel ich weiß, hat er sich alles an historischen Schriften beschafft, was man bekommen kann … Auch aus Museen«, sagte Cortés.

»Hat Arris mit Ihnen jemals darüber gesprochen, was genau er sucht?«

»Also davon, dass er die ehemaligen Eigentümer der Plantage ausfindig machen will, jedenfalls nicht. Das überrascht mich offen gestanden. Sie werden es nicht glauben, aber er hat einen Schatz gesucht«, offenbarte Cortés.

Nun war Jana es, die ihren Mund nicht mehr zubrachte.

»Einen Schatz?«, fragte Eloy ebenso erstaunt nach.

»Meine Familie hatte früher engste Kontakte zum Königshaus. Er hat mich gebeten, in Archiven nach Aufzeichnungen des königlichen Schatzmeisters von Isabel der Ersten und Ferdinand von Aragón zu suchen, wenn ich wieder in Madrid bin.«

»Sie sprechen von der Zeit, in der Columbus auf Gran Canaria war, nicht wahr?«, fragte Eloy.

Cortés nickte.

»Wir haben jede Menge Dokumente aus dieser Zeit in seinem Nachlass gefunden und konnten uns keinen Reim darauf machen«, schilderte Jana.

»Also wenn Sie mich fragen, hat er sich, glaube ich, in eine fixe Idee verrannt. Er hat mir nicht einmal gesagt, wie er überhaupt auf die Idee gekommen ist, dass ausgerechnet auf Gran Canaria ein Schatz ...« Cortés hielt inne und versuchte, sich zu erinnern, bevor er fortfuhr: »Genau genommen ... zuerst dachte ich, er meinte Kisten voller Gold. Man kennt das ja aus Piratenfilmen ... Nein, er hat von Schmuck gesprochen. Und was mich damals verwundert hat: Arris hatte recht. Die *Niña*, aber auch die anderen Schiffe aus Columbus' Flotte hatten Schmuck aus der königlichen Schatzkammer geladen.«

»Und der soll hier sein, auf Gran Canaria?« Eloy konnte es kaum fassen.

»Das halte ich für ausgeschlossen, denn die Geschichtsschreibung lehrt uns etwas anderes. Eines seiner Schiffe sank in der Karibik. Was glauben Sie, wie viele Leute sich dort schon auf Schatzsuche begeben haben?«

»Hat er nach etwas Bestimmtem gesucht? Einer Krone oder vielleicht Diamanten?«, wollte Laura wissen.

Cortés lachte. »Ich sehe schon, Sie haben auch zu viele Piratenfilme gesehen. Nein … Ich erinnere mich … Er hat nach einem Amulett gesucht. Wenn ich doch nur wüsste, wie er es genannt hat … Ein Kreuz soll es gewesen sein mit einem Rubin in der Mitte.«

Jana spürte, dass ihr heiß wurde, ohne ersichtlichen Grund, denn der Raum war kühl. Ein Kreuz mit einem Rubin in der Mitte, hallte es in ihr nach.

»Das Herz der sieben Inseln«, sprudelte es dann aus Cortés heraus.

Jana hatte das Gefühl, jeden Moment zu verglühen. Sah man ihr etwa an, was gerade in ihr vorging, und warum musterte Eloy sie nun mit dem gleichen irritierten Blick? Jana sah zu ihm. Eloy war blass geworden.

Jana hätte Cortés gerne noch mehr gefragt, doch sie war froh, dass sein Handy sich nun lautstark zu Wort meldete. Er nahm das Gespräch an und verdrehte die Augen. Die bereits erlebte Hektik hatte ihn wieder. Er bat seinen Gesprächspartner jedoch, einen kleinen Moment zu warten. Dann zog er eine Visitenkarte aus dem Handyetui, die er Jana reichte.

»Rufen Sie mich an, wenn Sie noch etwas wissen wollen oder Hilfe brauchen. Es gibt Probleme … Das Essen … Ich muss …«

Jana nahm die Visitenkarte entgegen und bemerkte, wie sehr dabei ihre Hand zitterte. Die Worte ihrer Großmutter. Das Herz, das sie suchen sollte. Arris hatte es anscheinend auch gesucht, aber offenbar nie gefunden.

Die Urlaubsstimmung war dahin. Daran änderte auch die Fahrt zurück auf dem Motorrad nichts mehr. Jana war so in Gedanken, dass sie wie ein schlaffer Sack an Eloy hing, was es schwierig machte, sich in Kurven zu legen. Einmal war die Maschine deshalb sogar ins Schlingern geraten. Jana ließ einfach nicht mehr los, warum Arris nach diesem Amulett gesucht hatte, ausgerechnet nach dem Herz, von dem ihre Großmutter gesprochen hatte. Das ging alles nicht mehr mit rechten Dingen zu und war in höchstem Maße beunruhigend. Eloys starke Reaktion im Herrenhaus der Marquesa ging ihr auch nicht mehr aus dem Kopf. Wieder eine Übertragung? Eine empathische Überreaktion, weil sie Cortés' Schilderungen so getroffen hatte? Vielleicht interpretierte sie ja etwas in Eloys Verhalten hinein. Am Ende hatte seine ernste Miene nichts weiter zu bedeuten gehabt, als dass er sich brennend für den Schatz interessierte. Ein Amulett aus dieser Zeit musste ja ein halbes Vermögen wert sein. Zunächst hielt Jana dies für eher unwahrscheinlich, weil sie glaubte, ehrliche Zuneigung und sogar noch mehr von seiner Seite zu spüren, doch warum hatte er auf ihrem Rückweg zum Parkplatz nicht von sich aus erzählt, was in ihm vorgegangen war, als dieses ominöse Herz der sieben Inseln zur Sprache gekommen war?

Das Thema kam erst wieder auf, als sie zurück bei Jacinto waren.

»Was denkst du? Wir sollten noch einmal den Keller auf den Kopf stellen.« Eloys Vorschlag, nachdem auch er von der Maschine gestiegen und sich den Helm vom Kopf gezogen hatte, war mehr als plausibel, doch schürte er für einen Moment die Zweifel, die Marcels Geschwätz in ihr gesät hatte.

»Doch zu müde?«, fragte Eloy fürsorglich nach.

»Nein. Ab in den Keller!«

Jacinto schloss sich ihnen an, denn auch ihn schien das Schatzsuchervirus gepackt zu haben, nachdem sie ihm von ihrem Besuch bei Cortés erzählt und ihn gebeten hatten, für Licht im Keller zu sorgen.

Einen Teil der Kisten hatten sie bereits auf die linke Seite gestellt. Sie enthielten nichts Brauchbares, überwiegend Schriftverkehr und Rechnungen. Die Kisten mit Material aus dem Jahr 1492 sollten sie hingegen noch einmal genauer unter die Lupe nehmen. Schließlich hatte Arris sich bestimmt aus gutem Grund ausgerechnet auf dieses Jahr konzentriert. Jana nahm sich diese Kisten vor. Eloy andere, die sie noch nicht geöffnet hatten.

Wo sollte man da nur anfangen? Die alte Schrift erschwerte das Lesen. Ein Teil der Fotokopien, die Arris aus Museen erhalten haben musste, war von Haus aus schlecht zu lesen, weil die Originale bereits zu wünschen übrig ließen. Es half alles nichts. Wie an der Uni: Querlesen und sobald das Auge an irgendetwas Interessantem hängen blieb, vertiefen. Es kam aber nichts Interessantes, außer ellenlange Berichte über Columbus' Versuche, das Königshaus von seiner Mission zu überzeugen. Schriftstücke, die Auskunft über seine Freundschaft mit dem Schatzmeister des Königshauses gaben, nahm Jana sich als Nächstes vor. Das erklärte zumindest, warum Columbus für seine Expedition so reich ausstaffiert worden war. Jana fand heraus, dass Columbus am Profit aus allen Gütern, den Ländereien, die er erobern würde, beteiligt werden sollte. Guter Deal, aber Jana interessierte sich im Moment weniger für Gewürze aus Indien und Seide aus China, auf die das Königshaus Columbus angesetzt hatte.

»Arris' Kalender! Ich hab seinen Kalender!«, juchzte Eloy, der wie verrückt darin blätterte.

Jana ließ sofort von ihren Schriftstücken ab und ging zu ihm.

Eloy setzte sich auf eine Kiste, die direkt im Lichtkegel einer von Jacintos Baustellenleuchten lag.

»Immer wieder Einträge über die Funde. Dokumente, an wen er geschrieben hat. Wiedervorlagen, wen er noch anrufen soll. Doch schau mal hier ...« Eloy deutete auf einen Eintrag vom fünften März letzten Jahres, den er ihr vorlas: »Das Amulett stammt sicher aus der Schatzkammer von Isabel

I. Es muss sich um ein Schmuckstück handeln, das gestohlen wurde.« Eloy blätterte etwas zurück. »Verdammt. Er muss doch irgendwo notiert haben, woher er diese Information hat.« Eloy blätterte weiter und weiter. Sein Finger wanderte diagonal über die Zeilen, eine Technik, die auch sie an der Uni angewandt hatte, um lange Texte schnell zu erfassen, indem man nach Schlüsselwörtern Ausschau hielt.

»Hier … warte mal. Hier steht was von einem Amulett, aber … nein … er meint damit das mit der Inschrift, das du gefunden hast.«

»Was ist damit?«

Eloy las den Eintrag, blätterte weiter nach vorne und wurde fündig.

»Sie muss hier in Las Palmas verstorben sein«, sagte Eloy mehr zu sich.

»Wer?«

»Die Jiménez. Er schreibt, dass sie im Haus einer Schneiderin wohnte. Er hat nach ihr gesucht … Unfassbar. Der ganze Kram in der Kiste, in der das Amulett war. Auf einem Speicher gefunden.«

Jana wurde Arris immer unheimlicher. Wie konnte jemand so davon besessen sein, einen Erben zu finden, der gar nicht mit ihm verwandt war? War dieser Fund am Ende ein erster Hinweis für ihn gewesen, dem er dann nachgegangen war, oder hatte er bereits mehr darüber gewusst und gezielt danach gesucht? Und wieso wohnte die Jiménez im Haus einer Schneiderin, wenn ihr doch das Anwesen gehörte?

»Nur noch technischer Kram. Arzttermine. Werkstatttermine … Einkauf Pestizide …« Eloys Kommentare waren alles andere als ermutigend.

Sein zappelnder Zeigefinger hatte eine hypnotische Wirkung. Jana sah minutenlang nur noch Buchstaben, die an ihr vorbeiflogen. Wenn jemand diagonales Lesen beherrschte, dann dieser Hippie.

»Bingo! Da ist es. Er hat sich notiert: ›Tagebuch von Laura Jiménez gefunden‹. Es war hier im Haus. Sie hatte es in einer Nische im Mauerwerk versteckt. Arris ist ganz zufällig beim Sanieren der Kanalisation darauf gestoßen. Und jetzt? Wo ist es jetzt?« Eloy erinnerte Jana in diesem Moment an Cortés, so hibbelig war er. Fehlte nur noch das Handy in seiner Hand.

»Ein Rechnungsbuch. Was meint er damit?« Eloy blätterte weiter. Ausgerechnet dieser anscheinend wichtige Eintrag war nur schwer zu entziffern und es bedurfte weiterer Notizen zur Klärung.

»Sie hat Tagebuch geführt, aber in einem Rechnungsbuch«, stellte Eloy nach Lektüre eines der nächsten Einträge fest.

»Da ist 'ne ganze Kiste voll mit Rechnungsbüchern«, erinnerte Jana sich, doch die hatte sie sich erst gar nicht angesehen, weil darin überwiegend Geschäftsdokumente lagen, neben den Rechnungsbüchern für Lieferanten, aber auch für die Kundschaft, die den Zuckerrohrsaft abnahm.

»Wer denkt denn an so was?«, wunderte Jana sich.

»Damals gab es bestimmt schon Tagebücher, die gebunden waren. Der Papierdruck war bereits bekannt, aber dass diese Laura ein Rechnungsbuch dafür hernahm, deutet darauf hin, dass sie sich etwas dringend von der Seele schreiben musste und keine Zeit hatte oder keine Gelegenheit, sich dafür ein gebundenes Buch zu besorgen«, schlussfolgerte Eloy.

»Wie kommt Arris um alles in der Welt an das Tagebuch einer Fremden? Das lässt man doch nicht herumliegen«, überlegte Jana laut.

»Vielleicht aus ihrem Nachlass?«, stellte Eloy in den Raum.

»Aber dann hätten doch ihre Nachfahren das Tagebuch bekommen. Gut, sie könnten hier auf der Insel geblieben sein, aber was, wenn sie weggegangen sind? Würdest du das Tagebuch deiner Mutter nicht mitnehmen?«

Eloy zuckte ratlos die Achseln.

»Vielleicht musste sie übereilt die Plantage verlassen oder hat vergessen, es einzupacken. Jemand könnte es ihr gestohlen haben«, spekulierte Jana.

»Auf alle Fälle müsste Arris es haben und wenn uns etwas Aufschluss darüber geben kann, was es mit diesem Schatz auf sich hat, dann vermutlich dieses Tagebuch«, sagte Eloy.

»Also machen wir uns an die Kiste mit den Rechnungen.« Obwohl es schon spät am Abend war, nahm sich Jana vor, so lange zu suchen, bis sie es in Händen hielt. Die Aussichten, es zu finden, waren allerdings nicht rosig.

»Wenn Arris das Amulett nicht gefunden hat ... überleg mal ... Er muss Monate damit zugebracht haben, es zu suchen. Der Typ hat alles gelesen, was in diesen Kisten ist. Dann schaffen wir das nie«, sagte Jana.

»Abwarten ... Wir haben einen Vorteil«, erwiderte Eloy.

»Und der wäre?«

»Ich kann Tifinagh lesen ... und dort drüben ist noch eine Kiste, die voll ist mit Dokumenten. Alles in Tifinagh.«

Eloy blätterte weiter durch Arris' Kalender und stutzte, nachdem er sich die letzten Einträge durchgesehen hatte. »Hör dir das an: ›Ich muss Eloy bitten, die alten kartografischen Aufzeichnungen zu übersetzen‹ ... Er hat mich aber nicht darum gebeten. Das war kurz vor seinem Tod.«

»Kartografische Aufzeichnungen. Eine Schatzkarte? Ich hätte nicht gedacht, dass ich einmal im Leben auf Schatzsuche gehe«, sagte Jana kopfschüttelnd.

»Das Unrecht. Es muss getilgt werden«, las Eloy weiter vor.

»Welches Unrecht? Ich drehe gleich durch. Das hat er Jacinto doch auch schon erzählt. Was um alles in der Welt könnte damit gemeint sein?«

»Frag mich was Leichteres.« Eloy blätterte Seite um Seite weiter, um dieser Frage nachzugehen.

»Inés ist an allem schuld«, las er dann.

»Wer um Himmels willen ist Inés?«

Eloy überflog die Seiten. »Sie trägt den gleichen Namen. Hier ist sie mit Inés Jiménez erwähnt. Vielleicht Lauras Mutter?«, spekulierte Eloy.

»Könnte auch ihre Schwester sein.« Jana wunderte sich darüber, warum ihr das plausibler erschien. »Ja, es ist ihre Schwester«, sagte sie dann.

»Woher willst du das wissen?« Eloy sah sie entgeistert an.

»Ich weiß es nicht, aber ich bin mir sicher. Wenn ich nur wüsste, warum ich mir so sicher bin. Dieses Haus, diese ganze verdammte Erbschaft. Noch ein paar Tage hier und du kannst mich in einer Zwangsjacke einweisen«, sagte Jana.

»Willkommen im Club«, erwiderte Eloy und rang sich ein Lächeln ab, das man als fatalistisch bezeichnen könnte.

»Was ist jetzt mit den Rechnungsbüchern? Hilf mir dabei. Seine Kalendereinträge bringen uns jetzt auch nicht weiter«, verlangte Jana.

Eloy ließ aber immer noch nicht davon ab und blätterte wieder zurück. Er schien förmlich daran zu kleben.

»Nichts Interessantes mehr«, kommentierte er.

»Also ich geh jetzt schon mal rüber.« Jana brannte darauf, Lauras Tagebuch zu finden, und das mit gemischten Gefühlen, denn sie ahnte, dass sie etwas lesen würde, das sie persönlich betraf. Auch wenn es komplett verrückt war, so etwas ernsthaft anzunehmen, mittlerweile war sie davon überzeugt, dass sie hier schon einmal gelebt hatte. Einfach alles sprach dafür. Die Angst, etwas aus ihrem eigenen Leben zu erfahren, auch wenn es Jahrhunderte von ihrem jetzigen entfernt war, rang dennoch die Neugier nieder. Jana war dazu entschlossen herauszufinden, was es mit diesem Herz auf sich hatte.

»Das glaube ich nicht«, kam es plötzlich aus Richtung des Lichtkegels, in dem Eloy saß.

Jana drehte sich um und sah Eloy in einem nahezu aufgelösten Zustand. Er sah sie so hilflos an wie ein Kind. »Der zwölfte Oktober … An dem Tag hat er ihr Tagebuch gefunden«, sagte er nachdenklich.

Jana konnte sich beim besten Willen keinen Reim darauf machen, warum ihn dieses Detail dazu brachte, nun wie versteinert auf der Kiste zu sitzen.

»An dem Tag habe ich mein Flugticket nach Gran Canaria gebucht. Ich hab den ganzen Tag überlegt, ob ich zurück in die Heimat gehen soll … Ich hatte doch einen guten Job an der Uni … hätte weiter forschen können. Buenos Aires hat mir gefallen, aber … Ich erinnere mich noch genau. Ich verspürte auf einmal so eine Sehnsucht nach dieser Insel, der ich doch den Rücken gekehrt hatte. Ich hab mir vorgestellt, oben auf dem Bentayga zu sitzen und aufs Meer hinauszusehen. An dem Tag hab ich meinen Job gekündigt«, sagte er tief in Gedanken versunken.

»Bist du dir sicher, dass es der zwölfte Oktober war? Ich mein, das ist doch schon Jahre her …«

»An dem Tag habe ich Geburtstag«, gab Eloy immer noch konsterniert zurück.

Jana ging zu ihm und schloss ihre Arme um ihn. Er legte Arris' Kalender zur Seite und genoss ihre Umarmung sichtlich.

»Vielleicht sollten wir doch morgen früh weitermachen. Das alles hier … es tut uns nicht gut«, sagte Jana.

»Nein … es tut mir gut … auch wenn es wehtut. Irgendetwas geschieht mit mir und ich weiß nicht, was es ist«, sagte er.

Janas Blick fiel auf eines der gebundenen Bücher, die unter diesem Kalendarium lagen.

»Moment. Das sieht doch genauso aus wie diese verdammten Rechnungsbücher«, stellte sie fest.

Eloy zog es heraus und öffnete es. Ein Datum, ein Ort, eine Uhrzeit. Und das über mehrere Seiten, durch die Eloy eilig blätterte.

»Ihr Tagebuch«, sagte er.

Jana hatte eiskalte Hände, als er es ihr reichte. Sie setzte sich auf die Kiste neben Eloy und begann, es von der ersten Seite an zu lesen.

Kapitel 18

Das Schlimmste an der vergangenen Woche war, dass Laura einfach nicht mehr wusste, wie sie mit ihrem Vater umgehen sollte. Sie hatte es nicht mehr gewagt, noch einmal mit ihm über Aquil zu sprechen. Wenn er wenigstens wütend auf sie gewesen wäre, wie sie es erwartet hatte, hätte sie sich leichter mit seiner Entscheidung, Aquil nicht mehr zu nahe kommen zu dürfen, abfinden können. Jeder andere hätte ihn wohl entlassen, ihm womöglich noch Schlimmeres angetan, doch irgendetwas verband die beiden. Er brauchte und schätzte ihn. Da lag es nahe, darüber nachzudenken, ihn vielleicht doch noch umstimmen zu können. Schließlich lebten sie nicht auf dem Festland, wo eine solche Verbindung undenkbar wäre. Beim Einkauf auf dem Markt hatte Laura mitbekommen, dass es hier mittlerweile sogar Mischehen gab zwischen konvertierten Einheimischen und Kastilianern, allerdings nicht von hohem Stand. Aquil könnte aufgrund seiner hellen Haut zudem auch ein Baske sein. Sicherlich spielten Vaters Freundschaft zu Carlos und seine Geschäftsinteressen eine Rolle. Es wäre ein Affront sondergleichen, wenn seine Tochter zwar Carlos' Sohn, einen Edelmann, abwies, wenngleich aus den vorgegaukelten Gründen, ihm kein Kind gebären zu können, aber ihr Herz an einen Einheimischen verlor. Vater würde riskieren, Privilegien und den Schutz der Krone zu verlieren. Ging es ihm am Ende nur darum, für Frieden und Eintracht in der Familie zu sorgen? Hatte er am Ende auch Inés' Interesse an Aquil mitbekommen und wollte vermeiden, dass seine beiden Töchter sich seinetwegen in die Haare bekamen? Dieser Versuch war jedoch bereits gescheitert, denn Laura ging ihr, wann immer es möglich war, aus dem Weg und hatte auch nicht das Gefühl, dass Inés ihre Nähe suchte. Die gemeinsamen Mahlzeiten fanden trotzdem statt, weil Vater darauf bestanden hatte. Spürte er denn nicht die Anspannung zu Tisch, und dass sie nur noch über geschäftliche Belange sprachen, wenn überhaupt ein Gespräch zustande kam? Laura hatte den Eindruck, dass er die Situation verdrängte und sich der Illusion hingab, dass sich diese Spannung irgendwann von allein legte, weil Familienbande stärker waren als alles andere. Doch seine gebetsmühlenartigen Beschwörungen des Wertes ihres Zusammenseins, des Halts und Glücks, das man im Kreise der Familie fand, fielen auf keinen fruchtbaren Boden mehr. Laura graute mittlerweile vor jeder Mahlzeit und das nicht nur, weil Inés zu einer gänzlich Fremden geworden war. Sie buhlte um Vaters Gunst und tat wahrhaftig so, als wenn überhaupt nichts vorgefallen wäre. Ob es ihr schmeckte und ob sie gut geschlafen habe, hatte Inés bisher jedenfalls nicht interessiert. Nur um ihres Vaters willen hielt Laura diese Anspannung überhaupt noch aus. Aquil nur noch aus der Ferne zu sehen, war jedoch das Schlimmste. Ob Vater wohl mit ihm gesprochen hatte? Laura war sich dessen mittlerweile sicher, denn auch zufällig begegneten sie sich nicht mehr. Und wie groß musste die Genugtuung für ihre Schwester sein, dass sie in Belangen, die die Plantage betrafen, Kontakt zu ihm hatte. Sie zelebrierte es. Es gab überhaupt keinen Grund, vor dem Haus in die Kutsche zu steigen, die er lenkte. Inés hätte auch zum Quartier der Arbeiter hinübergehen können. Natürlich wollte sie, dass ihre kleine Schwester mit ansah, wie sie sich mit Aquil unterhielt.

Sofern es Vater also darum ging, für Frieden zu sorgen, drohte ihm bald genau das Gegenteil, denn Schmerz konnte schnell in Wut aus Verzweiflung umschlagen, und sosehr sich Laura auch bemühte, sich Aquil aus dem Kopf zu schlagen, es wollte einfach nicht gelingen. Zu groß war die Sehnsucht nach seiner Nähe, und die Distanz zwischen ihnen führte nicht dazu, dass sich ihre Gefühle für ihn abschwächten, worauf Vater wahrscheinlich spekulierte.

Heute Morgen fiel es Laura besonders schwer, sich mit Vaters Entscheidung abzufinden. Es war Aquils Kutsche, die vor der Arkade hielt, doch nicht er saß auf dem Kutschbock, sondern einer der Arbeiter, dessen Name sie noch nicht einmal kannte. Obwohl eine vorfahrende Kutsche an sich nichts Besonderes war, so schien sie den endgültigen Bruch zwischen ihr und Aquil zu untermauern. Wie konnte Vater nur so grausam sein?

»Ich soll Euch zum Dorf bringen«, sagte der Mann, den Laura etwas jünger als Aquil einschätzte.

Wenigstens der Unterricht war ihr noch geblieben. Der Gedanke daran gab Laura die Kraft, auf diese Kutsche zu steigen, auf der sie bisher nur mit Aquil gefahren war. Es ist sowieso nicht seine. Sie gehörte Vater, hatte sie sich vor Augen gehalten, um sich nicht erneut der Schwermut hinzugeben. Es misslang. Wehmütig sah Laura während der Fahrt auf die Quartiere der Arbeiter, an denen sie zwangsläufig vorbeifahren mussten. Sie wäre jetzt nah genug, um in Aquils Gesicht zu lesen, ob er sich bereits mit der neuen Situation abgefunden hatte. Irgendeine Regung würde sie wissen lassen, ob er noch immer etwas für sie empfand, doch er war nirgends zu sehen. Was war das für ein Leben? Die Plantage war zum neuen Gefängnis geworden, das sie an ihre Jahre in der Klosterschule erinnerte. Dort hatte sie auch einmal pro Woche die Klostermauern verlassen dürfen, um in die Stadt zu fahren. Laura kam nicht mehr dazu, diesen

Gedanken weiterzuverfolgen, denn aus heiterem Himmel verlangsamte der Arbeiter die Fahrt und blieb am Wegrand mitten im Lorbeerwald stehen. Dann zog er etwas aus seiner Jackentasche.

»Das soll ich Euch von Aquil geben«, sagte er ihr.

Laura konnte kaum glauben, dass er einen Brief in der Hand hielt – einen Brief von ihm. Spätestens in diesem Moment wurde Laura klar, dass sich in der Zeit, in der sie sich nicht sahen, nichts an ihren starken Gefühlen für ihn ändern würde. Das genaue Gegenteil war der Fall. Ihr Herz schlug bis zum Hals und ihre Hände zitterten, als sie den Brief öffnete. Was für ein Segen, dass Aquil schreiben konnte, doch noch wusste sie ja gar nicht, was er ihr zu sagen hatte. Laura musste ihn sofort lesen.

Allerliebste Laura,

es ist mir wichtig, dich wissen zu lassen, dass keine Sekunde des Tages vergeht, ohne dass ich nicht an dich denke. Am liebsten würde ich von hier fortgehen, denn ich ertrage es kaum noch, dich nur aus der Ferne zu sehen. Noch während ich diese Zeilen schreibe, überlege ich, ob ich überhaupt das Recht dazu habe. Abel will nur dein Glück und glaubt, dass du es an meiner Seite nicht finden wirst. Er mag recht damit haben. Er fürchtet sich vor Ächtung und Schaden, der nicht nur ihn, sondern auch dich treffen würde. Auch wenn ich das verstehe, muss ich dich wissen lassen, dass ich mich nicht von dir abwenden werde, auch wenn ich den Wunsch deines Vaters respektiere und es daher noch nicht einmal mehr wage, euer Haus anzusehen, weil ich fürchte, dass sich unsere Blicke begegnen könnten. Abel glaubt, dass jede Verliebtheit von ganz allein vergeht. Vielleicht täusche ich mich und er behält recht. Darum bitte ich dich, mich wissen zu lassen, wie es dir ergeht. Lass dein Herz zu mir sprechen, auch wenn es bittere Worte sein mögen. Wenn darin kein Platz mehr für mich ist, werde ich die Plantage verlassen, um es dir leichter zu machen, mich zu vergessen, denn wenn mir etwas am Herzen liegt, dann ist es dein Glück.

Für immer dein Aquil

Laura hielt den Brief immer noch in Händen. Sie konnte ihn einfach nicht mehr loslassen, weil von ihm die gleiche Nähe und Liebe ausging, die sie in Aquils Gegenwart hatte spüren dürfen. Sie hatte nicht einmal mehr die Kraft, sich die Tränen aus den Augen zu wischen, obwohl es Tränen der Freude waren und der Hoffnung. Was sie ihm antworten würde, wusste sie, und sie nahm sich vor, die Antwort gleich nach dem heutigen Unterricht zu verfassen.

Liebster Aquil,

in der Verzweiflung, mich dem Willen meines Vaters beugen zu müssen, und wissend, dass es keine heilsame Distanz zwischen uns geben wird, die mein Herz von dem Wunsch, dir nahe zu sein, befreien könnte, hat mich heute dein Brief erreicht. Deine Zeilen erfüllen mich mit Freude, spenden mir Trost und geben mir Hoffnung, dass vielleicht doch noch nicht alles verloren ist, auch wenn es im Moment den Anschein hat, dass diese Welt keinen Platz für uns hat. Vaters Beweggründe sind verständlich und ich unterstelle ihm keine bösen Absichten, doch verkennt er das Ausmaß der Gefühle, die ich für dich hege. Und doch wage ich es nicht mehr, sie ihm vollumfänglich zu offenbaren, weil ich ihn damit in eine ausweglose Situation bringen würde. Er hat recht, dass das Wohl der Familie und sein Ansehen auf dem Spiel stehen würden. Das Haus ist für mich zu einem Gefängnis geworden und es kostet mich unendlich viel Kraft, Vater mit reinem Herzen gegenüberzutreten, und noch viel mehr, mit Inés die gleiche Luft zu atmen. Es gibt für mich keinen Zweifel mehr, dass sie die Eifersucht plagt und dieser niederste aller Beweggründe sie innerlich zerfrisst. Eitelkeit und verletzter Stolz peinigen ihr Herz vielleicht noch viel mehr, weiß sie doch um die Unfehlbarkeit ihrer Reize, die sich an dir als wirkungslos erwiesen haben. Sie wird alles daransetzen, dass mir nicht das beschieden wird, was sie nicht haben kann, und doch gelingt es mir nicht, sie zu hassen, weil das Schicksal ihr tiefe Furchen in die Seele geschlagen hat. Mir bleibt nur ein stilles Gebet für sie und für mich, um die Stunden der Einsamkeit zu ertragen, die ich mir nicht einmal mehr mit Hausarbeit vertreiben kann. Wenn es doch nur eine Möglichkeit gäbe, uns zu sehen. Jedes Risiko bin ich bereit, dafür aufzunehmen, solange es dir nicht zu groß wird und du Gefahr läufst, dass dir Schaden widerfährt. Wenigstens verbleibt mir der Unterricht. Die Kinder und ihre Wissbegier, aber auch das Leuchten in ihren Augen geben mir die Kraft, so lange auszuharren, bis es eine Möglichkeit gibt, uns nicht nur auf Distanz zu begegnen. In jedem dieser Kinder sehe ich dich, weil sie genau wie du eines Tages die neuen Herren dieser Welt sein werden, und nichts könnte schöner sein, als meinen Beitrag dazu zu leisten.

Deine Laura

Die Gewissheit, dass Aquil dieser Brief erreichen würde und Vaters Absicht durchkreuzte, ihre Liebe dadurch zu ersticken, indem sie sich nicht sahen, gab Laura die Kraft, um nach wie vor gute Miene zum bösen Spiel zu machen. Wobei das Attribut *böse* mittlerweile letztlich nur ihrer Schwester anhaftete. Warum sie sich so häufig in der Nähe der Arbeiterquartiere herumtrieb und es nötig hatte, Vater auf die Felder zu begleiten, war Laura klar. Ihre vorgeschobenen Gründe waren allzu durchschaubar. Zwei prall mit Thymian gefüllte Säcke in ihrem Vorratsraum reichten ja schon, um einen Handel damit anzufangen, außerdem wuchs der Thymian nicht in unmittelbarer

Nähe der Felder, sondern in den bewaldeten Ländereien. Die Arbeiter danach befragen zu wollen, ob sie mit der Nahrung zufrieden waren, wie Inés an diesem Morgen als Beweggrund vorgegeben hatte, um Vater erneut zu begleiten, war grotesk. Der Ärger darüber hielt sich aber in Grenzen, weil Laura wusste, dass Inés sich mit ihrer Anbiederei bei Aquil nur lächerlich machte. Es hatte einen weiteren Vorteil. Auf diese Weise war Inés aus dem Haus und gab Laura die Möglichkeit, sich ihren Gedanken hinzugeben. Aquil ihre Gefühle zu offenbaren und sie zu Papier zu bringen, hatte sie noch am gleichen Abend dazu gebracht, weiterzuschreiben, jedoch nicht an ihn, sondern in ihrem Tagebuch. Es nahm einem den Kummer von der Seele und befreite den Kopf von Gedanken, die man darin verschließen konnte. Eines der leeren Rechnungsbücher musste dafür herhalten. Vater hatte so viele davon, dass es ihm sicher nicht auffallen würde, wenn nun eines fehlte. Ein Tagebuch zu führen, hatte noch einen weiteren Vorzug. Man konnte sich wie ein Beobachter neben sich stellen und sein Leben von außen betrachten, was einem die Möglichkeit gab, belastende Gedanken aus der Distanz zu sehen. Es nahm ihnen dann die Kraft. Es war auch ein probates Mittel, um starke Gefühle zu bändigen. Um sie in Worte zu kleiden, durchliefen sie beim Schreiben zwangsläufig die Schleusen des Verstands, einige davon, um sie um ihres Wertes willen zu konservieren, andere, um sie zu ummanteln, damit sie ihre Wirkung verloren. Laura schloss den heutigen Eintrag mit ihrer Vermutung ab, dass Inés beim Essen abermals Bemerkungen über die Arbeit auf den Feldern fallen lassen würde, nur um ihr mitzuteilen, dass sie im Gegensatz zu ihr Zeit mit Aquil hatte verbringen können. Warum Vater dieses Spiel nicht durchschaute, nahm sich Laura vor, noch hinzuzufügen, doch dazu kam es nicht mehr, weil sie von einem Geräusch am Fenster aufschreckte. Laura drehte sich um und sah, dass ein Brief auf dem Boden lag. Er war bestimmt von Aquil. Laura eilte zum Fenster und erkannte den Arbeiter, der sie zum Höhlendorf gefahren hatte. Er gab sich geschäftig und schnitt tote Äste der Bougainvillea, die die Arkade umrankte. Nur kurz blickte er zu ihr und schenkte ihr ein bedeutsames Lächeln. Lauras Herz ging auf, denn sie musste nicht mehr eine Woche auf die nächste Kutschfahrt in das Höhlendorf warten, um von Aquil zu hören.

Als Abel dazu ansetzte, seinen Töchtern von der frohen Kunde zu erzählen, war es diesmal Laura, die eine Rolle zu spielen hatte. Sie wusste nämlich bereits aus Aquils Brief, dass sie am Sonntag zu Ehren Cristóbal Colóns zu einem Empfang beim Gouverneur eingeladen waren.

»Sogar Edelleute aus Madrid, Aragón und Euskadi werden anwesend sein«, schwärmte Vater, der anscheinend nach monatelangem Inseldasein danach lechzte, wieder mit Menschen aus der alten Heimat zusammenzutreffen, sicherlich auch, weil er sich davon gute Geschäfte versprach.

Aquil würde sie begleiten. Das war das Einzige, worauf Laura sich freute, denn damit bestand die Möglichkeit, sich wenigstens zu sehen. Er hatte schon zwei Empfänge beim Gouverneur miterlebt und wusste, was sie erwartete. Daraus erwuchs eine Möglichkeit, heimlich Zeit mit ihm zu verbringen. Laura dachte an nichts anderes mehr, sodass sie Vaters Schwärmereien und die vielen Namen, die er zu Suppe und Brot zum Besten gab, nur mit halbem Ohr mitbekam. Dass es diesmal sogar einen konkreten Anlass dafür gab, ausgerechnet die Jiménez einzuladen, hatte Aquil ihr nicht geschrieben, insofern schaffte Laura es nun doch, ihre Träumereien zumindest dafür zurückzustellen.

»Sie brauchen erfahrene Tischler und Männer, die mit Holz umgehen können«, erklärte Vater.

»Colón? Will er etwa ein neues Schiff bauen lassen?«, hakte Inés nach.

»Nein. Eines seiner Schiffe muss repariert werden. Ich habe Carlos unsere Arbeiter zugesichert. Sie brauchen das Holz aus unseren Wäldern«, führte Vater aus.

»Hoffentlich ein lohnendes Geschäft«, gab Inés zurück.

»Er wird Geschichte schreiben. Wir werden die bedeutendste Seemacht werden und die Portugiesen in ihre Schranken verweisen«, gab sich Vater überzeugt. Anscheinend war ihm das damit verbundene Ansehen wichtiger als das Geschäft.

»Was sagst du dazu, Laura? Glaubst du am Ende auch, die Erde sei rund?«, fragte Inés, die sich in ihrer neuen überheblichen Rolle sichtlich gefiel.

»Natürlich, sonst würde man wohl kaum den Mast eines Großseglers zuerst am Horizont erblicken«, gab Laura belehrend zurück.

»Wir werden sehen, ob er mit Gewürzen aus Indien zurückkommt«, gab sie pikiert zurück.

Inés konnte an diesem Abend tun und sagen, was sie wollte. Es prallte an Laura ab. Dementsprechend ging sie nicht weiter auf sie ein.

»Man munkelt, dass er Reichtümer aus der königlichen Schatzkammer geladen hat. Gold, aber auch Schmuck. Will er damit etwa Gewürze und Seide kaufen?«, wollte Inés wissen.

»Es wird viel geredet, aber es scheint zu stimmen. Auch Carlos hat davon gehört. Aus diesem Grund möchte er ja, dass meine Männer Colóns Schiff reparieren. Wir können unseren Arbeitern vertrauen«, erklärte Vater.

»Er soll hier eine Geliebte haben. Vielleicht ist der Schmuck ja für sie?«, spekulierte Inés.

»Das sind Dinge, die uns nichts angehen«, sagte Vater.

Dass Inés sich dafür interessierte, wunderte Laura nicht. Wahrscheinlich beneidete sie die Frau insgeheim für einen

Liebhaber, der sicherlich ein ganz anderes Format als ihr hässlicher liebestoller Stier hatte.

»Ich nehme an, du wirst Carlos begleiten.« Laura erinnerte Inés in diesem Moment nur allzu gern daran.

»Was tut man nicht alles für die Familie«, sagte Inés, jedoch nur an ihren Vater gerichtet.

Auch das war Laura mittlerweile gleichgültig geworden, denn die Aussicht, Aquil am kommenden Sonntag wieder nahe zu sein, überwog einfach alles.

An sich gab es überhaupt keinen Grund, weshalb Aquil nicht bei den Arbeitern in der Bucht von Gando sein sollte. Er hatte schließlich mit ihnen das für die Reparatur des Schiffes notwendige Holz aus ihren Ländereien beschafft und es an den Hafen gebracht. Soviel Laura nun von ihrem Vater wusste, sollte daraus ein neues Ruder für die Caravella *La Pinta* entstehen und ein Leck beseitigt werden. Auch die Takelung dieses Seglers und die der *La Niña*, beides Schiffe aus der Flotte Colóns, sollten erneuert werden. Aquil hatte daher den ganzen Tag am Hafen verbracht. Warum ihm auferlegt wurde, bereits am späten Nachmittag zurück zur Plantage zu kommen, um sie nach Las Palmas zu kutschieren, lag auf der Hand. Der Vorschlag war, wie sich heute Morgen beim Frühstück herausgestellt hatte, von Inés gekommen. Verschleiert hatte sie ihn mit der Begründung, dass es in höheren Kreisen einen denkbar schlechten Eindruck machte, wenn man ohne eigenen Kutscher daherkam. Es reichte Inés' Ansicht nach ja schon, dass sie über keine Reisekutsche verfügten, sondern es sich zu dritt auf zwei Holzbänken, die am Rand ihrer Lastkutsche eingelassen waren, bequem machen mussten. Darüber hinaus, und nur in dieser Hinsicht hatte sie nicht so ganz unrecht, könnte sie Aquil direkt vor dem Haus absetzen und sie müssten die Kutsche nicht irgendwo in den Gassen abstellen. Irgendjemand musste zudem die Pferde versorgen. In diesem Fall war Laura froh darüber, dass Inés ihren Willen durchgesetzt hatte. Dass sie sich damit ins eigene Fleisch schneiden würde, wusste nur Laura, und gestärkt mit diesem Wissen ließ sich die Fahrt in den Nordosten der Insel mit nicht einmal aufgesetzter guter Laune überstehen, auch wenn Aquil nach wie vor kein Wort mit ihr sprach und nur antwortete, wenn Inés etwas von ihm wissen wollte. Ob er glaube, dass das Wetter in Las Palmas am Abend umschlagen könne, und ob er wisse, wie groß der Schaden an den Schiffen sei, hatte sie neben anderen Dingen gefragt, die entweder belanglos waren oder sie normalerweise nicht interessierten. Selbst Vater war ihre Geschwätzigkeit, mit der sie Aquil in eine Konversation verwickeln wollte, aufgefallen. Als sie kurz vor Las Palmas noch angefangen hatte zu erfragen, warum die Takelung der Schiffe ausgetauscht werden musste, war es ihm wohl auch zu bunt geworden.

»Sie tauschen das Lateinsegel gegen ein bauchigeres, quadratisches Rahsegel aus, weil sie auf der Fahrt weniger mit Rückenwind, sondern mit achterlichen Winden rechnen. Angeblich ist es besser, erst nach Süden hierherzusegeln, um sich dann gen Westen tragen zu lassen. Es sind die Winde, die das Schiff schneller machen«, belehrte sie Vater. Damit hatte er es geschafft, Inés vorerst mundtot zu machen und das Geplärre vor zum Kutschbock zu unterbinden. Aquil war sicherlich auch erleichtert.

Inés hatte in Vater jedoch ein neues Opfer gefunden, wohl auch, um ihre Absicht, Laura Schmach zuzufügen, weil sie sich ja mit Aquil unbeschwert unterhalten durfte, zu verbergen.

»Meint Ihr, dass wir auch Gelegenheit haben, mit Cristóbal Colón persönlich zu sprechen?«, fragte Inés.

»Davon gehe ich aus«, erwiderte Vater.

»Ich wüsste gar nicht, wie ich ihn ansprechen soll«, sagte ausgerechnet ihre Schwester, die nun die Schüchterne mimte.

»Ihn mit seinem richtigen Namen anzusprechen, ist sicher ein guter Anfang, der ihn erfreuen wird. Die wenigsten wissen, dass er Genuese ist und infolgedessen den italienischen Namen Cristoforo Colombo trägt«, riet ihr Vater an.

»Wie alt ist er?«, hakte Inés nach. Wahrscheinlich malte sie sich schon aus, ihn zu bezirzen.

»Um die vierzig«, gab Vater knapp zurück.

»Und dann hat er noch so verrückte Ideen?«, plapperte Inés vor sich hin.

»Indien und China sind für uns wichtig. Wir beziehen von dort Seide und Gewürze. Die Landwege stehen nicht mehr offen, seit Konstantinopel an Einfluss gewann. Die Portugiesen versuchen schon, eine Seeroute nach Indien um Afrika herum zu finden. Wenn Colón es schafft, dann wird Portugal seine Seehoheit verlieren.« Vaters patriotische Ader zeigte sich in der Art und Weise, wie er es sagte. Insgeheim hoffte er darauf, dessen war Laura sich sicher.

»Ein Patriot also, genau wie Ihr«, sagte Inés.

»Eher ein Abenteurer. Carlos weiß, dass er als Korsar in französischen Diensten stand. In der Zeit lebte er, soviel ich weiß, in Lissabon. Sie haben eines der Schiffe Aragóns angegriffen. Niemand wird so recht aus ihm schlau. Er kommt aus einfachen Verhältnissen. Sein Vater war Wollweber und doch hat er studiert, Latein, Mathematik, Kosmografie und Kartografie. Carlos bewundert und verehrt ihn.«

»Dann können wir wohl von Glück reden, dass ihn das leckende Schiff zu uns auf die Insel geführt hat«, kommentierte Inés.

»Das ist nicht der einzige Grund, weshalb seine Flotte hier ist. Die Schiffe sind zu klein und können nicht den entsprechenden Proviant für eine lange Passage laden, wenn sie direkt vom Festland lossegeln würden. Und nur von hier aus können sie von günstigen Winden profitieren, aber man munkelt, dass es noch einen weiteren Grund gibt«, erklärte Vater und stieß einen amüsierten Laut aus, bevor er fortfuhr: »Vermutlich will er Doña Beatriz de Bobadilla sehen.«

»Seine Geliebte?«, hakte Inés gleich nach.

Vater nickte. »Ich kann mir keinen anderen Grund denken. Warum wohl ist er in den letzten Wochen so häufig nach La Gomera gesegelt? Sie ist dort Gouverneurin und hat ihm jedwede Unterstützung für seine Expedition zukommen lassen.«

»Ein sehr edler Zug«, kommentierte Laura.

»Täusch dich nicht, mein Kind. Seit dem Tod ihres Mannes – er war ein Despot und hat die Einheimischen unterdrückt und der Sklaverei Tür und Tor geöffnet – führt sie die Insel mit straffer Hand und verfolgt sicher eigene Interessen«, sagte Vater.

»Glaubt Ihr wirklich, dass sie seine Geliebte ist?«, fragte Inés fast schon lüstern nach.

»Bis zu ihrer Heirat war sie die Mätresse von König Ferdinand. Von Carlos weiß ich, dass Colón sich seinerzeit oft am Königshof aufgehalten hat. Er warb für sein Vorhaben, Indien westwärts zu erreichen. So lernte er sie überhaupt erst kennen. Das muss schon einige Jahre her sein. Was will man von einer Mätresse schon anderes erwarten, die sogar eine Rivalität mit der künftigen Königin in Kauf nimmt? Das Spiel mit der Liebe scheint ihr wahrhaftig im Blut zu liegen«, sagte er nachdenklich. Laura war klar, was ihm im Moment durch den Kopf ging, denn in dieser Hinsicht schien Inés ihr ja ähnlich zu sein.

»Dann treffen sie sich heute also heimlich?«, wollte Inés wissen, was Laura vor Augen führte, dass sie anscheinend um keinen Deut besser war als diese Beatriz.

»Offiziell wird es heißen, er ist hier, um seinen Freund Alonso Fernández zu sehen«, sagte Vater.

»Alonso Fernández de Lugo? Macht er nicht auch in Zuckerrohr?«, interessierte sich Laura, weil ihr der Name bereits bei Tischgesprächen mit Vater untergekommen war.

»Im Gegensatz zu mir hat er von seinem Ruf als Eroberer profitiert. Zum Festungskommandanten von Agaete hat man ihn bestellt. Fünfzig Mann hatte er unter sich und für seine Heldentaten erhielt er Land. Und wir? Mutter und ich mussten uns mit dem, was wir jetzt haben, zufriedengeben und das haben wir auch nur Carlos zu verdanken. Ich war ja nicht von so hohem Rang …«

»Ihr solltet Euch nicht grämen, Vater, denn Euer Ruf ist dem von Alonso ebenbürtig«, sagte Inés, wohl um seine aufkeimende Tristesse zu verscheuchen, doch er ließ sich damit nicht beruhigen.

»Als wir hierherkamen … Niemand hat uns geglaubt, dass man auf diesem Boden Zuckerrohr anbauen kann, und Jahre später … Sogar die Bewässerung hat er sich von mir erklären lassen und nun ist er es, der die größte Zuckerrohrmanufaktur sein Eigen nennen darf. Nicht die Werke zählen, sondern in der Gunst der Mächtigen zu stehen«, sagte er verbittert.

»Ihr wisst, ich trage dafür Sorge, dass Letzteres uns auch weiterhin zum Vorteil gereicht«, sagte Inés und ermahnte ihn somit, sich wieder zu besinnen.

Vater nickte und schenkte Inés ein zuversichtliches Lächeln.

Damit gab sich Inés anscheinend zufrieden oder lag es nur daran, dass sie Las Palmas erreicht hatten und sie sich damit beschäftigen konnte, andere Kutschen zu beobachten, die an ihnen vorbeifuhren? Und sie hielten alle vor dem prächtigen Haus des Gouverneurs. Laura kannte es noch nicht und bewunderte das ausladende Eingangsportal mit seinen verschnörkelten Verzierungen und zwei Fabelwesen, die Wappen in der Hand hielten. Der Vorplatz war gemessen an den ansonsten verwinkelten kleinen Gassen riesig, allerdings hatte Vater ihnen erzählt, dass hier bald eine Kathedrale gebaut werden sollte. Eine Anfahrt gleich mehrerer Kutschen vor das Haus des Gouverneurs würde dann wohl nicht mehr möglich sein, überlegte Laura.

Aquil half natürlich Inés zuerst von der Kutsche, und auch wenn es ihm einen missmutigen Blick ihrer Schwester einhandelte, ließ er es sich nicht nehmen, Laura ebenfalls die Hand zu reichen, um ihr herunterzuhelfen. Inés' Blick lastete auf ihnen, doch als Carlos in prächtiger Uniform und mit etwas gepflegterer Erscheinung als üblich zu Inés stürmte, um sie zu begrüßen, schuf dies die Gelegenheit, sich nicht mehr verstellen zu müssen.

Aquil fuhr ihr über ihren Handrücken. Diese kleine Berührung tat so gut.

»In drei Stunden … Eusebia weiß Bescheid«, flüsterte er ihr zu, bevor er wieder auf die Kutsche stieg und wegfuhr, um Platz für die anderen Gäste zu schaffen.

Wenn diese drei Stunden doch nur schon vorbei wären und alles so gelänge, wie Aquil ihr in seinen Briefen geschildert hatte.

Im Gegensatz zu Inés sah Laura dem bevorstehenden Empfang mit gemischten Gefühlen entgegen. Sich in trivialer Konversation zu ergießen, wie es Inés anscheinend liebte, lag Laura nicht. Dennoch war sie froh, der brütenden Hitze dieses Augustnachmittags in den kühlen Gemäuern des Gouverneurshauses entkommen zu können. Der in der Mitte mit kleinen Fächerpalmen begrünte Innenhof, an dessen Flanken in steinernen Brunnen Wasser aus Wasserspeiern plätscherte, war bereits gut mit Gästen gefüllt. Laura erkannte auf einen Blick, dass sich die Herrscher, Reichen und Mächtigen der Insel eingefunden hatten. Edle Gewänder aus Samt und Seide sprachen dafür. Ein Teil der Gäste stand an der Holzbrüstung auf dem oberen, quadratisch um den Innenhof verlaufenden Flur der Arkaden, die durch Steinsäulen gestützt wurden. Das Haus des derzeitigen Gouverneurs Francisco Maldonado, eines recht jungen Mannes, von dem Vater wusste, dass er aus Salamanca stammte, konnte sich sehen lassen, dessen ungeachtet stand er nicht im Zentrum des Interesses der anwesenden Gäste.

Inés hatte ihn zuerst bemerkt, den großen Cristóbal Colón. Er überragte alle Männer, die sich um ihn versammelt hatten, und war von starker Statur. Für einen kurzen Augenblick hatten sich ihre Blicke gekreuzt. Seine Augen waren so blau wie die von Aquil. Er schien sehr beredt zu sein. Die Männer, die bei ihm standen, lauschten aufmerksam.

»Eine imposante Erscheinung«, kommentierte auch Inés, die er zu Lauras Genugtuung jedoch keines längeren Blickes gewürdigt hatte, weil sie sich bei Carlos hatte einhängen müssen und somit vermutlich nicht ins Auge eines Mannes stach, der sich für Töchter der Venus interessierte, vor allem wenn sie eine Haube trugen. Letzteres blieb Laura an diesem Abend nicht erspart, weil ihr Haar noch nicht lang genug war. Colóns Blick schweifte aber auch immer wieder hinüber zu einer wunderschönen brünetten Frau mit ausdrucksstarken braunen Augen, nach der er sich zu sehnen schien. Ihr dunkelbraunes Gewand aus dicker Seide war aufwendig mit rankenden roten Blüten bestickt. Eine schwere Halskette aus in Gold gefassten großen Rubinen zierte ihr Dekolleté. Sie musste von hohem Rang sein und stach genau wie Colón heraus.

»Das ist Beatriz«, flüsterte Vater ihnen zu, was wiederum erklärte, warum die Gouverneurin von Gomera nur mit halbem Ohr bei der Damenrunde war, die sie in Beschlag genommen hatte.

»Dabei ist Colón schon verheiratet und hat einen Sohn«, fügte Vater kopfschüttelnd mit hinzu, was Inés' Faszination für den seefahrenden Italiener in keinster Weise dämpfte.

Laura wurde klar, wem sie diesen Empfang zu verdanken hatten, als Alonso Fernández de Lugo die Treppe herunterkam und nach Carlos rief. Die beiden fielen sich freundschaftlich in die Arme. Vater hingegen reichte ihm nur die Hand und rang sich ein distanziertes Lächeln ab. Einen vom königlichen Hof begünstigten Konkurrenten vor sich zu haben, passte ihm verständlicherweise nicht.

»Cristóbal hält uns mit seinen Geschichten in Atem«, sagte Alonso und blickte hinüber zu dem verwegenen Weltenbummler.

»Dabei hat er es ja bislang nur bis La Gomera geschafft«, sagte Vater mit Blick auf die Gouverneurin.

Carlos lachte. Auch Alonso entlockte Vaters Bemerkung ein wissendes Schmunzeln.

»Wer weiß, ob er überhaupt in See sticht. Die Mannschaft glaubt, dass die Reise unter keinem guten Stern steht«, wusste Alonso zu berichten.

»Seit wann interessiert es jemanden, was die Mannschaft glaubt? Seemannsgarn. Sie glauben vermutlich an Seeungeheuer, die gen Westen am Ende der Welt darauf lauern, sie zu verschlingen«, mokierte sich Carlos.

»Es gibt seit ein paar Tagen Rauchwolken über dem Teide. Man sieht die Küste kaum noch. Der Berg scheint bald Feuer zu spucken«, gab Alonso zurück.

Laura hatte von solchen Feuerbergen gehört und hoffte, dass sie hier in Sicherheit waren. Ganze Städte sollen sie dem Erdboden gleichmachen. Auch Vater runzelte nachdenklich die Stirn.

»Er ist viel zu weit entfernt und auf hoher See kann das Feuer den Männern nichts anhaben«, wiegelte Carlos ab.

»Auch die Kompasse spielen verrückt. Die Nadel weicht leicht von Norden ab, aber das wird ihn wohl auch nicht aufhalten«, meinte Alonso zu wissen.

»Der Gute muss sich beweisen oder lockt ihn der Mammon? Wenn er Gold, Seide und Gewürze bringt, kriegt er im Gegenzug zehn von Hundert aus dem Verkauf. Er wird

Statthalter über die gefundenen Ländereien und fortan den Titel *Admiral der Weltmeere* tragen«, sagte Carlos.

»Da würde vermutlich sogar ich in See stechen, selbst wenn die Kompassnadel nach Westen zeigt«, meinte Alonso großspurig und erntete prompt Carlos' zustimmendes Lächeln.

»Ich wünsche ihm jedenfalls jedes Glück der Welt«, mischte sich nun Inés auch noch ein.

Das kam gut an, denn die Männer nickten einhellig, selbst Vater.

»Er hat es sich verdient. Cristóbal hat jahrelang versucht, Isabel und Ferdinand von seinem Vorhaben zu überzeugen, aber die waren mit dem Krieg gegen Granada zu beschäftigt, um sich seiner anzunehmen«, erklärte Alonso.

So interessant Alonsos Ausführungen auch waren, Laura fühlte sich fehl am Platz und musste sowieso zusehen, dass sie sich von Vater, Inés und Carlos löste, andernfalls würde Aquils Plan nicht gelingen. Eusebia konnte Laura noch nirgends ausmachen. Weil die Gouverneurin sie jedoch schon zweimal augenfällig gemustert hatte und Lauras Einschätzung nach Gefallen an ihrem Äußeren fand, suchte sie erneut Blickkontakt zu ihr, in der Hoffnung, dass sie ihr zulächeln würde. Genau das geschah, und weil Vater dies auch auffiel, wunderte sich niemand, dass sie sich entschuldigte.

»Ich muss die Gouverneurin unbedingt nach ihrem Seidenkleid fragen«, sagte sie und huschte auf die andere Seite des Innenhofs, wo sie sich zu den Damen gesellte, die Beatriz umgaben. Dies hatte freilich noch einen zweiten Grund. Laura wusste von Aquil, dass sich die Gouverneurin die Kleider von Eusebia besticken ließ und die Schwester des Arbeiters daher auch auf dem Empfang sein würde, weil jede Dame, die etwas auf sich hielt, Eusebias Stickereien haben wollte.

Laura konnte ihrem Bauchgefühl vertrauen, denn die Gouverneurin unterbrach ihr Gespräch und widmete ihr die volle Aufmerksamkeit. »Endlich eine Dame mit Haube. Ist das jetzt Mode auf der Halbinsel?«, wollte sie wissen.

»Sie schützt mich vor der Sonne«, gab Laura, so charmant sie konnte, zurück.

»Ihr seid die Tochter von Jiménez?«, wollte sie dann noch wissen.

Laura nickte. Auch die drei Frauen, die neben ihr standen, nahmen sie nun genauer in Beschau.

»Wie kam er denn nun darauf?« Eine der Damen beharrte darauf, die Konversation, die Laura wohl unterbrochen hatte, fortzuführen. Dass sich die ebenfalls um den Abenteurer drehte, wunderte sie nicht.

»Ach ja … Er hat die Schriften von Aristoteles gelesen«, erwiderte Beatriz.

»Ein spanischer Gelehrter?«, wollte die Rothaarige wissen.

»Er ist ein griechischer Philosoph, der unsere Welt mit seiner Weisheit bereichert hat«, erläuterte Laura, weil ihr schwerfiel zu glauben, dass so edel gekleidete Damen, die sicherlich eine Schulbildung genossen hatten, dies nicht wussten.

Die Gouverneurin nickte anerkennend, bevor sie fortfuhr: »Aristoteles hat behauptet, man könne den Ozean zwischen den Säulen des Herakles und Asien innerhalb nur weniger Tage überqueren.«

»Nur weil ein Grieche das sagt, macht er diese Expedition?«, hakte die Dame nach.

»Andere Gelehrte teilen diese Ansicht. Cristóbal hat sich entsprechender Schriften und Karten habhaft gemacht«, erklärte Beatriz.

»Hoffentlich ist er keinen Scharlatanen auf den Leim gegangen.« Noch eine der Damen in der Runde zeigte sich skeptisch.

»Portugiesen haben Treibholz auf Madeira und Porto Santos gefunden. Es war bearbeitet. Die Holzart war ihnen unbekannt«, klärte Beatriz die Damenrunde auf.

»Das deutet also darauf hin, dass es nicht um die Küste Afrikas geschwommen sein kann«, sagte Laura und erntete prompt Beatriz' Wohlwollen.

»Genauso ist es, werte ...« Die Gouverneurin sah Laura fragend an.

»Laura«, stellte sie sich vor.

»Beatriz ... und kommt bitte nicht auf den Gedanken, mich mit meinem Titel anzusprechen«, sagte sie.

»Beatriz. Was für ein schöner Name.« Laura war danach, ihr dieses Kompliment zu machen.

»Ihr seid belesen«, stellte die Gouverneurin fest.

»Mir wurde das Privileg einer Klosterschule zuteil.«

Nun zeigten sich auch die anderen Damen beeindruckt und fast ein wenig feindselig, möglicherweise weil sie entgegen Lauras erster Einschätzung wohl doch keine sonderliche Bildung genossen hatten.

»Ich bewundere schon die ganze Zeit die Stickereien auf Eurem Kleid. Sicher sind sie von einem Meister seiner Kunst von der Halbinsel.« Laura erhoffte sich, von Beatriz herauszufinden, wo Eusebia war. Sie musste sie ja bereits gesehen haben, weil sie schon länger auf dem Empfang war.

»Ihr werdet es nicht glauben. Ich lasse sie hier anfertigen. Es gibt hier kaum eine Frau, die sich nicht bereits ein Kleid von ihr hat verschönern oder nähen lassen. Wartet, ich stelle Euch vor.«

Laura juchzte in ihrem Inneren und war gespannt, wohin sie Beatriz führen würde, nachdem sie sich bei den drei Damen entschuldigt hatte. Laura winkte sicherheitshalber in Vaters Richtung. Er sollte ruhig sehen, dass sie mit Beatriz unterwegs war.

Laura folgte ihr zu den Treppen, die in das Kellergewölbe führten. Sofort stach ihr eine Frau in einem dunkelblauen Seidenkleid und hochgestecktem schwarzen Haar ins Auge, genau wie Aquil sie ihr beschrieben hatte.

»Eusebia ist wahrlich eine Meisterin ihres Faches«, schwärmte Beatriz. Eine Gouverneurin hatte es nicht nötig, auf sich aufmerksam zu machen oder sich an einem Gespräch zu beteiligen, um Gehör zu finden.

Eusebia ließ sofort vom purpurfarbenen Stoff des Kleides einer etwa vierzigjährigen Frau mit brünettem Haar ab und begrüßte sie mit einem strahlenden Lächeln.

Laura wusste, dass auch Eusebia sie schon erkannt haben musste, denn sie trug die Haube, die sich auch aus diesem Grund als nützliches Utensil erwies.

»Ich muss dir unbedingt Laura Jiménez vorstellen. Sie interessiert sich für deine Stickkünste«, sagte Beatriz.

»Begleitet uns doch in meine Werkstatt. Sie ist nur wenige Schritte von hier entfernt«, schlug Eusebia vor.

»Du willst uns schon wieder verlassen?«, fragte die Gouverneurin erstaunt.

»Ich komme ja wieder«, gab Eusebia zurück und machte Anstalten zu gehen, die brünette Dame mit bisher noch unbesticktem Kleid und Laura im Schlepptau.

»Aber bleibt mir nicht zu lange weg«, sagte Beatriz.

Laura war sich nicht sicher, ob sie ihr, genau wie Eusebia es getan hatte, dieses Versprechen geben konnte.

Laura war der festen Überzeugung, dass Eusebia ihr nicht nur deshalb half, weil Aquil ihrem Bruder eine feste Anstellung auf der Plantage verschafft hatte. Sie war ihr von Anfang an mit einem liebevollen Lächeln begegnet. Laura hatte das Gefühl, einen aufrichtigen und fürsorglichen Menschen vor sich zu haben. Dass Ricarda, die brünette Frau eines hiesigen Gewürzhändlers, wie sich nach kurzer Vorstellung herausgestellt hatte, mit dabei war, ließ sich leider nicht umgehen. Doch Eusebia verstand es, mit Menschen umzugehen. Schon auf dem kurzen Weg durch zwei enge Gassen zu einem der sich in der Stadt gleichenden weiß gekalkten Häuser, das Eusebia ihr Eigen nannte, hatte sie Ricarda davon überzeugt, sich ein Oleandermuster in Altrosa auf ihr purpurfarbenes Kleid sticken zu lassen. Ein entsprechendes Muster war im Haus schnell zur Hand.

»Er wartet bereits auf dich«, hatte sie ihr zugeflüstert, nachdem sie ihnen aufgesperrt und Ricarda den Vortritt gelassen hatte. Während die beiden mit Stoffmustern zugange waren, überlegte Laura, wo Aquil stecken konnte. Sie hatte am Eingang Holztreppen gesehen, die nach oben führten. Ein weiterer Raum schloss sich an Eusebias Werkstatt, die eigentlich eine Wohnstube war, doch der war einsehbar und diente wohl als Stofflager. Auch in die Küche, die keine Decke hatte, lugte Laura kurz hinein. Er musste also oben sein.

»Ich finde auch, dass Ihr diesen Faden wählen solltet«, sagte Laura, um Ricarda darin zu bestärken, der Stickerin den Auftrag zu erteilen und endlich zu gehen.

Ricarda stimmte gottlob zu.

»Am besten, ich begleite Euch zurück. Für die junge Dame muss ich mir mehr Zeit nehmen«, sagte Eusebia.

Ricarda leuchtete das anscheinend ein, denn sie bedankte sich und ließ sich zum Ausgang geleiten. Bevor Ricarda die Tür hinter sich zuzog, blinzelte sie ihr noch verwegen zu. Endlich! Laura konnte es kaum erwarten, Aquil zu sehen. Schon hörte sie ihn rufen.

Laura eilte die Treppen nach oben und fiel ihm in die Arme. Es fühlte sich an wie eine Erlösung nach tagelangen Qualen, den Menschen, für den ihr Herz schlug, bestenfalls auf große Distanz sehen zu können. Aquil musste es ähnlich ergehen, denn es schien, als würde er sie nie wieder loslassen wollen.

»Ich hab die Stunden und Minuten gezählt«, gestand er ihr, dann fuhr er ihr mit einer zärtlichen Geste durchs Haar.

»Dein Brief … dein Herz hat daraus gesprochen und meines berührt. Deine Allerliebste zu scin … Ist es denn vorherbestimmt, dass eine Baskin ihres hier auf einer Insel mitten im Atlantik verliert?«

Aquil lächelte überglücklich. »Es ist geschehen«, sagte er nur.

»Aber was soll aus uns werden? Vater wird es niemals zulassen …« Aquil versiegelte ihre Lippen, indem er mit seinem Finger darüberstreifte. Dann begann er, ihre Wange zu liebkosen.

»Lass uns von hier weggehen. Vielleicht finden wir einen Ort … Niemand weiß, wer wir sind. Ich bin kräftig und kann überall für uns sorgen«, sagte er.

Die Gewissheit, dass er es ernst meinte, überhöhte die Wirkung seiner Berührungen um ein Vielfaches. Ihr Körper zitterte nicht mehr in seiner Gegenwart, er bebte, doch mit jeder weiteren zärtlichen Geste erfüllte sie Wärme, der Wunsch, noch einmal seine Lippen zu spüren. Sie musste ihm diesen Wunsch nicht kundtun, denn schon kam er näher. Seine Berührungen entfachten ein Feuer, das in ihrem Unterleib zu lodern begann. Als er sich eng an sie schmiegte und ihre Brüste sich an seinem Körper rieben, seine Hände an ihrem Rücken entlangfuhren, füllten sich ihre Augen mit Tränen des Glücks und der Schuld. Es durfte nicht sein und doch begehrte sie ihn so sehr. Ihr Atem wurde schwer. Sie konnte seinen spüren und seine Männlichkeit erfühlen.

Aquil streifte sich Wams und Unterkleid vom Körper und ließ sie zu Boden fallen. Dann fuhr er mit seiner Hand unter ihr Gewand und begann ihre Brüste zu streicheln.

Ihr Körper pulsierte so heftig, dass sie nur noch davon beseelt war, sich mit ihm zu vereinigen. Ein Blick in seine Augen, in denen sie zu versinken schien, genügte, um ihm das zu sagen.

Ihr Gewand fiel nun ebenfalls. Lauras Atem beschleunigte, als er seine Beinlinge von sich streifte und seine Männlichkeit sich an ihrem Unterleib rieb.

Er hob sie hoch. In seinen Armen trug er sie zum Bettlager und ließ sie sanft darauf nieder. Sein Rücken war so stark, seine Arme so kräftig. Seine muskulösen Beine, sie schoben ihre Schenkel auseinander. Laura fügte sich seiner Lust. Nur ein kurzer Schmerz, dann glitt er in ihren Körper, immer tiefer, und mit jeder Bewegung fügte sie sich dem Rhythmus, den er vorgab. Hör nicht auf! Nur noch seine Augen zu sehen, darin zu versinken, in einem Meer aus Liebe, seine Lust zu spüren und dabei davongetragen zu werden, sich immer näherzukommen, bis zwei Seelen ineinander verschmolzen, war wie ein Rausch der Sinne. Laura hoffte in diesem Moment, dass er nie enden würde.

Kapitel 19

Sah man jemandem an, rundum glücklich zu sein und sich so leicht und unbeschwert wie eine Feder zu fühlen? Lauras Hochgefühl hielt bis zum Morgen an, Inés' schlechte Laune jedoch auch, und die hatte bereits gestern Abend aus unerfindlichem Grund Züge angenommen, die selbst Vater aufgefallen waren.

»Was ist mit dir? Sollen wir gehen? Fühlst du dich nicht wohl?«, hatte er Inés gefragt, nachdem Laura zurückgekehrt war. Inés war wieder einmal in Schweigen verfallen und ihre gedankliche Abwesenheit hielt bis zum Frühstück an. Abgesehen von nicht vermeidbaren Äußerungen wie der Bitte, ihr Brot zu reichen, oder der Frage, ob noch jemand etwas zu trinken wollte, kam nichts aus ihr heraus, was eine Konversation hätte zur Folge haben können. Laura hatte sich schon bei dem Gedanken ertappt, dass Inés etwas von ihrem heimlichen Treffen mit Aquil mitbekommen haben könnte. Das war aber unmöglich, weil sie nur etwa eineinhalb Stunden weggewesen war und Eusebia sich über Lauras gute Ideen für neue Stickmuster in Inés' und Vaters Beisein ausgelassen hatte. Hegte sie deshalb einen Groll gegen ihre Schwester? Lag es am Ende daran, dass Vater ihr daraufhin zwei neue Kleider versprochen hatte? Die alte Eifersucht, die Laura bereits aus ihrer Kindheit kannte? All diese Fragen lagen auf der Hand, doch es waren Kopfgeburten, denn auch wenn es völlig absurd klang, glaubte Laura, dass Inés ihr Glück gespürt haben musste.

»Es war gut, dass du dich gestern so gut mit der Gouverneurin verstanden hast.« Vater ließ, seitdem sie sich am Frühstückstisch zu ihm und Inés gesellt hatte, den gestrigen Abend Revue passieren.

»Eine faszinierende Frau mit ausgezeichnetem Geschmack«, erwiderte Laura. Sie bemühte sich, so wenig wie möglich von sich zu geben. In Inés' gegenwärtigem Zustand konnte jedes Wort das falsche sein.

»Sie hat von dir geschwärmt und ist sehr beeindruckt von deiner Bildung. Du hast wirklich einen sehr guten Eindruck hinterlassen«, sagte Vater anerkennend.

Laura blickte verstohlen hinüber zu Inés, weil sie irgendeine Reaktion ihrer Mimik erwartete, doch die blieb reglos wie schon zuvor.

Vater bemerkte es offensichtlich auch. Er sagte zwar nichts, warf Inés jedoch einen bezeichnenden Blick zu, weil sie mit ins Leere gerichtetem Blick eher lustlos an ihrem Brot herumkaute. Ihre ungesunde Gesichtsfarbe und Augenringe, wie Laura sie noch nie an ihrer Schwester gesehen hatte, taten ein Übriges, um ihr Gesicht wie eine Maske erscheinen zu lassen.

Vater vernahm das Geräusch einer sich nähernden Kutsche als Erster und stand sofort auf, um nachzusehen, wer sie in aller Herrgottsfrühe aufsuchte.

»Carlos«, sagte er konsterniert.

Auf einmal schien Leben in Inés zu fahren. Man könnte ja direkt glauben, sie freute sich darauf, ihn zu sehen.

»Was ihn wohl so früh am Morgen zu uns führt?« Inés stand nun ebenfalls auf und trat neben Vater ans Fenster. Ein Wunder, dass sie ihren Mund wieder aufbrachte.

Laura hielt es auch nicht mehr an ihrem Platz. Er kam in Begleitung von gleich vier Mann. In Vaters Gesicht stand geschrieben, dass er sich auch keinen Reim darauf machen konnte. Das Beunruhigende war, dass Carlos schnellen Schrittes und mit eiserner Miene auf den Eingang ihres Hauses zueilte.

»Ob sein Besuch wohl etwas mit dem gestrigen Empfang zu tun hat?«, stellte Inés in den Raum.

»Das kann nicht sein. Ich wüsste nicht, dass etwas vorgefallen sein könnte, was so einen frühen Besuch rechtfertigen würde«, erwiderte Vater, der alles andere als unbekümmert wirkte.

Es dauerte keine Minute, bis das Dienstmädchen Carlos hereinführte.

»Carlos. Was verschafft uns die Ehre deines Besuchs?« Vater begrüßte ihn freundlich und bot ihm sogleich in einer einladenden Geste an, sich zu ihnen an den Tisch zu gesellen.

Carlos zog es jedoch vor, stehen zu bleiben.

»Ich wünschte, der Grund wäre angenehmerer Natur«, gab Carlos ihm zu verstehen.

»Um Gottes willen, nun sagt schon«, bedrängte Inés ihn.

»Gestern Nacht ist an Bord der *Niña* ein kostbares Schmuckstück gestohlen worden. Es stammt aus der königlichen Schatzkammer und war für Beatriz de Bobadilla bestimmt«, führte Carlos aus.

»Ich verstehe nicht ganz … weshalb bist du dann hier?«, fragte Vater geradeheraus.

»Die Sache ist die: Es befand sich in einer Kabine in der Nähe der Takelung. Um die Zeit des mutmaßlichen Diebstahls haben deine Männer dort herumhantiert«, erklärte Carlos.

»Du willst damit doch nicht etwa unterstellen, dass meine Arbeiter den Schmuck gestohlen haben?«

»Nicht ich sage es, aber ich muss den Vermutungen, die Colón in den Raum gestellt hat, nachgehen.«

»Welcher Art war der Schmuck?«

»Ein wertvolles Amulett. Ein goldenes Kreuz, in dessen Mitte ein Herz aus Edelstein eingelassen ist«, sagte Carlos.

»Es könnte doch jeder von seiner Besatzung entwendet haben.« Vater war außer sich und fing an, im Raum auf und ab zu laufen.

»Das ist denkbar, aber warum wurde es dann ausgerechnet gestern entwendet? Die Mannschaft weiß, dass Schätze an Bord sind, und hätte viele Gelegenheiten beim Schopf packen können, aber es ist gestern Nacht passiert«, erläuterte Carlos.

»Und was wirst du jetzt tun?«, fragte Vater.

»Ich muss darauf bestehen, die Quartiere der Arbeiter zu durchsuchen … Es ist mir unangenehm, aber ich tue nur meine Pflicht.«

»Für unsere Arbeiterschaft lege ich die Hand ins Feuer, werter Carlos«, sagte Inés mit fester Stimme. Sogar ihr souveränes Lächeln, das sie stets für ihn parat hatte, wollte gelingen.

»Dann sollten wir es so schnell wie möglich hinter uns bringen«, verlangte Vater, der Anstalten machte, gemeinsam mit Carlos den Raum zu verlassen. Inés schloss sich ihnen an.

»Möchtest du nicht mitkommen?«, fragte Inés.

Laura wusste nicht, warum sie der Durchsuchung der Quartiere beiwohnen sollte, doch die Aussicht, bei dieser Gelegenheit vielleicht Aquil zu Gesicht zu bekommen, ließ sie die Frage bejahen, jedoch schulterzuckend und eher unentschlossen, denn sie wusste, dass sie sich weiterhin heimlich treffen würden, und seinen Schwur, als sie gestern Nacht noch in seinen Armen gelegen hatte, die Insel mit ihm gemeinsam zu verlassen, um sich nicht mehr verstecken zu müssen, hatte Laura noch im Ohr.

Auf dem kurzen Weg hinüber zu den Arbeiterquartieren fiel kein weiteres Wort, auch wenn Inés neben ihr herlief, weil sie mit den Männern nicht Schritt halten konnten.

Carlos' Begleiter hämmerten bereits an den Türen der Unterkünfte. Es bestand trotzdem kein Grund zur Eile, denn

Laura war sich sicher, dass sie dieses Amulett hier nicht finden würden. Obwohl der Vorfall für alle Beteiligten äußerst unangenehm war, schien er bestens dazu geeignet zu sein, ein kaum wahrnehmbares Lächeln in Inés' Gesicht zu zaubern. Laura hatte es bereits aufgegeben, sich weiterhin über den Wankelmut ihrer Schwester den Kopf zu zerbrechen. Vielleicht stimulierten sie ja der Protest der Arbeiter und deren Empörung, den sie vor allem Vater gegenüber freien Lauf ließen.

»Es ist eine reine Formsache. Niemand wird hier beschuldigt«, stellte Vater erneut lautstark klar, nachdem alle Arbeiter, auch Aquil, vor das Quartier getreten waren, damit Carlos' Männer ihre Arbeit verrichten konnten.

Laura hatte nun ihren Vater erreicht und gesellte sich zu ihm.

Inés hingegen zog es vor, es sich auf einer Holzbank neben der Tränke bequem zu machen. Vermutlich suchte sie im Schatten der dort stehenden Palme Schutz vor der Sonne.

Die ersten Männer durften bereits wieder in ihre Quartiere zurückkehren. Erwartungsgemäß hatten Carlos' Leute nichts bei ihnen gefunden. Laura ließ ihren Blick nach rechts schweifen, zu Aquils Quartier. Er verhielt sich entsprechend den Konventionen, die ihnen Vater auferlegt hatte, und unternahm nicht einmal den Versuch, Blickkontakt zu ihr herzustellen, obwohl er sich zu ihrem Vater gesellt hatte.

Dann verließ Carlos sein Quartier. »Ihr könnt gehen. Sammelt euch an den Kutschen«, rief Carlos den Männern zu.

Wie Laura es sich dachte und auch gar nicht anders zu erwarten war, hatte niemand von hier den Schmuck gestohlen. Warum kam das nicht über Carlos' Lippen?

»Was steht ihr hier so herum? Es gibt nichts mehr zu begaffen«, erdreistete er sich, Vaters Arbeiter anzublaffen. Sie gehorchten und gingen zurück in ihre Quartiere.

Carlos sah seinen Männern so lange regungslos nach, bis sie das Haus erreicht und somit außer Sichtweite waren, und erst als der letzte Arbeiter wieder in seinem Quartier war, ging Carlos zu ihnen und baute sich bedeutungsvoll vor Abel auf. Erst jetzt fiel Laura auf, dass er die ganze Zeit eine Hand hinter seinem Rücken gehalten hatte.

Laura stockte der Atem, als er seine Hand zum Vorschein brachte. Darin befand sich eine Halskette, an der ein goldenes Kreuz hing, dessen Mitte ein Herz aus Rubin zierte.

»Ich fürchte, dafür wird man ihn hinrichten«, hörte sie Inés sagen, die sich still und heimlich zu ihnen gesellt hatte.

Aquil baute sich vor Carlos auf. »Ich habe es nicht gestohlen!«, beteuerte er. Er konnte es offenbar immer noch nicht glauben, was Carlos da in Händen hielt.

Carlos ließ das Beweisstück sofort in seiner Tasche verschwinden und packte Aquil am Arm.

Aquil versuchte, ihn abzuschütteln.

»Ich schwöre es Euch«, sagte er an Vater gewandt.

Vater war schreckensbleich.

»Ihr werdet Euch dafür verantworten müssen«, sagte Carlos an Aquil gerichtet.

»Für etwas, was ich nicht getan habe? Lasst mich los!« Aquil wand sich aus Carlos' Griff.

»Ergreift ihn!«, rief Carlos seinen Männern zu, die sofort zu ihnen eilten.

»Aquil«, stammelte Vater und suchte Halt an Lauras Arm.

Aquil sah ihm direkt in die Augen. »Ich war es nicht«, beteuerte er erneut.

Laura glaubte ihm. Es gab doch auch überhaupt keinen Grund, warum er es hätte stehlen sollen. Und warum hatte Carlos so lange gewartet, um ihn zu beschuldigen? Erst schickte er seine Männer fort, nur um sie nun wieder herbeizurufen? Um kein Aufsehen zu erregen?

Schon waren Carlos' Männer zur Stelle und versuchten, Aquil in Gewahrsam zu nehmen. Aquil wehrte sich.

»Habt Ihr es in mein Quartier hineingelegt?«, fuhr er Carlos an.

»Was erlaubt er sich?«, entrüstete sich Inés.

Carlos trat erst an Aquil heran, als dieser sich von drei Männern im Klammergriff nicht mehr rühren konnte, und verpasste ihm eine schallende Ohrfeige.

Aquil sah zu ihnen her und schüttelte fassungslos den Kopf. Vater war weiß wie die Wand und wirkte tieftraurig.

»So kann man sich in Menschen täuschen«, setzte Inés verächtlich lächelnd nach.

»Es wird sich aufklären«, rief Laura ihm zu, als sie Aquil abführten. Am liebsten wäre sie dazwischengegangen, doch was konnte sie gegen drei kräftige Männer ausrichten? In Aquils Blick las Laura Verzweiflung und die Angst, dass sie sich nie wiedersehen würden.

Laura brauchte Carlos nur anzusehen. Genugtuung und Freude, die er sonst nie zutage treten ließ, brachte seine Mimik klar zum Ausdruck. Er musste das Amulett in Aquils Quartier gelegt haben, doch was hatte er davon?

Wortlos wandte Carlos sich von ihnen ab und ging zurück zum Haus, wo seine Männer Aquil mit einem Strick die Hände zusammenbanden und auf die Kutsche hievten.

Vater stand wie versteinert da. Laura wusste, was für große Stücke er auf Aquil hielt.

»Hoffentlich belastet dieser Vorfall nicht unsere guten Beziehungen zum Königshaus«, sagte Inés. Sie meinte damit Carlos, doch nichts könnte Laura im Moment gleichgültiger sein.

»Sie werden ihn töten«, sagte Abel mit gebrochener Stimme.

Laura musste Vater stützen, dabei brauchte sie jetzt selbst Halt. Aquil in Carlos' Gewahrsam und vor ihren Augen davonfahren zu sehen, stach ihr mitten ins Herz.

Das Leben stand auf einmal still. Die Brandung des Meeres war zu einem leisen, kaum vernehmbaren Wispern geworden. Die Insel schien nicht mehr zu atmen. Kein Palmenblatt wog sich mehr im Wind. Laura war in den letzten zwei Wochen zu einem Teil dieser Leblosigkeit geworden, jedweder Hoffnung beraubt, jemals wieder auch nur einen Hauch von Glück zu empfinden. Aquils Schicksal war gewiss. Sie würden ihn hinrichten. Laura wusste noch nicht einmal, ob sie es schon getan hatten. Ihr kam es so vor, als würde sie seit Tagen selbst auf den Tod warten. Sie sehnte ihn sich herbei, und bat den Herrn darum, sie zu sich zu nehmen, falls er nicht mehr lebte. Hier an der Seite einer Schwester zu leben, deren schiere Präsenz kaum noch zu ertragen war, wäre schlimmer als der Tod. Laura fragte sich, ob sie überhaupt noch die Kraft aufbrachte, die Kinder zu unterrichten. Mehr blieb ihr nicht im Leben. Sollte sie dafür nicht dankbar sein? Wenn sie doch nur wüsste, ob Aquil noch lebte. Vater war just aus diesem Grund heute Morgen nach Las Palmas gefahren. Er litt genau wie sie, jedoch waren ihm die Hände gebunden, weil er im Gegensatz zu ihr nicht vollends von Aquils Unschuld überzeugt war. Der Diebstahl war äußerst brisant und würde ihn seine Existenz kosten, wenn er sich bis in höchste Kreise herumsprechen würde. Carlos als Lügner zu bezichtigen, käme einer Kriegserklärung gleich. Laura wusste mittlerweile, dass dieses Schmuckstück aus der Schatzkammer Kastiliens stammte und Colón es nur seinem Freund und Gönner Luis de Santágel, dem königlichen Schatzmeister, zu verdanken hatte, Gold und Schmuck dieser Art auf dieser Expedition zur Verfügung zu haben. Man munkelte, dass Colón es Beatriz, seiner Geliebten, zum Geschenk machen wollte. Colón selbst musste es das Herz der sieben Inseln genannt haben, weil er in Beatriz die heimliche Herrscherin der Kanaren sah, aller sieben Inseln.

»Carlos würde das niemals tun«, hatte Vater ihr noch am Abend nach Aquils Inhaftierung deutlich zu verstehen gegeben, aber wie sonst sollte das Amulett in Aquils Quartier gekommen sein? Für Vater gab es dafür nur eine Erklärung und somit folgte er Carlos' Anschuldigungen. »Du kannst nicht in die Seele eines Menschen blicken. Ich weiß nicht, warum er es getan hat, aber die Beweislast ist erdrückend«, hatte er ihr heute unmittelbar vor seiner Abfahrt nach Las Palmas zu verstehen gegeben. Vater legte es sich so zurecht, um nicht an diesem Vorfall zu zerbrechen. Laura spürte, dass er über die Enttäuschung nicht hinwegkam. Er war verbittert und dennoch litt seine Seele unter dem Verlust eines treuen Vertrauten. Inés hingegen schien regelrecht froh darüber zu sein, dass Aquil nicht mehr zugegen war – auf einmal, hatte sie sonst doch seine Nähe immer so geschätzt, ja regelrecht danach gelechzt. Was sie gestern beim Abendessen von sich gegeben hatte, war unverzeihlich und hatte den letzten seidenen Faden, den Laura mit ihr verband, durchtrennt.

»Vielleicht hat er es gestohlen, um das Herz einer gewissen Dame zu erobern«, hatte sie Vater, mit Blick auf ihre kleine Schwester, zu verstehen gegeben. Vater hatte nichts darauf erwidert. Vermutlich schloss auch er diese Möglichkeit mittlerweile nicht mehr aus.

Die Eifersucht hatte Inés' Herz zerfressen und diese Boshaftigkeit schien so weit zu gehen, dass sie sich sogar an Aquils bevorstehendem Tod ergötzte. Wenn Inés ihn nicht haben konnte, dann empfand sie es wohl als Genugtuung, dass ihre Schwester ihn bald auch nicht mehr haben konnte. Durchschaubar und niederträchtig.

Wenn nur Vater endlich aus der Stadt zurück wäre. Laura saß nun schon seit Stunden an ihrem Fenster und hoffte darauf, eine Staubwolke zu sehen, die eine sich nähernde Kutsche ankündigen würde. Als sie sie dann sah, ergriff sie die Angst zu erfahren, dass Aquil vielleicht schon tot war. Laura schloss die Augen und wünschte sich von Herzen, dass er noch lebte und Vater mit irgendeiner guten Nachricht zurückkommen würde, vielleicht einer Begnadigung oder dass einer von Carlos' Leuten zugegeben hatte, das Schmuckstück in Aquils Quartier gelegt zu haben. Ihre Hoffnung schien sich jedoch nicht zu erfüllen, denn an Vaters Niedergeschlagenheit, als er keine fünf Minuten später ihr Zimmer betrat, konnte sie ablesen, dass er keine frohe Kunde im Gepäck hatte.

»Sie wollen ihn in Jinámar hinrichten, morgen früh«, sagte er, nachdem er sich völlig entkräftet auf ihren Lehnstuhl hatte fallen lassen.

»Jinámar? Vater, was bedeutet das?«, wollte Laura wissen.

»Ein Exempel soll statuiert werden. Zur Abschreckung der Einheimischen … Jinámar … dort ist ein Vulkanschlot. Die Guanchen stürzen ihre Verbrecher hinein«, sagte er mit brüchiger Stimme.

Auch wenn Laura diesen Ort nicht kannte, hatte sie sofort Aquil vor ihrem geistigen Auge, der gefesselt vor einem Abgrund stand und darauf wartete, dass ihn jemand in den Tod stieß.

»Aber Aquil hatte doch noch gar keine Gelegenheit, sich vor dem Blutrichter zu erklären, oder habt Ihr mir das verschwiegen? Müssen Diebe sich denn hierzulande nicht der Gerichtsbarkeit stellen? Ihr hättet ein gutes Wort für ihn einlegen können, als Leumund für ihn sprechen«, sagte Laura.

»Carlos will uns diese Schmach ersparen. Spätestens dann wüsste jeder, dass einer meiner Arbeiter es gestohlen hat. Es würde sich bis an den königlichen Hof herumsprechen. Der Name der Familie Jiménez wäre für alle Zeit beschmutzt. Das ist auch der Grund, weshalb er so viel Zeit verstreichen ließ. Carlos hat mir versichert, dass sich die Wogen bereits glätten«, erklärte Vater.

»Kannst du denn wirklich nichts tun? Was ist den Kastilianern denn schon ein Guanche wert? Ob er lebt oder nicht, es kümmert sie doch nicht einmal.«

»Das weiß ich, Kind, aber mir sind in diesem Fall die Hände gebunden und glaub mir, ich wünschte, ich könnte etwas für ihn tun.«

»Dann glaubt Ihr also tief in Eurem Herzen auch, dass er es nicht gestohlen hat?«, wollte Laura sich vergewissern.

»Ich weiß nicht mehr, was ich glauben soll«, gestand Vater ein. Er erhob sich und schleppte sich wortlos zur Tür.

Laura sah ihm wie versteinert nach. Jedes weitere Wort würde nichts an der Situation ändern. Wie konnte Vater das nur zulassen? Jinámar, schoss ihr durch den Kopf. Es dämmerte Laura, dass sie den Namen bereits auf der Landkarte an der Wand vor Vaters Sekretär gesehen hatte. Es war ein Ort im Nordosten der Insel und er lag im Landesinneren. Er würde daher nur schwer zugänglich sein. Die Summe dieser Gedanken riss sie aus ihrer Lähmung. Vielleicht gab es ja doch noch eine Möglichkeit, Aquils Schicksal abzuwenden, doch dazu brauchte sie Hilfe. Auf die Unterstützung von Eusebias Sohn konnte sie bauen. Er würde es ihr ermöglichen, von hier wegzukommen, ohne Verdacht zu erregen, doch er beherrschte die Sprache der Einheimischen nicht. Allerdings konnte er sie zu jemandem bringen, der sie sprach und gute Kontakte zu den Ältesten der Stämme pflegte. Laura stand auf. Es gab keine Zeit zu verlieren.

Lauras Befürchtungen, dass Calvino immer noch nicht vollends genesen war und sie deshalb nicht zum Höhlendorf begleiten konnte, hatten sich nicht bestätigt. Er war wohlauf und in der Lage, mit nur geringen Schmerzen aufrecht zu gehen, wie er ihr versichert hatte, und sogar leichte Arbeiten zu verrichten. Für ihn verstand es sich von selbst, sie zu begleiten und alles in seiner Macht Stehende zu tun, damit Aquil seinem Schicksal entging. Gleich nach ihrer Ankunft hatte sie ihm vom Diebstahl des Amuletts erzählt. Auch er kannte Aquil lange und gut genug, um zu wissen, dass man es ihm untergejubelt hatte.

Welches Interesse Carlos daran gehabt haben könnte, erschloss sich weder ihm noch Laura und bot Raum für Spekulationen. Die Kutschfahrt durch die Wälder gab ihnen die Zeit, sich darüber auszutauschen.

»Er weiß doch, dass Abel ihn braucht. Warum tut er das?« Calvino sprach aus, was Laura, seitdem sie Aquil fortgebracht hatten, beschäftigte.

»Es muss etwas mit dem Sklavenhändler zu tun haben. Esteban weiß, dass Aquil an der Befreiung der Kinder beteiligt war, auch wenn er es nicht beweisen kann«, mutmaßte Laura. Eine andere Erklärung schien es dafür nicht zu geben.

»Aber ich dachte, diese Angelegenheit sei bereits vom Tisch. Carlos hätte viel früher handeln können. Irgendeinen Vorwand gibt es doch immer, jemanden zu verhaften«, gab Calvino zu bedenken.

»Vielleicht hat man Carlos unter Druck gesetzt. Der wirtschaftliche Schaden, den Esteban erlitten hat, war beträchtlich. Seine Auftraggeber sind mächtige Gutsherren und Adelige, die Sklaven für ihre Ländereien brauchen«, gab Laura zu bedenken.

»Reicht deren Arm bis auf die Insel?«, überlegte Calvino laut.

»Carlos hat Aquil laufen lassen, weil Inés sich für ihn eingesetzt hat und er Vater nicht schaden wollte, doch damit könnte er sich in eine prekäre Situation gebracht haben. Indem er Aquil den Diebstahl des Amuletts unterstellt, kann er Estebans Durst nach Rache stillen und zugleich sicherstellen, dass er mit Aquils Verhaftung die Freundschaft zu meinem Vater nicht gefährdet«, schlussfolgerte Laura.

»Und Abel? Wie sieht er das?«, fragte Calvino.

»Er leidet darunter, aber Carlos hat Zweifel in ihm gesät. Genau das war Carlos' Ziel«, sagte Laura und fühlte mit der wachsenden Gewissheit, die niederen Motive nun zu kennen, Zorn auf Carlos und seine Hintermänner aufsteigen. Die einzige Hoffnung, Aquils Hinrichtung zu verhindern, war, die Hilfe der Dorfbewohner zu erbitten. Sie ahnten natürlich noch nicht, weshalb Laura ihnen in Begleitung von Calvino keine zwei Stunden später einen Besuch abstattete.

»Heute ist doch keine Schule«, kam von Yerai, der sie als Erster entdeckt hatte und zu ihrer Kutsche gelaufen war.

»Du hast recht, wir sind heute aus einem anderen Grund hier«, erklärte sie ihm. Laura hatte beschlossen, gegenüber den Kindern Stillschweigen zu bewahren. Es war schon schlimm genug, was sie durchlitten hatten. Auch wenn Yerais Sprachkenntnisse ausreichten, um mit dem Stammesoberhaupt zu sprechen, war Calvino die geeignetere Person, zumal er allseits geschätzt wurde und die Sprache der Einheimischen gut genug beherrschte, um ihr Anliegen vorzutragen.

»Bring uns zum Guaire«, verlangte Laura von Yerai.

Der Junge stellte keine weiteren Fragen. Ihr Auftauchen rief auch keine Neugierigen auf den Plan, weil Laura bereits im Dorf bekannt war. Lediglich der Guaire selbst ahnte wohl, dass dieser Besuch einen außergewöhnlichen Anlass hatte. Er empfing sie in einer der Höhlen, die über dem Eingang lagen, bot ihnen an, es sich auf mit Fellen ausgelegten Nischen bequem zu machen, und ließ ihnen von seiner Frau Wasser reichen. Calvino war im Bilde und so bedurfte es ihrerseits keiner weiteren Worte mehr, um den Guaire zu erklären, weshalb sie hier waren.

Der Name Aquil fiel mehrere Male, als Calvino ihm die Situation schilderte. Die Miene des Guaire verriet, dass er den Ernst der Situation erfasste. »Jinámar«, verstand Laura auch in seiner Sprache. Er hatte es zweimal gesagt, zuletzt nachdenklich. Dann legte er eine Pause ein, die Calvino nutzte, um Laura die Worte des Häuptlings zu übersetzen.

»Er sagt, dass sich sein Stamm nicht mit den Eroberern anlegen kann. Ihr Dorf bietet ihnen Schutz, doch wenn sie die Fremden erzürnen, kommen sie mit vielen Männern. In einem anderen Dorf haben sie ein Feuer gelegt, um die Menschen aus den Höhlen zu treiben. Sie haben sie dann abgeschlachtet wie Vieh.«

»Er kann uns also nicht helfen«, schlussfolgerte Laura mit angeschlagener Stimme.

»Das hat er nicht gesagt. Er glaubt, dass es eine Möglichkeit gibt, um die Fremden zu überlisten.«

Der Guaire wartete geduldig, bis Calvino mit der Übersetzung fertig war, und dann kam Leben in ihn. Bis vorhin hatte er wie eine Statue vor ihnen gesessen. Selbst wenn er sprach, bewegten sich seine schmalen Lippen kaum. In einer ausholenden Bewegung schien er Calvino irgendetwas zu schildern, was erst dem Guaire und dann Calvino ein Lächeln auf die Lippen zauberte. Laura konnte es gar nicht abwarten, bis Calvino ihr endlich übersetzte, was der Häuptling ihm mit wachsender Begeisterung geschildert hatte.

»Er soll hinunterspringen. Wahrscheinlich werden sie ihn gefesselt in den Kamin des Vulkans stoßen«, sagte Calvino mit einer Gemütsruhe, die Laura beim besten Willen nicht nachvollziehen konnte. Ihr verschlug es die Sprache.

»Keine Sorge. Ihm wird nichts passieren«, wiegelte Calvino dann ab.

»Wie kann einem nichts passieren, wenn man in einen Abgrund gestoßen wird?«, entrüstete Laura sich.

Calvino schmunzelte und übersetzte ihre Frage.

Der Guaire fing an zu lachen und machte erneut diese ausladende Handbewegung, aus der Laura nicht schlau wurde. Dann stand er plötzlich auf und ging zu einer Nische, in der Vorräte gelagert waren, nahm einen geflochtenen Korb an sich und leerte den Inhalt auf dem Boden aus, was ihm nicht nur Lauras verwunderten Blick, sondern auch den seiner Frau einhandelte. Laura überlegte fieberhaft, wozu er diesen Korb brauchte.

»Er wird nicht in die Tiefe stürzen«, sagte Calvino, als der Guaire zu ihnen zurückkam und ihr das geflochtene Netz zeigte. Es sah aus wie ein Fischernetz, nur dass es aus Binsen geflochten war.

»Sie sichern damit Schächte in den Höhlen, damit ihre Kinder keinen Schaden nehmen«, sagte Calvino.

»Ein Netz? Sie wollen ein Netz spannen, das ihn auffängt?«

Calvino nickte.

Weil der Guaire es ihr immer noch hinhielt, griff sie danach. Das Geflecht schien sehr dicht zu sein. Es hatte vorhin schwere Früchte getragen.

Der Guaire zeigte sich zufrieden, weil er Laura ansah, dass ihr dämmerte, was sie vorhatten. Er wandte sich dann wieder an Calvino und bedeutete ihm, es ihr zu übersetzen, was er zu sagen hatte.

»Sie halten uns für Primitive, für dumm. Unsere einzige Dummheit war es, den Fremden zu vertrauen. Missionare nannten sich die, die zuerst kamen. Wir nahmen sie nicht ernst und sahen die guten Absichten, doch dann kamen andere mit Waffen, um uns zu unterwerfen. Sie mögen wissen, wie man Schwerter schmiedet, doch vom Leben wissen sie nichts.« Die Mimik des Guaires untermalte Calvinos Worte.

Laura schöpfte Hoffnung, dass der eben ausgeheckte Plan funktionierte, und dachte zugleich an Aquil. Niemand wusste, wo er sich aufhielt und selbst wenn, würde es keine Möglichkeit geben, ihm eine Nachricht zu übermitteln. Er musste glauben, hingerichtet zu werden, und noch war nicht einmal sicher, dass der Plan funktionierte.

Laura wusste nach ihrer Rückkehr auf die Plantage nicht mehr, wohin mit sich. Auch Vater war aufgefallen, dass sie Ameisen im Hintern hatte, wie er es nannte. Ihr war nichts anderes übrig geblieben, als ihm vorzugaukeln, dass der Unterricht heute sehr anstrengend gewesen war. Gottlob fand er sich mit dieser Begründung ab, weil er vermutlich mit sich selbst zu beschäftigt war, um sich zu fragen, warum am heutigen Tage überhaupt Unterricht stattgefunden hatte. An sich hatte Laura nicht vorgehabt kundzutun, wohin sie gefahren war, doch Vater hatte bei den Arbeitern nach ihrem Verbleib gefragt und man hatte sie mit der Kutsche und in Begleitung von Eusebias Sohn wegfahren sehen. Die wachsende Unruhe war natürlich dem Umstand geschuldet, dass morgen der Tag war, an dem sich ihr Leben erneut schlagartig verändern würde. Es stand für Laura außer Frage, gemeinsam mit Aquil die Insel zu verlassen. Was sollte sie noch hier? Die Leichtigkeit der Entscheidung, die sie schon auf dem Rückweg vom Höhlendorf getroffen hatte, beschäftigte sie immer noch, und das bis tief in die Nacht. Laura starrte nun schon eine Stunde lang wie angewachsen vom Fenster ihres Zimmers aus hinaus aufs Meer. Die Weite vor ihr und die Stimmen der Brandung hatten eine beruhigende Wirkung und halfen ihr, einen klaren Kopf zu bewahren, ihre Entscheidung noch ein letztes Mal zu überprüfen. Sie würde nie mehr ans Grab ihrer Mutter treten können und von Vater für immer Abschied nehmen müssen, und das, ohne ihn noch einmal in den Arm nehmen zu können oder Lebewohl zu sagen. Diese Gedanken schmerzten, doch die Angst vor dem noch viel größeren Schmerz, der ihr blühte, wenn sie hierbliebe, überwog. Ein Leben unter einem Dach mit ihrer Schwester, deren Verhalten von Tag zu Tag schlimmer wurde, schien unvorstellbar. Und dennoch hatte sie diesen Ort lieb gewonnen, diese Insel der Glückseligen, auch wenn ihre Landsleute alles darangesetzt hatten, den hier lebenden Menschen die Hölle auf Erden zu bescheren. Die Kinder würde sie vermissen, die Wärme, die Blumenpracht, die Lorbeerwälder, doch was nützte das alles, wenn man sein Herz und seine Freiheit dafür opfern musste. Die eben gewonnene Klarheit verlieh ihr eine ungeahnte Stärke und bekräftigte ihre Entscheidung. Der Gedanke an das morgige Vorhaben dagegen versetzte sie in Unruhe und Angst. Laura dachte an die Männer, die sich die Nacht um die Ohren schlugen. Sie flochten ein Netz, das groß genug war, um das Loch, in das Aquil fallen würde, zu umspannen. War es nicht zu naiv anzunehmen, dass niemand nachsah, ob er auch wirklich tot war? Angeblich hatte aber noch nie jemand nachgesehen, weil kein Mensch einen solchen Sturz überlebte. Fraglich war auch, ob die Männer überlebten, die sich abseilen mussten, um dieses Netz noch vor dem Morgengrauen anzubringen. Soviel sie von Calvino wusste, gab es in diesem Schlot aber Nischen, die einen guten Halt erlaubten. Was, wenn das Geflecht riss? Wenn Aquil in einem ungünstigen Winkel von dem Plateau fiel, konnte er sich das Genick an den Wänden brechen, noch bevor das Netz ihn auffangen konnte. Zwar schien es gewiss, dass Carlos und seine Schergen nach der Hinrichtung den Ort verlassen würden, doch selbst wenn es dann gelang, aus dem Vulkankamin nach oben zu klettern, hieß das ja noch lange nicht, dass sie in Sicherheit waren.

»Der Atem des obersten Gottes wird euch beschützen«, hatte der Guaire ihr versichert. Er meinte damit die Rauchwolken des Teide, der die Westküste so vernebelte, dass sich nur noch geübte Seefahrer hinaus aufs Meer wagten. Ein Drachenbaumboot, das groß genug war, um die Überfahrt nach Teneriffa zu überstehen, würde sie von einem Küstenabschnitt, der sich Gui Gui nannte, abholen. Schafften sie die Überfahrt? Würde sie ein Handelsschiff nach Portugal mitnehmen? Laura fand auch darauf keine Antwort, stand auf und holte einen ledernen Sack aus ihrem Schrank. Dorthinein wollte sie die wenigen Dinge, die sie auf der Flucht brauchte, hineinpacken. Es waren letztlich nur Kleidung und ihr Tagebuch, das sie schon allein deshalb mitnehmen musste, damit es niemals in die Hände ihres Vaters oder von Inés fiel. Zumindest Calvino war sich sicher, dass ihnen die Flucht gelingen würde und sie in Portugal fortan unbehelligt blieben, sich dort sogar eine Existenz aufbauen konnten. Sein Wort in Gottes Ohr!

Laura hatte in dieser Nacht kein Auge zugetan und gedanklich alle möglichen Schwierigkeiten durchgespielt, die ihnen ihre Flucht vereiteln könnten. Es waren unzählige. Wenigstens vergingen auf diese Art und Weise die Stunden bis zur Dämmerung. Den Beutel aus Leder hatte sie in der Zeit gleich dreimal ausgepackt und wieder zurück in den Schrank gelegt. Wie würde sie Vater erklären, was sie vorhatte, wenn er sie damit sah? Nachdem ihr eine glaubhafte Ausrede eingefallen war, hatte sie ihn erneut gepackt: ein paar Schuhe, ein Kleidungsstück und Unterkleidung sowie das Tagebuch. Mehr mitzunehmen wäre zwar möglich gewesen, aber hätte nach dem ausgesehen, was es war, nämlich nach einem Gepäckstück für eine längere Reise.

Vater musste schon wach sein, denn Laura vernahm Schritte im Treppenhaus. Laura überlegte, nachzusehen und mit Vater noch ein paar Worte zu wechseln, um ihn in guter Erinnerung zu behalten, doch sie würden über die bevorstehende Hinrichtung sprechen und genau das galt es zu vermeiden. Da war es allemal besser, sich davonzuschleichen. Dies hatte Laura sich zumindest vorgenommen. Bis zum gemeinsamen Frühstück zu bleiben, kam jedenfalls nicht mehr infrage, allein schon, um Inés nicht mehr zu begegnen. Auch wenn sie ihr nicht den geringsten Anlass dazu gegeben hatte, tat sie ihr leid, aber konnte man mit schweren Schicksalsschlägen wirklich alles rechtfertigen? Laura hoffte dennoch, dass sie den Groll, den sie gegen Inés im Herzen trug, über die Jahre verlieren würde. Die Schwester hatte sie bereits verloren.

Erneut vernahm sie Schritte auf dem Korridor. Täuschte sie sich oder klopfte Vater an die Tür zu Inés' Zimmer? Eine Tür fiel ins Schloss. Er musste hineingegangen sein. Was wollte er dort? Er sah nie nach seinen Töchtern, schon gar nicht so früh am Morgen. Ging sie das überhaupt noch etwas an? In spätestens einer halben Stunde, wenn die Sonne über dem Meer aufgegangen war, sollte sie sich auf den Weg machen. Eusebias Sohn würde sicher schon am Anfang des Waldes mit zwei gesattelten Pferden auf sie warten, weil sie das am Vortag so vereinbart hatten. Auf ihn war Verlass. Laura überlegte, etwas früher zu gehen, am besten jetzt gleich. Solange Vater in Inés' Zimmer war, schaffte sie es vielleicht sogar, sich unbemerkt davonzustehlen. War das nicht feige? All ihren Mut brauchte sie für etwas anderes. Es blieb nichts mehr für ihre Familie übrig. Laura nahm bereits den Beutel an sich, als sie erneut eine Tür ins Schloss fallen hörte. Nun näherten sich die Schritte. Vater hatte wohl vor, ihr nun auch einen Besuch abzustatten. Und so kam es auch. Er klopfte zaghaft an der Tür. Laura hatte keine Zeit mehr, ihr Gepäck zu verstecken, und hoffte, dass es ihm nicht ins Auge fallen würde, weil der Beutel auf dem Boden lag. Sie setzte sich aufs Bett und tat so, als würde sie ihre Schuhe schnüren, um sich für den Tag fertig zu machen.

Vater lugte vorsichtig hinein und wirkte erleichtert, sie bereits wach vorzufinden.

»Laura … Du konntest sicher auch nicht schlafen«, sagte er, als er eintrat. Vater wirkte wie ein Schatten seiner Selbst. Ein gebrochener Mann stand vor ihr, der nicht einmal mehr die Kraft zu haben schien, ihr direkt in die Augen zu sehen. Laura graute vor dem, was er ihr sagen würde. Es würde um Aquil gehen. Schuldig würde er sich fühlen und Vergebung würde er ausgerechnet bei ihr suchen. Sie konnte sie ihm nicht geben und trotzdem brach es ihr fast das Herz, ihn in so einem jämmerlichen Zustand am Lehnstuhl Halt suchend vor ihr stehen zu sehen.

»Inés … Sie hat Fieber«, fing er dann an.

Hatte er also nur deshalb, seinem Erscheinungsbild nach zu urteilen, schlecht oder gar nicht geschlafen? Dass Aquil heute sterben sollte, ungeachtet seiner Unschuld, schien weniger wichtig zu sein als das Wohlergehen seiner älteren Tochter.

»Ihr solltet nach dem Arzt schicken«, sagte sie dementsprechend kühl.

Vater nickte nur mit leerem Blick. »Als sie schlief …« Vater hatte augenscheinlich nicht mehr die Kraft, weiterzusprechen. Erst nachdem er tief Luft geholt hatte, machte er auf sie den Eindruck, sich zu fangen.

Laura erschrak über sich selbst, weil sie nicht mehr das Bedürfnis hatte, zu ihm zu eilen, um ihn zu stützen oder in den Arm zu nehmen.

»Sie hat frische Hiebe … Die Wunden nässen noch«, fuhr er fort.

Laura war fassungslos, doch zumindest erklärte dies, warum er in diesem aufgelösten Zustand war, und rechtfertigte, dass es ihm kein Bedürfnis gewesen war, als Erstes über Aquils Hinrichtung mit ihr zu sprechen.

Vater schleppte sich zur Ruhebank und ließ sich kraftlos darauf nieder.

»Ich weiß nicht mehr, was ich tun soll … mit ihr … mit meinem Leben. Aquil … Soll ich mich gegen Carlos stellen? Wir würden alles verlieren, aber habe ich denn nicht schon alles verloren? Ich habe nichts mehr … nur noch dich«, wimmerte er.

Jetzt zu ihm zu gehen, um ihn zu trösten, ihn darin zu bestätigen, dass er auf sie bauen konnte, mutete sich Laura nicht mehr zu. Es wäre eine Lüge. Blut klebte auch an seinen Händen, weil er aus Angst vor Sanktionen den Tod eines Menschen, auf den er bisher immer große Stücke gehalten hatte, in Kauf nahm.

»Ich habe sie gefragt, wer sie geschlagen hat. Sie sagt es mir nicht.«

»Vielleicht war es ja wieder einer der Arbeiter.« Laura hasste sich augenblicklich für diese Bemerkung, doch auch in diesem Fall hatte Vater einem anderen Menschen Unrecht getan.

Vater lachte bitter auf. Dann fiel sein Blick auf den ledernen Beutel. »Wo willst du hin?«

»Ich fahre nach Las Palmas, um für Aquil zu beten. Ich hoffe, dass Ihr mir diesen Wunsch nicht abschlagen werdet«, belog sie ihn. Lauras Worte trafen Vater wie ein Messerstich. Sie schienen ihm körperlich Schmerzen zu bereiten. Obwohl es Laura wehtat, ihn in diesem Zustand zu sehen, hielt sie nichts mehr in diesem Haus.

»Bete für mich mit, Laura«, sagte er nur.

»Das werde ich«, versicherte Laura ihm in vollem Bewusstsein, dass sie ihm die nächste Lüge auftischte. Er hatte es nicht anders verdient. Den Abschied hatte Laura sich anders erhofft. Abel war ihr Vater. Er hatte sie nicht verstoßen, als sie hier angekommen war. Das alles rechnete sie ihm hoch an, doch es gab Dinge, die waren unverzeihlich. Aquil aus niederen Beweggründen und purer Feigheit dem Tod übergeben zu wollen, aber auch Vaters Streben nach Macht waren so nieder, dass sie es ihm nicht vergeben konnte.

Kapitel 20

Laura versuchte, die Vorstellung davon, was gerade in Aquil vorgehen musste, so weit wie möglich von sich zu schieben. Obwohl sie wusste, dass er mit etwas Glück nicht einmal eine Schramme abgekommen würde, war der Anblick, der sich ihr von ihrem Versteck oberhalb des Vulkanschlots von Jinámar bot, kaum zu ertragen. Selbst aus der Distanz konnte sie Aquils Angst spüren. An den Händen gefesselt packten ihn zwei Mann und zerrten ihn von der Ladefläche einer Kutsche. Carlos stieg ebenfalls ab. Wie konnte er es nur fertigbringen, einen Unschuldigen zu töten? In diesem Moment wünschte sie ihn in die Hölle und hoffte, dass er eines qualvollen Todes sterben würde. Mit anzusehen, wie die Männer Aquil einen schmalen Weg hinunter zu einem dunkel aus dem Fels klaffenden schwarzen Schlund führten, brach ihr fast das Herz. Dornige Kakteen wuchsen am Ende eines kleinen Felsvorsprungs, von dem aus es nur einen Schritt weit entfernt zum circa siebzig Meter tiefen Abgrund war. Calvino hatte ihr erzählt, dass dort unten bereits unzählige Leichen lagen, weil die Guanchen auf diese Weise früher Schwerverbrecher bestraft hatten. Dass Carlos ausgerechnet diese Art der Hinrichtung gewählt hatte, war kein Exempel, sondern drückte seine Absicht der größtmöglichen Demütigung Aquils aus. Wie ein Wilder sollte er sterben, gerade weil er zivilisierter war als die meisten

Kastilianer, die sich auf die Insel begeben hatten. Laura wusste nicht, ob die Männer aus dem Höhlendorf es geschafft hatten, das Netz anzubringen. Sie vertraute ihnen, doch je näher der Moment kam, desto größer wurden ihre Zweifel. Und wenn es nicht hielt? Zwei Männer aus dem Dorf mussten bereits in ein paar Metern Tiefe auf ihn warten. Die Seile wollten sie hinter dem Buschwerk am Rand des Schlots befestigen, sodass niemand sie erkennen würde.

Aquil leistete keinen Widerstand. Wie ein Lamm, das zur Schlachtbank geführt wurde, ließ er sich an den kleinen Felsvorsprung führen.

Lauras Verachtung für Carlos stieg ins Unermessliche, weil er selbst es nicht wagte, sich der Felskante zu nähern. Er stand daneben bei den Kakteen, vermutlich auch, um von dort aus Aquils angsterfülltes Gesicht besser sehen zu können.

Die beiden Männer warteten auf sein Signal. Einer hielt Aquil fest. Der übernahm wohl die Rolle eines Scharfrichters. Er war älter und von kräftiger Statur.

Laura hätte am liebsten die Augen geschlossen, doch es gelang ihr nicht.

Carlos' Hand fuhr nach unten.

Der jüngere der beiden Männer ließ Aquil los und der andere stieß ihn mit Wucht in den Abgrund.

Aquil schrie nicht. Er müsste bereits im Netz liegen, doch dann hörte sie einen dumpfen Aufprall. Laura fuhr der Schreck in die Glieder. Das Netz musste gerissen sein. Diese Erkenntnis raubte ihr die letzte Kraft. Ihr wurde mit einem Mal schwindlig und sie suchte Halt am Stamm des Baumes, hinter dem sie sich auf der Anhöhe versteckt hielt. Es nützte nichts. Laura sank zu Boden. Ihr wurde schwarz vor Augen.

Das Erste, was Laura sah, als sie zu sich kam, war ein konturloses Grün, in dem farbige Schemen in ihrem Gesichtsfeld tanzten. Sie nahmen Form an. Es waren Männer vom Stamm des Höhlendorfes. Einer reichte ihr Wasser aus einem tönernen Gefäß. Der andere tätschelte ihre Wange. Laura kam zu sich und die Gewissheit, dass Aquil tot war, nahm Gestalt an, doch dann trat einer der Männer zur Seite. Aquil kniete sich vor sie nieder und reichte ihr die Hand.

»Auf was wartest du? Wir müssen von hier weg«, sagte er nur.

»Aber … der Aufprall. Ich dachte, du seist tot«, stammelte sie.

»Das dachte ich auch … Das Netz. Es hielt. Sie haben einen mit Bast und Steinen gestopften Sack in dem Moment nach unten geworfen, als ich fiel«, erklärte er. Aquil sagte etwas zu seinen Begleitern. Vermutlich übersetzte er, was er ihr eben gesagt hatte.

Laura schaute so perplex drein, dass die beiden Männer, die Aquil hierher begleitet hatten, anfingen zu lachen.

Die Primitiven hatten die selbst ernannten Herren dieser Insel überlistet. Laura konnte immer noch kaum glauben, dass der einfache Plan, Carlos und dem Tod zu entrinnen, aufgegangen war.

Endlich schloss er sie in die Arme.

»Ich hatte solche Angst«, gestand Aquil und drückte sie fest an sich. Sie spürte, dass er immer noch am ganzen Körper zitterte und sich erst in ihren Armen beruhigte.

Einer der Männer packte die Zügel der beiden Pferde und gab ihnen in einer Geste zu verstehen, dass sie keine Zeit mehr zu verlieren hatten.

»Es ist ein weiter Weg. Wir müssen die Insel durchqueren … abseits der Straßen. Es wird mindestens zwei Tage dauern«, sagte Aquil und half ihr hoch. Obwohl Laura vorhin ein Stein vom Herzen gefallen war und sie sich wieder im Vollbesitz ihrer Kräfte glaubte, wurde ihr erneut schwindlig. Aquil stützte sie, bemerkte aber sofort, dass etwas mit ihr nicht stimmte.

»Kannst du reiten?«, fragte er.

Laura nickte, wenngleich sie sich dessen im Moment gar nicht einmal so sicher war. Es musste die Aufregung sein, die ihr noch in den Knochen steckte. Tapfer griff sie nach dem Zügel ihres Pferdes. Die klare würzige Luft zu inhalieren, gab ihr die Kraft, auf das Pferd zu steigen.

»Wir werden nicht schnell reiten können«, sagte Aquil wohl eher, um sie zu beruhigen.

»Es geht schon«, versicherte sie ihm. Einmal auf dem Rücken des Pferdes, vertrieben weitere tiefe Atemzüge den Schwindel. Laura kannte dieses Gefühl nicht an sich, aber machte sich diesbezüglich keine allzu großen Sorgen. Nach einer schlaflosen Nacht und all der Aufregung der letzten Stunden war es nicht verwunderlich, wacklig auf den Beinen zu sein.

Mit jedem Höhenmeter, den sie zurücklegten, ging es Laura besser. Die Luft wurde frischer. Es wurde kühler.

Aquil ritt vor. Er kannte den Weg, der sie direkt ins steinige Gebirge der Insel führen würde. Und schon nach nur etwa zwei Stunden auf der Strecke, die durch eine ehemalige Vulkanader stets bergauf führte, verlor sich die üppige Vegetation des Nordens. Die Landschaft wurde karger, der Boden trocken. Kräftiger Wind aus dem Westen verfing sich nicht mehr in den Wäldern, sondern schlug ihnen nun frontal entgegen. Hier oben wuchsen nur noch Fichten. Laura wusste von ihrem Vater, dass sie besonders widerstandsfähig waren und sich daher für den Schiffbau eigneten. Nicht einmal Moos gedieh hier noch zwischen ihren Stämmen, die direkt aus dem Gestein zu wachsen schienen.

Mehrfach hatte Aquil sie gefragt, ob sie eine Rast einlegen sollten, doch Laura wollte weiter. Unterwegs waren ihnen einheimische Hirten begegnet, die jedoch keine Notiz von ihnen genommen hatten. In der Ferne, auf der anderen Seite des Kraters, auf dem sie ritten, hatte Aquil zwei Reiter erspäht. Er hielt sie für Händler, weil ihre Pferde mit Säcken beladen waren. Sie kamen von Westen.

»Du musst dir keine Sorgen machen. Sie haben Mandeln dabei und verkaufen sie in Las Palmas.« Aquils Erklärung beruhigte Laura trotzdem nicht, weil ja nicht auszuschließen war, dass sie in der Stadt herumerzählten, unterwegs eine Frau und einen Mann, die gen Westen ritten, gesehen zu haben.

Mit Einbruch der Dämmerung schlug Aquil vor, eine längere Rast einzulegen. Er kannte die Bewohner des Dorfes, weil er an freien Tagen oft hier vorbeikam, um einen der hiesigen Berge zu besteigen, von dem aus man seine Heimat sehen konnte.

Die runden Steinhäuser des Dorfes waren in der zerfurchten Landschaft verstreut, genau wie die Mandelbäume, die bereits reich mit ihren Früchten bestückt waren. Laura hatte den Eindruck, erneut in einer ganz anderen Welt zu sein. Hatte sie insbesondere das Hinterland des Nordens an ihre Heimat erinnert, so sah die Landschaft hier eher so aus wie in den kargen Hochebenen Navarras, steinig und nur noch sporadisch von Nadelhölzern und ruppigen Sträuchern bewachsen.

Eine Frau mittleren Alters, die ein Gewand aus Tierhäuten trug, reichte ihnen Mandelmilch, Käse und Brot. Sie bereitete ihnen ein Nachtlager in einem der Häuser, in der sie die Ernte und Werkzeuge aufbewahrten. Wärmende Ziegenfelle lagen auf Stroh für sie bereit, doch obgleich Laura bereits todmüde war und darüber nachdachte, sich gleich zur Ruhe zu begeben, lockte die Farbenpracht des Himmels. Die Sonne war bereits hinter einer Gebirgskette, aus der zwei Felsen emporragten, untergegangen und färbte den Himmel rot.

Aquil saß vor dem Haus, lehnte sich an der Steinmauer an und blickte hinauf zu einem der Felsen, dessen Dach ein Hochplateau war.

»Ist er das, euer heiliger Berg?«, wollte Laura wissen, die neben Aquil Platz genommen hatte und sich an ihn schmiegte.

»Bentayga … und dort drüben ist der Wolkenfels«, sagte er voller Ehrfurcht und Faszination.

Laura folgte seinem Blick. Ein zweiter Fels, der viel schmaler war und einen kleineren Begleiter hatte, ragte aus der Gebirgssilhouette vor dem mittlerweile purpurfarbenen Himmel.

»Eure Heiligtümer?«, wollte Laura wissen.

»Man sagt, dass dort früher dem Sonnengott Opfergaben gereicht wurden«, erklärte Aquil.

»Jetzt nicht mehr?«

»Mein Volk hat den Glauben an seine Götter verloren«, sagte Aquil nachdenklich.

»Und du, glaubst du noch daran?«, fragte Laura, weil sie das Gefühl hatte, ihren verloren zu haben.

»Wenn ich auf dem Bentayga sitze, dann spüre ich eine Kraft, etwas, das mich stärkt und meine Sinne schärft. Manchmal wünsche ich mir dann, ich wäre ein Adler und könnte über die Täler fliegen. In den Träumen tue ich das und dann begegne ich unseren Ahnen«, sagte er.

»Das muss ein sehr schönes Gefühl sein.«

»Glaubst du an euren Gott?«, wollte er im Gegenzug wissen.

»Eure Götter beschenken euch. Unser Gott beraubt uns an allem, was das Leben bereichert. Ich möchte auch lieber so frei wie ein Adler über die Täler dieser Insel fliegen«, erwiderte sie.

»Nicht mehr über diese Insel, aber woanders … frei … mit mir«, sagte er und fuhr ihr sanft über ihr Haupt.

Laura genoss das Gefühl der Geborgenheit, das sie an seiner Seite empfand. Auch wenn er aus einem anderen Volk entstammte, konnte ihre Seelenverwandtschaft nicht größer sein. Laura machte sich in dem Moment klar, dass sie beide nicht mehr in ihre Welten passten, zu sehr hatten sie sich bereits von allem entfernt, was von ihnen erwartet wurde. Und tief in ihrem Herzen spürte Laura diese Kraft, von der Aquil gesprochen hatte. Wer sagte, dass sie nicht göttlich war? War Gott nicht allgegenwärtig? In allen Dingen? Warum nicht auch in diesem Berg? Was machte eine Kirche heiliger? Laura schickte ein stilles Gebet zum Bentayga. Sie wünschte sich, dass ihre Liebe ewig währen würde, egal was auch immer passieren mochte.

Was gab es Schöneres, als im Arm des Liebsten zu liegen und dabei von den ersten Sonnenstrahlen geweckt zu werden, die durch die Ritzen des am Eingang angebrachten Ziegenleders auf ihr Gesicht fielen? Laura hatte sofort ihren gestrigen Wunsch präsent, das Gebet. Sie wiederholte es im Stillen und schmunzelte, weil sie begann, an die Magie und die Macht eines heiligen Berges zu glauben. Was ihr im Kloster nie gelungen war, mit reinem Herzen zu beten und in Gedanken an den Allmächtigen aufzuwachen, in diesem Moment fiel es ihr leicht, weil sie das Gebet aus vollem Herzen gesprochen hatte und etwas tat, woran sie glaubte. Auch wenn es wie eine Utopie anmutete, eines Tages frei wie ein Vogel leben zu können. Frei war man vermutlich nirgendwo. Überall lauerten Käfige, Konventionen, doch solange sie sich aussuchen konnten, welchen Regeln sie sich künftig unterwarfen, lag in dieser Beschneidung der Freiheit bereits eine freiheitlich getroffene Entscheidung. Laura wunderte sich, mit welcher Klarheit sie das Leben auf einmal sah, mitten in den Bergen auf einer Insel, inspiriert von einem heiligen Berg und natürlich der Liebe eines Mannes, der gerade dazu ansetzte, sie ihr zu zeigen.

Aquil schlug die Augen auf, schmiegte sich an sie und begann sie zu küssen.

Laura wusste, dass man dies in ihrer alten Welt als sündhaft ansehen würde. Eine Hure würde man sie nennen, doch sie war nicht mehr in dieser Welt, sondern in etwas Neuem, das sich wie ein Traum anfühlte. Hoffentlich erwachte sie nie daraus.

»Wir müssen weiter«, flüsterte Aquil ihr zu.

Die Flucht war der Preis für den Traum, aber den war Laura gerne bereit zu zahlen.

So heiß, wie es gestern auf dem Weg hierher gewesen war, so kühl war es am frühen Morgen. Laura fühlte sich unwillkürlich an ihre Zeit in Ávila erinnert, als sie sich an der Pferdetränke notdürftig gewaschen hatte. Es war hier sogar bestimmt noch kälter als in den Klostermauern, doch sie fröstelte nicht.

Aquil besorgte währenddessen Proviant und Wasservorräte, die für die nächsten Tage reichen mussten, weil auf dem westlichen Teil der Insel so gut wie keine Stämme mehr lebten, die sie um Nahrung oder Wasser bitten konnten. Er hatte ihr erzählt, dass sich nur noch wenige dort in Felsschluchten versteckten und darauf hofften, dass die neuen Herren der Insel den beschwerlichen Weg durch das Gebirge nicht in Kauf nahmen, nur um verstreut lebende Guanchen zu behelligen. Dort, wo sie hingingen, würde es sehr heiß werden und keine Bäume mehr geben, die ihnen Schatten spendeten, nur noch einige Palmoasen, die sie jedoch besser mieden, weil sie an den Tränken gesehen werden konnten. Aquil befestigte daher einen mit Wasser gefüllten Lederbeutel mehr auf dem Rücken der Pferde. Ihnen blieb zudem nichts anderes übrig, als sich von Brot und getrockneten Früchten zu ernähren, bis das Schiff im Westen eintreffen würde. Auch das nahm Laura gerne in Kauf. Sie verstaute einen Teil der Früchte in ihrem Lederbeutel, um das Gewicht besser auf die beiden Pferde zu verteilen. Erneut befiel sie Schwindel. Laura hielt sich am Sattel fest, um das Gleichgewicht zu wahren. Sie hatte gut geschlafen, sich nicht sonderlich angestrengt und selbst die Früchte waren nicht schwer genug, um diesen Zustand hervorzurufen. Dazu gesellte sich noch Übelkeit. Laura fiel in diesem Moment siedend heiß ein, dass sie von diesen Zuständen bereits gehört hatte. Die Schwestern im Kloster hatten darüber gesprochen, denn auch sie hatten mit dem Fluch des Bluts zu kämpfen und wussten, dass es nur einen Fall gab, der eine Frau davon erlöste. Blieb das Blut nicht aus, wenn die Saat eines Mannes in einer Frau aufgegangen war? Laura begann fieberhaft zu zählen. Normalerweise hätte die Blutung spätestens am Vortag einsetzen müssen, doch vor lauter Aufregung war es ihr gar nicht aufgefallen, dass sie diesmal verschont geblieben war. Das Blut kam nicht immer ganz regelmäßig. Laura inhalierte die frische Morgenluft und versuchte, die Luft dabei langsam in sich aufzunehmen, hinunterzuatmen in den Bauch, damit er sich entspannte. Es gelang, aber Aquil sah ihr trotzdem an, dass es ihr nicht gut ging. Er kam zu ihr und musterte sie.

»Du bist so blass«, stellte er fest.

»Mir ist kalt.« Laura nahm sich vor, ihm noch nichts von ihrem Verdacht zu erzählen, weil sie noch nicht sicher sein konnte, dass sie auch wirklich in guter Hoffnung war.

»Sobald die Sonne aufgegangen ist, legen wir eine Rast ein. Mit den frischen Früchten und etwas Lamm können wir uns stärken«, sagte er.

Laura nickte tapfer und ließ sich von ihm auf das Pferd helfen. Erst als sie sich ein zuversichtliches Lächeln abgerungen hatte, ließ er von ihr ab und rief der Frau, die sie gestern mit Nahrung versorgt hatte, etwas in seiner Sprache zu. Sie stand vor ihrem Steinhaus und winkte ihnen zum Abschied zu.

Kaum hatte die Sonne sich über den Kamm der Gebirgskette geschoben, wurde Laura klar, warum Aquil darauf bestanden hatte, große Wasservorräte mitzunehmen. Schon nach gut einer Stunde wurde es so heiß, dass Laura sich ein Tuch um den Kopf binden musste. Die Insel zeigte ihr wieder ein neues Gesicht. Die letzten Bäume hatten sie auf ihrem Weg hinunter in eine Schlucht bereits hinter sich gelassen. Aus dem Gestein wuchsen nur noch wenige verdorrte Gräser und Sträucher. Riesige Kakteen lösten sie ab und eine Pflanze, die Laura noch nie zuvor gesehen hatte. Sie sah aus wie ein Krake, der seine Arme gen Himmel streckte. Aquil behauptete, dass die grünen, kräftigen Arme der Pflanze eine gallertartige Substanz beinhalteten, mit der Wunden oder Verbrennungen schnell verheilten.

Aquil ritt voraus, weil er den Weg und seine Tücken kannte. Die Schlucht war so breit, dass mehrere Wege hinunterzuführen schienen, doch wie Laura beim Passieren der einen oder anderen Stelle nun erkannte, führten sie vor einen Abgrund oder an eine Felswand. Die Pferde erahnten wohl den richtigen Weg, und dennoch erforderte es viel Geschick, sie durch Geröll und den steinigen Untergrund zu führen. Unentwegt die Balance zu halten, strengte Laura dermaßen an, dass sie Aquil immer dann um eine Rast bat, wenn ein Felsvorsprung, der aus der zerfurchten Schlucht wuchs, ein schattiges Plätzchen versprach. Laura zermürbte, dass ein Ende der Schlucht nicht in Sicht war. Sie schien sich im Zickzackkurs in das Gestein der Insel gefressen zu haben. Nach jeder neuen Biegung hoffte Laura irgendwann das Meer zu sehen, doch schon lag die nächste schwierige Passage entlang steiler Felswände vor ihnen, bei der ein einziger Fehltritt genügte, um in einen Abgrund zu stürzen. Die Strecke vom Zentrum der Insel in den Westen war so beschwerlich, dass es Laura nicht mehr wunderte, warum ihre Landsleute ihn mieden. Hierher ließ sich so gut wie nichts Größeres transportieren. Für Kutschen war diese Schlucht unpassierbar. Auch deshalb eignete sich die Gegend als Versteck und letzter Zufluchtsort. An der Felswand unterhalb eines Hochplateaus erkannte Laura kleine Höhlen, die nur erreichbar waren, wenn man in schwindelerregender Höhe ein paar Meter zu ihnen hinabkletterte.

Einen Einheimischen sah sie aus der Ferne am Ausgang einer dieser Höhlen stehen. Soviel sie von Aquil wusste, lebten sie sehr sporadisch, weil es hier kaum Nahrung gab. Sie hielten sich Ziegen und ernährten sich von Kaktusfrüchten, Palmenhonig und Nahrung aus Gerste, die sie in der Nähe von wenigen Wasserstellen auf kleinen Feldern pflanzten.

Am Horizont endlich einen blauen Schimmer zumindest erahnen zu können, weckte Lauras letzte Kraftreserven. Der Horizont wurde zunehmend diesig. Das sonst so makellose Blau des Himmels war vom Dunst des Vulkans der Nachbarinsel eingetrübt. Sein Atem reichte bis hinüber an die Westküste Gran Canarias. Fallwinde hielten ihn vom Land fern. Allein schon, sich in der Hitze aufrecht im Sattel zu halten, konnte anstrengender nicht sein. Das Gefälle wurde aber gottlob flacher und der Weg zwischen dem Geröll breiter, sodass die Pferde schneller vorankamen und nun von allein ihren Weg fanden. Gelb blühende Ginstersträucher deuteten darauf hin, dass es hier gelegentlich regnete, und je näher sie dem Meer kamen, desto mehr Leben bahnte sich seinen Weg durch den felsigen Untergrund. Hüfthohe Sträucher gesellten sich zu ihren ständigen Begleitern, den Kakteen und Sukkulenten, die in diesem heißen Klima überlebten. In Sichtweite kreuzte ein befestigter Weg den Trampelpfad, dem sie bergab in Richtung Meer folgten. Besondere Vorsicht war hier geboten, weil er zu einem kleinen Hafen im Westen führte und Aquils Wissen nach befahren wurde. Erst nachdem er auf eine Anhöhe geklettert war, um nachzusehen, ob sich eine andere Kutsche näherte, wagten sie es, den befestigten Weg zu überqueren. Hier musste es größere Wasserquellen geben, denn nur dort traf man auf Palmenhaine. Auch die versuchten sie, weitläufig zu umgehen, nur an einer, die gut einsehbar war, machten sie Halt, um den Pferden Wasser zu geben und ihre Behälter aufzufüllen. Laura vermutete, dass es von irgendwoher zwischen den Felsen kam. Ein schmaler

Bachlauf staute sich an einer durch Menschenhand geschaffenen Steinmauer zu einem kleinen See. Nur ein Teil davon floss weiter ins Tal. Wie gerne hätte Laura hier im Schatten der Palmen eine Rast eingelegt, doch sie hatten keine Zeit, um hier zu verharren. Das Risiko, dass jemand vorbeikam und sie sehen würde, war einfach zu groß.

Laura schätzte, dass sie nur noch eine gute Stunde unterwegs sein würden. Das Tal wurde breiter und der Weg führte nun nahezu geradlinig zum Meer. Im Licht der Nachmittagssonne leuchteten Laura bunte Sprenkel aus grünen, gelben und ockerfarbenen Sträuchern entgegen. Sie wuchsen bis hinauf zu den steilen Hängen der das Tal begrenzenden hohen Felsen. Durch eine naturgeschaffene Schneise am Ende des Wegs zeichnete sich ein hellbeiger Streifen ab. Das musste der Strand sein, an dem sie auf das Drachenbaumboot zu warten hatten.

»Ich werde uns Fische fangen«, kündigte Aquil an, nachdem sie das natürliche Felsentor durchquert hatten und das Meer direkt vor ihnen lag. Zum ersten Mal seit Stunden konnte er wieder lächeln, auch wenn ihm die Strapazen des langen Ritts anzusehen waren.

»Mit was denn? Mit den Händen?«, fragte Laura.

»Im flachen Gewässer genügt ein Speer«, erklärte er und deutete auf eine Stelle am Ende des Strandes, wo sich im Gestein wassergefüllte Becken gebildet hatten. Vermutlich spülte die Flut dort Fische hinein, die er mit einem Speer erwischen konnte. Nach dem anstrengenden Ritt eine wohlverdiente Mahlzeit, doch wie wollte er sie zubereiten?

»Willst du etwa ein Feuer machen?«, fragte sie nach, weil man das in der Dunkelheit sicher sehen konnte.

»Wir warten in einer der Höhlen. Den schwachen Schein, den es wirft, kann selbst ein vorbeifahrender Segler nicht sehen«, erklärte er, stieg von seinem Pferd und führte es an einen schattigen Platz hinter einen der größeren Felsen, wo er es mit Stroh versorgte. Es waren die letzten Vorräte, die er aus dem geladenen Ledersack zog.

Laura stieg ebenfalls ab und betrachtete den Strand. So idyllisch dieser Ort auch war, so prächtig die Farben des Meeres waren, das in Ufernähe in allen möglichen Blautönen bis hin zu hellen Türkistönen schimmerte und sich erst auf hoher See dem grauen Schleier der Rauchwolken der Nachbarinsel geschlagen geben musste, so hoffte Laura doch, dass sie hier nicht allzu viel Zeit zubringen mussten. Ihr Proviant und das Trinkwasser würden höchstens noch für zwei Tage reichen. Wann das Boot kommen würde, stand in den Sternen. Es hing von der Strömung, dem Wind und dem Wellengang ab, wie schnell die Männer aus dem Höhlendorf hier sein konnten. Sie würden dann mit den Pferden wieder auf befestigten Wegen zurückreiten und niemand würde ihre Flucht bemerken, sofern sie gelang.

Im Moment schien das Meer ihr Verbündeter zu sein. Die Brandung war sanft und auch weiter draußen auf hoher See sahen die Wellen nicht bedrohlich aus, doch Laura wusste ihrer Erfahrung nach, dass sich dies an den Küsten dieser Insel schnell ändern konnte. Bis hierher war ihre Flucht geglückt. Laura befiel dennoch ein Gefühl der Beklemmung, das sie sich nicht erklären konnte.

Aquil saß auf einem Felsen in der Nähe der Naturbecken, in denen er Fische vermutete. Er schnitzte in aller Seelenruhe an einem Ast, den er aus einem der Büsche geschnitten hatte. Daraus sollte der Speer werden.

»Da vorne ist trockenes Geäst. Wir brauchen es für das Feuer«, rief er ihr zu.

Laura klaubte daraufhin am Boden liegende Äste auf und brach weitere aus den verdorrten Büschen.

»Wohin damit?«, wollte sie wissen, als sie so viel im Arm hatte, dass sie es kaum noch tragen konnte.

Aquil deutete auf eine Höhle, die sich ganz in der Nähe des natürlichen Felsentors befand.

Er sollte recht behalten, denn von außen war sie nicht einsehbar. Es fiel gerade so viel Licht in das kleine Gewölbe, dass man sich darin orientieren konnte. Laura legte das Holz in die Mitte. Eine Öffnung im hinteren Teil der Höhle sorgte für einen Luftzug, sodass der Rauch entweichen konnte. Die Äste legte sie so aneinander, wie sie es als Kind gemeinsam mit Vater gemacht hatte, um ein Lagerfeuer zu entfachen. Ein Zelt aus Holz entstand. Jetzt musste sie nur noch Zunder und Feuersteine aus einer von Aquils Taschen holen. Laura hoffte, dass die Feuchtigkeit in der Höhle und am Boden nicht zu schnell in das Holz kriechen würde. Sie könnte es sonst nicht mehr entzünden.

Plötzlich vernahm sie einen dumpfen Laut von draußen. Laura fielen vor Schreck die restlichen Äste aus der Hand und zerstörten, was sie bis eben so sorgsam aufgetürmt hatte. Laura eilte zum Ausgang, doch der war versperrt. Eine große gedrungene Gestalt stand vor ihr. Im Halbdunkel dauerte es einen Moment, bis sie ihn erkannte: Es war Carlos. Er packte sie ohne zu zögern am Arm. Ein Blick nach draußen genügte, um zu erfassen, dass drei Männer Aquil überwältigt hatten.

»Laura! Lasst sie in Ruhe!«, rief er.

Carlos dachte nicht daran. Er presste Lauras Arm so stark gegen die Wand der Höhle, dass ein stechender Schmerz durch ihr Handgelenk fuhr.

Laura versuchte, sich aus seinem Klammergriff zu befreien, doch gegen seine Kraft konnte sie nichts ausrichten.

Carlos bekam ihre zweite Hand zu fassen und presste auch sie gegen das kalte Gestein. Wie gekreuzigt stand sie vor ihm und er schien ihre Wehrlosigkeit zu genießen. Sein Blick war lüstern und schon presste er seinen Körper gegen ihren.

»Woher wusstet Ihr es?«, entfuhr ihr in schneidendem Ton, der ihn jedoch nur für einen Moment irritierte. Dann fing er an zu lachen. Der Gestank aus seinem Mund verursachte Laura Übelkeit. Sie wandte sich ab.

»Ich bin mit einem Dämon im Bunde. Wusstet Ihr das nicht?« Erneut lachte er. Diesmal noch schallender. Es hallte in der Höhle. Ein Echo kam zurück, doch es brach sich und machte aus dem Lachen ein Grollen, das aus der Hölle selbst zu kommen schien.

Die Fesseln an Lauras Handgelenken schnitten so tief ein, dass ihre Hände inzwischen taub waren. Sie lag auf den Holzplanken im dunklen Bauch eines Seglers, neben zwei Fässern, Tauen und leeren Säcken. Aquil musste ebenfalls an Bord sein, doch wahrscheinlich hatten sie ihn ans andere Ende des Schiffes gebracht, damit sie nicht miteinander sprechen konnten. Carlos war ihr die Antwort schuldig geblieben. Ein Dämon hatte sie sicher nicht verraten, doch wer konnte überhaupt davon wissen, wo sie waren? Hatte sie unterwegs jemand gesehen? Laura verwarf diesen Gedanken sofort wieder, denn derjenige hätte sich auf dem Landweg zurück nach Las Palmas begeben müssen, um Carlos zu informieren – ein zeitlich unmögliches Unterfangen. Es gab also nur eine Möglichkeit. Jemand musste Carlos bereits vor ihrer Flucht von ihrem Plan in Kenntnis gesetzt haben. Dass einer der Guanchen aus dem Höhlendorf sie verraten hatte, schloss Laura aus. Wer wusste sonst noch davon? Calvino? Auch er würde sie nie verraten. Ein Dämon? So absurd der Gedanke auch war, dies schien tatsächlich die einzige Erklärung dafür sein, dass Carlos und seine Männer ihnen hatten auflauern können. Die ganzen Strapazen umsonst. In nur wenigen Stunden waren sie wieder dort, wo sie hergekommen waren, nur dass sich ihre Situation noch verschlimmert hatte. Aquil würde nicht noch einmal mit dem Leben davonkommen und sie selbst?

Der Gedanke daran, dass Aquil nun doch bald tot sein würde, raubte ihr die letzte Kraft, über ihr eigenes Schicksal nachzudenken. Die Taubheit ihrer Hände breitete sich auf ihrem ganzen Körper aus. Eine Lähmung schien ihn zu befallen, die auch ihre Seele erfasste und von Verzweiflung und Ausweglosigkeit ihres Schicksals genährt wurde.

Laura spürte einen dumpfen Schlag gegen ihren Kopf. Der Wellengang war so stark, dass eines der Fässer verrutscht und mit Wucht dagegengeprallt sein musste. Ihr Kopf lag nun unmittelbar daneben. Ein stechender Schmerz ließ sie zu sich kommen. Laura dämmerte, dass sie aus purer Erschöpfung eingeschlafen war.

Die Wellen schlugen lautstark gegen den Rumpf des Schiffes und auch die Bewegung des Seglers war nun anders als auf hoher See. Die Dünung kam von der Seite und verursachte dieselbe Schaukelei wie bei der Abfahrt von Gui Gui. Sie mussten also wieder Land ansteuern und Kurs auf Las Palmas nehmen. Wohin sonst sollte Carlos sie bringen?

Laura täuschte sich nicht. Keine zehn Minuten später flog die Tür vor ihr auf. Im Schein einer Öllampe konnte sie Carlos' Männer erkennen. Es waren dieselben, die Aquil am Strand überwältigt hatten.

»Wo ist Aquil? Was wird mit uns geschehen?«

Die beiden Männer ignorierten ihre Frage, packten sie an den Armen und zerrten sie zu den Holztreppen.

Laura hatte Mühe, auf den eigenen Beinen zu stehen. Von draußen vernahm sie Aquils Stimme.

»Lasst mich zu ihr!«, hörte sie ihn kaum vernehmbar rufen.

Erst als sie die vier Stufen nach oben bewältigt hatte und nach draußen trat, konnte sie Aquil sehen. Er saß gefesselt auf einer Kutsche. Zwei Mann flankierten ihn.

»Laura!«, rief er ihr verzweifelt zu.

Ohne Vorwarnung verpasste ihm einer der Männer einen Schlag ins Gesicht. Aquil sackte in sich zusammen. Dann fuhr die Kutsche los.

Laura versuchte, sich zu orientieren. Das Schiff lag am Ende der Bucht von Las Palmas vor Anker.

Ein kleines Ruderboot, mit dem sie Aquil vermutlich an Land geschafft hatten, kam zurück. Einer der Matrosen an Bord fing das Tau auf und befestigte es an der Reling.

Die beiden Männer drängten sie in Richtung des Ausstiegs, an dem eine Strickleiter befestigt war. Carlos stand dort. Sein selbstgefälliges Lächeln war schier unerträglich. Er sah aus wie der Leibhaftige. Sein ungepflegtes Haar flatterte im Wind wie die Schlangen auf dem Kopf der Medusa.

Als sie ihn erreichte, musterte er sie und wagte es, ihr über die Wange zu fahren. »Den Tod hättet Ihr verdient, doch Ihr wisst ja … Abel würde es mir nie verzeihen. Nicht, dass es mir wichtig wäre, aber Großmut ist wohl doch eine meiner Tugenden.«

Am liebsten hätte sie ihm die Augen ausgekratzt. Was kümmerte ihn die Flucht eines Einheimischen? Warum ergötzte es ihn, sich ausgerechnet an Aquil und ihr zu vergreifen?

»Warum hasst Ihr ihn so?«

»Den aufsässigen Guanchen? Er ist mir gleichgültig, aber hier auf der Insel muss Recht und Ordnung herrschen«, sagte er süffisant lächelnd. Daran glaubte er offenbar selbst nicht.

»Wer hat uns verraten?« Laura beharrte darauf, es zu erfahren.

»Könnt Ihr Euch es denn nicht denken?«, kam zurück.

»Nein. Es gibt niemanden, der so niederträchtig wäre«, schleuderte sie ihm entgegen.

»So? Glaubt Ihr das wirklich? Ihr kennt die Menschen schlecht«, sagte er.

»Dann belehrt mich eines Besseren«, forderte sie ihn auf.

»Der Jud … Von diesem Pack ist doch nichts anderes zu erwarten. Deshalb müssen wir sie ausrotten, genau wie diese Brut auf dieser Insel«, sagte er mit hasserfülltem Blick.

Laura verließ augenblicklich das letzte bisschen Mut. Calvino hatte sie verraten?

Und wie sich Carlos daran ergötzte, sie am Boden zu sehen. Eigentlich hatte sie sich vorgenommen, ihn noch zu fragen, wohin man sie bringen würde. Aber es spielte plötzlich keine Rolle mehr.

»Schafft sie ins Boot«, befahl Carlos seinen Männern und wandte sich ab.

Laura ließ sich willig an die Leiter führen. Für einen Moment überlegte sie, sich loszureißen und ins Meer zu springen, um in den schwarzen Fluten zu versinken, doch dann hörte sie Carlos lachen. Purer Hass auf dieses Scheusal stieg in ihr empor und mit ihm der Wille zu leben, und sei es nur, um den Tag zu erleben, an dem sie erfuhr, dass er elendig krepiert war.

Laura wusste nicht, worauf man sie in dem spärlich möblierten Raum, in den man sie bereits nach der geglückten Befreiungsaktion der Kinder gebracht hatte, warten ließ. Die Tür hatten die beiden Männer verschlossen, sodass sie ihr wenigstens nicht erneut die Handgelenke fesseln mussten. Sie waren immer noch von den Spuren der Nacht gezeichnet und schmerzten. Mit heiler Haut davonzukommen, hielt sie für ausgeschlossen. Man hatte sie mit einem zum Tode Verurteilten auf der Flucht erwischt und wer wusste schon, was Calvino ihnen noch alles erzählt hatte. Laura konnte es nach wie vor nicht fassen, dass ausgerechnet er ihre Pläne verraten hatte. Das Ausmaß dieses Verrats war noch gar nicht vollends abzusehen, denn auch die Bewohner des Höhlendorfes waren nun in Gefahr. Laura traute es Carlos' Schergen zu, dass sie dort Feuer legten, um die

Menschen aus ihren Behausungen zu treiben, denn wenn sie um den Plan von Calvino wussten, war auch klar, wer ihnen geholfen hatte. Am meisten quälte sie jedoch die Frage, was aus Aquil wurde. Egal, was auch immer passieren würde, Laura wünschte sich so sehr, dass sie sich wiedersahen.

Das Warten hatte ein Ende. Laura fuhr zusammen, als sie vernahm, dass jemand die Tür aufsperrte. Sie rechnete damit, dass sie sie abführen und ins Gefängnis bringen würden, doch zu ihrer Überraschung trat Vater ein. Er stand wie angewurzelt an der Tür und wirkte unentschlossen. In seinen Augen las Laura Enttäuschung und Zorn. Seine hängenden Schultern und seine eingefallene Körperhaltung machten Laura klar, wie angeschlagen Vater war. Was hatte man ihm gesagt? Erst jetzt fiel Laura auf, dass er ein Rechnungsbuch in der Hand hielt. Es war ihr Tagebuch aus ihrem Lederbeutel, den man ihr abgenommen hatte. Lauras Herz blieb fast stehen, als er es vor Aufregung am ganzen Körper bebend auf den Tisch vor ihr legte.

Vater setzte an zu sprechen, bekam jedoch zunächst keinen Ton heraus.

Laura musste ihn gar nicht fragen, ob er ihr Tagebuch gelesen hatte. Er richtete seinen Blick darauf.

»Hast du mir nichts zu sagen?«, fing er an.

Nun war Laura es, der kein Wort über die Lippen kam. Was sollte sie ihm auch sagen? Ihn um Verzeihung dafür bitten, dass sie einen Mann liebte, der kein Kastilianer war? Das allein war es aber nicht. Laura erinnerte sich nur allzu gut an die Passagen ihres Tagebuchs, in denen sie die Nacht mit ihm festgehalten hatte … in den blumigsten Farben. Auch dass Eusebia ihr das Treffen ermöglicht hatte, stand darin. Sie hatte ihren Vater hintergangen, seinen Wunsch, Aquil fernzubleiben, mit Füßen getreten und sich Aquil hingegeben. Obwohl sie sich selbst nichts vorzuwerfen hatte, wusste Laura, dass alles, was sie getan hatte, für zehn Scheiterhaufen reichte, vom Fegefeuer, in das Vater sie verdammen würde, ganz zu schweigen. Sie senkte im Eingeständnis ihrer Schuld das Haupt.

»Eine Dirne habe ich zur Tochter«, sagte er verbittert.

Aus den Augenwinkeln konnte Laura sehen, dass er immer noch am ganzen Körper bebte. »Ich hätte dich gleich zurück ins Kloster schicken sollen«, fuhr er fort.

»Nichts, was ich getan habe, geschah in der Absicht, Euch in irgendeiner Weise zu schaden. Es geschah aus Liebe, auch wenn es Euch schwerfällt, an so eine Liebe zu glauben.«

»Welcher Schaden könnte größer sein? Bald weiß jeder auf der Insel, was du getan hast«, brauste er auf.

»Aquil ist Unrecht widerfahren und tief in Eurem Herzen wisst Ihr das«, sagte sie.

Vater wand sich.

»Was wird mit ihm geschehen?«, wollte sie wissen.

»Er ist beim Mallorquiner. Nichts anderes hat er verdient. Ein Leben in Ketten, um sich jeden Tag aufs Neue daran zu erinnern, dass er die Freiheit, die ich ihm gab, missbraucht hat«, sagte Vater verbittert.

Laura war zunächst erleichtert darüber, dass sie ihn nicht töten würden, doch ein Leben in der Sklaverei war vielleicht noch schlimmer als der Tod. Sie würden sich nie wiedersehen. Laura schluckte, um ihre aufsteigenden Tränen niederzuringen, doch es wollte nicht gelingen.

Vater schien sein Mitgefühl verloren zu haben. Sein Blick war kalt. Seine Tochter Tränen für einen aus seiner Sicht Abtrünnigen vergießen zu sehen, musste seinen Zorn nur noch mehr schüren, den Verrat an ihm und der Liebe eines Vaters nur noch spürbarer und deutlicher machen.

»Ich werde Inés' Rat folgen. Du kannst nicht hierbleiben«, sagte er harsch.

Laura sah ihm an, dass ihm das selbst wehtat. Sie wusste, dass er daran Halt gefunden hatte, fortan beide Töchter in seiner Nähe zu wissen.

»Uns bleibt keine andere Möglichkeit. Man wird dich wieder aufnehmen …«, fuhr er fort.

»Zurück nach Ávila?«, fragte Laura mit gebrochener Stimme.

Vater nickte, auch wenn es ihm sichtlich schwerfiel. Er war weiß wie die Wand, suchte Halt an einer Stuhllehne.

Tausend Gedanken schossen Laura durch den Kopf. Die Aussicht, zurück nach Ávila gehen zu müssen, schärfte ihre Sinne. Sie musste hierbleiben, denn nur von hier aus konnte sie etwas für Aquil tun, zumindest herausfinden, wohin sie ihn bringen würden. Laura erinnerte sich daran, gehört zu haben, dass im Königreich bereits darüber gesprochen wurde, die Sklaverei zu beenden. Vielleicht würden sie sich ja doch eines Tages wiedersehen. Ihre Tränen versiegten augenblicklich. Sie wischte sie sich aus dem Gesicht. Und es gab einen Weg, Vater dazu zu zwingen, dass er sie nicht fortschickte. Die größte Schuld, die sie sich aus seiner Sicht aufgeladen hatte, könnte ihr nun zum Vorteil gereichen.

»Ich fürchte, das geht nicht, Vater. Ich kann nicht zurück nach Ávila, denn ich erwarte ein Kind«, sagte sie und suchte Blickkontakt zu ihm. Laura wusste, dass er sich immer einen Erben gewünscht hatte und Inés ihm keinen hatte schenken können. Das Kind würde hellhäutig sein und sein Äußeres keine Schande offenbaren. Es gab keinen Zweifel mehr daran, dass sie in guter Hoffnung war, weil ihre Blutung nun schon den dritten Tag ausgeblieben war.

Vater fasste sich an sein Herz und rang nach Luft.

Laura stand auf und versuchte, ihn zu stützen. Sie fürchtete, dass er sich nicht mehr lange auf den Beinen würde halten können.

Vater wehrte sie ab, ließ sich auf den Stuhl sinken und schlug die Hände vors Gesicht.

Es tat Laura weh, ihn in diesem Zustand zu sehen, doch Vaters Herz war vereist, genau wie das ihrer Schwester. Laura wusste, dass er nicht anders hatte handeln können, um seine Existenz nicht zu gefährden, doch was er getan hatte, war dennoch nicht richtig gewesen. Er hatte Aquil verraten aus purem Eigennutz, aus Angst, an Macht und Einfluss zu verlieren. Mit dieser Schuld musste er fortan leben und sie war es auch, die Laura die Kraft gab, all das nun gegen ihn auszuspielen. Aquils Schicksal und ihr eigenes waren im Moment wichtiger als alles andere.

»Du wirst das Haus nicht mehr verlassen«, sagte er dann kaum wahrnehmbar.

Laura wagte es nicht zu widersprechen, denn sie hatte ihn dort, wo sie ihn haben wollte. Die Frucht ihres Leibes war es, die ihn dazu bewogen hatte.

»Ich tue, was Ihr von mir verlangt, aber bitte setzt Euch dafür ein, dass der Vater meines Kindes und Eures Enkels, den Ihr immer hochgeschätzt habt, der Euch Ehre erwiesen und stets treu gedient hat, sein Leben nicht in Sklaverei verbringen wird. Auch wenn Ihr sicher guten Grund dazu habt, das Wort Eurer Tochter fortan anzuzweifeln, so glaubt mir bitte, dass er das Amulett nicht gestohlen hat. Ihr wisst, wie sehr ich Mutter geliebt habe. Ich schwöre es auf ihr Grab und nehme alles auf mich, was Ihr mir noch aufbürden wollt, nur lasst dieses Unrecht nicht zu.«

Vater sagte nichts darauf, doch Laura konnte ihm ansehen, dass ihre Worte ihn nicht zur Ruhe kommen ließen.

Kapitel 21

Laura verbrachte mittlerweile den dritten Tag in ihrem Gefängnis, auf ihrem Zimmer. Jeglicher Versuch, mit Vater oder Inés zu sprechen, war fehlgeschlagen. Der einzige Mensch, den sie zu sehen bekam, war das Dienstmädchen. Nalda versorgte sie täglich mit drei Mahlzeiten und frischem Wasser oder Kleidung. Auch sie hatte Vater vermutlich dazu angehalten, nur das Notwendigste mit ihr zu sprechen. Die einzige Verbindung zur Außenwelt war der Blick aus ihrem Fenster, von dem aus Laura das Meer und die Quartiere der Arbeiter sehen konnte. Die Zeit drängte. Sie hatte auf dem Rückweg von Las Palmas Vater noch die Information abringen können, dass Aquil mit der nächsten Fahrt des Mallorquiners das Land verlassen würde. Laura vermutete, dass er sich neue Sklaven beschafft hatte, um nicht mit leerer Ladung von dannen zu ziehen. Lange würde das nicht mehr dauern. Laura quälte sich mit den Gedanken, dass er das Höhlendorf überfallen würde oder bereits hatte und all ihre Bemühungen, den Kindern ein Leben in Sklaverei zu ersparen, umsonst gewesen waren. Warum Calvino sie verraten hatte, beschäftigte sie nicht minder. Wie konnte sie sich nur so sehr in einem Menschen täuschen? Was versprach er sich davon? Auch diese Überlegungen schob sie zur Seite, denn die Frage, wie sie Aquil vor dem Mallorquiner retten konnte, solange er noch hier auf der Insel war, überwog einfach alles andere. Wenn wenigstens Eusebias Sohn noch hier wäre, doch sie hatte ihn seit Tagen nicht mehr gesehen. Laura vermutete, dass Vater ihn entlassen hatte. Noch einmal zu versuchen, die Flucht zu ergreifen, würde nichts bringen, auch wenn es möglich wäre. Es wäre ihr ein Leichtes, die Bettlaken zusammenzuknüpfen und sich in der Nacht davonzustehlen, doch wie weit würde sie kommen? Wen könnte sie um Hilfe bitten? Die Lage erschien mit jeder Stunde, die verstrich, immer aussichtsloser. Laura überlegte bereits, ob es nicht am besten war, sich ihrem Schicksal geduldig zu fügen und zu warten, bis sie ihr Kind geboren hatte. Irgendwann würde das kleine Bündel Vaters Herz erweichen und sie könnte in Erfahrung bringen, wohin man Aquil gebracht hatte. Es gab nicht viele Sklaven, die derart gebildet waren. Sie könnte dann nach ihm suchen, und wenn sie den Rest ihres Lebens damit zubrachte. Kaum hatte sie sich das vorgenommen, musste sie sich einräumen, dass auch dies ein schier aussichtsloses Unterfangen war. Es gab zwar nur wenige Häfen, in denen mit Sklaven gehandelt wurde, doch Aquils Spur würde sich im Lauf der Zeit verlieren. Noch furchtbarer war die Vorstellung, dass der Mallorquiner ihn umbringen würde. Wie sie es auch drehte und wendete: Am Ende einer langen Kette an Möglichkeiten, die sie durchdachte, stand sie erneut vor dem Nichts. Sie ließ sich erschöpft auf ihren Lehnstuhl sinken. Der einzige Trost, den sie im Moment noch empfand, war das Leben, das in ihrem Bauch heranwuchs. Einen Teil von Aquil trug sie in sich. Just dieser Gedanke war es, der Laura Hoffnung und die Kraft gab, ihre Gefangenschaft zu ertragen.

Es klopfte an der Tür. Laura erschrak, denn normalerweise brachte ihr das Dienstmädchen erst später das Essen. Was wollte Nalda um diese Zeit von ihr?

»Der Herr wünscht, Euch in einer halben Stunde in der Wohnstube zu sprechen«, sagte sie an der Tür.

Laura war so perplex, dass sie Nalda ungläubig anstarrte.

»Kann ich sonst noch etwas für Euch tun? Etwas bringen? Frisches Wasser?«, fragte Nalda fürsorglich nach.

Laura schüttelte den Kopf, aber auch darüber, dass Vater sie auf einmal sehen wollte. Schon überlegte sie, ob er es sich vielleicht anders überlegt hatte und sich doch für Aquil einsetzen wollte. Noch war es dazu nicht zu spät. In einer halben Stunde würde sie schlauer sein.

Laura bemerkte ihre Schwester erst, nachdem sie eingetreten war und Vater ihr in einer Geste zu verstehen gegeben hatte, auf der Ruhebank Platz zu nehmen. Warum um alles in der Welt wollte er, dass sie zugegen war?

Inés beachtete sie nicht.

Laura erschrak geradezu über den Zustand ihrer Schwester. Sie saß apathisch auf einem Stuhl neben der Ruhebank und starrte ins Leere. Am meisten erschrak Laura gleichwohl darüber, dass Inés keinerlei Mitgefühl oder Sorge mehr für ihre jüngere Schwester im Herzen trug. Warum sonst hatte sie, seitdem Laura wieder hier war, kein Wort mit ihr gesprochen? Sie musste krank sein und ihr Zustand schien sich weiter zu verschlechtern. Es fühlte sich so an, als ob eine Statue, die wie ein Möbelstück zu diesem Haus gehörte, mit im Raum saß. Von Inés ging zudem eine eiserne Kälte aus, die Laura regelrecht frösteln ließ. Auch die Anspannung, die auf Vater lastete, war im ganzen Raum zu spüren.

Vaters Blick wanderte von Inés hinüber zur Laura. Er holte tief Luft, bevor er an seinem Sekretär Platz nahm und anfing zu sprechen. »Die jüngste Entwicklung machte es erforderlich, euch beide in meiner Gegenwart zu wissen. Dir, Laura, darf ich sagen, dass ich Inés bereits von allen Geschehnissen in Kenntnis gesetzt habe. Angesichts der Schwere deiner Vergehen wird es dich nicht wundern, dass sie es vorzieht, dir, wenn möglich, fortan nicht mehr zu begegnen. Ich hege dennoch die Hoffnung, dass dieser Zustand sich wieder ändern wird«, sagte er an Inés gewandt, an der seine Worte anscheinend abprallten wie an einer Wand. »Inés' Anwesenheit ist heute dennoch erforderlich, weil die Angelegenheit, die mir am Herzen liegt und zu deren Lösung ich mir in den letzten Tagen ausschweifende Gedanken gemacht habe, euch beide betrifft«, fuhr er fort.

Noch nicht mal jetzt zeigte Inés eine Gemütsregung. Vater nahm dies ebenso mit sorgenvoller Miene zur Kenntnis.

»Es steht, wie ihr euch sicher denken könnt, außer Frage, dass die Familie Jiménez nicht in den Verruf kommen darf, einen Bastard in ihren Reihen zu haben«, sagte er.

Seine Worte trafen Laura mitten ins Herz, denn Aquils Frucht, die in ihr heranreifte, war ein Kind der Liebe. Es war ihr Kind. Am liebsten hätte sie ihn daran erinnert, dass Aquil bis vor Kurzem noch jemand gewesen war, den er wie seinen eigenen Sohn behandelt und ihm jedes nur erdenkliche Privileg gewährt hatte. Warum konnte Vater die alten Prinzipien, die ihn wie in einem Korsett gefangen hielten, nicht einfach abstreifen?

»In der alten Heimat wäre es machbar gewesen, jemanden zu finden, der einer Heirat mit dir, Laura, zustimmen würde. Eine schnelle Eheschließung würde es nach wie vor ermöglichen, vorzugeben, dass das Kind einer Ehe und keiner sündhaften Begegnung entspringt. Doch leider ist dies hier in der uns gebotenen Eile unmöglich. Es wird dich überraschen, dass Inés mich entscheidend dabei unterstützt hat, dafür zu sorgen, dass du auch weiterhin ein ehrenhaftes Leben führen kannst«, sagte Vater und nickte dankbar in die Richtung seiner älteren Tochter.

Lauras Puls beschleunigte sich augenblicklich. Inés sprach mit ihr kein Wort, doch entschied allem Anschein nach über ihr Schicksal. Mit wie viel Wohlwollen konnte sie von ihrer

Schwester, die die Eifersucht auf Aquil regelrecht zerfressen hatte, noch rechnen?

»Für Inés stehen genau wie für mich das Wohl und das Ansehen unserer Familie an erster Stelle. Ich erachte es als äußerst großmütig und erhoffe mir, dass du Inés' Geste, die selbstloser und einer Schwester würdiger nicht sein könnte, zu schätzen weißt«, fuhr Vater an Laura gerichtet fort.

Laura fixierte Inés. Anscheinend spürte sie ihren Blick nun doch auf sich lasten, denn sie drehte sich zu ihr um und schenkte ihr ein aufgesetztes Lächeln, das hasserfüllter nicht sein konnte. Was hatten die beiden hinter ihrem Rücken ausgeheckt?

»Inés verzichtet zu deinen Gunsten auf die Eheschließung mit Carlos. Du wirst ihn so bald wie möglich heiraten«, sagte Vater dann fest entschlossen.

Laura stockte der Atem.

Inés' Lächeln glich mittlerweile einer Verklärung, als ob der Heilige Geist in sie gefahren wäre.

»Carlos? Ich soll dieses Scheusal heiraten?«, entfuhr Laura aus purer Verzweiflung.

»Es ist ein Privileg, das du nicht ausschlagen solltest und im Übrigen auch nicht ausschlagen kannst. Er wird dir ein guter Ehemann sein. Das hat er mir versichert und sein Wort ist gewichtig. Glaub mir. Es ist das Beste für dich, um dir ein Leben als Ausgestoßene zu ersparen und deinem Kind ein Leben in Würde zu ermöglichen«, sagte Vater und erhob sich dann.

»Aber habt Ihr ihm nicht selbst gesagt, dass ich keine Kinder gebären kann, um zu rechtfertigen, dass ich seinen Sohn verschmähte?« Laura hoffte, dass dieses stichhaltige Argument seine Pläne durchkreuzen würde. Hatte er daran am Ende gar nicht mehr gedacht?

»Es geschehen immer wieder Wunder … Die Freude über einen Nachfahren wird seine Sinne trüben«, sagte Vater.

»Und wenn er mein Tagebuch gelesen hat? Wird er sich dann nicht denken können, dass das Kind nicht von ihm ist?« Laura war sich sicher, dass Vater dies nicht vom Tisch kehren konnte.

»Er kann nicht lesen«, erwiderte Vater knapp.

Laura konnte den Blick nicht mehr von ihrer Schwester abwenden. Auch wenn Vater sie nicht durchschaute, ihr konnte Inés nicht die Selbstlose geben. Wie geschickt. Aus purer Rachsucht agierte sie. Carlos war sie los und dennoch würde sie ihren Einfluss auf ihn zugunsten ihrer und der Interessen der Jiménez geltend machen können. Dass Carlos die jüngere Jiménez-Tochter nicht ausschlagen würde, war Laura klar. Sofort hatte sie seinen lüsternen Blick in Erinnerung, als sie sich am Strand von Gui Gui begegnet waren. Aus dem Gefängnis war das Fegefeuer geworden. Laura wusste nicht mehr ein noch aus.

Laura war klar, warum es Vater so eilig hatte, Carlos einzuladen. Sie mussten ja so schnell wie möglich heiraten, um ihm das Kind unterjubeln zu können. Der bloße Gedanke daran, dass Carlos sein Recht als Ehemann einfordern würde, verursachte Laura Übelkeit. Am Ende wusste er, dass sie in guter Hoffnung war, doch Laura verwarf diesen Gedanken sofort wieder. Inés hatte es ihm mit Sicherheit nicht gesagt, denn sie profitierte am meisten von der Situation. Dass Carlos nichts gegen eine junge und schöne Frau einzuwenden hatte, wunderte Laura nicht. Auch wenn sie für Vaters Situation Verständnis aufbrachte, natürlich auch an das Wohl ihres ungeborenen Kindes dachte und schon seit heute Morgen versuchte, ihn nicht für seine Entscheidung zu hassen, verachtete sie ihn dennoch aus ganzem Herzen und dieses Gefühl nahm Stunde um Stunde zu. *Zurechtmachen* sollte sie sich. Für dieses Scheusal?

Während Laura sich im Spiegel besah und sich die Wangen puderte, hielt sie für einen Moment inne. Sie stellte fest, dass sie sich eine Maske aufsetzte, hinter der sie ihre Gefühle verstecken konnte. Ihr Antlitz erinnerte sie auch ein wenig an Inés. Hatte sie ihr nicht gezeigt, wie man mit so einem Mann umzugehen hatte? Seine Lüsternheit konnte auch sie sich zunutze machen. Wenn sie ihn wenigstens dazu bekäme, ihr zu verraten, ob Aquil noch hier war. Er musste es wissen. Vielleicht hatte Esteban ausgeplaudert, welchen Hafen er ansteuern würde, um dort die Sklaven zu verkaufen. Jede noch so kleine Bemerkung könnte wichtig sein. Mit jedem weiteren Strich der Puderquaste nahm die Maske mehr Gestalt an. Eine feine Dame würde er bekommen, doch nicht um seinetwillen. Das beste Kleid vom Schneider aus Las Palmas zog sie sich an und sparte nicht mit Parfüm, einem Flacon aus Mutters Bestand. Der Zweck heiligte die Mittel, und dass sie sich Hoffnungen darauf machen konnte, Carlos für ihre Zwecke vor den Karren spannen zu können, wurde klar, als sie sich in die gute Stube begeben hatte. Drei Augenpaare waren auf sie gerichtet. Ihr blaues, mit Pailletten besticktes Kleid passte zum feierlichen Rahmen. Sogar das gute Silber hatte Vater auftischen lassen. Sollte das etwa eine Verlobungsfeier werden? Eine Theateraufführung war es und trotz edler Ausstattung an Kleidern und Staffage auch noch eine, wie man sie auf Jahrmärkten bei Gauklern auf einer Bühne sah. Der Ablauf der Handlung war Laura bekannt und prompt machte Carlos ihr das erste Kompliment, wie »wunderschön sie doch sei«. Erstaunlicherweise hatte Inés Mühe, ihre Eifersucht im Zaum zu halten. Dabei hatte sie doch gar keinen Grund dazu. Schließlich hatte Laura es ja ihrem *Großmut* zu verdanken, ein Scheusal zum Mann nehmen zu müssen.

Lauras Maske passte perfekt zur Inszenierung. Vater hatte nun Anlass anzunehmen, dass sie zur Vernunft gekommen wäre und sich nur deshalb so redselig und charmant gab. Auch Inés irritierte das. Sie hatte Mühe mitzuhalten, über Belangloses zu sprechen. Am Ende neidete sie ihr auch noch, dass die kleine Schwester sich genau wie sie auf poliertes Parkett begeben konnte, auch wenn es Laura anwiderte und sie hinter jeder ausgesprochenen Nettigkeit nur noch darauf hoffte, für einen Moment mit Carlos allein zu sein, um ihn dazu zu bringen, sich zu verplappern. Laura musste herausfinden, was mit Aquil geschehen würde.

»Noch etwas Wein?« Laura wusste, dass Wein die Zunge löste. Er sollte noch mehr davon trinken und er tat es. Dass kein einziges Wort über die Geschehnisse, die zu dieser Eheschließung führten, fiel und nichts in die Richtung auch nur angedeutet wurde, war kaum noch auszuhalten. Das Gleiche galt für Vaters schillernde Ausführungen über die geplanten Hochzeitsfeierlichkeiten, die er in kleinem Rahmen zu halten vorschlug. Vater machte gute Miene zum bösen Spiel. Für einen Moment hatte Laura den Eindruck, dass er selbst an den Unsinn glaubte, den er von sich gab.

»Der Gedanke, in dir bald nicht nur mehr einen guten Freund, sondern ein Mitglied meiner Familie sehen zu dürfen, macht mich überglücklich.« Vaters Lobeshymne auf die Familie und ihren Stellenwert grenzte an Wahnsinn, der dem ihrer Schwester mittlerweile in keinster Weise nachstand. Dass Inés an diesem Abend nichts anderes brennender interessierte, als nach Cristóbal Colón zu fragen, und wann er denn in See stäche, passte perfekt in das Bild. Auch die Qualität des Lamms wurde gepriesen, der Küche, des Weins. Trivialer konnte man sich zu Tisch wohl nicht unterhalten. Laura zwang sich, mitzuhalten, und hatte ihrerseits noch baskische Rezepte vorgetragen, nach denen die besten Gerichte gelangen. Carlos sollte ruhig denken, dass er den Fang seines Lebens machte und fortan jemanden hatte, der ihn auch kulinarisch in jeder Hinsicht zu verwöhnen gedachte.

»Trinkt noch einen Wein, werter Carlos!«, bezirzte Laura ihn und schenkte bestimmt schon das dritte Glas des schweren Madeira ein.

»Der kommende Tag des Herrn erscheint mir auch ideal für eure Eheschließung«, resümierte Vater, nachdem er sich nach Verzehr der Mandelkringel zum Nachtisch ausufernd über die Glückseligkeit, die das Eheleben bot, ausgelassen hatte. Dies war Lauras Ansicht nach das einzig für sie Relevante, was sie heute aus seinem Munde gehört hatte.

Wenn Vater sich erhob, war dies stets ein sicheres Anzeichen dafür, dass er ein Gespräch für beendet erklärte. Diesmal war es wohl der Abend, der überraschenderweise nicht damit endete, dass Carlos ihr einen Ring ansteckte. Machte man das nicht gemeinhin, wenn man eine Frau zu ehelichen gedachte? Ein Mann tauschte auch nicht immer wieder Blicke mit der Schwester der Braut, die Inés nicht nur über sich hatte ergehen lassen, sondern genüsslich befeuerte. Vermutlich nahm Carlos nun an, das große Los gezogen zu haben. Und wie überschwänglich er sich bei Vater bedankte, auch bei Inés, die ihm die Hand ausstreckte, damit er ihr wie ein Edelmann einen Kuss darüber andeuten konnte.

Laura hoffte, dass sie ihren Ekel vor ihm zumindest noch bis Ende des Abends überwinden konnte, denn schon steuerte er auf sie zu, seine künftige Braut. Noch hatte sie nicht in Erfahrung gebracht, was sie wissen musste. Es blieb ihr also gar keine andere Wahl, als sich zusammenzureißen, den Handkuss über sich ergehen zu lassen, seinen schlechten Atem zu ertragen und sogar noch einen Schritt weiterzugehen, weil Vater und Inés ihnen keine fünf Minuten die Gelegenheit gegeben hatten, unter vier Augen zu sein.

»Ich werde Euch noch zur Kutsche begleiten«, sagte sie unvermittelt, was Vater mit einem wohlwollenden, wenngleich überraschten Blick kommentierte.

Laura hatte von ihrem Fenster aus gesehen, wo seine Kutsche stand. Anscheinend wollte er seinen Pferden Wasser geben, sonst wäre er direkt vor das Haus gefahren, wie es jeder Besucher normalerweise tat. Sie stand an der Scheune direkt bei der Tränke. Das gab Laura auf dem Weg dorthin genug Zeit, um ihn redselig zu machen.

»Was für ein wunderschöner Abend«, kommentierte Laura, nachdem sie im Freien waren und sie ihren Blick über das Firmament hatte schweifen lassen.

Carlos hatte Mühe, sein Gleichgewicht zu halten, als er ihrem Blick folgte.

»Fürwahr … die Sterne stehen günstig«, sagte er.

»Wie meint Ihr das?«, wollte sie wissen.

»Für uns«, gab er zurück. Laura merkte sofort, dass er seine Maske fallen ließ, weil sein überhebliches Lächeln wieder zum Vorschein kam, das er vor Vater tunlichst im Zaum gehalten hatte.

»Warum begleitet Ihr mich?«, fragte er eher schroff. Auch seine vom Wein gelockerte Zunge schien ihren bis vorhin dargelegten Charme verloren zu haben.

»Gehört sich das nicht für eine künftige Braut?«, gab Laura zurück.

Carlos lachte, genau wie auf dem Schiff. »Ihr könnt froh sein, dass Euch jemand nimmt«, sagte er abfällig.

»Bin ich etwa so eine schlechte Partie?«, erwiderte Laura und spielte dabei die Gekränkte.

»Eine Frau, die sich mit einem Einheimischen einlässt … Beantwortet Euch die Frage selbst«, sagte er.

Laura überlegte fieberhaft, wie viel er wusste. Was hatte Vater ihm gesagt? Dass sie Gefühle für Aquil hatte, erschloss sich aus ihrem Handeln. Mehr konnte er nicht wissen.

Schon hielt er ihr den Arm hin. Eine eindeutige Geste, um sich bei ihm einzuhängen.

Sie tat es, denn den Faden, den er ihr zugereicht hatte, gedachte sie aufzugreifen.

»Aquil ist ein anständiger Mann und war Vaters Vertrauter. Es ist nicht richtig, dass man ihn dem Mallorquiner ausgeliefert hat«, sagte sie.

»Er ist ein Dieb«, gab Carlos amüsiert zurück.

»Ihr wisst, dass das nicht stimmt«, gab sie ihm kontra.

Carlos schwieg.

»Wohin wird man ihn bringen?«, fragte sie geradeheraus. So wie er sich ihr überlegen fühlte, rechnete sie damit, dass er ihr es kundtat.

»Nach Cádiz. Er wird einen guten Preis erzielen«, sagte Carlos prompt und lächelte dabei in dieser unerträglichen Überheblichkeit.

Laura wusste nun, was sie wissen wollte, und gottlob hatten sie die Kutsche erreicht. Sie versuchte, sich von seinem Arm zu befreien, doch er ließ sie nicht los. Im Gegenteil. Er legte seinen zweiten Arm wie ein Tentakel um sie. Die Maske der aufgesetzten Höflichkeit fiel endgültig von ihm ab.

»Na los! Zier dich nicht. Du hast ihn doch sicher auch geküsst, oder etwa nicht?«

Laura versuchte, sich aus seinem Griff zu befreien. Es gelang wahrscheinlich nur deshalb, weil der Alkohol ihm doch zusetzte und er seine Bewegungen nicht mehr gänzlich kontrollieren konnte.

»Ich wünsche eine gute Nacht«, rang Laura sich ab und machte auf dem Absatz kehrt, doch Carlos setzte ihr nach, packte sie brutal an den Haaren und zog sie ganz nah an sich heran.

»Wenn ich dir sage, dass du mich küssen sollst, dann küsst du mich, du dreckige Hure eines Guanchen«, fuhr er sie an.

Ersteres hätte Laura sicher ertragen, aber dass er sich abfällig über ihre Liebe äußerte, entfachte ein Feuer in ihr, das unbändigen Zorn heraufbeschwor. Laura zögerte keine Sekunde und rammte ihr Knie in seine Magengegend. Sofort ließ er von ihr ab. Er taumelte, fand aber Halt an ihrem Kleid und ließ sie nicht los.

Niemals würde sie dieses Scheusal ertragen können. Sollte Vater sie doch verstoßen. »Nimm deine dreckigen Finger von mir!«, verlangte sie, doch er lachte nur.

Laura sah die Peitsche im Halfter an der Kutsche und griff danach. Sie schlug damit um sich, ohne hinzusehen, wo sie ihn treffen würde, doch er steckte es weg. Blitzschnell hatte er seine Hand auf der ihren und wand ihr die Peitsche aus der Hand. Nun war sie es, die einen Schlag abbekam, doch gottlob schützte sie der dicke Stoff ihrer Kleidung. Nur ihre Hand hatte sich eine blutende Strieme eingefangen.

Laura schrie, doch Carlos ließ sich davon nicht beirren. Wie im Blutrausch schlug er auf sie ein. Bekam er denn gar nicht mit, dass ihre Schreie im Haus bereits gehört worden waren?

Aus den Augenwinkeln sah Laura, dass Vater aus dem Haus eilte. Inés hingegen blieb an der Tür stehen.

»Hör auf!«, fuhr Vater ihn an, doch Carlos ignorierte ihn.

Vater erreichte ihn und riss ihn an der Schulter herum.

»Eine dreckige Dirne ist sie!«

Vater schlug ihm die Faust ins Gesicht. Carlos taumelte in Richtung der Scheune und verlor das Gleichgewicht. Er ruderte mit den Armen, um wieder auf die Beine zu kommen, rutschte aber an der Tränke aus. Sein Kopf schlug gegen die Mauer der Tränke. Er ging wie ein gefällter Baum zu Boden. Blut lief aus seinem Mund.

»Was habe ich getan?«, klagte Vater, nachdem er zu ihm geeilt war und nach seiner Hand griff.

Carlos lag wimmernd am Boden. Er lebte noch.

Laura erinnerte sich daran, was die Mutter Oberin ihr über Sterbende gesagt hatte. Sie erleichterten ihr Gewissen, kurz bevor sie vor das letzte Gericht traten. Auch wenn Laura Carlos' Seele in die Hölle wünschte, musste sie zumindest versuchen, ihn dazu zu bringen.

»Ihr werdet sterben, doch Ihr könnt wählen, ob Ihr in die Hölle fahrt oder Gott Euch gnädig ist. Sagt die Wahrheit. Hat Aquil das Amulett gestohlen?«, verlangte sie von ihm im Beisein ihres Vaters zu wissen.

Carlos zitterte am ganzen Körper. Seine Augen waren weit aufgerissen. Er wusste sicher, dass das Leben bald aus ihm weichen würde, und die Angst vor dem Tod stand ihm ins Gesicht geschrieben. »Nein … Der Dämon wollte es …«, flüsterte er gerade noch vernehmbar.

»Sagt mir, wer der Dämon ist!«, verlangte Abel eindringlich.

Im Todeskampf huschte das Lächeln eines Verzweifelten über Carlos' Gesicht. »Eure Tochter … Inés … Ich stahl es … Sie hat es noch … Und den Jud … Sie hat ihn erpresst …«, keuchte er. Er spuckte Blut.

»Weißt du, was du da sagst?«, wollte Vater sich vergewissern.

»Ich habe sie geliebt … Inés«, hauchte er mit letzter Kraft, dann sackte er in sich zusammen und blieb reglos vor ihnen liegen.

Laura fuhr mit der Hand über seine Augenlider, um sie zu schließen. Das Scheusal war im Tod zu einem scheinbar friedlich Ruhenden geworden. Das Bedrohliche seiner Gesichtszüge und rauen Erscheinung hatte sich verloren.

Vater war schreckensbleich und erstarrt.

Laura konnte immer noch nicht glauben, was Carlos eben von sich gegeben hatte, und blickte zurück zum Haus, um den Dämon zu sehen, doch Inés war verschwunden.

»Wir können ihn hier nicht so liegen lassen«, sagte Laura. Nicht auszudenken, wenn einer der Arbeiter mitbekäme, was geschehen war.

Vater reagierte nicht, sondern starrte zum Haus. Laura konnte sich denken, was gerade in ihm vorging, und auch sie hatte das Bedürfnis, ihre Schwester zur Rede zu stellen.

»Vater, helft mir!«, verlangte sie von ihm.

Er nickte und schien sich der prekären Situation nun auch bewusst zu werden. Vater hatte Carlos auf dem Gewissen.

Laura wusste, dass in den Stallungen leere Säcke lagen, in denen das Heu auf die Plantage gebracht wurde.

Sie eilte in die Scheune und kam mit zwei Säcken zurück. Wenn man sie aneinanderlegte, müssten sie einen Körper bedecken.

»Fasst mit an!«, verlangte sie von ihrem Vater.

Er tat wie geheißen.

Laura stülpte Carlos den Sack über den Kopf, während Vater seinen Körper nach oben hievte. Das Gleiche taten sie mit seinen Füßen. Mit einer Schnur band Laura die beiden Teile in der Mitte zusammen.

»Wir müssen ihn vor hier wegschaffen«, gab Laura ihrem Vater zu verstehen und bedeutete ihm, Carlos' sterbliche Überreste auf die Ladefläche seiner Kutsche zu legen. Gemeinsam schafften sie es, den leblosen Körper hinaufzuhieven. Der Sack war groß genug, um die Konturen eines Körpers zu verbergen.

»Es darf niemand erfahren …«, stammelte Vater, der wieder zu klarem Verstand gekommen zu sein schien, doch dass es auch ihm unter den Nägeln brannte, Inés mit Carlos' Vorwürfen zu konfrontieren, unterstrich sein entschlossener Blick zurück zum Haus.

Nachdem Laura gemeinsam mit ihrem Vater das ganze Haus mitsamt dem Keller nach Inés abgesucht hatten, kam Laura zu dem Schluss, dass sie davongelaufen sein musste, wobei sie ja gar nicht wissen konnte, was Carlos ihnen gestanden hatte. Inés war unberechenbar geworden. Vielleicht ahnte sie ja, was auf sie zukommen würde, denn dass Carlos ums Leben gekommen war, hatte sie sicherlich mit angesehen.

Vater hatte erneut den Keller nach ihr abgesucht und kam die Stufen wieder nach oben.

»Wir sollten zurück zu den Stallungen gehen und mit der Kutsche den Weg in die Stadt abfahren. Sie wird sich ja wohl nicht mitten in der Nacht durch den Wald schlagen«, sagte Vater.

Obwohl Laura das einleuchtete, traute sie ihrer Schwester im Moment einfach alles zu. Dennoch schien Vaters Vorschlag der einzig vernünftige zu sein.

Kaum hatten sie das Haus verlassen, wurde Laura aus den Augenwinkeln auf eine Bewegung am Grab ihrer Mutter aufmerksam. Inés kniete reglos davor. Nur ihr Haar bewegte sich im Spiel des Windes.

»Da vorn ist sie.«

Vater folgte ihrem Blick und wirkte ratlos.

Suchte sie etwa Halt bei Mutter, weil sie Carlos hatte sterben sehen? Um Mutter um Vergebung für ihre Schandtaten zu bitten?

Dass auch Vater sich nun schnell Klarheit über Carlos' Aussagen verschaffen wollte, war verständlich. Laura hatte Mühe, mit ihm Schritt zu halten.

Inés musste sie bemerkt haben, auch wenn Wind und Brandung sehr laut waren. Das verräterische Knirschen von Fußstapfen, die sich schnell näherten, konnten sie nicht übertönen.

»Inés. Wir haben etwas mit dir zu besprechen«, sagte Vater unüberhörbar und in strengem Tonfall, als er sie erreichte.

Inés reagierte nicht darauf.

»Sie mich an!«, verlangte Vater, doch Inés kniete nach wie vor reglos vor dem Grab.

Vater geriet so in Rage, dass er Inés an der Schulter packte und sie herumriss.

Sie wirkte steif wie eine Puppe und verlor das Gleichgewicht. Laura fing ihre Schwester auf. Sie wäre sonst sicher hingefallen.

Inés' Blick war starr, ihre Augen wirkten leblos. Sie kniete nun vor ihnen wie eine Sünderin.

Vater schüttelte sie. »Was ist mit dir?«, fuhr er sie an.

Nun schien wieder etwas Leben in Inés zu fahren. Sie hob ihr Haupt und sah erst zu Vater, dann zu Laura. Es war der Blick eines Kindes, das nicht verstand, was man von ihm wollte.

»Warum hast du Carlos dazu angestiftet, das Amulett zu stehlen?« Laura kannte die Antwort bereits, wollte es aber aus dem Mund ihrer Schwester hören. Doch würde sie ihre Eifersucht zugeben?

»Ich? Carlos angestiftet?« Inés mimte die Unschuldige.

»Du hast es nicht ertragen, dass Aquil mich liebt und dir keine Beachtung schenkt«, schleuderte sie ihrer Schwester entgegen. Laura hatte ihre Spiele endgültig satt.

Inés fing unvermittelt an zu lachen. Es klang unnatürlich und eher wie das Glucksen einer Henne, doch dann wurde ihr Blick ernst.

»Eifersüchtig? Auf dich? Auf meine kleine Schwester, die schon immer bekommen hat, was sie wollte? Die immer die Bessere war? Der Vater eine königliche Schule bezahlt hat? Die sich alles erlauben kann? Die Gott begünstigt? Mit Klugheit, Schönheit. Der er alles verzeiht? Die der Wollust ungestraft frönen darf und ihren Balg zum Jiménez macht, während ich alles verlor? Wo denkst du hin, kleine Schwester?«

»Es stimmt also, was Carlos gesagt hat«, sagte Vater fassungslos mehr zu sich.

Inés hatte dafür nur ein mildes Lächeln übrig.

»Woher wusstest du … von Aquil und mir?« Laura war sich sicher gewesen, dass sie allein in Eusebias Haus gewesen waren.

»Aquil wollte zurück zum Hafen, obwohl die Arbeiten doch schon längst abgeschlossen waren, und meine kleine Schwester interessierte sich plötzlich brennend für die Stickerei. Für wie einfältig hältst du mich?« Erneut lachte Inés, diesmal selbstgefällig, bevor sie fortfuhr: »Von der Treppe des Nachbarhauses aus konnte ich euch durch das Fenster sehen. Wie er dich genommen hat, die Kraft seiner Lenden spüren ließ. Ich habe dein Keuchen und Stöhnen nahezu gehört, deine Begierde gespürt … Wenn Gott dich nicht dafür bestraft … Ich musste es tun, verstehst du das nicht?« Inés sah sie beide fragend an.

Vaters Augen waren vor Entsetzen geweitet.

»Aquil hatte den Tod verdient, aber du … du hast dich ja von deiner Lust davontragen lassen. Jedes Mittel war dir recht, um dir den Liebhaber zu bewahren«, fuhr Inés fort.

»Und woher wusstest du, was wir vorhatten?«, brachte Laura gerade noch heraus.

»Es gab an diesem Tag keinen Unterricht. Du fuhrst zu Calvino … Und dann warst du plötzlich verschwunden. Es war Carlos ein Leichtes herauszufinden, was du vorhattest.«

»Was habt ihr ihm angetan?«, fragte Vater.

»Calvino würde alles für seinen Sohn tun. Carlos hat ihn in Gewahrsam genommen. Das hat die Zunge des Jud gelockert«, sagte sie in selbstherrlicher Manier.

»Ich hätte es dir nie anvertrauen dürfen«, warf Vater sich vor.

»Einen Jud, der sich als Missionar ausgibt, in Schutz nehmen …«, gab Inés abfällig zurück.

»Ich habe dich nicht gelehrt, anderen Menschen Schaden zuzufügen«, sagte Vater angewidert.

Inés sah ihn so an, als wäre sie sich dessen gar nicht bewusst. »Es war nur recht und billig«, erwiderte sie.

Vater bebte vor Aufregung am ganzen Körper. »Du wirst dich dafür verantworten müssen. Ich will dich nicht mehr um mich haben. Mit dem nächsten Schiff verlässt du die Insel. Und das Amulett wirst du mir geben«, verlangte er mit eisigem Blick.

»Carlos hat es mir geschenkt. Das Herz der sieben Inseln für die Frau, die ich liebe, hat er gesagt«, erwiderte sie trotzig wie ein kleines Kind.

»Du gibst es mir noch heute Abend!«, fuhr Vater sie an.

Inés lächelte nur siegesgewiss. Es war Laura klar, dass sie es nicht freiwillig herausrücken würde.

»Ich habe gesehen, wie du Carlos getötet hast. Nur ein Wort von mir …«, deutete Inés an.

Inés kam nicht mehr dazu, weiterzusprechen. Vater verpasste ihr eine schallende Ohrfeige. Vielleicht brachte Inés das zur Räson.

Inés starrte ihn fassungslos an. Ihre Augen wurden feucht.

»Vater …«, fing sie an zu wimmern.

»Ich bin nicht mehr dein Vater«, gab er ihr harsch zu verstehen, doch Inés schien die Tragweite dieser Worte nicht wahrhaben zu wollen. Ihre bis vorhin doch dargelegte Selbstherrlichkeit verlor sich schlagartig. Ihre Hand suchte nach Halt am Mauervorsprung des Grabhauses. Dann sackte sie wie mit der Axt gefällt in sich zusammen und fiel zu Boden.

Laura befürchtete, dass ihr Herz vor Gram und Zorn aufgehört hatte zu schlagen, doch sie atmete noch.

Auch wenn Vater sie verstoßen hatte, konnte er den Schmerz und die Sorge um Inés nicht mehr verbergen. Er warf Laura einen verzweifelten Blick zu.

Laura sah Vater zum ersten Mal mit Tränen in den Augen. Er ging in die Hocke und bettete dann den bewusstlosen Körper ihrer Schwester in seine Arme. Wortlos hob er sie hoch und trug sie zurück zum Haus.

Laura beschloss, noch für einen Moment hierzubleiben, um ein Gebet für Inés zu sprechen. Ihr Blick fiel auf das Grab ihrer Mutter. Wäre das alles passiert, wenn sie noch am Leben wäre? Wie musste Inés in den letzten Jahren gelitten haben, doch rechtfertigte dies, das Böse in sein Herz zu lassen? Wenn diese schreckliche Nacht wenigstens ein Gutes hatte, dann war es der Umstand, dass Vater nun von Aquils Unschuld überzeugt war. Vielleicht gelang es ihm ja doch noch, Aquils Schicksal abzuwenden. Auch dafür nahm Laura sich vor zu beten.

Kapitel 22

Vater war am nächsten Morgen ein Schatten seiner selbst. Tief liegende Augenringe zeugten davon, dass er kein Auge zugetan hatte. Dass das Frühstück unangetastet vor ihm stand und er sich lediglich ein Glas Wasser eingeschenkt hatte, wunderte Laura nicht. Sie selbst hatte auch keinen Appetit und setzte sich wortlos zu ihm. Es war eine lange Nacht gewesen, denn Carlos' Leichnam konnte unmöglich bis zum Morgengrauen auf der Plantage bleiben, seine Kutsche genauso wenig. Kein Arbeiter durfte sie sehen. Es war ihnen also nichts weiter übrig geblieben, als noch vor dem Morgengrauen mit Carlos' Kutsche fortzufahren. Vater hatte sie gesteuert. Laura war ihm mit ihrer Kutsche gefolgt. Es durfte nicht bekannt werden, dass er auf ihrem Grund verstorben war. Inés war die Einzige, die mitbekommen haben musste, was wirklich passiert war. Falls Inés auf den Gedanken kam, ihn anzuschwärzen, hatte Vater sich zurechtgelegt, dass Carlos sich von dem Schlag erholt hätte und sich nach einer Aussprache über eine Missstimmigkeit auf den Weg gemacht hatte. Er war betrunken gewesen. Man würde den Wein auch noch riechen, wenn man ihn fand, und zwar an einer Stelle auf dem Weg zurück nach Las Palmas, die in einer scharfen Kurve über einem Abhang verlief. Sie hatten Carlos' Pferd ausgespannt, es vom Zaumzeug befreit und die Kutsche mitsamt seinem Leichnam den Abhang hinuntergeschoben, wo sie bald an einem Baumstamm geborsten war. Selbst daran, das Zaumzeug mit einem Stein zu bearbeiten, sodass es zerrissen aussah, hatte Vater gedacht. Die restlichen zwei Stunden war Laura erschöpft eingeschlafen. Nur Vater hatte die Nacht auf Inés' Zimmer verbracht, weil er befürchtete, dass sie sich am Ende noch etwas antun könnte.

Er konnte im Moment jeden nur erdenklichen Trost gebrauchen. Daher legte Laura ihre Hand auf die seine und schenkte ihm ein warmes Lächeln, auch wenn es ihr schwerfiel.

»Hoffentlich kommt sie wieder zu Sinnen. Sie muss uns sagen, wo sie das Amulett versteckt hat. Ich habe ihr gesamtes Zimmer bereits danach abgesucht«, sagte er.

»Carlos muss behauptet haben, dass er es nicht gefunden hat, aber es für ihn außer Frage steht, dass es Aquil gewesen ist. Sein Wort gegen das eines Guanchen. Das erklärt auch, warum sie Aquil in Jinámar hinrichten wollten, ohne sich dem Urteil eines Blutrichters zu stellen. Und jetzt verstehe ich auch, warum er so lange mit der Hinrichtung gewartet hat. Die Wogen sollten sich in der Tat glätten, aber nicht Euretwegen«, schlussfolgerte Laura.

Vater konnte ihr offenbar nicht folgen. Er sah sie fragend an.

»Diebe hängen sie auf. Bei einem Diebstahl von so großer Bedeutung hätte es doch sicher eine öffentliche Hinrichtung gegeben. Das konnte Carlos in diesem Fall wohl nicht in die Wege leiten, weil er keinen Dieb überführen konnte, ohne dass Inés dabei leer ausgeht«, erläuterte sie.

Vater dämmerte, dass sie recht hatte.

»Sie schläft immer noch und ist von Albträumen geplagt. Einmal schrie sie, dann schluchzte sie wie ein kleines Kind. Einmal dachte ich, sie sei schon bei Bewusstsein. Ich habe sie gefragt, ob ich ihr ein Glas Mandelmilch mit Honig zubereiten soll. Sie hat mich nicht gehört und Selbstgespräche geführt. Es war ein Gebrummel und ich konnte nur ein Teil der Worte überhaupt verstehen. Sie ergaben keinen Sinn … Einmal sprach sie über ihre Puppe, dann von Mutter, die ihr das Haar kämmen sollte … Sie verliert den Verstand. Vielleicht sollte doch ein Arzt nach ihr sehen. Kein normaler Arzt … Sie ist geisteskrank. Gebet, Demut und Ruhe können sie vielleicht noch retten«, sagte er niedergeschlagen.

»Wenn Ihr sie fortschickt und sich ihr Zustand verschlimmert, wird man sie für besessen halten. Die Inquisition wird sich ihrer annehmen«, ermahnte Laura ihn, weil sie miterlebt hatte, wie mit verwirrten oder im Geiste erkrankten Menschen auf der iberischen Halbinsel umgegangen wurde. Jede noch so kleine Auffälligkeit reichte, um zu behaupten, jemand sei vom Teufel besessen. Vater wusste das anscheinend auch, weil er nachdenklich nickte.

»War es meine Schuld?«, fragte er mit angeschlagener Stimme.

»Ihr habt Inés nie einen Wunsch abgeschlagen. Mutter auch nicht«, erinnerte Laura sich.

»Ich habe auch meine Frau verloren … aber die Trauer hat mich nicht verbittert. So viel Unheil hat deine Schwester angerichtet, so viel Unheil«, stellte Vater verzweifelt fest.

»Etwas davon könnt Ihr ungeschehen machen, Vater. Ihr wisst nun, dass Aquil keine Schuld trifft. Vielleicht könntet Ihr ja doch dafür sorgen, dass er freikommt. Bietet dem Mallorquiner Geld oder sprecht mit dem Gouverneur.« Laura hoffte, dass er auf ihren Wunsch einging.

»Das habe ich doch schon«, sagte er und blickte Laura direkt in die Augen.

»Ihr habt mit dem Gouverneur gesprochen? Über Aquil? Aber Ihr konntet doch noch gar nicht wissen, dass er unschuldig ist. Ihr wart Euch doch nicht sicher und habt an ihm gezweifelt.« Laura verstand die Welt nicht mehr.

»Ich war so dumm, Carlos zu vertrauen. Du weißt, dass mir die Hände gebunden waren. Er hatte das Amulett bei ihm gefunden und ich hab mich davon blenden lassen. Außerdem hätte mich niemand als Leumund ernst genommen. Er war mein bester Arbeiter und Vertrauter. Wenn ich die Hinrichtung hätte verhindern können, glaub mir, ich hätte es getan.« Vaters Augen flehten sie an, ihm zu glauben. Sie tat es. »Nein, nicht mit dem Gouverneur habe ich gesprochen. Ich war bei Esteban«, fuhr er fort.

»Ihr habt Aquil freigekauft und mir nichts davon gesagt?«, fragte Laura fassungslos und zog ihre Hand von der seinen. Was sie eben erfahren hatte, entzog ihr den Boden unter den Füßen.

Vater nickte traurig und holte tief Luft, bevor er anfing, sich zu erklären.

»Du hast mich doch angefleht, ihm zu helfen. Ich habe es getan, für dich …«, sagte Vater.

»Wo ist er jetzt? Geht es ihm gut?«, wollte Laura wissen. Alles andere war im Moment unwichtig.

»Er ist auf einem Schiff in Richtung Madeira unterwegs. Ich habe ihm Geld mitgegeben, damit er sich ein neues Leben aufbauen kann«, gestand Vater.

»Wie konntet Ihr ihn nur wegschicken?« Laura konnte Vaters Verhalten überhaupt nicht mehr einordnen. Auf der einen Seite bewahrte er Aquil vor einem Leben in Knechtschaft, auf der anderen Seite ließ er nicht mehr zu, dass sie sich sahen.

»Ich wusste bis gestern ja nicht, dass er unschuldig ist. Wie hätte ich das anstellen sollen, ohne Carlos' Zorn auf mich zu ziehen? Er hätte ihn verhaftet und dann vielleicht doch noch hingerichtet. Das wollte ich nicht«, versuchte Vater sich zu rechtfertigen.

Laura fiel es schwer zu glauben, dass Aquil das Land ohne sie verlassen hatte. Hatte er sich mit Vaters Geld bestechen lassen?

»Warum ist er gegangen? Aquil wäre doch niemals ohne mich …«

»Natürlich nicht. Er wollte bleiben, sich verstecken. Er hat mich angefleht, alles zu tun, nur um dich wiederzusehen. Ich habe es ihm verweigert. Ich konnte es nicht zulassen, dass er sich selbst und dich gefährdet.«

»Es ging Euch doch nur darum, einen legitimen Erben zu haben. Sagt mir doch die Wahrheit, Vater.«

»Dein Wohl und das seines Kindes war ihm das Wichtigste. Du musst mir das glauben. Er hat eingesehen, dass ihr hier keine Zukunft habt«, sagte er eindringlich.

Laura versuchte, sich in Aquil hineinzuversetzen. Vater musste ihm erzählt haben, dass sie ein Kind von ihm erwartete und es für sie beide hier nicht mehr sicher war. Wenn jemand so selbstlos war, sein Herz für ihr Wohl zu opfern, dann war es Aquil.

»Aber wir hätten doch beide von hier weggehen können«, warf Laura verzweifelt ein.

»Du warst Carlos versprochen. Für mich war das der einzige Ausweg, um deinem Kind Schande zu ersparen, doch in Wahrheit …« Vater bedurfte eines weiteren Atemzugs, um weitersprechen zu können. »In Wahrheit war ich selbstsüchtig und wollte einen Enkel haben, ein Kind von einer meiner Töchter, die ich liebe. Ich weiß, dass du es mir nie verzeihen wirst.« Vaters Augen füllten sich mit Tränen.

Weil seine guten Absichten und dass er Aquil die Freiheit erkauft hatte mit seinem innigsten Wunsch nach einem Nachfolger im Widerstreit standen, war Laura hin- und hergerissen zwischen Wut und Verständnis. Ihn für seine Selbstsucht zu hassen und ihm zugleich zu Dank verpflichtet zu sein, war kaum miteinander vereinbar. Laura versuchte, sich mit dem Gedanken zu beruhigen, dass sie nun wenigstens wusste, wo er war und dass es ihm gut ging. Es gab regelmäßige Schiffspassagen nach Madeira. Sie würde ihn finden, dessen war sie sich sicher, doch was hatte Vater letztlich dazu bewogen, ihrem Wunsch, sich für Aquil einzusetzen, nachzukommen?

»Habt Ihr ihn wirklich nur deshalb freigekauft, weil ich Euch darum angefleht habe?«, fragte sie geradeheraus. Es musste doch einen Grund dafür geben, auch für die Geheimnistuerei um Aquils Herkunft. Auch Aquil hatte sich diesbezüglich stets bedeckt gehalten und war ihr ausgewichen, als sie ihn auf seine Ausbildung angesprochen hatte.

Vater nickte. Laura konnte ihm ansehen, dass er diesmal dazu bereit war, ihr die volle Wahrheit zu gestehen, auch wenn es ihm sichtlich schwerfiel.

»Du weißt, dass ich mit Carlos an der Front gekämpft habe, gegen die Aufständischen. Wir gerieten in einen Hinterhalt, in einer dieser Schluchten im Norden Teneriffas. Die ganze Kompanie haben die Guanchen niedergemetzelt. Ich habe einen Stein auf den Kopf bekommen und das Bewusstsein verloren. Irgendwann in der Nacht bin ich inmitten all der Toten aufgewacht. Ich muss wohl schon so viel Blut verloren haben, dass ich nicht mehr aus eigener Kraft aufstehen konnte. Und dann kam dieser Junge ... Es war Aquil. Er hat mir in die Augen gesehen, eine halbe Ewigkeit. Ich dachte, dass er nach einem Stein greifen wird, um mir den Schädel damit einzuschlagen, damit ich nicht mehr länger leiden muss. Doch es kam anders.

Er war für seine zehn Jahre von kräftiger Statur. Aquil hat mich auf eine geflochtene Matte gelegt und in einer Höhle versteckt. Auf die Wunde legte er den Arm einer Pflanze. Sie wächst hier auch und ihre gallertartige Substanz hat Heilkräfte. Er hat mir Wasser und Nahrung gebracht, wollte unsere Sprache lernen ... Doch dann ist sein Stamm dahintergekommen, dass er mich vor dem Tod errettet hat. Sie haben es ihm verboten, mich aber am Leben gelassen, weil er ihnen versicherte, dass ich ein gutes Herz hätte. Ich glaubte, dass ich ihn nie wiedersehe. Carlos hatte neue Truppen geschickt. Ich habe mich zu ihnen durchgeschlagen … Und dann mitten in der Nacht … Ich hab ihn von Weitem gesehen. Er hatte Angst, sich unserem Lager zu nähern. Sein Stamm hatte ihn verstoßen. Er war mir ans Herz gewachsen und so habe ich ihn mitgenommen und ihm alles zukommen lassen, was ich für nötig hielt, dass er eines Tages kein Sklavendasein führen muss«, gestand Vater endlich ein.

Seine Schilderung der damaligen Vorfälle rührte Laura zutiefst. Sie ahnte nun, wie sehr er darunter gelitten haben musste, Aquil des Diebstahls bezichtigt zu sehen und nichts mehr für ihn tun zu können.

»Ich möchte nach Aquil suchen. Werdet Ihr mich gehen lassen?«, wollte Laura wissen, denn nichts brannte ihr mehr auf der Seele, als zu versuchen, Aquil auf Madeira zu finden.

Vater nickte, ohne zu zögern.

Es war keine Überraschung, dass ein Kurier der königlichen Armee ihnen bereits am nächsten Morgen die schlechte Nachricht von Carlos' Tod überbracht hatte. Vaters Betroffenheit war nicht gespielt gewesen. Von einem tragischen Unfall sei die Rede und dementsprechend überrascht hatte sich Vater gezeigt. Sich schwerste Vorwürfe zu machen, wenn ein Gast des Hauses und noch dazu ein enger Freund nach zu viel Madeira verunglückt war, klang umso glaubwürdiger, wenn man dabei weiß wie die Wand wurde, wenngleich aus anderem Grund. Was sie jedoch nicht bedacht hatten, war, dass jeder aus Carlos' Dunstkreis davon wusste, dass er sich Inés als seine künftige Ehegattin auserkoren hatte und aufgrund der klimatischen Verhältnisse die Beerdigung bereits für den nächsten Tag angesetzt worden war. Sie hätten unmöglich ohne Inés auf seine Beerdigung gehen können, doch bis kurz vor ihrem Aufbruch schien dies aufgrund ihres gesundheitlichen Zustands ein Ding der Unmöglichkeit zu sein. Der einzige Ausweg aus diesem Dilemma war, allen Trauernden zu erzählen, dass sie einen Zusammenbruch erlitten hätte, als sie die Nachricht von Carlos' Tod erreichte. Doch es war gänzlich anders gekommen. Inés musste sie von ihrem Fenster aus in schwarzer Kleidung gesehen und die richtigen Schlüsse daraus gezogen haben. Laura überlegte auf der Fahrt zum Friedhof schon die ganze Zeit, warum Inés sich ihnen unbedingt hatte anschließen wollen.

»Glaubt Ihr nicht, dass ich ein Recht darauf habe, mit auf seine Beerdigung zu gehen?«, hatte sie ihnen vom Balkon ihres Zimmers aus zugerufen. Sie schien sich von ihrem Zusammenbruch am Grab der Mutter erholt zu haben und zu wissen, dass sie Vater in der Hand hatte. Nur ein Wort von ihr und er würde als Carlos' Mörder dastehen. Ihnen war gar nichts anderes übrig geblieben, als Inés mitzunehmen.

Laura hatte damit gerechnet, dass sie Vater erneut androhen würde, ihn bloßzustellen, um ihn dazu zu bewegen, dass sie hierbleiben dürfe. Nichts dergleichen geschah. Sie verlor kein Wort und saß regungslos neben ihnen. Sie wussten nach wie vor nicht, was genau sie gesehen hatte. Mehr als zu hoffen, dass sie nicht beabsichtigte, einen Affront auf der Beerdigung heraufzubeschwören, blieb ihnen nicht übrig.

Der Friedhof lag nur etwa eine einstündige Kutschfahrt entfernt. Der Ort war der einzige auf der Insel, der nicht zwischen Ständen oder Herkunft unterschied. Im Tod waren alle gleich. Hier lagen Siedler, Soldaten, Kaufleute gemeinsam mit gefallenen einheimischen Kriegern und Sklaven. Eine andere Bestattungsstätte gab es nicht. Umso überraschender war es, auf dem Gelände kein ausgehobenes Grab vorzufinden.

Laura ließ ihren Blick über die Gräber schweifen und bemerkte einen Totengräber, der abseits der Grabstätte unter einem Drachenbaum direkt an einem Felsen stand, der die Form eines nach oben gerichteten Fingers hatte. Die in den Boden gerammte Schaufel neben einem ausgehobenen Erdhügel stand bereit. Laura erklärte es sich damit, dass Carlos zu Lebzeiten eine hohe Stellung innehatte, dem Königshaus nahestand und man ihm daher nach seinem Ableben eine besondere Ehre erweisen wollte.

Laura konnte Vater ansehen, dass er erleichtert war, nur wenige Offiziere und einen Geistlichen vorzufinden. Sie warteten vor einer Holzhütte, in der vermutlich der Sarg mit dem Verstorbenen aufbewahrt wurde.

Bei der Begrüßung des Geistlichen und der Trauergäste, die ihnen kondolierten, spielte Inés die Rolle der Trauernden vorzüglich. Laura tauschte daraufhin einen Blick mit Vater, der Mühe hatte, seine Anspannung zu verbergen. Wahrscheinlich rechnete er immer noch damit, dass Inés sich zu irgendeiner Bösartigkeit hinreißen lassen würde. Das blieb gottlob aus.

Niemand schien an ihrer aller Anteilnahme zu zweifeln, doch als einer der Soldaten drei andere herbeiwinkte und »Es wird Zeit« ausrief, um ihnen zu verstehen zu geben, dass sie den Sarg zum Grab zu tragen hatten, fiel Inés aus der bis eben gespielten Rolle.

»Ich möchte mich von ihm verabschieden. In Ruhe und Zweisamkeit«, verkündete sie.

Laura war sich angesichts ihres Verhaltens und weil sie sich mehrfach die Augen trocken gewischt hatte mittlerweile nicht mehr ganz sicher, ob sie nicht doch um seinen Verlust trauerte, aus welchen Gründen auch immer. Niemand konnte einer trauernden Frau diesen Wunsch abschlagen. Dass Laura zuletzt Carlos hätte ehelichen sollen, davon wussten die Anwesenden gottlob nichts.

Inés verschwand in der Hütte und nur wenig später war ihr Wehklagen von drinnen deutlich vernehmbar.

Die Männer zeigten sich betroffen und fühlten mit ihr. Vater senkte seinen Blick ebenfalls andächtig. Es dauerte aber nicht lange, bis Inés sich sichtlich geschwächt wieder nach draußen schleppte und um Fassung rang.

Laura konnte sich keinen Reim mehr darauf machen und gab es auf, denn die Männer holten bereits den Sarg, um ihn zum offenen Grab zu tragen.

Vater musterte Inés und just in dem Moment, in dem die Sargträger in der Hütte verschwunden waren und sich die wenigen Anwesenden bereits zum Grab am Rand des Friedhofs begaben, konnte Inés es nicht lassen, ihr wahres Gesicht zu zeigen.

»Nur ein Wort von mir, Vater ...«, sagte sie mit Wonne.

Vater wurde bleich.

»Sie würden euch beide hängen«, wisperte sie, damit nur ihr Vater und Laura es hören konnten.

»Sieh dich vor«, gab Vater ihr zu verstehen.

Laura stockte der Atem.

»Ihr droht mir, Vater? Carlos ist tot. Wer wird Euch Glauben schenken, dass er das Amulett gestohlen hat?«, sagte sie mit eisiger Stimme.

»Geh zu ihnen und sag es. Wer wird dir glauben? Du bist krank, verwirrt ... Jetzt gibst du die Starke, doch was ist morgen oder übermorgen? Verspiele nicht den Rest an Mitgefühl, das ich für dich als meine Tochter hege. Die nächsten Tage werden zeigen, was für dich das Beste ist. Es liegt auch an dir«, sagte er ihr unmissverständlich, auch wenn seine Stimme ihm dabei fast versagte.

»Ihr wollt mit Laura allein sein. Das ist es doch«, mutmaßte Inés.

»Du täuschst dich. Laura wird uns verlassen.«

Inés fiel aus allen Wolken. »Wohin gehst du? Etwa zurück in die Klosterschule?«

Laura antwortete nicht, doch Vater schien so in Rage geraten zu sein, dass er sich nicht mehr zurückhalten konnte, ihr reinen Wein einzuschenken.

»Ich hoffe, sie wird Aquil finden. Er ist frei. All deine Lügen und Intrigen ... Sie waren vergeblich«, schleuderte er ihr ins Gesicht.

Warum tat Vater das? Wie konnte er so grausam sein?

Inés verfiel augenblicklich in jene Starre und Leblosigkeit, die sie ihnen in den letzten Tagen gezeigt hatte. Laura dämmerte, dass Vater sie ganz bewusst damit konfrontiert hatte, um ihr zu beweisen, wie krank sie war.

»Komm. Ich bringe dich zurück zur Kutsche«, sagte er, nahm sie am Arm und führte sie zurück, was sie apathisch mit sich geschehen ließ. Für die Anwesenden musste es so aussehen, als ob sie einen Schwächeanfall erlitten hatte. Laura hoffte trotzdem, dass die Beerdigung bald vorbei war.

Laura konnte ihr Glück kaum fassen. Bereits in vier Tagen würde sie ein Handelsschiff mit Ziel Lissabon und Zwischenstopp auf Madeira mitnehmen. Vater hatte ihr das Geld für die Passage gegeben, wenngleich schweren Herzens, denn bald würde er abermals allein mit Inés sein, wobei noch nicht gewiss war, was mit ihr geschehen sollte. Bevor Laura heute Morgen das Haus verlassen hatte, war sie immer noch auf ihrem Zimmer gewesen, und seit der gestrigen Beerdigung hatte sie sich nicht mehr blicken lassen. Insgeheim hoffte Laura darauf, dass Inés doch eines Tages wieder zu Sinnen kam. Vielleicht passierte das, wenn sie ihre jüngere Schwester los war. Doch wie würde Vater mit ihr fertig werden? Die nächsten Tage würden es zeigen.

Laura war bereits auf dem Rückweg vom Hafen in Las Palmas, doch kurz vor der Weggabelung, die zu ihrer Plantage führte, entschied sie sich um. Sie konnte die Insel nicht verlassen, ohne noch einmal mit Calvino gesprochen zu haben. Er musste zudem erfahren, dass ihm keine Gefahr mehr drohte, weil Carlos verunglückt war. Die genaueren Umstände gedachte sie, auch ihm gegenüber geheim zu halten. Ein Unglück war es ja gewesen, insofern konnte sie ihm dies reinen Herzens berichten. Außerdem wollte sie in Erfahrung bringen, ob es den Bewohnern des Höhlendorfes gut ging. Es war ja nicht auszuschließen, dass ihnen etwas zugestoßen war, weil Carlos wusste, wer Aquil geholfen hatte.

Als Laura mit ihrer Kutsche Calvinos Haus erreichte, sah sie auf einen Blick, dass er dabei war, seine Habseligkeiten zusammenzupacken. Einige geschnürte Lederbündel standen auf der Terrasse. Holzkisten waren gefüllt mit Küchengegenständen und Hausrat. Als er auf sie aufmerksam wurde, zuckte er geradezu zusammen. Auch aus diesem Grund war Laura hier. Er musste sich schuldig an seinem Verrat fühlen, und dies zu Recht, doch seine Beweggründe waren nachvollziehbar, daher verzeihbar.

María und Jacob traten aus dem Haus. Sie waren wahrscheinlich auch auf die nahende Kutsche aufmerksam geworden.

Calvino wagte es nicht einmal, ihr in die Augen zu sehen, nachdem sie von der Kutsche gestiegen war, um zu ihm zu gehen.

»Ihr wollt uns verlassen?«, fragte sie unbefangen. Dass ihn ihr warmes Lächeln erstaunte, war nicht verwunderlich. Sicherlich hatte er mit einer anderen Art der Begrüßung gerechnet und mit Vorwürfen, doch Laura gedachte nicht, ihm welche zu machen.

»Inés hat uns alles gestanden. Ich hoffe, Jacob geht es gut«, sagte Laura, um die Anspannung gleich von ihm zu nehmen.

Calvino musterte sie ungläubig.

»Ihr müsst nicht mehr von hier weggehen. Carlos ist tot. Er ist verunglückt, soviel man weiß«, eröffnete sie ihm.

»Es gibt also doch noch Gerechtigkeit auf dieser Welt«, sagte er mehr zu sich.

»Mir wäre nach einer guten Tasse Mandelmilch«, sagte Laura.

María hatte sich zu ihnen gesellt und schenkte ihr ein dankbares Lächeln. Auch sie musste spätestens jetzt wissen, dass Laura nicht mit bösen Absichten gekommen war.

Calvino fing von sich aus an zu erzählen, nachdem sie es sich auf der Terrasse zwischen Kisten und Säcken so gut es ging auf einer Holzbank und den Stühlen bequem gemacht hatten.

»Was hat er Jacob angetan?«, wollte Laura wissen, nachdem Calvino von Carlos' überfallartigem Besuch berichtet hatte.

»Er hat ihm das Messer an die Kehle gesetzt … Jacob ist doch alles, was María und ich haben. Ich habe ihn angefleht, mich an seiner Stelle zu töten und den Jungen gehen zu lassen. Er wollte wissen, wo du bist und was du vorhast. Was blieb mir anderes übrig, als es ihm zu sagen? Carlos' Männer haben Jacob trotzdem gefesselt und mitgenommen, weil er nicht glaubte, dass ich ihm die Wahrheit sagen würde … Auch das Dorf wollte er ausräuchern und alle töten, falls ich ihn belogen hätte. Erst am nächsten Tag ließ er den Jungen zurückbringen. Den Kindern im Höhlendorf hat er nichts angetan. Sie blieben verschont«, erzählte Calvino mit gesenktem Haupt.

Laura blickte hinüber auf die Wiese, auf der Jacob mit seinen Murmeln spielte. Das weckte in ihr die Hoffnung, dass er über diese schlimme Erfahrung hinwegkommen würde.

»Er hat jede Nacht Albträume, doch die Zeit wird seine Wunden heilen«, meinte María.

»Was wird mit Aquil geschehen? Wo ist er?«, wollte Calvino wissen.

»Nach der missglückten Flucht sollte er sein Leben künftig als Sklave fristen, aber Vater hat ihn freigekauft. Er ist wahrscheinlich bereits auf Madeira … Es gibt noch etwas, was

Ihr wissen müsst. Ich erwarte ein Kind von ihm«, gestand sie Calvino, der daraufhin wieder sein altes Lächeln fand. Laura konnte ihm ansehen, wie glücklich ihn das stimmte.

»Du wirst ihm nachreisen?«, fragte er.

»Vater erlaubt es, auch wenn es ihm schwerfällt.«

»Woher wusste Carlos, was du vorhast?«, wollte Calvino wissen.

»Meine Schwester … Sie hat es nicht ertragen, dass er mir sein Herz schenkte und ihres verschmähte«, sagte Laura.

Calvino und María tauschten betroffene Blicke.

»Eine arme Seele … verloren … gepeinigt«, sagte er mehr zu sich.

»Der Verlust der Mutter, des Ehemannes und des Kindes hat sie vermutlich zu dem gemacht«, resümierte Laura.

Calvino schüttelte den Kopf, woraufhin Laura ihn fragend ansah.

»Das mag alles sein, doch …« Laura sah ihm an, dass er mit sich haderte, ihr etwas anzuvertrauen.

»Sprecht. Vater macht sich die größten Sorgen. Wir glauben, dass sie dabei ist, den Verstand zu verlieren«, teilte sie ihm mit.

Calvino fasste sich ein Herz.

»Einmal pro Woche muss ich nach Las Palmas und von der Missionarsarbeit berichten. Ich gehe dann in die Kirche, weil man das von mir erwartet. Es ist ein Gotteshaus und auch Juden können darin beten. Daher tue ich das gerne. An einem dieser Tage habe ich Inés in den Beichtstuhl gehen sehen. Es war aber niemand da, der ihr die Beichte abnehmen konnte. Ein Messdiener hat sie ein paar Mal dabei beobachtet, dass sie immer dann beichtet, wenn niemand im Beichtstuhl ist … Sie kam stets zur selben Zeit, wohl um sicherzustellen, dass sie ungestört war. Als ich sie noch einmal dabei beobachtet habe, trieb mich die Neugier. Wenn man sich hinter den Beichtstuhl stellt, kann man jedes Wort hören ... Ich schäme mich dafür. Ich hatte auch nicht die Absicht, alles mit anzuhören. Es ging mir nur darum zu wissen, ob sie wirklich die Beichte ablegt ... aber dann konnte ich mich dem, was sie sagte, nicht mehr entziehen.« Calvino haderte mit sich, ihr zu erzählen, was er mit angehört hatte.

»Vielleicht hilft es uns, Inés besser zu verstehen«, ermutigte Laura ihn fortzufahren.

»An den genauen Wortlaut kann ich mich nicht mehr erinnern, aber sie hat Aquil als einen Dämon bezeichnet, den Satan selbst geschickt hat, um ihr sündiges Fleisch in Versuchung zu führen. Dann gab sie lüsterne Laute von sich und keuchte. Ich konnte gottlob nicht sehen, was sie tat, doch sie versprach dem Herrn, ihr sündiges Fleisch zu züchtigen. Zehn Hiebe. Die Wollust wolle sie aus ihrem Körper herausschlagen, wieder rein werden ... Dafür hat sie gebetet.«

Laura dämmerte allmählich, welch Leid die Seele ihrer Schwester durchlitt. Die Verletzungen hatte sie sich also selbst zugefügt. Laura war hin- und hergerissen zwischen Mitleid und Entsetzen. Wenn Vater das erfuhr und klar wurde, dass er einen seiner Arbeiter unschuldig ausgepeitscht und auch noch entlassen hatte – ihretwegen –, würde er wohl nicht mehr zögern, sie zu ewigen Gebeten hinter Klostermauern zu verbannen.

»Es tut mir leid, dass ich dir nichts Angenehmeres berichten konnte. Vielleicht hätte ich es dir schon früher erzählen sollen, doch in solchen Angelegenheiten ... Ich konnte auch nicht ahnen, dass deine Schwester nicht nur sich selbst, sondern auch andere gefährdet«, versuchte sich Calvino zu rechtfertigen. Dann stand er abrupt auf. »Ich habe noch etwas für dich. Ich sollte es aufbewahren für den Fall, dass das Netz in Jinámar ihn nicht auffangen oder reißen würde.«

Calvino ging zu einer der Holzkisten und zog eine Lederschnur daraus hervor, an der ein Amulett angebracht war. Er ging damit zu ihr zurück und reichte es ihr.

Laura erkannte Schriftzeichen in der Sprache der Guanchen, die sie auch schon in den Höhlen gesehen hatte.

»Was steht darauf?«, fragte sie ihn.

»Mein Herz. Es gehört Dir für immer«, übersetzte er.

Laura drückte das Amulett fest an ihre Brust. Es schien auf einmal zu pulsieren, als ob Aquils Herz darin schlagen würde.

»Du solltest es tragen. Es wird dir sicher Glück bringen.«

Laura legte das Amulett sofort an und fühlte sich auf einmal wie eine Frau von hier. Der heilige Berg hatte nun einen Grund mehr, ihr Gebet, das sie gesprochen hatte, zu erhören und ihren innigsten Wunsch in Erfüllung gehen zu lassen.

Als Laura die letzte Biegung nahm, die zu ihrer Plantage führte, wunderte sie sich über die Farbe des Horizonts. Die Dämmerung hatte bereits eingesetzt, doch die Sonne ging um diese Zeit normalerweise im Westen unter. Warum leuchtete es über ihrem Haus so hell? Laura spornte die Pferde ihrer Kutsche dazu an, schneller zu laufen. Das Licht erinnerte sie an den Schein von Feuer. Panik stieg in ihr auf. Als sie die letzten Meter durch den Wald fuhr, glaubte sie, Vaters Stimme aus der Ferne zu vernehmen. Er rief Inés' Namen.

Als ihre Kutsche den Rand des Waldes erreicht hatte, konnte Laura sehen, dass ihr Haus an der Flanke Feuer gefangen hatte. Das Knistern der Flammen, die sich in das Gebälk fraßen, war bis hierher vernehmbar. Arbeiter versuchten, es zu löschen. Sie reichten sich Eimer vom Meer zu und kämpften gegen eine Wand aus Flammen.

Einige Männer mit Fackeln in der Hand durchquerten das Grundstück und liefen in Richtung der Brandung. Vater rief erneut nach ihrer Schwester. Seine Stimme kam von der Bucht, die der große Felsen begrenzte.

Laura lenkte die Pferde gleich zum schmalen Weg, der dorthin führte.

Vater irrte dort ebenfalls mit einer Fackel umher.

Am Ende des Weges hielt Laura das Gespann an. Sie stieg ab und rannte zu ihm.

»Inés ist verschwunden. Das Feuer … Sie muss es gelegt haben«, teilte er ihr aufgeregt mit.

»Warum suchen die Männer am Meer?«, wollte Laura wissen.

»Du hast sie doch am Grab deiner Mutter erlebt. Ich fürchte, sie wird sich etwas antun«, sagte Vater.

»Da oben. Sie ist da oben«, rief einer der Arbeiter, die am Strand nach Inés suchten, aufgeregt aus und deutete auf einen Felsvorsprung in gut dreißig Metern Höhe über dem Meer. Inés war fast nicht zu erkennen, weil sie ein dunkles Kleid trug, das sich vom Dunkelgrau des Felsens am Ende der Bucht kaum abhob.

Vater rief erneut nach ihr, doch Inés regte sich nicht.

»Wir müssen zu ihr«, sagte Laura, als der Arbeiter sie erreicht hatte. Ihm genügte offenbar ein kurzer Blick auf die Steilwand, um zu wissen, welchen Weg Inés genommen haben musste, um dort hinaufzugelangen. Er bedeutete ihnen, ihm zu folgen. Vom Strand aus war es schier unmöglich. Dazu war der Fels zu glatt und zu steil, doch man konnte die Stelle anscheinend erreichen, wenn man am Rand der Zuckerrohrterrassen nach oben zu einer Anhöhe neben dem Fels lief. Diesen Weg schlug der Arbeiter ein. Es war Eile geboten, denn man musste kein Prophet sein, um zu ahnen, was Inés vorhatte.

Vater war bereits außer Atem und blieb kurz vor der Anhöhe stehen. Er japste nach Luft. »Lauf, Kind … ich komme nach«, sagte er.

Von hier an ging es steiler nach oben. Der Rücken des Felsens war zerklüftet. Laura war froh, dass der Arbeiter voranlief, denn im Dämmerlicht konnte man nicht erkennen, an welcher Stelle ein Abstieg zu jenem Plateau, auf dem Inés stand, möglich war. Er wusste es. Ein kleiner mit Büschen bewachsener Pfad führte in schwindelerregender Höhe hinunter auf den Felsvorsprung.

»Ich schaffe das allein«, gab sie dem Arbeiter zu verstehen.

Er nickte und ließ sie an sich vorbei.

Laura fand Halt an Wurzeln, die aus dem Fels ragten. Ein Teil des Gesteins war nass und glitschig. Die Gischt hoher Wellen erreichte den Fels immer wieder.

Laura rief nach ihrer Schwester und war überrascht, dass sie auf ihren Zuruf reagierte und sich zu ihr umdrehte.

Nur noch etwa ein Meter war zu bewältigen, um das Plateau zu erreichen.

»Bleib stehen«, fuhr Inés sie an.

Laura tat es und presste sich mit dem Rücken gegen das feuchte Gestein, als die Gischt den Fels erreichte und mit weißem Schaum benetzte.

Inés hingegen rührte sich nicht vom Fleck. Sie war bereits patschnass. Wenn der Wellengang höher wurde, brauchte sie gar nicht mehr zu springen. Das Wasser würde sie in die Tiefe reißen.

»Komm zu mir, Inés. Brich Vater nicht das Herz«, rief Laura gegen den Wind und das Tosen der Wellen an.

Inés lachte verächtlich auf.

Laura erschrak, als sie Inés' geweitete Augen sah.

»Vater? Er will mich wegsperren. Beten soll ich dort und Ruhe finden … Er meint es ja so gut, genau wie du«, rief Inés ihr zu.

»Du hast dir schon viel zu lange selbst wehgetan. Warum bestrafst du dich? Nur weil dein Herz sich nach mehr als nur der Liebe eines Vaters sehnt?« Laura hoffte, dass sie damit Inés' wunden Punkt traf und sie dazu bewog, zu Sinnen zu kommen.

Inés erstarrte jedoch und schwieg.

»Ich werde Vater darum bitten, dass du hierbleiben darfst«, versprach sie ihr, doch Inés ging gar nicht darauf ein.

»Es ist vorbei ... Es lässt sich nicht mehr ungeschehen machen ... Alles vorbei ...«, sagte Inés gegen den Lärm der Naturgewalten kaum noch vernehmbar und blickte hinunter zu ihrem Haus, das lichterloh brannte.

Laura wagte sich einen Schritt nach vorne und reichte ihrer Schwester die Hand, doch sie ignorierte sie.

»Warum ist das Leben nur so gut zu dir, Schwester?«, fragte Inés verbittert.

»Auch deines könnte wieder schön sein«, versuchte sie Inés klarzumachen.

Inés lachte erneut auf. In ihren Augen standen der Zorn, die Eifersucht und der Schmerz. Dann trat sie einen Schritt näher an Laura heran, um sicherzustellen, dass sie hörte, was sie ihr zu sagen hatte. »Höre meinen Fluch, Schwester. Du wirst Aquil nie wiedersehen und eure Seelen werden so lange voneinander getrennt sein, auf Erden sowie im Himmel, solange das Herz der sieben Inseln im Verborgenen bleibt. Du wirst es aber niemals finden«, sagte sie ihr mit grollender Stimme. Dann wandte sie sich von Laura ab, richtete ihren Blick gen Himmel und stieß dabei einen gutturalen Schrei aus, der nicht mehr menschlich klang, bevor sie sich in den emporsteigenden Schaum der nächsten Gischt einer Welle warf, die sie mit in die Tiefe riss.

Laura konnte sich kaum mehr auf den Beinen halten und kauerte mit dem Rücken zur Wand des Steilhanges gelehnt auf dem klitschnassen Boden. Sie hoffte, dass ihre Schwester im Tod Frieden finden würde. Wie viel Hass muss sie am Ende empfunden haben, dass sie sie auch noch mit einem Fluch belegte. Er machte ihr Angst. Zugleich versuchte sie, sich einzureden, dass Flüche albern waren, doch dann erinnerte sie sich an die Begegnung mit der Zigeunerin. Hatte sie Inés nicht gelehrt, wann ein Fluch wirkte und wann nicht? Inés hatte sich selbst zum Opfer des Fluchs gemacht. Ein größeres, als das eigene Leben dafür hinzugeben, konnte es nicht geben. Sie hatte eine Bedingung daran geknüpft und sogar eine anscheinend unerfüllbare, doch war Lauras Gebet am heiligen Berg nicht stärker als jeder Fluch, der einem am Bösen erkrankten Herzen entsprang?

Der Arbeiter wagte sich zu ihr hinunter und reichte ihr die Hand. Für einen Augenblick glaubte Laura, es sei Aquil. Sie griff danach. Sie gab ihr Halt, genau wie Aquils es immer tat. Es gab keine Flüche. Laura wusste, dass ihre Liebe stärker war als alles andere und sie wieder zueinanderfinden würden.

Kapitel 23

Als Jana die Augen aufschlug, stand sie noch immer im Taumel der Träume, die sie in dieser Nacht heimgesucht hatten. Sie musste sich regelrecht vergegenwärtigen, dass sie nicht mehr in einer anderen Zeit und in einem anderen Leben war. Das Tagebuch lag neben ihr auf der kleinen Kommode. Bis tief in die Nacht hatte sie darin gelesen, in ihrem eigenen Leben, dessen war sie sich mittlerweile sicher, weil es alle Momente erklärte, in denen sie das Gefühl gehabt hatte, dass etwas anders war, oder sie vage Erinnerungen an Orte dermaßen in Beschlag genommen hatten, dass sie glaubte, den Verstand zu verlieren. Normalerweise rekelte sie sich gleich nach dem Aufwachen, streckte sich, um überhaupt wach zu werden. Jana verzichtete darauf, in der Hoffnung, sich an die Träume zu erinnern, sie hinüber in ihren Tag und in ihr Bewusstsein zu retten. Es waren aber nur noch Fragmente von Bildern und Personen abrufbar, die vor ihrem geistigen Auge erschienen, und starke Gefühle für *ihn*. Und das war das Merkwürdige, wie sie sich just in diesem Moment bewusst machte: Sie hatte in ihren Träumen Eloy gesehen, jedoch durch die Augen der jungen Frau, die das Tagebuch geschrieben hatte. Jana führte das nicht nur darauf zurück, dass er der einzige Abkömmling der Guanchen war, den sie kannte. Es waren die Gefühle für Eloy, die immer stärker wurden, und wenn sie sich dann noch hinzurechnete, dass er seinen Entschluss, wieder auf die Insel zurückzukehren, just an dem Tag gefasst hatte, als Arris auf dieses Amulett gestoßen war, konnte es dafür ja nur noch eine Erklärung geben. Auch wenn diese schier unfassbar war und Eloy sich anscheinend noch nicht vollumfänglich klargemacht hatte, dass dies kein Zufall gewesen sein konnte. Auch Eloy schien sich an sein früheres Leben zu erinnern. Es musste einfach so sein. Der Kuss unter den Arkaden, die Angst vor dem Balkon. Lauras Tagebuch gab Aufschluss darüber. Das Modellhaus im Columbus-Museum. Dort hatten Laura und Aquil die einzige Liebesnacht verbracht. Auch das beklemmende Gefühl, das die Überreste des Grabes und der Fels am Ende der Bucht in ihr ausgelöst hatten, war jetzt nur allzu verständlich. Was hatte diese Frau nur alles durchlitten? So wie es sich darstellte, war sie eine Novizin in einem Kloster gewesen und hatte sich nichts so sehr erhofft, wie ihre Träume zu leben. Und Jana hatte sich nicht getäuscht. Inés war nicht Lauras Mutter, sondern ihre Schwester gewesen, eine verlorene Seele, die ihre Sexualität nicht hatte ausleben können. Inés war aber nicht nur daran zerbrochen, sondern primär an ihren schweren Schicksalsschlägen und ihren Schuldgefühlen. Wie musste Inés ihre Schwester gehasst haben und vor allem sich selbst. Nun war klar, dass es dieses Amulett tatsächlich gab und wer es gestohlen hatte. Wo es sich befand, darüber konnte man auch heute noch nur spekulieren.

Jana nahm das Tagebuch noch einmal an sich und schlug es auf, um zur letzten Seite zu blättern. Es endete mit der Beerdigung von Carlos Morales. Warum um alles in der Welt hatte Laura danach aufgehört zu schreiben? Hatte sie Aquil wiedergesehen? Was geschah mit ihrer Schwester? Hatte Abel sie in ein Kloster wegsperren lassen? Jana fuhr mit ihrer Hand über die folgenden leeren Seiten. Ein ungutes Gefühl stellte sich dabei ein. Es musste etwas Schlimmes passiert sein. Niemand hörte plötzlich auf, ein Tagebuch zu schreiben, wenn wichtige Entscheidungen im Leben anstanden. Vielleicht fanden sich in den Kisten noch weitere Hinweise. Jana blätterte noch einmal zurück zu den letzten Einträgen und empfand die gleiche Genugtuung wie am Vorabend. Carlos lag unter der Erde. Dieser Typus Mensch starb anscheinend nicht aus. Die Welt war auch heute noch voll davon, von Gier nach Macht zerfressen. Dann stolperte Jana über eine Passage, die sie gestern im Taumel der Emotionen und völlig übermüdet nicht besonders gründlich gelesen hatte.

So eine Heuchlerin. Und wie ihr die Tränen in den Augen standen, dabei hat sie Carlos doch immer nur benutzt. Ob sie ihn trotzdem in einem verborgenen Winkel ihres Herzens geliebt hat? Die Gefühle für ihn mussten wohl gereicht haben, um das Bedürfnis zu verspüren, sich von ihm allein zu verabschieden. Vielleicht bat sie ihn auch nur um Verzeihung, dass sie seine Liebe missbraucht hatte. Der Wunsch nach Zweisamkeit muss jedenfalls so groß gewesen sein, dass er sie nach dem gestrigen Zusammenbruch wieder auf die Beine gebracht hatte. Er überwand sogar die Scham, sich mit Vater und mir nach all dem, was gestern zutage gekommen war, noch zu einer gemeinsamen Kutschfahrt zu seiner Beerdigung hinreißen zu lassen.

Jana setzte sich im Bett auf und versuchte, Lauras Gedankengänge nachzuvollziehen. Würde das jemand tun? Am Tag zuvor hatte sie vor Laura und Abel die Maske fallen lassen. Ein Verrat konnte nicht größer sein und tiefer konnte ein Mensch kaum fallen. Geht man dann, als wenn nichts geschehen wäre, zu einer Beerdigung und spielte die Trauernde? Warum nur wollte sie sich von Carlos verabschieden, bevor sie ihn zu Grabe getragen hatten? Das Amulett, schoss Jana durch den Kopf. Hatte Abel nicht verlangt, dass sie es ihm aushändigen sollte? Die

Konsequenzen wären für Inés fatal gewesen, denn zurückgeben an Colón hätte Abel es nicht gekonnt, ohne dass diesmal der Verdacht auf seine Familie gefallen wäre. Wie auch? Etwa heimlich? Unmöglich! Ihr Vater hätte somit ein Faustpfand ihres Verrats für immer in Händen gehalten. Inés war gar nichts anderes übrig geblieben, als es loszuwerden, und welch besseres Versteck gab es dafür als ein Grab?

Der arme Kerl lag quer auf der alten Matratze, die Jacinto im Keller ausgegraben hatte. Sie roch modrig, doch Eloy hatte es tapfer hingenommen. Das Kissen lag daneben, seine Füße ragten aus der Decke. Hier unten im Erdgeschoss gab es keine Fenster und Türen. Schon sah Jana die ersten Kakerlaken in einer Ritze verschwinden. Wie konnte man nur so schlafen? Vermutlich hatten ihn die gestrigen Eröffnungen genauso mitgenommen und erschöpft wie sie.

»Ich mach euch einen Kaffee«, sagte Jacinto, der sich nach einem Morgengruß zu ihr gesellt hatte und sich offensichtlich auch über Eloys Schlafposition amüsierte. Das weckte ihn auf. Und wie nicht anders zu erwarten war, wand er sich wie ein Wurm und stöhnte, bevor er die Augen aufschlug.

»Wir haben dich gewarnt … Guten Morgen.« Jana schenkte ihm ein Lächeln.

Er sah sie entgeistert an. »Gib mir deine Hand. Ich komme sonst nicht mehr hoch«, sagte er und spielte den Invaliden.

Jana zog ihn in eine aufrechte Position.

»Frag nicht, was ich heut Nacht alles geträumt habe …«, gab er wenig überraschend zum Besten.

Jana konnte es sich denken, also blieb die Nachfrage schon allein aus diesem Grund aus. Eloy hatte fast bis zum Ende mitgelesen und auch ihm war dabei wohl klar geworden, dass ihre sogenannte Schwingungsübertragung keine war.

Er rieb sich die Augen und sah zu ihr hoch. »Nenn mich ja nicht Aquil«, drohte er lächelnd, aber mit erhobenem Zeigefinger.

»Was ist so schlimm daran?«, fragte Jana schmunzelnd.

»Schlimm genug. Ich hab heut Nacht geträumt, in diesen verdammten Schlot gefallen zu sein. Da war aber kein Netz, sondern ich flog weiter und weiter …«

»Nur Albträume?«, wollte Jana wissen.

»Gib mir noch mal die Hand«, verlangte er.

Jana tat es und zog ihn im zweiten Anlauf schwungvoll nach oben, sodass er auf die Beine kam.

»Nicht nur …«, sagte er verschmitzt und sah ihr dabei direkt in die Augen. Er musste gar nichts weiter sagen.

»Aha … Etwa auch Träume von angenehmen Begegnungen mit einer hübschen baskischen Novizin?«, deutete Jana augenzwinkernd an.

Eloy schüttelte ungläubig den Kopf. »Hey … an so einen Scheiß glaub ich einfach nicht. Seelenwanderung … Das passierte doch schon Abertausenden von Menschen, dass sie auf schicksalhafte Weise voneinander getrennt wurden. Die begegnen sich doch auch nicht nach über fünfhundert Jahren wieder.«

»Spielt das für dich eine Rolle?«, wollte Jana wissen.

Eloy überlegte, während er seine Hand um ihre Hüfte legte und ihr ein Lächeln schenkte. »Ich möchte nicht jemand anders sein und mich nur deshalb in dich verlieben, weil früher jemand in dich verknallt war … Jetzt rede ich selbst schon dummes Zeug«, sagte er.

»Ich frage mich auch, warum wir … Ich meine, falls wir uns wiederfinden sollten … ausgerechnet hier und … dann muss das ja doch irgendwie mit diesem Amulett zu tun haben«, erwiderte Jana.

»Du willst immer noch danach suchen?«, fragte er.

»Du etwa nicht?«

»Ist bestimmt ein Vermögen wert.«

Dass er es sagte, irritierte Jana nicht mehr, denn dafür verband sie mittlerweile zu viel.

»Ich glaube zu wissen, wo es ist«, eröffnete sie ihm.

Eloy versteifte augenblicklich. »Was?«

»In einem Grab. Carlos Morales. Der üble Typ …«

»Der mich erst umbringen und dann zum Sklaven machen wollte?«, fragte er augenzwinkernd. Nahm er sie jetzt etwa nicht ernst?

»Genau der.«

»Und wer hat's ihm da reingelegt?«

»Er muss es an sich tragen, versteckt in seiner Kleidung«, mutmaßte Jana.

»Du willst mir jetzt aber nicht sagen, dass du hier ein Grab ausbuddeln willst?«

Jana zuckte unschlüssig mit den Schultern.

»Das ist illegal!« Eloys Protest klang halbherzig.

»Ich weiß ja noch nicht einmal, wo es ist«, sagte Jana.

»Stand das nicht im Tagebuch?« Eloy überlegte angestrengt.

»Eben. In der Nähe des großen Friedhofs, auf dem alle lagen. Was immer das auch heißen mag, aber sie hat in ihrem Tagebuch auch einen Stein erwähnt, der aussehen soll wie ein Finger, der in den Himmel zeigt«, erinnerte Jana sich.

»Arris hatte doch diese alten Karten …«

»Dann sehen wir uns die doch einfach mal an«, gab sie zurück.

»Du bist noch verrückter, als ich dachte«, sagte Eloy kopfschüttelnd. Jana erwiderte nichts, denn das hatte sie über sich selbst die letzten Tage oft genug gedacht.

Jacintos beschwörende Worte und Warnungen, ja nicht auf den Gedanken zu kommen, auf kanarischen Friedhöfen anzufangen zu buddeln, waren ungehört geblieben. Er war aus allen

Wolken gefallen, als Eloy auf einer alten Karte dank seiner Sprachkenntnisse des Tifinagh den Friedhof ausfindig gemacht hatte.

»Dafür kommt ihr in den Knast.« Dessen war Jacinto sich offenbar sicher, doch Eloy ließ sich davon nicht beirren.

»Wenn er da liegt, dann ja. Der Friedhof ist bekannt. Ich war schon einmal dort«, erklärte Eloy.

»Warum das denn?«, wollte Jana wissen.

»Ich bin Tour-Guide und muss immer was Neues anbieten«, erklärte er.

»Neu? Ein Friedhof?«

»Er wurde erst 2017 im Gebiet der Gemeinde von Santa María de Guía entdeckt. Er gilt als der älteste bisher bekannte Sklavenfriedhof, aber in dem Tagebuch stand doch auch, dass man ihn bewusst nicht dort beerdigt hat, wegen seines Standes. Also muss sein Grab außerhalb der Fundstelle liegen«, schlussfolgerte Eloy.

»Ihr dürft trotzdem nicht ohne Genehmigung graben«, wandte Jacinto erneut ein.

»Und was sollen wir tun? Zum Rathaus gehen und aufgrund eines Tagebuches um eine Genehmigung bitten? Und selbst wenn sie uns nicht gleich für verrückt erklären, wissen Sie doch, wie lange Genehmigungen hier dauern … Außerdem liegt das mitten in der Pampa. Wir zelten … das ist ja erlaubt, und falls jemand kommt, schieben wir das Zelt darüber«, sagte Eloy, den sicher nicht nur der Kaffee wach gemacht hatte.

Jacinto blieb skeptisch.

»Haben Sie Werkzeug? Eine Hacke und eine Schaufel?«, wollte Eloy von Jacinto wissen.

»Ich mache mich der Mittäterschaft schuldig und komme auf meine alten Jahre noch ins Gefängnis«, jammerte Jacinto, stand dann aber doch auf. »Wahrscheinlich komme ich dort sogar besser über die Runden … Dann muss ich nicht verhungern, wenn ich das alles hier nicht mehr bewirtschaften kann«, fügte er augenzwinkernd hinzu.

»Es muss gut hundert Meter, vielleicht noch viel weiter vom Fundort der Grabstätte entfernt sein. Wenn ich mich recht erinnere, ist dort nichts. Kein Gebäude, keine Abzäunung«, erklärte Eloy mit Blick auf die Karte.

»Und das Zelt?«, wollte Jana wissen.

»Holen wir vom Baumarkt.«

Dass aus ihr eine Grabschänderin würde, war sicher kein Karriereschritt, von dem Jana geträumt hatte. Es ging leider nicht anders, denn die Neugier fraß sie mittlerweile fast auf.

Man merkte Eloy an, dass er im Organisieren von Inseltouren ein Meister war. Er dachte einfach an alles. Zur Tarnung hatten sie nicht nur das größte verfügbare runde Zelt gekauft, eine Art Biwak, das groß genug war, um Sichtschutz zu bieten, sondern auch noch einen Schlafsack. Nicht dass sie beabsichtigten, an einer Grabstätte zu nächtigen, sondern um bei eventuell stattfindenden Kontrollen als glaubwürdig dazustehen. Er hatte seine Lizenz als Führer, der sich hierzulande Guía nannte, sowieso immer dabei. Er kannte zudem die Gegend von seiner Friedhofstour. Dementsprechend erwartete Jana eine kurze Fahrt vom Norden ins Landesinnere. Diesmal jedoch mit ihrem Leihwagen. Die Strecke auf extrem engen Serpentinen, die sich dicht an die Felswände schmiegten, erwies sich als nicht minder abenteuerlich als ihre Fahrt auf dem Motorrad.

Nach gut einer halben Stunde lag ein Tal vor ihnen, aus dem vereinzelte Häuser wie Farbtupfer auf einem Gemälde ragten. Schon als sie durch Santa María de Guía fuhren, einer recht kleinen Stadt mit landestypischem historischen Kern aus alten Häusern und engen Gassen, wurde Jana mulmig, denn ein Wagen der Guardia Civil folgte ihnen. Mit der hiesigen Polizei war nicht zu spaßen. Natürlich wusste sie, dass sie bisher keinen Grund hatte, sich Sorgen zu machen, doch auch als die Streife hinter ihnen abbog, verblieb die Nervosität. Die Grabstätte war nämlich nicht allzu weit entfernt und der Verkehr dünnte sich auch nach Verlassen des Ortskerns nicht so aus, wie Jana sich das erhofft hatte. Das passierte erst, als Eloy auf einen Schotterweg deutete, der mitten in die Pampa ging und sich durch Büsche und Sträucher bergab schlängelte. Von Weitem konnte man das Meer sehen. In dem vor ihnen liegenden Landstrich gab es nur wenige größere Anwesen hiesiger Landwirte und ihre dazugehörigen Felder. Ein Teil davon war großflächig bedeckt, wie es Jana bereits in der Nähe des Herrenhauses der Marquesa von Arucas gesehen hatte. Konnte dieses verdammte Grab nicht einfach darunterliegen? Sie könnten in aller Seelenruhe unter so einer Bespannung graben.

»Wir kommen von der anderen Seite. Die kürzlich entdeckte Grabstelle liegt näher am Stadtrand und die Felsen da vorne stehen dazwischen. Uns kann von dort niemand sehen«, erklärte Eloy wohl zu ihrer Beruhigung und deutete in Richtung einiger Bäume, die vor einer Felswand standen. Das Gewackel und gelegentliche Grüße vom Unterboden ihres Wagens hatten bald ein Ende.

Jana parkte den Wagen und holte das Tagebuch aus der Tasche. Darin las sie die entscheidende Passage noch einmal.

»Ein Stein, der so aussieht wie ein in den Himmel gerichteter Finger«, las sie Eloy vor.

»Ob der noch steht?«, fragte sich Eloy laut.

»Es ist ein Stein. Hier oben ist es nicht feucht. So schnell verwittert Gestein auch wieder nicht«, vermutete Jana.

»Täusch dich nicht. Im Westen der Insel hatten wir in Agaete mal einen *Dedo de Dios*, den Finger Gottes. Ein Unwetter und weg war er. Der Fels ist heute amputiert, heißt aber zugegebenermaßen immer noch so.«

»Sie schreibt von einem Drachenbaum«, sagte Jana.

»Die werden alt, sogar verdammt alt«, erwiderte Eloy und dann lächelte er siegessicher und deutete auf das Objekt ihrer Begierde.

Jana hielt es nicht mehr im Wagen. Es waren nur circa fünfzig Meter bis zu diesem Baum.

»Das Grab müsste eigentlich darunter oder daneben sein.« Jana neigte ihren Kopf von links nach rechts und begutachtete einen Felsen, der so aussah, als würde ihnen jemand den Mittelfinger zeigen – jedenfalls mit viel Fantasie.

»Finger?«, fragte sie.

»Finger«, bestätigte Eloy, der sofort kehrtmachte und das Zelt aus dem Kofferraum holte.

Jana schloss die Augen und lauschte in sich hinein. Sie hoffte darauf, dass aus den tiefsten Abgründen ihres Unterbewusstseins irgendeine Botschaft kommen würde, ein Gefühl oder ein »heiß« oder »kalt«, wie man es bei Kinderspielen kannte. Es blieb »kalt«.

Eloy baute das Zelt genau davor auf, was sehr schnell vonstattenging. Die modernen Biwaks schienen sich heutzutage auf magische Weise in Windeseile von selbst zu entfalten.

Nur zwei Fahrzeuge waren auf der Landstraße bisher vorbeigefahren. Die Chance, entdeckt zu werden, war also gering.

Ein Hund, der wohl zum Bauern in ein paar Hundert Metern Entfernung gehören musste, fing an zu kläffen, als Eloy die ersten Schläge mit der Hacke setzte. Das machte ordentlich Lärm, jedoch nur so lange, bis der harte Boden langsam nachgab und weichere Schichten vor ihnen lagen. Die Arbeitsteilung war klar: Eloy hackte den Boden auf und Janas Job war es, die Erde wegzuschaufeln. Sie fragte sich, was anstrengender war. Lange machten ihre Arme das nicht mehr mit. Sie zitterten bereits vor Ermüdung und Anstrengung.

»Legen wir eine Pause ein?«, fragte Eloy, der ihr natürlich ansah, dass sie mittlerweile schweißüberströmt war. Ihr ärmelloser Body klebte an ihr wie eine zweite Haut.

»Oder geben wir auf?« Janas Frage war durchaus berechtigt, denn einen Radius von gut zwei Metern hatten sie ja bereits etwa einen Meter tief freigelegt. In der Mitte sogar noch etwas tiefer.

»Es muss hier sein. Es hieß doch vor diesem verdammten Stein«, sagte Eloy, dem die Erschöpfung auch schon anzusehen war. Er holte erneut aus, schlug mit voller Wucht in die Erde und verharrte dann in gebückter Position, weil er die Hacke nicht mehr herausbekam. Sie steckte fest.

Dass Eloy sie nun erwartungsfroh anstrahlte, war klar. Eine Kiste. Ein Sarg? Jana packte die Schaufel und schabte die Stelle, wo die Hacke feststeckte, frei. Kein Zweifel. Am tiefsten Punkt schien etwas vergraben zu sein. Die Freude darüber schlug jedoch abrupt um. Sie waren dabei, einen Sarg freizulegen. Jana versuchte, sich mit dem Gedanken zu beruhigen, dass das Grab schon über fünfhundert Jahre alt war. Bestimmt lag darin keine entsetzlich anzusehende Mumie. Die Vorstellung, dieses Scheusal Carlos, wie Laura ihn genannt hatte, auch noch in halb verwestem Zustand zu sehen, verursachte einen nicht zu verachtenden Druck in der Magengegend.

Eloy nahm ihr die Schaufel ab. Mit der scharfen Kante hackte er auf die Kiste ein, bis sie brach. Licht fiel hinein.

Jana beugte sich vor und entdeckte etwas Weiß-Gelbliches darin.

»Carlos«, kommentierte Eloy cool.

»Mach du das. Mir reicht schon, einen Teil von ihm gesehen zu haben«, sagte sie ihm und richtete ihren Blick in die Ferne.

Schlag auf Schlag hörte Jana weiteres Holz splittern. Sie drehte sich nun doch um und sah Eloy knietief im verwitterten Holzsarg stehen.

Hoffentlich kam jetzt niemand vorbei. Sie müssten das Zelt über das Loch schieben und vorbereitete Decken über die Erde legen, die Jana weitflächig verstreut hatte, sodass keine sichtbaren Hügel entstanden.

Es krachte noch einmal. Jana wagte es nicht mehr, sich umzudrehen. Am Ende hielt er noch Carlos' Schädel in der Hand.

Eine Gruppe Motorradfahrer dröhnte oben auf der Landstraße heran. Um die musste man sich keine Sorgen machen, denn die Serpentinen erlaubten es nicht, bei schneller Fahrt den Blick in die Landschaft schweifen zu lassen, wie sie seit ihrem Ausflug auf seinem Motorrad wusste.

Plötzlich stand Eloy hinter ihr. Jana erschrak, denn nun hielt er ihr auch noch die Augen zu.

»Ich glaub das jetzt nicht«, sagte sie ihm.

»Doch … auch wenn ich es selbst nicht glauben kann. Lag eingewickelt in einem verrotteten Stofffetzen.«

Schon spürte Jana kaltes Metall an ihrem Dekolleté und am Hals, an dem er etwas Kühles hinuntergleiten ließ.

Jana öffnete die Augen und blickte an sich herab. Das Erste, was sie sah, war das rote Funkeln des Steines, der wie ein Herz geschliffen war. Der Rubin war riesig. Schon hatte sie das Kreuz aus purem Gold in der Hand. Das Herz der sieben Inseln.

Eloy trat um sie herum. »Ist es nicht wunderschön?« Auch er konnte seinen Blick nicht mehr davon lösen.

Janas Augen wurden unwillkürlich feucht. Am liebsten hätte sie losgeschluchzt vor Glück. Sie hatten es tatsächlich gefunden, das Herz.

Eloys Hand legte sich um die ihre, die das Amulett noch immer umklammert hielt. Es fühlte sich so an, als würden sie in diesem Moment verschmelzen, sich so nah sein wie nie zuvor.

Eloy musste nichts sagen, denn auch seine Augen wurden glasig. Die Gewissheit, dass sie sich gefunden hatten oder wiedergefunden, erfüllte Jana mit einem Glücksgefühl, das tief aus ihrem Herzen kam. Warum sie sich verloren hatten und weshalb das Schicksal ihre Liebe an den Fund dieses Amuletts knüpfte, würden sie wohl nie erfahren, doch das spielte keine Rolle. War er wirklich Aquil und sie Laura? Auch das spielte keine Rolle mehr. Um das zu wissen, genügte ein Blick in seine Augen, die ihr zeigten, wie viel er für sie empfand.

Eloy nahm die Kette und streifte sie über ihr Haupt. Er wollte, dass sie das Amulett trug, doch Jana wusste aus dem Tagebuch, dass es nicht ihr gehörte. Sanft wehrte sie ihn ab und schüttelte den Kopf. Dann legte sie die Hand auf sein Herz. Nur das konnte er ihr schenken und er tat es, denn als sich ihre Lippen berührten und er sie küsste, wusste sie, dass sich ihr und Lauras Schicksal eben erfüllte.

Höhlenmensch zu sein, hatte etwas ganz Besonderes an sich. Man fühlte sich geborgen, wie eine Maus, die sich in ihr Schlupfloch verziehen konnte. Eloys Höhle war jedoch weit entfernt von dem, was man sich normalerweise unter einer Höhle vorstellte, wobei die Raumaufteilung gewöhnungsbedürftig war. Welcher Normalhausende hatte schon die Speisekammer gleich neben dem Schlafzimmer? Es glich einem Gewölbe, dessen verschiedene Braun- und Beigetöne einen uralten messingfarbenen Kronleuchter besonders schön zur Geltung brachten. Die Temperatur war stets gleich. Immer um die 21 Grad, also ideale Schlaftemperatur, auch wenn sie zugegebenermaßen nur zu sehr wenig Schlaf gekommen waren. Sex war um so viel schöner, wenn er sich aus einer bisher nie gefühlten Nähe zum anderen ergab. Auch wenn es pathetisch klang, Jana hatte den Eindruck, als ob nicht nur ihre Körper verschmolzen wären. In seinen Armen einzuschlafen und neben ihm mit den ersten Sonnenstrahlen aufzuwachen, die durch ein Fenster des Anbaus in das Gewölbe fielen, war schon nach nur zwei Tagen an seiner Seite etwas, worauf Jana nicht mehr bereit war zu verzichten.

Das erste Licht schien auch ihn aus dem Schlaf zu kitzeln. Jana half mit einem zärtlichen Kuss nach.

Eloy rekelte sich wohlig. Seine Lebensgeister entließen ihn schneller aus dem Schlummer als gedacht. Jana konnte es spüren, als sie sich auf ihn rollte. Weitermachen, wo sie gestern irgendwann tief in der Nacht aufgehört hatten? Ihm war danach, genau wie ihr, doch ein Blick auf die Wand, worauf ein Gerät mit einem Laser die Uhrzeit projizierte, erinnerte Jana an ihren bevorstehenden Termin mit dem Notar. Wer ein Erbe annahm, musste dementsprechende Dokumente unterzeichnen.

»Wir können doch den Termin noch einmal verschieben«, sagte Eloy zwischen Küssen.

»Der Tag ist noch lang«, gab sie ihm zu verstehen, auch wenn es ihr schwerfiel, von ihm abzulassen.

Eloy seufzte, setzte aber noch mit zwei hungrigen Küssen nach, bevor er sich einen Ruck gab und sich aus dem Bett schwang.

»Ich mach uns Frühstück«, sagte er.

Auch an diesen Anblick konnte Jana sich gewöhnen. Knackiger Po, jede Menge Muckis und was für ein breites Kreuz. Er ging zur Espresso-Maschine im modernen Teil des angebauten Trakts, in dem eine Wohnküche im Hauptraum integriert war. Dort waren auch das Bad, halb Höhle, halb Anbau, mit einer Badewanne, die groß genug war für zwei, und ein dritter Raum, in dem sein Computer nebst Büchern und Tour-Equipment standen. Das Beste an dieser Behausung war allerdings der Blick, den man von seiner Terrasse aus hatte, die genau wie das Bad halb in eine Höhlennische gebaut worden war. Von dort hatte man ein weitläufiges Tal vor sich, in dem so ziemlich alles blühte, was die Insel an Pflanzen herzugeben wusste. Palmen durften in diesem Naturgemälde nicht fehlen und natürlich nicht der feine dunkelblaue Streifen am Horizont, wo das Meer lag.

»Hoffentlich lassen die sich auf Teneriffa nicht zu lange Zeit ... Wenn du heute das Erbe annimmst ... Steuerbescheide kommen hier schnell«, rief Eloy ihr vom geöffneten Kühlschrank aus zu.

»Pérez wird Druck machen. Ich vertraue ihm«, erwiderte Jana.

Sie hoffte, dass sie allen Grund dazu hatte. Vor zwei Tagen, einen Tag nach ihrem Fund, hatten sie ihn aufgesucht und sich Rat erbeten, was sie mit dem Amulett anstellen konnten. Natürlich war er aus allen Wolken gefallen, als er erfahren hatte, dass sie es ausgegraben hatten, doch das musste ja niemand erfahren. Das Loch war wieder zu und Carlos ruhte hoffentlich auch weiterhin in Frieden. Der Boden dort war lehmig. Sobald die Sonne ihn trocknete, würde niemandem, der nicht danach suchte, auffallen, dass dort gegraben worden war. Das hatte nicht nur Pérez aufatmen lassen. Es gab nun zwei Möglichkeiten: behalten oder verkaufen, und wenn Letzteres, an wen? Eloy hatte sich daran erinnert, dass vor einigen Jahren ein Privatmann ebenso auf ein Artefakt aus der damaligen Zeit gestoßen war und es in die Hände des Heimatmuseums auf Teneriffa gelangt war – gegen Bares. Nur, wie würden sie die Herkunft begründen? Pérez sah darin offenbar kein Problem. Sie war die Erbin. Sie konnte es im Nachlass gefunden haben. Noch nicht einmal ein moralisches Problem ergab sich aus seiner Sicht, was für Jana ein gewichtiges Argument für ihre Schwindelei darstellte, weil es sie nicht nur juristisch, sondern auch in Anbetracht der damaligen Ereignisse legitimierte. Den Verkauf des Amuletts sah Jana mittlerweile als eine Art Entschädigung ihrer Familie an. Nach Sichtung aller das Grundstück betreffenden Dokumente, mit denen Pérez gut zurechtkam, weil er vom Fach war, hatten sie nämlich festgestellt, dass die Plantage nach einem Brand für einen Apfel und ein Ei bereits 1492 an einen Alonso Fernández de Lugo verkauft worden war. Die unterschiedlichen Balken im Keller deuteten darauf hin. Arris war sein direkter Nachfahre. Das erklärte das Unrecht, von dem Arris immer gesprochen hatte, denn Pérez kannte die damaligen Preise. Man hatte Laura regelrecht zwangsenteignet. Sich zu holen, was den Jiménez zustand, und sie war eine Jiménez, rechtfertigte ihre Schwindelei allemal. Dass das Heimatmuseum auf so ein Amulett scharf war, verstand sich von selbst. Es war im Bestand des damaligen Schatzmeisters als Teil der Schiffsladung deklariert worden, aber niemand konnte das Gegenteil von dem, was Jana behauptete, beweisen. Columbus hatte es ihren Vorfahren geschenkt und die hatten es im Haus vergraben, sodass es bis heute niemand gefunden haben konnte. Pérez hatte diese Version für glaubwürdig befunden und war sich sicher, dass niemand weitere Fragen stellen würde. Somit war die Erbschaftssteuer gedeckt und es blieb noch eine stattliche Summe übrig, von der Jana bereits wusste, wie sie sie sinnvoll investieren konnte. Natürlich in die Hacienda. Rural-Tourismus war in. Leben wie damals, ein Segment, das noch niemand so recht bediente. Dank Arris' zahlreicher Aufzeichnungen ließ sich rückschließen, wie die Hacienda früher eingerichtet gewesen war. Allein schon mit den Artefakten, die noch im Keller lagen, hatten sie bereits die halbe Deko. All das nach Sanierung des Gebäudes wiederherzustellen, würde sie locker über die nächsten Monate beschäftigen. Ein Grund mehr, hierzubleiben. Urlaub auf einer Hacienda, edel, loungig und mit eigenem Pool. Jacinto durfte seine Bananenplantage behalten. Er konnte sich künftig als Hausmeister des Anwesens betätigen. Diesen Tagträumen gab sich Jana gerne hin, noch dazu in einem Himmelbett mit Aussicht.

Der infernale Lärm der Kaffeemaschine riss Jana aus ihren Gedanken. Die Akustik des Gewölbes machte daraus eine startende Boeing, doch das störte Jana nicht. Zeit zum Aufstehen, denn schon stand alles, was sie zum Frühstück brauchten, auf einem Tablett. Eloy schlüpfte in eine Boxershorts – wie schade.

»Na los. Raus aus den Federn«, rief er ihr zu.

Jana zog sich eines ihrer Schlabbershirts über und trottete ihm nach.

Eine kleine Treppe führte nach oben zur Terrasse mit Aussicht. Jana nahm ihr Handy mit, um nachzusehen, ob Pérez ihnen noch eine Nachricht geschickt hatte. Außerhalb der Höhle hatte das Handy wieder Empfang. Sofort sprangen ihr neue Nachrichten auf dem Display entgegen, jedoch waren sie nicht von Pérez, sondern von Marcel. Noch hatte sie weder den Nerv noch die Zeit gefunden, ihm von den jüngsten Ereignissen und Entwicklungen zu berichten. Was Eloy betraf, machte man das sowieso nicht per SMS oder Chatnachricht, sondern in einem persönlichen Gespräch. Seine aktuelle Nachricht machte ihr den Abschied von Marcel aber noch leichter als gedacht.

Eloy musste ihr angesehen haben, dass sie beim Lesen etwas verstimmt war.

»Hat er sich wieder gemeldet?«, erkundigte er sich. Auch die anderen Nachrichten von den Tagen zuvor hatte sie ihm gezeigt. Ein Ultimatum hatte er ihr gesetzt. Es war abgelaufen, weil Papa keinen Bock mehr hatte, auf sie zu warten, und er auch nicht. Seinen mexikanischen Luxusbunker konnte er nun allein führen. Er sah gut aus, war ein Macher. Jana würde es wundern, wenn sich nicht schon bald eine süße, attraktive Mexikanerin an ihn zecken würde. Dann hatte er eben ein anderes Schmuckstück und konnte bei der Gelegenheit endlich sein Spanisch auf Vordermann bringen.

»Er fliegt morgen allein und den Job kann ich vergessen«, erwiderte sie.

»Den brauchst du ja jetzt nicht mehr«, erwiderte Eloy mit einem aufmunternden Lächeln, dem ein langer Gutenmorgenkuss folgte.

Nein, denn alles, was sie brauchte, hatte sie hier gefunden, auf einer Insel im Atlantik. Gran Canaria war das eigentliche Herz der sieben Inseln, nicht nur geografisch betrachtet.

Der Schrei eines Greifvogels hallte plötzlich durch das vor ihnen liegende Tal.

Eloy löste sich von ihr und suchte den Himmel nach dem Tier ab.

Jana entdeckte den Raubvogel, der seine Kreise über ihnen zog.

Im Sturzflug und mit einem weiteren Aufschrei schoss er in die Tiefe. Jana vermutete, dass er auf den Feldern Beute entdeckt hatte, doch er bremste seinen Flug kurz vor dem Boden ab und segelte hinüber zu einem Mandelbaum, der keine zehn Meter von ihrem Höhlenbalkon entfernt war. Dort ließ er sich auf einem Ast nieder.

Jana traute ihren Augen nicht. Er schien direkt zu ihnen herzusehen, regungslos.

Eloy warf ihr einen erstaunten Blick zu. Das Schauspiel dauerte gut eine Minute, dann spannte er seine Schwingen, stieß sich mit einem Aufschrei vom Ast des Baumes ab und ließ sich mit kraftvollen Flügelschlägen vom Wind hinauf in den Himmel tragen.

Epilog

Laura hatte ihm versprochen, zumindest einmal hinauf zum Bentayga-Felsen zu wandern, auch wenn das nicht ganz ungefährlich und mit erheblichen Strapazen verbunden war, natürlich nur für sie selbst, denn das flinke Wiesel an ihrer Seite war noch nicht einmal außer Atem. Der Junge hatte seine Stärke und seine Kraft, deshalb trug Aquil auch seinen Namen. Zu seinem siebten Geburtstag machte sie es ihm zum Geschenk, den Lieblingsort seines Vaters zu erkunden, den er seinen Erzählungen nach so oft erklommen hatte, um auf den Götterberg, den Teide, und seine alte Heimat auf der Nachbarinsel zu blicken. Laura spürte die Magie, die von diesem Berg ausging. Seine weiße Krone leuchtete im Licht der Morgensonne, genau wie Aquil es ihr immer beschrieben hatte. Laura griff an das Amulett mit der Inschrift, dass sein Herz für immer ihr gehören würde. Sie trug es stets zu seinem Andenken und fragte sich erneut, wie schon die letzten Jahre, warum sie sich nicht wiedergefunden hatten. War es Inés' Fluch zu verdanken oder einfach nur Schicksal? Alles hatten sie verloren. Das Haus war niedergebrannt. Ein gefundenes Fressen für Vaters Erzfeind und Konkurrenten Alonso, der seinen Einfluss geltend gemacht hatte, um Vater einen neuen Kredit zum Wiederaufbau des Hauses zu verwehren. Sogar einen Teil der Ernte hatte das Feuer zerstört. Ihr Tagebuch hatte unter den Trümmern gelegen, begraben im Mauerwerk, wo sie es vor Inés versteckt gehalten hatte. Wie gerne hätte sie in den letzten Jahren darin gelesen. Ihnen war nichts weiter übrig geblieben, als zurück nach San Sebastián zu gehen, um zumindest ein Dach über dem Kopf zu haben. Beim Halt auf Madeira hatte sie nach Aquil gesucht, einen Tag und eine Nacht. Nur ein Seemann hatte sich an ihn erinnern können und einen Mann am Hafen gesehen, der ihrer Beschreibung entsprach. Auf einem Segler hatte er angeblich angeheuert. War aus ihm etwa ein Seemann geworden? Wohin es ihn wohl verschlagen hatte? Würde er je hierher zurückkehren? Laura erinnerte sich daran, noch ganze zwei Monate auf Madeira geblieben zu sein, um auf Aquil zu warten. Länger dort zu verweilen, war unmöglich gewesen. Die baldige Niederkunft ihres Kindes hatte sie dazu bewogen, die Suche nach Aquil aufzugeben und ein neues Leben in der alten Heimat zu beginnen. Seit Vaters Tod vor zwei Jahren führte Laura ein Handelskontor, das die Kanaren mit Waren versorgte. Auf diese Weise konnte sie immer wieder zurückkehren, um nach Aquil Ausschau zu halten – vergebens. Eusebia hatte stets ein Zimmer für sie parat, wann immer die Geschäfte es erforderten, vor Ort zu sein. Laura war auf jeder ihrer Reisen länger geblieben als notwendig, weil sie dort die glücklichsten Stunden ihres Lebens verbracht hatte. Auf dieser Reise jedoch nicht. Sie waren in einer Herberge untergebracht, denn die Erinnerung an ihre Liebesnacht gehörte ihr allein.

So viel hatte sich seither verändert. Cristóbal Colón hatte einen neuen Kontinent entdeckt, auf dem, wie man sich sagte, ein sehr reiches Volk lebte. Seither dienten die sieben Inseln nur noch als Stützpunkt der kastilischen Flotte und um die Passatwinde zu nutzen. Der Kampf um Geld und Macht wurde nun woanders ausgetragen. Vielleicht wartete auf ihren Sohn eine bessere Welt, wie sie sich sein Vater erhofft hatte. Es gab immer mehr junge Männer wie ihn. Die letzten Guanchenstämme hatten sich den Fremden unterworfen und die Jungen lernten ihre Sprache. Sie wurden wie Aquil zu Menschen, die viel zu wertvoll waren, um sie zu versklaven. Der Menschenhandel trieb unterdes neue Blüten in Afrika und der Neuen Welt, wie man den Kontinent jenseits des Atlantiks nannte. Lauras Hoffnung, dass der Sklavenhandel im Königreich Kastilien geächtet wurde, hatte sich dennoch nicht erfüllt.

Laura genoss die Nähe ihres Sohnes, der sich neben sie setzte und seinen Arm um sie legte. Auf diese Weise war ein Teil Aquils immer bei ihr.

»Ob Vater wohl jetzt spürt, dass wir hier oben sind und an ihn denken?«, wollte er wissen.

Laura bejahte seine Frage und fuhr ihm zärtlich durch sein Haar.

Auch wenn Inés' Fluch sich bewahrheitet hatte, war Lauras Herz hier oben von der Gewissheit erfüllt, ihm eines Tages wieder nahe zu sein.

Lauras Schwermut wich der Hoffnung, dass der heilige Bentayga sie doch noch erhören würde, denn in dem Moment schoss ein Falke an der scharfen Felskante hervor. Auf seine Schwingen legte Laura diese Botschaft, aber noch einen weiteren Gedanken, der Aquil trösten sollte. Laura war sich gewiss, dass ihre Seelen für alle Zeit in Liebe verbunden waren. Es war zugleich ein Gebet, das an diesem heiligen Ort sicher erhört wurde, denn der Falke schwang sich empor und flog in Richtung des Teide. »Für immer!«, rief sie dem Falken so laut nach, dass ihr Ruf nun kein Gebet mehr war, sondern eine Prophezeiung mit sich trug, die in den bewaldeten Tälern unter dem heiligen Bentayga Widerhall fand.